Karl Friedrich Flögel

Geschichte der komischen Litteratur von 1785

Karl Friedrich Flögel

Geschichte der komischen Litteratur von 1785

ISBN/EAN: 9783741104213

Hergestellt in Europa, USA, Kanada, Australien, Japan

Cover: Foto ©Andreas Hilbeck / pixelio.de

Manufactured and distributed by brebook publishing software
(www.brebook.com)

Karl Friedrich Flögel

Geschichte der komischen Litteratur von 1785

Geschichte

der

komischen

Litteratur.

———

Von

Carl Friedrich Flögel,

Profeſſor der Philoſophie bey der königlichen Ritter- Akademie zu Liegnitz, und Beyſitzer der königl. Geſellſchaft
der Wiſſenſchaften zu Frankfurt an der Oder.

———

Zweiter Band.

Liegnitz und Leipzig,
bey David Siegert, 1785.

Vorrede.

Bei der Ausarbeitung dieses zweiten Bandes der Geschichte der komischen Litteratur würde ich mich vielleicht mit Nutzen folgender Schriften haben bedienen können, nämlich:

Ioh. Gerberi differt. philologica de Romanorum Satira, Ien. 1755. 4. und

Bianchini Trattato della Satira Italiana. Maſſa. 1714. 4.

allein ich habe sie aller angewandten Mühe ungeachtet nicht auftreiben können.

Ich

Ich muſte alſo meinen Gang ohne Führer und Begleiter allein antreten. Wer mit der Litteratur, und beſonders mit den noch nicht angebauten Gegenden derſelben bekannt iſt, wird mir leicht glauben, daß die bloße Auffuchung der vollſtändigen Bücher titel, die ich als nothwendig anſehe, viel Mühe und Zeit wegnimmt. Es verdroß mich nicht eine Menge von Bücherverzeichnißen durchzuleſen, und doch war mein Forſchen oft vergeblich. Das Leben der Satirenſchreiber habe ich nur in ſoweit mit genommen, als es diente eine Kenntniß von dem Manne überhaupt zu verſchaffen, oder in ſofern es einen Einfluß auf die von ihm verfertigten Satiren hatte. Um dem Werke Glaubwürdigkeit zu ertheilen, die in der Litteratur ſo nöthig iſt, und doch ſo

oft

oft vernachläßigt wird, habe ich die Quellen, woraus ich schöpfte, treulich angezeigt. Den Unterschied aller Ausgaben an-
zugeben, war mir nicht möglich, und ist
auch bei einem solchen Werke nicht leicht
von Jemand zu erwarten; ich habe aber
doch die verschiednen Ausgaben besonders
bei nicht gemeinen Büchern mit angemerkt, weil auch diese bloße Anzeige einem
Litterator willkommen ist. Von seltnen
und bei uns nicht gemeinen Büchern, vorzüglich wo Ungewißheit und Zweifel herrschen, habe ich kleine Auszüge geliefert.
Was die vorkommenden Satiren anbetrift,
so gehören nur diejenigen in meinen Plan,
deren Verfaßer bekannt sind; und auch
hier habe ich manche übergehen müssen,
weil ich keine gewiße Nachrichten von den-

* 3 selben

ſelben erhalten konnte. Denn der Satiren unbekannter Verfaßer iſt eine ſolche Menge, daß ſie kein Litterator überſehen kann. Fragmente davon, worinn auch manches Intereſſantes vorkommt, könnte ich liefern, und werde es vielleicht thun, wenn es das Publicum genehm hält. Wegen der zeitigen Oſtermeße haben das Regiſter zu dieſem Bande und die vorkommenden Druckfehler nicht können beigefügt werden; ſie ſollen aber dem folgenden Bande gewiß beigedruckt werden. Ich erinnere nochmals, daß ich Berichtigungen zur Aufklärung dieſes Bands der Litteratur mit Dank annehmen werde.

Liegnitz,
den 23. März. 1785.

In-

Inhalt.

Jünf

Wil-

XV.

Franzöſiſche Satirenſchreiber. S 407.
bis zu Ende.

Zwölftes Jahrhundert.

Dreizehntes Jahrhundert.

Wil-

Inhalt.

Carl

Erstes

Erstes Hauptstück.
Von der Satire.

***

X.
Von der Satire der Römer.

Die Satire als Werk der Natur, war bei den Römern in den ältesten Zeiten, ehe die schönen Künste und Wissenschaften Eingang fanden, eben so gebräuchlich, wie bei allen andern Völkern. Und wie bei den Griechen die uralten Dankfeste im Herbst nach der Ernte und Weinlese die ersten Spuren einer zwar noch rohen Kunst in Versen aus dem Stegereif zeigen, so finden wir eben dieses bei den Römern. Ihre Feste waren wie bei den Griechen eine Mischung von Gottesdienst und Schwelgerei. Ein Haufen von Bauern durch die Dünste des Weins er-

hieß fieng an zu tanzen und zu ſingen, und beluſtigte
ſich an wechſelſeitigen Schmähungen. Eine Art von
Takt oder Rhythmus verſchafte dieſen Tänzen und Geſängen nach und nach eine regelmäßige Geſtalt; ob er gleich
von dem nachher entſtandenen Sylbenmaaße noch weit
entfernt war. Die älteſten Verſe bei den Lateinern,
welche ſchon lange vor der Erbauung Roms üblich waren, ſiud die Saturniſchen. (verſus Saturnii) Ihr
Nahme zeigt ſchon ihr hohes Alter an. Zu dieſen
Verſen tanzten die jungen Leute an ihren Feſten. Sie
ſollen vor Zeiten vom Faunus und den alten Wahrſagern
gebraucht worden ſeyn, die ihre Orakel in dieſem Sylbenmaaße vortrugen, wie aus einem Fragment des Ennius erhellt, wo er auf ein Gedicht anſpielt, das ſein
Vorgänger Nävius in dieſer ſaturniſchen Versart über
den puniſchen Krieg verfertigt hatte *). Dieſe Verſe
hatten kein ordentliches Sylbenmaaß, ſondern einige
waren länger, andre kürzer, eine Art unregelmäßiger
Jamben; denn die Römer ſcheinen von dem heroiſchen
Verſe nichts gewußt zu haben, bis Ennius ihn von dem
Griechen, die ihn erfunden, einführte; Es war ein
bloßer Rhythmus darinn, wie in den Gaſſenliedern,
oder den ſogenannten politiſchen Verſen; (verſus po-
litici) darin zwar eine gewiße Anzahl Sylben und ein
Takt, aber keine Quantität war, und in den Spott-

liedern

---

*) — — — Scripſere alii rem
Verſibus, quos olim Fauni vatesque canebant
Cum neque Muſarum Scopulos quisquam ſuperarat.

flodern der Soldaten auf die triumphirende Feldherrn.
Als Nävius die Meteller also durchzog:

Fato Metelli Romae fiunt consules.

haben ihm die Meteller in folgenden saturnischen Versen geantwortet:

Et Naevio poetae,
Cum saepe laederentur.
Dabunt malum Metelli.

Die Römer verließen diese rauhen saturnischen Verse, nachdem sie aus dem eroberten Griechenlande Künste und Wissenschaften nach Rom brachten; ob sich gleich noch zu Horazens Zeiten Spuren davon zeigten *).

Nach den saturnischen Versen kamen die Fescennilnischen auf, welche ihren Namen von der Stadt Fescennia in Etrurien haben, wo sie zuerst bei den Hochzeiten erfunden worden, und gebräuchlich gewesen. Sie wurden auch aus dem Stegereif gemacht, und hatten kein ordentliches Sylbenmaaß, sondern blos einen Rhythmus, wie die Saturnischen. In den ältesten Zeiten bedienten sich die Landleute derselben bei den Festen der Ceres und des Bacchus, eben so, wie die Grönländer ihres satirischen Singestreits; indem sie

A 2   gegen

---

*) Horat. Epist. Lib. II. Ep. I. v. 156. sqq.
    Graecia capta ferum victorem cepit et artes
    Intulit agresti Latio. Sic horridus ille
    Defluxit numerus Saturnus, et grave virus
    Munditiae pepulere, sed in longum tamen aevum
    Manserunt, hodieque manent vestigia ruris.

gegen einander ſangen, und ſich auf eine muthwillige und komiſche Art ihre Fehler und Gebrechen grob vorwarfen. [c]. Dieſe Verſe waren wollüſtig, ſchmutzig und ſatiriſch, voll niedrigen Witzes und poßenhaften Scherzes. Sie wurden bei allen öffentlichen Ergötzlichkeiten, beſonders bei Hochzeiten gebraucht, auch von den Soldaten bei den Triumphen ihrer Feldherrn. Weil man in dergleichen Verſen auch würdige Männer durchzog, ſo wurden ſie in den Geſetzen der zwölf Tafeln verbothen. Der Kaiſer Auguſtus ſpottete in ſolchen Verſen des Pollio; der aber weiter nichts antwortete, als: ich mag gegen den nicht ſchreiben, der mich verbannen kann [d]. Es wurden nachher alle freche ſatiriſche Stücke feſcenniniſche Verſe genannt; und wir finden einige unter dem Namen im Claudian; beſonders nennte man nachher immer diejenigen alſo, die auf ein neues Ehepaar gemacht worden [e]. Ob die ſaturniſchen und feſcenniniſchen Verſe einerlei geweſen, wie Dryden behauptet, [f] kann nicht gänzlich entſchie-

c) Livius: Qui non ſicuti ante Feſcennino verſu ſimilem incompoſitum temere ac rudem alternis jaciebant. Horat. Epiſt. L. II. Ep. 1. v. 145.
Feſcennina per hunc inventa licentia morem
Verſibus alternis opprobria ruſtica fudit.

d) Macrob. Saturnal. Lib. II. c. 4. Non eſt facile in eum ſcribere, qui poteſt proſcribere.

e) Cruſius Lebensbeſchreibung der Römiſchen Dichter. 1 Th. S. 10.

f) Drydens Abhandlung vom Urſprung und Fortgang der Satire.

schieben werden. Beide wurden bei Feierlichkeiten der Landleute, auch als Satire gebraucht; beide wurden aus dem Stegereif gemacht und waren rhythmisch, aber nicht metrisch; doch brauchte man die saturnischen auch zu epischen Gedichten, welches von den Fescenninischen nicht erweislich ist.

Als im Jahr 391. der Stadt Rom T. Sulpitius Peticus und C. Licinius Stolo das Consulat verwalteten, wütete eine abscheuliche Pest zu Rom. Man stellte alle erfinnliche Andachtsübungen an, den Zorn der Götter zu besänftigen, und verfiel endlich, da nichts helfen wollte, auf ein sonderbares Mittel, den Zorn des Himmels abzuwenden, und die Heftigkeit der Krankheit zu mindern, nämlich, man führte eine Art von Schauspielen auf, welche der kriegerischen Nation der Römer noch ganz neu und fremd waren, denn das Volk kannte noch keine andre als die kriegerischen Spiele im Circus, die in Kämpfen und Wettstreiten bestunden. Man ließ aus Etrurien theatralische Tänzer kommen, (ludiones) welche nach der Flöte auf ihre Landes Manier tanzten. Bei diesen Tänzen aber wurde weder ein dramatisches Gedicht hergesagt, noch Bewegungen gemacht, die eine Leidenschaft ausgedrückt hätten. Die römische Jugend fieng hierauf an diesen Tänzern nachzuahmen, und machte dabey Verse aus dem Stegereif, die noch ziemlich ungeschickt waren, in welchen sie einander durchzogen. Auch versuchten sie die ersten Gesticulationen, indem sie die Bewegungen ihren Worten anpaßten.

A 3

Die

Dieſer erſte Keim der Schauſpielkunſt ward nach und nach durch öftere Uebung immer mehr verbeſſert, und man nennte die Schauſpieler von dem tuſciſchen Worte Hiſten, welches einen theatraliſchen Tänzer bedeutet, Hiſtrionen. Dieſe neuen Schauſpieler verſpotteten einander nicht mehr in rauhen, unregelmäßigen feſcenniniſchen Verſen, ſondern verfertigten eine Art von gemiſchten Spielen, (Satirae) welche in Muſic geſetzt, nach der Flöte abgeſungen, und mit dazu ſich ſchickenden Bewegungen begleitet wurden. Lachen, Spöttereien und ausgelaßenen Scherz herrſchten in dieſen Satirſpielen bis etwan hundert Jahre hernach Livius Andronikus dieſes Spielwerk in Kunſt verwandelte, und nach der Weiſe der Griechen regelmäßige Stücke auf die Bühne brachte. Die Römiſche Jugend aber, welche an die alten Satirſpiele gewohnt war, und große Luſt am Gelächter, Spott und Scherz fand, überließ die regelmäßigen Theaterſtücke den Dichtern und Schauſpielern; und fuhr fort, die Satirſpiele nach der alten Art unter ſich vorzuſtellen; und einander in lächerlichen Verſen zu verſpotten; welche in der Folge Exodia genennt worden, weil man ſie zum Beſchluß der Atellaniſchen Stücke aufführte s).

Ennius.

Ennius aus Rubia in Groß-Griechenland, wo er im 239. Jahre vor Chriſti Geburt, ein Jahr vor

dem

s) Livius L. VII. c. 2.

dem Tode des Livius Andronikus gebohren wurde, wird vor den Urheber der römischen Satire gehalten. Vor seiner Zeit befand sich die Satire auf dem römischen Theater; er hat sie aber zuerst zu einem regelmäßigen Gedichte gemacht, und sie von der Bühne getrennt, zu der sie seit 150 Jahren gehört hatte. Als er bemerkte, daß die Römer deswegen einen Geschmack an den Komödien des Livius Andronikus und an den Atellanischen Schauspielen fanden, weil die Laster der Menschen darinn aufgedeckt und verspottet wurden; so wollte er ihnen dieses Vergnügen öfterer und gleichsam zu Hause verschaffen, ohne daß sie Ursache hätten, sich auf die öffentlichen Schauplätze zu begeben. Er stellte also in Gedichten, die nicht als dramatische Handlung sollten aufgeführt, sondern gelesen werden, eben solche lasterhafte Charaktere vor, als in den Schauspielen. Sein Vortrag fand sowohl wegen der Lebhaftigkeit als Neuheit vielen Beifall; und er behielt den Scherz und Spott der Komödie bei *). Dacier meint, Ennius habe den Stoff zur Satire von den ersten Possenspielen der Römer hergenommen; Dryden aber von den ausgebildeten Stücken des Livius Andronikus, und hält ihn vor den ersten Urheber der eigentlichen Römischen Satire. In dieser Absicht schrieb Ennius den Asotus oder Sotadicus, ein Schimpfgedicht, und noch sechs Bücher Satiren. Asotus bedeutet einen liederlichen und

A 4   ganz

*) Casaubonus Lib. II. c. 2. Müllers Einleitung zu den lateinischen Schriftstellern. II. Th. S. 408.

ganz verdorbenen Menſchen, dergleichen Ennius vielleicht beſchreiben wollen: Bei andern heißt dieſes Gedicht Sotadikus von dem griechiſchen Dichter Sotades, welcher Gedichte voll unehrbarer Poßen und Zoten geſchrieben. Wenn des Ennius Arbeit von der leßtern Art geweſen, ſo hat man nicht Urſache, den Verluſt derſelben, außer wenigen Verſen, welche die lateiniſchen Sprachlehrer geſammelt haben, zu bedauern [*).

Außer dem Aſotus ſchrieb Ennius noch ſechs Bücher Satiren; das Wort Satire hieß damals ein Quodlibet, oder eine Schrift, in welcher vielerlei Dinge untereinander gemiſcht waren [a). Dieſe Benennung kam den Satiren des Ennius aus einer doppelten Urſache zu; denn erſtlich waren dieſelben Rhapſodien von verſchiedenem Inhalt, und zum andern brauchte er in ein und eben derſelben Satire verſchiedne Sylbenmaaße. Er miſchte nämlich Hexameter unter jambiſche Trimeter und trochäiſche Tetrameter. Vermuthlich hat hierin Ennius den Griechen und beſonders dem Homer nachgeahmt, der in ſeinem Margites unter die heroiſchen Verſe jambiſche nicht nach einer gewißen Ordnung, ſondern willkührlich miſchte [').

Luci-

---

*) Müller l. c. S. 385.

a) Diomedes Lib. III. col. 483. Olim carmen, quod ex variis poematibus conſtabat, ſatira vocabatur, quale ſcripſerunt Pacuvius et Ennius.

) Von dem Leben, den Schriften und der Ausgabe der Fragmente des Ennius handeln Fabric. Biblioth. lat. L. 4. c. 1. Müller l. c. 1 Th. S. 338. und Hamberger 1. Th. S. 564.

Lucilius.

Lucilius von Geburt ein edler Römer, wurde zu Suessa in dem Lande der Auruncer, 150 Jahre vor Christi Geburt gebohren. Er war des großen Pompejus Großmutter Bruder, und ein vertrauter Freund des Scipio und Lälius, mit denen er keine allgemeine, sondern eine sehr enge Freundschaft geschloßen hatte; daß sie sich sogar herabließen, allerhand Scherz und Poßen mit ihm zu treiben; und ein alter Ausleger des Horaz erzählt, daß er einst den Lälius mit zusammengerollten Tischtuch um den Tisch herum gejagt, als ob er ihn schlagen wolle *). Weil er von Natur ein sehr luftiger und scherzhafter Mann war, der besonders an Spöttereien ein großes Vergnügen fand, und dabey eine gründliche Gelehrsamkeit besaß; so ist es nicht zu verwundern, daß er eine Neigung zur Satire hatte. Und er schrieb auch wirklich dreißig Bücher Satiren. Es ist aber nicht auszumachen, ob dieses nur dreißig einzle Satire, oder wirkliche Bücher, wie beim

A 5 Horaz

---

*) Horat. L. II. Sat. I. v. 71.

Quin, vbi se a vulgo et scena in secreta remorant
Virtus Scipiadae et mitis sapientia Laeli,
Nugari cum illo et discincti ludere, donec
Decoqueretur olus.

Scipio Africanus et Laelius feruntur tam fuisse familiares et amici Lucilio, vt quodam tempore Laelio circum lectos triclinii fugienti, Lucilius superveniens, eum obtorta mappa, quasi seriturus, sequeretur. *Vetus Commentator Horatii ad hunc locum.*

Horaz geweſen. Er unterſchied ſich dadurch von dem
Ennius, daß er nicht verſchiedene Sylbenmaaße in ein
und eben derſelben Satire gebrauchte, ſondern nur ein
einziges. Aus den Fragmenten erhellt, daß die erſten
zwanzig Bücher durchgehends aus Hexametern beſtan-
den, darin auch das dreißigſte abgefaßt worden, welcher Versart ſich alle nachfolgende Satirenſchreiber bei
den Römern bedient haben. Die übrigen ſcheinen in
jambiſchen oder trochäiſchen Verſen geſchrieben zu ſeyn.

Die zerſtreuten Fragmente ſo vieler Satiren des
Lucils hat Douſa ſorgfältig aus allen alten Sprachleh-
rern und Kunſtrichtern zuſammengetragen, und in ſo-
genannte luciliſche Centonen zuſammengeſtickt, um nur
einige Verbindung zu einem geſunden Wortverſtande
zu finden; es iſt aber nichts als ein bloßes philologiſches
Spielwerk. Der Inhalt ſeiner Satiren läßt ſich aus
den wenigen Redensarten und zerſtreuten Verſen, die
noch übrig ſind, nicht beſtimmen. Uebrigens wird er
vor den Vater der römiſchen Satire bei den Alten ausgegeben, ob es gleich ausgemacht iſt, daß Ennius
ſchon vor ihm Satiren geſchrieben. Horaz, Plinius
und Quintilian legen ihm ausdrücklich dieſen Vorzug
bei *). Es ſcheint aber doch, daß dem Ennius die
Erfin-

*) Horat. L. II. Sat. 1. v. 48.
— — Lucilius auſus
  Primus in hunc operis componere carmina morem.
Plinius in praefat. Lucilius primus condidit ſili na-
ſum. Quintil. L. X. c. 1. In Satira primus inſignem
laudem adeptus Lucilius.

Erfindung der lateinischen Satire nicht abzusprechen sei, und daß diese Aussprüche der Alten nur von der feinen Ausbildung der Satire zu verstehn sind, die unter den Händen des Ennius noch eine sehr rohe Gestalt hatte. Denn die Satire des Lucilius war theils durch das Sylbenmaaß von der Satire des Ennius unterschieden, wie ich erst angezeigt habe, theils dadurch, daß Ennius sich begnügte, allgemeine Strafreden über Laster zu halten, ohne persönliche Satire einzumischen, Lucil aber nach dem Beispiele der alten griechischen Komödie sich zur persönlichen Satire herabließ, und sogar die angesehnsten und mächtigsten Männer in der Republik in seinen Satiren verspottete und mit Namen nennte *). Eben so findet man in den Fragmenten des Lucils, wie in der alten Komödie mancherlei Unflätereien und grobe bäurische Scherze, welche Dousa in seinen Lucilischen Centonen gleich zu Anfange gesetzt hat, wodurch er das ganze Gebäude seiner Satiren so verunstaltet hat, als wenn jemand den Unflath des ganzen Hauses in einen Haufen vor der Thüre sammelt. Sonst war sein Vortrag lehrreich und mit Sittensprüchen gezirt; übrigens aber so beißend, daß ihn Juvenal mit einem bloßen Schwerdte vergleicht, wenn er auf die Laster loszieht ⁑).

Sonst

---

*) — — Secuit Lucilius vrbem,
Te, Lupe, te, Muti, et geminum fregit in illis.
Persius Sat. I. et Horat. L. II. Sat. v. 62.

⁑) Iuuen. Lib. I. Sat. I. v. 165.
Ense velut stricto, quoties Lucilius ardens
Infremuit, rubet auditor, cui frigida mens est
Criminibus, tacita sudant praecordia culpa.

Sonst war zu seiner Zeit seine Schreibart zierlich und fließend, ob sie gleich dem Horaz zu Augustens Zeiten, wo die lateinische Sprache ihr goldenes Alter erreicht hatte, zu wortreich, nachläßig, unzierlich, ermübend und gezwungen vorkam, da sich Lucil bestrebte auch griechische Wörter unter die lateinischen zu mischen. Seine Verse hielt Horaz vor rauh, übelklingend und unzierlich, und verglich ihn deswegen mit einem kothigen Fluße [*]); mit welchem Urtheil aber Quintilian nicht zufrieden ist [**]). Horaz tadelt auch die Prahlerei an ihm, daß er sich gerühmt bald aus dem Stegreif und ohn ein Bein zu strecken, Zween Bogen voller Nichts mit Jauchzen auszuhecken [***]).

Mir deucht, hier ist der Ort, die berühmte Frage zu berühren, welche so viele Streitigkeiten verursacht hat, ob die Römer ihre Satire von den Griechen erhalten haben, oder ob sie selbst die Erfinder derselben sind. Horaz schreibt ausdrücklich, die Griechen hätten

---

q) Horat. Lib. I. Sat. 4.
    Cum flueret lutulentus.

r) Quintil. Lib. X. c. 1, 94. Nam et eruditio in eo mira, et libertas, atque inde acerbitas, et abunde salis.

s) Horat. Lib. I. Sat. 4.
    Nam fuit hoc vitiosus: in hora saepe ducentos,
    Vt magnum, versus dictabat, stans pede in vno.
    Von dem Leben, Schriften und den Ausgaben der Fragmente des Lucillus handeln Bayle im Dict. Crit. Artic.
                                                    Luci-

hätten keine solche Satiren verfertigt, als die Römer ⁷). Quintilian behauptet, die Satire wäre bloß ein Eigenthum eben derselben, ⁸) und Diomedes versichert, die Griechen hätten dergleichen Gedichte nicht gehabt ⁿ). Diesen Zeugnißen der Alten sind in den neuern Zeiten beigetreten Casaubonus, welcher besonders beweisen will, daß die satyrischen Schauspiele der Griechen von den Satiren der Römer gänzlich unterschieden sind ⁷); ihm sind der Baron Spanheim, Herr Rambach, die Verfaßer der Encyclopädie und andre gefolgt ⁿ). Scaliger aber behauptet, diejenigen irrten sich, welche meinten, die Satire gehörte den Römern allein zu; sie wäre von den Griechen erfunden und zuerst zur Vollkommenheit gebracht worden; hernach hätten sie die lateil-

Lucilius. Müller in der Einleitung. 1 Th. S. 410. ff. und Hamberger Th. I. S. 407.

s) Horat. Lib. I. Sat. 10. v. 64.
— — — Fuerit, Lucilius, inquam,
Comis et vrbanus: fuerit limatior idem,
Quam rudis, et Graecis intacti carminis auctor.

u) Quintil. X. 1. 94. Satira quidem tota nostra est.

x) Diomed. L. III. Satira est carmen apud Romanos, non quidem apud Graecos, maledicum, et ad carpenda hominum vitia, archaeae comoediae caractere compositum: quale scripserant Lucilius et Horatius et Persius.

y) Casaub. de Satyrica Graecorum poesi.

z) Spanheim sur les Cesars de Julien.
Rambach in dissert. de Hegesia ευθεσατυ.
Encyclopedie. Tom. XXX. Satire.

Lateiner von ihnen erhälten, und außer dem Theater gebraucht [a]). Dan, Heinſius tritt zwar darinn dem Caſaubonus bei, daß man die griechiſchen Satyrſpiele von den lateiniſchen Satiren unterſcheiden müße; aber er glaubt doch, daß ſie viele Aehnlichkeit mit einander hätten [b]); und eben dieſes hat auch Vulpius behauptet [c]). Die Beweisgründe der leztern ſind vornehmlich folgende, weil der Inhalt der griechiſchen Satyrſpiele und der römiſchen Satiren einerlei ſei; denn in beiden würden die Laſter angegriffen, beſtraft und lächerlich gemacht. Sie berufen ſich auch auf eine Stelle des Horaz, in welcher er ſagt, das Lucilius den Dichtern der alten Komödie, dem Cratinus, Eupolis und Ariſtophanes nachgeahmt habe, und gänzlich von ihnen abhienge, außer daß er ſich einer andern Versart bedient [d]). Welches Argument aber nicht von den Satyrſpielen, ſondern von der alten Komödie gilt. Caſaubonus im Gegentheil ſagt, die Satire wäre lateiniſchen

a) Scalig. Art. poet. p. 47.

b) Heinſius L. I. de Satira Horat.

c) Vulpius de Sat. latin. p. 46.

d) Horat. L. I. Sat. 4. v. 1.
Eupolis atque Cratinus, Ariſtophanesque poetae,
Atque alii, quorum comoedia priſca virorum eſt,
Si quis erat dignus deſcribi quod malus aut fur,
Quod moechus foret, aut Sicarius, aut alioqui
Famoſus, multa cum libertate notabant.
Hinc omnis pendet Lucilius, hoſce ſecutus,
Mutatis tantum pedibus.

nischen Ursprungs, welches selbst die Etymologie anzeiget. Denn das Wort Satire käme nicht von dem griechischen Satyrus, wie Scaliger vorgiebt, sondern von dem lateinischen Worte Satura. Z. B. Lanx Satura bedeute eine Schüßel mit verschiedenen Früchten oder andern Dingen gefüllt; und daher hieße auch eine Schrift oder Gedicht, in welchem mancherley Dinge vorgetragen würden, Satura oder Satire; gleichsam ein Quodlibet oder Mischmasch. Ennius hätte daher seine Schriften Satiren genennt, weil sie aus verschiedenen Versarten bestanden; und dieses gienge eben so auch auf den verschiedenen Inhalt der Römischen Satiren; daher beschreibe Juvenal seine Spottgedichte selbst als eine Vermischung der verschiedenen Leidenschaften der Menschen, von Wünschen, Furcht, Zorn, Wollust und Freude [e]). Meine Meinung über diesen Streit, den ich mir nicht gänzlich zu entscheiden getraue, und wovon ich auch glaube, daß er noch nicht ist entschieden worden, ist folgende. Ich glaube, der grundgelehrte Casaubonus und seine Anhänger haben zu viel aus dem lateinischen Ursprunge des Worts Satire geschloßen; denn wenn auch das Wort lateinischen Ursprungs ist, so folgt daraus noch nicht, daß die Sache den Griechen unbekannt und bei ihnen nicht gebräuchlich gewesen. Ferner scheinen sie mir den wahren Standpunct der Streitfrage verfehlt zu haben.

Sie

e) Iuven. Sat. I. v. 85.

Quicquid agunt homines, votum, timor, ira, voluptas,
Gaudia, discursus, nostri est farrago libelli.

Sie ſtützen ſich vornämlich darauf, daß die Satyrſpiele der Griechen von den Satiren der Römer gänzlich unterſchieden ſind; welches freilich Niemand mit Grund läugnen kann; aber das iſt auch nicht die Frage. Hatten denn die Griechen ſonſt keine Satire außer der dramatiſchen im Satyrſpiele, die mit der Römiſchen mehr Aehnlichkeit hatte? doch ehe ich die Frage beantworte, will ich die Beweisgründe der gegenſeitigen Meinung anführen. Man ſagt nämlich:

1) Die Satyrſpiele waren dramatiſch, und die lateiniſchen Satiren nicht.

2) Die Griechen nennten dieſe Schauſpiele Satyrica, nämlich dramata oder Satyri, von den darin vorkommenden Satyrn; die Lateiner aber ihre Spottgedichte Satiras von Satur.

3) Die Griechen brauchten in ihren ſatyriſchen Schauſpielen gemeiniglich jambiſche oder trochäiſche Verſe, die Lateiner aber heroiſche, ausgenommen Ennius und Lucilius.

4) In den Satyrſpielen der Griechen kamen nicht allein bekannte, ſondern auch fabelhafte Perſonen, Helden und Halbgötter vor; die römiſche Satire aber tadelte die Laſter und Fehler ihres Jahrhunderts und Vaterlandes.

5) Die Satyrika der Griechen hatte ein Chor von Satyrn, die bald tanzten, bald luſtig und ſchmutzig ſcherzten; Daher Aßendus von dreierlei theatraliſchen Tänzen redet, den tragiſchen, komiſchen

und

und satyrischen, welches auch auf die lateinische Satire nicht paßt.

Alles dieses ist gegründet, und man muß es zugeben; aber die Frage bleibt doch immer unentschieden.
Bei dem Beweise aus der Etymologie will ich noch bemerken, daß Diomedes das Wort Satire sowohl von
den Satyrn, als auch von Satur ableitet f).

Vielleicht wäre man dem Zweck und der Beantwortung der Frage näher kommen, wenn man alle Arten der griechischen Satire mit den Römischen Arten
verglichen, und daraus die Sache entschieden hätte.
Davon will ich nur eine kleine Probe zur Beurtheilung vorlegen.　Die Griechen hatten

1) Epische Satiren, wohin der Margites des Homers gehört. Vermuthlich war des Ennius Asotus
von dieser Art, und es scheint, daß er auch in der
Verschiedenheit des Sylbenmaaßes dem Homer
nachgeahmt habe.　Denn daß Müller sagt, der
Margites des Homers wäre mehr einem Pasquille
als einer Satire gleich, weil er nicht Laster, sondern eine Person mit Namen heftig angriffe g); ent-
schei-

f) Diomedes col. 483. Satyra autem dicta, sive a Satyris, quod similiter in hoc carmine ridiculos res
pudendaeque dicuntur, quae velut a Satyris profe-
runtur et fiunt; sive a Satyra lance, quae referta variis multisque primitiis, in sacro apud priscos diis
inferebat; vel a copia et saturitate, res Satyra vocabatur.

g) In der Einleitung, I. Th. S. 407.

Zweiter Theil.　　B

ſcheidet zum Urſprunge der Satire von den Römern
gar nichts. Ich habe in der Abhandlung von der
griechiſchen Satire gezeigt, daß es ſehr unwahrſcheinlich ſei, daß der Margites eine perſönliche Satire, und Margites ein eigenthümlicher Name ſei *).
Ueberdieſes iſt eine perſönliche Satire noch kein Paſquill, und daß der Margites ein Paſquill geweſen,
iſt auch unerweislich.

2) Die lyriſche Satire des Archilochus hat Ho-
raß in einigen ſeiner Oden und Epoden unſtreitig
nachgeahmt *).

3) Dramatiſche Satire hatten die Griechen vor den
Römern in ihren ſatyriſchen Schauſpielen, der alten und mittlern Komödie; die Atellanen der Römer waren den Satyrſpielen ſowohl in Anſehung des
Inhalts als des poſſierlichen Ausdrucks vollkommen
ähnlich; nur daß in der erſtern keine Satyrs vorkamen *). Kann aber in einer Komödie nicht eine

Per-

h) Erſter Band. I. Hauptſt. 9. Abſchnitt. S. 344.

i) Horat. Epod. VI.
   Cave, cave: namque in malos aſperrimus
   Parato tollo cornua;
   Qualis Lycambae ſpretus infido gener.
   Epiſt. I. 19, 23.
   — — Parios ego primus Iambos
   oſtendi Latio numeros animoſque ſecutus
   Archilochi.

k) Diomed. Lib. III. col. 487. Tertia ſpecies eſt fabularum latinarum, quae a civitate Oſcorum Atella, In

                                                    qua

Person den Charakter des Harlekins haben, wenn sie auch nicht das bunte Jäckchen anhat? Mit den Atellanen hätte man die Satyrspiele der Griechen vergleichen sollen, und nicht mit den lateinischen Satiren, weil diese von ganz andrer Form sind; denn sieht man blos auf das Verspotten und Bestrafen der Laster, so sind alle Satiren einander ähnlich.

4) Hatten die Griechen auch didaktische Satire? Die Sillen waren nichts anders, nach den wenigen Nachrichten zu urtheilen, welche uns die Alten davon hinterlaßen haben. Timon verspottete als ein Skeptiker und munter Kopf die Dogmatiker und ihre Lehrsätze; das zweite und dritte Buch derselben war in dramatischer Form, wo er sich mit den Kolophon unterredete; welche Form auch Horaz in seinen Satiren gebraucht hat. Die Sillen des Xenophanes mögen auch von dieser Art gewesen seyn; wie auch seine Gedichte gegen den Homer und Hesiodus in heroischen, elegischen und jambischen Versen, worinn er ihre Lehren von den Göttern verspottete. Die Satiren dieser Classe scheinen die größte Aehn-

B 2 lich-

qua primum coeptae, Atellanae dictae sunt: argumentis dictisque jocularibus similes Satyricis fabulis Graecis.

Lib. III. col. 329. Latinis Atellana a Graeca Satyrica differt: quòd in Satyrica sere Satyrorum personae inducuntur, aut si quae sunt ridiculae, similes Satyris, Autolycus Bufiris: in Atellana oscae personae, vi Maccus.

lichkeit mit den Satiren der Römer zu haben, welches auch Drydens und Spanheims Meinung
iſt; wozu noch kommt, daß die Epillen eben noch ſo
wie die römiſchen Satiren in heroiſchen Verſen geſchrieben waren. Wie ſtimmt nun aber dieſe Vergleichung mit den Zeugnißen des Horaz und Quin-
tilians, welche behaupten, daß die Satire ein Product römiſcher Dichter, und zwar ausſchließunge-
weiſe ſei?

Wollte man den Unterſchied der griechiſchen und
römiſchen Satire allein aus der Etymologie herleiten,
da das Wort Satire bei den Römern zuerſt ein Miſch-
gedicht hieß; in welchem theils verſchiedene Versarten, theils verſchiedene Materien vorkamen; ſo hat
Homer in ſeinem Margites dieſe verſchiednen Versarten, und Xenophanes auch gebraucht; und dieſes
hat ſich auch bei den Lateinern nach dem Ennius geändert. Horaz handelt zwar in einer einzigen Satire
öfters verſchiedne Materien ab; aber Juvenal trägt in
jeder Satyre eine beſondere Materie vor. Vielleicht
meinen Horaz und Quintilian, daß die Griechen
keine Satire gehabt, welche die Laſter der Menſchen
überhaupt angreift, und ein Gemählde ihrer Thorheiten iſt, welches in der lateiniſchen Satire ſtatt findet;
allein gehörte nicht des Simonides Satire auf das
weibliche Geſchlecht unter dieſe Claße? der didaktiſche
Ton iſt nicht allein dem eigentlichen Lehrgedichte eigen;
er kann ſich auch in den mancherlei Arten der ſatiriſchen

Gedichte, im epischen, lyrischen und dramatischen finden.

Oder meinten sie etwan, daß der Endzweck der griechischen Satire blos war, ernsthafte Handlungen lächerlich zu machen, wie sie in den satyrischen Schauspielen ihre Götter und Helden travestirten, und ihre Charaktere nach Befinden veränderten, da sie z. B. aus dem Achilles einen Weichling machten, blos um zu scherzen und zu lachen; da im Gegentheil der Zweck der römischen Satire nicht Lachen und Scherz war, sondern Unwillen, Haß und Verachtung zu erregen? Allein wo bleibt denn da die komische Satire des Horaz, und findet man nicht auch in ihren ernsthaften Satyrikern, daß sie bisweilen die Thorheiten lächerlich machen? Ich bin weit entfernt, diese Zweifel vor Orakelsprüche auszugeben, oder mir die Macht anzumaßen, den Horaz und Quintilian eines beßern zu belehren, sondern ich lege sie blos fähigern Köpfen zur Prüfung vor, um über diesen Punct Erläuterungen einzuholen; von dem ich glaube, daß er noch nicht entschieden und genungsam aufgekläret ist, wie man es doch fast durchgängig glaubt.

Varro.

M. Terentius Varro einer der gelehrtesten Römer, wurde im 117. Jahre vor Christi Geburt gebohren. Er commandirte im Kriege wider die Seeräuber die griechische Flotte, und war Legatus des Pompejus. Cäsar vertraute ihm die Aufsicht über die öffentlichen Bibliothe-

ken

sen an, die er sammeln ließ. Er hat gegen 500 Bücher und kleine Abhandlungen geschrieben, deren Titel
aber größtentheils nicht einmal bekannt sind. Er war
der Urheber einer neuen Art der Satire; die man nach
der ersten Bedeutung des Worts mit recht Mischschrif-
ten nennen könnte; denn der Innhalt war nicht allein
vermischt, indem er das Angenehme mit dem Nützli-
chen verband, und Philologie und Philosophie hinein-
brachte, sondern er mengte auch unter die Prose seine
eignen Verse von verschiednen Sylbenmaaßen wie Ennius, auch Griechisch unter das Lateinische. Es sind
noch einige aber unbeträchtliche Fragmente davon übrig,
welche dazu meistentheils sehr unrichtig sind. Er ahmte
in seiner Schreibart dem Gadarener Menippus nach,
und nennt daher seine Satire selbst die Menippische.
Dieser Menippus wird von einigen unter die cyni-
schen Weltweisen gerechnet; welcher Name ihm aber
nur blos wegen seiner satirischen und spöttischen Schreibart zukömmt; denn seine Schriften waren wie seines
Zeitgenoßens Meleagers mit lächerlichen Dingen angefüllt. Andre haben vorgegeben, die Bücher, welche
man ihm zugeschrieben hätte, stammten nicht von ihm
her, sondern von zwei Kolophoniern dem Dionysius und
Zopyrus, die ihre scherzhaften Schriften ihm als einem
Censor übergeben hätten [1]). Nach Lucians Bericht hat
er sich entweder zu Corinth oder Athen aufgehalten und
die übrigen Philosophen verspottet, und er legt ihm
einen

[1]) Laert. Lib. VI. c. 8.

einem solchen Charat.... bei, daß er nicht blos über die Philosophen, sondern ü... die ganze Welt satirisirt ⸫). Lucian hat sich daher in ei... ...en Gesprächen seiner Person bedient die Philosophen ... verspotten ⸫). Obgleich Varro dem Menippus in ...ner Schreibart nachahmte, so waren sie doch darinn ...en einander unterschieden. Menippus schrieb zwar in ...rosa und mischte Verse anderer Poeten ein, die er nach ...maliger Mode parodierte; aber die Verse, welche Varro ...nter die ungebundene Schreibart mengte, hatte er selb... gemacht. Diese Varronianische oder Menippische Satire hat in alten und neuern Zeiten eine Menge Nachahmer gefunden; als den Seneca in seiner Apokolokynthosis, Petron und Julian in den Cäsarn und im Misopogon; in neuern Zeiten ist sie vom Cunäus, Lipsius, in der berühmten Satyre Menippée auf die Ligue und von andern mehr vielfältig nachgeahmt worden ⸫).

Horaß.

Quintus Horazius Flaccus, der Liebling des Kaisers Augusts und des Mäcenas, hatte als Dichter Genie, und als Philosoph Einsicht genung in das sittliche

B 4

⸫) Lucian. in Diog. et Polluc. Icaromenippeo, Charont. et Menipp.

⸫) S. ⸫.

⸫) Von dem Leben, den Schriften und Ausgaben der Fragmente des Varro handeln Fabric. Bibl. lat. L. L. c. 7. Müller Th. II. S. 47. Hamberger Th. I. S. 411.

liche Verhalten der Menſchen, der vollkommenſte
Satiriker unter den Römern werden. Er hat die
Satire des Lucils verfeinert und veredelt; ſeine we-
ſentliche Veränderung beſtand darinn, daß er der Satire ein gewißes beſtimmtes Sylbenmaaſi, nämlich das
heroiſche gab. Da er ſie unter dem Schutz des Auguſts und wohl manche auf ſeine Veranlaßung ſchrieb,
ſo konnte er der Laſter deſto kühner die Larve abreißen,
und die Thorheit unbeſorgt lächerlich machen. Seine
Manier iſt nicht ſo heftig und beißend als des Lucils,
der gleiſam mit bleßen Schwerdt auf das Laſter los-
gieng, ſondern man findet in denſelben ein luſtiges und
freundliches Weſen, eine ſanftmüthige und beſcheidene
Art die Laſter zu beſtrafen, und die Thorheiten lächerlich zu machen; als den eigenthümlichen Charakter der
komiſchen Satire, welche auch vielmehr Kunſt er-
fodert, als die heftige und ernſthafte Satire. Er
bleibt allemal bey den Strafen ein Freund, ohne ein
Zuchtmeiſter zu werden; daher ſind ſeine Satiren be-
ſto fähiger, den Endzweck der Beßerung zu erreichen.
Ja wenn er von Laſtern ſpricht, ſo zeigt er ſie gemeiniglich nur von der lächerlichen Seite; alſo ganz anders als Juvenal; und doch glaubten damals einige,
er wäre zu ſcharf. Die Laſter wurden auch an Auguſts Hofe nicht ſo ungeſcheut getrieben, wie zu den
Zeiten des Nero und Domitian, wo man ſich der gröб-
ſten Verbrechen rühmte; aber es herrſchten doch tauſend Mißbräuche von geringerer Art. Dieſen Charakter hat auch Perſius der Horazischen Satire ſchon

In

in alten Zeiten beigelegt ᵖ). Es scheint zwar darwider
zu streiten, daß Horaz die Leute in seinen Satiren mit
Namen nennt; allein diese waren entweder öffentlich
erklärte Narren, oder ruchlose Buben, die sich selbst
vor aller Welt beschimpften. Verleumdung ist es,
wenn einige vorgeben, Horaz wäre so boshaft gewesen,
daß er so gar seines Wohlthäters des Mäcens und seiner Gemahlin nicht verschont, sondern jenen unter dem
erdichteten Namen des weichlichen Malthinus, diese
aber als eine gute Buhlschwester Lycymnia durchgezogen. Seine Charaktere sind vortreflich, und nach
dem Leben geschildert; und wenn auch Perrault der
Lobredner der Neuern vorgiebt, daß Molierens Geitz-
ger den Geitzigen des Horaz in der ersten Satire weit
übertrift, so haben doch andre das Gegentheil behauptet. Seine Sittenlehre ist lauter und rein, und aus
der besten Quelle geschöpft; doch sind auch unreine
Dinge hier und da mit untergemischt, welche schon
Quintilian zu seiner Zeit nicht erklären mochte ᑫ).
Das war Fehler der Zeit und der damaligen Art zu
denken; und im Juvenal findet man noch weit mehr
solche unzüchtige Bilder und Ausdrücke. In einigen
Satiren redet der Dichter selbst; in andern unterreden

B 5 sich

ᵖ) Persius Sat. I. v. 116.
   Omne vafer vitium ridenti Flaccus amico
   Tangit, et admissus circum praecordia ludet.
   Callidus, excusso populum suspendere naso.

ᑫ) Quintil. Lib. I. c. 13. Horatium in quibusdam nolim
   interpretari.

sich zwei Personen, und noch in einigen dichtet Horaz die Rede einer fremden Person an, und stellt sich, als ob sie nicht die Seinige wäre. Der Ausdruck in seinen Satiren ist nicht hoch, wie in den Oden, sondern deutlich und natürlich, wie man im gemeinen Leben redet; welches Scaliger, der den Juvenal über alles gehebt, unbilliger weise vor einen Fehler ausgiebt, da es vielmehr Horaz aus Vorsatz und Klugheit that. Daher will er auch in dieser Absicht nicht einmal unter die Dichter gezählt werden '); und fragt noch, ob die Satire ein wirkliches Gedicht sei '). Vielleicht kam es ihm schwer an, sich so zu den Begriffen und dem Ausdruck des gemeinen Lebens herabzulaßen, um nicht durch Unverständlichkeit den Zweck der Sittenbeßerung zu verliehren; da er in der Ode des hohen poetischen Fluges gewohnt war. Doch er erniedrigt sich niemals so tief, daß sein Ausdruck ins pöbelhafte fällt. Seine Hexameter sind lange nicht so wohlklingend als die Versarten in seinen Oden; welches nicht daher rührte, weil er sie nicht beßer machen konnte, sondern weil er sie mit Fleiß nachläßig ausarbeitete, damit sie der Pro-

fa

---

r) Horat. Lib. I. Sat. 4. v. 39.

    Primum ego me illorum dederim quibus esse poetas
    Excerpam numero; neque enim concludere versum
    Dixeris esse satis: neque si quis scribat, uti nos,
    Sermoni propiora, putes hunc esse poetam.

s) Horat. L. L. Sat. 4. v. 62.

    — alias, justum sit, nec ne, poema
    — — quaeram.

sa und der Sprache der alten griechischen Komödie, die er nachahmte, näher kommen sollten. Von diesem familiären Ton haben seine Satiren auch den Namen Sermones oder Reden erhalten.

Die Briefe des Horaz sind theils kritisch, theils satirisch; und sind von den Satiren nur dem Stil nach, der gefeilten, und der Manier nach, die Sachen zu behandeln, die feiner und angenehmer ist, unterscheiden. In dieser Gattung der Dichtkunst ist er Erfinder, und da wir von den Römern kein eignes moralisches Lehrgedicht haben, so sind Horazens Briefe einzig. Sie waren die späteste und reiffste Frucht seiner Muse. Als nämlich Mäcen ihn noch einmal ermunterte, zur Poesie zurückzukehren, widmete er sich allein der Moralphilosophie, band sich aber an keine Secte; sondern war ein Eklektikus; denn zu andern Gedichten war er schon zu alt. Die Trefflichkeit derselben leuchtet jedermann dergestalt in die Augen, daß auch Scaliger, der sich für einen offenbaren Feind des Horaz erklärte, sich nicht enthalten konnte, ihnen die gerechtesten Lobsprüche zu geben. Er theilt sie in drei Arten ein; die erste Art enthält solche Briefe, die man Vertraute nennen könnte, wo im Vorbeigehn einige gute Sittenlehren eingestreut werden; zur zweiten Art gehören die Empfelungsschreiben; die dritte Art, wozu die meisten gehören, enthalten die angenehmsten Lehren der Tugend. Er trägt sie hier als ein Moralist grade zu vor, da er es in den Satiren durch Umschweife, in Bestrafung der Laster gethan hatte.

In

In Vergleichung der drei römiſchen Satiriker des
Horaz, Perſius und Juvenals, ſind die Kunſtrichter ſeit jeher ſehr emſig geweſen; ob ſie aber viel
Dank damit verdient haben, iſt eine andre Frage.
Jeder hat nach ſeiner Denkungsart oder ſeinem Temperament einen Liebling darunter, dem er den Vorzug vor
den andern oft auf Koſten der Wahrheit giebt; wodurch im Grunde im Reiche der Wahrheit nichts genommen wird, und ſich viel ſchiefe und ſeichte Urtheile
einſchleichen, die nur bei ſchwachen Köpfen allerhand
Verwirrung erzeugen. Caſaubonus war ein Liebhaber des Perſius, und erhob ihn deswegen über den
Horaz und Juvenal; Scaliger, Rigaltius und andre erniedrigen den Horaz um ihren geliebten Juvenal
zu erheben; im Gegentheil erheben Heinſius und Dacier den Horaz über den Perſius und Juvenal. Ich
halte es hier mit dem berühmten Beattie, welcher wegen des Unterſchieds der komiſchen von der ernſthaften
Satire glaubt, daß zwiſchen dem Horaz und Juvenal
gar keine Vergleichung ſtatt findet. Horazens Schreibart in den Satiren iſt im höchſten Grade elegant, vertraulich, und dem Scheine nach kunſtlos; Juvenals
Stil hingegen iſt ausgearbeitet, harmoniſch, heftig,
dichteriſch und oft erhaben. Hätte Juvenal über die
Verbrecher ſeiner Zeitgenoßen nur gelacht oder geſpaßt;
ſo würde jeder ihn einen eben ſo ſchlechten Schriftſteller,
als Mann genennt haben. Hätte hingegen Horaz mit
der ernſtlichen Strenge des Juvenals die Unverſchämt-
heit der Thoren, die Pedanterrien der Stoiker, die

Thor-

Thorheit des Geitzes, und die übertriebene Feinheit
und Delikateße der üppigen Schwelger und Wollüst-
linge seiner Zeit angegriffen, so würde er sich selbst als
einen Nichtkenner der Dinge gezeigt haben '). Noch
seltsamer ist der Einfall des sonst so gelehrten Erasmus von Rotterdam, wenn er an dem Horaz aus-
zusetzen scheint, es habe seine Schreibart gar nicht die
Gestalt und das Ansehn der Schreibart des Cicero ").
Kann man von einem Dichter fodern, daß er sich ausdrücken soll wie ein Redner? Und ist die Schreibart
der Briefe nicht weit von der Schreibart der Reden unterschieden? Oder mußten denn alle alte Scribenten,
sie mochten in einer Art schreiben, worin sie wollten,
sich nach dem ciceronianischen Leisten formen? Eben
so ungegründet ist das Urtheil des berühmten Bayle,
wenn er behauptet, daß die französische neuere Satire
den Satiren des Horaz und Juvenals weit vorzuzie-
hen und weit vollkommener wäre; es ist nicht zu leugnen, Boileau ist ein sehr eleganter und correcter
Dichter, der auch Talent zur Satire hatte; aber in
dem satirischen Geist und in der dazu gehörigen Kraft
und Stärke ist er weit unter den alten Dichtern. Sonst
ist es gegründet, was Bayle ferner sagt, daß die Ge-
setze des Wohlstandes in neuern Zeiten viel strenger
und von weiterm Umfange sind, als zu den Zeiten des
Augusts und seiner Nachfolger, so daß man bey uns
weniger

---

s) Beattie II. Th. S. 138.

a) Erasmus in Dialog. Ciceronian. p. 147.

wenigstens äusserlich ehrbarer ist. Er glaubt Martial
und Catull wären nur grobe bäuerische Köpfe, die geschickter wären, eine Hauptwache zu unterhalten, als das
Gesellschaftszimmer einer Dame; doch wären darum unsere heutigen Liebesgedichte, Romane und Satiren nicht
unschuldiger als die alten, welche durch äusserliche Ehrbarkeit verkleistert noch gefährlicher wären als jene, da
man sich bei diesen vor dem offenbar hingestreuten Gifte
mehr hüten könnte [s].

Persius.

Aulus Persius Flaccus wurde im Jahr Christi
34. zu Volaterra in Etrurien gebohren, und starb im
Jahr 62. Er studirte zu Rom unter dem Cornutus
die Philosophie und war ein vertrauter Freund des
Dichters Lucan, der seine Gedichte sehr bewunderte.
Sein ernsthafter Charakter, melancholisches Temperament und die erlernten Grundsätze der stoischen Philosophie, hatten nicht allein Einfluß auf seine Sitten und
Meinungen, sondern schimmern auch allenthalben in
seinen Schriften durch. Das Lesen des Lucils erregte
in ihm die Lust Satiren zu schreiben; daher schrieb er
ein Buch von sechs Satiren, von welchem Quintilian
sagt, daß er viele und wahre Ehre dadurch verdient
hätte

s) Nouv. de la Republique des Lettres. Iuin 1684.
p. 362. sqq. Fabric. Bibl. Lat. L. I. c. 13. Müllers
Einleitung Th. III. S. 419. 489. 501. Crusius Lebensbeschreibung der Römischen Dichter; nebst Schmids Anmerkungen I. Th. S. 210. Hamberger I. Th. S. 510.

hätte ⁷); denn es wurde allgemein bewundert, als es sein Freund Cäsius Bassus zuerst bekannt machte. Die Kunstrichter sind in Ansehung seiner Schriften sehr verschieden in ihren Urtheilen, die Freunde des Horaz und Juvenals erniedrigen ihn vielleicht zu tief und Casaubonus erhebt ihn so hoch, daß er wenig Beyfall gefunden. Er ahmt dem Horaz nach, aber er ist zu schwerfällig, ob er gleich sonst einen edlen Stil hat, der aber zu sehr mit Metaphern verbrämt ist, aber als ehrlicher Mann, Philosoph und geschworner Feind des Lasters ist er schätzbar. Er wird wegen seines scharfen Salzes und finstern Scherzes der strenge (Severus) und wegen seiner Dunkelheit vom Bayle der lateinische Lykophron genennt. Sein großer Verehrer Casaubon leitet seine Dunkelheit aus vier Quellen: 1) weil er sich vor dem Nero fürchtete, zu dessen Zeiten er sich nicht deutlich zu schreiben getraute, 2) weil er schamhaft, 3) weil sein Witz groß war, und 4) weil er die Kürze liebte ᶻ). Man sucht zwar seine Dunkelheit dadurch zu entschuldigen, daß man vorgiebt, satirische Schriften müssen mit der Zeit wegen der mancherley Zeitumstände, und des Nationalen dunkel werden; allein er ist auch im Vortrag allgemeiner Wahrheiten dunkel, die man beim Horaz und Juvenal gut verstehen kann ᵃ).

Sene-

y) Quintil. Lib. X. 1, 94. Multum et verae gloriae, quamuis vno libro Persius meruit.

z Casaubonus in Prolegom. ad Persium.

a) Bayle Diction. Persius. Fabric. Bibl. lat. L. 2. c. 12. Crusius Th. I. S. 395. Hamberger Th. II. S. 70.

Seneca.

Lucius Annäus Seneca wurde im zweiten oder dritten Jahr der chriſtlichen Zeitrechnung zu Corduba gebohren. Er kam als ein Kind nach Rom, und legte ſich wider Willen ſeines Vaters auf die Philoſophie und beſonders auf die ſtoiſche. Endlich aber befolgte er doch den Willen ſeines Vaters, ergriff das Amt eines Sachwalters, und gelangte darauf zur Quäſtur; allein der Anfang der Regierung des Claudius war für ihn unglücklich. Caligula hatte des Germanicus Tochter Julia mit ihrer Schweſter Agrippina auf die Inſel Pontia verwieſen, welche Claudius aber zurückrufte; weil er nun mit derſelben vertraulich umgieng, ſo verdroß dieſes ſeine berüchtigte Gemahlin Meſſalina, die überdieſes den cäſariſchen Nachkommen nicht günſtig war; worauf ſie unrechtmäßiger weiſe der Unzucht beſchuldigt und verwieſen wurde. Seneca wurde unſchuldig in dieſen Handel gezogen, und Suillius wirft ihm beim Tacitus vor, er hätte mit der Julia Ehebruch getrieben [b]); daher wurde er in die, wegen ihrer Einwohner und Lage unangenehme Inſel Corſica verwieſen, wo er acht Jahre aushalten muſte. Ob er nun gleich in ſeinem Schreiben an ſeine Mutter vergab, daß ihm dieſe Verbannung nicht ſehr zu Herzen gienge, und er ſich die Zeit mit Studieren vertriebe [c]); ſo erhellet doch das Gegentheil aus einer andern Schrift

von

---

[b]) Tacit. Annal. L. XIII. c. 42.

[c]) Senec. Conſol. ad Helv. a. 4. 8. 9.

von ihm, wo er dem Claudius auf eine kriechende und
gar nicht philosophische Art schmeichelt, um wieder
nach Rom zu kommen *d)*; daher Lipſius, der ihn über
alles erhebt, so gar zweifelt, ob dieſe Schrift von ihm
sei, oder glaubt, daß ſie von seinen Feinden verfälſcht
worden *e)*. Nachdem die Agrippina an der Meßalina
Stelle kommen, brachte sie es beim Claudius dahin,
daß Seneca zurückberufen, und ihm die Prätur anvertraut wurde, weil sie ihn zum Oberhofmeiſter ihres
Sohnes Nero auserſehen hatte, dem sie gern den kai-
ſerlichen Thron zuſchanzen wollte. Hier drehte ſich ſeine
Denkungsart auf einmal um; er wurde aus einem
Schmeichler des Claudius sein heftigſter Feind, und
schrieb eine beißende und bittre Satire gegen denſelben;
nämlich die Apokolokynthosis oder die Vergötterung
des Claudius in einem Kürbis, wodurch er seinem vornehmen Zögling ein schlechtes Beiſpiel gab. Seneca
verspottete theils die Dummheit des Claudius, theils
die Consecration der Kaiser, welche nach der Einrich-
tung des Auguſts noch immer nach dem Tode der Kaiser fortgeſetzt wurde. Selbſt seine Mutter Antonia
spottete über die Dummheit ihres Sohnes; denn wenn
sie einen sorgloſen und zerſtreuten Menſchen ſah, sagte
sie: er iſt noch dümmer als mein Sohn Claudius. Daher führt Seneca das damals gewöhnliche Sprüchwort
an, wer alles zu thun begehrte, was ihm gelüſtete, müſte
entwe-

---

d) Conſol. ad Polybium. c. 21. ſqq.
e) Lipſ. in vita Senecae. c. 5. p. 25.

Zweiter Theil.   C

entweder ein König oder ein Narr ſeyn. Vielleicht hatte
er die ehmalige Staats Maxime im Sinn, da man einfältigen Menſchen das Regiment auftrug, damit ſie deſto
weniger ſchaden könnten; oder wie weiter unten in der
Satire vom Craßus geſagt wird: er wäre ſo dumm geweſen, daß er ſo gar hätte regieren können. Daher ſag-
ten ſeine Eltern von ihm, die Natur hätte zwar angefangen einen Menſchen aus ihm zu machen, ſie wäre
aber nicht fertig worden. Seneca hatte daher keine
Urſache zurückhaltend zu ſeyn, weil Nero von nichts lieber redete, als von der Dummheit des Claudius.
Den Titel ſeiner Satire nahm Seneca von der Veranlaßung des Todes des Kaiſers Claudius. Nämlich
als Agrippina merkte, daß Claudius ihren Sohn Nero
übergehn, und dem Britannicus zum Kaiſerthum ver-
helfen wollte, beſchloß ſie ihn durch ein langſames Gift
zu tödten. Eine Giftmiſcherin Locuſta muſte das
tödtliche Giftmittel zubereiten, welches dem Claudius
in einer Schüßel Bilze, die er ſehr gerne aß, beige-
bracht wurde. Da ſie ihn blos krank machten, ließ er
ſeinen Arzt Xenophon, unter dem Vorwände ihm ein
Brechen zu erregen, ihm eine Feder in die Kehle ſtoſſen, die in ſo ſtarken Gift getaucht war, daß er in
Kurzem ſtarb *f*). Daher nennte Nero die Bilze eine
Speiſe der Götter, weil Claudius dadurch ums Leben
kommen, und unter die Götter verſetzt worden. Und
Seneca verwandelte ihn in einen Kürbis, um ſeine
Dumm-

---

f) Tacitus XII. 1·7. Sueton. 44. Dio. LX. 31, 32.

Dummheit und Blödsinnigkeit anzuzeigen; denn wie an dem Kürbiße nichts als der Kopf ist, so war ein großer Kopf ein Zeichen eines dummen Menschen, welches Aristoteles schon bemerkt hatte ⁸); und wie ein Kürbis ein schwammichtes Gewächs ohne reißenden Geschmack ist, so sollte dieses eben so viel anzeigen ⁴). Die ganze Satire des Seneca ist varronianisch, das ist, es sind Verse unter die Prosa gemischt. Ich glaube, der Kaiser Julian ist dadurch veranlaßt worden sein Gastmahl zu schreiben; oder hat wenigstens die Erfindung daher genommen, welches aus der Vergleichung beider Satiren, und den über die Kaiser gefällten Urtheilen sehr wahrscheinlich wird. Der Zug, da Silen bei der Ankunft des Claudius Verse aus dem Aristophanes singt, weil er Verordnungen in homerischen Versen gab, auch vor Gerichte oft in dergleichen Versen redete, es mochte schicklich oder unschicklich seyn, ist offenbar aus dem Seneca genommen; denn da sich dieser alle Fehler des Claudius zu Nuße machte, ihn zu verspotten; so läßt er ihn den Herkules mit einem Vers aus dem Homer fragen: Wer bist du, wo kommst du her, welches ist dein Vaterland, und wer sind deine Eltern? worauf Claudius alsbald mit einem homerischen Verse antwortete:

C 2   **Von**

---

g) ἐν τῇ κεφαλῇ μεγάλην ἔχοντες, ἀνελίσθητοι.

h) Dan. Heinsius de Seneca Apocolosynthosi bei seinen Reden S. 190. Lugd. Bat. 1620. 8.

Von Troja trieb mich der Wind, ich landete bei den
Ciſonern [i]).

Wodurch er anzeigen wollte, daß Cäſar und ſeine
Nachkommen vom Aeneas abſtammten, der aus Troja
nach Italien gekommen. Sonſt hat man dem Seneca
vorgeworfen, daß er als ein Philoſoph und folglich Liebhaber der Wahrheit ſeine Rache gegen den Claubius
zu weit getrieben, und ihm mit unter unerweisliche Dinge vorgeworfen. Das Augument von körperlichen Gebrechen, welches Cicero ſo ſehr empfielt, hat er ſich
wenigſtens gut zu Nutze gemacht, und den Claubius
wegen ſeines wackelnden Kopfs, ſtotternder Zunge und
wankenden Kniee weiblich verſpottet; auch ſich ſo gar
grober und bäuriſcher Ausbrücke nicht geſchämt, die
einem Nachfolger der ernſthaften Stoa gar nicht
kleiden [k]).

Eraſmus fand auch des Seneca Art zu ſcherzen,
ſeine Poßen, Zoten, Muthwillen und ſcurrile Ausbrücke zu übertrieben [l]); Doch vertheidigte ihn Dava-
ſior, und glaubt, er käme dem Lucian gleich; ja dieſer
einzi-

i) Ἴλιοθεν με φέρων ἄνεμος Κικόνεσσι πέλασσεν.

k) Vltima vox eius haec inter homines audita eſt, cum
majorem ſonitum emiſiſſet illa parte, qua facilius lo-
quebatur: vae me, puto concacaui me. Quid autem
fecerit, neſcio: omnia certe concacauit.

l) Eraſmus Ep. 1010. p. 1150. T. III. Opp. Vbique
plurimus videtur jocorum affectator, etiam in rebus
maxime ſeriis: in quibus optarim illum aliquanto
longius abeſſe ab ineptia, obſcenitate, vitioque ſcur-
rilitatis ac petulantia. Eſt omnino liberale quoddam
jocan-

einzige Cäsar des Seneca wäre ihm lieber, als alle Cäsare des Julians selbst ᵐ). Die Verwandlung des Claudius in einen Kürbis, wird nicht erzählt; daher erzählt Borhorn, daß das Ende dieser Satire fehle ⁿ), Sie ist theils mit den Werken des Seneca zusammen, theils auch einzeln herauskommen °).

C 3   Petro-

jocandi genus; est et perpetua quaedam orationis jucunditas, quae virum bonum non dedeceat, si in loco adhibeatur; et in Seneca saepe cachinnos sentias potius, quam risum.

m) Vavassor de ludicra dictione. p. 250. Edit. Kappii.

n) Boxhorn quaest. Rom. XV.

o) Fabric. Bibl. lat. L. 2. c. 9. Bruckeri Hist. crit. philos. T. II. p. 545. Hamberger Th. II. S. 87. Dan. Heinsius de Senecae Apocolocynthosi. Ioh. Schefferi notae in Senecae apocolocyntosin in Lectionibus Academicis. p. 279. Hamb. 1675. 8. Chr. Aug. Heumanni Index expurgatorius, sive Emendationes ad Senecae ἀποκολοκυντώσιν steht in Actor. Eruditor. supplem. T. VI. p. 296. Tres Satyrae Menippeae: L. Annaei Senecae ἀποκολοκυντωσις: Io. Lipsii Somnium; P. Cunaei Sardi venales, recensitae et notis perpetuis illustratae. Lipf. 1720. 8. Der Herausgeber dieser Satiren, der sich blos mit den Anfangsbuchstaben G. C. B. in der Dedication nennt, ist Gottlieb Corte aus Bützow, der hernach Professor der Rechte zu Leipzig worden, und 1731 gestorben ist. Weil er damals Theologie studirte, so traute er sich nicht seinen Namen dieser Sammlung vorzusetzen; besonders wegen der Satire des Cunäus, die ihm von den Theologen viel Verdruß zugezogen.

Petronius.

Titus Petronius Arbiter kam in der Gegend von Marſeille zur Welt, und ſtammte von einer ritter⸗ lichen Familie ab. Weil er bei dem Kaiſer Nero Grand Maitre des Plaiſirs war, ſo erhielt er den Na⸗ men Arbiter. Er lebte an dem Hofe des Claudius und Nero; jener machte ihn zum Proconſul von Bi⸗ thynnien und dieſer zum Conſul; das letztere Amt muß er aber kurze Zeit verwaltet haben, weil man ſeinen Namen im Verzeichniß der Conſuln nicht findet, ohn⸗ geachtet Tacitus verſichert, daß er dieſe Würde wirk⸗ lich bekleidet habe. Endlich ſtürzte ihn ſein abgeſag⸗ ter Feind Tigellinus der Hauptmann von der Leibwa⸗ che, und brachte es dahin, daß er zu Cumä angehal⸗ ten wurde; daher beſchloß er ſich das Leben zu nehmen; welches er aber auf eine ſonderbare Weiſe ausführte, daß es Niemand merken ſollte. Er ließ ſich nämlich eine Ader öfnen, die er nach Belieben verband, und wieder öfnete, und dabei beſtändig ſeine Verrichtungen abwartete, bis endlich ſein Tod ganz natürlich im Jahr 66. nach Chriſti Geburt zu erfolgen ſchien. Petro⸗ nius ſchrieb einen ſatiriſchen Roman nach Art des Varro in Proſa mit Verſen vermiſcht, welcher den Titel Sati⸗ ricon führt, wovon jetzt nur noch Fragmente übrig ſind. Er muß ſehr lang geweſen ſeyn, ſo daß Douſa glaubt, daß kaum der zehnte Theil davon übrig iſt. Es kommen in demſelben viele ſinnreiche Erdichtungen, aber auch grobe und feine Zoten genung vor, nebſt ei⸗ ner Menge der feinſten ſatiriſchen Züge. Bald ſpottet

er über die pedantischen Schuldeclamationen, bald über
die Poeten seiner Zeit, welche die Leute auf öffentlichen
Plätzen, in Bädern und Privathäusern mit Vorlesung
ihrer Verse betäubten; bald mischt er anmuthige Erzählungen ein, wie die von der Matrone von Ephesus,
bald zeigt er sich als einen geschmackvollen Kunstrichter,
indem er Lehrsätze von der Dichtkunst mittheilt; mit
einem Worte, sein Werk ist von so vielfachen Inhalt,
daß man in der Art fast nichts beßers schreiben könnte.
Sein Stil hat eine Zierlichkeit und Delicateße, die
ihm allein eigen ist, und die noch Niemand erreicht hat.
Dousa schrieb, daß ihm Petrons kleiner Versuch über
den pharsalischen Krieg lieber wäre, als dreihundert
Bücher in Versen vom Lucan. Lipsius meint, seit
dem man hätte angefangen zu schreiben und Verse zu
machen, hätte man nichts schöners und anmuthigers
in Absicht der wahren Urbanität gesehn, als Petrons
Schrift; und Caspar Barth glaubt, daß er alle
Schönheiten des Cicero und Plautus so innig vereinigt
hätte, daß ihm noch Niemand gleich gekommen, und
daß seine Schreibart ganz unnachahmlich wäre. Andre im Gegentheil als Huet wollen in seiner Schreibart
hier und da etwas affectirtes finden, indem er manche
Gegenstände zu sehr ausgemahlt und sich daher von der
männlichen Denkungsart entfernt hätte, wodurch sich das
goldne Jahrhundert des Augusts so sehr auszeichnet.
Valois will auch bisweilen in seinem Ausdruck Gallicismen finden, die sein Vaterland verrathen sollen.
In Ausbildung der Charaktere wird Petron durchge-

C 4 hends

hends für einen Meiſter erkannt; ſeine Sclaven reden
wie Sclaven, und die Trunknen im Gaſtmahl des
Trimalchion, wie es ihr Zuſtand erfordert.

Eine andre Frage iſt es, ob Petron in Anſehung
der Moralität zu empfelen ſei oder nicht; ob er ein
Lehrer der Tugend oder des Laſters ſei; ob er das Laſter
habe angenehm, oder verächtlich und lächerlich machen
wollen? In dieſer Abſicht nun wird man den Petron
kaum entſchuldigen können. Wenn er das Laſter hätte
wollen verächtlich machen, ſo würde er es nicht in ſo
lieblichen Bildern abgemahlt haben; welches ſchon
Saint Evremond deutlich dargethan hat *). Er
ſcheint ſich die gröſte Müße zu geben, die Menſchen zu
grober und unnatürlicher Wolluſt einzuladen, ſtatt daß
er ihren Abſcheu dagegen hätte erwecken ſollen. Hätte
er moraliche Vorſchriften wie Horaz ertheilen wollen,
ſo würde er wenigſtens gezeigt haben, daß die göttliche
Gerechtigkeit das Laſter beſtraft. Aber der einzige
ehrliche und fromme Mann, den er anführt, der Kaufmann Lykas kam in einem Sturm um, und ſeine
gottloſen Gefährten wurden erhalten. Enkolpius,
Giton, Tryphena und Eumolpus alle mit den
gröbſten Laſtern befleckt, entgehn der Gefahr; der einzige Lykas ruft die Götter unſonſt an, und muß vor
die Schuldigen bezahlen. Daher ſagt Vavaſſor; er
thäte in Anſehung des Petrons den Wunſch, den die
lieb-

*) Saint Evremond Tom. II. de ſes Oeuvres, Iugement
ſur Petrone.

Liebhaber in Rückſicht auf ihre Mädgen thäten: Wäre
ſie doch entweder nicht ſo ſchön, oder nicht ſo unver-
ſchämt; denn ſo würde eins von beiden geſchehn, entweder würde ſein Buch nicht ſo häufig geleſen werden,
oder nicht ſo viel ſchaden [q]. Salmaſius glaubt,
daß die jetzt noch übrigen Fragmente des Petrons bloße
Excerpten oder einzle von einem Studenten abgeſchrie-
bene Stellen ſind, der beim Leſen des Autors ſich die
Stellen auszeichnete, die ihm am beſten gefielen. Er
verwirft auch die Meinung derjenigen, welche behaupten, Petron wäre von den Mönchen verſtümmelt worden, in der Abſicht, die unkeuſchen Stellen auszumär-
zen; worinn er auch Recht hat, denn dieſe Fragmente
ſcheinen eher eine Auswahl der zotigſten Stellen zu
ſeyn [r]. Caspar Barth glaubt, dieſe Excerpten wären in einem barbariſchen Jahrhunderte von einem
Ignoranten gemacht worden, der nicht allein allen Unflath erhalten, ſondern auch den correcteſten, reinſten
und feinſten Schriftſteller nach den Zeiten des Auguſts
verſtümmelt, und an einigen Stellen zum Barbaren
gemacht hätte [s]. Ob Petron in ſeinem Werke unter
der Perſon des Trimalchio den Kaiſer Claudius oder
Nero ſatiriſirt, iſt noch nicht ausgemacht. Saint
Evrémond glaubt, man müße unter dem Trimalchio
den Nero verſtehn; andre aber meinen, dieſer Cha-

C 5   rakter

q) Vavaſſor de ludicra dictione. p. 252.

r) Salmaſius in praefat. ad Ampelium.

s) Caſp. Barth. Adverſar. L. 50. c. 9. col. 2357.

rakter paße nicht recht auf die Perſon des Nero. Vermuthlich mag Tacitus zu dieſer Meinung haben An-
laß gegeben, welcher ſchreibt, daß Petronius noch vor
ſeinem Ende dem Nero ein Verzeichniß von deſſelben
Schandthaten verſiegelt zugeſchickt; einige meinen aber,
daß hier von einem ganz andern Petron die Rede ſei,
und daß es ganz unwahrſcheinlich wäre, daß er zu dieſer Zeit ein ſolches Buch, und von ſolcher Größe habe
ſchreiben können. Burmann hat aus der Vergleichung mit der Apokolokynthoſi des Seneca gezeigt, daß
man unter dem Trimalchio den Kaiſer Claudius verſtehn müße.

Die Fragmente des Petrons ſind nicht zu gleicher Zeit entdeckt worden. Das Stück, worinn das
Gaſtmahl des Trimalchio beſchrieben wird, iſt erſt
ins vorigen Jahrhundert bekannt worden. Es befand
ſich zu Traw in Dalmatien in der Bibliothek des Doctors Marino Statilio. Ueber die Aechtheit dieſes
Fragments ſind einige gelehrte Streitigkeiten entſtanden, welche aber verſchwunden ſind, nachdem es durch
eine Verſamnilung von gelehrten Männern zu Rom
1668. d. 28. Aug. öffentlich unterſucht, und vor ein
ächtes Fragment des Petrons iſt erkannt worden. Die
Handſchrift davon befindet ſich ietzt in der königlichen
Bibliothek zu Paris n. 5623 [s]. Wagenſeil und
Valois haben ſich umſonſt bemüht dieſes Fragment
ver-

---

s) Menagiana Tom. III. p. 204.

verdächtig zu machen *); denn die barbarischen Redensarten, welche darinn vorkommen, sind vom Petron
als einem großen Kenner der Charaktere und des Costu-
me mit Fleiß hineingesetzt worden, um den Unterschied
der Sprache zwischen Leuten vom Stande und vom Pöbel zu zeigen. Die Sclaven beim Plautus und Terenz reden die Sprache ihrer Herren; aber der kunst-
verständige Petron läßt den Pöbel in der Gassenspra-
che reden, welches man nicht leicht bey den alten, aber
wohl bey neuern Schriftstellern finden wird. Nicht
lange nachdem das Trauische Fragment (Fragmen-
tum Tragurianum) gefunden worden, kam ein neues
Stück zum Vorschein, welches den Petron gar ergänz-
te. Ein französischer Edelmann in Kaiserlichen Kriegs-
diensten Düpin, welcher der Eroberung von Belgrad
1688. beiwohnte, sollte es bei seinem Hauswirth gefunden haben. Franciscus Ciodot machte diese Entdeckung in einem Briefe an den Director der französischen

---

s) Ioh. Christ. Wagenseilii Differtatio de coena Trimalcionis fub Petronii nomine edita, five de fragmento
Petronii Norimb. 1667. A. Hadriani Valefii et Ioh.
Christ. Wagenseilii de Coena Trimalcionis nuper fub
Petronii nomine vulgata differtationes. Par. 1666. A.
Dagegen wird die ächte Richtigkeit dieses Fragments
behauptet in Marini Statilii traguriensis Responf. ad
Wagenseilii et Valefii differt. de traguriensi Petronii
fragmento; worinn auch andrer Gelehrten Rettungen
dieses Bruchstücks vorkommen. Diese Streitschriften
stehn auch in dem Anhange der Burmannischen Ausgabe des Petrons 1709. 4. S. 309-316. u S. 374-316.

ſchen Akademie Charpentier bekannt, d. 12. Oct. 1690,
und ließ den Schatz ſelbſt 1693. drucken. Es erhielt
anfangs Beifall; es haben aber verſchiedene Gelehrte,
worunter Leibnitz, Tenzel und Cramer ſind, und
vornähmlich ein ungenannter in ſeinem Tombeau du
Saux Petrone du Belgrade, aus der mit Gallicismen
und Barbarismen angefüllten Schreibart bewieſen, daß
es mit dieſem Fund Betrug ſei. Auch über das Alter
des Petrons ſind Streitigkeiten entſtanden; und der
Jeſuit Hardouin verſprach ſogar zu beweiſen, daß er
unter dem Auguſt gelebt hätte x).

Juvenalis.

Decimus Junius Juvenalis hat zu Aquino
ohngefähr im Jahr 38 oder 39. das Licht der Welt erblickt. Erſtlich legte er ſich blos des Vergnügens wegen auf die Beredſamkeit und hernach auf die ſatiriſche
Dichtkunſt; er wagte es aber lange nicht öffentlich auf-
zutreten, aber beim Anfang der Regierung des Adrians
zeigte er ſich mit einer Sammlung von Satiren und
erlangten vielen Beifall. Weil er aber durch eine
Stelle in ſeiner ſiebenten Satire y) dem Kaiſer verdächtig wurde, daß er unter der Benennung ſeines ihm an-
genäh-

x) Menagiana Tom. III. p. 435. Baillet Iugemens des
    Savans Tom. III. p. 257. Hamberger Th. II. S. 112.
    Das Gaſtmahl des Trimalchion habe ich in jüngern
    Jahren ins Deutſche überſetzt, und in die Breslauer
    Beiträge zur Philoſophie und den ſchönen Wiſſenſchaf-
    ten in des zweiten Bandes erſtes Stück einrücken laſſen.

y) v. 87.

genehmen Acteurs, welchen Juvenal den erdichteten
Namen Paris giebt, ihn selbst und seine Zeiten habe
anstechen wollen, so setzte er ihn über eine Cohorte, die
dazumal in dem äußersten Egypten stand, und verwies
ihn also unter dem Schein der Ehre aus Rom; dieses
geschah im Jahr 119. Er starb bald darauf im 82.
Jahr seines Alters. Was seine Satiren anbetrift,
deren sechzehn sind, und die man in fünf Bücher ein-
theilt, so sind die meisten Kunstrichter einig, daß sie in
ihrer Art vortreflich sind. Unter seinen Verehrern steht
Scaliger oben an, der ihn den Fürsten der lateinischen Satiriker nennt. Er hält seine Verse vor besser
als des Horaz, seine Gedanken vor edler und erhabe-
ner, und glaubt, daß er ihm in nichts nachzusetzen sei,
als in der Reinigkeit der Schreibart. Er vertheidigt
ihn gegen diejenigen, die ihn mehr vor einen Declamator als Satiriker halten, und sagt, daß man in ihm mehr
wahren Geschmack und Urbanität finde, als irgendwo
in Horazens Satiren. Er glaubt, Juvenal wäre so
weit über den Horaz erhaben, als dieser über den Lucil *). Man kann das Uebertriebene in dieser Lobeser-
hebung leicht entdecken. Andre ziehen deßwegen den
Juvenal vor, weil sie meinen, Horaz käme mit seinen
Satiren nicht weiter als auf die Oberfläche; da im
Gegentheil Juvenal seinen Raub bis auf die Knochen
durchbeiße, und ihn selten eher losläßt, als bis er ihn er-
würgt und getödtet hat. Andre behaupten im Gegentheil,

---

z) Scaliger Poet. L. VI. p. 838. 867. 868.

theil, Juvenal wäre in der Satire weit unter dem Horaz und eine juvenalische Satire wäre viel leichter zu
machen, als eine horazische. Daher sagt Crusius:
es ist allemal leichter sich seinem gerechten Unwillen zu
überlaßen, und durch die bittersten satirischen Züge leidenschaften rege zu machen, als mit dem Horaz den Fehler
sanft bestrafen und künstlich tadeln, ohne den, der ihn an
sich hat, auch nur zu beunruhigen, so wie es leichter ist,
ein verdorbenes Glied abzuschneiden, als wieder herzustellen. Zu gleicher Zeit scheint es mir, daß die erstere
Methode die natürlichste, und bei den Gottlosen und lasterhaften am wirksamsten, so wie die letzte künstlicher und
in der bürgerlichen Gesellschaft die schicklichste ist. Alle
solche Vergleichungen der Kunstrichter sind oft sehr unglücklich ausgefallen, und der einzige Leisten, nach dem
sie alles abmeßen und anpaßen wollten, zeigt von dem
engen Horizont ihrer Beurtheilungskraft. Horaz
schrieb komische Satire gegen Thorheiten und geringere
Verbrechen, und hat seinen Zweck meisterlich erreicht;
und Juvenal schrieb ernsthafte Satire gegen grobe Laster, und hat seinen Zweck auch erreicht. Es wäre fehlerhaft gewesen, wenn Horaz wie Juvenal und dieser
wie jener geschrieben hätte. Wie die erste Erziehung
bei dem Menschen sehr tief wurzelt, und sich nach und
nach mit seinem Marke verwebt, so finden einige auch
in den Satiren des Juvenals noch den Deklamation
Ton der Schule, dem er seine schönsten Lebens-
jahre gewidmet hatte. Dieses behaupten Boileau

leau [a]) und Rapin, der letztere meint so gar, weil er immer zornig wäre, so wäre es nicht natürlich, und findet mehr an ihm den eitlen und prahlenden Declamator, als den Eiferer für die Tugend [b]). Wenn auch dieses nicht gegründet ist, so scheint ihn doch ein andrer Einwurf, den man ihm gemacht hat, eher zu treffen. Weil er die groben Laster seiner Zeit mit so lebhaften Farben beschreibt, und ihre schädlichen Theile gleichsam den Augen aller Welt darstellt, so haben schon heidnische Schriftsteller geglaubt, daß er das Laster mehr lehre als verbiete; und deßwegen sagt man, hätte er die dritte, sechste und neunte Satire gar nicht bekannt machen sollen, wenn er das Ansehen eines Tugendlehrers hätte behaupten wollen. Auf diesen nicht ungegründeten Einwurf hat man geantwortet, daß zu seiner Zeit die schändlichsten Ausschweifungen so im Schwange gegangen, daß blos allgemeine Winke das Laster nicht gebessert hätten; er hätte also die abscheulichen Scenen mit den schwärzesten Farben schildern müssen, wenn man sich hätte schämen sollen. Es hätten eben dieses auch einige Kirchenväter gethan, welche in sehr feinen Ausdrücken die unzüchtigen Gebräuche und die schmutzige Mytho-

a) Boileau Chant. II. de l'Art poetique v. 157.
Juvenal elevé dans les cris de l'ecole
Pouſſa jusqu' à l'excès ſa mordante hyperbole;
Ses ouvrages tout pleins d'affreuses verités.
Etincellent pourtant de sublimes beautés.

b) Rapin Reflexions sur la Poetique, seconde Partie,
Reflex. 28

Mythologie der Heiden geſchildert. Dem ohngeachtet
wird man doch die gar zu freien Ausdrücke beſonders
für einen Tugendlehrer niemals rechtfertigen können.

Obgleich ſonſt der Charakter der juvenaliſchen Satire ganz ernſthaft iſt, ſo kommen doch hier und da komiſche Züge vor, wo er kleinere Verbrechen und Thorheiten lächerlich macht. So züchtigt er einige lächerliche Arten zu ſchwören bei den Römern, wenn ſie bei
den Strahlen der Sonne ſchwüren, bei den tarpeji-
ſchen Blitzen, bei dem Speer des Mars, bei den
Pfeilen des Cyrrhäiſchen Sängers, bei den Jagd-
ſpießen und dem Köcher der keuſchen Diana, bei
dem Dreizack des Neptuns, bei dem Bogen des Herkules, dem Spieß der Minerva, und bei andern ſchönen Raritäten in der Rüſtkammer des heidniſchen Himmels. Eben ſo macht er die Idee lächerlich, ſo viele
unnütze und gefühlloſe Götzen anzubeten [e].

Apulejus.

Lucius Apulejus hatte Medaura eine römiſche
Kolonie in Africa zur Vaterſtadt. Weil ſeine Eltern
einen fähigen Kopf an ihm merkten, ſo ließen ſie ihn
zu Carthago in den erſten Wiſſenſchaften unterrichten;
von da begab er ſich nach Athen, wo er ſein Studieren
fortſetzte, und ſich mit großem Eifer beſonders auf die
platoniſche Philoſophie legte. In Rom lernte er die

latei-

---

e) Baillet Iugemens. Tom. III. p. 265. Cruſius Th. II.
S. 106. Hamberger Th. II. S. 168.

lateinische Sprache durch eignen Fleiß. Weil er ein
Grübler war, und gern hinter die damaligen Geheimniße der Priester kommen wollte, so ließ er sich in viele
heilige Gesellschaften aufnehmen und einweihen; welches ihn um einen großen Theil seines Vermögens
brachte. Und ob er gleich vor Gerichte damit prahlte,
daß sein beständiges Forschen in der Natur und in den
Denkmälern des Alterthums ihn hindre, seinem Körper die nöthige Pflege zu geben, und daß sein Haar
in ein unauflösliches Gewirre gerathen sei, daß er Gold
und Edelsteine nicht mehr als Blei und Kiesel schätze,
so suchte er doch zu Rom als Anwald sein Vermögen
wieder zu gewinnen. Am besten half er sich durch die
Heirath mit einer reichen Wittwe von 40 Jahren,
Namens Pudentilla, der die Aerzte wegen ihrer hyste-
rischen Zufälle, das Heirathen empfohlen hatten. Der
Umgang mit den Priestern, die mit erdichteten Geheimnißen sich groß machten, und seine Kenntniß in den
geistlichen Taschenspielereien waren Ursache, daß man
ihn vor einem Zauberer und Wunderthäter hielt. Er
lebte unter den beiden Antoninen. Nach seiner Zurückkunft nach Africa erhielt er die Stelle eines Priesters, und setzte sich durch Advociren in solches Ansehn,
daß ihm hin und wieder in Africa Ehrensäulen aufge-
richtet wurden. Seiner Neigung zu Schwärmereien
unbeschadet, war er ein sehr gelehrter und beredter
Mann. Seine Schreibart aber verräth sein Vaterland, denn sie ist schwülstig und rauh. Beroaldus
war aber in seiner Schreibart so vernarrt, daß er

Zweiter Theil.　　D　　glaubte,

glaubte, die Muſen würden die Sprache des Apulejus reden, wenn ſie lateiniſch ſprechen ſollten. Melanch- thon zeigte ſchon beſſern Geſchmack, da er die Rede des Apulejus mit dem Geſchrei eines Eſels verglich. Seiner ſchlechten Schreibart aber ungeachtet, iſt aus ſeinen Schriften vieles zu lernen.

Hieher gehört ſein ſatiriſcher Roman von dem Eſel, in welchen er verwandelt worden, oder die Eilf Bü- cher der Verwandlung. Er wird gemeiniglich der goldne Eſel genannt; nicht als wenn ihm Apulejus ſelbſt dieſen Namen gegeben hätte, ſondern weil ihm andre wegen der darinn vorkommenden anmuthigen Erzählungen dieſes Titels würdig hielten; dadurch ſind einige Liebhaber der Alchymie verleitet worden zu glauben, daß in demſelben die Kunſt Gold zu machen, enthalten wäre. Obgleich Apulejus in dem Prolog ſelbſt ſchreibt, daß dieſer Roman nichts als Erdichtun- gen enthielte, ſo hat doch Auguſtinus nicht gewuſt, ob es Wahrheit oder Fabel wäre [d]. Die Erfindung kommt nicht vom Apulejus her, ſondern er hat ſie dem Lucius von Patras aus ſeinen Büchern der Ver- wandlung abgeborgt; indem er ihn erweitert, wie Lucian eben denſelben ins kurze gebracht hat [e]. Einige unter den Alten haben nicht viel auf dieſen Roman gehalten. Der Kaiſer Severus beſchwerte ſich in einem Briefe

an

---

d) Auguſtinus de Civitate Dei L. XVIII. c. 18.

e) Photius Cod. CXXIX. p. 165. Voſſius de hiſtor. Graec. p. 517. 518.

an den Senat über die dem Clodius Albinus erwiesene Ehre, dem man unter andern auch das Lob eines Gelehrten beigelegt hatte. Er konnte es nicht leiden, daß Albinus mit diesem Titel beehrt würde, weil er unter den alten Weibermährlein des Apulejus grau geworden *f*). Und Makrobius verweist alle Fabeln, die dem Esel des Apulejus ähnlich wären, in die Kinderstuben und unter die Ammen *g*). Unterdessen ist es nicht zu leugnen, daß in demselben scharfe Satiren wider die magische Windbeutelei, die Laster der Priester und Ehebrecher und die unbestraften Rotten der Diebe und Mörder vorkommen; welches auch die besten Ausleger erkannt haben *h*). Daher hat Warburton keinen Beifall gefunden, wenn er diesem Roman eine weit höhere Absicht beilegt. Der abergläubische und von einem Privathaß gegen das Christenthum entbrannte Apulejus soll darinn haben erweisen wollen, wie viel

D 2 besser

f) Iul. Capitolinus in Clodio Albino Cap. XII. Major fuit dolor, quod illum pro litterato laudandum plerique duxerunt, quum ille naeniis quibusdam anilibus occupatus inter Milesias punicas Apuleji sui, et ludicra litteraria consenesceret.

g) Macrob. Saturnal. L. I. c. 2. Vel argumenta fictis casibus amatorum referta, quibus vel multum se Arbiter exercuit, vel Apulejum nonnunquam lusisse miramur. Hoc totum fabularum genus, quod solas aurium delicias profitetur, e sacrario suo in nutricum cunas sapientiae tractatus eliminat.

h) Casp. Barthii Adversar. L. 51. c. 11. Iul. Floridi Commentar. in Apulejum in usum Delphini.

beßer die Mysterien des Heidenthums zur Reinigung
der menschlichen Gemüther wären, als die christliche
Religion. Dieser Haß gegen diese Lehre soll von seinem
Ankläger Licinius Aemilianus, der nach Warburtons Muthmaßung ein Christ gewesen seyn soll, herrühren *).

Claudianus.

Claudius Claudianus aus Alexandrien in Aegy-
pten gebürtig, that sich sehr zeitig in der griechischen
und lateinischen Dichtkunst hervor; daher machte ihn
der Kaiser Honorius im Jahr 395. wegen seiner Geschicklichkeit sich zierlich in Schriften auszudrücken zum
Notarius. Im Jahr 369. wurde er von der Bürger-
schaft zu Rom abgeschickt, dem Honorius zum dritten
Consulate Glück zu wünschen, und verfertigte von der
Zeit an, bis in das Jahr 404. verschiedne Gedichte,
dafür ihm von dem römischen Rath eine Ehrensäule von
Erz auf dem Markte des Trajans gesetzt wurde. Ueber
das Verdienst des Claudians in der Dichtkunst sind die
Kunstrichter sehr getheilt, welches auch nicht zu verwundern ist, da er sich nicht allenthalben gleich ist.
Sabellicus hatte vielleicht nicht Unrecht, wenn er ihn
den

---

*) Warburton divine Legation of Moses, Tom. II.
p. 117. Bayle Dicton. Apulejus. Fabric. Biblioth. lat.
L. II. c. 3. Brucker histor. crit. philos. Tom. II.
p. 171. Hendreich Pandeēt. Brandenburg. Haimber-
ger Th: II. p. 337. Biblioth: des Romans par Gordan
de Percel. Tom. II. p. 15. sqq.

den letzten unter den Alten, und den erſten unter den
neuern Poeten nennt. Scaliger und Burmann
finden in ihm den Homer und Virgil vereint. Man
lobt ſeine blühende Einbildungskraft und das fließende
an ſeinen Verſen, und tadelt den Mangel an Kraft,
den man hier und da bemerkt. Man findet an ihm
eine gewiße prächtige und unzeitige Ueppigkeit, die man
an Gewächſen findet, die im Triebhauſe gezwungen
werden, welches Geſner das Alexandriniſche Genie
nennt k).

Er hatte ſchon in ſeinen jüngern Jahren einen ſtarken Hang zur Satire, in welchen er auch den Präfe-
ctus Prätorio angrif, und ſich demſelben verhaßt machte, ſo wie er ſchon vorher durch die freimüthige Beurtheilung eines Gedichts des Quaeſtors ſich den Haß
deſſelben zugezogen hatte.

Seine beiden Satiren auf den Rufinus und Eutropius werden unter allen ſeinen Gedichten am meiſten geſchätzt. Er hat als ein Bewundrer des Stilico,

D 3 deßen

k) Cum accederet praeſertim ingenium patrium, quod
Alexandrinum etiam in aliis dicere ſoleo, quale efficere
ſtudebant in his, quos Alexandrinas delicias appella-
bant, pueris et puellis, facile, fertile, et ſolo, quod
Nilus irrigavit, ſimile, idemque cum hilaritate et
laſcivia quadam ludibundum, quale in Theocrito,
Apollonio et Callimacho animadvertimus; hoc genus
vt amabilitatem et laetam vbertatem habet primae aetatis, in neque a puerilitate alienum eſt; peccant non
ſiccitate, ſed ariditate et luxuria, non intra modum,
ſed vltra.

beßen Gemahlin Serena ihm zu einer reichen Frau
in Africa geholfen hatte, dieſen Nebenbuhlern ſeines Ab-
gotts ſo bitter begegnet. Caſpar Barth glaubte, ſie
hätten wegen ihrer Vortreflichkeit den Vorzug vor allen
Satiren, die je wären gemacht worden. Die andern
ſatiriſchen und komiſchen Dichter hätten blos allgemeine
Sachen geſagt, aber ſie würden alle von dem Claubian
übertroffen, der das Laſter ſo gar am Throne der Kaiſer
in der Perſon ihrer Günſtlinge angegriffen hätte [i]).
Er räumt auch den zwei Büchern gegen den Eutropius
den Vorzug ein, und meint, die Satire gegen den Ru-
fin müße jenen weit nachſtehn. Doch war er nicht der
erſte, welcher Satiren im epiſchen Ton geſchrieben hat [m]).

[i]) Barth. Adverſar. L. 53. c. 2. col. 2475.

[m]) Fabric. Biblioth. lat. L. 3. 13. Baillet Iugemens
T. III. p. 287. Cruſius Th. II. S. 162. Hamberger
Th. II. S. 891.

[n]) Da ich nach meiner Abſicht hier blos von den vornehmſten Satirikern der Römer handeln wollte, ſo werde ich
die Poetas Satiricos minores übergehn, von denen man
in Herrn Wernsdorfs Tom. III. Poetarum Latinorum
minorum hinlängliche Nachricht findet.

XI.

XI.
Italiänische Satirenschreiber.

Da Italien seit je her eine Menge nicht blos unbeträchtlicher, sondern auch berühmter Satiriker hervorgebracht hat, so kann man daraus schlüßen, daß die Natur diese Nation mit einem reichen Maaße des satirischen Geistes, die Laster lebhaft zu bestrafen und die Thoren lächerlich zu machen, begabt habe. Zwar macht Bettinelli nicht viel aus den Italienischen Satirendichtern, wenn er sagt: Aus den satirischen Poesien ist weniger als aus allen andern zu machen. Ihr habe weder einen Horaz, noch Juvenal unter euch, noch irgend einen, der ihnen gleichet. Die italienische Sprache scheint zu dieser Art von Gedichten gar nicht geschickt, und die Italiener greifen gar zu bald nach den Waffen. Das beste ist, daß Ihr gar keine Satiren habt, und damit lebt wohl *). Von den eigentlichen Satiren der Italiener, die diesen Namen führen, möchte dieses Urtheil nicht ganz ungegründet seyn, ob es gleich ohne Zweifel, wie viele Urtheile des Bettinelli übertrieben ist. Allein die besten Satiren bei den Italienern, muß man unter denen suchen, die diesen Namen nicht führen; und vorzüglich unter den Capitoli des Berni, und einiger seiner beßern und gesitteten Nachahmer, worunter Cesare Capporali, Faggioli und Lasca gehören. Baretti, der das hitzige Temperament seiner Landsleute und ihre übertrie-

D 4 bene

*) Lettere di P. Virgilio Marone all' Arcadia di Roma.

bene Neigung zur Satire hinlänglich kannte, glaubt,
die Preßfreiheit würde ein unglückliches Geſchenk vor
dieſe Nation ſeyn, welche alsdenn Niemand verſchonen,
ſondern jedermann auf das heftigſte durchziehen würde.
Ich bin gewiß, ſagt er, daß alsdenn die Zeiten des unzüchtigen Aretino und des atheiſtiſchen Bruno wieder aufleben würden. Jeder ſchreibende Abbé in Rom,
würde alsdenn in den beleidigendſten Ausdrücken
von Kaiſern und Königen ſprechen, wenn ſie einen
Krieg erklärten, oder einen Frieden ſchlößen, der nur
legend dem Intereße der Römer zuwider wäre. Jeder lumpichte Birrichino von Bologna würde die
ſchönſten Königinnen mit ſeiner ſchwärzeſten Dinte be-
ſudeln, weil ſie auswärtige Manufacturiſten antreiben,
ſich in ihrem Gebiete niederzulaßen. Und ein dummer
Lazzerone von Neapel, würde jede kleine Republik
mit den niederträchtigſten Beinamen verunehren, die
allen denjenigen, die nur Geld genung zu bezahlen haben, Erlaubniß giebt, von ihren Zimmerleuten Schiffe
bauen zu laſſen, und bei ihnen Soldaten zu kaufen.
Kein Mann in einem öffentlichen Amte würde ſich dann
vor der Sündfluth bitrer Satiren retten können, die
aus den italieniſchen Federn fließen würden; und der
gute Name eines Privatmanns ſtünde in der Gewalt
jedes Schurkens, der nur reimen könnte. — Bekämen wir Preßfreiheit, ſo würde mancher Oelkrämer
zu Lucca, mancher Weinhändler zu Empoli, und mancher Lichtzieher zu Modena ſich ein gut Theil weiſer zu
ſeyn dünken, als die Staatsſecretäre, und ſich über

Könige

Könige und Königinnen, daß munbern, daß sie ihn nicht aus seinem Laden herauszögen, und zu den höchsten Würden beförderten. — Der Pabst würde der Antichrist und die Mutterkirche eine Hure heißen. Dies würden unter andern die gesegneten Folgen der Preßfreiheit in Italien seyn, wenn wir sie je bei uns einführten. Aber der Himmel verhüte es! Man sagt: Niemand kennte das Vergnügen ein Narr zu seyn, als wer selbst einer ist. Eben das läßt sich mit Rechte von den besondern Vortheilen der Sclaverei behaupten. Niemand kann sich davon einen Begriff machen, als wer selbst ein Slav ist [*]. So scheint geistige und körperliche Sclaverei sich sehr ähnlich zu seyn; denn auch bei letzterer erzeugt der warme Sonnenschein der Freiheit oft das Ungeheuer der Rebellion, das in den trüben und kalten Tagen des Jochs nicht reifen konnte.

Vierzehntes Jahrhundert.
Dante Alighieri.

Dante erschien in der Nacht der Wissenschaften, welche Italien und andre Länder des Occidents überzogen hatte, als ein helleuchtendes Gestirn. Er stammte aus einer edeln Familie in Florenz; und wurde im Jahr 1265. gebohren. In der Taufe erhielt er den Namen Durantes, den man in seiner Kindheit in

D 5   Dante

---

[*] Baretti Beschreibung der Sitten und Gebräuche in Italien. Th. I. S. 224.

Dante verkürzte, und den er hernach auch beständig
beibehielt. Die Liebe zu einem Frauenzimmer, die er
Beatrix nennt, erregte in ihm das Feuer der Dichtkunst. Er erhielt den berühmtesten Schriftsteller seiner
Zeit Brunetto Latini zu seinem Lehrmeister, der seine ausnehmende Fähigkeiten auf das beste auszubilden
suchte. Im fünf und dreißigsten Jahre seines Alters
wurde er durch die Wahl seiner Mitbürger zu einem
der neuen Prioren ernannt, die damals den Staat re-
gierten, welches aber die Quelle seines Unglücks wurde;
weil er in die Streitigkeit der Guelfen und Gibellinen,
wovon es jene mit dem Pabst, diese aber mit dem Kaiser hielten, verwickelt ward; und besonders in die Spal-
tung der Guelfen in weiße und schwarze, worüber
endlich seine Güter geplündert und confiscirt, er selbst
aber aus Florenz verbannt wurde. Da ihm die Aus-
söhnung mit den Guelfen, zu deren Parthie er sich bekennt hatte, nicht gelingen wollte, ward er ein eifriger
Gibellin, der die Rechte des Kaisers gegen den Pabst
auf das herzhafteste unterstützte, wovon man in seinem
Gedichte viele Spuren findet. Nach einer fünfzehn-
jährigen Verbannung trugen ihm seine Mitbürger
durch seinen größen Ruf bewogen, die Rückkehr ins
Vaterland an, nur sollte er eine Geldstrafe an die Republik bezahlen, und nach dem damaligen Gebrauch
nebst den andern Verbannten sich einer Kirchenbuße
unterwerfen; allein sie kannten seinen natürlichen
Stolz und Unbiegsamkeit nicht; denn er zog eine ewige
Verbannung dieser Herabwürdigung vor. Er ver-

pflanzte

pflanzte seine Familie nach Verona, wo sie noch vor weniger Zeit fortdauerte, und unter den Namen der Grafen von Alighieri blühete. Er starb 1321. zu Ravenna in seinem 58. Jahre. Nach seinem Tode bereuete Florenz seine Härte gegen den Dante, und wurde ihm in der Kathedralkirche daselbst ein prächtiges Denkmal auf öffentliche Kosten errichtet p).

Dante gehört vorzüglich hieher, wegen seines berühmten Gedichts

La divina Comedia;

Einige haben es vor ein allgemeines satirisches Gedicht angesehn, in welchem die Laster der Menschen gezüchtigt werden; andre haben es vor ein allegorisches Gedicht gehalten, in welchem Dante als ein Gibellin vom Pabst Bonifácius VIII. und Carl von Válois verfolgt, unter räthselhaften Ausbrücken die Greuel vorstellen wollen, welche die Streitigkeiten zwischen der weltlichen und geistlichen Macht verursacht hätten; noch andre haben sich eingebildet, er habe die Entdeckung der neuen Welt vortragen wollen, von der er Kenntniß gehabt hätte; sie wollen dieses aus dem ersten Gesange

---

p) Das Leben des Dante findet man weitläufiger beschrieben in Bayle Diction. Artic. Dante; in Meinhards Versuchen über den Charakter und die Werke der besten Italiänischen Dichter 1 Band, S. 29. ff. in des Blanchonl Brief an den Prinz Heinrich von Preußen; in der Litteratur und Völkerkunde. III. Band. Nr. VI. Decemb. 1783.

fange des Fegefeuers erbeifen, wo er von vier Sternen
nahe am Südpol redet, die man vor diefer Entdeckung
nicht gekannt hätte. Am beften hält man es vor ein
epifch-allegorifch-fatyrifches Gedicht. Warum Dante
diefes Gedicht eine Komödie genannt hat, ift fo ausgemacht nicht. Fontanini glaubt, daß Dante den
Titel diefes Gedichts von der Schreibart hergenommen
habe, weil er in feiner Schrift de vulgari eloquentia
den poetifchen Stil in drei Arten unterfcheidet, in den
tragifchen oder erhabenen, den Stil der Elegie, oder
den niedrigen und den komifchen, oder den vermifchten.
Diefes Gedicht des Dante ift nach den Oertern, die er
befucht, in drei Theile getheilt; nämlich die Hölle in
vier und dreißig, das Fegefeuer in drei und dreißig
und das Paradies auch in drei und dreißig Gefängen.
Er ift felbft der Held feines Gedichts, der unter der
Anführung des Virgils eine Reife durch die Hölle, das
Fegefeuer und den Himmel anftellt. Diefe Reife mit
dem Herabfteigen in die Tiefen der Hölle, mit dem
Klettern auf die Anhöhen, die er im Fegefeuer antrift,
mit dem Schlafe, der ihn von Zeit zu Zeit überfällt,
den feltfamen Fragen, die er Virgilen, und im Para-
diefe feiner Beatrix vorlegt, den Gefprächen, die er mit
den Geiftern hält, machen die Handlung diefer fonder-
baren Epopee aus, deren Dauer der Erzbifchof Fontanini auf fieben Tage berechnet [*]. Anfänglich fchrieb
er diefes Gedicht in lateinifchen Verfen, da es ihm aber

zu

---

[*] Meinhard am angef. Orte.

zu langsam von statten gieng, und er vor Begierde brannte sich an seinen Feinden zu rächen, um ihre Ungerechtigkeit der ganzen Welt vor Augen zu legen, so bediente er sich bald seiner Muttersprache; die er auch so in seiner Gewalt hatte, daß er der Vater der italienischen Poesie wurde. Wenn man auch nicht sein ganzes Werk eine Satire nennen will, so sind doch darinn ganze Capitel, die vollkommne Satire sind, und unter die schönsten gehören, die Italien je hervorgebracht hat. Auch die Versart des Dante, nämlich die Terze Rime, die sein Lehrer Brunetto Latini soll erfunden haben, sind nachher bei den Satiren immer die herrschende Versart gewesen; gleichwohl findet man von Dantes Zeiten an, bis zu Ende des funfzehnten Jahrhunderts keine Satire mehr in dieser Versart, sondern sie nahmen die Gestalt der Sonette, Canzonen u. s. f. an; wie z. B. die Sonette des Petrarchs, Fiamma del ciel — L'avara Babilona — Fontana di dolore — und nach einiger Meinung dessen Canzone: Mai non vo più cantar. Vom Ende des 15. und das ganze 16 Jahrhundert hindurch sind alle Satiren in Terze Rime, und Firenzuola ist fast der einzige, der einige Satiren in reimlosen Versen geschrieben hat. Es hatte Dante sein Gedicht schon in Florenz vor seiner Verbannung angefangen, den grösten Theil aber hernach unter beständigen Unruhen verfertigt. Man merkt darinn den eifrigen und erhitzten Gibellin. Er läßt keine Gelegenheit vorbei, die Päbste und ihren Anhang auf das bitterste durchzuziehn und seine Neigung gegen den Kaiser

zu entdecken; daher ſetzte er alle ſeine Feinde in die
Hölle. Den Pabſt Nikolaus III. fand er mit dem Kopfe
in einem Felsloche ſtecken, ſo daß nichts als die Füße
bis an die Knie hervorragten, und deßen Fußſohlen wurden beſtändig mit Feuer geſengt, weil er ſich des Laſters der Simonie ſchuldig gemacht hatte.　　Seinem
Nachfolger Bonifaz VIII. der damals noch lebte, war
ſchon ein Platz in der Hölle bereitet.　　Er fand auch
Mittel die lebenden in die Hölle zu ſetzen, indem er vor-
ausſetzte, daß dieſe nur lebend ſchienen, weil der Teufel
ihre Körper beſeelte; ihre Seelen aber längſt zur Höl-
len geführt hätte.　　Die Stadt Florenz, die ihn verbannt hatte, vergleicht er mit einer Räuberhöle und einer geſchändeten Frauensperſon und tadelt ihre Frauenzimmer, daß ſie ihre Brüſte auf den Gaßen öffentlich zur Schau trügen.　　Es iſt zu verwundern, daß
dieſes Gedicht, in welchem doch einige Päbſte wegen der
Simonie und andrer Laſter, ja auch wegen der Ketzerei
in die Hölle verſetzt worden, niemals in dem Index
kommen; da dieſes doch Büchern wiederfahren iſt, welche weltliche Rechte und Vorzüge der Päbſte in Zweifel gezogen.　　In Frankreich hätte es geſchehen können,
da Dante im zwanzigſten Geſange des Fegefeuers aus
Haß gegen ſeinen Feind Carl von Valois, der von Hugo Capetus abſtammte, ſagt, dieſer wäre der Sohn
eines Fleiſchers von Paris geweſen:

> Chiamato fui di là Vgo Ciapetta
> Di me ſon nati i Philippi e Luigi,

Per

Per cui novellamente, è Francia retra.
Figliuol fui d'un beccaio di Parigi;

Worüber Franz I. sehr unwillig war, da ihm diese Stelle von Ludwig Alamanni vorgelesen wurde. Vom Dante hat es Agrippa in seinem Buche von der Eitelkeit der Wissenschaften auch als Wahrheit angenommen; desgleichen selbst der französische Dichter Villon sonst Corbueil genannt, wenn er schreibt:

Se fusse des hoirs Hue Capel
Qui fut extraict de *Boucherie*
On ne me eut parmi ce drapel
Fait boyre à celle escorcherie.

Dergleichen Legenden von der Hölle kommen im dreizehnten Jahrhunderte oft vor, und vermuthlich hat Dante daher oder aus der Aeneis des Virgils seine Idee genommen. In den alten Chroniken von S. Denis steht: Carl der Große hätte kurz vor seinem Tode im Jahr 876. oder 877. eine Erscheinung oder einen Traum gehabt. Ein Engel erschien ihm und führte ihn an einem an seinem Daumen befestigten Faden in die Hölle hinab, wo er ihm die Leiden und Quaalen der Verdammten sehen ließ. Mitten unter diesen Unseligen erblickte er seinen Vater Ludwig den Einfältigen und seine Brüder, die bis an den Hals in siedendem Pech und Schwefel steckten, und ihm mit gräßlichem Geheul folgende Worte zuriefen: Carl! Carl! wie befinden uns in diesen kochenden Fluthen, weil wir bei unserm Leben zu sehr Krieg und Todtschlag liebten,

und

und immer ein Raub irrdischer Begierden waren.
Hinter diesen Verdammten erblickte er Teufel, die unaufhörlich riefen: Sie waren groß und mächtig, und
müßten daher auch große und mächtige Quaalen leiden.
Außer Königen und Fürsten, sahe Carl auch eine
Menge Hoffschranzen und Minister, die ihre Monar-
chen zu unrechtmäßigen Kriegen verleitet hatten; desgleichen viele Bischöfe, die nicht durch guten Rath den
Kriegen Einhalt gethan, sondern sich vielmehr selbst
um ihre Pfründen gestritten, und blutige Kriege mit
einander geführt [r].

Zu den komischen Stücken in dem Gedichte des
Dante gehört vorzüglich die Geschichte des Grafen
Guido von Montefeltro, die als ein Meisterstück
des komischen Stils anzusehen ist. Vor das schönste
in dem ganzen Gedicht hat man immer die Hölle
gehalten, wo er seiner wilden melancholischen Phanta-
sie den vollen Lauf lassen, und seine Feinde, mit denen
er die Hölle bevölkert hatte, auf das gehäßigste schildern
konnte. Man wird selbst von Schrecken und Erstau-
nen hingerißen, wenn man den Dichter über die tiefsten und schrecklichsten Abgründe begleitet, und mit
ihm durch eine ganz brennende Stadt wandert. Er
begegnet dem Gräfen Ugolino, der den Kopf des Bi-
schofs von Pisa zernagt. Nachher durchstreift er einen
Wald,

---

[r] Marquis de Paulmy Melanges tirées d'une grands
Bibliotheque. Litteratur und Völkerkunde. III Band.
August Nr. 1.

Wald, wo alle Pflanzen durch verdammte Geister beseelt sind. Bianconi vergleicht das Gedicht des Dante mit einem höchst unregelmäßigen gothischen Gebäude, in welchem der Baumeister nach seinem Eigensinne, bei einer häßlichen, unordentlichen Steinmaße die vortreflichste Colonnade errichtet hat, die jemals zu Corinth gemacht worden ist, und daß man bisweilen in einem Winkel, wo man es am wenigsten erwarten sollte, die herrlichste Bildsäule des Phidias, oder die studierteste Grupe des Praxiteles antrift. Daher war das Werk in Italien seit jeher der Gegenstand einer allgemeinen Bewunderung. Man gieng so weit, daß man es noch bei Lebzeiten des Dante in den Kirchen als ein geistliches Uebungsbuch auslegte. Fast zweihundert Jahre lang wusten die Mahler das Paradies und die Hölle auf keine andre als Dantische Manier zu mahlen. Eine unendliche Menge Commentare kamen darüber heraus, wovon noch eine große Anzahl in den florentinischen Bibliotheken ungedruckt liegen, die noch älter sind als der von Benevenuto Rambaldi, den Muratori vor den ältesten hält [r]).

Man hat von den Werken des Dante eine große Menge von Ausgaben. Vor die erste hält man folgende, wo am Anfange diese Worte statt des Titels stehn:

Comincia la Comedia di Dante alleghieri di Fiorenze nella quale tracta delle pene et punitioni de

[r] Bianconi. S. oben.

de vitii et de meriti et premii delle virtu: Capitolo
primo della prima parte de queſlo libro lo quale ſe
chiama; inferno: nel quale l'autore fa prohemio ad
tucto el tractato del libro.

Am Ende ſteht:

> Nel mille quatro cento ſepte et due (1472)
> Nel quarto meſe a di cinque et ſei
> Queſta opera gentile impreſſa ſue
> Io Maeſtro Iohanni numeiſter opera dei
> alla decta impreſſione et meco ſue .
> El fulginato evangeliſta mei. fol.

Man glaubt dieſe Ausgabe iſt zu Mainz gedruckt
worden, weil der Johann Numeiſter ſich in der
Ausgabe der Meditationes Cardinalis de Turrecre-
mata vor einen Inwohner und Bürger zu Mainz
ausgiebt.   Eine Ausgabe mit 400 Kupferſtichen,
Anmerkungen von Venturi und Volpi und einer Lebensbeſchreibung kam Venedig 1758. in V. Bänden in 4to
heraus.

Die vollſtändigſte Ausgabe aller Werke des Dante
iſt folgende:

> Tutte le Opere di Dante Alighieri, con va-
> rie annotazioni e copioſi rami, dedicate alla ſacra
> Real Maeſta di Eliſabetta Petrowna, Imperatrice
> di tutte le Ruſſie etc. dal Conte Don Chriſtopho-
> ro

10 Zapata de Cisneros. In Venet. 1755. 5 vol.
in 4. fig. ')

Von dem Traume des P. Harduin, daß Dante
nicht der Verfasser der Komödie von der Hölle, Fegefeuer und Paradies sei, werde ich an einem andern
Orte reden. Sonst kommen auch in des Dante lateinischen Tractat de Monarchia, worin er behauptet, daß
die Gewalt der Kaiser nicht vom Pabste abhange, und
deswegen er von vielen vor einen Ketzer gehalten worden ist; viele satirische Ausfälle auf die Päbste und die
bekannte Donation Constantins des Großen vor.

Giovanni Boccaccio.

Boccaccio wurde im Jahr 1313. zu Florenz
gebohren, seine Familie aber stammte von Certaldo.
Sein Vater ein Kaufmann ließ ihn die Handelschaft
erlernen, wozu er aber wegen seiner frühen Neigung
zur Poesie keinen Trieb in sich fühlte; denn in seinem
sechsten Jahre verfertigte er schon einige Fabeln. Bei
seinem Aufenthalte in Neapel erlernte er die griechische
Sprache, und scheint auch da die erste Bekanntschaft
mit dem Petrarca errichtet zu haben, den er lebens-

E 2 lang

') Eine Menge Ausgaben und Uebersetzungen findet man
in Hambergers zuverläßigen Nachrichten von den vornehmsten Schriftstellern. Th. IV. S. 510—515 in der
Bibliographie Instructive par de Bure, Belles Lettres
Tom I. p. 613—629. Schmids Anweisung der vornehmsten Bücher in allen Theilen der Dichtkunst.
S. 107. f.

lang als ſeinen Lehrer verehrte. Da er keine Luſt zur
Kaufmannſchaft hatte, ſo wollte ſein Vater einen Ka-
noniſten aus ihm machen; allein auch hier behielt die
Neigung zur Dichtkunſt die Oberhand. Nach dem
Tode ſeines Vaters wendete er einen Theil ſeines Vermögens auf Reiſen. Endlich erloſch auch die Liebe zur
Poeſie in ihm; denn er hatte keinen geringern Vorſatz
als die nächſte Stelle nach dem Dante zu erringen;
da er aber einige Rime des Petrarca zu ſehn bekam,
und wahrnahm, wie weit er noch unter ihm wäre, ſo
verbrannte er alle ſeine Gedichte, und beſchloß auf die
ungebundene Schreibart ſich zu legen, worinn er es
auch ſo weit brachte, daß er unter den Italieniſchen
Proſaiſten ein claſſiſcher Schriftſteller vom erſten Range ward. Die Liebe zur Freiheit, erlaubte ihm nicht
in die Dienſte eines Fürſten zu treten, ob er gleich einige Geſandſchaften im Namen der Republik Florenz
über ſich nahm. Im Jahr 1361. trat er in den geiſtlichen Stand; allein er fand kein Vergnügen an der
Bibel, ſondern wendete ſich wieder zur Dichtkunſt,
und hielt öffentliche Vorleſungen über den Dante.
Endlich ſtarb er 1375. zu Certaldo. Weil er Scharf-
ſinn genug hatte, die Fehler ſeines Zeitalters einzuſehn,
ſo iſt es nicht zu verwundern, daß er eine Neigung
zur Satire in ſich fühlte. Man findet ſchon in
ſeinem Decameron viele Spöttereien auf die Mönche,
die Ohrenbeichte, die Heiligen, Reliquien und das Fegefeuer. Da er verliebter Complexion war, zwei natürliche Kinder gezeugt, einen Liebeshandel mit der

Maria

Maria, Königs Roberts in Sicilien natürlichen Tochter, der er seine Theseide unter dem Namen der Fiam-
metta zueignete, gehabt, und von manchen andern
Frauenzimmern war hintergangen worden, so suchte er
sich an denselben durch eine bittre Satire zu rächen, der
er den Titel

Labirinth der Liebe oder der Galgenvogel
gab. Er schrieb sie gegen eine Wittwe, die er geliebt,
und welche ihn betrogen hatte, und deren verstorbenen
Mann er im Fegefeuer findet, mit dem er sich unterredet. Da diese Satire unter uns wenig bekannt, seltsamen Inhalts ist, indem Andächtelei und Zoten, verliebte Wuth und Frömmigkeit, Heilige und verbuhlte
Frauenzimmer, Welt und Fegefeuer sonderbar in derselben contrastiren, und sie die Zeichen ihrer Zeit an
der Stirn trägt, so denke ich dem Leser keinen unange-
nehmen Dienst zu leisten, wenn ich einen Auszug aus
derselben mittheile.

Nach einer feierlichen Erklärung des Boccaccio,
daß er sich aus Dankbarkeit gegen Gott und die Jungfrau Maria in seinem Gewißen verbunden glaubte, dieses Werk zu schreiben, erzählt er: Er hätte einst in seinem Zimmer ganz allein gesessen, und daselbst der Liebe und den Quaalen, die ihm diejenige, die er sich zu
seiner Geliebten gewählt, erdulden ließ, nachgedacht;
darüber wäre er in solche Verzweiflung gerathen, daß
er schon zweimal den Vorsatz gefaßt, sich selbst das
Leben zu nehmen: allein die Furcht vor den Folgen jen-

seit des Grabes hält ihn zurück, und er kommt endlich
so weit wieder zu sich selbst, daß er der Sache ernsthaft
nachdenkt, und eine lange Monologe hält, worinn er
klug genung ist, einzusehn, daß er Niemand als sich
selbst, wegen all des Uebels was er litt, anzuklagen Ursache habe; und sich entschließt im Leben zu bleiben,
und sich von seiner Leidenschaft los zu reissen. Er verläßt also ganz getröstet und heiter sein Zimmer, suche
die Gesellschaft seiner Freunde auf; bringt unter Gesprächen von allerhand Gegenständen mit ihnen den
übrigen Theil des Tages zu, und legt sich dann zu
Bette und schläft. Kaum war er eingeschlafen, so
hatte er einen Traum. Ihm träumte, er wäre auf
einem sehr angenehmen Wege, der immer angenehmer
zu werden schien, je weiter er fortgieng; und er war
voller Hofnung, daß dieser Weg ihn dem erwünschten
Ziel entgegen führen würde. In dieser Hofnung eilte
er, so schnell er konnte, und es schien ihm auf einmal,
als ob er Flügel bekäme, mit denen er fortflöge. Allein auf einmal war es ihm, als käm er unter Dornen
und Disteln. Er sah sich um, und ein düstrer un-
durchdringlicher Nebel bedeckte alles. Der Nebel
ward immer dicker, kam ihm immer näher, und hüllte
ihn endlich völlig ein, daß er nicht das geringste mehr
sah. Erschrocken blieb er stille stehn, ohne weder vor
noch hinter sich einen Schritt zu wagen. Endlich schien
sich der Nebel nach und nach zu verdünnen; allein es
war nun finstre Nacht, und er konnte nur so viel unterscheiden, daß er in einer fürchterlichen Einöde, in ei-

nem

nem tiefen Thale, rings um mit unersteiglichen
Bergen umgeben war, ohne einen Ausgang entdecken zu können. Indem er nun so in der grösten
Angst und Furcht war, und weder aus noch ein wuste,
sah er die Gestalt eines wohlgebildeten alten Mannes
auf sich zu kommen, der ein rothes Gewand an hatte,
dessen lebhafte Farbe selbst durch das Dunkel der Nacht
hindurch schimmerte. Anfänglich wurde seine Furcht
noch durch diese Gestalt vermehrt; je näher sie aber
kam, desto freundlicher schien sie ihm; auch war ihm,
als wenn er sie kennte, ob er sich gleich nicht besinnen
konnte, wer sie wäre. Er wollte den Mann anreden,
allein seine Thränen ließen ihn nicht zum Worte kommen. Endlich fieng die Gestalt selbst an zu reden:
wie er in diese unglückliche Gegend gekommen wäre?
durch die Lockung der falschen Lust vermuthlich, antwortete Boccaccio, die schon größere und weisere Leute als
ich bin, bethört hat, und beschwört ihn auf das feier-
lichste, ihn aus diesem Elende zu reißen. Es scheint
wohl, antwortet ihm die Gestalt, daß du alles Bewust-
sein verlohren; denn erinnertest du dich, wer ich bin,
so würdest du dich gewiß an mich nicht wenden, um
dir zu helfen, und wäre ich noch derjenige, der ich sonst
war, so würdest du dir von mir gewiß keine Hülfe,
sondern nichts anders als die wohlverdiente Strafe zu
versprechen haben: aber seit dem ich gestorben bin,
hat sich mein Zorn in christliche Liebe verwandelt, und
daher will ich dir auch die verlangte Hülfe nicht versagen.
Boccaccio horchte hoch auf, als er ihn so reden hörte,

E 4 und

und als er sich nun seinen Mann näher besieht, und merkt, daß das wirklich kein Mensch, sondern nur der Schatten eines Verstorbnen wäre, so stehn ihm alle Haare zu Berge, und er versuchte vergebens zu entfliehn, so gern er auch gewollt hätte. Der Geist, als er seine Herzensangst sahe, sagte ihm lächend, er möchte nur getrostes Muthes seyn, und sich ihm ungescheut anvertrauen; er brauchte sich gar nicht vor ihm zu fürchten, denn er wäre würklich blos in der Absicht gekommen, ihn aus diesem Orte zu retten und keinesweges ihm zu schaden.

Auf diese Versicherung ermannt sich Boccaz, und bittet den Geist ihn nur bald zu erretten. Als aber der Geist ihm antwortet, daß dazu Zeit gehöre, so ersucht ihn Boccaz ihm wenigstens einige Fragen wegen des Orts, wo er sich befände, zu beantworten, welches auch geschieht. Der Geist erklärt ihm zugleich, daß er für seine Person im Fegefeuer sei, giebt ihm Nachricht von diesem Orte, und Boccaz verspricht, ihm mit seiner Fürbitte zu dienen. Der Geist sagt ihm hierauf, er wisse, daß er verliebt sei, er sollte, ohne sich vor ihm zu scheuen, weil er in seinem Leben der Mann seiner Geliebten gewesen, alles aufrichtig erzählen, was es mit dieser Liebe für eine Bewandniß habe, und Boccaz verspricht dieses zu thun.

Er erzählt, wie ihm von einem Freunde dieses Frauenzimmer als ein Muster aller Vollkommenheit wäre gelobt worden, wie er sich darauf bemüht sie zu sehn, und so bald dies geschah, in sie verliebt geworden wäre

wäre, ihr seine Liebe auch schriftlich erklärt hätte. Darauf hätte er von ihr eine Antwort erhalten, die freilich seine Meinung von ihrer Vollkommenheit sehr verringert hätte, aber doch nicht im Stande gewesen wäre, ihn von seiner Liebe zu heilen. Er hätte ihr darauf wieder geschrieben, und alles mögliche versprochen, aber nicht das geringste von ihr wieder darauf zur Antwort erhalten. — Wenn es weiter nichts wäre, als dieses, meint der Geist, so wundre er sich sehr, daß sich Boccaz dadurch zur äussersten Verzweiflung habe treiben lassen. Boccaz antwortet ihm, daß er glaube allerdings dazu Ursache zu haben, da er sehen müste, daß er, der sich doch für nichts geringes gehalten hätte, von einem Weibsbilde zum Narren gehabt würde, und daß sie sich gegen alle Welt, und besonders gegen einen jungen lassen, der ihre Gunst hätte, über seine Liebe lustig mache, der auch wohl gar seinen ersten Brief in ihrem Namen beantwortet hätte. Der Geist antwortete ihm, er hätte das alles wohl verstanden, und er wollte nun eins und das andre zu seinem und anderer Besten darüber sagen. Er wollte erst von ihm selbst anfangen, darauf von seiner Geliebten sprechen, und denn von den Ursachen, die ihn in diesen Jammer gestürzt. Was den ersten Punct anbeträfe, so hätt er (Boccaz) als ein Gelehrter und als ein Mann, der schon über die vierzig hinaus wäre, freilich klüger seyn sollen, sich so fangen zu lassen. Denn weder für sein Alter noch für seinen Stand schickten sich dergleichen Possen; welches weitläuftig gezeigt wird. Als ein Ge-

lehrter

lehrter hätte er wißen sollen, was die Liebe, das weibliche Geschlecht, und er selbst sei.   Die Liebe wäre die
verderblichste Leidenschaft für Leib und Seele.   Das
weibliche Geschlecht sei ein Thier von tausend widrigen
Leidenschaften zusammengesetzt, und so abscheulich, daß
man nicht einmal an dasselbe gedenken, geschweige davon reden sollte.   Das Schwein selbst sei kein so un-
reines Thier, wie sie, und nur dann, wenn es sich ganz
im Kothe herumwälzt, gleiche es ihm einigermaßen.
Das wüßten sie auch selbst wohl, und deswegen hielten
sie jede Mannsperson, die sie liebten, für einfältige
Tropfen, und wendeten so viel Künste an, ihre Abscheu-
lichkeiten zu verbergen.   Diese werden nun der Länge
nach mit aller Bitterkeit beschrieben, die man sich nur
denken kann.   Wie reißende und hungrige Wölfe heißt
es weiter, drängen sie sich ein, und reißen die Reichthümer der Männer an sich, die sie dann mit ihren
Buhlen auf das schändlichste verprassen, und den armen Mann zu Tode quälen.

Ihre Geilheit wird darauf mit mehr als juve-
nalischer Wuth und Unverschämtheit beschrieben,
auch zuweilen mit den Ausdrücken des Juvenals.
Ferner sei dies verwünschenswürdige Geschlecht über
alle Vergleichung mißtrauisch und zornig, welches
denn auch weitläufig gezeigt wird.   Ueberdies sei auch
dies gottlose Gezüchte dem Geiz auf das äußerste ergeben, und es wird gezeigt, wie ihnen keine Niederträch-
tigkeit zu groß sei, diese Leidenschaft zu befriedigen. — Die Veränderlichkeit wären sie selbst, und
                                                        könn-

nnten in einer Stunde eine und eben dieselbe Sache
tausendmal wollen und wieder nicht wollen. Alle wären
eitel, widerspänstig, ungehorsam, eigennützig, und Erz-
schwätzerinnen. Ihre Töchter lehrten sie nichts, als
wie sie ihre Männer berauben, Liebesbriefe empfan-
gen und beantworten, ihre Liebhaber ins Haus bringen,
und sich krank stellen sollten, damit sie das Bette allein
zu ihrem Gebrauch behielten. Und dennoch hielten sie
sich für die herrlichsten Geschöpfe, und trotzten darauf,
daß die heilige Maria auch eine Weibsperson gewesen.
Allein diese gienge sie gar nichts an. Denn diese wäre
so rein, so gnadenvoll, so von jeder Unreinigkeit des
Geistes und Körpers frei gewesen, daß diese einzige
Braut des heiligen Geistes mehr aus einer Quintessenz
als aus irgend einer elementarischen Zusammensetzung
gebildet schien, um die Herberge des Sohnes Gottes
zu seyn, der, als er zu unserm Heile Mensch werden
wollte, sie sich von Ewigkeit als eine würdige Wohnung eines solchen großen Königs bereitete, um nicht in
dem Saustalle der heutigen Weibsbilder wohnen zu
dürfen. Die andern wenigen, die sich bestrebt hätten,
der heiligen Jungfrau ähnlich zu werden, wären auch
ganz andere Geschöpfe gewesen; und wenn die Natur
in irgend etwas eines Fehlers künnte beschuldigt werden, so wäre es darinn, daß sie dergleichen erhabne Gesinnungen unter einem so elenden nichtswürdigen Geschlecht, als das weibliche sei, verborgen hätte. Auf
diese dürfte sich also dieses ehebrecherische und gottlose
Geschlecht gar nicht berufen; denn diese wären Wunder,

der, und seltner als der Phönix. Von ihren übrigen
Lastern wolle er gar nichts sagen, weil er sonst nie fertig
werden würde. — Was nun ihn, den Boccaz anbeträfe, so hätte er denken sollen, daß er ein Mann, und als
ein solcher nach dem Ebenbilde Gottes, zum herrschen,
und nicht beherrscht zu werden, geschaffen sei. Als
ein Mann, wenn er auch der allergeringste wäre, hätte
er einen unendlichen Vorzug vor jedem, auch dem vornehmsten Weibe, und vollends nun als Gelehrter,
Weltweiser und Dichter. Er hätte sich an die Gesellschaft der Musen halten sollen, die ihm ganz andre
Vergnügungen würden gewährt haben, als dies nichts-
würdige Geschlecht gewähren könnte, und die ihn am
Ende aus ihrer heiligen Gesellschaft verbannen würden,
wenn er nicht nachließe, sich mit elenden Weibsbildern
abzugeben. Hierauf beschreibt der Geist so wohl die
moralischen als körperlichen Eigenschaften seiner ehenfö-
ligen Frau und Boccazens Geliebten, mit aller Galle,
welche die Rache nur einflößen kann, und zugleich auf
eine so unflätige und ekelhafte Art, daß man es kaum
aushalten kann, zu lesen. Er fühlt es selber, daß eine
solche Schilderung für einen Geist im Fegefeuer sehr unschicklich ist, entschuldigt sich aber damit, daß er es wie ein
getreuer Arzt machen müße, der nur darauf zu sehn
hätte, wie er seinen Patienten heilte, und nur diejenigen Mittel erwählte, welche die würksamsten wären;
sie möchten übrigens beschaffen seyn, wie sie wollten.
Hierauf verweist der Geist dem Boccaz nochmals die
Thorheit seiner Liebe und seiner Verzweiflung, immer

voll

voll Bitterkeit gegen das weibliche Geschlecht überhaupt,
und seine Donna insbesondere. Nachdem der Geist
nun endlich ausgeredet, dankt ihm Boccaz, und versichert, daß er vollkommen von seiner Thorheit geheilt
sei, nur ist ihm bange, daß ihm seine Sünde, deren
Größe er jetzt erst erkennt, nicht möchte verziehen werden. Der Geist tröstet ihn mit der Gnade Gottes, wenn
nur seine Reue aufrichtig wäre, und er künftig das
Gegentheil von dem thäte, was er bisher gethan, das
ist, diejenige, die er bisher geliebt, haßte, und sich an
ihr rächte. (Voglio, che della offesa fatta a te da lei
tu prenda vendetta, la quale ad un ora Sarà a te et
a lei Salutifera) dieß verspricht nun Boccaz treulich zu
erfüllen. Der Geist führt Boccaz aus dem Fegefeuer
heraus; er erwacht, überlegt seinen Traum, und reißt
sich von seiner Liebe los, womit er schließt, nachdem er
in einer Anrede an seine Schrift sich schmeichelt, ein
sehr nützliches Werk für junge Leute gemacht zu haben,
und von seiner ehemaligen Geliebten sagt, daß sie eine
schärfere Spitze verdiene, als dies Buch habe, und
diese werde ihr schon Gott, von dem alles Gute komme,
noch schicken.

Diese Schrift macht der Denkungsart des Boccaz
unter allen seinen Schriften am meisten Schande. Seine
Wollust, seine Eitelkeit und Ruhmredigkeit, seine Bosheit und Rachsucht, seine elenden Begriffe von Religion
und Moral, womit er sich doch so viel weiß, zeigen sich
nirgends so deutlich als hier. In Ansehung des Genies
aber giebt diese Schrift gewiß seinen Besten nichts nach,

und

und die Schreibart scheint noch lieblicher, edler und wohlklingender zu seyn, als selbst in seinem Dekamarone. Es scheint, die Italiener selbst schämen sich dieser Schrift, denn man findet ihrer überall entweder gar nicht gedacht, oder doch nur so im Vorbeigehn, ohne viel Gutes oder Böses davon zu sagen *).

Von dieser Satire, die bei uns sehr selten ist, sind mir folgende Ausgaben bekannt:

Il Laberinto d'Amore, con una epistola confortatoria a M. Pieno de' Rossi. In Firenze, per i Giunti 1516. 8.

Man hält diese Ausgabe gemeiniglich für die älteste; allein man hat noch eine ohne Jahrzahl, Druckort und Namen

*) Eine Probe von den grotesken Bildern, die Boccaccio dem Geiste im Fegefeuer in Mund legt: Come che nel vero io non Sappia bene da quale parte io mi debbia cominciare a ragionare del golfo di Setalia nella valle d'Acheronte — La bocca per la quale nel porto si entra é tanta, e tale, che quantunque il mio legnetto con assác gran albero navicasse, non fù giamai, qualunque hora l'acque furono-minori, che io non avessi senza sconciarmi di nulla, ad uno compagno, che con non minore arbore di me navicato fosse, potuto far luogo. Deh che dico io? L'armata del Re Ruberto, qualora egli la fece maggiore, tutta insieme incatenata senza calar vela, o tirare in alto il timone, a grandissimo agio vi potrebbe esser entrata. Ed é mirabile cosa, che mai legno non v'entrò che non vi perisse, e che vinto estracco fuori non fusse gittato, sì come là in Sicilia, la Scilla e la Cariddi si dice che fanno, che l'una tranghiottisce le navi et l'altra le gitta fuori. Laberinto d'Amore. p. 37.

Namen des Buchdruckers, von der man glaubt, daß sie vor 1500. gedruckt worden, und welchen folgende Titel führt:

Invectiva di M. Giov. Boccaccio contra una malvaggia Donna detto Laberinto d'amore et altrimente il Corbaccio. 4.

Ferner:

Il Laberinto d'amore. Milan. 1520. Venet. 1525. 1536. 1546. 1558. 1725. 8.

Il Corbaccio. Parig. 1569. 8. Firenz. 1594. 4.

Man hat auch zwei französische Uebersetzungen davon, eine von Franz de Belle forest. Par. 1571. 16. und die andre unter dem Titel: Le Songe de Boccace von de Premont. Par. 1699. 12. und 1705. Amsterd. 1699. und 1703. In letzterer hat der Uebersetzer vieles ausgelassen, an deren Stelle er Mährlein und Verse gesetzt, die in neuern Zeiten gemacht worden, als von der Scudery, de la Brunere, Rochefaucault, wodurch ein wahres Ungeheuer entstanden ist *).

*) Von dem Leben und übrigen Schriften des Boccaccio, findet man Nachrichten beim Bayle Diction. Art. Boccaccio. Hamburger zuverläßige Nachrichten Th. IV. S. 596. ff.

Fünf-

Funfzehntes Jahrhundert.

Poggio Bracciolini.

Gebohren im Jahr 1380. zu Terra nova im florentinischen Gebiete. Er war zehn Jahre Schreiber
der apostolischen Briefe in Rom, und befand sich auch
bei der Kirchenversammlung zu Costniß, wo er die
Standhaftigkeit des Hieronymus von Prag mit
Bewunderung betrachtete, und davon in einem Briefe
ein herrliches und unpartheiisches Zeugniß ablegt. Er
verwaltete hernach unter sieben Päbsten das Amt eines
apostolischen Secretärs vierzig Jahre lang. Im Jahr
1453. verließ er Rom, und wurde Secretär der Republik Florenz, wo er 1459. starb. Er war ein eifriger Liebhaber der schönen Wissenschaften, und seine
gröste Stärke war in der Litteratur und Beredsamkeit,
in der er einer der vornehmsten Wiederhersteller ist.
In der Schreibart wählte er sich den Cicero zum Muster, den er auch gut nachahmte. Er übertrift an
Bitterkeit und Heftigkeit in seinen Satiren den Juvenal weit, und seine Schreibart ist bis zur Wuth hißig.
Paul Jovius erzählt, daß die Boßheit seiner Zunge
ihm einst an einem öffentlichen Orte, und in Gegenwart der päbstlichen Secretäre zwei tüchtige Ohrfeigen
von George von Trapezunt zugezogen. Poggio
leugnet auch diese Begebenheit nicht gänzlich, behauptet aber, daß solches eine eigentliche Schlägerei gewesen, wobei er sich wohl vertheidigt habe, da es nicht bei
bloßen Maulschellen geblieben, sondern auch zu Fuß-
stös-

ſtöſſen, Stockſchlägen und Degenzlehn gekommen.
Unter die Satiren ſind folgende von ſeinen Schriften
zu rechnen.

De humanae conditionis miſeria: hier ſpricht er
von Mönchen, Cardinälen und Päbſten ſehr ſchlecht;
er ſchrieb es nach ſeiner Ankunft zu Florenz.

Liber invectivarum contra Felicem Antipapam, Fran-
ciſcum Philelphum et Laurentium Vallam.

Hier hat er ſich in der Kunſt zu ſchelten, in den beleidigendſten Ausdrücken und anzüglichſten Beiwörtern
als ein Meiſter geübt.

Die erſte Invective betrifft den Amadeus Herzog
von Savoyen, der unter dem Namen Felix V. von der
Baſler Kirchenverſammlung zum Pabſt gemacht worden. Er wird darinn nebſt dieſem Concilio ohne alles
Verſchonen herumgenommen. Die drei folgenden
Stücke ſind gegen den Franciſcus Philelphus. Poggio verfertigte ſie, um ſeinen Freund Nicolaus Nic-
coli der beiden Satiren wegen zu rächen, die Philelphus auf ihn gemacht hatte. Wenn nur der vierte
Theil von den ſchändlichen Dingen wahr wäre, die er
dem Philelphus vorwirft, ſo müſte er ein Erzböſewicht
geweſen ſeyn.

In der fünften Invectiva excuſatoria will er ſich
mit dem Philelphus verſöhnen.

Die vier folgenden ſind wider den Valla gerichtet,
dem er mit äuſſerſter Verachtung begegnet. Man fin-

Zweiter Theil.　F　　　　　det

bet darinn auf allen Seiten die Schimpfwörter: beſlia,
Latrator furibundus, inſauus, conviciator demens,
haereticus, monſtrum u. ſ. f. indeßen betraf die ganze
Sache weiter nichts, als einige Wörter und Redensarten, welche **Valla** in den Briefen des **Poggio** als
unlateiniſch verworfen hatte *).

Lorenzo Valla.

Er wurde im Jahr 1407. zu Rom gebohren, und
bekleidete anfänglich das Lehramt der Redekunſt zu
Pavia und Mailand, und alsdenn im Jahr 1435. zu
Neapolis, wo er den König Alphonſus im Jahr 1443.
da er bereits funfzig Jahr alt war, in der lateiniſchen
Sprache unterrichtete und ihn auf vielen Kriegszügen
begleitete, welches ihm viele Neider, und ſeine freie
Zunge viel Feinde auf den Hals zog. Er gehört unter
die größten gelehrten Federfechter; und ſeine Neigung
zur Satire erſieht man in folgenden Schriften:

Antidoti in Poggium Florentinum Libri IV. in quibus
promiſcue et mores ac vitam hominis et impu-
ram dictionem notat.

Apologus et Actus Scenicus in eundem.

In Antonium Raudenſem Annotationum libellus.

In Benedictum Morandum Bononienſem libri duo,
ſive Confutatio prior et poſterior.

La

w) Nicerons Nachrichten. Band X. S. 36. ff. Bruckers
Fragen aus der philoſophiſchen Hiſtorie Th. V.
S. 1373. ff.

In Bartholomaeum Facium Ligurem et Anton. Pan-
hormitam Recriminationum Libri 4.

Er überfah feinen Gegnern fein einziges Wort oder
eine Redensart, die nach der Barbarei fchmeckte; daher
hat man folgendes Sinngedicht auf ihn gemacht, welches man dem Poggio zufchreibt:

Nunc poftquam manes defunctus Valla petivit,
    Non audet Pluto verba latina loqui.
Iupiter hunc coeli dignatus parte fuiffet,
    Cenforem linguae fed timet effe fuae.

Es haben viele geglaubt, daß er bei Verfertigung
feiner Schriften nicht die Abficht gehabt feine Lefer zu
unterrichten, fondern blos feine Schmähfucht zu befriedigen, und Todte und Lebendige zu läftern. Er tadelte
den Ariftoteles, Cicero und Virgil und verehrte
blos den Epikur. So gut er fich aber gegen feine
weltliche Gegner zu vertheidigen wufte, fo übel gelang
es ihm mit den Geiftlichen, als er ihre Unwißenheit
aufdecken wollte. Philelphus erinnerte ihn in einer
Satire, wenn er nicht etwann feines Lebens überdrüßig
wäre, fo möchte er ja die Geiftlichen, und befonders
die Donation Conftantins des Großen nicht angreifen,
denn ihre Macht wäre viel gefährlicher als alle Waffen
feiner gelehrten Gegner *). Als er die Meinung eines
Francifcaners angriff, der zu Neapel gepredigt hatte,
die Apoftel hätten das fogenannte Apoftolifche Glau-

bens-

*) Hecatoftichorum L. II. Sat. 4.

bensbekenntniß gemacht, und der heilige Hieronymus
wäre in Rom gebohren worden, wurde er als ein Ketzer
vor das Inquiſitionsgerichte zu Neapel gebracht, und
man machte ſo gar eine Ketzerei daraus, daß er von
den Prädicamenten des Ariſtoteles anders lehrte, als
die Kirche. Valla ſah ein, mit was vor leuten er
zu thun hätte, und ſagte: ich glaube alles, was die
Kirche glaubt; und doch würde er dem Scheiterhaufen
nicht entgangen ſeyn, wenn ihm nicht König Alphonſus losgeholfen hätte. Daß er aber mit Ruthen in
dem Dominicanerkloſter zu Neapel gehauen worden, iſt
eine Erdichtung des Poggio, ſeines Feindes. Alles
dieſes ſchadete aber ſeinem Glück zu Rom ſo wenig, daß
er ſich im Jahr 1447, wieder in ſeine Vaterſtadt zu-
rückbegab, wo er an dem Cardinal Beßarion einen
großen Gönner fand, und vom Pabſt Nicolaus V.
ſelbſt mit einem Jahrgelde begnadigt wurde. Von der
Zeit an lehrte er die Redekunſt öffentlich zu Rom, wurde Canonicus an der Lateran Kirche und päbſtlicher
Secretär, und ſtarb im Jahr 1457 [y]).

Franciſcus Philelphus.

Philelphus einer von den beſten Köpfen ſeiner
Zeit aus Tolentino in der Mark Ancona gebürtig, wo
er im Jahr 1398. von ſehr armen Eltern gebohren
wurde, that ſich ſehr früh in Wiſſenſchaften herfür;

und

y) Bayle Dict. Valla. Hambergers zuverläßige Nachrichten Th. IV. S. 743.

und gieng hernach aus liebe zur griechischen Sprache
nach Constantinopel, wo er des Emanuel Chryso-
loras Tochter Theodora heurathete, und vom Kaiser Johannes Paläologus an die occidentalischen
Höfe um Hülfe wider die Türken geschickt wurde.
Hernach lehrte er die lateinische und griechische Gelehrsamkeit zu Bononien, Rom, Mailand, Florenz, Padua und Mantua; allein ob er gleich nach damaliger
Zeit reichlich belohnt wurde, so fehlte es ihm doch immer an Gelde, weil er die Oekonomie nicht verstand,
und zu viel Pracht trieb.   Er starb im Jahr 1481.
zu Florenz, und zwar in solcher Armuth, daß man sein
Haus- und Küchengeräthe verkaufen muste, um ihn
beerdigen zu können.   Er war stolz, eitel, ruhmsüch-
tig und aufgeblasen, machte aus grammaticalischen
Kleinigkeiten viel Wesens, und glaubte, es wäre ihm
Niemand gleich.   Er wiederholt es in seinen Werken
an mehr als an einem Orte, daß er der einzige unter
den Lateinern sei, der Bücher von allerlei Art geschrieben, und zieht sich in der Absicht dem Virgil und Cicero vor.   Er war beißend und satirisch, und ertrug
die Beurtheilung seiner Schriften und Person nicht
gelaßen; doch dieses war damals der herrschende Geschmack.   Unter allen Gelehrten und Wiederherstellern
der schönen Wissenschaften in Italien aus dem funfzehnten Jahrhunderte ist doch keiner gemäßigter als er.
Der Pabst Pius II. gab ihm eine Pension von 200
Ducaten, die er aber nur einmal ausgezahlt bekam,
worüber er so erbittert wurde, daß er die heftigsten Sa-

tiren

tiren auf ihn ſchrieb. Mit Poggio, Petro Can-
dido Decembrio, Ludov. Crivelli, und Carolo
Aretino wechſelte er grobe Streitſchriften. Die erſte
Ausgabe ſeiner Satiren kam unter folgendem Titel
heraus:

Francifci Philelfi Satyrarum Hecatoſtichon De-
cades decem. Am Ende ſteht: Francifcus Philel-
fus huic Satyrarum operi extremam manum Mediolani impofuit. Die Martis Cal. Decembribus. Anno a natali chriſtiano M. CCCC. XLVIIII. Impreſ-
ſae Mediolani Galeacio Maria Sphortia Invictiffimo
Duce Quinto florente: per Chriſtophorum Valdar-
pher Ratisponenſem huius eximiae Artis imprimendi
confummatiffimum Magiſtrum: Anno a natali chriſtiano Milleſimo quadringenteſimo ſeptuageſimo
ſexto: Idibus Novembribus. 4 maj. vel fol. min.

Man hat auch zwei Ausgaben von dieſen Satiren,
nämlich Venet. 1502. 4. und Paris 1508. 4. die letztere Ausgabe wird von einigen in das Jahr 1518. geſetzt, weil am Ende ſteht: Anno a natali Chriſtiano
milleſimo quingenteſimo octavo decimo octavo ca-
lendas Octobres. welches einen doppelten Sinn giebt,
weil das Comma fehlt.

Philelphus nennt dieſe Satiren Hecatoſticha,
weil jede hundert Verſe enthält, und ihrer hundert an
der Zahl ſind. In dieſen Satiren giebt er dem Coſ-
mus von Medicis faſt alle Laſter ſchuld, und ſchüt-
tet die bitterſte Galle wider ihn aus; braucht auch keine
andre

andre Mäßigung, als daß er den Namen Cosmus
bisweilen lateinisch durch Mundus ausdrückt; dadurch
wurde Cosmus so aufgebracht, daß er ihn des Landes
verwies. In der siebenten Satire des VII. Zehends
wiederruft er seine Schimpfreden auf den Cosmus, da
er wieder mit ihm ausgesöhnt worden. Der König
Alphonsus von Neapel fand an diesen Satiren vieles
Vergnügen, und hatte sich merken lassen, daß er sie
gern annehmen würde, wenn Philelphus Lust hätte, sie
ihm zu übergeben. Der Pabst Nicolaus V. verlangte auch von ihm dieselben zu sehn, da er sie dem Alphonsus überreichen wollte, und las sie ganz durch.
Naude in seinem Mascurat zählt diese Satiren unter
die schlechtesten Bücher und nennt sie niederträchtig
und kriechend, und Vossius tadelt ihn, weil er Fehler
wider die Prosodie darinn begeht. Dieser Fehler ungeachtet kann man sie als einen Spiegel der Sitten des
XV. Jahrhunderts ansehn *).

Lorenzo Medici.

Dieser größte Mann des funfzehnten Jahrhunderts,
der erst ein bloßer Bürger zu Florenz war, wuste sich
durch seine Tugenden die Herrschaft über Florenz zu
erwerben, und erhielt nach seinem Tode von den
Bürgern die ihn verfolgt hatten, den Namen eines

F 4 Va-

*) Niceron's Nachrichten Th. VI. S. 136. ff. Götze
Merkwürdigkeiten der Königl. Bibliothek zu Dreßden.
III. Band. S. 278. Baillet Iugemens Tom. IV. p. 21.

Vaters des Vaterlandes. Mitten unter dem verwirr-
ten Zuſtande ſeines Vaterlandes und den Nachſtellun-
gen wider ſein Leben, war er faſt allein der Wiederher-
ſteller der griechiſchen Litteratur. Er beſchützte bei ſich
den berühmten Griechen Chalchondylas, die beiden
groſſen Philologen Marſilio Ficino und Angelo Poliziano; und unterhielt den Laſcaris zu Conſtantinopel um griechiſche Handſchriften zu ſammeln, die noch
in der laurentiniſchen Bibliothek, die von ihm den
Namen führt, aufbewahrt werden. Er ſelbſt war ein
berühmter Dichter, und ahmte dem Petrarca nach. Er
hat zuerſt ein Muſter von ordentlicher Satire in Italieniſcher Sprache in ſeinem berühmten Beoni gegeben,
worinn er die Völlerei ſeiner Zeit durchzieht, und dieſelbe auf die lebhafteſte und dichteriſche Weiſe ſchildert.
Ein nicht weniger berühmtes und angenehmes ſatiriſches Werk von ihm iſt auch die Compagnia del Man-
tellaccio, worinn er ſich über die Heuchelei und den
Aberglauben ſeiner Zeit luſtig macht. Er ward gebohren 1448. und ſtarb 1492. [a]

Racolta delle Poeſie volgare de Lorenzo de Medici.
In Vinegia, Aldo. 1555. 8.

Leo Baptiſta Alberti oder de Albertis.

Er war aus einem adlichen Geſchlechte zu Florenz
entſproſſen, und glänzte am Hofe des Lorenzo Medici unter allen Gelehrten am meiſten, obgleich Gelehrſamkeit nur ſein Nebenwerk war. Durch ſeine Kenntniß

[a] Meinhards Verſuche II. Band. S. 1. f.

niß in der Baukunst erwarb er sich den Namen des
florentinischen Vitruvs, und nach seinen Grundrißen
wurden zu Florenz, Mantua und Rimini die herrlichsten Gebäude aufgeführt. Er war 1398. gebohren,
und lebte bis ums Jahr 1486. Außer seinen Schriften, welche die Mahlerei, Baukunst und Politik betreffen, schrieb er auch hundert Fabeln; die Bartoli
ins lateinische übersetzte, und welche Leßing lange Zeit
vergebens suchte. Sie stehn verdeutscht von Herrn
Meißner in der Quartalschrift für ältere Litteratur und
neuere Lectüre. I. Stück. 1783. Leipz. in 8. Die vor-
züglichste seiner philosophisch-satirischen Schriften ist
folgende:

Leonis Baptistae Alberti Momus.

Zu Ende steht: Romæ ex aedibus Iacobi Maz. Ro.
Acadeiniae Bibliopol. 1520. 4. Ohngefähr 26 Bogen. Götze sagt, es wäre nur ein einzigmal gedruckt,
und von Jacobo Mazochio dem Cardinal Petrus Ac-
coltus zugeschrieben worden [b]; Allein es ist zweimahl
zu Rom in einem Jahre lateinisch in 4. und in fol. und
auch in einer Italienischen Uebersetzung herauskommen [c]. Es ist seltsam, wenn Götze sagt, er könne
mehr von der Seltenheit als dem Inhalte dieses Buches Nachricht geben, da er es doch vor sich hatte.
Es ist ein Werk voller Witz und Spuren, daß es ein

F 5 grof-

b) Götzens Merkwürdigkeiten der Königl. Bibliothek zu
Dreßden. III Band. S. 86.

c) Für ältere Litteratur und neuere Lectür. I. St. 1783.

großer Kopf geſchrieben hat. Es iſt in vier Bücher
abgetheilt, und führt den Titel Momus, weil darinn
die Götter, oder vielmehr, die Menſchen getadelt werden; und iſt eine ſinnreiche Satire wider die Fürſten
und Hofleute. Paul Jovius urtheilt, daß viele
glaubten, es käme den Werken der Alten gleich d).
Italieniſch kam dieſe Satire unter dem Titel heraus:

　　Momo, overo del Principe.

Sie ſteht auch in ſeinen Opuſcoli morali. Venet. 1568.
4. und wurde von Aug. de Almacan ins Spaniſche
überſetzt. Madrid 1598. 8.

Antonio Vinciguerra.

War Secretär der Republik Venedig, und blühte
um das Jahr 1480. Die Italieniſchen Satiren, die
vor ſeiner Zeit herauskamen, führten nicht den Namen
der Satiren; er aber iſt der erſte, der unter den Namen Satiren einige in terze Rime geſchrieben hat;
ſie ſind aber mehr ernſthaft als lächerlich, gehen nicht
auf beſondre Gegenſtände, ſondern ſind überhaupt wider Laſter und Thorheiten gerichtet, und die Sprache
iſt nicht rein. Ihm folgten Arioſto, Ercole Benti-
vogli, Luigi Alamanni, Pietro Nelli und viele andre nach. Seine Satiren ſtehn in der Sammlung der
ſieben Bücher von Satiren, welche Franceſco San-
ſovino herausgegeben hat.

Anto-

---

d) Momus ſummae gratiae Dialogus, ac ideo cum an-
　tiquis operibus multorum ſententia comparandus.
　Paul Iovius in Elogiis.

Antonius Urceus genannt Codrus.

Einer der gelehrtesten Männer des funfzehnten Jahrhunderts zu Rubiero in dem Gebiete von Reggio 1446. gebohren, wurde im 23 Jahre seines Alters Lehrer der schönen Wissenschaften zu Forli, und unterrichtete besonders den Sinibaldo Ordelafo, einen Sohn des Pino Ordelafo Herrn dieser Stadt. Als dieser einst zum Urceus, da er ihn antraf, nach gewöhnlicher Art sagte: Antonio, mi raccommando, antwortete ihm dieser: Dunque Giove à Codro si raccommanda. Von dieser Zeit an nennten ihn seine Schüler Codrus, welchen Beinahmen er auch behielt, und verordnete auf seinen Grabstein zu setzen: Codrus eram. Von Forli gieng er 1482. nach Bononien, wo er 18 Jahre lehrte, und starb im Jahr 1500. Bei seinen Lebzeiten hielt man ihn vor einen sogenannten starken Geist und Epikurder. In seinen Reden die er hielt, wenn er die alten Schriftsteller zu erklären anfieng, findet man wirklich eine mehr als cynische Freiheit, welches damals nicht ungewöhnlich war, wie aus den Reden des Philelphus und Philippus Beroaldus des ältern erhellet. Sein Latein ist nicht gänzlich ohne Fehler. Er war ein großer Verehrer des Homers und besorgte selbst seine Hauswirthschaft, daher stellt ihn Mantuanus in seinen Wäldern (Silvae) als einen Mann vor, der den Homer auf den Knieen liegen hat, mit der einen Hand einen Topf am Feuer abschäumt, und mit der andern den Bratspieß dreht:

Ilias

Ilias in manibus, ſpumat manus vna lebetem
    Vna veru verſat. Tres agit ille viros.

Weil Bayle die Werke des Codrus niemals zu
ſehn bekommen, ſo hat er in dem Artikel Codrus manche Fehler begangen, die ſich aus ihm auch in Jöchers
Gelehrten lexicon eingeſchlichen. Sein Leben hat Bar-
tholomeo Bianchino beſonders beſchrieben. Die
erſte und beſte Ausgabe ſeiner Werke, worinn auch
die Satiren vorkommen, iſt folgende:

In hoc Codri volumine haec continentur. Orationes ſeu ſermones vt ipſe appellabat. Epiſtolae.
Silvae. Satyrae. Eclogae. Epigrammata.

Am Ende ſteht: Volumen eruditiſſimi viri Codri
explicit. emendate accurateque impreſſum Bononiae
per Ioannem Antonium Platonidem Benedictorum
bibliopolam, nec non civem Bononienſem. Sub
anno domini 1502. die vero VII. Martii, Ioanne
Bentivolo II. patre patriae feliciter Rempu. adminiſ-
ſtraute. fol.

Dieſe Ausgabe wird am meiſten geſucht, weil ſie
viele ſchlüpfrige Stellen enthält, welche in den folgenden Ausgaben ausgelaßen worden. Mir ſind noch folgende Ausgaben bekannt Venet. 1506. fol. Pariſ.
1515. 4. Baſil. 1540. 4. *).

*) Menagiana Tom. IV. p. 150.

Jo-

Johann Baptista Spagnolo genannt Mantuanus.

Dieser Dichter und General des Carmeliterordens, wurde als ein uneheliches Kind seinem Vater Piedro Spagnolo im Jahr 1448. zu Mantua gebohren, wovon er auch den Beinamen Mantuanus erhalten hat. Ob nun gleich Paul Jovius, der dieses erzählt, ein Mann in seiner Nachbarschaft gebohren, und 33 Jahr alt, da Mantuan starb, dieses wohl wissen konnte, so haben es doch die Carmeliter, Cuper und Lucius geleugnet, weil sie es vermuthlich der Ehre ihres Ordens vor nachtheilig hielten, daß einer ihrer Generale ein Bastard seyn sollte, obgleich der Pabst Clemens VII. selbst ein natürlicher Sohn des Julian Medici war. Er legte sich zeitig auf die Dichtkunst, und wenn es wahr ist, daß er mehr als 55000 Verse gemacht haben soll, so müßen viele nicht gedruckt worden seyn. Scaliger hält ihn vor einen weibischen und pöbelhaften Dichter, dem es nicht an Witz, aber wohl an Kunst fehle *). Daß seine Verse nicht gar angenehm klingen, soll daher kommen, wie Jovius meint, daß er sich zu sehr mit der hebräischen Sprache und andern Wissenschaften beschäftigt. Er war ein frommer und sehr eifriger Mann im Gottesdienst, daher konnte er die Fehler der Geistlichen nicht mit gleichgültigen Augen ansehn, und züchtigte sie in seinen Gedichten auf das strengste; und man muß sich wundern, daß

seine

*) Scaliger Poetic. Lib. VI. p. 788.

ſeine Schriften der Inquiſition entgangen ſind; denn
man findet ſie in keinem Index. In dem des Soto=
mayor ſteht blos, daß man in ſeinem Gedicht Al=
phonſus im dritten Buche die Verſe auslöſchen ſoll,
welche ſich anfangen: Hic pendebat adhuc bis auf
Pontificalis adulter. Dieſes Werk, wozu er die Idee
vom Dante ſcheint genommen zu haben, iſt nichts an=
ders als eine Beſchreibung der Reiſe des Alphonſus
durch die Hölle, wo er den Zuſtand vieler, theils zur
Hölle, theils zum Fegefeuer verdammter Seelen vor=
ſtellt. Er dichtet, daß Alphonſus der König von
Caſtilien, Johannes II. Sohn und Heinrichs III. En=
kel, als er mit ſeinem Vater und ſeinem Großvater
aus dem Fegefeuer ins Paradies gegangen, unterwe=
gens ein langes Geſpräch zwiſchen der Seele eines
Pabſtes im Fegefeuer, und einem Teufel Namen Ju=
piter gehört, welches ihn gemartert; die päbſtliche Seele
habe ihre Würde durch dieſe Verſe zu erkennen
gegeben:

— — Apud Superos ego templa tenebam
Vaticana, dabant Reges his oſcula plantis.

Der Teufel antwortete ihm unter andern:

At tu implume caput, cui tanta licentia quondam
Foemineos fuit in coitus, tua furta putabas
Hic quoque praetextu mitrae impunita relinqui?
Sic meruit tua foeda venus —

Es haben einige dieſe Verſe auf Sixtus IV. deu=
ten wollen, welches aber ungegründet iſt, wie Bayle
und

und de la Monnoye gezeigt haben; es ist eher glaublich, daß Mantuan das Bild eines Wollüstigen und
stolzen Pabstes überhaupt hat vorstellen wollen g). In
seinen Büchern de calamitatibus suorum temporum
zieht er auch sehr heftig auf die damaligen Mißbräuche
los; z. B. im 3 Buche:

Interea nostras odiis flagrantibus vrbes
Exercent furiae, per rura, per oppida saevit
Martis opus: Petrique domus polluta fluenti
Marcessit luxu. Nulla hic arcana revelo,
Non ignota loquor, liceat vulgata referre,
Sie verbis populique ferunt: ea fama per omnem
Iam vetus Europam, mores extirpat honestos:
Sanctus ager scurris, venerabilis ara cinaedis
Servit, honorandae divum Ganymedibus aedes

— — — — — —

— — — · venalia nobis
Templa, Sacerdotes, altaria, sacra, coronae,
Ignes, thura, preces, coelum est venale, Deusque.

Auch in seinen übrigen Gedichten kommen dergleichen satirische Ausfälle häufig vor. Er starb im Jahr
1516. oder nach anderer Meinung 1518. Als er
zum General seines Ordens erwählt worden, wollte er
alle Klöster reformiren, aber er fand so viele Hinderniße,
daß er seine Würde aus Verdruß 1515. niederlegte h).

Bapti-

g) Bayle Dict. Sixte IV. Rem. B.
h) Baillet Iugemens. Tom. IV. p. 34.

Baptiſtae Mantuani Opera omnia. Bononiae. Hector. 1502. fol. Antwerp. 1576. 8. vier Bände, wovon der meiſte Theil verbrannt iſt. Par. 1513. fol. mit Seb. Murhon, Seb. Brant und Job. Badius Commentaren, welche Jöcher vor die erſte Ausgabe angiebt.

Nicolo Machiavelli.

Machiavelli, der wegen ſeines Buches vom Prinzen ſo berühmt und berüchtigt iſt, wurde zu Florenz aus einem adlichen Geſchlechte um das Ende des funfzehnten Jahrhunderts gebohren, und legte ſich auf die Beredſamkeit, Hiſtorie und beſonders die Politik. Er wurde zu Florenz Secretarius; und als er wegen eines Verdachts, daß er eine Verrätherei daſelbſt anſpielen wollen, die Tortur ausgeſtanden, Geſchichtſchreiber. Er ſtarb 1530. nachdem er in ſeinem Leben Armuth und mancherlei Unglück erfahren. Sein Aſino d'oro oder goldner Eſel gehört unter die Satiren, ob er gleich gemeiniglich nicht darunter gezählt wird. Er beſteht aus acht Capitoli. Der Inhalt iſt folgender:

Capitolo I. Nach Ankündigung des Innhalts des Gedichts, ſagt der Dichter, es gienge ihm wie jenen Knaben, der die Gewohnheit hatte immer auf der Straße zu laufen. Sein Vater hätte alle Mittel verſucht, ihm dieſe Gewohnheit abzugewöhnen, hätte es auch durch Hülfe eines Arztes ſo weit gebracht, daß er einige

einige Zeit lang ganz vernünftig zwischen seinen Brüdern
gegangen; als er aber einst auf die Martellis Straße
gekommen, habe er sich nicht mehr halten können, und
sei wieder aus allen Kräften gelaufen, und so wäre er
denn hernach immer fortgelaufen. So hätte der Dichter sich auch lange Zeit Gewalt angethan, Niemand
zu beißen, in die Länge aber könne er es nicht mehr
aushalten.

Cap. II. Der Dichter kommt einst im Frühlinge
an einen öden finstern Ort. Nachdem er lange voll
Grausens herumgeirrt, erblickt er von ferne ein Licht,
das ihm immer näher kommt. Er entdeckt endlich ein
schönes Mädchen, die in der einen Hand ein Licht, in
der andern ein Horn hält, auf dem sie von Zeit zu Zeit
bläst, und um sie herum war eine Menge wilder Thiere
aller Art. Sie wird ihn gewahr, nennt ihn bei seinem
Namen, und fragt ihn, wie er hieher gekommen? vor
Furcht und Schaam vermag er nicht zu antworten;
sie tröstet ihn, und sagt ihm, daß er im Reiche der
Circe sei, und sie wäre eine ihrer Dienerinnen, die
diese in Thiere verwandelte Menschen auf die Weide
treiben müste. Damit Circe seine Gestalt nicht sähe,
sollte er nur mit dieser Heerde auf allen Vieren kriechen. Dieses that er, da er kein Mittel sahe zu er-
innern.

Cap. III. Nachdem er eine Stunde so fortge-
krochen war, kam er an einen Graben, wo er durch-
waten muste, und endlich in einen Pallast. Das Licht
wurde nun ausgelöscht, und er befand sich in einem wei-

ten Höfe unter den wilden Thieren. Endlich brachte
ihn ſeine Führerin in ein Zimmer, wo ſie ihn bei einem
Feuer abtrocknete und ausruhen ließ. Er bat ſeine Führerin, ſie möchte ihm doch ſagen, was ſie von ſeinem
Leben wüßte. Kein Menſch, ſagte ſie ihm, hätte un-
verſchuldeter Weiſe mehr Beſchwerlichkeiten und Un-
dank gelitten, als er. Er müße beßere Zeiten erwarten; ehe dieſe aber kämen, müße er ſich auch in ein
Thier verwandeln laßen. Vorher aber könne er noch
eine Zeitlang bei ihr bleiben.

Cap. IV. Er entſchließt ſich dazu. Das Mädchen bewirthet ihn mit einer guten Mahlzeit, küßt ihn,
und nimmt ihn mit zu Bette. Das übrige kann man
ſich ſchon denken.

Cap. V. Bei Anbruch des Tages ſagt ihm das
Mädchen, ſie müße nun wieder zu ihrer Heerde, und
er möchte ſie in aller Stille am Abend wieder erwarten. Sie geht fort, und er macht unterdeßen allerhand Betrachtungen über den Wechſel aller Dinge, die
er mit einigen machiavelliſtiſchen Gedanken durchwebt.

Cap. VI. Um den Mittag ſchallte das Horn,
das Mädchen kam wieder zu ihm, ſpeiſte mit ihm, und
ſagte, ſie wolle ihn nun mit dem Orte, wo er wäre,
näher bekannt machen. Er würde da allerhand Leute
ſehn, mit denen er ehemals viel Bekanntſchaft und Umgang gehabt hätte. Sie ſtand auf und er folgte ihr.
Es war ſchon Nacht. Sie gieng daher mit einer
Blendlaterne in ein großes Gemach, gleich einem
Schlaf-

Schlafgemach in einem Kloster, und zeigte ihm da die verschiedenen verwandelten Thiere. Zuerst sah er die Löwen. In diese Thiere, sagte sie, verwandelt Circe die Edlen und Großmüthigen; dergleichen aber hat dein Land wenig aufzuweisen. Wer ein rohes, gewaltthätiges Leben führt, wird in einen Bären verwandelt. Gefräßige und hungrige Wölfe behaupten den dritten Platz, und in dem vierten sind Büffel und Ochsen, worunter er manchen von seinen Landsleuten finden möchte. Wer thut, als schliefe er, wenn er doch wache, und eine frohe Miene annimmt, der steht unter den Böcken in der fünften Schaar. Doch, sagte sie, es würde zu lange dauern, ihm alles zu erklären; er sollte ihr nun an den Ort folgen, wo jedes von den Thieren, die hier eingeschloßen sind, hinkommen und herumspatzieren kann; da würde er noch mehr und andre Thiere finden. Er kam darauf zu der Pforte, wo er eine große marmorne Figur, in einem ansehnlichen Gewand, einen Kranz auf dem Haupt, und um sie her eine Menge Menschen erblickte, die ihr hofierten. Dies wäre, sagte sie, der Abbate di Garta, der zum Dichter gekrönt worden. Sein Bild hätten die Götter hieher gesetzt, damit man gleich wißen könnte, was für Geschöpfe hier eingeschloßen wären.

Cap. VII. Die Pforte öfnet sich nun, und sie gehn hinein. Bei dem Glanze des Lichts erheben mehr als zweitausend Thiere ihre Köpfe, und viele davon werden nun beschrieben. Ich will hier zum Beispiel nur ein paar anführen. Ich sah, erzählt der Dich-

ter,

ter, eine Raße aus allzugroßer Begierde ihre Beute
verliehren, und beſchimpft da ſtehn, ob ſie gleich ſonſt
klug und von guter Raçe war. Ich ſah einen Dra-
chen, der ſich voll Unruhe hin und her wälzte, ohne
Ruhe zu finden. Ich ſah einen boshaften Fuchs, der
bisher noch dem Netze entgangen und einen korſiſchen
Hund den Mond anbellen. Ich ſah ein plumpes Thier
mit rothem Felle, das ein Ochs ohne Hörner war u. ſ. f.
So geht das ein Paar Seiten fort. Machiavelli wünſcht
ſich mit einen Thiere unterreden zu können, ſeine Führerin gewährt ihm ſeinen Wunſch, indem ſie ihn zu einem großen Schweine führt, das in einem Sumpf liegt.

Cap. VIII. Er läßt ſich mit dem Schweine in
eine Unterredung ein, und wünſcht ihm ein beßres
Schickſal. Dieſes bezeigt ihm aber, daß es ihm für
ſeinen Wunſch ſchlecht verbunden ſei, und erhebt das
ganze Capitolo durch die Vorzüge und das Glück, das
ein Schwein vor einem Menſchen hat. Hier bricht das
Gedicht mit einmal ab, ohne daß der Plan ganz ausgeführt iſt; ob der Dichter es vollends ausführen wollen oder nicht, iſt nicht bekannt.

Janus Aniſius.

Im Jahr 1472. aus einer berühmten Familie gebohren. Sein Vater widmete ihn den Rechten,
allein ſeine Neigung zog ihn zur Dichtkunſt, worinn er
ſich auch bald berühmt machte. Herr Adelung ſchreibt,
er würde für den erſten gehalten, der nach Wiederher-
ſtellung

stellung der Wissenschaften die Satire und das Trauer-
spiel in seinem Vaterlande bearbeitet hätte ¹). Dieses
scheint nach der bisher angeführten Folge der Italienischen Satiriker nicht gegründet zu seyn. Er war in
den geistlichen Stand getreten und schrieb sich Priester;
es ward ihm auch vermuthlich von Carl V. ein Bisthum oder eine reiche Pfründe angetragen, die er aber
aus Liebe zur Freiheit ausschlug. Das Jahr seines
Todes ist unbekannt; er lebte aber noch 1536. und
vielleicht noch 1540.

Varia Poemata et Satyrae ad Pompejum Columnam
Cardinalem. Neap. 1531. 4. vermehrt ebendaselbst 1536. Satiren kommen in beiden Ausgaben nicht vor, wohl aber Sententiae.
Satyrae. 1532. 4.

Sechszehntes Jahrhundert.

Lodovico Ariosto.

Dieser große Dichter, der Homer der Italiener
wurde zu Reggio, einer Stadt des Herzogthums Ferrara im Jahr 1574. gebohren. Nach dem Tode seines Vaters, der ihm wenig hinterließ, kam er wegen
seiner Geschicklichkeit in die Dienste des Cardinals
Hippolyt von Este, dem er seinen Orlando dedicirte, wofür er aber nichts, als das grobe Compliment
erhielt: wo Teufel, habt ihr die Narrenspossen alle hergenommen? welches seinem Geschmack viel Schande
macht.

G 3

¹) Gelehrten Lexicon. Artic. Ariostus.

macht. Endlich warf er gar einen Unwillen auf den Dichter, da dieser ihn wegen seiner schwächlichen Gesundheit
nicht nach Ungarn begleiten konnte. Er trat also 1519.
in die Dienste des Herzogs Alfonso, der ihn auch zu
politischen Geschäften gebrauchte, und ihn an Julius II.
sandte, um sich wieder mit ihm zu versöhnen, welche
Gesandtschaft aber so unglücklich ablief, daß ihn der
Pabst wollte ins Meer werfen laßen. Er übergab ihm
auch die Regierung eines Ortes in Grafagnana. Er
starb zu Ferrara im Jahr 1533. geehrt und arm.
Wie sehr dieser Dichter zur Satire geneigt war, erhellet nicht allein aus seinen noch übrigen eigentlichen Satiren, sondern auch aus vielen Stellen in seinem Orlando furioso, wo er selbst der Päbste nicht verschont.
Er fand Astolfo im Mond, unter den Dingen, die
auf Erden verlohren gegangen, und im Mond gesammlet werden, auch einen großen Haufen von mancherley
Blumen, der ehedem einen guten Geruch hatte, aber itzt
heftig stinkt. Dieses war nach der Aussage des Dichters, das Geschenk, welches Constantia dem guten
Pabst Silvester gab.

Die sieben Satiren des Ariosts sind Briefe, die
er seinen Brüdern und Freunden zuschreibt, und Werke
seines männlichen Alters. Er ist in denselben mit seinem Schicksale nicht zufrieden, und klagt beständig über
die schlechte Belohnung seiner Dienste; überhaupt enthalten sie eine vollkommne Abbildung seines Gemüths-
charakters. Die Geistlichkeit muß besonders seiner satirischen Geißel herhalten.

Die

Die erste Satire, die an seinen Bruder Alexander und an seinen guten Freund Ludwig von Bagno gerichtet ist, hat hauptsächlich den Cardinal Hippolyt von Este zum Gegenstande, der über seine Verweigerung mit ihm nach Ungarn zu reisen unwillig war; dem er deswegen manchen heftigen Streich versetzt, und unbillig ist, daß er seine Gedichte so wenig schätzet.

In der zweiten Satire an seinen Bruder Galaßo spottet er des Römischen Hofs und der Prälaten auf eine sehr bittre Weise. Er schreibt seinem Bruder, daß er nach Rom reisen müßte, und bittet ihn, eine Kammer und andre Nothwendigkeiten dort zu bestellen. Unter andern Dingen, soll ihm Galaßo einen Koch schaffen, mit dem er zufrieden seyn will, wenn er nur Kuh- und Hammelfleisch kochen kann. Denn, sagt er, ich verlange keinen solchen, der mit der Brühe verschiedner Speisen, den Hunger, wäre er auch schon gestorben und begraben, von Todten zu erwecken gelernt hat. Ein solcher mag immerhin seinem Herrn, der nur den Mist zu vermehren gebohren ist, den Bratspieß, den Tiegel, und die Schnauze bis an die Ohren mit Fett schmieren." Er verlangt keinen hitzigen noch ungemischten Wein — „Diesen mag der schwärmende Mönch trinken, wenn er sich im lectorat einschließt, indeß daß das nüchterne Volk außen auf ihn wartet, damit er das Evangelium auslege. Er steige hernach röther als ein abgesottener Krebs auf die Kanzel, und lärme und drohe, daß jedermann sich davor entsetze."

Die

Die dritte Satire an Hannibal Malaguzzo, seinen Vetter, schrieb er, da er in des Herzogs Alfonso Dienste getreten war. Er tadelt die Laster und Thorheiten im Allgemeinen, und besonders das Hofleben und die Sucht den Vornehmen zu hofieren, welches ihm das Kennzeichen eines seichten und niederträchtigen Charakters zu seyn scheint. „Weil du, o Hannibal, wissen willst, ob mir die veränderte Bürde schwerer oder leichter vorkommt, so sage ich dir mit zwei Worten, daß mir beide Bürden auf gleiche Weise mißfallen, und es besser wäre, wenn ich weder der einen, noch der andern unterworfen wäre. — Wer Ritter oder Cardinal werden will, der diene Königen, Herzogen, Cardinälen und dem Pabste. Ich nicht; denn ich achte weder dieses noch jenes. — Eine gebratne Rübe schmeckt mir zu Hause besser als Feldhühner und Schwarzwild an einer fremden Tafel. Ich liege auch so gut unter einer schlechten als einer seidnen und goldnen Decke; und es freut mich mehr meine trägen Glieder ruhn zu lassen, als daß ich prahle, meine Decke sei aus Scythien, Indien oder Aethiopien.“

Die vierte Satire an Sigismund Maleguzzo ist von Ariosto zu Castelnuovo in der Provinz Garfagnana, wo er Statthalter war, geschrieben worden. Er tadelt seinen neuern Aufenthalt, und das Amt, das er verwalten muß.

Die fünfte Satire an Hannibal Maleguzzo. Der Dichter giebt in dieser Satire seinem Vetter, der sich verheirathen will, gute Lehren, wie er eine Braut wäh-

wählen, und sich im Ehestande mit ihr verhalten soll;
wo er immer Gelegenheit findet, die Fehler des Frauenzimmers auf eine beißende Art zu tadeln. Ein oder
zwei Zötlein nimmt er sich auch nicht übel, fällt sehr ins
natürliche und nennt Dinge mit ihrem eignen Namen,
die man in Schriften nicht so nennen soll; daneben immer ein Ausfall auf die Geistlichen. Unter andern
sagt er, „Ich bin jederzeit der Meinung gewesen, daß
kein Mann ohne Weib vollkommen seyn könne. Wer
kein Weib hat, kann nicht ohne Sünde seyn; denn
wer nicht von dem Seinigen leben kann, der ist gezwungen auswärts zu betteln, oder zu stehlen; und wer einmal gewohnt ist in frembdes Fleisch zu picken, der wird
leckerhaft, und will heute Krammsvögel oder Wach-
teln, morgen Fasanen und übermorgen Feldhühner. Ein
solcher weiß nicht, was die Liebe ist, und was sie vor
Pflichten mit sich bringt; daher kommt es, daß die
Pfaffen ein so unersättliches und grausames Gesindel
sind.

    — — e quindi avvien, che i Preti
     Sono sì ingorda e sì crudel canaglia.

Das Mittel, welches er seinem Freunde vorschlägt,
daß seine Frau keine Hure werde, ist kein andres, als
— der Ring des Hans Carvelle, dessen auch Rabelais gedenkt. Doch meint er auch dieses Mittel
würde nicht helfen, wenn das Weib sich vornähme den
Mann zu betrügen.

Die sechste Satire an Pietro Bembo. Er bittet den Bembo für seinen Sohn Virginio einen würdigen Lehrer zu suchen, und tadelt die Sitten und Lehrart der Lehrer seines Zeitalters. Diese Satire hält man, einige Zoten ausgenommen, für die schönste unter allen, und weil sie an einen sehr gelehrten Mann gerichtet war, so hat er sie mit größerm Fleiß ausgearbeitet. Er klagt gewaltig über die verderbte Sitten der damaligen Lehrer, und besonders in welch einem üblen Rufe die Poeten stünden:

> O nostra male aventurosa etade,
>   che le virtudi, che non abbian misti
>   vizi nefandi, si ritrovin rade!
> Senza quel vizio son pochi umanisti,
>   che se a Dio forza non che persuase,
>   Di far Gomorra, e i suoi vicini tristi.
> Ride il volgo, se sente un ch' abbia vena
>   Di poesia; e poi dice: è gran periglio
>   A dormir seco, e volgergli la schiena.

Die siebente Satire an Bonaventura Pistofilo. Diese Satire ist die Antwort auf einen Brief, in welchem Pistofilo, der Secretär des Herzogs von Ferrara, sich anerbot, dem Dichter die Stelle eines Gesandten beim Pabst Clemens dem VII. zu verschaffen. Ariost, der damals noch Statthalter in Grafagnana war, nimmt den Vorschlag seines Freundes nicht an, theils aus Furcht, er möchte unter dem Pabst Clemens eben so wie unter Leo X. in seiner Hofnung betrogen werden,

theils

theils aus Verachtung der eitlen Ehre, oder vielmehr weil er von Ferrara, wo seine geliebte Orsolina wohnte, mit der er zwei natürliche Söhne Virginio und Johann Baptist erzeugt hatte, sich nicht weit entfernen wollte *). Von seinen Satiren sind mir folgende Ausgaben bekannt. (Sie kommen auch in der Sammlung des Sansovino vor) Satire di Messer Lodoico Ariosto. In Venet. 1546. 8. ib. 1560. 12. Le medesime Satire e Rime altre di Lod. Ariosto: edizione data da Paolo Rolli. In Londra 1716. 8. Baillet hat eine Ausgabe Venet. 1538. 8.

Francesco Berni. (Bernia, Berna.)

Einer von den besten Köpfen seiner Zeit, der ein außerordentliches Talent zur komischen Satire hatte, wovon er auch selbst das Muster gab, so daß sie bei den Italienern von ihm den Namen der Berneskischen erhalten hat. Unter diesen Berneskischen Dichtern trift man Meisterstücke der Satire an; nur Schade, daß die meisten so schmutzig sind. Frei von diesem Fehler sind besonders Caporali und Faggiuoli, und unter den Neuern Gasparo Gozzi. Baillet glaubt, er wäre aus Bibbiena im Piemontesischen gebürtig gebürtig gewesen, andre sagen, aus Bibbiena im Toskanischen, und Jöcher aus Casentino; er selbst aber nennt seinen Geburtsort Amporecchio im Florentinischen.

Costui

*) Meinhards Versuche über die Italienischen Dichter II. Band S. 125. f. und Herr Jagemann im III. Bde.

Coſtui ch' io dico all' Amporecchio nacque,
Ch' é famoſo caſtel per quel Mazetto.
Poi fu condotto à Firenze, ove giacque
Fin a diciannove anni poveretto.
A Roma andò di poi com' a Dio piacque,
Pien di molta ſperanza, e di concetto,
Di un certo ſuo parente Cardinale,
Che non gli fece mai ne ben ne male).

Er war bei Giberti Biſchof zu Verona Secretär, und erhielt auch ein Canonicat zu Florenz. Paul Jovius ſchreibt in einem Briefe im Jahr 1535. vom 31. Mai, daß Berni am Schlage geſtorben wäre. Allein Nicolo Franco redet vom Berni in einem Briefe, den er im Scherz an den Petrarca richtet, im Jahr 1538. daß er noch gelebt, und von den Medici wegen ſeiner Capitoli wäre aus Florenz gejagt worden. Woraus de la Monnoye ſchließt, daß er nicht die Familie der Medici meine, ſondern die Aerzte, und daß er im Jahr 1538. geſtorben wäre). Boccalini nennt ihn den gröſten und beißendſten Satiriker, den je Italien hervorgebracht hätte; und dichtet, er hätte den Juvenal herausgefordert, um zu ſehn, welche Sprache in der Satire den Vorzug hätte, die lateiniſche oder italieniſche; aber Juvenal hätte die Ausfoberung nicht angenommen). Von den Ausgaben

ſeiner

) Orlando Innamorato. L. 3. Cant. 7.

m) Baillet Iugemens. T. IV. p. 152. not. I.

s) Boccalini Ragguagli di Parnaſſo. Centur. L. Ragg. 60. p. 264.

feiner Schriften werde ich in einer folgenden Abhandlung reden.

Marcellus Palingenius Stellatus.

Das Leben dieses bekannten Dichters ist noch mancherlei Zweifeln unterworfen. Man kann weder das
Jahr seiner Geburt, noch seines Todes, noch die Zeit
der ersten Ausgabe seines Gedichts mit Gewißheit an-
geben; ja man ist noch zweifelhaft, ob er einen erdichteten oder seinen eignen Namen führe. Es ist zu verwundern, daß Niemand in den beiden vorhergehenden
Jahrhunderten die Bemerkung gemacht, daß sein Name blos erdichtet sei. So viel ich weiß, hat La
Croze zuerst vermuthet, daß er den Namen
Palingenius zu Ehren der Renata von Frankreich, Herzogin von Ferrara, deren Gemahl
Herkules II. von Este er sein Gedicht dedicirt
hat, angenommen habe º). Andre haben gemuthmaßet,
es stecke unter diesem Namen Marsilius Ficinus, und
Heumann hielt anfänglich den M. Antonius Flami-
nius vor den Verfaßer. Endlich schrieb Facciolati
aus Padua an den Abt Fabricius, der wahre Verfaßer
heiße Pier Angelo Manzolli, welches das Anna-
gramma von Marcello Palingenio wäre ᵖ). So un-
einig ist man auch über den Namen Stellatus.
Bayle glaubt, er hätte sich so genannt, weil ein jedes

von

---

o) Bayle Dict. Palingenius (*)

p) Heumanni Poecile Tom. II. Lib. II. p. 171. sqq.

von den Büchern ſeines Gedichts den Namen von einem
Sternbilde des Thierkreiſes führe; und de la Monnoye meint, dieſer Name zeige ſeinen Geburtsort an,
welcher Stellata oder Stellada in dem Gebiete von
Ferrara wäre *). Johann Ludolph Bünemann
glaubte doch noch, daß Marcellus Palingenius Stellatus der eigne Name des Verfaſſers wäre, weil dieſer
Name zu Anfange des erſten Buchs als ein Akroſti-
chon ſtünde *). Das Wort Marcellus kommt auf
dieſe Weiſe noch einmal zu Anfange des ſiebenten Buchs
vor. Ich getraue mir dieſe Widerſprüche nicht zu ent-
ſcheiden, welches vielleicht Facciolati am beſten hätte
thun können, wenn er uns Nachricht von ſeinen Lebensumſtänden gegeben hätte. Es ſoll dieſer Palingenius
Leibarzt des oben gedachten Herkules II. von Eſte geweſen ſeyn; dem er auch ſein Buch bedicirt hat. Aber
wenigſtens muß er es noch nicht zur Zeit der Dedication geweſen ſeyn; denn damals kannte er den Herzog
von Ferrara noch nicht, ſondern ſagt nur, er wäre zu
ihm gereiſet, weil ihm der gelehrte Antonius Muſa
Braſavolus Hofnung gemacht, der Herzog würde
das Buch gnädig aufnehmen. Andre meinen, er wäre
ein gelehrter Lutheraner geweſen, den die Herzogin von
Ferrara, Renata von Frankreich an ihren Hof aufgenommen und beſchützt hätte *). Sein Buch führt den
Titel

q) Baillet Tom. IV. p. 45. not. 10.

r) Bunemanni Catalogus librorum rariſſimorum. p. 110.

s) Abrahami Sculteti annales Evangelii renovati, ſub
anno 1529. p. 248.

Titel: Thierkreiß des Lebens. Thomas Scaliranus zeigt in einem Gedichte, welches an den Leser vor dem Werke selbst steht, den Inhalt desselben in diesen Worten an:

Quae sint summa bona, et quo pacto ducere vitam
   Conveniat, praesens hoc tibi pandit opus.

Warum Palingenius dem Gedichte den Namen des Thierkreises des Lebens gegeben, wird eben daselbst also angezeigt:

Zodiacus vitae fertur: quia vita per ipsum
   Ducta nitet, ceu sol per sua signa means.
Majoremque ut sol mundum, sic ille minorem
   Illustrat, vegetat, ornat aliitque liber.

Scaliger tadelt den Verfaßer, daß er jedem Buche den Namen eines Sternbildes aus dem Thierkreise gegeben, weil der Inhalt nicht damit übereinstimme; allein er hatte den Herodot schon zum Vorgänger, der seinen Büchern auch den Namen der neun Musen gab, ohne daß der Inhalt dieser Benennungen angemeßen war. Scaliger meint, es wäre ganz unschicklich, daß er im Widder vom höchsten Gute, im Stier von Verfolgung der Laster, im Löwen von der Glückseligkeit, in der Jungfrau von der Verachtung des Todes handelt; er hätte im Widder von der Kindheit, im Stier von der Jugend, in den Zwillingen vom Jünglingsalter handeln sollen u. s. f. Er glaubt auch, es könnten viele tausend Verse wegbleiben, denn wenn er einmal über

über eine Materie wäre, so raſte er alles zusammen, was darauf nur irgend eine Beziehung hätte, und könnte kein Ende finden[1]). Es iſt nicht zu leugnen, man findet hier und da ſcholaſtiſchen Wuſt, und ſeine Philoſophie taugt oft gar nichts, wo er die Einwürfe der Freigeiſter zu hoch treibt und ſie ſchlecht beantwortet; z. B. im Scorpion, wo er unterſucht, ob Gott die Urſache der Sünde ſei, weil er das Böſe zuläßt, und nicht hindert[2]). Dem ungeachtet iſt nicht zu leugnen, daß einzle gute moraliſche Gedanken, die treflich gedacht ſind, häufig vorkommen. Uebrigens iſt das Gedicht durchgängig ſatiriſch und mit großer Freimüthigkeit geſchrieben; es werden in demſelben die böſen Sitten überhaupt, die Hofſchranzen, die Allwiſſerei und beſonders die Geiſtlichen der Römiſchen Kirche, die Päbſte nicht ausgenommen, auf das bitterſte durchgezogen; wovon ich nur einige wenige Beiſpiele vorlegen will. Von der Reformation Lutheri, und wie man ſie zu hindern geſucht, redet er folgendergeſtalt:

Clemens Martinum cupiens abolere Lutherum.
Atque ideo Hiſpanas retinet nutritque cohortes:
Non diſceptando, aut ſubtilibus argumentis
Vincere, ſed ferro mavult ſua jura tueri.
Conſilium valeat, valeant commenta Lutheri,
Pontifices nunc bella juvant, ſunt caetera nugae;
Nec praecepta patrum, nec Chriſti dogmata curant.
　　　　　　　　　　　　　　　　　　　　Ladlant

[1] Scaliger Poetic. Lib. VI. p. 793.
[2] Im Scorpius. p. m. 227. ſqq. (edit. Lugdun. 1566. 12.)

Iactant se dominos rerum, et sibi cuncta licere.
Cui vis est, jus non metuit, jus obruitur vi,
Sed nos hinc socii lucrum spectamus, et inter
Tot caedes, multorum animas ad averna seremus *).
Von dem bösen Leben der damaligen Geistlichen:
Quis non moechatur? mystae vafrique cuculli,
Quos castos decet ipse, palam cum pellicibus, vel
Furtim cum pueris, matronis virginibusque
Nocte dieque subant: sunt qui consanguinearum
Inguinibus gaudent, ineunt pecudes quoque multi:
Et rura et silvae infames, vrbs quoque lupanar ").

An einem andern Orte erzählt Merkur, der eben
aus der Hölle kömmt, dem Dichter, daß die Hölle,
wegen der vielen verdammten Menschen zu enge werde, und daß sich Pluto wundre, warum sein Bruder
im Himmel die Mönche und Pfaffen nicht in Himmel
aufnähme, da sie doch so schöne in den Kirchen singen, die
Glocken läuten und räuchern könnten, sondern sie ihm in
solcher Menge in die Hölle schicke als Fliegen in dem
heißen Apulien wären; ja daß er auch sogar Päbste
hinschicke, welche dort ärger als andre Menschen gemartert würden:

— — — — Vel cur
Ille meus frater, qui possidet aethera, saltem
                              Presby-

*) Capricornus p. m. 307. v. 19.
") Virgo p. 164. v. 4.

Zweiter Theil.   H

Presbyteros, fratres, Monachos, non accipit intra
Septa poli, ſedesque ſuas, et continet illic?
Non pudet, hos homines, qui in templis tam bene
$$\text{cantant.}$$
Quaque die, et ſacris in turribus aera fatigant,
Qui tot thura adolent, tot ſcortorum miſerentur,
Qui ſolvunt alios, ſua crimina ſolvere nolunt,
Qui veſpillonum funguntur munere, et ornant
Templa Deum ſtatuis, picturis atque ſepulcris:
Mittere ad infernas ſedes, et plectere poenis,
Millia quot non fert ſitiens Apulia muſcas?
Pontifices etiam ſummos nihil ille veretur,
Immo iubet cunctis aliis pejora ſubire
Supplicia, vnde Erebo miſeri clauduntur in imo,
Atque illic miris cruciatibus afficiuntur [y]).

Da Palingenius auf dieſe Weiſe geſchrieben hat,
ſo iſt es gar nicht zu verwundern, daß er in dem Inder
der verbothnen Bücher die Ehre hat in der oberſten Claſſe
der Ketzer zu ſtehn und vor einen Lutheraner ausgegeben
wird; ja ſein Leichnam wurde nach ſeinem Tode aus‐
gegraben und verbrannt, welches ſein Zeitgenoß Gyral‐
di, der mit ihm in einem Lande lebte, beſtätigt [z]).
Daß er aber ein Lutheraner geweſen, iſt grundfalſch,
denn in ſeiner Zuſchrift zeigt er ganz klar, daß er katho‐
liſch war, und ſetzt noch hinzu, wenn er ja hier oder da
$$\text{ſollte}$$

y) Capricornus p. 279. v. 18. ſqq.

z) Gyraldi de Poet. ſuor. tempor. Dial. II. p. 569. Poſt
    ejus mortem in ejus cineres ſaevitum eſt, ob impie‐
    tatis crimen.

sollte gelert haben, so unterwerfe er sich der Censur der katholischen Kirche *).

Die Zeit seines Todes kann bei gegenwärtigen Nachrichten der Litteratur noch nicht ausgemacht werden **), und eben so wenig weiß man von seinen Lebensumständen. Die Zeit, in welcher er sein Gedicht geschrieben hat, kann aus demselben bestimmt werden, wenn der Verfasser sagt:

Hic comprensum arcte tenujt me, et nubila vexit
Per media in terras; quo Thuscus tempore Clemens
Intra Felsineos habitans cum Caesare muros
Florentinam vrbem longa obsidione premebat ***).

Es wäre also im Jahr 1531. geschrieben, da Carl V. Florenz belagerte; und doch steht in den Valesiana,

H 2 es

*) Palingen. in dedicat. Si tamen in tanto opere aliquid forte reperitur, quod a nostra religione aliquantum dissentire videatur, mihi minime imputandum censeo. Nam dum aliquando de rebus philosophicis loquor, diversorum philosophorum opiniones refero, praesertim Platonicorum. Quae si falsae sunt, non ego, sed ipsi reprehendi debent: cum mea sit intentio, a catholica fide nunquam declinare. Quocirca in omnibus, quae scripsi, orthodoxae Ecclesiae me humiliter subjicio: eiusque censuram, vt virum Christianum decet, libenter accipio.

**) In Herrn Prof. Schmids Anweisung zu den vornehmsten Büchern in der Dichtkunst steht S. 81*. Palins genius wäre 1516. gestorben; welches vermuthlich ein Druckfehler ist.

***) Sagittarius p. 877. v. 23.

es hätte Palingenius ſein Gedicht ums Jahr 1530. an
Herkules II. von Eſte bedicirt; welches alſo nicht rich-
tig iſt, denn in der Dedication ſelbſt iſt keine Jahrzahl
bemerkt d). Die erſte Auflage iſt folgende:
Zodiacus vitae, pulcherrimum opus atque vti-
liſſimum
Marcelli Palingenii Stellati Po. ad Illuſtriſſ.
Ferrar. Ducem Herculem II. feliciter incipit.
Venetiis Bernardinus Vitalis Venetus impreſſit.
8. ohne Jahrzahl e). Im Index wird die Baſelſche
Ausgabe von 1537. angeführt und bemerkt, daß ihr
die Italieniſche erſt gefolgt ſei, welches alſo falſch iſt f).
Sonſt ſind noch viele Ausgaben von dieſem Gedichte
herauskommen, worunter die zu Rotterdam 1723.
vor eine von den beſten gehalten wird. Es ſind auch
zwei deutſche Ueberſetzungen vom Palingenius vorhanden, die eine von Johann Spreng einem deutſchen
Dichter und Notarius Publicus zu Augſpurg, welcher
1601. geſtorben; ſie kam heraus zu Frankfurt 1564.

8.

d) Valeſiana. p. 132.

e) Bunemanni Catal. libror. rariſſ. p. 110. wo dieſes Buch
wegen der großen Seltenheit auf 2 Rthl. geſchätzt wird.
Bünemann ſchreibt auch, er habe es in einem Auffatze an
Hermann Adolph Meinders K. Preuß. Rath und Geſchichtſchreiber bewieſen, daß der wahre Verfaßer M. Pa-
linaenius Stellatus geheißen. Dieſer Meinders hat
einen Commentar über das Gedicht verfertigt. S. Stol-
lens Nachricht von den Büchern ſeiner Bibliothek. Th. IX.
S. 28.

f) Bayle, Dict. Palingenius. Rem. E.

g. und 1599. 8. Die andre von Machenau, in Versen 1743. 8.

Christoph Wirsung Prediger zu Augsburg (1500. ebendaselbst, gest. 1571. zu Heidelberg, wo er sich die letzte Zeit seines Lebens aufhielt) gab dieses Gedicht mit einem gelehrten Commentar heraus g); wovon Bayle sagt, daß ihn Niemand kenne h).

Agnolo Firenzuola.

Sein wahrer Name ist Agnao Nannini. Er nannte sich Firenzuola nach dem Namen eines Ortes, der an dem Fuße der Apenninen liegt, weil seine Familie aus diesem Orte herstammte. Er selbst war zu Florenz gebohren, blühte unter Leo X., war Abt zu Wallombrosa, ward Bischof und starb 1551. Nach andern soll er noch 1545. gelebt haben i). Er hat sehr vieles sowohl in Prosa als in Versen selbst verfertigt, und übersetzt; und in der Poesie den Pfad des Petrarca, des Bernd und seinen eignen betreten. Wie sehr er bei den Italienern beliebt war, zeigen die vielen Ausgaben seiner Schriften. Seine poetischen und prosaischen Werke zusammen (die Komödien und die Uebersetzung des goldnen Esels des Apulejus ausgenommen) sind herausgekommen bei Giunti in Florenz 1548, eben daselbst

H 3   selbst

g) Melch. Adami de visis philosophorum. Wirsung. und Freheri Theatrum. p. 224.

h) Bayle Dict. Palingenius.

i) Osmont

selbst 1562. und 1552. Seine Gedichte besonders von Sagila edirt. 1549. Unter seinen Gedichten geben die Italiener seinen scherzhaften und seinen Komödien vor den ernsthaften den Vorzug, obgleich dieselben, wie Fontanini anmerkt, mit einer Freiheit geschrieben sind, die sich für seinen geistlichen Stand wenig schickte. Von seinen Unterredungen der Thiere hat Herr Professor Schmit in Liegniß einige übersetzt [k]. Er gehört hieher, weil er einige Satiren in reimlosen Versen geschrieben hat; dieses hat er fast nur allein gethan, denn alle Italienische Satiren vom Ende des XVI. Jahrhundert hindurch sind in Terze Rime, wie schon oben ist angezeigt worden.

Pietro Nelli.

Ein scherzhafter und satirischer Dichter von Siena. Sansovino vergleicht ihn wegen der Leichtigkeit, mit der er Verse machte, dem Ovid. Einige seiner Gedichte stehn in der Sammlung der Rime piacevoli, und andre in der Sammlung des Sansovino. Eine Sammlung seiner Satiren ist auch besonders gedruckt unter dem Titel:

Il primo e secondo libro delle Satire alla Carlona:
  da Messer Andrea da Bergamo. (Pietro Nelli
  Sanese.) In Vinegia, Paolo Gherardo. 1546.
  und eben daselbst per Comin di Trino 1547.
  2 Vol in 8.

Das

---

k) Italienische Anthologie. I. Th. S. 11.

Das erste Buch enthält 16 Satiren, das andere
26. Naude in seinen Mascurat S. 217. vergleicht
diese Satiren mit des Regnier seinen, welches anzeigt,
daß er die Satiren alla Carlona nicht kannte.

Francesco Negro.

Von Baßano aus dem Venetianischen gebürtig,
änderte seinen Glauben und erhielt zu Cleven in Grau-
bündten eine Schulbedienung. Er war ein Italienischer Dichter, und ein gelehrter Mann, der unterschiedne Schriften herausgegeben hat, welche Gesner anführt [1]. Am bekanntesten ist er wegen seiner satirischen Tragödie vom freien Willen. Die Personen,
die sich in diesem Trauerspiele unterreden, sind folgende:

Fabio da Ostia pelegrino
Diaconato Maestro di casa di Monf. Clere.
Hermete Interprete.
Felino spenditore.
Rè Libero Arbitrio.
Discorso humano segretario.
Atto elicito Maestro di casa del Rè.
Bertuccio Barbiere della Corte.
Amonio Cancelliere.
Trifone Notaio.
Orbilio servitore.
Monf. M. Clero.

Capel-

[1] Conrad. Gesneri Bibliotheca per Simlerum. p. 204.

Capellano di Monf. M. Clero.

Pietro Apostolo.

Paolo Apostolo.

Angelo Rafaéle.

Gratia giustificante.

Den Inhalt will ich mit des Negro eignen Worten herſetzen. Der freie Wille, ein Sohn der Vernunft und des Willens, Regent über die Provinz der menſchlichen Handlungen, kommt durch Hülfe einiger ſcholaſtiſchen Theologen nach Rom, als er daſelbſt vom Pabſte zum catholiſchen Chriſten und zum unüberwindlichſten Könige gemacht worden, erhält er von ſeiner Heiligkeit das Reich der guten Werke. Hernach heirathet er mit Hülfe ſeines Haushofmeiſters Aſtus electus die Gratia de Congruo, und zeugt mit ihr die Gratia de Epubigno. Nachdem er nun mit ſeiner Familie lange Zeit glücklich in dieſem Reiche gelebt, ſo ſammelt er ſich aus dem Zoll, der in demſelben gebräuchlich iſt, und das Verdienſt heißt, große Schätze. Endlich erfährt er aus einem Briefe des Königs Ferdinand, den ihm Doctor Eccius überbringt, daß viele von ſeinen Unterthanen rebelliren; worauf er es bei dem Pabſte dahin bringt, daß dergleichen Unordnungen ſoll geſteuert werden. Aber indem man dieſes vor hat, wird die Gratia juſtificans von Gott auf die Erde geſchickt, welche dem Könige heimlich den Kopf abhaut. Und nachdem endlich der Pabſt vor den Antichriſt erkannt worden, ſoll er nach dem Rath-

ſchluße

schluße Gottes durch das göttliche Wort nach und nach
getödtet werden ᵐ).

Die Originalausgabe dieser sehr seltnen Tragödie
führt den Titel:

Tragedia de F. N. B. intitolata Libero Arbitrio. 1546.
4. zwanzig Bogen.

Della Tragedia di Messer Francesco Negro Bassanese
intitolata Libero Arbitrio. Editione seconda con
accrescimento dell' anno 1550. 12. Zwei und
zwanzig Bogen. Diese Ausgabe wird, weil sie
vermehrt ist, am meisten gesucht. Sie ist auch
ins lateinische übersetzt worden.

Liberum Arbitrium, Tragoedia Francisci Nigri Bas-
sannensis. Nunc primum ab ipso auctore latine scripta et edita 1559. 8. Sie ist auch ins
französische übersetzt worden.

La Tragedie du Roy Franc- Arbitre, mise par per-
sonnages, et nouvellement traduite de l'Italien
en francois. (Iean Crespin, Geneve) 1558. 8.

La Tragedie du Roi Franc-Arbitre, en laquelle les
abus, pratiques et ruses cauteleuses de l'Ante-
Christ sont au vif declarées, d'un style fort
plaisant et recreatif, et nouv. trad. de l'Italien en françois. à Ville Franche. (Geneve)
1559. 8.

Ꜧ 5 Orten-

ᵐ) Götzens Merkwürdigkeiten der Königl. Bibliothek zu
Dresden III Band. S. 468. und 512.

Ortensio Lando.

Ein Medicus zu Mailand, aus Placenza, blühte
um die Mitte des XVI. Jahrhunderts, von dessen leben wenig bekannt ist.　Seine Werke stehn im Index
in der ersten Classe verbothner Bücher, und er wird in
demselben ein lutherischer Theologe und Philosoph genennt.　Er gieng aus Italien nach Deutschland und
nahm die protestantische Religion an, wo er ein armse-
liges Leben soll geführt haben *).　Götze nennt ihn den
närrischen Hortensius Landus; allein der Mann
war nicht so närrisch; er glaubte nur nicht alles, was
jedermann glaubte, und gehört unter die guten Schriftsteller Italiens, ob er gleich sonst mancherley Dinge an
sich hatte, die nicht zu billigen sind.　Er hat seinen
Charakter selbst auf folgende Art, welches ein Kennzeichen einer seltnen Offenherzigkeit ist, geschildert:
Um denjenigen zu gehorchen, welchen ich es schuldig
bin, und der es mir weniger als andre hätte gebieten
sollen, zähle ich diesen (den Ortensio Lando) unter
die Bösen und Zornigen.　Er ist öfters aus heftigen
Jähzorn in schwere Krankheiten gefallen.　Als er zu
Neapel gewesen, und von jemand große Gnade genos-
sen, dessen Schuhriemen aufzulösen er nicht würdig
war,

*) Novelliero Italiano Tom. III. Del rimanente non
gli si può negar senza manifesto torto il pregio di
buono ed elegante scrittore in nostra volgar favella,
notandosi in lui fra le altre cose una felice speditezza
nel raccontare e nello esprimersi, che non così sovente
ritrovasi ne' nostri Scrittori del sec. XVI.

war, hat er wegen eines einzigen Wortes, eine Freundschaft, die ihm Ehre, Nutzen und Vergnügen brachte,
gebrochen. Ein einträgliches Gut, das ihm war ge-
schenkt worden, hat er aus Zorn ausgeschlagen. So
bald er mit jemand zerfällt, giebt er alles zurück, was
er von ihm bekommen hat; und der Zorn vermag mehr
bei ihm, als die Liebe, die Dankbarkeit und die ver-
sprochne Treue. Ich glaube gänzlich, daß er nicht wie
andre Menschen aus vier Elementen bestehe, sondern
aus Zorn, Gift, Galle und Hochmuth *).

Er schrieb unter dem Namen Anonimo di Utos
pia ein Buch unter dem Titel, die Geißel der alten
und neuen Schriftsteller, in welcher er dieselben
auf das ärgste durchziehet. Vom Homer sagt er zum
Beispiel: wie ist es möglich, daß man ihn leiden und
lesen kann, da er so oft wiederholet Tondapamlvome-
nos und os ephato? Wem sind die so vielen Both-
schaften allezeit mit einerlei Worten nicht beschwer-
lich? Wer kann alle seine Thorheiten, mit Geduld aus-
stehn?

*) Sette Libri de Cataloghi à varie cose appartenenti,
non solo antiche, ma anche moderne. Opera utile
molto alla Historia, et da cui prender si po materia
di favellare d'ogni proposito, che ci occorra. In Vinegia 1552. 8. p. 99. Dieses in Deutschland fast unbekannte Buch enthält ein Verzeichniß z. B. von schönen
und häßlichen Leuten, von Liebhabern der Gelehrsamkeit
und Gelehrten, auch seiner Zeit von Tugendhaften und
Lasterhaften, von Glücklichen und Unglücklichen, von
guten Freunden, Eheleuten, Mördern u. s. s. Landi
hat seinen Namen hinzugesetzt.

stehn? daß die Minerva bald Ochsen- bald Eulenaugen
hat, daß die Pferde mit ihrem Herrn Achilles reden;
daß er die Griechen lobt, weil sie gut gestiefelt sind,
oder lange Haare tragen, daß Andromache vor ihres
Mannes Hektors Pferde eine Suppe macht; daß der
große Held Achilles bitterlich weint, weil ihm sein König eine schlechte Weibsperson wegnimmt, daß die sterb-
lichen Menschen die unsterblichen Götter verwunden.
Und so viel ungereimte Gleichnisse: Er ist so schwarz wie
der schwarze Wein; Achilles verheeret die Trojanischen
Haufen, wie der Esel die Melonen. Hierauf bekommt
auch Virgil seinen Text. Er heißt ein Dichter ohne
Witz, und von noch weniger Verstande, der seine Gedichte übel zusammengesetzt hat, und die Bukolika dem
Theokrit, die Georgika dem Hesiodus und die Aeneis
andern abgestohlen hat. Cicero ist ihm zu schwülstig,
zu weitläufig, wiederholt immer einerlei, ist frostig im
Scherz, träge im Anfange, müßig in den Ausschweifungen, langsam sich zu bewegen, und zu faul sich zu
erhitzen. Die neuern Schriftsteller werden noch übler
behandelt. Man soll den Neapolitanischen Poeten,
der Christum eher sterben läßt, als er gebohren worden,
nebst dem Tortellius und Isidorus ins Feuer werfen; an Paulus Diaconus, Prokopius, Sa-
bellikus und Volaterranus die Schuhe wischen.
Die heutigen Theologi wären vielmehr Matteologi
oder Battologi, und von den Juristen Accursius
ein Schelm, Bartolus eine Bestie, Baldus ein

Narr

Narr u. f. f. *p*). Es hat fanbo noch unter dem Namen
Philalethes Utopienfis einen Dialogem wider den
Erasmus unter dem Namen Philalethes Polytopi-
enfis quaeftiones forhanas, in quibus varia Italorum
ingenia explicantur; Ciceronem relegatum et revo-
catum, und andre Werke geschrieben, welche Jöcher
anführt.

Julius Cäsar Scaliger.

Er wurde im Jahr 1484. zu Ripa, einem Schloße
am Sogo bi Garda gebohren, und that in seiner Jugend
unter dem Kaiser Maximilian I. Kriegsbienste. Hernach ftubierte er zu Bologna die scholaftische Philosophie und wollte ein Franciscaner werden, um nach und
nach zu geiftlichen Würden zu steigen. Allein er ließ
dieses Verhaben bald wieder fahren, gieng in den
Krieg und biente unter Franz I. Endlich legte er sich
auf die Medicin und prakticirte zu Agen in Frankreich,
wo er im 47. Jahr seines Alters erst anfieng seine
Schriften herauszugeben. Er brachte in kurzer Zeit
alles wieder ein, was er versäumt hatte, und machte
sich einen großen Namen in der gelehrten Welt. Er
starb

p) Götens Merkwürdigkeiten der Königl. Bibliothek zu
Dresden. II. Band. S. 8. und S. 543. Der Titel seines Buches lautet also:

La Sferza de Scrittori antichi e moderni di M.
Anonimo di Vtopia. Alla quale è dal medefimo ag-
giunta una effortatione allo ftudio delle lettere. In
Vinegia 1550. in 8. 36 Blätter.

starb eben daselbst im Jahr 1558. Gewissermaßen
könnte man folgende Schrift von ihm unter die satirischen rechnen. Exoticarum exercitationum liber quintus decimus de subtilitate Hieronymi Cardani, worinn
er aber mehr Fehler soll begangen haben, als er an dem
Cardanus finden wollen. Eigentlicher aber gehören
hieher:

Iulii Caesaris Scaligeri adversus Desiderium Erasmum
    orationes duae, eloquentiae Romanae vindices,
    cum eiusdem epistolis et opusculis. Tolosae
    1621. 4.

Die Gelegenheit zu dieser Schrift war folgende.
Die Gelehrten in Italien im XVI. Jahrhunderte gaben
der Schreibart des Cicero vor allen andern den Vorzug,
und behaupteten, alle lateinischen Redner müßten sich
allein nach dem Cicero bilden. Die Gelehrten in England, Frankreich und Deutschland setzten sich dieser
Meinung entgegen; und an deren Spitze befand sich
der große Erasmus. Dieses schädliche Vorurtheil
auszurotten schrieb er seinen Ciceronianus, sive de
optimo dicendi genere; worinn er sich über die blinde
Liebe der Italienischen Gelehrten aufhielt, die alle lateinische Ausbrücke als unächt verwarfen, welche im
Cicero nicht vorkämen; und fällte selbst über den Stil
des Cicero sein Urtheil, und bewies sehr gründlich,
daß man unrecht thäte, wenn man die Fehler des Cicero nachahmen wollte, als seine Ausdehnungen, Di-
gressionen, unzählige Wiederholungen, hochtrabende
                                 Redens-

Redensarten, übertriebene und bis zum Eckel schönen Declamationen, seinen ewigen Egoismus, diesen Ueberfluß und zugleich Unfruchtbarkeit des Genies, wodurch er alle Arten, in welchen er schreibt, vermengt, und für eine einzige ansieht. Er steht immer auf der Rednerbühne, ist immer Orator, selbst da, wo er nur Philosoph und Kunstrichter seyn sollte. So streng auch Erasmus den Cicero tadelte, so fühlte doch Niemand seine Schönheiten beßer als er. Er wollte nur nicht, daß man seine Fehler vor Schönheiten halten, und alle guten lateinischen Schriftsteller ihm zu gefallen verachten sollte. Darüber entstund nun in Italien ein großer Lärm, und man sahe dieses Verfahren vor nichts anders als Hochverrath in der gelehrten Republik an *). Niemand hielt sich vor fähiger den Erasmus wegen dieses Vergehens am Cicero zu züchtigen als Scaliger, der an Eigenliebe, Stolz, Prahlerei und Neigung zu Lästerungen nicht leicht jemanden den Vorzug ließ, der allenthalben über seine Mitbrüder in Apollo den Dictator und Präceptor spielen wollte. Daher vertheidigte er nicht blos den Cicero, sondern er fiel mit der größten Wuth über den Erasmus her, gegen den er alle Beschimpfungen ausspie, die nur der boshafteste Haß zu ersinnen im Stande ist. Um von seiner liebreichen Art mit seinen Gegnern umzugehn, eine Probe zu geben, will ich nur bemerken, daß er ihm unter andern folgender

*) Diese Streitigkeiten über den Cicero sind weitläuftiger beschrieben in Jrail Merkwürdigkeiten zur Geschichte des Gelehrten II Th. S. 111. ff.

der Gestalt hofierte: Erasmus Romani nominis vomi-
cæ; Eloquentiæ scopulus, latinæ puritatis contami-
nator, Eloquentiæ eversor, Litterarum carnifex,
omnium ordinum labes, omnium studiorum macula,
omnium aetatum venenum, mendaciorum parens,
furoris alumnus; Erasmus furia, cuius scriptis inco-
lumibus Respublica sive christiana, sive litteraria
stare non potest; Erasmus coenum, Busiris, vipera
generis humani, monstrum, cujus morsus pestilen-
tissimi r).

Scaliger schickte die erste Rede im Jahr 1529.
nach Paris, wo sie erst nach vielen Schwürigkeiten im
Jahr 1531. gedruckt wurde. Im Jahr 1600 wurde
sie zu Cölln wieder gedruckt, unter dem Titel:

Oratio pro Marco Tullio Cicerone, contra Ciceroni-
anum Erasmi. 12.

Erasmus fand sich über die Grobheiten sehr beleidigt, und seine Freunde unterdrückten alle Exemplare,
die sie konnten habhaft werden. Da Scaliger einen
Brief vom Erasmus zu sehen bekam, vom 13. Mart.
1535. worinn er von guter Hand zu wißen vorgab,
daß Scaliger diese Rede nicht gemacht hätte; so
glaubte Scaliger, er wolle dadurch zu verstehen geben, daß er nicht im Stande gewesen sie zu verfertigen;
und arbeitete gleich an der zweiten Rede, welche zu Paris 1536. gedruckt wurde, obgleich auf dem Titel das
Jahr 1537. steht. Erasmus wuste, daß man diese
Rede

r) Eineri neue Nachrichten von alten Büchern. S. 153.

Rede wider ihn druckte, aber er bekam sie nicht zu sehen, denn er starb den 12. Jul. 1536. Also irren diejenigen, welche vorgeben, Erasmus hätte alle Exemplare durch seine Freunde auffaufen und verbrennen lassen. In der Folge schämte sich Scaliger selbst seiner Grobheiten gegen den Erasmus, wie aus einem Briefe erhellet, den er an Jacob Omphalius schrieb; worinn er viele Hochachtung gegen denselben bezeigt, und sogar Verse auf seinen Tod machte; doch ist er ihm hernach noch jederzeit hart in einigen seiner andern Werke begegnet[1]). Der jüngere Scaliger sagt, sein Vater hätte eine Rede wider den Erasmus verfertigt, die ihm Erasmus abgesprochen hätte, weil er ein Soldat gewesen. Als sein Vater dieses erfahren, hätte er eine andre gemacht, worinn er sehr zornig gewesen wäre. Hierauf hätte Erasmus alle Exemplare durch seine Freunde auffaufen lassen, so daß keines mehr zu finden wäre. Sein Vater hätte hernach die Narrheit eingesehn, daß er wider den Erasmus geschrieben hätte. Er hätte auch viele Briefe wider den Erasmus geschrieben, welche waren gedruckt worden, aber er (der Sohn) hätte sie unterdrückt, und die Exemplare vor 72 Goldthalern (Ecus d'or) auffaufen lassen, und befohlen, sie nach seinem Tode zu verbrennen. Sein Vater hätte den Erasmus angegriffen, da er noch Soldat gewesen wäre; nachdem er aber studiert, hätte er erkannt, daß Erasmus ein großer Mann wäre. Vielleicht, setzt er hinzu,

[1] Nicerons Nachrichten Th. XXL S. 81.

Zweiter Theil   2

zu, hatte mein Vater den Erasmus nicht gelesen oder
nicht verstanden ¹). Bayle hat die mancherlei Fehler,
die der jüngere Scaliger hier begangen, berichtiget ²).

Bernardino Ochino.

Er war einer von den Geistlichen, welche im XVI.
Jahrhundert Italien verließen und die protestantische
Religion annahmen. Er wurde im Jahr 1487. zu
Siena gebohren, und begab sich anfänglich in den Orden der Franciscaner, den er aber bald wieder verließ
und Medicin studierte. Nach einigen Jahren kehrte er
in den Orden wieder zurück, und wurde wegen seines
Wohlverhaltens endlich Generaldefinitor. 1534 wurde er Capuciner und 1538. Vicarius Generalis des
Ordens. Wegen seiner strengen Lebensart und eifrigen
Predigten war er bei Hohen und Niedrigen in dem größten Ansehn. Zu Venedig wurde er mit einem spanischen Rechtsgelehrten Juan Valdes bekannt, der ihm
etwas von Luthers Lehre erzählte. Als er nun etwas
davon predigte, wurde er verdächtig und 1542. nach
Rom gefodert; allein er traute dem Landfrieden nicht,
und flohe noch in dem Jahre mit Petro Martyre
nach Genev; von da gieng er nach Augspurg, denn
nach England und wieder zurück nach Straßburg. Im
Jahr 1555. wurde er Prediger einer Italienischen Gemeine in Zürich, die er 1563. wieder verlassen muste;
denn er hatte einige Zeit vorher seine Gespräche herausgegeben; worinn man irrige Sätze von der Viel-

wei-

¹) Scaligerana Secunda. p. 309.
²) Bayle Dict. Erasme. Rem. I. K. L. M.

weibrel und der Ehescheidung fand; und weil er sie
nicht wiederrufen wollte, so muste er das Gebiete von
Zürich verlassen. Er wollte den Winter über mit seinen Kindern in Basel bleiben; allein auch da litt man
ihn nicht. Hierauf gieng er in kläglichen Umständen,
von Alter und Armuth gedrückt nach Polen, woraus
ihn aber der Nuntius Commendon vertrieb; und so
beschloß er nach Mähren zu gehn. Unterwegens wurde er nebst seinen beiden Söhnen und seiner Tochter
von der Pest überfallen, und starb zu Slaucow im
Jahr 1564. *).

Er hat drei Schriften verfertigt, welche in die satirische Claße gehören, nämlich

Apologi nelli quali si scuoprano li abusi, Sciocheze,
    superstitioni, errori, idolatrie et impieta della
    Sinagoga del Papa, et spetialmente de suoi
    Preti Monaci et Frati, da Bernardino Ochino.
    1554. 8. (Geneva, Gerardo.)

Obgleich alle Schriften des Ochino sehr selten
sind, so ist doch diese die seltenste unter allen, weil der
päbstliche Hof fast alle Exemplare hat wegschaffen lassen. De Büre sagt, es wären nur hundert Apologen
in demselben enthalten, und auch nicht mehr gedruckt
worden *). Le Duchat schreibe, es hätte Ochino
600 dergleichen Apologen gemacht, wovon aber nur
das erste Hundert im Jahr 1554. ohne Namen des

J 2   Orts

---

w) Micrens Nachrichten XV. Th. S. 144. ff.
x) De Bure Bibliographie. Theologie p. 436.

Orts und des Druckers herauskommen.   Der berühmte Wolf in Hamburg hätte ein Exemplar gehabt, wovon er dem La Croze eine Abſchrift von ſeiner eignen Hand in 8. verſchaft, in welcher Form das
Italieniſche Original wahrſcheinlich wäre[t].   Daß
Ochino 600 Apologen verfertigt, iſt noch nicht erwieſen; aber 500 ſtammen gewiß von ihm her, wie
aus dem folgenden erhellen wird; und daß die Italieniſche Originalausgabe in octav ſei, iſt gewiß.   Es
ſcheint nicht, daß dem großen Bücherkenner Bayle
dieſe Apologen bekannt geweſen, ſonſt würde er ſie gewiß in dem weitläuftigen Artikel, den er vom Ochino
in ſeinem Wörterbuche hat, erwähnt haben.   In Geſ-
ners Bibliothek wird auch nur von hundert Apologen
geredet, welche zu Genev gedrukt worden[c].   Stru-
ve ſagt, dieſe Apologen wären zuerſt Italieniſch nebſt
der lateiniſchen Ueberſetzung des Sebaſtian Caſtellio
herausgekommen[a], und eben dieſes behauptet auch
Niceron; und doch gedenkt de Bure, der die Italieniſche Ausgabe von 1554. vor ſich hatte, der dabei
gefügten lateiniſchen Ueberſetzung mit keinem Worte;
woraus ich ſchließe, daß die Apologen zuerſt Italieniſch
und alsdenn beſonders mit der Verſion des Caſtellio
herauskommen ſind; denn letztere iſt ohne Meldung
des Druckorts und Jahrs in 8. herauskommen[b].
                                              Der

t) Ducatiana. p. 199.
c) Bibliotheca Geſneri per Simlerum. p. 97.
a) Struvii Bibliotheca antiquar. Part. II. Ianuar. p. 19.
b) Obſervat. Select. ad rem litterariam ſpectantes T. V.
    obſ. II. §. 1.

Der Verfaßer der Anmerkungen über Baylens Wörterbuch glaubt, es müße noch eine ältere Ausgabe als von 1554. geben. Die Seltenheit des Buchs kann man schon daraus beweisen, daß diese Ausgabe von 1554. in der Auction des Grafen Hoym vor 120. livres verkauft worden *). Außer der lateinischen Ueberseßung sind mir noch drei andre bekannt, eine französische, holländische und zwei deutsche. Die französische fand Björnståhl in der Bibliothek des Exjesuiten Desbillon zu Mannheim, der die schönen lateinischen Fabeln herausgegeben hat:

Apologies, isquels se decouvrent les abuz, folies, superstitions, Idolatries et Impietés de la Synagogue du Pape, et speciellement des pretres et des Moines diceluy. Traduits d'Italien; Chez Iean Gerard. 1554. 8. (à Geneve)

Diese französische Ueberseßung ist von solcher Seltenheit, daß man sie in keinem Verzeichniße antrift *).

Ins Holländische sind die Apologen und Dialogen des Ochino von Johann Arcerius überseßt und unter folgenden Titel herausgegeben worden:

Bern. Ochini Ziorike Vertellingen, vertaelt etc. Dordrecht 1607. 8. und Franecker 1654. 12.

Die erste deutsche Ueberseßung gab Christoph Wirsung Diaconus in Heidelberg heraus:

Des Hochgelehrten und gottsäligen mans Bernhardini Ochini von Senis, fünff Bücher siner Apo

J 3

*) Osmont. Diction.

d) Björnståhls Briefe. V. Band. S. 169.

Apologen. Darin werden die Mißbräuch, Thorheiten, Aberglauben, Irrthumben, Götzendienſt,
und Gottloſigkeiten der Papiſtiſchen Synagóga,
ſonderlich der Pfaffen, Münich, und der Brüder
eröffnet, lieblich, darbey auch nützlich zu leſen.
Durch Chriſtoff Wirſung verdeutſcht.
Apologus redt wohl in Scherz
Sticht doch dem Bapſtumb ab das Herz.
1559. 4. ohne Druckort.

Auf der andern Seite des Titelblats ſtehn einige
Verſe betitelt: zu dem baſtardiſchen Chriſtenthumb;
darauf folgt Wirſungs Dedication an Ott Heinrichen
Pfalzgraven bey Rhein und Churfürſten. Von ſeiner
ſchlechten Gabe zu überſetzen drückt ſich Wirſung alſo
aus: Wol begere ich, das ein anderer, welcher die
treffliche Zierheit des Ausſprechens, ſo gedachter Ochi-
nus im welſchen gebraucht, erſtatten hett mögen, ſich
ſolches Werks unterſtanden: dann ob ſchon die warheit nakend und blos, am allerſchönſten iſt, ſo ligt doch
viel daran, das ſie artlich, hell, eigentlich, und mit
im Dunkeln fürgeſtellt werde. So mir aber bisher
keiner bewiſt, der ſich deßen unterfangen, hab ich das
pfündlin, ſo mir der Herr befolhen, nit vergraben
ſollen." Das dritte und vierte Buch enthält hundert
Apologen; das erſte und zweite Buch aber hat deren 101.
und das fünfte 89. bei dem erſten Buche gehn die Sei-
tenzahlen bis auf 87. die andern Bücher aber haben
keine dergleichen Zahlen.

In

In der Epiſtel an den Ritter Riclardo Moricino, die vor den Apologen ſteht, ſagt Ochino er wäre willens tauſend dergleichen Stücklein zu entdecken.

Dieſe ſogenanten Apologen des Ochino ſind keine eigentliche Apologen, ſondern allerhand Erzählungen und Mährlein von Päbſten, Mönchen und andern Dingen aus der katholiſchen Kirche, deren einen großen Theil er wahrſcheinlich blos vom Hörenſagen mag gehabt haben, denn er führt nirgend ein Zeugniß an; und ob gleich viele ſcheinen den Stempel der Warheit zu tragen, ſo mögen doch auch viele Erdichtungen darunter ſeyn, welche luſtige Köpfe zum Spaß oder aus Feindſchaft gegen die römiſche Kirche ſelbſt mögen erdacht haben.

Die Ueberſetzung des Wirſung iſt ziemlich alt-fränkiſch und ſchwerfällig, da man doch zu ſeiner Zeit ſchon viel beſſer und reiner deutſch ſchreiben konnte. Da aber des Ochini Apologen und Wirſungs Ueberſetzung unter die wahren Seltenheiten der Litteratur gehören; ſo will ich ein Paar Proben aus dieſer Ueberſetzung hier anführen.

Der 73. Apologus aus dem dritten Buche

Darin wird gezeigt, was die Bettelmönch für eine Liebe habend.

Etlich jüngling redeten mit einander von dem wahrſagen aus Beſichtigen der Händ, Chiromantia genannt: Einer under ihnen ſagt, Es were ein verbotne Kunſt, darum ſeind deren wenig, die ſollicher gründlich erfaren ſeind. Zu dieſem ſprach ein anderer: Wie? verbo-

ten? die Bettelmönch, ſo heyliger dann die anderen,
ſeind doch die allererfarneſten in dieſer Kunſt, dann
ſie erkennend keinen Freund, dann an den Händen;
vnd an denſelbigen zu dem allervollkommneſten.

Der 52. Apologus aus dem vierten Buche.

Bruder Bacclus ward gefragt, warumb die Pfaffen die Platten ſchurend? der antwort, derhalben, das
ſey ſo vil, ſo ſtarken, und ſo guten Wein trinkend, das
jnen ſtätigs ſtarke Dämpf über ſich, und mit ſollichen
Haufen ſteigend, wa ſei nit leichtlich möchtend ausrie-
chen, wie durch die geſchorne Platen geſchehen mag,
das jnen dieſe Dämpf, das Hyren verrucken wurden.

Der 52. Apologus aus dem fünften Buche.
Darin wirt deren thorheit eröfnet, ſo gelobend keuſch zu
leben.

Es war ein jung, ſtark weibsbild in einem Kloſter,
geſund, voll gebildetes, und die eins Manns bedorft
hette. Die ward aber krank, voller arger Feuchtigkeit.
Und wie wol die Arzt mancherley mit jr verſuchten,
ward es doch täglich erger. Und dieweil ſie ihren Eltern faſt lieb ware, fragten ſie die Arzet, ob einicherlei
mittel were ſie zu erreten? Die antwortend, es were
kein anders, dann daß man ir ein man gebe. Wie
diß Vater und Mutter vernamend, verſuchtend ſie erſtlich der tochter willen, die, wie wol ſie eins Mans
zum allerbegirilchſten, ware nicht als keck, austrucklich
ja zu ſagen, ſunder antwort, ich will thun, was unſer
Beichtvater, und die Frau Abtiſin will. Die Eltern
rede-

redeten mit jnen beiden, ermaneten sie darein zu bewil-
ligen. Sy aber widersaßtend sich, sprechend, es kunte
jrs gelübts halben, so sie keusch zu bleiben gethon hätte,
nit sein. Redeten mit der kranken, sie sollte ehe erwöl-
len zu sterben, dann das gelübt zu brechen: denn wa
sie also sturbe, were sie eine Märterin. Wenig tag
nach diesem geschah, das eben an derselbigen kranckheit
ein andre siech lag: die ward ohn alles gefard neben
diese gelegt. Wie nun die Arzet kamend, und sahend
das sie voller böser Feuchtigkeit stecket, verordneten sie
jr ein Arznei. Da biß die kranck horte, sprach sie:
ich wirde sie keinesswegs nemen, dann ich hab under
andrem gelobt, nimmermer kein Arznei zu gebrauchen. Da biß der Beichtvater und die Abtißin horte,
sprachend sie, biß were ein narrecht gelübt, dieweil die
Arznei von Gott, als ein Mittel zu unserm Krankheiten wäre verordnet, darumb so hatte sie nit geloben mögen, das sie deren nit wollte gebrauchen, dieweil sie nit
gewußt hette, ob sie deren nottürftig wurd, oder nicht.
Sy sollt alle andächtung, so sie derhalben haben möchte,
auff jren Seelen lassen. Da biß die ander Nun, so
neben ihr lag, vernam, sprach sie, Eben also ist mein
gelübt, so ich thete, on ein Ehman zu leben, kraftlos
und narrecht, dieweil ich mich darmit des mittels des
heyligen Ehestands beraubet hab, wellicher von Gott
als ein Arznei unsers fleischs Schwachheit verordnet ist:
sunderlich dieweil ich nit wuste, ob es mir noth seyn
würde. Schicket nach Vater und Mutter, die ließends
zu haus tragen, gabend ihr bald darnach einen man,

J 5

dar-

darbei ſie in wenigen tagen geſund warde. Saget Gott
lob und Dank, das er jr leiplicþe und geiſtliche ge-
ſundheit verlihen hätte.

Der 56. Apologus aus eben dem Buche.

Darin wirt die ſchmal liebin viler Münich eröffnet.

Es hette ein arm alt mennlin einen einigen ſun bey
zwentzig jaren, der ſo vil erarbeitet, das er Vater und
Mutter ernöret. Dem ward ein grill von den Müni-
chen eingeſtöckt, das er ſoll ein Münich werden, wie
auch geſchah: dardurch der Vater in mangel käme,
und täglich hungers ſtarbe. Der ſprach der tag eins
zu ſeinem weib, Es iſt je ein groſſe Grauſamkeit an un-
ſern ſun geweſen, uns alſo zu verlaßen, dieweil wir jn
mit ſo viel müe und arbeit habend erzogen. Sy ver-
meinend den ſun zu entſchuldigen, und den man zu trö-
ſten, ſprach, Sy biß nicht ſo betriebt, dann die Münich habend mir geſagt, es warde unſer ſun alſo nun
beſſer. Und diß derhalben, dieweil wir nun alt ſeyend,
hette er uns eine kleine Zeit mit der narung mögen ver-
ſorgen. Dieweil er aber ÿetzund ein Münich worden
iſt, ſo mag er nach unſerm thod mit ſeinem gebett,
Züchtigung des leibs, faſten, wachen und andren guten werken, uns aus dem Fegfeur helffen, das wirt
uns vil nützer ſeyn. Der alt antwortet, du biſt ein närrin, wann du gedenkeſt, das er nach unſerm tod mit-
ſelben mit uns haben werd, ſo er diß ÿetzund ſo wir lebend nit erzeiget. Es iſt nit müglich, das eins die
thoten liebe, wo er ſöllichs den lebenden nicht beweyſet.

In

In dem 42. Apologen des vierten Buchs kommt ein neues Credo vor, welches nach des Ochino Aussage auf dem Concilio zu Tribent soll gemacht worden seyn, worinn das apostolische Glaubensbekenntniß parodirt wird, und welches auch in folgenden Zeiten ist nachgeahmt worden. Ich will nur etwas daraus hersetzen.

Ich glaub Ihn Pabst Paulum den allmechtigen, Herrn des Himmels und der erden, der sichtbaren und ohnsichtbaren Ding. Und in Peter ludwigen seinen eingebornen sun, unsern Herrn. — Er litte unter Keyser Carl, ward verwundt, getödtet, von dem Schloß abgeworffen und begraben. Er fur ab zu der Hölle, da sitzt er zu der gerechten seines Vaters. — —

Ich glaub in den heiligen Cardinal Farnesium, der von dem vater und dem sune außgehet — u. s. f. Diese Außgabe der durch Wirsung verdeutschten Apologen ist die zweite. Denn das erste Buch der Apologen kam 1556. 4. und das zweite 1557. 4. heraus [e].

Die zweite Uebersetzung vermuthlich nicht aller Apologen des Ochino kommt in folgenden Buche vor:

Henrici Bebelii Facetiae in drei Büchern mit einer ordentlichen Abwechselung und Einmischung der Apologen *Bernhardini Ochini*, sampt einer angehenkten Practiken, was bis auf den jüngsten Tag gemein seyn werde, verteutscht. Frankf. bei Nicolao Baßeo. 1589. 8. [f].   Die

---

e) Vogt Catal. Libror. rar. p. 496.
f) Freitags Apparatus Tom. II. nr. 16.

Die zweite ſatiriſche Schrift des Ochino handelt vom Fegefeuer:

Dialogo del Purgatorio di M. Bern. Ochino da Siena. 1556. 8. SS. 230.

In dieſem Geſpräche unterreden ſich ein Benedictiner, Carmeliter, Franciſcaner, Dominikaner und Auguſtiner mit einem Namens Theobibactus, der jener
Meinungen vom Fegefeuer beſtreitet, und von dem ge-
dichtet wird, er ſei ins Gefängniß geſetzt worden, weil
er das Fegfeuer geleugnet. Dieſer Dialog iſt unter
den Schriften des Ochino am wenigſten ernſthaft.
Es muß noch eine ältere Italieniſche Ausgabe geben,
weil die lateiniſche und deutſche Ueberſetzung ſchon 1555
gedruckt worden. Außer dem lateiniſchen iſt dieſe
Schrift auch ins deutſche, franzöſiſche, holländiſche
und engliſche überſetzt worden.

Bern. Ochini Dialogus de Purgatorio 8. von 116 Seiten, ohne 16 Seiten Vorrede und Regiſter.

Dialogus, das iſt ein Geſpräch vom Fegfheur, in welchen der Päbſtleren törichten und falſchen Gründ,
das Fegfheuer zu erhalten, widerleget werdend.
Beſchrieben in Italieniſcher Sprache von dem
wolgelerten Herrn Bernardino Ochino, von Seuen:
yetzt aber auf das einfältigſt verteutſcht. Zürich
1555. 8. Man hat auch eine deutſche Ueberſetzung, die zu Mülhuſen gedruckt iſt, ohne Meldung des Jahres, von 8½ Bogen.

Dia-

Dialogus de Bernard Ochin fur le Purgatoire, tra-
doit en françois. Antoine Cereia 1559. 8,
ohne Namen des Orts; und 1563.
Englisch. Lond. 1657. 12.

Von der dritten satirischen Schrift des Ochino ist
mir nur eine englische Uebersetzung bekannt, unter folgenden Titel:

A Tragedie, or Dialogue of the unjust usurped Pri-
macy of the Bishop of Rome, and of all the
just Abolishing of the Same. Lond. 1549. 4.

Dieses Werk besteht aus neun Gesprächen; in denen
folgende Personen sich unterreden: 1) Lucifer und Beelzebub. 2) Bonifacius III und ein Lehrer der Weisheit,
des Kaisers Secretär. 3) Das römische Volk und die
römische Kirche. 4) Der Pabst und die Meinung der
Menschen, und das römische Volk. 5) Thomas Maf-
fuecius, ein Stallmeister und ein lustiger Kämmerer
des Pabsts. 6) Lucifer und Beelzebub. 7) Christus
und die Erzengel Michael und Gabriel. 8) Heinrich VIII. und ein Papist, und Thomas Erzbischof von
Canterbury. 9) Eduard VI. und der Beschützer des
Reichs. Dieses Werk soll Ochino zuerst lateinisch geschrieben haben, welches hernach Johann Poner Doctor der Theologie ins englische übersetzt und dem Könige Eduard zugeeignet. Vor dieser Uebersetzung
soll es in keiner andern Sprache herauskommen seyn.
Wenn dieses wahr ist, so hat Bayle unrecht, wenn er
be-

behauptet, daß Ochino kein Buch in lateiniſchen, ſondern allein Italieniſcher Sprache geſchrieben habe t).

Luigi Alamanni.

Alamanni machte ſich nicht allein durch ſeine Poeſie ſondern auch durch Staatsgeſchäfte berühmt. Er war 1495. aus einem adlichen Geſchlecht zu Florenz gebohren.   Er ließ ſich in ſeinen jüngern Jahren in eine Verſchwörung wider den Cardinal Medici ein, und wurde deswegen aus ſeiner Vaterſtadt verbannt.   Als aber die Medici 1527. aus Florenz vertrieben wurden, gieng er wieder dahin, und übernahm das General Commißariat der Truppen bei der Republik; da aber die Medici wieder an die Regierung kamen, wurde er verwieſen und 1530. vor einen Rebellen erklärt. Hierauf nahm er bei dem Könige von Frankreich Franz I. Dienſte.   Im Jahr 1544. wurde er als franzöſiſcher Geſandter an den Kaiſer Carl V. geſandt, den er vor verſchiednen Jahren in einem ſatiriſchen Gedichte durch die Worte

— — Aquila Griſagna
Che per più divorar due becchi porta

angegriffen hatte.   Als er nun in ſeiner Rede an den Kaiſer große Lobeserhebungen von demſelben vorbrachte, und faſt alle Perioden mit dem Worte Aquila anfieng,
hörte

g) Ia. Stryplus in Monumentis eccleſiaſt. apud Collectores Actorum Eruditor. An. 1724. p. 338.   Vogt Catal. libror. rar. p. 498.

hörte der Kaiser sehr aufmerksam zu, antwortete ihm
aber zuletzt blos mit den angeführten Worten

Aquila Grifagna u. s. w.

Alamanni aber ließ sich dadurch nicht irre machen,
sondern antwortete: da ich diese Worte schrieb, war ich
ein Poet, dem das Lügen nicht verbothen ist; nunmehr
aber bin ich ein Gesandter, der die Wahrheit reden
muß; endlich gieng es mir auch damals nahe, daß ich
aus meinem Vaterlande vertrieben war, jetzt aber bin
ich frei von allen Leidenschaften. Diese Erklärung gefiel dem Kaiser dergestalt, daß er ihn auf die Schultern
klopfte, und sagte: er solle sich seine Verbannung nicht
leid seyn lassen, da er an dem Könige von Frankreich
einen Beschützer gefunden; es müße sich vielmehr der
Herzog von Florenz betrüben, daß er einen Mann von
seinen Verdiensten verlohren. Er starb 1556. zu Am-
boise, wo sich damals der königliche Hof aufhielt. Er
hat sich in allen Arten der Poesie versucht, besonders
aber werden seine lyrischen Poesien und Satiren
geschätzt.

Opere Toscane, al Christianissimo Rè Francesco I.
   I. Thl. Lyon. 1532. 8. welches die erste und
   schönste Ausgabe seiner Gedichte ist. Florenz
   1532. 8. II. Thl. Lyon. 1533. 8. Beide
   Theile Venet. 1538. 8. Ebendaselbst 1542. 8.
   Im ersten Theile stehn die Satiren, die sich
   auch in der Sammlung des Sansovino befinden [k]).

Pie-

---

k) Jöchers Gelehrten Lexicon. Alamanni.

Pietro Aretino.

Wem ist nicht Peter Aretin, der saubre Gesell bekannt! doch diese seine schändliche Seite bleibe von uns unberühret. Wir wollen ihn blos als Satyriker anführen, ob er gleich mehr unter die Pasquillanten gehört, und heut zu Tage sein Glück gewiß im Tollhause machen würde. Dieser sonderbare Mann aus Arezzo in Toscana war der Bastard eines Edelmanns Luigi Bacci; denn daß Nicolo Franco ihn einen Schustersohn nennt, scheint bloße Spötterei zu seyn. Er wurde 1492. gebohren, und stand von 1517. bis 1524. in Diensten des Cardinals Giulio Medici und nachmaligen Pabsts Clemens VII. wie auch Leo X. Er suchte seinen Ruhm in der Satire, und fand Gefallen gelehrter Leute Bücher und vornehmer Personen Handlungen auf das ärgste durchzuziehn; und verfertigte abwechselnd satirische, unzüchtige und geistliche Bücher. Er wurde die Geißel der Fürsten und der göttliche Aretino genannt, vielleicht weil man glaubte, daß er durch seinen satirischen Donner die Stelle Gottes auf Erden verträte. Er sagt in einem Brief, daß man schwüre, daß ihm die Fürsten Tribut gäben, nicht daß er sie loben, sondern daß er sie nicht schmähen sollte. Weil auch viele von seinen Satiren die Unterredungen der Clerisei gewaltig angriffen, und unzählige Unflätereien, die man damals dem Klosterleben zuschrieb, nur allzunatürlich abschilderten, so darf man sich nicht wundern, daß man ihn vor einen Atheisten ausgab. So trotzig und ungestüm er sich in seinen Satiren bezeigte, so ein

nie-

niederträchtiger Speichellecker war er, wenn er um
Geld bettelte, und seine Armuth weit kläglicher vor-
stellte, als der abgefeimteste Bettler. Daß er bei allem
seinem Stolze eine feige Memme war, zeigte sich ganz
deutlich, als er wider Peter Strozzi eine Satire in
Versen gemacht hatte, denn als ihm dieser drohte, er
wolle ihn umbringen lassen, wenn es auch in seinem
Bette geschehen sollte, so wurde er in solche Furcht gesetzt, daß er Niemand in sein Haus ließ, noch das Herz
hatte auszugehn, so lange sich Strozzi im venetianischen
Gebiete aufhielt. Seine Eitelkeit verleitete ihn so weit,
daß er eine Gedächtnißmünze schlagen ließ, auf deren
einen Seite sein Bildniß mit der Umschrift: Il divino
Aretino zu sehn war; auf der andern er aber auf einem
Thron sitzend, und von den Gesandten der Fürsten
Geschenke empfangend vorgestellt war: mit der Umschrift: Priâcipi tributari de Populi, tributano il Ser-
vidor loro. Er starb 1556. zu Venedig. Man erzählt,
daß er bei Anhörung einiger unzüchtigen Reden in ein
solches Gelächter ausgebrochen sei, daß er mit dem
Stuhle worauf er saß, umgefallen, und sich so am
Kopfe verwundet hätte, daß er plötzlich gestorben [1]).

Lelio Capilupi.

Ein lateinischer Dichter aus Mantua, der sich besonders wegen seiner virgilianischen Centonen berühmt
gemacht hat. Thuanus sagt, er hätte in dieser Kunst
den

[1) Baye. Pierre Aretin.

Zweiter Theil. K

ben Auſonius, die Proba-Falconia und alle andere ver-
dunkelt [k]). Sein Cento über den Urſprung, das leben und den Gottesdienſt der Mönche und der gegen
das Frauenzimmer ſind bittre Satiren. Antonius
Poſſevinus, der hernach ein Jeſuit worden, erhielt
auf ſein Anſuchen vom Capilupi dieſe Centonen und
gab ſie zu Rom unter dem Pabſt Julius III. in 4. heraus; aus Furcht ſetzte er weder die Jahrzahl noch den
Druckort dazu. De la Monnoye ſagt, er hätte ſie
dem Cardinal du Bellai bedicirt [l]); welches aber unrichtig iſt; er bedicirte ſie zwar dem Joachim Bellai,
welches aber nicht der Carbinal, ſondern ein Anverwandter von ihm war. Dieſer Joachim du Bellai war
alſo wahrſcheinlich der berühmte franzöſiſche Dichter
und Canonicus, zu Notre Dame in Paris; der mit
ſeinem Vetter dem Cardinal 1547. nach Rom reiſte,
wo er ohngefehr drei Jahr blieb [m]). Die Satire auf
die Frauenzimmer gehört unter die anzüglichſten und
iſt dabei ſehr ſchmutzig. Daher weiß ich nicht, wie
Toſcanus, der dieſe Satire drucken ließ, ſagen kann,
er hätte alles unzüchtige herausgeworfen, und nichts
darinn

---

[k] Thuan. Lib. XXVI. n. XXVI. fol. 72.

[l] Menagiana Tom. IV. p. 231.

[m] Dieſe Dedication des Poſſevinus ſteht in den Carmini-
bus Illuſtrium Poetarum Italorum, die Joh. Matth.
Toſcanus herausgegeben hat. (Lutet. 1577. 12.) S. 303
ff. wo es von dem Joachim Bellai heißt: cum ſummo
illi Cardinali ex ſanguine coniunctus.

darinn gelaßen, was frommen und ehrbaren Ohren unanständig wäre *).

Capilupi starb zu Mantua 1560. im 62. Jahre
seines Alters.

Laelii Capilupi Cento ex Virgilio de vita Monachorum et Gallus Venet. 1550. 8. Die Ausgabe
des Poßevinus zu Rom muß also noch älter, oder
vielleicht von eben dem Jahre seyn; denn Poßevin
gieng 1550. nach Rom.

---

*) Nur eine Probe, ob mein Urtheil falsch ist:

> Sed fugite, o miseri, fugite hinc, latet anguis in
>   herba.
> Vipeream inspirans animam, lasciva puella
> Cum dabit amplexus, atque oscula dulcia figet
> Nuda genu, nodoque sinus collecta fluentes
> Vos agitate fugam: direptis crura cothurnis
> Attrectare nefas, talis se se halitus atris
> Faucibus effundens nares contingit odore.
> Turbidus hic coeno vastaque voragine gurges
> Pestiferas aperit fauces, furor impius intus
> Pallentesque habitant morbi sub rupe cavata,
> Quo lati ducunt aditus, nemus imminet vmbra
> Desuper horrenti. — — —
> Nulli fas casto sceleratum insistere limen.
> Porta adversa ingens exhalat opaca mephytim,
> Vnde cavae tepido sudant humore lacunae.
> Hic quos durus amor crudeli tabe peredit
> Fluctibus oppressos rapidus varat aequore vortex.
> Prospectum eripiens oculis immane barathrum.
> Ignari scelerum et primaevo flore juventus
> Sive errore viae, seu tempestatibus acti
> In vada praecipitant, fundo volvuntur in imo.

Hippolyti, Laelii, Camilli, Alphonſi et Iulii Capilu-
porum Carmina, ex editione Ioſephi Caſtalio-
nis. Rom. 1590. 4. Hier fehlt der Cento vom
Mönchsleben. Er iſt aber ſonſt abgedruckt in
Naogeorgi Regno Papiſtico am Ende; in Henrici Stephani Centonum et parodiarum exem-
plis ſelectis et illuſtratis p. 104. in Henr. Mei-
homii collectione auctorum, qui Centones Vir-
gilianos ſcripſerunt Tom. I. in Ioh. Wolfii Lection. memor. et reconditis Tom. II. p. 407.
und in Dom. Baudii Amoribus.

Ich will aus dem Cento auf das Mönchsleben
nur etwas weniges anführen, woraus man die Geſchicklichkeit des Capilupi erſehen kann, wie er die Verſe des
Virgils auf ganz fremde Dinge anwenden kann. Von
den verſchiednen Verrichtungen und dem äußerlichen
Anſehen der Mönche.

Iura magiſtratusque legunt, ſanctumque Senatum,
Rectores juvenum et rerum Regemque tremendum,
Et quos aut pecori malint ſubmittere habendo,
Dum faciles animi juvenum, dum mobilis aetas,
Aut aris ſervire ſacris, aut ſcindere terram,
Condit opes alius, grandaevis oppida curae.
Sunt quibus ad portas cecidit cuſtodia ſorte.
Omnibus in morem tonſa eſt coma, obeſaque terga
Et crurum tenus a mento palearia pendent.

In

In folgenden Zeilen scheint Capilupi einen prophetischen Geist zu verrathen, der auf unsere Zeiten paßt, wenn er von der Aufhebung der Mönchsorden und Einziehung der Klöster redet:

Stat sua cuique dies, breve et irreparabile tempus
Omnibus est: veniet lustris labentibus aetas,
Cum domus et proles subito defecerit omnis.
Heu, nihil invitis fas quenquam fidere divis.
Quid labor aut benefacta juvant!

Daher darf man sich nicht wundern, daß dieser Cento zu Rom verbothen worden.

Giovanni Battista Gelli.

Er wurde ums Jahr 1498. zu Florenz von geringen Eltern gebohren, und muste daher ein Handwerk lernen. Ob er ein Schneider oder Schuster gewesen, ist noch nicht recht ausgemacht. Daß er ein Schneider gewesen, kann man daraus beweisen; er nennt sich selbst Calzaivolo, welches einen bedeutet, der Beinkleider macht, welches man mit Calzolaio (ein Schuster) verwechselt hat; Pasquier schreibt, er hätte in seinen jüngern Jahren zu Florenz den Gelli gesehn, der neben dem Studiren das Schneiderhandwerk getrieben *). Tansillo redet ihn also an:

K 3 Con

*) Pasquier. Liv. I. Lettr. I. Nous avons vû en notre jeune age dans la ville de Florence Iean Baptiste Gelli exerçant avec les lettres la couture.

Con ago è penni i voſtri amici, voi
Or d'abito adornato, ed or di gloria
E ſate veſte al tempo, è veſto eterum.

Und Toſcanus ſchreibt von ihm:

Quæ calamo aeternos conſcripſit dextera libros
    Saepe haec cum gemino forcipe rexit acum.
Induit hic hominum peritura corpora veſte,
    Senſa tamen libris non peritura dedit *p*).

Und aus dieſen hat auch Niceron geſchloſſen, daß
er ein Schneider geweſen *q*); er muß aber das nicht geleſen haben, was Toſcanus gleich hinter dieſen Verſen
in Proſa ſchreibt: der Florentiner Gelli hat das Schu-
ſterhandwerk getrieben *r*).

Er erwarb ſich ſeiner Handarbeit ungeachtet, vermö-
möge ſeines ausgebreiteten und durchdringenden Ver-
ſtandes eine große Kenntniß in den ſchönen Wiſſenſchaften.   Er verſtund ſehr gut lateiniſch, da ſelbſt Gelehrte ihm auftrugen Bücher ins Latein zu überſetzen.
Er legte ſich ſtark auf die Moral und Phyſik; und in
ſeiner Mutterſprache that er es andern zuvor.   Er ſtand
mit allen ſchönen Geiſtern ſeiner Zeit in Verbindung.
Die Stadt Florenz nahm ihn in die Zahl ihrer Bürger
                                                                auf.

p) Io. Matth. Toſcanus in Peplo Italiae. p. 497.

q) Nicerons Nachrichten. Band XIII. S. 312.

r) Toſcanus l. c. p. 498. Sutoriam artem exercuit Flo-
    rentinus Gellius.

auf. Doch trieb er sein Handwerk bis an sein Ende;
er arbeitete an Werkeltagen sein Brodt zu verdienen,
und an Sonn= und Festtagen studierte er. Er starb
1563. Ein gelehrter Schneider Michael Capri,
den man der Seltenheit der Sache wegen dazu auser=
sehn, hielt ihm eine Leichenrede, die auch unter folgen=
den Titel gedruckt ist:

Orazione di Michele Capri Calzaivolo, nella morte
di Gio Batt. Gelli. Fiorenz. 1563. 8.

Außer andern Schriften hat Gelli auch zwei verfer=
tigt, die man unter die satirischen zählen kann, die er=
ste führt den Titel:

I Capricci del Bottajo.

In der Vorrede erzählt Gelli die Geschichte von
der Entstehung dieses Buches, die, wie er sagt, fol=
gende gewesen wäre. Giusto, ein alter Böttcher,
hätte öfters im Gebrauch gehabt, mit sich allein zu re=
ben. Der Notar Bindo, sein Neffe, der im nächsten
Zimmer geschlafen, habe ihn oft so reden hören, als
wenn es zwei verschiedne Stimmen wären. Die Sa=
che wäre ihm seltsam vorgekommen, er hätte genauer
aufgemerkt, und das aufgeschrieben, was er gehört
hätte. Daher wären denn diese Unterredungen des
Giusto mit seiner Seele entstanden, die dem Gelli von
ungefehr in die Hände gerathen wären, und die er für
angenehm und nützlich genung gehalten hätte, sie der
Welt mitzutheilen.

K 4 I. Ge=

I. **Gespräch.** Die Seele des Giusto beklagt sich, daß er ihr keine Ruhe gönnt. Giusto hörts, weiß nicht, was er aus der Stimme machen soll, hälts für ein Gespenst, und will es wegbeten. Die Seele giebt ihm nähere Nachricht von sich, und verspricht dem künftigen Morgen ihm mehr zu sagen.

II. **Gespräch.** Sie hält Wort. Giusto'n ist nur bange, es möchte aus dieser Trennung der Tod entstehn. Dieß giebt Gelegenheit von der Furcht vor dem Tode überhaupt, und der alten Leute insbesondre zu reden. Zur Probe mag folgendes dienen.

Die Seele. Wer könnte wohl glauben, daß jenseit des Grabes nichts zu erwarten wäre!

Giusto. Hoho! hätt' ich nur so viel hundert Ducaten, als ich Leute gekannt habe und noch kenne, die das geglaubt haben.

Seele. Wenn er doch noch sagte, hätt' ich so viel Tugenden! O Giusto, hab ich nicht Recht, daß du blos irdisch gesinnt bist, und nichts als irdische Dinge wünschest?

Giusto. Wenn das auch sonst Niemand geglaubt hätte, so habens doch so viele Päbste geglaubt.

Seele. Wie? Päbste? Was sagst du da für albernes Zeug.

Giusto. Ich meine die Päbste, die das Buch Lazarus so ruchlos ausgelegt haben, daß sie sagten, nach dem Tode wäre alles aus.

Seele

Seele. Von was vor einem Buche Lazarus schwä-
ßest du denn da?

Giusto. Als wenn du davon nichts wüßtest!

Seele. Ich, kein Wort.

Giusto. Nun sieh! so will ich dirs sagen. Lazarus,
heißt es, wäre nach seiner Auferstehung von vielen seiner Freunde gefragt worden, wies denn dort
drieben aussähe? Lazarus antwortete, das wolle
er ihnen schriftlich hinterlaßen. Nun weiß ich
nicht, hat er das vergeßen, oder darf einer nichts
sagen, wer einmal dort gewesen ist, wie St.
Paulus meint; kurz, nach seinem Tode fand man
ein versiegeltes Buch, mit dem Befehle, daß
man es dem Pabste geben sollte, und was meinst
du wohl, was darinn stand? nicht ein Wört-
chen! der Pabst, der der Welt kein Aergerniß
geben wollte, die mit größter Begierde zu wißen
verlangte, wie's dort drieben aussähe, verbarg
es auf das sorgfältigste, und sagte: daß er es niemand, als seinem Nachfolger entdecken dürfte.
So habens nun seitdem alle Päbste, bis auf den
heutigen Tag gemacht. Diejenigen, die es
fromm auslegen, sagen: das heiße so viel, daß
es den Menschen nicht erlaubt sei, mehr von
einem andern Leben zu wißen, als das, was davon
in der Bibel stünde. Das sind nun die gutten
Päbste, siehstu! aber die andern, die es so auslegen, daß nach diesem Leben weiter nichts zu er-

K 5   war-

warten wäre, das sind die, die du gesehen hast,
und die, so bald sie zu dem Pabstthume gelangt
sind, nach ihren Gutdünken gelebt haben. u. s. f.

III. Gespr. Giusto will wißen, weßwegen denn die
Seele sich so sehr über ihn zu beklagen habe,
und diese sagt ihm denn, deßwegen, daß er nie
für sie, sondern nur blos für den Körper besorgt
gewesen, und widerlegt alle Einwürfe, die er dagegen vorbringt, und zeigt, woher es kommt, daß
die meisten Menschen es wie Giusto machten.

IV. Gesp. Fortsetzung der vorigen Materie. Ueber
die Wissenschaften. Bittre Satire über die Gelehrten, Scotisten, Canonisten, u. s. f. Lob der
italienischen Sprache.

V. Gesp. Fortsetzung der vorigen Materie über die
Sprache. Satire wider die Mönche.

VI. Gesp. Die Seele giebt Giusto Nachricht, wie
er es anfangen müße, daß sie vergnügt und glück-
selig zusammen leben können. Satire wider die
Theologen, worinn unter andern folgende merkwürdige Stelle vorkommt:

Giusto. Aber sage mir doch, sind das die Theologen, die man von der Pariser Schule nennt?

Seele. Du hasts errathen.

Giusto. O deren ihre Sächelchen gelten nichts mehr.
Mein Gevatter Barthel, der Buchführer hat
mir gesagt, daß er gar nichts mehr von ihnen los
werden

werden kann. Er hat an die hundert Ballen
von ihnen überm Halse, die er gern für weiß Papier umtauschen, und noch etwas darauf zugeben wollte.

Seele. Dank sei es den Lutheranern! die nichts
glauben, als was in der heiligen Schrift steht,
und dadurch die Leute gezwungen haben, dieselbe
zu lesen, und so viel unnütze Zänkereien bleiben
zu lassen.

VII. Gesp. Von der Kürze des menschlichen Lebens
und dem Gebrauch desselben. Gesundheitsregeln.

VIII. Gesp. Vom Neide; vom Glücke.

IX. Gesp. Vom Schlafe; von der Zeit.

X. Gesp. Von der Ruhe; von der Religion.

Von diesem Buche sind mir folgende Ausgaben
bekannt:

I Capricci del Bottain, cioè: Ragionamenti X. del
sign. Giov. Battist. Gelli, Academico Fiorentino. In Firenze. 1549. 8. Sonst ist das Buch
noch oft gedruckt worden, als Florenz 1551. 8.
welche letztere als die fünfte Auflage, man vor
die beste unter allen hält. Es ist auch ins französische übersetzt worden, unter der Aufschrift:

Discours fantastiques de Iustin Tonnelier, traduit
de l'Italien, par C. D. K. P. (Claubius de
Kequifinen aus Paris) Lyon. 1566. 8. und
1575. 16.

Auch

Auch die Schrift des Gelli

La Circe

gehört unter die Satiren. Ulyßes, nachdem er von
der Circe die Erlaubniß erhalten, daß er seine Gefährten, die sie in Thiere verwandelt, wenn sie wollten,
wieder zu Menschen machen könnte, unterredet sich mit
einem nach den andern. Alle ziehen ihren jetzigen thie-
rischen Zustand vor, und zeigen das Elend und die
Thorheiten des Standes, in dem sie sonst gelebt hatten.
Nur der Elephant allein rühmt sein Anerbieten an, und
zeigt die Würde der menschlichen Natur.

La Circe. In Firenz. 1549. und 1550. 8.

Man hat noch verschiedene andre Ausgaben, aber
diese zwei sind die besten. Hieron. Giannini von
Capugnano ein Dominicaner, der 1604. gestorben
ist, hat eine Ausgabe besorgt und Anmerkungen beigefügt, unter folgendem Titel:

La Circe di Giov. Batt. Gelli, nella quale Vlisse ed
alcuni trasformati in fere disputano dell' ec-
cellenza, è della miseria dell' uomo, è degli
animali, con bellissimi discorsi paralleli ed isto-
rie; aggiuntevi le annotazioni è gli argomenti,
da Maestro Girolamo Giannini da Capugnano,
frate Predicatore. In Venet. 1600 und 1609. 8.

Du Parc hat es ins französische übersetzt, wovon
die zweite Ausgabe Lyon. 1572. 16. herauskommen.

Man hat auch eine lateinische Uebersetzung:

De

De naturas humanae fabrica dialogi decem, in quibus Vlisses, cum aliis quibusdam Graecis, qui in varias belluarum formas transmutati erant, de hominis animantiumque reliquorum praestantia ac miseria disputat. Opusculum olim a Ioh. Bapt. de Gello, Academico Florentino, italico sermone proditum, nunc multis in locis restitutum, et in latinum conversum a Ioh. Wolfio. Amberg 1609. 12.

Van der Linden hat dieses Werk seinem Buche de scriptis medicis einverleibt, da es doch nicht medicinisch ist. Die Gespräche der Eltre sind so wohl als die übrigen Gespräche des Gelli nach dem Muster der Gespräche des Lucians eingerichtet.

Dialoghi di Gelli. Fiorenz. 1546. 4. In dieser ersten Ausgabe, sind nur sieben Gespräche *). Gelli aber hat nachher noch drei hinzugefügt, und ließ sie zusammen drucken unter der Aufschrift: I Capricci del Bottaio ʼ).

Marcus Antonius Majoragius.

Die Vorfahren dieses berühmten Redners hatten sonst Conti geheißen; sein Vater aber so wohl als er erhielten ihren Namen von dem Dorfe Majoraggio bei Mailand, wo er auch 1514. gebohren wurde. Er war Professor der Beredsamkeit zu Mailand, und starb 1555.

r) Menagiana Tom. III. p. 70.

s) Nicerons Nachrichten. Band XIII. S. 315. ff.

1755. zu Ferrara. In das satirische Fach gehört er wegen seiner Rede Vom Lobe des Goldes; die aber mit seinen übrigen Reden nicht gedruckt worden ist, weil er die Clerisei in derselben auf das bitterste durchgezogen. Marquard Gudius fand sie in einer Handschrift zu Mailand, und ließ sie zu Utrecht 1666. 4. drucken. Er sagt unter andern, weil im X. Capitel des Predigers Salomo stünde: Pecuniae obediunt omnia, so wäre es kein Wunder, daß die Geistlichen, welche so viel auf die Bibel hielten, aus Liebe bisweilen solche Handlungen thäten, welche unverständige Leute vor Bubenstücke hielten. Die Päbste suchten nur sich und ihre Nepoten zu bereichern. Weil Christus wäre um Geld verrathen worden, so sammelten sie auch Geld, damit sie sich könnten loskaufen, wenn sie etwan sollten verrathen werden. Zu Rom wäre alles um Geld feil; es könnte einer dort vor Geld alle Würden erhalten, und man fragte nicht, ob er geschickt oder ungeschickt, tugendhaft oder lasterhaft wäre. In den päbstlichen Rechten wäre verbothen, daß kein Einäugigter, Hinkender, Verschnittener oder sonst Verstümmelter zum Priesterthum gelangen sollte; aber das Geld ersetze alle verstümmelten Glieder; es könnte auch die Seelen aus dem Fegfeuer erlösen und Ablaß auf viel tausend Jahre verschaffen. Die Cardinäle hielten Hofnarren und Concubinen, und erkauften eine wohl vor 600 Thaler. Dieses Gold käme von den fetten Präbenden und Bisthümern; denn die Bischofsmützen hätten zwei Hörner, deren eins auf Gold, das andre auf

auf

auf Silber wiese. Die Priester läsen um Geld Messen; und obgleich die Mönche eine freiwillige Armuth angelobt hätten, so brächten sie doch so viel Geld zusammen, daß sie königliche Palläste bauten, und einen Cardinalshut vor 20000 Ducaten kauften; u. s. f. ")

Pietro Paolo Vergerio.

Er war aus einer edlen Familie zu Capo d'Istria entsproßen, und studierte zuerst die Rechte. Clemens VIII. schickte ihn 1530. nach Deutschland, die Haltung eines allgemeinen Concilii auf alle Weise zu hindern. Paul III. schickte ihn 1535. wieder dahin eine solche Kirchenversammlung zu versprechen, wo er auch mit Luthern in Wittenberg sich unterredete. 1536. wurde er Bischof zu Capo d'Istria. 1541. wohnte er als päbstlicher Nuntius dem Reichstage zu Worms bei. Nach seiner Zurückkunft wurde er wegen des Lutherthums verdächtig, und der Pabst gab ihm den Cardinalshut nicht, der ihm zugedacht war. Er wollte zu seiner Rechtfertigung ein polemisches Buch gegen die Lutheraner schreiben, und las deswegen fleißig in ihren Schriften, wodurch er in den Zweifeln gegen seine Religion immer mehr verstärkt wurde. Wie nun seine Meinungen bekannt wurden, ließ ihn der Pabst sehr heftig verfolgen; worauf er aus Italien flohe, und einige Zeit Prediger bei den Graubündern und hernach bei den Valtelinern wurde. Nach diesem zog ihn

v) Tenzels Monatliche Unterredungen 1691. S. 308. ff.

hin der Herzog von Würtenberg nach Tübingen, wo er
1565. starb. Einige Protestanten selbst bekennen,
daß er ein wankelmüthiger und betrüglicher Mann gewesen, als Seckendorf *). Am häßlichsten hat ihn
Giovanni della Casa Erzbischof von Benevent in
einer lateinischen Schrift abgemahlt, welche in dem
Antibaillet steht; weil er ihn wegen des Capitolo del
Forno einen Vertheidiger der Sodomiterei genannt
hatte. Vergerio hat eine Menge satirischer Schriften gegen die römische Hierarchie geschrieben, nachdem
er von dieser Kirche abgetreten. Bayle sagt, man
hätte zu dieser Zeit wenige Bücher mit größerer Begierde gelesen. Sie hätten hundert persönliche Dinge
enthalten, die man desto eher geglaubt, weil er so lange
Zeit in Diensten des päbstlichen Hofs gewesen. Unterdessen hätten sie sich nicht lange erhalten, sondern bald
verlohren, da man in den größten Bibliotheken kaum
etwas von seinen Schriften fände *). Die Ursache dieser Seltenheit kommt wahrscheinlich daher, weil sie so
klein waren, und von dem Römischen Hofe unterdrückt
worden. Ich will nur eine einzige Stelle in der
Anmerkung anführen, woraus man die Heftigkeit seiner
Schreibart beurtheilen kann ʳ). Aus der großen
Menge

---

*) Seckendorf Histor. Lutheranism. L. III. p. 160.
　　Bayle Dict. Vergerio. Rem. L.

ˢ) Bayle Rem. F.

ʸ) In dem Postremus Catalogus Haereticorum, p. 2. 3.
　　Vix villa fuit vnquam craßior fabula, et nocentior Ec-
　　　　　　cle-

Menge von den Schriften des Vergerio will ich nur einige anführen:

Concilium non modo Tridentinum, fed omne Papi-
ſticum, perpetuo fugiendum ab omnibus piis,
editum a Petro Paulo Vergerio 1553. 4.

Le otto Diſeſioni del Vergerio Veſcovo di Capodi-
ſtria, overo Trattato delle ſuperſtitioni d'Italia,
e della grande Ignorantia de ſacerdoti, Mini-
ſtri et Fariſei, con una Epiſtola di Celio ſecun-
do Curione. (Baſileae) 1550. 8. Dieſes iſt
die ſeltenſte unter allen Schriften des Vergerio.

Poſtremus Catalogus haereticorum noſtri temporis
Romae conflatus, continens alios quatuor ca-
talogos, qui poſt Decennium in Italia, nec non
eos omnes, qui in Gallia et Flandria poſt renatum Evangelium fuerunt editi. Cum annota-
tionibus Vergerii. Pfortzheimii 1560. 8.

Vergerio, der eine genaue Kenntniß von
dieſen Ketzerverzeichnißen hatte, zeigt hier ganz
deutlich, was vor grobe Irrthümer darinn ſtecken,

verſ-

cleſiae Dei impoſtura, quam quae de ſtigmatibus Fran-
ciſcanis Papiſtae, ut adimerent Chriſto gloriam, con-
finxerunt. — — Quis vero dicendus fuerit intolerabilis error, quae haereſis infanda, ſi ea non eſt,
quae Filii Dei, Domini noſtri Ieſu Chriſti praecioſiſ-
ſima vulnera habet eodem numero et loco, quo fa-
buloſa et male dicta Franciſci ſtigmata? Proh, inau-
ditam blaſphemiam ac ſcelus!

Zweiter Theil. L

verdrehte Namen der Schriftſteller, die Auslaſ-
ſung der ſchlimmſten Bücher; die Einſchiebung
ganz unſchuldiger mediciniſcher, juriſtiſcher, und
philoſophiſcher Bücher; die Einmiſchung vieler
Biſchöfe, Carbinäle und ſelbſt des Aeneas Syl-
viius in dieſes ſchwarze Regiſter; Eraſmi Neues
Teſtament, welches Leo X. ſelbſt gebilligt hatte;
Buchdrucker, von denen alle Werke verdammt
worden, weil ſie nur etwas verdächtiges gedruckt
u. ſ. f. ᵉ). Man hat noch eine Ausgabe davon Königsberg. 1560. 2.   Dieſer letzte Ketzercatalogus
war zu Rom 1559. verfertigt; die vier andern
ſchwarzen Regiſter, die er enthielt, waren von
Venedig 1548. Von Florenz 1552. von Mailand 1554. und von Venedig 1554. Mit denſelben hat Vergerio ſeine lateiniſchen und italieniſchen Anmerkungen drucken laßen.

Ejusdem Vergerii Liber de Idolo Lauretano, quod
Iulium III. Rom. Epiſcopum non puduit veluti
in contemtum Dei atque hominum approbare,
ex italico latine verſus a Ludovico Vergerio.
Tubing. 1554. 4.

De nugis et Fabulis Papae Gregorii I.

Ich übergehe eine Menge andrer Bücher, welche
beim Geſner ſtehn, in deßen Bibliothek noch viele ausgelaßen worden ᵃ).

z) Reimanni Catalog. Biblioth. Theolog. p. 144
a) Geſneri Biblioth. B. P. Vergerius.

Primus Tomus Operum Vergerii adverſus Papatum.
Tubing. 1563. 4. fol. 401. Es ſind in dieſem
Buche ein Theil von den kleinen Schriften geſammelt, welche Vergerius dadurch in Andenken
erhalten wollte; allein es iſt weiter kein Band
herauskommen.

Cölius Secundus Curio.

Dieſer wegen ſeiner Verfolgungen von der Inquiſition in Italien bekannte Gelehrte wurde im Jahr
1503. aus einem adlichen Geſchlechte zu St. Quirino
im Turiniſchen gebohren. Als er Luthers und
Zwingli's Schriften las, bekam er eine Neigung
zur proteſtantiſchen Religion, und wollte nach Deutſchland gehn; er wurde aber auf ſeiner Flucht eingezogen
und blieb acht Wochen im Gefängniß. Nach dieſem
lehrte er unter mancherlei Verfolgungen zu Mailand,
Pavia und Lucca die ſchönen Wiſſenſchaften mit großem
Beifall. Da er aber keine Sicherheit in Italien mehr
fand, ſo gieng er endlich in die Schweiz und wurde zu
Lauſanne Rector. 1547. begab er ſich nach Baſel,
wo er Profeſſor der Beredſamkeit wurde, und auch daſelbſt 1569. ſtarb. Außer vielen andern Schriften
hat er auch eine ſatiriſche verfertigt, welche folgenden
Titel führt:

Paſquillus ecſtaticus,

Curio erzählt in der Dedication an die Burgemeister zu Bern Jacob Watwil und Joh. Franz Negelin, seine Beförderer in der Schweiß, als er einst zu Venedig gewesen und einen vornehmen Mann daselbst besucht hätte, so wären zwei Fremde aus Rom Joannes Jullieus und Alexander Cellerinus bei demselben abgetreten, welche unter andere Neuigkeiten auch ein Gespräch des Pasquino und Marforio erzählt hätten, in dem eine Entzückung oder ein wunderbares Gesicht des Pasquini wäre enthalten gewesen, welches er hiermit der Welt bekannt machen wollte. Es kommen in diesem entzückten Pasquin sehr heftige Anfälle gegen die Römische Geistlichkeit vor; und es wäre zu wünschen, daß sich Curio in demselben auch der Zoten enthalten hätte. Pasquillus erzählt dem Marforio seine Zweifel über die Verschiedenheit der alten und neuen Heiligen, und wie er gern hätte im Himmel sehen mögen, ob sie etwan dort eine andre Natur bekämen; der natürliche Weg durch den Tod habe ihm nicht gefallen, daher hätte er den künstlichen Weg der Entzückung gewählt, welches er von den Mönchen erlernt hätte und sehr lächerlich beschreibt. In dieser Entzückung kam er erstlich durch Hülfe seines Genius in den Himmel des Pabsts, vor dem die Mönche Schildwache stunden, wo er viel merkwürdiges sah. Endlich reiste er in den wirklichen Himmel, den er ganz anders fand; und zuletzt langte er wieder auf der Erde an. Sein Führer erboth sich, ihn auch in die Hölle zu führen, welches

er aber so lange aufschiebet, bis Paulus III. dahin würde vorangegangen seyn.

Als er über die Region des Monds in den Kreiß
des Mercurs kam, fand er viele Seelen, welche gepei-
nigt wurden. Unter andern sahe er einen zwischen
zwei Säulen an einem Seile hängen, welches mitten
um seinen Leib gebunden war. Er hatte auf dem Kopfe zwei Hirschhörner, und an den Füßen einen ledernen
Sack hängen, und wurde immer hin und her ge-
schwenkt; denn zwischen seinen Hörnern war ein Seegel aufgespannt. Wenn der Wind gut war, so wurde das Seegel aufgeblasen, und er im Kreise herumge-
drecht, so daß es schien, als wolle er mit den Füßen den
Himmel eintreten: ließ aber der Wind nach, so kam
er vermöge der Schwere des ledernen Sackes wieder
auf die Füße, und wurde also bald in die Höhe bald
unterwärts hin und her bewegt. Der Schutzgeist, der
Pasquin begleitete, sagte ihm, dieses wäre Erasmus
von Rotterdam, der es mit keiner Parthei hätte
verderben, und der mit einem Fuße die Erde und mit
dem andern den Himmel hätte berühren wollen.
(Seite 165.)

Doch wollen wir den Curio in seiner Sprache reden lassen:

Materies coeli papistici erant cuculli, rosaria,
globuli preculares, detonsi crines, barbae, vela ve-
stalium, nodosi funes, zonae scorteae, calcei lignei.
Adhaec pisces, ova, caseus, helvela, mitrae, pilei

L 3						partim

partim rubri, partim atri, caprinae pelles, bullae cereae
et plombeae, candelae, varii libelli et huiusmodi alia
innumerabilia immixto oleo atque bombice. Ex hoc
fundamento quatuor exſtabant muri, qui totam ci-
vitatem ambiebant, et quatuor erant portae, quarum
prima dicebatur ſuperſtitio, ſecunda ignorantia, tertia hypocriſis et quarta ſuperbia. pag. m. 35.

Tertiam regionem habitabant Confeſſores, ma-
gna et confuſa turba, variis ritibus et moribus.
Nam quidam tres coronas geſſabant, quidam paucio-
res, quidam mitras, quidam galeros, quidam tonſi
videbantur, ſemitonſi quidam, quidam caſtrati, alii
valde coleati, varie colorati volui, alii virides, alii
caerulei, alii rubri, alii rufi, albi, atri, et quis fundo omnes poſſet enumerare. p. 83.

Marfor. De fraudibus vero et impoſturis nulla
ſiebat mentio?

Pasqu. Fraudes ſtruere, molirique coelites iſti
ſolent, potius quam dicere. Accitum tamen tunc
divum quendam Iodocum vidi, quem omnes ora-
bant illi proceres, vt Germaniae principibus et prima-
tibus numeroſam daret prolem.

Marfor. Curnam iſtuc?

Pasqu. Vt illi anguſtia rei familiaris ad tantam
progeniem pro dignitate tuendam coacti, rurſus de
opimis ſacerdotiis cogitarent, et mitras, rubentesque
pileos ab eo peterent, qui et vendere, et ſi uſus foret,
donare conſueſſet.

Marfor.

Marfor. Audivi ex Flandris, multos ad iſtum foecundum Iodocum, qui in Gallia templa habet, filiorum gratia procreandorum concedere, remque proſpere cedere.

Paſqu. Sic eſt; ſed iſti neſciunt, dum abſunt domo, ſacrificos et monachos eorum vxoribus commiſceri.

Marfor. Per hos ſcilicet vicarios D. Iodocus magnam poterit foecunditatem inducere, p. 149.

Ausgaben ohne Jahrzahl

Caelii Secundi Curionis Paſquillus ecſtaticus, vna cum aliis etiam aliquot ſanctis pariter et lepidis Dialogis, quibus praecipua religionis noſtrae capita elegantiſſime explicantur. Omnia, quam vnquam antea, cum auctiora quam emendatiora. Quorum catalogum verſa pagella indicat. Adjectae quoque ſunt quaeſtiones Paſquilli, in futuro Concilio a Paulo III. Pontifice indicto diſputandae, lectu jucundiſſimae. 12. ſine loco et anno.

Ich ſetze dieſe Ausgabe zuerſt, nicht weil ſie die älteſte iſt, wovon das Gegentheil ſchon aus dem Titel erhellt, ſondern weil ich ſie vor mir habe; und wegen der Seltenheit will ich den Inhalt des Buchs nur kürzlich anzeigen. Nach der Vorrede des ungenannten Buchdruckers an den Leſer, folgt des Curio Dedication; denn drei lateiniſche Acclamationen in Verſen an den

Curio,

Curio, zwei von Andreas Zebed. Brabeander, und eine von einem ungenannten, und hierauf ein weitläufiges Regiſter; die darinn enthaltenen Stücke ſelbſt ſind folgende:

Paſquillus wurde gebunden in die Verſammlung nach Rom geführt, hielt daſelbſt eine nachdrückliche Rede, und nachdem er über verſchiedne Stücke verhört war, wurde er zum Tode verurtheilt. Zwar vertheidigte er ſich noch, doch muſte er in ein hartes Gefängnß wandern. Curio beſchreibt hier ſeine eignen Schickſale.

Darinn beſchreibt er ſeine wunderbare Errettung aus dem Gefängniß.

Hier wird die Tyrannei des Franciſco Sfortia und des Pabſtes Clemens Medici beſchrieben.

Hier wird das Verfahren der Inquiſition recht lächerlich abgebildet.

Quaestiones Pasquilli disputandae in futuro Concilio
per Pontificem indicto. S. 288 – 304.

Z. B. die erste: An cantus ille quotidianus
monachorum sit dicendus labor quidam asini-
nus, et corporis exercitium potius quam animi.

Die zweite: An Canonici visitantes chorum
et templum propter lucrum, recipiant merce-
dem suam in hoc mundo.

Schelhorn beweist, daß diese Ausgabe zu Basel
in der Oporinischen Druckerei gedruckt sei [b]. Sie ist
viel vollständiger als die vorhergehenden Ausgaben;
Diese Satire befindet sich auch in den Tomis Pasquillorum Tom. II. S. 427 – 529. aber auch nicht so vollständig; woraus man sieht, daß sie nach dem Jahr
1544. muß gedruckt seyn. Baumgarten hat auch
diese Ausgabe besessen und recensirt [c]. Der Bernische
Burgemeister Watwill (Vatvilianus) wird beim
Baumgarten vermuthlich durch einen Druckfehler
Vitrilianus genennt. Er sagt auch, man könne diese
Sammlung als den dritten Theil von den Tomis Pasquillorum ansehn, und sie wäre von nicht geringerer
Seltenheit. Allein man hat auch sonst noch einen dritten Band von den Tomis Pasquillorum, von dem ich
bald reden werde.

£ 5   Pas-

b) Schelhorn Amoenitates histor. eccles. et litter. T. I.
    p. 761.

c) Baumgartens Nachrichten von einer Hallischen Biblio-
    thek II. Band. S. 414.

Paſquilli ecſtatici, ſeu nuper e coelo reverſi, de rebus partim ſuperis, partim inter homines in chriſtiana religione paſſim hodie controverſis cum Marphorio colloquium, multa pietate, elegantia ac feſtivitate refertum. Ne pigeat, lector, cognoſcere, plurimum et obiectationis et vtilitatis, ſi quidem veritatis ſtudioſus es, citra fucum allatura. 8.

Dieſe Ausgabe hat Colerus recenſirt [d]).

Ausgaben mit der Jahrzahl.

Paſquillus ecſtaticus. Genev. 1541. 8. [e]). Dieſe Ausgabe iſt allen unbekannt geweſen, welche Nachricht von dieſer Satire ertheilt haben.

Coelii Secundi Curionis Paſquillus ecſtaticus. Francof. 1542. 8. [f]).

Paſquillus ecſtaticus, non ille prior ſed totus plane alter, auctus et expolitus, cum aliquot pariter ſanctis et lepidis Dialogis, edente Coelio Secundo Curione. Genevae. Girardus. 1544. 8. Vogt hält dieſe Ausgabe vor die erſte, da doch ſchon der Titel das Gegentheil lehrt, und er auch wuſte, daß die deutſche Ueberſetzung ſchon 1543. herauskommen iſt [g]). In der Rinckiſchen Biblio-

d) Colerus in Antholog. T. I. Faſcie. 3.

e) Biblioth. Solgeriana. Part. III. p. 305.

f) Biblioth. Rinck. p. 962.

g) Vogt Catal. libror. rar. p. 228.

bliothek wird angemerkt, daß in dieser Ausgabe
kein Wort geändert, außer daß die Ordnung der
Dialogen nicht dieselbe ist [4]).

Coelii Sec. Curionis Pasquillus exstaticus, cum aliquot aliis sanctis pariter et lepidis Dialogis
1544. 8. sine loco [5]).

Coel. Sec. Curionis Pasquillus ecstaticus; cui accedit
Pasquillus Theologaster. Tractatus vtilissimus
et jucundissimus. Genev. Colomesius. 1667.
12. pp. 228.

Uebersetzungen.

Der verzuckt Pasquinus, aus wellscher Sprach in das
Teutsch gebracht. 1543. getruckt zu Rom, auf
Anhalten Maister Pasquini 8. Ist aus der ältern noch nicht verbesserten Ausgabe übersetzt; es
befindet sich auch schon dabei der Pasquillus The-
logaster oder Pasquillus vrbis Romae praefecti
adversus Lutherum olim Augustinianum.

Pasquino in estasi nouvo, e molto più pieno che il
primo; insieme col viaggio del inferno, ag-
giunte le proposicioni del medesimo da disputa-
re nel concilio di Trento. In Roma, nella
botega di Pasquino, e l'instanza da Papa Paulo
Farnese. 8. sine anno.

Les

[4]) Bibl. Rinck. p. 962.
[5]) Bibl. Rinck. l. c.

Les Visions de Pasquille, avec Pasquille prisonnier et
　　le dialogue de Probus; le tout traduit du latin
　　de Coelius Secundus Curio. 1547. 8.

Curio wird auch als der Herausgeber folgender
Sammlung von Satiren gehalten; ausgemacht ist es,
daß er einige Stücke darinn verfertigt hat. Es war
auch Niemand geschickter als er ein solches Werk herauszugeben, da er während seines Aufenthalts in Italien Gelegenheit genung gehabt alle diese Pasquille zu
sammeln; und er konnte sich auch dadurch, wegen der
Verfolgungen rächen, die ihm in Italien waren zuge-
fügt worden.

Pasquillorum Tomi duo. Quorum primo versibus
　　ac rhythmis, altero soluta oratione conscripta
　　quamplurima continentur, ad exhilarandum,
　　confirmandumque hoc perturbatissimo rerum
　　statu pii lectoris animum, apprime conducen-
　　tia. Eorum catalogum proxima a praefatione
　　pagella reperies. Eleutheropoli. (Basileae Opo-
　　rinus) 1544. 8. SS. 637.

Das Buch ist sehr selten, weil viele Exemplare sind
unterdrückt worden, aber doch nicht so selten, als Dan.
Heinsius meinte, da er in seines schrieb:

Roma meos fratres igni dedit, vnica Phoenix
　　Vivo, aureisque veneo centum Heinsio.
Emit Venetiis Daniel Heinsius 1614. 12 Mart.

Nach des Heinsius Tode kam dieses Exemplar
in die Bibliothek des Baron von Hohendorf, und
von

von da in die Kaiserliche Bibliothek zu Wien; da der
Kaiser 1720. diese Bibliothek kaufte. Curio hielt sich
zu Lausanne auf, da er diese Pasquille herausgab, und
nicht zu Basel, wie Sallengre sagt [k]); denn er kam
erst 1547. nach Basel. Curio hat in diesem Buche
die Satiren gesammlet, die entweder theils wirklich an
die Säule des Pasquins zu Rom angeschlagen worden,
oder die von andern dem Pasquin sind in den Mund
gelegt worden; theils weil darinn viele merkwürdige
Geschichte der damaligen Zeit enthalten sind, und theils
weil manche mit vielem Witz abgefaßt sind. In dem
ersten Bande, welcher poetische Stücke enthält, hat
Baumgarten 80 Gedichte erzählt. Und die Anzahl
würde noch höher steigen, wenn er alle einzle Gedichte
gleiches Inhalts, deren oft verschiedne unmittelbar auf
einander folgen, hätte anzeigen wollen [l]). Unter andern sieht man daraus, daß Pasquin unter den Päbsten
Julius und Leo X. fast jährlich am Neujahrstage auf
eine besondre Art angekleidet worden, welches den satirischen Dichtern Gelegenheit zum Spott und Scherz
gegeben; als 1518. hatte er einen Pilgrimshabit,
1525. stellte er die Fortuna vor, 1535. die Gelegenheit u. s. f. Im zweiten Theile zählt Baumgarten
32 prosaische Stücke, die auch zum Theil besonders gedruckt worden; als der Pasquillus ecstaticus, Iulius
exclusus, Pasquillus Theologaster und andre mehr.

Es

k) Sallengr. Memoir. de Litterat. Tom. II. P. II.
l) Baumgartens hallische Biblithek. Band II. S. 495.

Es haben einige noch einer andren Sammlung satirischer Schriften den Titel gegeben:

Pasquillorum Tomus tertius,

in quo continentur:

1) Gravissima portestationis querela appellatioque inflicti gravaminis Pasquillo Mero Germano facta 1561.

2) Pasquilli Meri poetae protestatio: accedunt theses aliquot ex toto juris corpore desumtae. 1561.

3) Pasquilli Meri Germani Poetae Triumphus Caroli V. Augusti per carmen Caroleium descriptus: cui calamitosum et monstrosum illud bellum a suis membris in suum proprium Imperii caput habitum adiectum est. 1561.

4) Ejusdem Pasquilli Meri Chronicon seu commentarium quoddam historicum de multis bellorum calamitatibus, quas quondam Geldriae populus a Carolo Duce suo Vernaculo sine Liberis e vivis excedente perpessus est; seu Chronicon Ducatus Geldriae 1562.

5) Ejusdem Pasquilli Meri Defensio vmbrae Lutheri contra sycophantam et hypocritam quendam. 1561.

6) Ejusdem Pasquilli Meri liber de mirifica Dei virtute, et immensis ejus operibus, spiritualibusque quibusdam canticis et Davidicis Psalmis paraphrastico carmine versis. 1561.

7) Ej.

7) Ejusd. Mythologica Exegeſis et Libellus de ſpurco foedoque ac turpi amore; vtilis adoleſcentibus in Muſarum caſtris adhuc haerentibus. 1562.

8) Ejusd. Libellus haud inconcinne de fallaci ac lubrico Muliercularum ſtatu, querela, conditione et miſero genere. (aliter) Fallacia mulierum. 1562. 8.

Da aber die Stücke dieſer Sammlung mit den zwei erſten Bänden gar nicht zuſammenhängen, auch nicht ſonderlich ſind; ſo verdienen ſie nicht den Titel des dritten Bandes der Paſquille *).

Luigi Tanſillo.

Einer von den beſten Dichtern, welche Italien hervorgebracht hat. Er wurde um das Jahr 1510. zu Nola gebohren, und hielt ſich die meiſte Zeit zu Neapel auf, in den Dienſten des Unterkönigs Don Pedro von Toledo und ſeines Sohns Don Garcias. Seine lyriſchen Gedichte zieht man faſt des Petrarcha ſeinen vor. Den gröſten Ruf erlangte er durch ſein Gedicht in ottava Rima der Weinleſer genannt, welches beinahe aus 160. Stanzen beſteht, äuſſerſt frei geſchrieben iſt, und eine Menge Zoten enthält. Die Gelegenheit zu dieſem Gedichte nahm er von einer alten Gewohnheit ſeines Vaterlandes und vielen andern Orten im Neapolitaniſchen, da das gemeine Volk zur Zeit der Wein-

*) De Bure Bibliographie inſtructive. Belles Lettres Tom. I. p. 397.

Weinleſe aus uralten Herkommen die Freiheit hat, die
vornehmſten Herrn und Damen, die ihnen vorkommen,
mit Zoten und Spöttereien anzugreiffen, wie es ihnen
gefällt, und die ſich dieſer Freiheit am meiſten bedienen, ſind die Weinleſer. Aus dieſer Gewohnheit
kann man noch den erſten Urſprung der Satire erkennen, die in Griechenland hauptſächlich bei der Weinleſe entſtanden iſt, und welche die griechiſchen Colonien
nach dem untern Theile von Italien oder Groß Griechenland gebracht haben. Er verfertigte dieſes Gedicht,
als er im Herbſt 1534. bei der Weinleſe war, und
ſchickte es den 1. October an ſeinen Freund Carrafa,
einen Neapolitaniſchen Edelmann, mit einem Briefe,
worinn er ihn bat, es Niemand zu zeigen, ſondern es
vor ſich zu behalten. Allein es wurde noch in eben
dem Jahre auf acht Blättern in 4. gedruckt

Il Vindemiatore, del Signore Luigi Tanſillo. In
　　Napoli. 1534. 4.

　Dieſe Auflage iſt die erſte, ſeltenſte und geſchätzteſte,
weil in allen folgenden Ausgaben vieles im Original-
text iſt geändert worden. Creſcembini in ſeiner Geſchichte der Italieniſchen Dichtkunſt irrt alſo, wenn er
ſagt, daß dieſes Werk zuerſt in Venedig in 8. unter
folgenden Titel herauskommen wäre:

Stanze di cultura ſopra gli orti delle Donne, ſtam-
　　pate nouovamente ed iſtoriate; denn dieſes iſt
eine von den letzten Ausgaben, die zu Venedig ums
Jahr 1550. herauskommen. Es fehlen in derſelben
　　　　　　　　　　　　　　　　viele

viele in der Neapolitanischen Ausgabe vorkommende Strophen, und man hat viele Verse geändert, welche zu frei sind. Man hat noch viele andre Ausgaben davon.

Im Jahr 1540, kamen zu Venedig achtzig eben so unzüchtige Strophen zum Vorschein, unter dem Titel:

Stanze in lode della menta, stampate nuovamente
con diligenza ed historiate, per Curtio Nevo
e Fratelli. 1540. 8. Da die Schreibart mit der im Weinleser einerlei ist, so glaubt man das Product sei auch vom Tansillo, welches aber noch nicht erwiesen ist. Dieser Zoten in seinen jugendlichen Schriften ungeachtet, war er in seinem Leben keusch und gesittet. Die Reue, welche er darüber empfand, daß er so unzüchtige Gedichte gemacht hatte, war Ursache, daß er sein Gedicht von den Thränen des heiligen Petrus unternahm. Er fieng es vor dem Jahr 1538 an, arbeitete 24 Jahre an demselben, und endigte es wahrscheinlich nicht eher als am Ende seines Lebens; weil er die 13 Gesänge, woraus es besteht, nicht Zeit hatte, durchzusehn. Es kam auch wirklich lange nach seinem Tode vollständig heraus.

Als auf Befehl der Inquisition zu Rom 1559. verordnet wurde, daß alle im Index, der in diesem Jahr das erstemal zu Rom gedruckt wurde, angezeigten Bücher sollten verbothen seyn; so that dieses dem Tansillo sehr weh, weil darinn alle seine Gedichte

Zweiter Theil.   M   ohne

ohne Ausnahme verböthen worden, (Aloysi Tansilli carmina; und deshalb setzte er seine berühmte Canzone von den Pabst Paul IV. auf, welche sich also anfängt:

Eletto in Ciel, possente e summo Padre,

worinn er ihn bat, nicht alle seine Schriften zu verbieten. Dieses hatte die Folge, daß in den folgenden Ausgaben des Index, die Gedichte des Tansillo gar nicht vorkamen, auch seines Weinlesers nicht gedacht wird. Er soll 1584. gestorben seyn *).

Nicolo Franco.

Ein warnendes Beispiel eines Satirenschreibers, der ein unglückliches Ende genommen. Franco war zu Benevent im Neapolitanischen gebohren. Das Jahr seiner Geburt ist nicht bekannt. Er hatte einen lebhaften und scharfsinnigen Geist, der von Jugend auf zur Satire geneigt war; übrigens verstund er die lateinische und griechische Sprache und in der Italienischen schrieb er vortrefflich; dabei hatte er eine große Kenntniß in den schönen Wissenschaften. Kein Mensch weder hohen noch niedrigen Standes konnte seinem Spöttereien entwischen, und diese unglückliche Neigung vermehrte sich mit seinem Alter. Zu Benedig gerieth er mit dem berüchtigten Pietro Aretino in Bekanntschaft, der ihn gewißermaßen in Sold nahm, seine

*) Nicerons Nachrichten Band XIV. S. 350. ff. Baillet Iugemens Tom. IV. p. 117. Freytag Analecta litterar. p. 934.

seine schwarze Wäsche zu waschen; denn dieser war mit den griechischen und römischen Alterthümern, auch den schönen Wissenschaften wenig bekannt; da einige von ihm sagen, daß er in seiner Jugend das Handwerk eines Buchbinders getrieben haben soll *). Als ihm aber Aretino die Bezahlung entweder verweigerte oder verzögerte, wurde Franco so erbittert, daß er 218 Sonnette gegen ihn schrieb, die voll Gift und Galle waren. Es ist würklich eine sonderbare Erscheinung, so viel Sonnette gegen einen einzigen Menschen. Diese machten in Italien großes Aufsehn, und jedermann freute sich, daß diese Geißel der Fürsten einen Zuchtmeister fand, der ihn nicht wie Ruthen hieb, sondern mit Scorpionen zerfleischte. Diese Sammlung satyrischer Sonnette kam unter folgendem Titel heraus:

Delle Rime di Messer Nicolò Franco contra Pietro Aretino, e de la Priapea del medesimo. Terza edizione; coll' agionta di molti Sonetti nuovi, oltra la vera et ultima correttione, ch' a tutta l'opera ha dato l'auctore istesso, per non haverne più cura, come colui, ch' à gia rivolti tutti li studi ad imprese di lui più degne. Con gratia et privilegio Pasquillico. 1548. 8. pp. 215.

Die Sonnette gegen den Aretino sind in 5 Abtheilungen; wovon die erste 41, die zweite 39, die dritte

*) Menagiana Tom. IV. p. 248.

52. die vierte 46. und die fünfte 40. also zusammen
218. Sonnette enthalten; dazu kommen noch 42 pria-
peische, worinn er an groben Zoten keinen seiner Landsleute, die sich mit dergleichen beschäftige haben, etwas
nachgiebt. Wie selten dieses Buch sei, ersieht man
daraus, daß Jo. Ben. Scheibe, der des Franco
leben beschrieben, Sincerus[*]), und Aug. Bayer[†]),
zweifelten, ob es jemals gedruckt worden; ja die Italiener selbst als Lorenzo Craßo, Girolamo Ghi-
llini und Nicolo Toppi auch Crescembini entscheid-
den nichts, und Toscanus, Ammirato und Nicode-
mo reden nur dunkel davon. In diesen Sonnetten wurden alle verborgnen Schandthaten des Aretino aufgedeckt, und er der ganzen Welt zum Gelächter dargestellt. Kurz darauf gieng Franco von Venedig nach
Rom, wo jedermann sich um seine Gunst beeiferte,
um nicht von ihm verspottet zu werden. Es schien
auch als wenn er seine Zunge und Feder einschränken
wollte. Allein in seinem hohen Alter fieng er an, einen
Commentar über die Priapeia zu schreiben. Als dieses
der Pabst Paulus IV. erfuhr, befahl er ihm damit
inne zu halten, oder die Schrift ins Feuer zu werfen.
Darüber gerieth er in solche Wuth, daß er diesen
Pabst nach seinem bald erfolgten Tode in seinen Satiren auf das greulichste lästerte; und da ihn der Cardinal

[*]) Scheibe in den freimüthigen Gedanken. Th. I. S. 182.
Sinceri Nachrichten von raren Büchern. Th. I. S. 109.

[†]) Bayeri Memor. libror. rar. p. 263.

ahial Moren beſchützte, ſo überſah Pius IV. dieſe
Frevelthat. Sein Nachfolger aber Pius V. der den
Aonius Palearius und andre Gelehrte wegen der
Ketzerei verbrennen ließ, und ſehr hitzig war, vergalt
es ihm doppelt. Er ſchrieb mit eigner Hand an einen
Abtritt im lateraniſchen Palaſt folgende Verſe:

Papa Pius quintus ventres miſeratus onuſtos,
  Hoece Cacatorium nobile fecit opus *).

Als man dem Pabſt ein Pasquill von Nicolo Franco brachte, ließ er ihm den Proceß machen, und im
Jahr 1570. auf dem Platz des Pasquino, in der Nacht
bei Fackeln, auf einem ſchwarz eingekleideten Trauer-
gerüſte im Monath Februar an den Galgen henken.
Auf dieſem Gerüſte bekannte er zwar, daß er ſich durch
ſeine Schriften verſündigt, aber daß er durchaus nicht
den Galgen verdient hätte; daher rufte er noch zuletzt
aus: queſto è pur troppo! das iſt, bei Gott, zuviel!
Ammirato ſagt: es hätte jedermann Abſcheu und Mitleiden bei dem Tode dieſes Greiſes bezeigt, da er um
eines kahlen Pasquilles hätte henken müßen, in einer
Stadt, wo tauſend größere Laſter unbeſtraft blieben *).
Der berühmte Bibliothekar Magliabechi zu Florenz
verſicherte, daß er in ſeiner Jugend von einem vornehmen Manne, der die Hinrichtung des Franco mit an-

M 3   geſehn,

---

r) De la Monnoye glaubt, es müße wegen der Quantität
   heißen: Cacatojum. Menagiana. IV. p. 462.

s) L'Ammirato ne' Ritratti à carte 249. e 250. Tom. II.
   degli Opuscoli.

gesehn, gehört habe, daß Franco das Pasquil nicht
gemacht habe, weßwegen er gestrafft worden, sondern
daß es ihm von seinen Feinden untergeschoben worden [*].
Wie ungeschliffen übrigens die Satiren des Franco
gewesen, kann man schon daraus schließen, daß er in
seinen Rime hier und da die Väter des tridentinischen
Concilii Asini und bestiame nennt, und sich erfrecht
den damals lebenden Regenten in Europa ein Schreiben mit den Worten: An die infamen Fürsten dieses infamen Jahrhunderts gleichsam zu dediciren.
Ferner gehört folgendes Buch unter die satirischen
Schriften des Franco:

Dialogi piacevoli di M. Nicolo Franco. In Vinegia.
      Giolito de Ferrari. 1542. 8. und unter folgen-
      den Titel:

Dialoghi piacevolissimi di Nicolo Franco. Venet.
      1590. 8.

    Man hat davon auch folgende sehr seltne französische
Uebersetzung:

Dix plaisans Dialogues du Sr. Nicolo Franco, con-
      tenans le debat de Sannio et des Dieux; la Ha-
      rangue d'un Pedant en Enfer; les Alchimies et
      Chimeres pour acquerir renom; l'Examen d'au-
      cunes ames par Charon; l'Oeconomie d'un Ser-
      viteur, qui reprend son maitre et enseigne la
      maniere de faire argent; le recit d'aucunes re-
                        que-

[*] Schelhorns freimüthige Nachrichten. Th. I. S. 191.

quelles envoyées au ciel; la condemnation des ames des Poetes en Enfer; la Fontaine caballi- ne, enseignant toutes sciences; le Debat du philosophe et du Poete, le Poete qui se prefere au Prince. Lyon. 1579. 12. In diesen Gedich- chen spottet er über die Unträglichkeit des Pabstes, über den Dienst der Mutter Gottes und der Heiligen, und über die Wunder, und schildert die Laster der Clerisei auf das häßlichste ab.

Ercole Bentivogli.

Ein Sohn Hannibals des zweiten Herrn von Bo- logna, wo er auch 1505. gebohren war; er gieng aber mit seinem Vater bald nach Mailand, und von da nach Ferrara, daher er auch manchmal Ferrarese heißt. Er starb zu Venedig 1572. Seinen Dichterruhm hat er vorzüglich seinen vortreflichen Lustspielen zu dan- ken, doch werden auch seine Satiren geschätzt, ob sie gleich denen des Arlosto nicht beikamen. Sie stehn in der Sammlung des Sansovino. Seine italieni- schen Gedichte sind 1719. zu Paris zusammengedruckt worden.

Gabriello Simeoni.

Ein Geschichtschreiber und nicht unbeträchtlicher Dich- ter aus Florenz. Er war einige Zeit in Diensten des Herzogs Cosmo von Savoyen, wurde aus seinem Va- terlande vertrieben, gieng nach Frankreich, hielt sich meist zu Lyon auf; that mit dem Herzog von Guise wieder eine

Reise nach Italien, wohnte einige Zeit dem Concilio zu Trident bei, und gieng endlich wieder in Dienste des Herzogs Emanuel von Savoyen. Er starb 1572. Außer vielen andern Gedichten schrieb er auch die Verwandlungen des Ovids in Italienischen Epigrammen. Seine Satiren kamen unter folgenden Titel heraus:

Le Satire alla Berniesca di Messer Gabriele Symeoni; con una Elegia sopra la morte del Re Francesco I. ed altre Rime à diverse persone. In Turino. Martino Cravotto. 1549. 4. sehr selten.

Antonio Francesco Doni.

Wenn je ein sonderbarer Schriftsteller war, so war es Doni. Der Beinahme Bizarro, den er in der Akademie der Peregrini angenommen, drückt seinen Charakter vollkommen aus; denn er war ein Mann, der sich so wohl in seinen Gedichten als in seinen prosaischen Schriften ganz seltsame Wege wählte. Seine Erfindungen und Concetti waren närrische und schnurrige Einfälle, wodurch er die Neugier und den Beifall seiner Leser, die damals in dergleichen Dinge verliebt waren, zu erwerben hofte. Unter der Menge von burlesken Wendungen findet man nichts destoweniger herrliche Spuren seines guten Kopfs und der tiefen Einsicht in die Wissenschaften, die mit der reizendsten Schreibart verbunden und allenthalben mit satirischen Einfällen durchwebt sind. Doni war aus Florenz gebürtig und anfänglich ein Servite, wurde aber um 1539. ein Weltpriester.

1548.

1548. ließ er sich zu Venedig nieder, wo er 1574. starb. Von seinen Werken können folgende hieher gerechnet werden.

I Mondi del Antonio Francesco Doni, cioë: Celesti, Terreſtri et Infernali. In Vineg. Marcolini. 1552 und 1553. 4. II. Tom. Eine schöne Ausgabe mit Holzschnitten; aber da sie nicht vollſtändig iſt, so muß man folgende damit verbinden.

I Mondi del Doni; cioë: il Mondo piccolo, grande, miſto, riſibile, imaginario; Inferno degli Scolari, de' mal maritati, delle Puttane, Ruffiani, Soldati, e Capitani poltroni, Poeti, compoſitori ignoranti. In Venet. Giolito de Ferrari. 1562. 8.

Man hat auch eine franzöſiſche Ueberſetzung davon von Gabriel Chapuys Lyon. 1580. 8. welche mit der Welt der Hörnerträger vermehrt iſt; die auch beſonders unter folgender Auffſchrift herauskommen iſt:

Le Monde des Cornus, ou eſt amplement traité de l'origine des Cornes, traduit de l'Italien d'Antoine François Doni. Lyon. 1580. 8.

La Zucca del Doni, diviſa in V. Libri di gran valora, ſotto tittolo di poca conſideratione. In Vineg. Marcolini. 1551. 8. 1552. 1565. 1670.

Das erſte Buch insbeſondre iſt betitelt: la Zucca del Doni, und iſt eingetheilt in Cicalamenti, Baie und

M 5 Chia-

Chiachiere. Das andre: Foglie della Zucca, und hat drei Theile; nämlich Dicerie, Favole und Sogni. Das britte: Fiori della Zucca, und iſt eingetheilt in Grilli, paſſerotti und Farfalloni. Das vierte: Frutti iſt eingetheilt in Frutti acerbi, maturi und marci oder fracidi.

Dieſe Bücher ſind ein Miſchmaſch von allerhand Sachen, Sentenzen, Sprüchwörtern, Von mots, Hiſtorien, Fabeln, moraliſchen Abſchilderungen, Schwänken, Allegorien und Satiren, welche ſeltſam unter einander gemiſcht ſind. Er giebt ſelbſt vom erſten Buche folgenden Abriß: Tavola, overo Regiſtro delle Chiachiere, Frappe, Chimere, Gofferie, Argutie, Filaſtroccole, Caſtelli in Aria, Saviezze, Aggiramenti et Lambicamenti di cervello; Faufalucole, Sentenze, Bugie, Girelle, Ghiribizzi, Pappolate, Capricci, Fraſcherie, Anſaramenti, Viluppi, Grilli, Novelle, Cicalerie, Parabole, Baie, Proverbi, Treſche, Motti, Humori et altre Girandole et ſtorie della preſente Leggenda per non dir Libro, poche dette à tempo et aſſai fuor di propoſito *).

Eben dieſer Doni ſchrieb noch ein ſonderbares Werk unter dem Titel:

　　　　Libraria prima und ſeconda.

Die zweite Librana iſt eigentlich kein Bibliographiſches Werk, ſondern eine Sammlung von Titeln von

---

*) Marchand Diction. Doni. Rem. B.

von allegorischen, satirischen, chimerischen und blos erdachten Büchern. So schreibt er z. E. dem Masuccio auf eine ironische Weise folgendes Buch zu:

Masuccio Salernitano Commento sopra la prima
Giornata del Boccaccio. fol. 32.

Es scheint, daß er blos die Schriftsteller tadeln will, die ihm nicht gefielen; so schreibt er dem Angelo Poliziano ein Buch zu betitelt: Ardor Platonico; dem Ambrosio Catarino della Dignità dello stato episcopale; dem Lodovico Domnichi, den er unter dem Anagramm Echinlmedo Envidolo versteckt, Facezie et perdita del amico. Der erste Theil des Werks wurde gedruckt, Venedig 1548. 8. Der zweite Venedig 1551. 12. und 1555. 8. *). Man hat noch einen dritten Theil, der von den Akademien, den Zunahmen und Werken ihrer Mitglieder handelt; der mit den zwei ersten Theilen zu Venedig 1557. 12. und 1580. 12. eben daselbst herausgekommen ist.

Ohngeachtet des Doni Schriften alle selten sind, so ist doch folgende noch seltner:

Il Terre moto del Doni, con la rovina d'un gran
colosso bestiale (Pietro Aretino) Antichristo
della nostra età. Opera scritta ad onor di Dio,
e della S. Chiesa; per difesa non meno di Prélati, che de buoni christiani, divisa in sette
Libri. 1556. 4. ohne Druckort. Sonst hatte
Doni

*) Marchand. Dict. Masuccio. Rem. B.

Doni in der Zucca versprochen das Leben des
Pietro Aretino drucken zu lassen; ich weiß nicht
ob es in diesem Terte molo steht, denn besonders
findet man es nicht in den Verzeichnißen seiner
Schriften, beim Ghilini, der sie auch nicht
alle hat.

Matthias Francowitz sonst Flacius Illyricus genannt.

Dieser war einer von den gelehrtesten Theologen
der Evangelischen Kirche im XVI Jahrhunderte; er
wurde zu Albona in Istrien im Jahr 1520. gebohren.
Er wollte anfänglich ein Mönch werden, weil er keine
Mittel hatte auf eine Universität zu leben; aber ein
Provincial der Franciscaner Baldus Lupinus sein
Anverwandter, der kurz darauf wegen Verdacht der
Keherei ins Gefängniß geworfen wurde, worinn er
zwanzig Jahr alles menschliche Elend ausstand und
endlich im Meer ersäuft wurde, rieth ihm nach
Deutschland zu gehn. Er begab sich also 1539. nach
Basel und von da nach Wittenberg, wo er unter Lu-
thern und Melanchthon studierte und 1544. Profes-
sor der hebräischen Sprache wurde. Weil er sich dem
Interim widersetzte, so gieng er nach Magdeburg, wo
er mehr Freiheit hatte dagegen zu schreiben, weil es in
der Reichsacht war. Darauf wurde er Professor der
Theologie in Jena, aber nach fünf Jahren abgesetzt,
weil ihm Victorinus Strigelius zuwieder war.

Und-

Endlich starb er zu Frankfurt am Mayn 1575. Er
hätte es wegen seiner grossen Talente weit bringen können, wenn ihn nicht die Zanksucht und der Hang zum
satirisiren gehindert hätte. Sehr unrecht war es, daß
er den gefährlichen Satz behauptete, es müßten die
Fürsten durch die Furcht der Empörungen in Ehrfurcht
gehalten werden y). Er hat theils Satiren gegen die
Römische Kirche gesammlet, theils selbst verfertigt.
Zu den ersten gehört

Catalogus Testium veritatis, qui ante nostram aetatem
　　Pontificibus Romanis eorumque erroribus recla-
　　marunt, et pugnantibus sententiis scripserunt.
　　Authore Matth. Flacio Illyrico: Accurata vero
　　recensione nunc exhibente, notisque nonnullis
　　et Auctario Testimoniorum, qua editorum, qua
　　ineditorum, eoque seorsim edito, illustrante Ioh.
　　Cunrado Dietherico, Profess. Giess. Frcf. 1672.
　　4. Tomi II. Die erste Ausgabe kam zu Basel
　　1556. 4. heraus. Eine deutsche Uebersetzung
　　von Joh. Conr. Lauterbach 1573. Vor Sim.
　　Goularts Ausgabe, welche Lugd. 1597. 4. und
　　vermehrter Genev. 1608. fol. herauskommen,
　　muß man sich hüten, weil er nach seinem Belie-
　　ben hinzusetzte und wegnahm, was er wollte, als
　　wäre es seine eigne Arbeit. Als Flacius aus
　　dem Catalogo des Trithemius sah, daß in den
　　　　　　　　　　　　　　　　　　　　　Klo-

y) Metu seditionum terrendos esse principes. Melanch.
　Epist. CVII. p. 134. Bayle Diction. Illyricus.

Klosterbibliotheken noch viele Schriftsteller auß
den finstern Zeiten vorhanden wären, welche von
den Mißbräuchen der Clerisei geschrieben und die
reine Lehre erkant hätten, so war er begierig diese
Schriftsteller ans Licht zu ziehn, die man entweder mit Fleiß verborgen hielt, oder nicht kannte.
Daher reiste er im Mönchshabit ganz Steyer-
mark, Oesterreich und die angränzenden länder
durch und besuchte die Klosterbibliotheken. Man
beschuldigt ihn auch, daß er ihm anständige
Handschriften in seinen weiten Ermeln entführt,
auch Blätter ausgeschnitten hätte, oder kleine sel-
tene Tractätchen, daher das Sprüchwort entstanden: Cultellus Flacianus. Und so ist dieser Catalogus entstanden, welchen hernach Joh. Wolff
seinen Lectionibus memorabilibus fast gänzlich
eingeschaltet hat.

Ferner gehören unter die Sammlungen von Satie-
ren, welche Flacius herausgegeben, eine Menge alter
Gedichte, welche im vorigen Bande im zweiten Abschnitt des ersten Hauptstücks von der Satire angezeigt worden. Ich will hier bloß von dem Inhalt
des Buchs deutelt: Varia doctorum piorumque virorum de corrupto Ecclesiæ statu Poemata, ante nostram ætatem conscripta etwas anführen. Unter andern kommen darin vor

Einige Gedichte des Walther Mapes.

Planctus Bernhardi Westerrollis. Eine Satire auf ... die Geistlichen, welche Beregger de idolo ... Lauretano wieder berühmt läßt. ...

Ex epigrammatibus Ludovici Bigi Pictorii. Basil ... 1518. ...

Poenitentiarius Lupi, vulpis et asini, completus anno 1340.

Bernardus Cluniac. (sonst Morlacensis oder Morla-
nensis) de contemptu mundi ...

Laeli Capilupi Cento Virgilianus, de vita monachorum u. s. s. ...

Es sind überhaupt in dieser Sammlung 53 Stücke
enthalten; aber es kommen noch mehr heraus, wenn
man alle einzele Stücke, die zusammen gehören, zählen wollte. Joh. Wolff hat auch viele davon in seine Lectiones memorabiles aufgenommen. Götze
urtheilt billig, wenn er sagt, wir wollten es dem Flacius gern verzeihen, daß er Handschriften gestohlen
und ausgeschnitten hat, weil er uns dadurch viele alte
Schriften erhalten hat, welche sonst wären verlohren
gegangen *).

Von den satirischen Schriften, welche Flacius
selbst verfertigt hat, will ich nur folgende bemerken:

... Mat-

_____

*) Götzens Merkwürdigkeiten der Königl. Bibliothek zu
Dresden. Band II. S. 556.

Matthiae Flacii Illyrici de ſectis, diſſenſionibus, contradictionibus et confuſionibus doctrinae et religionis Pontificiorum, Liber. Baſil. 1565. 4.

Ejusdem nonae quaedam clariſſimae et verae de falſ. Religion. quibus etiam rudiores ſtatuere queunt, papiſtarum eſſe falſam Religionem. Magdeburg. 1549. 8.

Antilogia Papae: hoc eſt, de corrupto Eccleſiae ſtatu et totius Cleri Papiſtici perverſitate, edita cum Praefatione Wolfgangi Waiſſemburgii. Baſil. Oporinus. 1555. 8. SS. 788. Dieſes Werk hat auch **Thomas Brown** in dem Faſciculus rerum expetendarum er fugiendarum wieder abdrucken laſſen.

Amica, humilis et devota Adominitio M. F. Illyr. ad gentem ſanctam, regaleque Antichriſti ſacerdotium de corrigendo ſacro ſancto Canone Miſſae Jeſaiae. zu Magdeb. Lotther. 1550. SS. 15. Flacius ſtellt ſich in dieſer Schrift, als meine er es ſehr gut mit den Catholiſchen, in der That aber macht er alle ihre Anſtalten und Ausflüchte ungemein lächerlich. Im Anfange führt er den Beweis, daß die römiſche Kirche jetzo einen verſtümmelten Meßkanon habe. Den Beſchluß macht dieſe Ermahnung: Videte igitur, quid agatis, vigilate et in hoc negotium ſerio incumbite. Credite enim mihi, calente nitenteque canone, calent culinae nitentque coquae veſtrae; frigente vero ſqualenteque canone ac Miſſa, frigent culinae,

ſqua-

ſquallentque, proh dolor, dilectiſſimae ſorores
veſtrae *).

Antonio Franceſco Grazzini mit den Zunah-
men il Laſca.

Unter die allervorzüglichſten Berneſchiſchen Schriftſteller gehört unſtreitig Grazzini, der den Namen
Laſca in der Akademie Degl' Umidi annahm, in welcher jedes Mitglied den Namen eines Fiſches führt.
Er war zu Florenz in den erſten Jahren des 16ten
Jahrhunderts gebohren, und einer der erſten Stifter
der berühmten Akademie Della Cruſca. In der ſcherzhaften Schreibart hat er ſowohl in der Reinigkeit und
Zierlichkeit der Sprache, als in Anſehung des Inhalts
ſo wohl in Proſa als Verſen wenige, ſeines Gleichen.
Selbſt der ſtrenge Bertinelli in ſeinen Briefen des Virgils ſetzt ihn unter diejenigen Berneſchiſchen Dichter,
deren Erhaltung er wünſcht. Er iſt der Erfinder einer
neuen Art von ſcherzhaften Gedichten, die er Madri-
galaſſe nennt, welche mit den Madrigalen die un-
gleiche Länge der Verſe und die freie Vermiſchung der
Reime gemein haben, ſich aber dadurch von ihnen unterſcheiden, daß ſie ungleich länger, und ſcherzhaften
oder ſatiriſchen Inhalts ſind. Folgendes iſt eine Probe
davon:

Gli augurj, i portenti, e i ſegni ſtrani,
Come gia ſur le Saette, e' tremotti,

Or

*) Baumgarten hälliſche Bibliothek. Band II. S. 66.

Zweiter Theil.　　　N

Or ci fon chiari e noti.
Sapete voi perché, buone perfone,
Arno con fi poffente, e larga vena
Andaffe a precifione?
Cioé perche cagione
Veniffe a mezzo Augofto sì gran piena.
Volete faper voi perché fi piena
Di calcinacci è or la via de' bardi?
Io vel dirò. Non già che tofto o tardi
O guerra o pefte fia,
Ne manco careftia,
Ch' el Turco paffi, o che fia finimondo;
Mà perché nel profondo
Se n'é andato del marcio bordello
Con fuo danno, e' rouvina
La mifera accademia fiorentina,
Perche ella è ftata maritata al Gello.
O Giove trafurello,
O Mercurio baftardo,
O Marte pappalardo,
O voi tutti altri Dei,
Anzi omicciatti debili, e plebei;
Poiche forza e poffanza non avete
Contro a fortuna; e fiete
Come pecore, e buoi da lei qui dati,
Andate tutti quanti à farvi frati.

Des Lafca fcherzhafte Gedichte findet man in den
Sammlungen Berneschischer Gedichte; in der verani-
ſchen

ſchen und venezianiſchen aber ſind ſie ſehr verſtümmelt.
Man hat aber auch ſeine Gedichte in einer eignen
Sammlung, die 1741. zu Florenz herauskam, und
welcher D. Anton Maria Biſcioni ein weitläufiges und ſchönes Leben des Grazini vorgeſetzt. Laſca
ſtarb 1583. in Florenz im 80ſten Jahre ſeines Alters,
und ward in San Pier Maggiore bei den Gebeinen
ſeiner Vorfahren begraben.

Franceſco Sanſovino.

Der Sohn eines berühmten Bildhauers und Bau-
meiſters, gebohren zu Rom 1521. Er lebte zu Venedig, wo er ſeine Zeit mit Studieren und Bücher-
ſchreiben zubrachte, und ſtarb 1586. Er war in allem
mittelmäßig. Seine Sammlung von Satiren andrer,
welche ſchon im erſten Bande vorkommen, iſt ſchätzba-
rer und bekannter, als ſeine eignen Satiren, von denen
doch einige nicht übel ſind.

Tomaſo Garzoni.

Ein Canonicus regularis lateranenſis, gebohren
zu Bagnacavallo in Romagna im Jahr 1549. Er
verfertigte ſchon in ſeinem eilften Jahre ein italieniſches
Gedichte, welches wohl aufgenommen wurde, ob es
gleich weiter nichts enthielt als die Händel, ſo gemeiniglich unter Kindern vorzugehn pflegen. Im vierzehnten Jahre ſtudierte er ſchon zu Ferrara die Rechtsgelehrſamkeit, die er aber wieder fahren ließ, und ſich

in den geistlichen Stand begab. Er starb 1589[1]). von ihm haben wir folgende satirische Schriften;

L'Hospidale de' Pazzi incurabili da Tomaso Garzoni. Ferrar. 1556. 4. Venet. 1601. 4.

Im ersten Theile handelt Garzoni in dreißig Abtheilungen von dreißig Arten besondrer Narren mit Anwendung vieler antiquarischer Gelehrsamkeit, als von wahnwitzigen Narren, traurigen, faulen, versofnen, vergeßlichen, runden, dicken und groben Narren u. f f. wobei eine Menge Beispiele aus alten und neuen Zeiten eingeführt werden. Zu Ende eines jeden Narrencapitels ist ein Burleskes Gebeth in Versen an eine Gottheit gerichtet, welche diese Art der Narrheit curiren soll, als an die Minerva für wahnwitzige Narren, an den Jupiter für traurige Narren, an den Apollo für träge Narren, an den Gott Fatuello für die thörichten Narren, an den Gott Ribiculo für die lächerlichen Narren.

Der andre Theil welcher viel kürzer ist, enthält das Spital unheilsamer Närrinnen, wo jede in ihrer Zelle oder Clause beschrieben wird, als die traurige, faule, versofne, verbuhlte Närrin, u. f. f.

Man hat auch von diesem Buche eine deutsche Uebersetzung, welche folgenden Titel führt:

Spital unheylsamer Narren und Närrinnen
Herrn Thomaß Garzoni, aus der italienischen

_____
[1]) Ichers Gelehrten Lexicon.

schen Sprach teutsch gemacht durch Georg. Fried. Meßerschmid, Argent. Straßburg bei Joh. Carolo. 1618. 8. SS. 232.

Zur Probe dieser Uebersetzung mag folgendes dienen:

Gebett zu dem Egyptischen Ochsen für die groben, dicken, runden Narren.

Zu dir, o Ochs, so ansehnlich,
Zu treten, ich wags sicherlich:
Der Egyptier Serapis,
Wie auch dazu genennt Apis;
Zuflucht, Schutz, Hülf, such ich bei dir,
Für diese groben Ochsen hier.
Von dir zurlangen diese Gunst,
Erhör mich, sunst bitt ich umsunst.
Denn weil sie auch, merk, Ochsen seyn,
Wie Du, so bitt die Gnade dein
Daß du ihn wollst genädig seyn;
In diesem, damit sie, horch feln,
Eins tages nicht werden so groß,
Wie die Camel, nach selber Maaß,
An Größe übertreffen thun,
Dich hochfleißig bitt ich drumb nun.
Durch jene Ehr, welch dir erzeugt,
Die Egyptier vor der Zeit:
So trapaßirt der Tesudinum;
Wie auch der giftgen Aspidum,
Von Troglodyten hochgeehrt,
Und den Phöniciern, wie ich ghört.

Durch)

Durch jener der Columbarum;
Jener der Ciconiarum;
Welch angebett die Theſſali,
Geehret die Aſſyrii. u. ſ. f.

Aus dem Spital der Närrinnen. S. 223.
     Schimpf Närrin.

Ein überaus lieblicher, holdſeliger, fröhlicher, Jo‑
vialiſcher und luſtiger Humor, iſt der, den jene dort
weiter hinabwärts,

       Quinta Aemilia

genannt, bei ſich hat, die iſt allen Leuten zu einem Luſt,
Freud und ſonderbarer Ergötzlichkeit gebohren, und
auf die Welt kommen: neben ihr ſitzen letzo drei wackre
Junkern, die halt ſie mit ihren Sprachen auf, und
giebt ihnen hierdurch nit geringe Ergötzlichkeit und
Wolluſt. Ohne langſten da fragte ſie derer einer,
wann, oder zu welcher Zeit doch die Weiber am thö‑
richſten und närriſchten ſeyen? dem hat ſie klüglichen
geantwortet, der Zeit, ſprechende: wann ihr Männer
denſelben Raum überlaſſet, daß ſie ſolches thun können.
Einen andern, der ſie fraget, aus was Urſachen doch
die Natur, mit ſo geringer Witz und wenigem Verſtand
die Weiber begabt und erſchaffen habe? den hat ſie
ſchimpflichen alſo fortgewieſen und abgefertigt: wann
man die Wahrheit, ſagte ſie, auf fürgelegte Frag ſa‑
gen und geben will, ſo iſt es bald und leicht zu thun;
dann die Natur hat damals eben als wie ein Weib
gewürkt.

                     Man

Man hat auch eine französische Ueberfetzung davon vom François de Clarier, Sieur de Langval. Paris 1620. 8.

Die zweite satirische Schrift des Garzoni ist folgende:

Il Teatro de' varj e diversi Cervelli mondani di Tomaso Garzoni da Bagnacavallo in Serra Vallo di Venezia. 1605. 4.

Der Verfasser versteht unter Cervello eine gewisse Gesinnungsart oder Eigenschaft des Gehirns. Er macht darauf verschiedne Eintheilungen desselben in Cervelli, Cervellini, Cervelúzzi, Cervelleti, Cervelloni oder die Genies, und Cervellazzi. Nach dieser Eintheilung geht er die verschiednen Arten durch und beschreibt sie; z. E. unter den Genies die praktischen, standhaften, freien, kühnen, allgemeinen, weisen, cabalistischen u. s. f. Unter den Cervellazzi die groben und unhöflichen, unwissenden, boshaften, närrischen, fantastischen, melancholischen, alchymistischen, Astrologischen, die mit denen sich der Teufel selbst nicht einlassen mag u. s. f.

Die dritte Schrift des Garzoni, welche hieher gehört, ist

La Sinagoga degl' Ignoranti, nuovamente formata e posta in luce da Tomaso Garzoni. Venet. 1594. 4.

In

In XV. Abſchnitten zeigt Garzoni z. B. was die Unwiſſenheit ſei, und welches ihre Arten ſind, woher ſie entſtehe, woran man ſie erkenne, wodurch ſie unterhalten wird; welches die Beſchäftigungen des Unwiſſenden ſind; von den Gedanken, Einbildungen und Neigungen der Unwißenden, was die Unwißenheit vor Folgen habe, von den Worten und närriſchen Ausdrücken derſelben u. ſ. f.

Giovanni Franceſco Apoſtoli.

Aus Montemagno in Montferrat, in der letzten Hälfte des XVI. Jahrhunderts, war Profeſor der ſchönen Wiſſenſchaften zu Caſale, und machte ſich durch lateiniſche Dichtkunſt berühmt, erregte ſich aber durch ſeine Satiren viel Verdruß, und fiel auch der Inquiſition in die Hände. Er ſchrieb

Horae ſucciſivae. Mailand. 1580. 8.

die aus lauter Gedichten beſtehn. Weil aber viele Klagen über Verunglimpfungen einliefen, ſo wurde das Buch confiſcirt. Eine veränderte und vermehrte Ausgabe erſchien zu Pavia. I. Theil. 1588. Th. II. 1589. 8. Aſti 1597. 8. [c])

Ottonello Belli.

Von Capo d'Iſtria, lebte gegen das Ende des XVI. Jahrhunderts, und ſchrieb:

Li

---

c) Adelungs Gelehrten Lexicon.

Li Scolari, Satira. Padua. 1588. 8. Venedig
1598. 8. *).

Vinciolo Vincioli.

Er blühte um das Jahr 1595. war aus Perugia,
und beim Pabst Clemens VIII. sehr beliebt; der ihn
auch zum Cardinal gemacht, wenn es nicht der Cardinal Aldobrandini gehindert hätte. Er war Referendario d'ambo le Signature und Protonotario Apostolico.
Er hat sich durch seine Satire über den Hof großen
Ruhm erworben. Diese nebst einigen andern Gedichten von ihm, steht in der Raccolta de' poeti Perugini,
die Giacinto Vincioli herausgegeben *).

Giordano Bruno.

So bekannt Bruno wegen seiner paradoxen Meinungen ist, so ist doch seine Lebensgeschichte noch nicht
genugsam berichtigt, und noch mancherlei Zweifeln unterworfen. Er war aus Nola im Neapolitanischen gebürtig und legte sich besonders auf die alte Philosophie
und Mathematik, sah auch gewisse Mißbräuche in seiner Kirche zeitig ein, ob er sich gleich dem Dominica-
nerorden gewidmet hatte, wovon aber die Geschichtschreiber dieses Ordens nichts wissen wollen. Weil er
seine Meinungen nicht genug verbergen konnte, sahe er
sich auf allen Seiten verfolgt, und entfloh 1582. nach

N 5   Genf,

d) Mazzuchell. Scrittori. Vorlang.

e) Erythraei Pinacoth. III. p. 263.

Genf, wo er aber nur zwei Jahre blieb, weil ihm nicht
alle Lehrsätze des Calvini gefallen wollten. Von da
gieng er nach Paris, aber auch da durfte er nicht ra-
sten, weil er den Aristoteles zu heftig angriff, welches
man damals vor Ketzerei hielt. Von da soll er nach
England gegangen und das berüchtigte Buch Spaccio
della Bestia trionfante herausgegeben haben, wogegen
sich aber mancherlei Einwendungen machen lassen, wie
Brucker gezeigt hat. 1586. war er in Wittenberg
und bezeigte sich als einen eifrigen Anhänger Lutheri,
erhielt auch die Freiheit privatim philosophische Collegia
zu lesen. 1588. hielt er eine öffentliche Abschiedsrede
zu Wittenberg, und setzte seinen Stab weiter fort.
Daher ist es vor eine Fabel zu halten, wenn einige vorgeben, er habe zu Wittenberg dem Teufel eine Lobrede gehalten, welches ihm gewiß nicht würde erlaubt
worden seyn, und wahrscheinlich von Feinden der Universität Wittenberg ist erdichtet worden. Auch läßt
sich Heumanns Meinung hören, er könnte als ein
Liebhaber der Lullischen Kunst, über die er auch
wahrscheinlich in Wittenberg gelesen, sich gerühmt haben, man könne nach dieser Kunst auch Beweisgründe
finden, den Teufel selbst zu loben. Von Wittenberg
soll er nach Prag gegangen seyn; gewißer ist es, daß
er sich 1589. zu Braunschweig und Helmstädt befunden, wo er von dem Herzog Julius viele Wohlthaten
erhalten. Darauf begab er sich nach Frankfurt, wo er
dem Buchdrucker Johann Wechsel verschiedne seiner
Schriften zum Druck übergab, zu selbigen auch die Figuren

guten selbst schnitt, und sie corrigirte. Ein schneller
und unvermutheter Zufall, der aber nicht bekannt ist,
riß ihn 1591. von Frankfurt weg, und sein Unglück
trieb ihn nach Italien. Da soll er nun zu Padua 1592.
gelehrt haben, wo er glaubte sicher zu seyn. Allein
seine paradoxen Lehrsätze, der verlaßne Dominicaneror-
den, der Ruf von seinen Schriften und harten Ausbrücken gegen den Pabst und die Clerisei mochten die
Inquisition aufgebracht haben, die ihn 1598. zu Venedig festsetzen ließ, wo er zwei ganzer Jahre im Gefängniß bleiben muste, bis ihm der Proceß formirt wurde.
Nachdem man nun aus seinen Schriften viele paradox
lautende Sätze gezogen, und sie vor atheistisch erklärt,
auch ihm seinen Austritt aus dem Orden vorgeworfen,
und ihm 80 Tage Bedenkzeit gegeben, ob er widerrufen wollte, und da er es nicht that, so wurde er 1600.
den 9ten Februar vor das Gericht der Inquisition zu
Rom geführt, sein Urtheil abgelesen, er in den Bann
gethan, und der weltlichen Obrigkeit übergeben; worüber er sich gar nicht entsetzt, sondern freimüthig zu den
Richtern, wie Scioppius, der zugegen war, aus-
sagt, soll gesagt haben: Vielleicht kündigt ihr mir das
Todesurtheil mit mehrer Zaghaftigkeit an, als ich
es anhöre. Darauf führte man ihn in das Stadtge-
fängniß, und ließ ihm noch acht Tage Zeit zu wiederrufen; weil er sich aber nicht dazu verstehen wollte, so
muste er zum Scheiterhaufen wandern, und wurde den
16. Februar auf dem Felde der Flora vor dem Schauplatz des Pompejus öffentlich verbrannt. Scioppius,

der

der bei ſeiner Verurtheilung und Verbrennung zugegen
geweſen, hat dieſe letzten Umſtände des Bruno in einem
Briefe an ſeinen Lehrer Conrad Rittershuſius nach
Altorf geſchrieben; doch iſt es ſonderbar, daß Haym
in ſeiner Notizia de libri rari nella lingua Italiana
S. 184. ſagt, Bruno wäre nur im Bildniß verbrannt worden.   Allein man hat nicht Urſache, an
Scioppii Zeugniß zu zweifeln; aber daran kann man
zweifeln, ob er als ein Atheiſt verbrannt worden, wie
er behauptet; in welcher Meinung ihm auch La Croze,
Urſinus, Spitzel, Buddeus, Reimann und der
geheime Rath Jordan beigetreten, welches aber Heumann und Brucker mit weit ſtärkern Gründen geleugnet haben.   Denn es ſind ja in Italien offenbare
Atheiſten als Pomponatius, Porta, Cäſar Cre-
moninus, Andreas Cäſalpinus und andre gebul-
det worden, wenn ſie ſich nur der Kirche unterworfen
und wider den Stuhl zu Rom nichts geſchrieben hatten.   Es war damals Mode, daß man Lutheraner
wegen der evangeliſchen Lehre verbrannte, und vorgab,
es geſchähe wegen der Atheiſterei.   Welches man an
dem Beiſpiele des Stephan Dolet deutlich ſieht, der
blos deswegen verbrannt worden, weil man ihn wegen
der evangeliſchen Lehre im Verdacht hatte, und man
gab doch vor, es wäre wegen der Atheiſterei geſchehen.
Scioppius gab ſich freilich alle Mühe den Rittershuſius zu überreden, daß Bruno nicht wegen der
evangeliſchen Lehre, ſondern wegen der Atheiſterei iſt
verbrannt worden; allein ganz Italien war eines andern

dern überzeugt. Scioppius sagt, die Inquisition hätte ihm folgende Irthümer vorgeworfen: Es gäbe unzählig viele Welten, die Seele wandre aus einem Körper in den andern, die Magie wäre erlaubt, der heilige Geist wäre die Weltseele, Moses hätte seine Wunder durch die Magie verrichtet, die heilige Schrift wäre ein Traum, der Teufel würde selig, die Juden stammten allein von Adam und Eva ab, die übrigen Menschen wären Präadamiten, Christus wäre nicht Gott sondern ein berühmter Magus gewesen, die Propheten und Apostel wären Betrüger und Magi gewesen. Die schlimmsten von diesen Sätzen konnte er nicht behaupten, sonst hätte er gewiß nicht in Wittenberg lehren dürfen. Daher glaubt Heumann, er wäre als ein Märterer der evangelischen Religion gestorben. So viel ist richtig, daß er einen großen Hang zur Schwärmerei hatte, und daß seine erhitzte Einbildungskraft sehr oft mit seinem Verstande davon lief. Doch hatte er auch lichte Zwischenräume und lehrte manches, welches man damals vor Ketzerei hielt, welches aber in der Folge von den grösten und aufgeklärtesten Weltweisen als reine Wahrheit ist erkannt worden; wie denn Cartesius und Leibniz vieles von ihm sollen geborgt haben. Den grösten Nachtheil hat ihm folgendes Buch zugezogen:

Spaccio della Bestia trionfante, proposto da Giove,
    effettuato dal Conseglio, revelato da Mercurio,
    recitato da Sophia, udito da Sauline, regi-
                                                    strato

strato dal Nolano. Diviso in tre Dialogi, suddivisi in tre parti. Consecrato al molto illustre et eccellente Cavalliero Sig. Philippo Sidneo. Stampato in Parigi 1584. in 8. min. Der Titel und die Dedication an Philipp Sidney enthalten 16 Blätter. Die Abhandlung selbst hat 261 Seiten. Darauf folgen zwei Seiten Errata ohne Seitenzahl.

Dieses ist eines von den seltensten Büchern unter den gedruckten, und ist von Bunemann vor hundert Reichsthaler verkauft, von dem von Beßer um 300 holländische Gulden und von andern um 200 Reichsthaler gekauft worden: Tanti poenitere non emo! Es finden sich bei demselben noch allerhand Zweifel

1) In Ansehung des Druckorts und der Jahrzahl. Brucker hat bewiesen, daß Bruno 1584. nicht in Paris, sondern entweder in Italien oder zu Genf gewesen, und Bayle glaubt, es wäre zu London 1592. gedruckt worden.

2) Ob der Verfaßer dieses Buchs auch wirklich Bruno sei. Der Verfaßer der Reponse à la Dissertation de Mr. de la Monnoye sur le Traité de tribus Impostoribus bemerkt, daß man Ursache zu glauben habe, daß das Buch noch nicht lange gedruckt sei. Scioppius gedenkt zwar dieses Buches in seinem Briefe, und sagt, es wäre eine Satire wider den Pabst, den Bruno unter der triumphirenden Bestie ver-

verstehe; allein die es gelesen haben, finden dieses in
dem Buche nicht. Daher meint Brucker, es könne
wohl Bruno eine solche Satire geschrieben haben, die
aber verlohren gegangen; und nach der Zeit habe ein
Feind der Religion den Titel und des Bruno Namen
gebraucht seine Meinungen auszubreiten; um desto besser verborgen zu bleiben; oder durch den Namen des
Bruno die Menschen desto begieriger auf das Buch
zu machen.

3) In Ansehung des Inhalts. Da das Buch
so selten ist, daß es nur wenige Gelehrte gelesen; und
vermuthlich so dunkel, wie alle seine übrigen Schriften;
welches ein sicheres Merkmal ist, daß ein Verfaßer in
seiner Meinung nicht gewiß ist, und daß seine Begriffe
nicht aufgeklärt genung sind, so darf man sich nicht
wundern, daß selbst von denen, die es gelesen haben,
so widersprechende Urtheile von demselben sind gefällt
worden. Bayle, der das Buch besaß, sagt, es wäre eine Abhandlung einer seltsam verdakten Sittenlehre; denn es würde darinn die Natur der Laster und
Tugenden unter dem Sinnbilde der himmlischen Con-
stellationen erklärt, die aus dem Himmel verjagt worden, um neuen Sternbildern Platz zu machen, welche
die Wahrheit, die Gütigkeit u. s. f. vorstellen. (Bayle
Diction. Brunus. Rem. D.) Beyer sagt, er hätte
das Buch durchgegangen, und wäre erschrocken, wie
er darinn auf die Worte gekommen, wodurch die christliche Lehre verspottet würde, es nenne der Verfaßer die

bev Gesetzgeber oft Betrüger, verlache alle Arten der
Religionen, versetze die Tugenden in den Himmel
unter die erdichteten Götter der Helden, daß man das
Bestreben der Menschen nach der Tugend ganz unnütz
nennen könne. (Bayeri Memoriæ librorum rariorum
p. 220.) Beyers Urtheilen aber darf man nicht so zu-
verläßig trauen; denn er hat mehrere grobe literarische
Fehler in seinem Buche begangen. Der ungenannte
Verfaßer eines englischen Buches: Discourses concerning the everblessed Trinity Lond. 1720. 8. be-
lehrt uns, daß das Buch, worinn die Laster der Röm-
schen Geistlichkeit auf das schärffste gezüchtiget würden,
eigentlich eine schwärmerische Atheistische Satire sei,
worinn aller Gottesdienst und alle Religionen verworfen
würden. Denn es unterreden sich in demselben Jupiter, Momus und die Sternbilder, Jupiter beklage sich,
daß aller Gottesdienst unter den Menschen aufgehört
habe; Momus werfe die Schuld auf die Liebeshändel
der Götter und ihre verkehrte Regierung, und endlich
wurde von den Sternbildern beschloßen; es sollten alle
Religionen abgeschaft, und an ihre Stelle die moralischen Tugenden gesetzt werden. (Vogt Catal. libror.
rar. p. 148.) Wenn Bruno das Buch geschrieben
hat, so ist es gewiß nicht atheistisch; denn kein Atheist
ist er gewesen: Baumgarten hält ihn vor einen Dei-
sten. (Geschichte der Religions Partheien. S. 67.) Es
ist glaublich, daß es eine Satire gegen den Pabst und
den Aberglauben sei, worunter er vieleicht die triumphirende Bestie verstehet, weil er schon in jüngern Jahren

ren von der römischen Geistlichkeit sehr verfolgt worden.
Der Verfaßer entschuldigt selbst, daß er wider Gott
nichts vorhabe. Ne creda, sagt er; che io ò per so
ò per accidente voglia in punto alchuno prender
mira contra la verità et balestrar contra l'honesto,
utile, naturale et per consequenza divino. Er
giebt selbst vor, sein Buch solle zur Tugend führen,
und von Lastern ableiten, worunter er die triumphirende Bestie verstünde: all' hora si dà Spaccio a la bestia trionsante; cioé a gli vitii, che predominano
et sogliono conculcar la parte divina, si repurga
l'animo da errori et viene a farsi ornato de virtudi
(Beyer l. c. p. 221.) Uebrigens bezeugen alle, die
das Buch gelesen haben, daß es ein erbärmlicher
Mischmasch ungereimter, zusammengestoppelter Gedanken sei, der das Gepräge paradoxer Schwärmerei offenbar an sich trage, und daher der geoffenbarten und natürlichen Wahrheit gar keinen Eintrag thue; welches
man auch mit Grund von allen solchen Büchern behaupten kann, die nur eine Lockspeise verworner und
verschraubter Queerköpfe sind, die sich niemals unter-
wunden haben zu denken. Der berüchtigte Johann
Toland, der es für das Buch de tribus impostoribus
hielt, hat es unter folgendem Titel englisch herausgegeben:

Spaccio della bestia trionfante, or the Expulsion of
the thriumphant Beast; translated from the Ita-
lian of Iordano *Bruno*. London 1713. in 8.

Zweiter Theil.   O   mal,

maj. pp. 280. Er hat nur wenige Exemplare davon drucken lassen, um viel Geld damit zu verdienen f).

Cesare Caporali.

Dieser Italienische Dichter legte sich vornehmlich auf die burleske Dichtart, worinn er es so weit gebracht hat, daß ihn einige sogar dem Berni vorgezogen, als Vittorio Roßi, dem aber von andern mit Recht ist widersprochen worden. Er war aus Perugia im Toscanischen, wo er auch Canonicus wurde, und endlich Gouverneur zu Atri. Er starb 1601. im 71 Jahre auf dem Schloße Castiglione. Er war ein sehr lustiger und aufgeweckter Mann, und konnte die Reden und Handlungen anderer Menschen meisterlich nachahmen, und das lächerliche in demselben ausdrücken. Den größten Ruhm hat er sich durch seine Satire auf das Hofleben erworben, wo er das glänzende Elend der Hofschranzen und vornehmer Tellerlecker auf das lebhafteste und lustigste geschildert hat. Diese Satire wurde in ganz Italien mit solchem Beifall aufgenommen, daß man sie in kurzer Zeit in allen Häusern in der Stadt und auf dem Lande fand, und da vorher die Hof-

f) Niceron Memoires Tom. XVII. p. 201 — 220.
Brucker Histor. philos. T. IV. Part. 2. p. 12 — 62.
La Croze Entretiens sur divers Sujets. p. 326.
Iordani Disquisitio historico - literaria de Iordano Bruno Nolano.
Heumanni Acta philos. Tom. II. p. 404. sqq.
Bayle Diction. Iordanus Brunus.

Hofleute sehr kärglich von dem Haußhofmeister unterhalten wurden, so wurden ihre Herrn dadurch bewogen,
daß sie demselben einen monatlichen Gehalt gaben, welches den Klagen auf einmal ein Ende machte. Der
Cardinal, zu deßen Hofstaat Caporali gehörte, und
bei dem er sein klägliches Leben so lustig beschreibt, soll
der Cardinal Carpi gewesen seyn; deßen Hauß und
besonders das elende Loch in demselben, in dem Caporali neben dem heimlichem Gemache wohnte, zeigte
man zu Roßi's Zeiten noch in Rom. Um den Hofleuten in Rom, welche am Ende von ihren Herrn auf-
gegeben in Lumpen einherziehn und in Strohhütten er-
sterben musten, aufzuhelfen, wurde unter dem Pabst
Urban VIII. zu Rom ein Hospital vor sie errichtet,
wo sie ihre alten Tage unter Dach und Fach zubringen
konnten, welches aber aus Ermangelung der Kosten
bald wieder eingieng. Unter die satirischen Schriften
des Caporali gehört auch seine Reise auf den Parnaß,
welche hernach Boccalini in seinen Ragguagli nachgeahmt hat, und sein Pädagoge oder Pedant.
Seine Werke sind zusammen unter dem Titel herauskommen:

Rime piacevoli. Parma 1582. 12. Ferrar. 1590. 12.
　　Venet. 1637. 12. f).

　g) Erythraei Pinacoth. III. p. 274.

Siebzehntes Jahrhundert.

Trojano Boccalini.

Boccalini eines Baumeisters Sohn aus Rom, lebte gegen den Ausgang des sechzehnten und um den Anfang des siebzehnten Jahrhunderts, und war einer von den besten Satirikern, welche Italien hervorgebracht hat. Er war nach dem Ausspruche des Victorio Roßi ein aufgeblasner Mann, welcher politische Regeln andern gut vorschreiben, aber selbst schlecht ausзuüben wuste. Denn ob er gleich selbst ein obrigkeitliches Amt bekleidete, so handelte er doch seinen eignen Grundsätzen entgegen; es liefen zu Rom häufige Klagen über das andern von ihm angethane Unrecht ein, daß man das Sprüchwort auf ihn anwendete: es sind dreierlei Art Menschen, welche die Vorschriften, die sie andern geben, nicht befolgen, die Rechtsgelehrten, Aerzte und Theologen, denn Niemand weicht mehr vom Rechte ab als die Juristen; Niemand sorgt weniger vor seine Gesundheit als ein Arzt; und Niemand fühlet die Gewissensbisse weniger als ein Theologe. Ob er gleich selbst sehr wohl einsah, wie gefährlich es sei, gegen den Fürsten Satiren zu schreiben, und darüber dem Nicolo Franco, wie billig, einen scharfen Text las, so verfiel er doch selbst auf dieses mißliche Handwerk, welches ihm auch ein unglückliches Ende zuwege brachte. Er schrieb unter dem Namen des Apollo ein Warnungsschreiben an den Franco, worinn er unter andern sich

also

alſo ausbrückt: Weil uns hinterbracht worden, daß eure Arbeit darinn beſteht, daß ihr großer Herren Hand-lungen aufs ſpitzfindigſte zu tadeln und durchzuhe-cheln euch anmaßt; als finden wir vor nöthig, dieſe Ungebühr euch hierdurch zu verweiſen, mit beigefügter ernſtlichen Ermahnung, daß ihr in Zukunft ein andres und ſolches Handwerk ergreifet, welches an ſich nützli-cher, und übrigens nicht, wie jenes gefährlich iſt. Zu allen Zeiten und an allen Orten iſt das verwegne Ur-theilen von hohen Häuptern ſchädlich; — — denn es pflegt gemeiniglich zu geſchehn, daß diejenigen, welche lange Zungen haben, ihr Leben nicht hoch bringen *). Glücklich wäre Boccalini geweſen, wenn er dieſe Leh-re zu ſeinem Nutzen angewendet hätte, die er einem an-dern gab.　Denn da er ſich unterfieng auf den König von Spanien zu ſatiriſiren, ſo wurde er einſt zu Vene-dig, da er glaubte am ſicherſten zu ſeyn, von vier oder ſechs handfeſten Soldaten überfallen, die ihn mit klei-nen Säcken, die mit Sand gefüllt waren, ſo zerſchlu-gen, daß er davon ſterben muſte ⁱ).　Das Werk, wel-ches ihm den Tod brachte, führte den Titel:

Pietra del Paragone politico. 1615. Par. 1626. 8.

Man hat eine franzöſiſche Ueberſetzung davon von Giri; eine lateiniſche von Ernſt Johann Creutz unter dem Titel: Lapis lydius Politicus. Amſtelod. 1642. 12.　Er wollte darinn zeigen, daß des Königs

von.

---

*) Boccalini Secretaria di Apollo. p. 477.

ⁱ) Erythraei Pinacoth. III. p. 223.

von Spanien Macht und Reichthümer lange nicht so
groß wären, als man insgemein glaubte; und wenn
sonst ein König Luft hätte eins mit ihm zu wagen, würde es ihm leicht fallen, ihn zu überwältigen; zugleich
zeigt er die Mittel an, wie dieses geschehen könnte. Es
haben einige vorgegeben, Boccalini wäre nicht der
Verfaßer des politischen Probiersteins; sondern er hätte
nur seinen Namen den Cardinälen Borghese und
Cajetani geliehen, die sich an den Spaniern rächen
wollten, ohne ihrer Würde einen Nachtheil zuzuziehn;
andre meinen, sie hätten ihm nur über diesen Gegenstand ihre Gedanken mitgetheilt; so wie ehemals Scipio und Lälius dem Terenz bei Verfertigung seiner
Lustspiele sollen hülfreiche Hand geleistet haben. Sonst
aber ist in dem Probierstein die nämliche Schreibart,
als in den andern Schriften des Boccalini.

Sein satirischer Ruhm gründet sich eigentlich auf
folgende Schrift:

Li Ragguagli di Parnasso. Venet. 1612. 1613. 1614.
    4. Amsterd. 1669. 12. Man hat von beiden
    hier gemeldeten Schriften des Boccalini auch
    eine deutsche Uebersetzung, unter dem Titel: Re-
    lationes aus dem Parnaßo, sammt dem politischen Pro-
    bierstein. Frankf. 1655. 4. Er erdichtet in diesem
    Werke einen Staat auf dem Parnaß, der aus den be-
    rühmtesten Personen aller Zeiten besteht, und dessen
    Beherrscher Apollo ist, den er über litterarische so wohl
    als politische und moralische Sachen Urtheile fällen

und Aussprüche thun läßt, die er dann unter dem Namen Menantes mit einer ganz originellen Laune, und
in der zierlichsten und reinsten italienischen Schreibart,
nebst den übrigen Begebenheiten, die sich auf dem Parnaß zugetragen, kund machet *). Diese Schrift des
Boccalini fand so viel Beifall, daß sie außer der erst
erwähnten deutschen Uebersetzung auch ins lateinische,
französische, spanische, englische und holländische übersetzt wurde. Vittorio Roßi versichert, daß Boccalini in derselben den Nicolo Franco und Caporali
nachgeahmt [l]). Und an einem andern Orte sagt er,
daß Giovanni Francesco Peranda, der bei dem
Cardinal Cajetani Secretair gewesen, ihm in Ausarbeitung derselben wirklich geholfen hätte. Dieser Peranda hatte das Unglück blind zu werden, welches
aber seinen scherzhaften Geist nicht unterdrückte. Daher schreibt Boccalini von ihm, es wäre jemand mit
einer Augensalbe vom Apollo nach Rom geschickt worden, durch deren Gebrauch er sein Gesicht hätte wieder
erlangen können. Peranda hätte sich anfänglich sehr
darüber gefreut, aber doch vorher gefragt: ob es jetzo
in der Welt besser zuglenge als vorher, da er noch nicht
blind gewesen; und da man ihm antwortete: es stünde
viel schlimmer, hätte er geantwortet, weg mit der Au-

                    D 4   gen-

*) Herr Prof. Schmit hat im ersten Theil der Italieni-
schen Anthologie einige Stücke aus den Ragguagli übersetzt. S. 45. ff.

l) Erythraei Pinacoth. I. p. 371.

Augenſalbe, ich will meine Blindheit beibehalten; je ich wollte mir lieber die Augen ausreiſſen laſſen, wenn ich noch ſehend wäre, um dieſes Unheil nicht anzuſehn ᵐ).

Giovanni Maria Bernaudo.

Aus einer adlichen Familie aus Coſenza, ſtarb 1617 und ſchrieb:

La Zotica. Neap. 1607. 4. Eine Satire auf ſeine erſte Frau, halb in Proſa und halb in Verſen ⁿ).

Antonio Maria Spelta.

Spelta wurde zu Pavia im Jahr 1559. gebohren; er zeigte ſich in der lateiniſchen und italieniſchen Dichtkunſt, aber in der erſtern fand er mehr Beifall. Er war Königlicher Geſchichtſchreiber, und ſtarb 1632. Man hat von ihm ein ſatiriſches Werk unter dem Titel:

La Saggia e Dilette del Pazzia.

Eine franzöſiſche Ueberſetzung davon iſt zu Rouen 1635. herausgekommen unter dem Titel:

La ſage et la delectable Folie, traduit de l'Italien d'Ant. Mar. Spelte par L. Garon. P. I. II. 12.

Geor-

---

m) Erythræi Pinacoth. III. p. 131.

n) Mazzuch. Scrittor.

George Friedrich Meßerschmidt, der des Garzoni Narrenspital ins deutsche übersetzt hat, hat auch des Spelta Buch unter folgender Aufschrift übersetzt:

Sapiens stultitia. die kluge Narrheit. Ein Brunn des Wollustes: Ein Mutter der Freuden: Ein Herrscherin aller guten Humoren. Von Antonio Maria Spelta, Poeta Regio, Historico et Oratore: hiebevor zum offtermaln, cum censura verbeßert aufgelegt. u. s. f. Ist anjetzo nun außer der italienischen Sprach, lehrn, und lustes wegen, bestes Vermögens, in die Teutsche versetzt durch Georg Friederich Meßerschmidt. Straßburg bey Joh. Carolo. 1615. 8. von 133 Seiten, ohne 7 Blätter Inhalt und Vorrede die lustige Narrheit. Ein Aufenthalt der Stützköpfigen und Fantasisirenden: ein Trost der Hasir - und Schwermisirenden: ein Lust der Fantasten. Von Ant. Mar. Spelta hiebevorn in den Druck gegeben. Zu Nutz der Lappen, und zu Behülfe der Gecken. Mit angehängter Wüt - und Tollsinnigen Narrheit der larvirten Butzen: und Narrheit der Uneinsammen, und unfreundlichen Brüdern, aus dem italienischen teutsch gemacht, durch G. F. M. A. von 256. Seiten.

Spelta zeigt sich in seinen Abhandlungen von der Narrheit als einen Nachahmer von Sebastian

Brande,

Brandt, Doni und Garzoni, wie er ſelbſt geſteht.
Er meint die Mühſeligkeiten der Welt mit dem Hera-
klit zu beweinen, verſtehe er nicht, ſonder ſeine Sache
wäre es mit dem Demokrit über die Narrheiten der
Welt zu lachen; und er wolle zu ſeinem Vergnügen
und zur Kurzweil der Leſer zeigen, was man aus dergleichen Thorheiten vor Vergnügen ſchöpfen könne;
wollten auch hirnloſe Köpfe ihn beßwegen anbellen, ſo
könne er ſich nicht helfen; Spelta wäre ein ſolcher
Fantaſt; die Narrheit in der Welt hätte das gröſte
Reich, ſie mache vergnügt und begütert, und es könne
ſich kein Menſch rühmen, daß er von aller Narrheit
gänzlich frei ſei, wie vor ihm ſchon Arioſto geſagt
hätte:

Mà, chi mai fu ſi ſaggio, mai ſi prudente,
Che d'eſſer ſenza macchia di pazzia,
O poca, ò molta, dar ſi poſſa il vanto?

Brandt und Doni hätten vor ihm bündigſt erwieſen, daß die Welt ein groſſes Narrenſchiff und Kä-
fig ſei, wo Menſchen von allerhand Ständen und Humoren Platz genug hätten; und damit Niemand daraus entfliehen könnte, ſo wäre es mit dem tiefen Meer
umgeben, mit Winden umringt und vom Himmel bedeckt; da müſten ſie ſo lange bleiben, bis ſie durch den
Tod herausgeführt würden.

Der erſte Theil enthält 21 Hauptſtücke; z. B. vom
Urſprunge und Fortgange der Narrheit, von ihrem Nußen

gen in der Jugend, in der Freundschaft, im Eheſtande, im Kriege, im Staat, in Trübſalen u. ſ. f.

Der zweite Theil beſteht aus 23 Capiteln; worinn z. B. gehandelt wird von der Narrheit der Poeten, der Pädagogen, der Scribenten, der Sterngucker, der Proceßirenden, der Ehrſüchtigen, der Buhler, der Klugen u. ſ. f. Ich will nach Meßerſchmidts ziemlich ſeltnen Ueberſetzung ein Paar Proben aus dem Spelta mittheilen. In dem 8ten Capitel des erſten Theils wird über den Vorzug der Narren vor den Weiſen auf gut roußeauiſch alſo philoſophirt:

Die Narren, Dölpel, unverſtändige und grobe Köpfe, welche ſich mit der Kunſt und Weisheit nicht ſehr beladen, Arbeiten und ſchwere Geſchäfte averſiren, fliehen, ſcheuen und meiden; die leben glückſelig, ſind feiſt, ſtark und wohl bei Leibe; achten vieles Gepränges und Ceremonien nicht: eſſen lieber gar mit dem Trißel aus der Schüßel. Sie haben auch viel ein bequemeres und erwünſchters Leben, dann die ſubtilen und ſpitzfindigen. Dann die handeln oftermalen ſeltſam und wunderbarlich: ſpielen unter dem Hütlein, wie man zu ſagen pflegt, und machen aus der Lügen und der Wahrheit einen welſchen Salat und gehacktes Gemüße. Es gedunkt mich, jene, die Narren wiſſen es recht zu ſpielen, und ihnen die Freude recht zu Nutz machen. laßen eben recht fünf Wochen für einen Monath paſſiren und gelten, und ſuchen das fünfte Rad, nach dem Sprüchwort, an den Wagen nicht.

uche. Denn sie wollen mit Minerva nichts zu schaffen haben: welche, wie Lana schreibt, alberne und
närrische Leute macht: richtet die Substanz durch das
Accidenz zu Grunde. Hergegen so sind die Narren
glückselige Leute, denen allein gegeben ist, dieser schönen
lieblichen Welt sich vollkommlichen zu erfreuen und zu
genießen.

Noch ein Gemählde der Sitten aus dem dritten
Capitel der lustigen Narrheit, von Narrheit der Schul-
meister und Provisoren, worinn die Gaukeleien und Possen der Schuljugend in Italien zu des Spelta Zeiten
beschrieben werden, und woraus mancher Pädagoge
die theure und so sehr verkannte Wahrheit, die er nicht
versteht, oder nicht verstehen mag, lernen kann, daß
wie unter der Sonnen also auch in den Schulen nichts
Neues geschieht: „Die Schüler scheuen sich nicht ein
bißlin, (nicht im geringsten) mit den Füßen überlaut
zu rauschen, zu tösen und zu schwätzen; ja wann schon
Meister Schulhaaf auf den Stuhl sitzt und abließt,
scheuen sich nicht, dem Coricaeo eins an ein Ohr zu
geben; naschen, fressen, stoßen Küchlin in die Bücher,
den Kopf unter den Tisch; achtens nicht mit dem Virgilio und Cicerone das eins und zwei zu spielen, mit
Nüßen zu gaukeln, Schifflein und Vögelein aus dem
Papier zu machen, Fliegen zu haschen, dieselben in
die Scharnitzel zu schließen, zu brummeln, Grillen zu
fangen und dieselben in der Schul singen zu machen,
Pfeifholder und Schröter mit sich in die Schul zu
bringen, den Mücken die Flüttichen abzureißen, und
dann

dann hernach auf wächsin Papierlin zu kleben.
Scheuen sich nicht mit surren und schnurren umzugehn,
mit schnüren, allwegen was mit sich in dem Carnier in
die Schul zu tragen, damit man Zeit vertreibe; ist ihr
Gebrauch mit den Lippen auf dem Blättlin zu pfeiffen;
Holder- und Schleebüchsen mit zu tragen, dadurch mit
Rübenschnitzlin zu schleßen, Küchern durch die Feder-
rohr und Federstengel zu blasen, Eichhörnlin mit sich
zu ketschen, Rauchtäfelln, Kertzlin und Raketlin bren-
nend zu machen und abzulaßen; mit dem Virgilio
Quadripartitum Ptolomaei zu spielen, auf daß man
nicht lernen dörfe, das Meister Hemmerlin zu agiren,
den Neuntenstein zu ziehn, unter dem Hütlin das Ko-
chens zu machen; Biernhäfen auch Aepfelhäfen zu
machen, einander die Bücher zu verstoßen, Creutz auf
den Tisch oder die Bänk zu schnitzeln, löcher durch
die Tische zu bohren, den Commilitonen Kirschenstiele
Butzen und Pflaumensteine entgegen zu werfen; oft
hinaus ad locum zu heischen, ein wenig sich erlustin,
und wiederkehrend das Hemb herauszuhenken, und
Socii garstigen Insiegel zu weisen; Feigenblätter an-
zuhenken, Kletten anzusetzen; Pech auf den Stuhl zu
streichen, damit der Praeceptor behenken bleibe, anstatt
der lectionen den Rollwagen, die Gartner Zunft,
Schimpf und Ernst, und Schäferelen, die Gedichte
von der Melusinen, Item von den alten Rittern und
dergleichen Gaukelwerken zu lesen, einander Geschichte
und Märlin zu erzälen: beruffen einander nach vol-

　　　　　　　　　　　　　　　　　　　lenbe-

ſendeter Schule auf die Spielplätze, und thun viel tauſend andre Fantaſeyen und Narreyen.

Nicolo Villani.

Aus Piſtoia im Toſkaniſchen, ein vortreflicher
lateiniſcher und italieniſcher Dichter, Mitglied der Akademie der Humoriſten und Kämmerer des Biſchofs zu
Viterbo, ſtarb um das Jahr 1632. Er legte ſich beſonders auf die Kritik, und vertheidigte den Marino
gegen die Angriffe des Stigliani mit großer Heftigkeit; wobei er zugleich über den Dante, Petrarca,
Arioſto und Taßo ſpottete. Unter ſeinen lateiniſchen Gedichten werden ſeine Hendekaſyllaben wegen
der reinen Schreibart am meiſten geſchätzt. Er ſchrieb
zwei lateiniſche Satiren, ohne ſich zu nennen, unter
dem Titel:

> Dii veſtram fidem, und
> Nos canimus ſurdis,

worinn er wie Lucilius die Laſter ſeines Jahrhunderts,
und beſonders der Stadt Rom, wo er ſich damals aufhielt, in der ſchönſten Schreibart auf das beißendſte
und lebhafteſte durchzieht *). Dagegen ſchrieb Bar-
tolomäo Tortoletti aus Verona, ein Doctor der
Theologie

Anti Satira Tiberina.

*) Erythraei Pinacoth. I. p. 188.

Lorenzo Azzolini.

Sein Geburts- und Sterbejahr ist nicht bekannt; er war aus Fermo gebürtig, wurde 1630. Bischof zu Ripa Transona, und Secretarius S. Consulta, dann 1632. Bischoff zu Narni; würde auch Cardinal geworden seyn, wenn er nicht bald gestorben wäre. Seine italienischen Satiren, welche besonders gedruckt sind, sind sehr schön, und vielleicht die besten seines Jahrhunderts; nur die Sprache ist nicht ganz so rein und zierlich, wie sie die Delicateße der Italiener verlangt.

Domenico Buoninsegni.

Aus einer adlichen Familie in Siena, lebte in der ersten Hälfte des 17ten Jahrhunderts, wurde zu Rom Doctor der Rechte, und hernach Secretair der Großherzoge Leopold und Matthias von Medici, und schrieb

Il Lusso Donnesco, Satira Menippea. Mailand 1637. 12. und mehrmals. Eine adliche Jungfrau Archangela Tarabotti gab dagegen zu Venedig eine Antisatyra heraus. Die darüber gewechselten Streitschriften erzählt Mazzuchelli. Auch deutsch unter den Titel:

Strafschrift weiblicher Prache von Johann Daniel Major. Hamburg 1683. 12. Hierbei befindet sich der Italienische Text und Anmerkungen des Uebersetzers.

Euge

Eugenio Raimondi.

Von den Lebensumständen dieses Raimondi ist mir nichts bekannt, als daß er aus Brescia gebürtig gewesen, und in der ersten Hälfte des 17ten Jahrhunderts geblüht. Er hat geschrieben:

Della Sferza delle Science, e de' Scrittori. Discorsi
　　Satirici di Eugenio Raimondi Bresciano. Fon-
　　dati nella vanità delle cose appogiati alla fre-
　　netica et malinconica natura de' viventi, et alla
　　giusta lode de' Immortali, Opera non men cu-
　　riosa che vtile.　In Venetia, presso Gervasio
　　Annisi. 1640. 12. pagg. 281.

Der Verfasser hat in einigen Stellen den Ortensio Landi, welcher im vorigen Jahrhundert vorkommen ist, ausgeschrieben, ohne ihn zu nennen. Er ist auch nicht alle Gattungen der Wissenschaften und Gelehrten durchgegangen, wie Landi, sondern handelt nur von Theologen, Philosophen, Astrologen, Aerzten, Juristen und Geschichtschreibern, und giebt besonders von den letztern ein weitläufiges Verzeichniß, welches aber nicht viel zu bedeuten hat. Er hat auch Delle Caccie (Brescia 1621. 8.) geschrieben. p).

Ferrante Pallavicino.

Pallavicino wurde zu Piacenza aus einer berühmten Venezianischen Familie um das Jahr 1615.

oder

p) Götzens Merkwürdigkeiten der Königl. Bibliothek zu Dresden. Band II. S. 544.

oder 1620. gebohren. Weil man schon in frühen Jahren große Fähigkeiten an ihm spürte, so wurde er zur
Theologie bestimmt und nach Rom geschickt die Wissenschaften zu erlernen. Er wurde nicht aus Neigung,
sondern auf Anrathen seiner Familie ein Canonicus Regularis S. Augustini von der Congregation von Lateran. Als er Erlaubniß erhalten nach Frankreich zu
reisen, blieb er in Venedig, wo er einen seinem Stande unanständigen Liebeshandel unterhielt. Er hat sich
auch einige Zeit in Deutschland aufgehalten. Sein
fähiger und scharfsinniger Kopf entdeckte ihm bald die
schwache und lächerliche Seite seiner Mitbrüder, und
er glaubte berechtigt zu seyn, darüber zu spotten; da er
aber nicht so klug war, blos bei der allgemeinen Satire
zu bleiben, sondern in seinen persönlichen Satiren große
Herren angriff, so muste er sein Leben frühzeitig auf eine
unglückliche Weise verlieren. Es hatte nämlich Pal-
lavicini gegen den damaligen Pabst Urban VIII. und
seine Nepoten die Cardinäle Barbarini einen Haß gefaßt, vermuthlich weil sie ihn nicht nach seinem Verlangen beförderten; da er neben sich so viel Dummköpfe
so plötzlich wie die Bilze in die Höh wachsen sah. Damals waren eben einige Streitigkeiten zwischen dem
Herzog von Parma und dem Pabste ausgebrochen,
woraus hernach auch ein Krieg entstanden ist. Pallavicino begab sich auf des Herzogs Seite, und schrieb
unter dem Namen Ginifaccio Spironcini ein kleines
Büchlein Il Corriere sualigiato, und noch eines unter
dem Titel Bacinata, worinn die Barbarini greulich

Zweiter Theil. P durch-

durchgezogen werden. Hierauf beschloßen die Cardinäle Francesco und Antonio Barberini (dem der
Onufrio, ein frommer Mann, der vorher General der
Capuziner gewesen, kümmerte sich nicht viel darum)
ihn ihre Rache empfinden zu laßen. Da sie ihm mit
Gewalt nicht beikommen konnten, weil er unter dem
Schuße von Venedig, und selbst ein Venetianischer
von Adel, doch dabei ein Geistlicher war, so fiengen sie
die Sache mit List an.

Sie erkauften nämlich um den Preiß von 3000 Pistolen zu ihrem Spion, einen liederlichen aber verschla-
genen Franzosen Charles de Bresche, bei den Italienern Morfu genannt, eines Buchhändlers Sohn
aus Paris, um den Pallavicino in ihr Garn zu bringen. Morfu reiste nach Venedig, gab sich vor einen
Gelehrten aus, und fand den Pallavicino in der St.
Marcus Bibliothek, wo er eine genaue Freundschaft
mit ihm errichtete, unter dem Vorwande den Umgang
eines Mannes zu nußen, aus deßen vortreflichen
Schriften er schon viel gelernt hätte. Pallavicino
klagte ihm endlich, daß seiner Verfolger so viele wären,
daß er sich kaum in Venedig sicher glaubte. Davon
will ich sie bald befreien, sagte Morfu, denn ich habe
von dem Cardinal Richelieu Befehl einen geschickten
Italiener mit nach Frankreich zu bringen, der sein Leben vor eine ansehnliche Belohnung schreiben soll, bis
er sich selbst wählen kann. Er zeigte ihm auch nachge-
machte Briefe vom Cardinal, wodurch Pallavicino
ganz-

gänzlich in sein Netz fiel, und mit Freuden den Vorschlag annahm. Doch war er noch so vorsichtig seine
Freunde um Rath zu fragen, die es ihm aber alle wi-
derriethen. Schon vorher, da er sich in Genua aufhielt, hatte ihm Lorendano gleichsam sein unglückliches Ende prophezeiht, [1] der ihm auch dieses mal
dem Morfu zu folgen widerrieth. Allein Pallavicino brauchte Geld, und fürchtete sich doch, seine
Verfolger möchten ihn dereinst erhaschen; daher entschloß er sich mit dem Verräther nach Frankreich
zu gehn, und den Weg durch Provence zu nehmen; indem er sich ausdrücklich ausbдing, daß er
ihn nicht durch die Grafschaft Avignon führen sollte.
Da sie aber Genev reisten, suchte Pallavicino daselbst
einige Schriften an die Buchhändler zu verkaufen, die
er wegen ihrer Anzüglichkeit in Venedig nicht durfte
drucken lassen, als:

La Buccata.
Le Lettere delle Bestie.

P 2   I Ra

[1] Loredano schrieb damals folgendes an ihn: La Satira
muove il riso de gl' ascoltanti, ma fà piangere per
ordinario gli Autori. Voglia Dio che ciò non si ve
rifiche nella sua persona. Chi dice male di chi può
far del male, se non merita il titolo di pazzo, non
può fuggire quello d'imprudente. Le sodisfattioni,
che nuocono, si possono paragonare à quelle medicine, che aggravano l'infermo in vece di risanarlo.
Chi v' hà interesse, ci pensi.

I Ragionamenti de Beati

La Rifposta all' Antibacinata, wider den Pater
Tomasi, und einige hundert verliebte Briefe; er
konnte aber mit den Verlegern wegen des Preises nicht
einig werden, weil es vielleicht Morfu insgeheim hinderte. Unterdeßen reiste dieser mit seinem Schlacht-
opfer immer gerades Weges nach Avignon zu, da
Pallavicino die Wege nicht kannte, auch der französischen Sprache nicht recht kundig war. Als er nun
bei einem kleinen Waßer eine aufgerichtete Creutzsäule
und an derselben des Pabstes Urbani Bienen sieht, er-
schrickt er, schreit überlaut, und fragt, wo er sei? Es
waren aber schon heimlich einige Sbirren bestellt, die
ihn nebst seinem saubern Gefährten gefangen nahmen,
und nach Avignon führten. Der Vicelegat bezeugte
zwar, daß es ihm leid thäte, wenn er den Befehl des
Pabstes würde vollziehen müßen, und ließ den Pallavicino in ein finstres Gefängniß verschließen; weil er
aber um Papier, Feder und Dinte, wie auch Lichter
anhielt, daß er nicht im Finstern sitzen dürfte, und
auch seine traurigen Gedanken aufschreiben könnte,
wurde ihm alles zugestanden. Als er nun eine Menge
Wachslichter beisammen hatte, legte er Feuer an die
Thür seines Gefängnißes, um bei der Gelegenheit zu
entfliehen; allein da der starke Rauch seine Absicht ver-
rieth, so wurde er noch enger eingeschloßen. Kurz
darauf kam Befehl von Rom, daß man ihn enthaup-
pten sollte; welches auch, nachdem er ein Jahr oder
14 Monathe gefangen geseßen, den 5ten März im
Jahr

Jahr 1644. geschah '). Der Verräther genoß die Pistolen nicht lange, die er von den Barberini erhalten hatte; denn der Cardinal Mazarin, der über die Hinrichtung des Pallavidno sehr ungehalten war, schickte einen gewißen Ganducci zu ihm, der Bekantschaft mit ihm machen muste, und der ihn hernach unter dem Vorwande eines ihm angethanen Unrechts mit einem Dolche zu Paris in seinem Quartier erstach '). Seine satirischen Schriften sind folgende:

Il Corriere sualigiato di Ginifaccio Spironcini. Villa franca. 1644. 12. französisch.

Le Courier devalisé, publié par Ginifaccio Spironcini, tiré de l'Italien. Ville franche. 1644. 12. Man hat auch eine deutsche Uebersetzung unter dem Titel:

Der geplünderte Postreuter.

Pallavicino wurde dieser Schrift wegen auf Anhalten des päbstlichen Nuntius Vitelli zu Venedig ins Gefängniß gesetzt, woraus er aber nach sechs Monathen wieder los kam. Es wird in dieser Schrift erdichtet, als wenn ein italienischer Fürst, weil er geargwohnet, die spanischen Minister in Italien hätten etwas zu seinem Nachtheil vor, befohlen, daß man unter dem Scheln, als geschähe es von Räubern und Banditen,

P 3

r) Wagenseil von der Meistersinger holdseligen Kunst. S. 459. f.

s) Marchand Diction. Pallavicino. Rem. M.

biten; dem Mailändischen Postillon, wenn er durch
sein Gebiete nach Rom gehen würde, seine Briefe ab-
nehmen sollte, damit er daraus ersehen könnte, was
ihn anglenge. Als dieses auf seinen Befehl ausgeführt
worden, habe der Fürst die Packete, welche an den
Unterkönig von Neapel, und den spanischen Gesandten
in Rom von dem Gouverneur in Mailand geschickt worden, für sich selbst zur geheimen Durchlesung behalten;
die übrigen aber habe er vieren von seinen Ministern
gegeben, um sie zu ihrer Belustigung durchzulesen;
und von diesen nun werden die Briefe als von allerlei
Leuten aus verschiednen Ursachen geschrieben mit ihren
Gloßen abgelesen. In einigen werden die Nepoten
des Pabsts auf das ärgste angegriffen. Der Pater In-
quisitor zu Siena erzählte dem Wagenseil, er habe
einen Edelmann in den Kerker der Inquisition setzen
laßen, blos weil man dieses Buch bei ihm angetroffen,
und er werde schwerlich aus diesem Gefängniß Zeit seines Lebens wieder erledigt werden *). Ferner gehört
folgende Satire des Pallavicino hieher:

Baccinata overo Battarella per le Api Barberine, in
occasione della moßa dell' armi di N. S. Papa
Vrbano VIII. contra Parma: nella stamparia di
Pasquino, à spese di Marsorio. 1642. 4. Ist
auch ins französische übersetzt unter dem Titel:

La Baßinade à Ville franche. 1644. 12.

Die

*) Wagenseil am angeführten Orte.

Die Gelegenheit zu dem Titel dieses Buches nahm Pallavicino von dem Wappen der Barberini, welches drei goldne Bienen im blauen Felde sind. Wie die Bienen, wenn sie im Schwermen ausfliegen, durch den Beckenklang gesammelt und in den Stock gebracht werden, so sollte auch der Laut oder Inhalt dieses Büchleins die schwermenden Barberinischen Bienen, nämlich den Pabst und seine Nepoten zur Ruhe bringen. Diese werden nun in denselben gar spöttisch behandelt, und besonders sein Verfolger Vitelli der päbstliche Nuncius zu Venedig, dem er auch das Buch dediciret, ohne sich zu nennen. Wie komisch diese Satire abgefaßt sei, kann man schon aus dem Anfange der Dedication sehn, welche also lautet: A relatione de' naturali, nascono le api da cadaveri ò conforme altri, dalle immondezze de' bovi. V. S. Illustrissima, che nel cognome di Vitello, mostra d'esser di razza di bue, assicura in se una simpatia naturale con quelli animali, e conseguentemente con gli Barberini in essi rappresentati, come in insegna propria. Es soll bei dieser Satire ein Kupferstich gewesen seyn mit einem Crucifix in brennenden Dornen, und mit einem Bienenschwarm umgeben, wobei die Worte aus dem Psalm gestanden: Circumdederunt me sicut Apes, et exarserunt sicut ignis in spinis, et in nomine Domini, quia vltus sum eos. Von diesen Bienen sagte man, sie wären so groß und dicke, weil sie 22 Jahr das Blut der Kirche ausgesaugt hätten. Es war auch damals ein gewöhnliches Sprüchwort in Rom: was die Barbaren

P 4   nicht

nicht gethan haben, das haben die Barberini gethan w). Man ſchreibt auch dem Pallavicino noch
folgende Bücher zu:

Il Divortio celeſte cagionato dalle diſſolutezze della
ſpoſa Romana, et conſecrato alla ſimplicità
de ſcrupuloſi Chriſtiani. In Villa franca.
1643. 12. 1661. 1666. 1679. Franzöſiſch,
Villefranche 1644. 12. Amſterd. 1696. 12. von
Brodeau d'Oiſeville überſetzt. Deutſch,
Freyſtadt, 1643. 12. Halle 1723. 8.

Es iſt aber noch nicht ganz ausgemacht, ob Pallavicino wirklich der Verfaßer dieſes Buches ſei. Paul
Colomies ſagt, er hätte es vom Iſaac Voßius gehört, daß er es geſchrieben hätte x). Wagenſeil
ſchreibt, er hätte ſich in ſeinem Gefängniß dazu bekennt, y) und ſeinen geſammelten Werken iſt es auch
beigefügt. Aber de la Monnoie in ſeinen Anmerkungen über die Werke des Colomies leugnet es, weil
ſich eine ganz andre Schreibart darinn befinde.

La Retorica delle Puttane, compoſta conforme li
precetti di Cipriano. Cambrai. 1648. 12.
Villa franca 1673. 12. befindet ſich auch bei den
Werken des Pallavicino.

Nach

w) Vigneul Marville Tom. I. p. 12.

x) Recueil des Particularitez. p. 121.

y) Am angeführten Orte.

Nach seinem Tode gab einer seiner Freunde ein
Büchlein unter dem Titel:

L'Anima di Ferrante Pallavicino.

worinn sich die Seele des getödteten Pallavicino mit
einem noch lebenden unterredet, und worinn der Pabst,
seine Nepoten und die Jesuiten sehr durchgezogen wer-
ben. Ich glaube folgendes ist eine deutsche Uebersetzung davon:

Roma denudata, oder Entblößtes Rom. Das ist,
des Geistes Ferdinandi Pallavikini redende Nacht-
wachen aus den Italienischen ins Hochdeutsche übersetzt.
Gedruckt zu Ende des vorigen Jahres. 12. SS. 447.

Seine sämmtlichen Schriften sind 1655. in vier
Bänden in 24. nebst seiner Lebensbeschreibung herauskommen; und die auserlesenen Werke desselben unter
der Aufschrift Opere Scelte in Villa Franca 1660. 12.
Zwei Bände.

Giovanni Vittorio Roßi.

Dieser Gelehrte, welcher mehr unter dem angenommen Namen Janus Nicius Erythräus bekannt
ist, wurde zu Rom um das Jahr 1575. gebohren, und
studirte die Rechte. Weil er aber zu keinem Amte
gelangen konnte, so nahm ihn der Cardinal Peretti
als einen Edelmann zu sich, der ihn aber auch nicht beförderte. Nach des Cardinals Tode begab er sich an
einen abgelegnen Ort in Rom, wo er eine kleine Kirche

bauen ließ, und Commißarius des Waßers Marrana
wurde. Ob er nun gleich gewiße Einkünfte davon genoß, ſo wuſte er doch lange Zeit nicht, was dieſes vor
ein Waſſer ſei, und wo es fließe. Er ſtarb 1647.
Er iſt wegen ſeiner Pinacotheca bekannt. Man hat
von ihm eine ſatiriſche Schrift in zehn Büchern unter
dem Titel:

Eudemia.

Dieſes Werk gefiel ihm hernach ſelbſt nicht mehr,
und wurde auch anfänglich ohne ſein Wißen zu leiben
gedruckt, mit dem fälſchlich barauf geſetzten Druckort
Cölln 1637. in acht Büchern, und hernach mit zwei
Büchern vermehrt Amſterdam 1645. 8. Es iſt eine
ſinnreiche Satire gegen den Römiſchen Hof, aber mit
erbichteten Namen. Angelo Aproſio ein Auguſtiner
wollte einen Schlüßel dazu herausgeben; unterdeßen
hat Chriſtian Gryphius *) viele Namen aufgedeckt,
z. E. Eudemia iſt der Römiſche Hof, Dynaſtä ſind
die Cardinäle, von denen ſonderbare Anekdoten vorkommen, die ihnen nicht zur Ehre gereichen; die veſta-
liſchen Jungfrauen ſind die Nonnen, Theribates iſt
Ludwig XIII. König in Frankreich, Nicius Ruffus
iſt der Verfaßer ſelbſt, Geryons Reich iſt Spanien,
Diana Daphnites iſt die Jungfrau zu Loretto; die
Philoſophen, die der Minerva dienen, ſind die Jeſuiten; der König Nicephorus iſt Guſtav Adolph,

Cuinas

*) Gryphii Apparatus de Scriptoribus hiſtoriam Saecu-
li XVII. illuſtrantibus. p. 491. ſqq.

Cumanus ist der Pabst Urban VIII; Geryon ist Kaiser Carl V. Crepusculum Philosophus ist Thomas Campanella u. f. f.

Antonio Abati.

Er blühte um das Jahr 1651. Sein satirisches Werk ist eine Art von Roman in Prosa und Versen, und führt den Titel Frascherie. Amsterdam, ohne Jahrzahl in 24. SS. 288.

Federico Nomio.

Es ist mir nichts von ihm bekannt, als daß er aus Anghiera im Mailändischen gebürtig war, und um das Jahr 1672. blühte *).

Frederici Nomii Anglariensis sedecim Satyrarum liber. Lugd. Bat. 1703. 8.

Giovanni Lorenzo Luchesini.

Ein Jesuit gebohren 1638. zu Lucca.

Iohan. Laurentii Luchesini Itali Satyrae Rom. 1672. 12.

Salvator Rosa.

Es wurde dieser vortrefliche Mahler und Dichter in einem Dorfe nicht weit von Neapel im Jahr 1615. gebohren, und wurde unter der Anführung des Giovanni

*) Greg. Leti in Ital. regn. p. 503.

vanni Lanfranco und Aniello Falcone eben so starf
und berühmt in der Mahlerei, als er in der Dichtkunst
war. Er lebte lange in Rom, wo er die Antiken studierte, und erwarb sich sonderlich durch Landschaftmah-
len einen großen Namen. Die kühne und etwas dü-
stre Manier, die in seinen Gemählden, besonders in
seinen Landschaftstücken herrscht, scheint auch in seinen
Satiren zu herrschen, deren sechse an der Zahl nach
seinem Tode herauskommen sind, nämlich von der Mu-
sik, Poesie, Mahlerei, Krieg, Neid und Wollust,
und welche mit vieler Lebhaftigkeit und Bitterkeit, aber
nicht mit einem immer gleichen poetischen Ausdruck geschrieben sind. Er starb 1673. Keysler führt die
übertriebene Grabschrift an, die ihm sein Sohn August
zu Rom in der Kirche St. Maria Degl' Angeli setzen
läßen, worinn er Poetarum omnium temporum Principibus par genennt wird [b].

Satire di Salvador Rosa con le note di Anton. Maria Salvini e d'altri, ed alcune notizie appartenenti alla vita dell' autore. (Amsterd. 1770.
4.) SS. 208.

Diese Ausgabe ist mit Bildern des Verfaßers geziert, und die Anmerkungen des Salvini geben des
Rosa Gedichten einen größern Werth. Muratori
und Quadrio haben zwar die Fehler, aber auch die
Schönheiten dieser Satiren eingesehn, und geurtheilt,
daß die letztern jene bei weiten überwiegen [c]. Sonst
sind

[b] Keysler Reisen. Brief 49.
[c] Neue Leipz. Bibl. B. XL St. 1. S. 133.

sind diese Satiren schon 1664. und Amsterdam 1719. 8. herausfommen.

Marcantonio Barnabò.

Ein Mitglied verschiedner Akademien besonders in Rom; er starb 1677. den 6ten Mai, und hat die Satiren des Juvenals auf seine Zeiten angewandt, so wie es Pope ungefehr mit den Satiren des Horaz gemacht hat; sie sind aber noch nicht gedruckt worden.

Bertolini.

Von Barga im Toscanischen; starb bald nach 1684. nachdem er sich durch zwei Schmähschriften bekannt gemacht hatte, nämlich:

La Muleide, ò sia de' Bastardi illustri, Poema Eroico Satirico-comico, unter dem Namen Scipione Gastigamatti. Veron. 1680. 12. welche wider den General eines gewissen Ordens gerichtet war, daher sie auch sogleich confiscirt wurde.

Vitae Ioh. Cinelli et Ant. Magliabecchii; von welcher in schönen Latein abgefaßten Schmähschrift ohne Namen er Verfaßer seyn soll. Man hat davon zwei gleich seltne Ausgaben; auf der einen steht: Chaxumii sub signo lapidis lydii. 4. auf der andern aber, Fori Vibiorum. 1684. 4. Der Medicus Joh. Andr. Moneglia, welcher von dem Cinelli in seiner Bibliotheca volante war getadelt worden, soll den Bertolini zu dieser Satire aufgemuntert haben *).

Gio-

*) Mazzuchel. Scrittori und Aelung.

Giovanni Francesco Lazzarelli.

Aus Gubio im Herzogthum Urbino, ein ſehr guter Italleniſcher Dichter, war einige Zeit Auditor Rota zu Macerata, nachgehends aber Prieſter und Probſt zu Mirandola; und ſtarb 1694. über 80 Jahr alt. Er hat ein ſehr ſeltſames Werk unter folgenden Titel herausgegeben:

La Cicceide legitima: in queſta ſeconda impreſſione
 ordinatamente diſpoſta, notabilmente accre-
 ſciuta, e fedelmente rincontrata, con gli Origi-
 nali dell' Autore. 1692. à la Haye 1766. 8.
 Lond. 1722. 8.

Es iſt eine Sammlung von Sonnetten und andern Gedichten, worinn er den Arrighini aus Lucca, der ſein College bei der Rota zu Macerata geweſen, grauſam läſtert. Er ſieht ihn als eine Perſon an, die aus lauter Schamgliedern zuſammengeſetzt iſt. Seine Poeſie iſt leicht, natürlich und fließend und ſeine Einbildungskraft ſehr fruchtbar, aber das Buch iſt dabei voller Unflätereien und gottloſer Gedanken, und beſteht aus zwei Theilen, wovon der erſte betitelt iſt, Le Teſticolate; und der andre lo Sghinazzate. Der Don Ciccio ſtellt den Arrighini vor. Das Wort bedeutet bei den Neapolitanern eben ſo viel als Francesco. Der Hauptzweck des Verfaſſers iſt zu beweiſen, daß Don Ciccio ein Coglione ſei. Dieſes iſt der Endzweck aller 918. Sonnette, woraus der erſte Theil beſteht. Er folgt dem Ciccio von der Minute der Empfängniß bis
             ins

ins Grab, ja er geht noch weiter, denn er kurzweilet
über dieses Mannes Sarg, über das Begräbniß, über
die Grabschrift u. s. f. Er verfolgt ihn bis in des Cha-
rons Kahn, und macht ihn von allem Fährgelde frei.
Er sagt, Charon habe ihn also angeredet:

> E privilegio à pati tuoi concesso
>   Il poter senza imbarco e pagamento
>   Havere a l'altro margine l'accesso;
> Mentre un tondo C. — gonfio di vento
>   Galleggiando leggier, può da se stesso
>   Andar di là dal fiume a salvamento.
>
> Cicceide p. 290.

Er hat in der andern Ausgabe die Sonnette ausgelaßen, die am gottlosesten zu seyn schienen, weil man
sein Buch in den Index gesetzt hatte. Sie betrafen
die Taufe, die Firmelung, die letzte Oelung des Ciccio,
und andre anstößige Materien. In der Vorrede des
Buches, die ein guter Freund des Verfassers scheint
gemacht zu haben, werden die zotigten Stellen als bloße
Spiele des Witzes vertheidigt, und die der geistlichen
Ceremonien spotten, dem Gericht der Kirche unterworfen; übrigens durch den Gemeinort, lasciva est nobis
pagina, vita proba est, alle moralischen Flecken des
Verfaßers bedeckt *). Wie gegründet diese Quartier-
freiheit der Schriftsteller sei oder nicht, davon ist schon
im ersten Bande bei der Geschichte der Zoten, geredet
worden.

Giu-

*) Bayle Diction. Lenzarelli.

Giulio Clemente Scotti.

Aus einer gräflichen Familie zu Piacenza 1602. gebohren und in Rom erzogen. Er trat 1616. in den Jeſuiterorden und lehrte einige Zeit die Philoſophie. Da er aber gern die ſcholaſtiſche Theologie vortragen wollte, und ihn ſeine Obern dazu untüchtig fanden, ſchickten ſie ihn 1631. nach Paris die Philoſophie zu lehren. Er wurde des Jeſuiterordens endlich überdrüßig, und wollte zu den Hieronymiten zu Fleſoli übertreten; allein er bedachte ſich wieder, nachdem er ſchon ſeinen Abſchied erhalten hatte, und wurde Superior der Jeſuiten zu Carpi bei Parma; und da er noch nicht die Freiheit erlangen konnte die Theologie zu lehren, gieng er 1645. nach Venedig, legte den Jeſuiterhabit ab und kleidete ſich als ein Weltgeiſtlicher, und nennte ſich Graf Scotti. 1650. ward er Profeſſor der Philoſophie zu Padua, und 1653. Profeſſor des canoniſchen Rechts, welche Stelle man ihm aber 1658. wieder abnahm; wiewohl er ſeinen Gehalt behielt, und 1669. zu Padua ſtarb. Er iſt der Verfaſſer folgender ſamreichen aber beißenden Satire gegen die Jeſuiten:

Lucii Cornelii Europaei Monarchia Solipſorum. Ad virum clariſſimum Leonem Allatium. Cui nuper acceſſit clavis onomaſtica. Iuxta Exemplar Venetum. Superiorum permiſſu 1648. 12. SS. 158.

.Die

Die erste Ausgabe ist zu Venedig 1645. 12. herauskommen; die Ausgabe Venedig 1652. 12. führt in dem Titel den Jesuiten Melchior Inchofer als Verfaßer. Eine französische Uebersetzung unter der Aufschrift La Monarchie des Solipses ist zu Amsterdam 1721. 12. und 1772. herauskommen. Deutsch unter dem Titel:

Monarchia der Allelgenen, oder sogenannten SelbstSonnen. Waremund. 1663. 12. Auch mit Alphonsi de Vargas Erzählung der Ränke und Betrügereien der Jesuiten, gedruckt im Vogtland. 1675. 8. SS. 352. welche zu Breslau durch den Henker ist verbrannt worden; aber es sind doch noch Exemplare dem Scheiterhaufen entgangen. Diese Uebersetzung ist nicht zum besten gerathen, denn es scheint, der Uebersetzer habe manchmal den Text nicht verstanden. Die lateinische Ausgabe von 1648. 12. ist auch voller Fehler; und Bunemann setzt sie doch um einen Preiß von 3 Rthl. an.

Diese Satire machte anfänglich in Italien großen Lermen, und weil viele geheime Dinge von den Jesuiten darinn vorkamen, so kauften sie alle Exemplare auf; daher die erste Ausgabe sehr selten gefunden wird. Erstlich glaubte Jedermann, Caspar Scioppius, ein Erzfeind von den Jesuiten wäre der Verfaßer davon. Weil aber aus einigen Stellen erhellte, der Verfaßer müsse selbst ein Jesuit gewesen seyn, so ergriffen Sci

Zweiter Theil.   Q   oppius

oppius und Johann Crisius der Verfasser des Astri inextincti, die Gelegenheit, und gaben vor, es könne Niemand als : Melchior Inchofer das Buch geschrieben haben, damit sie auf diese Weise sich wegen der Beschimpfung rächen könnten, die er ihnen unter dem Namen des Eugenius Lavanda angethan hatte. Denn Inchofer hatte gegen des Scioppius Consultationes de scholarum et studiorum ratione, deque prudentiae et eloquentiae parandae modis, (Patav. 1636. 12.) unter dem Namen Eugenii Lavandâ folgende Schrift herausgegeben: Grammaticus Palaephatius, sive nugivendus, hoc est, in consultationes Gasp. Scioppii de ratione studiorum, scholia et annotationes. 1639. 12.

Als die Sache dem Pabst Innocentius X. vorgetragen wurde, befahl er, man sollte den Verfasser auskundschaften, es koste, was es wolle. Allein nach mancherlei Untersuchungen fand man, daß Inchofer das Buch nicht geschrieben hätte. Unterdeßen hat der Ruf lange genug fortgedauert, daß er Verfaßer wäre, doch hat es Niceron gründlich dargethan, daß der Exjesuit Scotti der eigentliche Verfasser dieser Satire ist; aus deßen beständigen Uneinigkeiten mit seinen Obern die Sache auch Bestätigung genung erhält f). Ob die Benennung Solipsi, worunter die Jesuiten verstanden werden, Selbst-Sonnen, oder Alleineigen bedeu-

f) Niceron Memoir. T. XXXV. p. 373. & T, XXXII. p. 67.

bedeute, wie der alte deutsche Ueberseber meint, kann
uns gleichgültig seyn; es bedeutet vermuthlich Leute, die
theils allein glänzen, theils sich alles allein zuschreiben und
zueignen wollen; welches Papebroch selbst zugestehet.
Denn es gieng 1699 ein erdichteter Brief Innocen-
tii XII. an den Kaiser herum, in welchem der Pabst die
Gesellschaft der Jesuiten Monarchiam Monopantorum
nennt. Hierüber hat P. Papebroch diese Betrachtung gemacht: Forsitan quasi μόνοι πάντα, soll
omnia velint esse et aestimari Iesuitae, scilicet allu-
dendo ad vetus scomma Satirici cujusdam commenti,
quo scripsit anonymus aliquis *Monarchiam solipso-
rum*, veluti innuere volens, quod societas soli sibi
arrogare nitatur omnia f). Die ganze Geschichte des
Reichs der Sollpfer besteht aus XXI. Capiteln, und
bildet den Orden der Jesuiten als ein förmlich einge-
richtetes Reich ab. Wie Puffendorf von dem päbstlichen Staat sagte, es sei, weil die Welt stünde, keine
künstlichere Monarchie erfunden worden; so konnte man
dieses auch von dem Orden der Jesuiten sagen; und
doch erschütterte ihn ein Stoß, daß er auf einmal zer-
fiel. Die in dieser Satire vorkommenden erdichteten
Namen sind in den meisten Ausgaben erklärt; so bedeutet z. B. Brotacanus den Ignatius, Apidus
Cluvius den Claudius Aquaviva; Centonati sind
die Capuciner, Sumonactesius ist Clemens VIII. die

D 2   Tose-

f) Elucid. Histor. Actor. in Controversia Carmelitica.
Cap. X. p. 138. und Bayle Diction. Inchofer. Rem. C.

Toſcnerer ſind die Venetianer, die Romullager
ſind die Franzoſen, die Cinimonaduſter ſind die Dominicaner, u. ſ. f.   Es kommt auch in dieſer Satire
viel Komiſches vor; doch iſt wegen der vielen Allegorien,
manches dunkel und jetzt unverſtändlich *).

Quintus Sectanus.

Unter dieſem erdichteten Namen iſt folgendes Buch
herausgekommen:

Quinti Sectani Satyræ XIX in Philodecemum: cum
notis variorum. Coloniæ. Selliba. 1698. 8.,
So wird der Titel beim de Büre angeführt; ich
glaube aber Philodecemum iſt ein Druckfehler,
und es ſoll Philodemum heißen ').

Dieſe Satiren ſind zweimal ins Italieniſche überſetzt
worden; die erſte Ueberſetzung iſt unter folgendem Titel herausgekommen:

Le Satire di Settano ridotte in verſi volgari.   In
Spira. 1698. 12. Haym ſchreibt, es wären
nur ſechs Satiren, die wie einige wollten, der
Verfaſſer ſelbſt ins Italieniſche ſollte überſetzt ha-
ben, da er ſie zuerſt lateiniſch geſchrieben hätte *).
Der Titel der zweiten Ausgabe iſt nach Hayms
Ausgabe folgender:

Le

---

*) Sineuri neue Sammlung von raren Büchern, I. St.
S. 54. und Baumgartens Hälliſche Bibl. III. S. 151. ff.

') de Bure Bibliographie. Belles Lettr. Tom. I. p. 423.

*) Haym Notizia de' libri rari nella lingua Italiana
p. 141.

Le Satire di Quinto Settano tradotte da Sesto Settimio, ad istanza di Ottavio Novio, dedicate a Decio Sadicino contra Filodemo. In Palermo per Dominico Cortese. 1707. 8. In dieser Ausgabe sind XVIII. Satiren. Von den lateinischen Satiren sind noch folgende neuere Ausgaben zu bemerken:

Quinti Sectani Satyrae. Editio novissima, cum notis Anonymi, conscindante P. Antoniano. Amstelodami. (Romae seu Neapoli) apud Elzevirios. 1700. 8. major.

Easdem Satirae cum notis et continuatione P. Antoniani. Libri II. Amstelod. (Romae) 1702. II. Vol. in 8.

In neuern Zeiten sind herausfommen:

L. Sectani Quinti filii, de tota graeculorum hujus aetatis literatura Sermones V. ad Gaium Salmorum. Accedunt quaedam M. Philocardii enarrationes. Hagae- Vulpiae et Corythi. 1738. 8. Dabei befindet sich gemeiniglich folgendes Büchlein in Italienischer Sprache:

I Pifferi di Montagua, che andarono per suonare e furono sonati. Ragionamento di Cesellio Filomastige in risposta alli sermoni di L. Sectano in Leida et in Londra. (in Italia) 1738. 8. Druck und Papier zeigen, daß es in Italien herausgekommen. Wer der Quintus Sectanus sei, ist noch

nicht

nicht bekannt. Einige glauben, es wäre ein gewißer
Segardus darunter verborgen ¹). Andre haben diese Satiren dem Johann Lami, Profeßor der Kir-
chengeschichte zu Florenz zugeschrieben, welches er aber
beständig geleugnet hat. ²).

In der sogenannten Amsterdammer Ausgabe von
1700, sind fünf Satiren enthalten, welche den besten
alten lateinischen Satiren nichts nachgeben. Es wird
darinn ein gewißer Philodemus durchgezogen, welches auch ein erdichteter Name ist, der zu Rom in der
Gesellschaft der Arkadier gewesen war, aber sich hernach zu den Molinisten begeben, und die Gesellschaft
der Arkadier verdammt hatte. Gegen diesen wird nun
diese Gesellschaft vertheidigt; woraus erhelle, daß dieser
Satyriker ein Mitglied, und zwar kein geringes derselben, muß gewesen seyn. Bei dieser Gelegenheit wird
auch der Molinismus besonders in den zahlreichen
und gelehrten Anmerkungen weitläufig beschrieben;
doch so, daß Falsches und Wahres unter einander gemischt wird. In der Vorrede und auf den Titel steht,
das Buch wäre zu Amsterdam gedruckt worden; welches aber ganz falsch ist; und diese Meinung noch mehr
zu bestärken, hat man zu der Vorrede auch Gedichte von

Jac.

¹) Catal. Biblioth. Menckea. p. 770.

²) Brukeri Pinacotheca Tom. I. Decad. 4. in vita Lami
und Fraytags Analecta litteraria. p. 843.

Iac. Gronovius und Joh. Georg. Grävius zu
füget, die sie aber nicht gemacht haben [*]).

Carlo Maggi.

Ein Mailänder, Mitglied der Akademie della
Crusca, unter den Arkadiern Nicio Meneladio, und
Sekretair des Senats von Mailand. Er starb in seinem Vaterlande 1699. Seine sämmtlichen poetischen
Schriften, die in geistlichen, heroischen, verliebten,
scherzhaften, dramatischen und satirischen Gedichten be-
stehn, hat Ludovico Antonio Muratori nebst seinem Leben in vier Bänden zu Mailand im Jahr 1700.
herausgegeben [o]).

Gregorio Leti.

Zu Mailand 1630. aus einem adlichen Geschlechte
gebohren, studierte zu Cosenza unter den Jesuiten, und
hatte sehr zeitig Zweifel an der Transsubstantiation,
daher er sich auch sechs Jahre vom Abendmahl enthielt.
Hierauf reiste er nach Frankreich, und nahm zu Laus-
sanne die reformirte Religion an. 1660. begab er sich
nach Genf, muste aber 1679. wegen Religionsstreitig-
keiten von da entweichen. 1680. gieng er nach England, wo ihm der König nach der ersten Audienz tau-

Q 4   send

[*]) Heumann de libris anonymis et pseudonymis
p. 47. sq.

[o]) In Herrn Prof. Schmits Italien. Anthologie I. S. 80.
sind ein paar Gedichte vom Maggi ins Deutsche übersetzt.

send Thaler schenkte, und ihn zu seinem Geschichtschreiber ernannte. Da er aber in der Historie von England, die er verfertigte, mit zu großer Freiheit geschrieben, muste er 1682. in zehn Tagen aus dem Königreich weichen, und begab sich nach Amsterdam, welche Stadt ihm eine jährliche Pension nebst dem Titel eines Geschichtschreibers gab, in welchem Zustande er auch 1701. gestorben. Der Remonstrantische Theologus Johann Clericus hat seine Tochter geheirathet*). Unter der großen Menge von Schriften, welche er verfertiget hat, befinden sich auch einige satirische; wovon ich folgende anführen will:

Il Sindicato di Alexandro VII. 1668. 12. hat 10½ Bogen.

Le Syndicat du Pape Alexandre VII. avec son voyage en l'autre monde. Traduit de l'Italien. 1669. 12. SS. 282.

Dieses ist eine von den sinnreichsten Satiren, welche jemals auf die Päbste sind gemacht worden; und sie enthält eine solche Menge von seltsamen Anekdoten des damaligen päbstlichen Hofes und der Regierung Alexanders VII. daß man nicht müde wird sie mehr als einmal zu lesen. Leti dichtet, der Pabst habe nach seinem Tode mit Gewalt in den Himmel hineingewollt, und habe blos seinen Namen Alexander genannt; hätte aber zur Antwort erhalten, daß nie ein Regent, der Alexander geheißen, in den Himmel gekommen wäre.

Er

*) Jöchers Gelehrten Lexicon.

Er dachte, da man ihm die Himmelsthür nicht eröff-
nen wollte, er wäre selbst Schuld daran, weil er allzu-
viele Seelen durch seine Indulgenzen in das Paradies
versetzt hätte, daß also vor ihm kein Platz mehr übrig
wäre; da er aber durch eine Spalte in der Thüre hin-
einsah, so erstaunte er, daß von allen diesen Seelen,
die er ins Paradies geschickt hatte, keine einzige darinn
war. Er wurde also ins Fegefeuer verwiesen, wo er
einen Theologen antraf, der es schmerzlich beweinte,
daß er ein Buch von der Unträglichkeit des Pabstes geschrieben, weil dieses die Ursache seiner Verdammung
wäre. Hernach saße er einen Prälaten ins Fegefeuer
kommen, der ihm erzählte, wie es nach des Pabstes
Tode in Rom häßlich über ihn und seine Anverwandten
hergegegangen; wie unter andern die Conservatori ein
Syndicato oder Gericht gehalten, dabei sich viele
über den verstorbenen Pabst beschwert, und allerhand
schimpfliche Dinge wider sein Geschlecht vorgebracht.
Zuletzt wird das damals versammlete Conclave auch
ziemlich mitgenommen. Hin und wieder kommen sinnreiche Schriften, Sonnette und Pasquinaden vor, darinn manchmal die heilige Schrift sehr gemißbraucht
wird. Zur Probe mag folgendes dienen:

Grabschrift Alexanders VII.

Sisle, Viator, et lege,
Reprobatus ab aedificantibus lapis
Isto jacet in angulo.
Alexander hic est,

Numero ſeptimus,

Prudentia vltimus,

Superbia primus,

Nulli ſecundus,

Pontificatu Maximus,

Nepotibus optimus

Petrum imitatus in uno,

Chriſtum negavit in omnibus.

Vbi Gallum exprobrantem audivit,

Ne lacrimans videretur oſculum,

    Ridiculum Nepotem,

Ad Chriſtianiſſimum miſit, etc.

Sonnetto

Di Epitafio ſopra la morte di Aleſſandro Settimo.

Quel che ſen giace in queſta Tomba oſcura,
   Già nacque in Siena povero Compagno,
   Gli die nome di Fabio il ſacro bagno,
   E di Empio e ſcelerato la natura.

Entrò con pochi ſoldi in Prelatura,
   E vita ſe da Monſignor ſparagno;
   Fù fatto Papa ed Aleſſandro magno
   Si poſe il nome ſi, non la Bravura.

Che non ſe, che non diſſe al Trono alzato,
   Parlò ſempre da ſanto, oprò da Triſto,
   Entrò da Pietro, et uſcì da Pilato.

Fè di tante alme al negro Regno acquiſto,
Che ſaper non ſi può, s' egli ſia ſtato
    Del Diavolo Vicario, ò pur di Chriſto.

Er iſt auch Verfaſſer folgender Schriften:

Il Nipotiſmo di Roma. Amſterd. 12.

Le Nepotiſme de Rome, ou Reſolution
des raiſons, qui portent les Papes à aggrandir
leurs neveux, traduit de l'Italien en françois,
avec figures en taille douce. 1669. 12.

Roma piangente.

Li precipitii della ſede Apoſtolica, overo Itinerario della Corte di Roma in drei Theilen, unter dem Namen Girolamo Lunadoro.

Vita di Donna Olympia Maldachini, unter dem Namen des Abts Gualdi.

Ambaſciata di Romulo a Romani.

Il Vaticano languente ſopra la morte di Clemente X.

Benedetto Menzini.

Dieſer berühmte Italieniſche Dichter wird vor dem vornehmſten Satiriker der Italiener gehalten, und dem Juvenal an die Seite geſetzt. Er war zu Florenz im Jahr 1646. gebohren. Er ſollte anfänglich ein Handwerk lernen, er hatte aber Luſt zum ſtudieren, und legte ſich vorzüglich auf die Oratorie und Poeſie, worinn

inn er es auch weit brachte. Weil er keine Profeßion
zu Piſa erhalten konnte, ſo begab er ſich nach Rom,
wo ihn die Königin Chriſtina, die ihn durch eine
Satire hatte kennen lernen, in ihre Akademie aufnahm,
ihn zu ihrem litteratus machte, und ihm eine Beſol-
dung gab. Nach ihrem Tode brachte er ſich durch
Predigten und Panegyricos, die er an andre verkaufte,
fort. Als Mitglied der Arcadia, führte er den Namen Euganio Cibade. 1694. wurde er Canonicus
von St. Angelo in Rom, und hierauf Profeßor in dem
Collegio Sapientia. Er war auch Servidore actuale
beim Pabſt Innocenz XII. und ſtarb 1704. mit der
Feder in der Hand. Sein Leben hat Giuſeppe Pao-
lucci beſchrieben, und es iſt in dem erſten Theile der
Vite degl' Arcadi illuſtri befindlich. Außer ſeinen gedruckten Satiren ſind noch andre vorhanden, die aber
wegen gewißer Urſachen nicht herausgegeben worden.
Außer den Satiren ſchrieb er auch lyriſche Gedichte,
Elegieen und anakreontiſche Lieder. Seine Satiren
ſtehn theils in ſeinen ſämmtlichen Werken, welche zu
Florenz 1731. in vier Quartanten herauskommen ſind,
theils ſind ſie auch beſonders abgedruckt worden.

Le Satire di *Benedetto Menzini*, Poeta Fiorentino,
　　con le note poſtume dell' Abbate Rinaldo Ma-
　ria Bracci, publicate da un Academico inmo-
　bile e del medeſimo arrichite. Napol. 1766.
　　4. Auch zu Amſterdam 1718. 8.

Es sind der Satiren zwölfe, und der Marchese
de Guasco hat sie mit lesenswürdigen Anmerkungen
begleitet. Die erste betrift den Verfall der Poesie und
das Unglück der Poeten. Menzini mag sich hier wohl
selbst geschildert haben; denn man weiß, daß er durch
seine Liebe zum Spiel, und die dabei geäußerte Zer-
streuung in traurige Umstände gerathen war. Die
zweite ist nach dem Jupiter Tragödus des Lucians
eingerichtet. Die dritte ist gegen den Dr. Moniglia,
einen tragischen Dichter und Musikverständigen. In
der vierten eifert der Dichter gegen die Improvisa-
tori und andre Verderben der italienischen Sprache.
In der fünften geht er den seichten Philosophen entgegen. Die sechste betrift das Frauenzimmer und
ihre Thorheiten. In der siebenten greift er die Adlichen an. In der achten wird ein vornehmer Herr
lächerlich gemacht, der in seinem Pallaste eine weitläufige und abgeschmackte Berathschlagung über die Wahl
eines Lehrers für seinen Sohn hält. Die neunte Satire tadelt einige Fehler der Geistlichkeit. Die zehnte
betrift die starken Geister. In der eilften hält sich
Menzini über das Hofleben, und über die Hofleute
auf; und in der zwölften über die unbesonnenen
Wünsche der Menschen *).

Lodovico Adimari.

Aus der berühmten adlichen Familie dieses Namens
zu Florenz; gebohren 1644. zu Neapel. Er wurde
zum

*) Hallische gelehrte Zeitungen. 1768. S. 148.

zum Marcheſe erhoben, und war eine zeitlang Kammerherr des Herzogs zu Mantua; wurde aber 1697.
Profeſſor der Toſcaniſchen Sprache zu Florenz, und
Profeſſor zugleich an der daſigen Ritter Akademie, und
ſtarb daſelbſt 1708. Außer andern Gedichten
ſchrieb er

    Satire. Amſterd. (Lucca.) 1716. 8.
welche ſehr geſchätzt werden, aber ſelten ſind [r].

    Sonſt lebte auch noch in der letzten Hälfte des
17ten Jahrhunderts ein guter italieniſcher Dichter

Giulio. Acciani.

    Der einer der erſten war, der den verderbten Ge-
ſchmack der vorigen Zeiten verlies. Er war vorzüglich
zur Satire geneigt; weil aber ſeine Satiren zu beißend
waren, ſo iſt von ſeinen Gedichten nichts gedruckt
worden [s].

Achtzehntes Jahrhundert.
Girolamo Gigli.

    Der eigentliche Geſchlechtsname des Gigli war
Nenci. Er wurde 1660. zu Siena gebohren. Sein
Vater der Doctor Joſeph Nenci hinterließ ihn über
40000 Scudi, die er aber bald durchbrachte. Wegen ſeines aufgeweckten Kopfes nahm ihn ein Edelmann

[r] Adelungs Gelehrten Lexicon.
[s] Ebendaſelbſt.

widmen zu Siena Namens Girolamo Gigli an Kin-
desstatt an, mit der Bedingung, daß er seinen Vor-
und Zunahmen führen sollte. Er legte sich eine Zeitlang auf die Rechte, hatte aber doch mehr Neigung
zur scherzhaften und satirischen Poesie, wodurch er sich
viele Verdrüßlichkeiten zugezogen. Er war ein Mitglied der Arcadier, wo er den Namen Amaranto
Sciadico führte; und wurde von Cosmus III. zum
Profeßor der Toscanischen Sprache und der schönen
Wissenschaften 1698. gemacht. Er hat in seinem Leben wunderliche Schicksale gehabt, hat doch endlich
wieder in sein Vaterland auch nach Rom kommen dürfen, wo er 1722. an der Wassersucht gestorben ist.
Nicht allein die Dominicaner sondern auch die Jesuiten, die er in seinen Schriften öfters durchgezogen hatte,
obgleich sein eigner Sohn in ihrem Orden war, haben
ihm Leichbegängnisse halten laßen. Seine Schriften,
von denen aber viele unterdrückt worden, sind mit vieler Begierde aufgenommen worden, und werden noch
eifrig gesucht. Sie zeugen von seiner Gelehrsamkeit,
besonders in historischen Sachen. Er hat sich auch in
Verfertigung der Schauspiele und in der Kritik über
die Reinigkeit der toscanischen Sprache hervorgethan.
Unter seinen satirischen Schriften sind folgende zu
bemerken:

Vocabolario delle Opere di Santa Caterina, e della
    lingua Sanese di Girolamo Gigli Sanese. 4.
    Ohne Titel und ohne Ende, von 320 Seiten,

Haym

Haym und Oſmont reden von Exemplaren,
welche nur 312. Seiten hatten; [s)] aber das in der
Dreßdner Churfürſtlichen Bibliothek hat 320 Seiten: und dabei befindet ſich noch eine gedruckte Retra-
ctatio in ſumma patenti, darinn ſich der Verfaßer mit
eigner Hand unterſchrieben, und wiederrufen hat, was
ihm in dieſem Wörterbuche mit Hintenanſetzung des
gebührenden Reſpects gegen ſeinen Landsherrn, gegen
die florentiniſche Nation, gegen die Akademie della
Cruſca und einige geiſtliche Perſonen aus der Feder ge-
floßen. Weil nämlich die Florentiner allen andern
Italieniſchen, auch ſogar toſcaniſchen Nationen Geſetze
geben wollen, wie ſie reden und ſchreiben ſollen, ſo wurde Gigli aufgebracht, nicht allein die Ehre ſeiner Vaterſtadt zu retten, und die Zierlichkeit und den Wohl-
klang ihrer Mundart aus den Werken der Heiligen
Catharina von Siena zu behaupten, ſondern auch
die Florentiner auf eine ſehr empfindliche Weiſe anzugreifen und durchzuziehn. Daher wurde Gigli auf
Vorſtellung des Großherzogs 40 Italieniſche Meilen
von Rom verbannt, ſein Wörterbuch aber durch ein
beſondres Decret vom 21 Auguſt 1717. verbothen.
In Florenz iſt man noch weiter gegangen, und hat den
Gigli nicht nur aus der Akademie della Cruſa ſchimpf-
licher Weiſe geſtoßen, ſondern auch ſein Buch durch
Henkers Hand verbrennen laßen.

Dell

s) Haym Notizia di libri rari nelle lingua Italiane.
p. 236. Oſmont Diction. Typogr.

Dell Collegio Petroniano delle Balie latine, e del
Solenne ſuo aprimento in queſt' anno 1719. in
Siena, per Dote e iſtituto del Cardinale Ric-
ciardo Petroni a beneficio di tutta la Nazione
Italiana, ad effetto di rendere naturale la lingua
Latina, quale fù preſſo i Romani. Col vero
metodo degli ſtudj per la Gioventù dell' uno
e dell' altro ſeſſo, nel medeſimo Collegio ſtabl-
liti. Relazione del Dottor Salvadore Touci
primo Medico di detto Collegio. In Siena
1719. 4. p. 66.

Dieſe Schrift iſt eine Satire gegen diejenigen, welche bei Erlernung der lateiniſchen Sprache die italieniſche hintenanſetzen. Er hat dadurch viel Leute bethöret,
welche eine Stiftung vor wahrſcheinlich gehalten, deren
Abſicht iſt, den Kindern das Latein zugleich mit der
Muttermilch einzuflößen; da er doch alles dieſes bloß
zum Scherz erdacht hat.

Im Jahr 1746. kam zu Florenz heraus:

Vita di *Girolamo Gigli* Saneſe, detto fra gli Arcadi,
Amaranto Sciadico, ſcritta da *Oresbio Agrieo*,
Paſtore Arcade, con aggiunta delle lettere delle
principali Accademie dell' Italia, ſcritte al medeſimo in approvazione delle opere di S. Caterina da Siena *).

Glo-

*) Götzens Merkwürdigkeiten der Königl. Bibliothek zu
Dresden II. Band S. 69. und 72.

Zweiter Theil. R

Giovanni Battista Faginoli.

Einer der besten komischen und burlesken Dichter, die Italien je hervorgebracht hat. Er war 1660 zu Florenz gebohren, und studierte in dem Jesuitercollegio seiner Vaterstadt, muste aber wegen Armuth eine Schreiberstelle bei einem Rechtsgelehrten annehmen, und wurde 1678. einem Actuario in der Erzbischöflichen Curie adjungirt. Weil er aber davon nicht leben konnte, gieng er eine Zeitlang nach Livorno, und erhielt darauf 1681. eine Bedienung in dem Erzbischöflichen Archiv zu Florenz. Im Jahr 1690. gieng er mit dem päbstlichen Nuntius Andrea Santa Croce nach Polen, und ward nach seiner Wiederkunft 1694. in der Erzbischöflichen Curie Actuarius, auch von den angesehensten Akademien in Italien zum Mitgliede erwählt. Er hatte eine gar sonderbare Liebe zu Komödien, und stellte nicht nur in der Jugend seine Person auf dem Schauplatze öfters sehr wohl vor, sondern schrieb auch selbst hernach eine große Anzahl Komödien; war dabei stets lustig und scherzhaft, und starb 1742. Seine Schriften sind Rime piacevoli in 6 Quartanten; Comedie in 7 Bänden; Prose in 8. Viele einzle Gedichte, welche hernach zu Neapel unter dem Titel Fagiuolaia zusammengedruckt worden *). Es kommen in seinen Werken auch Satiren vor, wovon Herr Prof. Schmit eine über die Prediger in das Journal für Prediger übersetzt hat.

*) Lami Memorabilia Italorum.

Giovanni Francesco Conradino dall Aglio.

Gebohren 1708. zu Venedig; studierte die schönen Wissenschaften, Rechte und Theologie, und widmete sich ganz der alten Litteratur; und starb arm und dürftig als ein Abt 1743. zu Venedig. Sein Catull, den er. 1738. eben daselbst in Folio herausgab, machte viel Aufsehens, weil er darinn von allen bisherigen Ausgaben und Lesarten abgieng. Er gehört wegen folgender Schrift hieher.

Satirae et Epigrammata. Venet. 1741. 4.

Gioseppe Maria Bettinelli.

Ein Jesuit und guter Italienischer Dichter; er wurde 1718. zu Mantua gebohren, und trat 1736. in den Orden, lehrte in dem adlichen Collegio zu Parma, durchreiste Italien, Deutschland und Frankreich, und lebte noch 1760. zu Verona, wo er die heilige Schrift lehrte. Er schrieb

Le Raccolte. Canti IV. Venet. 1751. 4. vermehrt Mailand. 1752. 4. Ist eine Satire auf die Sammlungen von Gedichten *).

Der Ritter Dotti.

Satire del Caval. Dotti Genev. 1757. 12. Zwei Bände,

R 2   Parini

*) Mazzuchel. Scrittori. und Adelung.

Parini.

Der Abt Parini gab 1763. ſatiriſche Gemählde des Morgens, des Mittags, des Nachmittags und Abends in reimloſen Verſen heraus, worinn er die Eitelkeiten und Muſſiggänger ſeines Vaterlandes mit lebhaftem Witz züchtigt. Der Morgen iſt in der dritten Sammlung der Jugendfrüchte des Thereſianums 1774. überſetzt, und 1778. kamen zu Frankfurt die vier Tageszeiten ins Deutſche überſetzt heraus. Baretti fällt von dem Parini, der in Mailand lebte, ein ſehr vortheilhaftes Urtheil. Er ſagt: ſein Mattino und Mezzodi haben mich mit Hofnung erfüllt, daß er bald der Pope oder Boileau von Italien werden wird, indem er ihnen in der Richtigkeit der Gedanken, und in der Genauigkeit des Ausdrucks ſchon faſt gleich kommt, und ſie im Reichthum der Einbildungskraft, und in der Furchtbarkeit der Erfindung zu übertreffen ſcheint. Auch Gozzi giebt dem Parini ein ſehr großes Lob, und räumt ihm ſo gar den Vorzug vor ſich ſelbſt ein.

Graf Carlo Gozzi.

Gozzi gehört unter die ſchärfſten Satiriker dieſes Jahrhunderts, und er würde auch unter die beſten gehören, wenn er von Vorurtheilen gereinigt und mit Wahrheit ausgerüſtet die Laufbahn betreten hätte; welches man aber leider an ihm nicht findet. Unter ſeine ſatiriſchen Schriften gehört

1) Das

1) Das komische Heldengedicht Marfisa bizarra, welches eine heftige Satire gegen das ganze verderbte achtzehnte Jahrhundert ist, und von dem in der Folge weitläufiger wird geredet werden.

2) Eine ernsthafte Satire, unter dem Titel Astrazione, oder eine Art von feierlicher Apostrophe an Gott, worinn er gegen alle Neuerungen und Reformationen der jetzigen Zeit loszieht.

3) La Tartana degl' Influssi, oder Astrologischer Kalender bestehend aus folgenden Stücken:

a) Zueignungsschrift an S. Excellenz Daniele Farsetti von einem Gefährten (Sozio) des verstorbnen Verfaßers der Tartana, in Prosa.

b) Von dem Verfasser der Tartana, Ottaven.

c) Der Drucker an den feindlichen Leser, Prosa.

d) Desperation des Verfassers, ein Sonnet.

e) An die Drucker, ein Sonnet.

f) An die Laster, Ottave.

g) Ueber das Jahr, Capitolo.

h) Vom Winter, Capitolo.

i) Auslegung einiger Prophezeiungen des Burchiello auf den Monath Januar. Von den Schriftstellern.

k) Auf den Monath Februar. Von Komödien.

l) Auf den Monath März. Von den Predigern.

m)

m) Vom Frühling, Capitolo; worinn hauptsächlich gegen den Grafen Landini losgezogen wird, der ein Gedicht, der Frühling geschrieben.

n) Prophezeihung des Burchiello auf den Monath April. Von den Predigern.

o) Auf den Monath Mai; über den Jahrmarkt: La sensa.

p) Auf den Junius; über die Besuche von Padua.

q) Der Sommer; auch wieder gegen Landini.

r) Prophezeihung des Burchiello auf den Julius. Ueber die Proeße.

s) August. Ueber die Andachten. (delle sagre)

t) September. Ueber die Abendspaziergänge.

v) Der Herbst.

w) Prophezeiung des Burchiello auf den Monath October. Von Jagd und Vogelfang.

x) Auf den Monath November. Von Martellianischen Versen.

y) Auf den Monath December. Ueber die Zurückkunft des Sacchi, Truffaldino.

z) An den Buchhändler, der die Tartana verkauft.

4) Eine Menge Sonnette, Ottave und Canzonen fast alle gegen Goldoni.

5) Ver-

5) Verschiedne Gedichte auf Hochzeiten und Nonnen-
einkleidungen, in welchen allen entweder gegen Goldoni oder die Neuerungen der jetzigen Zeiten losgezogen wird.

6) Auf einen Dichter, der Improvisatore, Prediger
u. s. f. ist.

7) Canto auf den Coffeewirth Nardini, und

8) Auf den Speziale Gianni, scheinen mehr bloße
Poßen, als Satiren zu seyn.

9) Canto auf Betta, eine, in Venedig bekannte Närrin, ist eine bittre Satire gegen das weibliche Geschlecht, und scheint in der That die beste unter allen
zu seyn.

Die ganz eigenthümliche Laune, die man in den
pramatischen Stücken des Gozzi findet, wird man
auch in seinen Satiren nicht vermissen; eben die Reinigkeit der Sprache und Zierlichkeit der Verse; und
dennoch würden seine Satiren in einer deutschen Uebersetzung nicht auszuhalten seyn, und sind es in der That
kaum in der Ursprache. Es rührt dieses nicht blos von
den häufigen Anspielungen auf uns unbekannte oder
gleichgültige Dinge her, nicht nur von dem ewigen Einerlei des Innhalts, der immer Goldoni und die
neuern Zeiten, die neuern Zeiten und Goldoni ist;
sondern hauptsächlich daher, weil man hier den Mann,
der unter dem Gewande und der Maske Italiens so
sehr gefiel, nun auf einmal in seiner natürlichen Gestalt

R 4			erblickt,

erblickt, und sie nicht so findet, daß man Achtung oder Liebe für ihn haben könnte. Denn in der That, wer könnte den für einen Mann haben, der seinen Gegner, von dem er selbst gesteht, daß er Achtung verdient, auf das unbarmherzigste unaufhörlich zerfleischt, und ihn nicht nur verspottet, sondern ihm ins Gesicht speit, und sich alle Grobheiten gegen ihn erlaubt; der alles, was neu ist, ohne Unterschied, ob es gut oder schlecht ist, blos weil es neu ist, verachtet, und die albernsten und unsinnigsten Gebräuche, blos weil sie alt sind, sich zu vertheidigen bemüht. Sein Wahlspruch ist.

— — dall' antico mi diletto
E su moderni non apprendo nulla.

Er rechnet es mit unter die Greuel der jetzigen Zeit, daß der Pabst nicht mehr so verehrt wird, als in den finstern Jahrhunderten, welche die Schande der Menschheit an der Stirne tragen. Er wettert auf die, welche die Begräbnisse in den Kirchen verbiethen, glaubt die Inoculation der Blattern und die Versuche Ertrunkenen das Leben zu retten, wären Eingriffe in die Vorsehung Gottes, spottet über die neuern Versuche zum Besten des Ackerbaus und des Handels. Er glaubt die abergläubischen Vorurtheile, die man heut zu Tage auszurotten sucht, brächten den Menschen den größten Nutzen, als die Astrologie, das Looswerfen und das Besprechen wider den Biß der tollen Hunde. Den Verfall der Magie, der Nekromantie und anderer Teufelskünste

Künste geht ihm sehr zu Herzen.   Ungeachtet er sich so
viel mit seiner Moralität weis, und so sehr auf die verdorbnen Sitten des Jahrhunderts loszieht, so erlaubt
er sich doch Ungezogenheiten und Unsittlichkeiten aller
Art, und kann Dinge behaupten, deren sich der dümm-
ste Katholike in Deutschland schämen würde, der in-
tolerant im höchsten Grade ist, und der die Lutheraner
nicht anders als Hunde nennt.   Aus dem allem muß
nun natürlich folgen, daß man in seinen Satiren fast nirgends Wahrheit, sondern überall Sophisterei, Ueber-
treibungen, und nicht selten auch Widersprüche findet;
und wem kann das gefallen, oder welchen Nutzen können solche Satiren haben?   Dazu kommt noch, daß
seine Satire so oft äußerst unschicklich angebracht ist,
und die Gelegenheit dazu bei den Haaren herbeigerissen
wird.   Wer kann es zum z. B. erträglich finden, wenn
er einer Braut an ihrem Hochzeittage vorsagt, wie er
den Bertinelli in jenem Leben bei dem Herrn Jesus
verklagen will, daß er sich unterstanden habe, den
Dante und Petrarca zu verkleinern!   Freilich findet
man oft genung die hellsten Funken des Genies auch
in diesen Satiren glänzen; aber sie dienen in der That
kaum zu viel sonst mehr, als uns die häßliche Gestalt
des Mannes desto deutlicher zu zeigen, und können
höchstens uns zum Mitleiden gegen den großen, seltsamen Queerkopf bewegen.

Graf Gaſparo Gozzi.

Des vorigen Bruder; hat auch Satiren in Proſe
und Verſen geſchrieben. In jenen ſcheint er, wie in
allen ſeinen übrigen Schriften, ſich mehr nach den
Franzoſen und beſonders nach La Bruyere gebildet
zu haben. In dieſen iſt er mehr Italiener, und oft
glücklicher Nachahmer des Berni, ohne in ſeine Unge-
zogenheit zu fallen; aber glücklicher Nachahmer iſt auch
alles, was man von ihm ſagen kann. Etwas Aus-
zeichnendes, etwas Eigenthümliches wird man in ſeinen Schriften ſelten oder nie finden; die auch in Anſehung der Reinigkeit der Sprache den Schriften ſeines
Bruders nicht gleich kommen; übrigens aber zumahl
im proſaiſchen ſich ganz gut leſen laſſen.

Il Trionfo dell' Umilità, Poemetto, e dodeci ſer-
    moni del Conte Gaſparo Gozzi. Venez.
    1764. 8.

Graf Ottavio Girolami.

Il Tempio della Folis. Canto unico del Sign. Con-
    te Ottavio Girolami. Lucca 1778.

Eine neue und wirklich luſtige Reiſe in den Mond,
in heroiſch komiſchen Stil und ſehr harmoniſchen Verſen. Sie hebt an:

Addio terra, addio mar: da voi diviſo
Fendo la via, che il ciel niega ai mortali,
Nè trema il cuor, nè ſi ſcolora il viſo;
                                    Seb-

Sebben d'Icaro, in me non veggia l'ali,
Zeto, e Calai, le voſtre io prende a riſo,
Borea, le tue non ſono al voto uguali,
Già per l'etra il mio Pegaſo galoppa,
Io me gli affido al tergo, Apollo in groppa,

Er kommt endlich an

— — — — la dove
Giunſe Aſtolfo, e trovò d'Orlando il Senno. —
I meſti gufi, e i queruli affiuoli
Scorrono i campi della Dea triforme.
Rombano le Zanzare, e intrecciam voli
Dei pipiſtrelli fra lo oſcure torme;
Delle civette fra gl' immenſi ſtuoli
Canticchiano gli allocchi in varie forme,
E ſuolazzono a truppe in ogni calle
Calabroni, locuſte, api e farfalle.

Der Dichter nimmt die Flucht, und kommt auf einen
Tempel zu.

— a cui ſi legge in fronte Scritto
D'entrar nei pazzo tempio il pazzo à dritto.

Er will nicht hinein; was, ſagt Apoll, dir rodre dieſer
Tempel unterſagt? weißt du nicht,

Che i ſuoi limiti il Senno hà troppo anguſti?
Buffa, e da ognun ti Sarà detto: entrate,
Su fa cuor: di che tremi? alfin ſei vate,

und ſo ferner *).

Graf

*) Neue Leipziger Biblioth. Band XXII. St. 1. S. 340.

Graf Durante.

Er ſchrieb 1778. eine lebhafte Satire die Mode, (l'uſo) die das Leben eines zügelloſen Menſchen in ſeiner Jugend und männlichen Alter ſchildert.

Angelo Talaſſi.

La Piuma reciſa di Angelo Talaſſi. Venet. 1778. 8.

Talaſſi iſt als ein berühmter Improviſatore bekannt; und ob ſich gleich die Gedichte ſolcher Sänger beſſer hören als leſen laſſen, ſo ſcheint doch dieſes eine Ausnahme davon zu ſeyn. Es iſt durchaus komiſch, und ſein Inhalt paßt auf unſre Sitten. Er beſingt darinn

      — — la pugna memoranda e fiera
    Un giorno acceſa della Senna in riva,
    Per vago crine, ai cui di piuma altiera
    A torre il fregio audace deſtra arriva.

Die Scene iſt in Paris

    Ove non mai di trasformarſi ſtauco
    Della volubil moda il genio ſiede.

Eine Dame Auriſa, mit thurmhohen Federn aufgeſetzt, wird von ihrem Cicisbeo Celibauro in die Oper geführt, kommt unglücklicherweiſe vor einen Gaſconier, der oben drein ein Poet iſt, zu ſitzen. Dieſer verliehrt ganz natürlich darüber die Ausſicht auf ſeine Favoritſängerin; verwünſcht aber mit verſchloßnen Lippen und ſehr komiſch die hohen Federn; und nachdem er vergeb-   lich

lich die Dame gebethen hat, ihm die Aussicht wieder zu
eröfnen, wird er unwillig, holt eine Scheere heraus —
und mit großen Sätzen fällt die Feder zur Erde. Der
Liebhaber fodert ihn heraus. Der Gasconier Moreno
nimmt die Herausfoderung an; und hier ist die Geschichte vonbem Degen des Celidauro:

> Era un larga, ed affilata lama —
> Che fosse d'un guerrier natra la fama,
> Che un colpo di cannon morto distese.
> Passò in un Ciarlatan, che avida brama
> Avea tratto lontan dal suo paese,
> Indi a un Sartor, che in Senatoria vesta
> La portava soltanto i dì di festa.

Noch durch mehr Hände war dieser Degen gegangen; indeßen thut er doch dem Celidauro schlechte
Dienste. Dieser wird verwundet, schreit, daß er todt
ist; der Sieger glaubts, läuft davon, kommt nach allerhand Abentheuern nach England, wird von einer
reichen Wittwe unterhalten, und treibt babei das Handwerk eines Sprachmeisters. — Sein Gegner kommt
indessen zu sich, eilt zu seiner Geliebten zurück, findet
sie in den Armen eines andern Liebhabers, zieht aus
Verzweiflung auch davon; wird endlich Kammerbiener
eines Lords, findet seinen Sieger wieder, wird von bie-
sem vor ein Gespenst angesehn, söhnt sich aber mit ihm
aus, und beibe kehren nach Frankreich zurück. — Nun
möchte Aurisa ben Celidauro gern wieder an sich
ziehn, aber dieser verliebt sich in Claudinen. Aurisa
reſt

rast vor Eiferfucht, fällt sich aber dabei lahm, wird
dadurch klug, befördert nun selbst Celidaurens und
Claudinens Verheirathung. — Moreno als ein
treuer Diener der neun Jungfrauen, will unverheira-
thet bleiben. — Dieses Gedichte hat sehr wenig Plan,
aber die Ausführung hat durch lebhafte Beschreibung,
sehr viel Interessantes erhalten, und ist reich an guter
Satire *).

XII.

Spanische Satirschreiber.

Vierzehntes Jahrhundert.

Alvarez Pelagius.

Dieser gelehrte Spanier war ein Franciscaner und
Schüler des Johannes Duns Scotus, auch Doctor Juris zu Bologna. Durch seine Geschicklichkeit
brachte er es so weit, daß er Bischof zu Coron in Mo-
rea und endlich zu Silves in Algarbien wurde. Er
starb 1353. Man hat folgendes wichtige Werk von
ihm, worinn er die verdorbnen Sitten seiner Zeit mit
großer Lebhaftigkeit schildert:

Alvari Pelagii de Planctu Ecclesiae libri duo.
Vlmae per Iohann Zeiner de Rutlingen. 1474.
fol. Lugdun. klein 1517. Venet. Sansovi-
nus. 1560. fol.

Er

*) Neue Leipziger Bibliothek der schönen Wissenschaften
Band XXIII. St. I. S. 164.

Er dedicirte das Werk dem Cardinal von Spanien, Petrus Gomez, und entwirft in demselben ein trauriges Gemählde von dem damaligen Verfall der Kirche, der Geistlichen und besonders seines Ordens, auch aller andern Stände der Christenheit, mit beigefügten Stellen aus der heiligen Schrift und beiden Rechten. Er tadelt die Mißbräuche der Päbste, welche die elendesten Leute, zu Cardinälen machten, die die Welt regieren sollen, und doch selbst unwissend wären. Die Prälaten schickten ihre Nepoten voraus in die Hölle, und folgten ihnen nach. Ueber die seltsame Kleiderpracht der Geistlichen drückt er sich also aus: Iam religiosi contra eorum regulas et instituta, in vestibus pretiositatem quaerunt, si possunt, non vilitatem: longitudo per terram serpit, plicatur cum suturis subtilissimis: caputia post nates descendunt: amplitudo eius vt tentorium est. Cordula Minorum subtilis et alba per-plurimis nodulis terram tangit: quod a Francisco humili pro dedecore datum est, priviguus eius accipit ad decorem: crucis habitus crucem conculcat: quales foris, tales intus. — Clerici crapulae et ebrietati et incontinentiae, quod est eorum vitium commune, intenduut et plerique vitio contra naturam, de quo thren. 4.

Artic. 26. Abbates incantatam familiaritatem habent cum mulieribus, quas sibi commatres faciunt, et incaute cum monialibus conversantur,

Artic.

Artic. 27. Sacerdotes saepe cum parochianis
mulieribus, quas ad confessionem admittunt, forni-
cantur. — Nimis incontinenter vivunt presbyteri,
et vtinam nunquam continentiam promisissent, maxime Hispani, in quibus provinciis in paulo maiori
numero sunt filii laicorum, quam clericorum. Et
quid celebratius est, quam quod per plurimos annos
de latere concubinae qualibet die surgunt, vel non
praemissa confessione, vel hypocritali cum proposito redeundi, et procedunt ad altare ad terrificam
hostiam consecrandam, panem pollutum, quantum
in eis est, Domino cordibus et labiis scelestis offe-
rentes.

Juan Ruiz.

Ein castilianischer Dichter, welcher Erzpriester zu Hita
war, und sich um das Jahr 1330. hervorthat. Seine
Gedichte werden jetzt in einer Handschrift der Bibliothek
zu Toledo aufbehalten. In denselben befindet sich
unter andern eine Erzählung von dem Streite und Kriege zwischen Don Carnal (die Zeit des Fleischessens)
und der Fasten, welche Velazquez weitläufig erzählt [*]. Das Jahr, in welchem das Gedicht geschrieben worden, wird in folgender Strophe angezeigt:

Era de mill é tresientos, è sesenta è ocho annos
Fue acabado este libro por munchos males è dannos,
Que

---

[*] Velazquez Geschichte der spanischen Dichtkunst, nach
der Uebersetzung des Herrn Prof. Dieze. S. 114.

Que fasen munchos, è munchas à otros con sus en-
gannos
E por moſtrar à los ſimpres ſabras è verzos eſtrannos.

Das iſt, im Jahr 1368. ward dieſes Buch geendigt, um viel Böſes und Unglück abzuwenden, welches
viele männlichen und weiblichen Geſchlechts durch ihre
Bosheit einander verurſachen, und um den Einfältigen
Fabeln und neue Verſe vorzulegen. Velazquez hält es
vor eine moraliſche und ſatiriſche Schilderung der damaligen Zeit, und vielleicht auch der Regierung und
einiger damals angeſehenen Perſonen, welches aber heut
zu Tage ſchwerer zu bemerken iſt. Es kommen häufig
Fabeln und Erzählungen vor, desgleichen moraliſche
Lehren, die zum Unterricht beſtimmt ſind.

Sechzehntes Jahrhundert.

Rodrigo de Cota genannt el Tio.

Von den Lebensumſtänden dieſes Dichters iſt wenig bekannt, auch kann die Zeit, wenn er eigentlich
gelebt hat, nicht genau beſtimmt werden. Man ſetzt
ihn gemeiniglich in das ſechzehnte Jahrhundert, wiewohl de la Monnoye meint, er müße ſchon im 15ten
Jahrhundert gelebt und geſchrieben haben, weil man
glaubt, daß er der Verfaßer der Celeſtina, wenigſtens zum Theil ſei, die in dieſem Jahrhundert zuver-
läßig geſchrieben worden *).

Man

*) Baillet Iugemens. Tom. IV. p. 23.

Zweiter Theil.   S

Man schreibt ihm ein satirisches Gedicht auf den König Don Juan II. und seinen Hof zu, welches unter den Namen der Coplas oder Strophen des Mingo Rebulgo bekannt ist. Sie führen den Namen Mingo Rebulgo von einer der zwei sich darinn unterredenden Personen; und werden von einigen fälschlich unter die Schäfergedichte gerechnet, weil die Personen darinn als Schäfer aufgeführt werden. Es besteht aus 32 Strophen, darunter einige sind, die man wegen der Umstände, worauf sie sich beziehn, heut zu Tage nicht mehr versteht. Hernando de Pulgar hat zwar eine Auslegung darüber gemacht, doch blieb noch vieles unverständlich. Unter die besten Ausgaben gehört die zu Antwerpen 1581. nebst den Proverbios des Marquis von Santillana, und die zu Madrit 1632. mit den Coplas von Jorge Manrique ⁵). Diese Coplas de Mingo Rebulgo werden auch dem Juan de Mena beigelegt.

Juan Boscan.

Ein catalonischer Edelmann, der um das Ende des 14ten Jahrhunderts zu Barcellona gebohren war. Im Jahr 1526. hielt er sich zu Granada auf, wo sich damals der Kaiser Carl V. befand. Hier wurde er mit dem großen Gelehrten und Staatsmann Andrea Navagero, der damals Gesandter der Republik Venedig bei dem Kaiser war, bekannt, der ihm rieth die Ver-

---

ⅽ) Velazquez. S. 162. 306. 408. 422. besonders in den Anmerkungen des Herrn Prof. Diege.

Verarten der Italiener und besonders das Sonnett in dem Spanischen einzuführen, welches er auch zuerst mit glücklichem Erfolge that. Er starb noch vor dem Jahr 1544. Unter seinen Gedichten befindet sich eine Satire auf die Geizigen. Seine sämmtlichen poetischen Werke kamen mit den Gedichten seines Freundes Garcilaso de la Vega unter folgender Aufschrift heraus:

Las Obras de *Boscan* y algunas de Garcilasso de la Vega repartidas en quatro libros en Lisboa. 1543.4. Mehr Ausgaben führt Herr Profeßor Dieze an.

Bartholomè de Torres Naharro.

Das Geburtsjahr dieses Dichters und die Zeit seines Ablebens sind nicht bekannt. Er war von la Torre, einem kleinen Ort in Estremadura gebürtig. Er soll durch Schiffbruch in der Mohren Hände gefallen, und hernach nach Rom kommen seyn, wo ihn der Pabst Leo X. sehr wohl aufgenommen hat. Uebrigens war er sehr gelehrt, und verstand die gelehrten Sprachen vollkommen. Seine Gedichte erwarben ihm sehr großen Ruhm; allein verschiedne Satiren, die er gegen den Hof schrieb, setzten ihn Verfolgungen aus, und er muste Rom verlassen und nach Neapel gehn, wo er in die Dienste des berühmten Fabricio Colonna kam. Er wird wegen seiner guten Eigenschaften, und seines tugendhaften Lebenswandels gerühmt. Aus einem ihm vom Pabst Leo X. zum Druck seiner Werke ertheil-

ten

ten Freiheitsbriefe, erhellt, daß er Priester gewesen ist. Von seinem vortreflichen Dichterischen Genie geben seine Werke einen Beweis, und seine Poesien werden auch wegen der Reinigkeit und Schönheit der Sprache sehr hoch gehalten. Sie haben den wunderlichen Titel:

Propalladia de *Bartholomé Torres Naharro.* En Sevilla. Iac. Cromberger. 1520 u. 1533. 4.

Er erklärt diesen Titel selbst, und leitet ihn von πρώτος und Pallas her, gleichsam die ersten Werke der Pallas, oder erste und unvollkommne poetische Versuche. Sie enthalten nebst acht Lustspielen, Lamentaciones oder Elegien, Satiren, Romanzen, poetische Briefe und kleine lyrische Gedichte *).

Christoval de Castillejo.

Er war zu Ciudad Rodrigo gebohren. Eine Zeitlang stand er bei dem Kaiser Ferdinand I. als Secretair in Diensten, und folgte ihm nach Deutschland. Des Hoflebens überdrüßig gieng er nach Spanien zurück, und ward ein Cistercienser-Mönch in dem Kloster Val de Iglesias bei Toledo, wo er ums Jahr 1596. starb. Ein Feind der italienischen Dichtungsarten, verfertigte er alle seine Gedichte in Coplas und kurzen Versarten, worinn er den höchsten Grad der Vollkommenheit erreichte. Seine Sprache ist rein und zierlich; seine Versification kann man nicht schöner verlangen, und sein

*) Nic. Antonio Bibliotb. Hispan. nova L. I. p. 158. Velazquez und Dienens Anmerkungen. S. 123 u. 419.

sein Witz ist natürlich und oft sehr satirisch, wor-
innn er eine eigne Manier und Stärke hat. Seine
Schriften sind eine Zeitlang von der Inquisition verbothen gewesen. 1573. wurde dieses Verboth wieder
aufgehoben; allein einzle Stellen haben müssen ausgelassen und verändert werden; daher hat man verschiedn-
ne castrirte Ausgaben. Dieses Verboth der Inquisition scheint durch einige schlüpfrige Stellen, und durch
verschiedne muthwillige Spöttereien veranlaßt worden
zu seyn.

Obras poeticas de *Christoval de Castillejo.* en Anvers.
1598. 12. en Alcalà. 1615. 8.

Diese seine Gedichte sind in drei Bücher getheilt.
Das erste enthält seine verliebten Gedichte, Briefe,
Villancicos, Motes, letras und endlich sein Capitulo
al amor, de sus defetos y pasiones. Das zweite
seine bei verschiednen Gelegenheiten verfertigten scherzhaften und satirischen Gedichte, das Gespräch zwischen
Aletio und Fileno, und das zwischen dem Dichter und
seiner Feder, welches sehr schön ist. Im dritten Buche stehn seine moralischen Gedichte, die Gespräche über
das Hofleben, und über die Schmeichelei und Wahrheit, und endlich seine geistlichen Gedichte. Unter seinen satirischen Schriften unterscheiden sich vorzüglich
die Coplas gegen die verliebten Gedichte, sein Capitulo
del Amor; die Coplas gegen die, welche zu seiner Zeit
die castilianischen Versarten verließen, und die Italienischen brauchten; das Gespräch über die Eigenschaften
des Frauenzimmers; das über das Hofleben; das zwi-

S 3

schen dem Autor und seiner Feder, und das Gespräch
zwischen der Wahrheit und der Schmeichelei. Diese
und andre Gedichte des Castillejo sind voll Reiz und
einer unnachahmlichen Laune, und man muß gestehen,
wie Velazquez versichert, daß bis auf seine Zeit Niemand die Kunst, das Laster lächerlich zu machen, in
einem größern Grade besessen hat [*]).

Siebzehntes Jahrhundert.

Lupercio Leonardo de Argensola.

Dieser vortrefliche Spanische Dichter war zu Bal-
bastro im Königreich Aragonien gebohren; sein Geschlechtsname war Leonardo, und er stammte aus
einer Familie dieses Namens aus Ravenna in Italien
ab. Er studierte zu Zaragoza, und begab sich von da
nach Madrid, wo er Kammerjunker bei dem Cardinal Albert von Oesterreich, Erzbischof von Toledo und
hernach Secretair bei der Kaiserin Maria von Oesterreich wurde. Der König Philipp II. und die Stände
von Aragonien ernannten ihn zum Geschichtschreiber
dieses Königreichs. Endlich muste er auf Befehl
des Königs Philipps III. den Grafen von Lemos Don
Pedro Fernando de Castro, welcher Unterkönig von
Neapel ward, als Kriegssekretair dahin begleiten, und
starb daselbst 1613. oder 1614. frühzeitig. Seine
Gedichte sind nebst seines jüngern Bruders Gedichten
zusam-

[*]) Nic. Antonio Bibl. Hisp. nov. L. I. p. 184. Velazquez S. 196. b.

zusammengedruckt, und von des erstern Sohne Don
Gabriel Leonardo de Albion y Argensola unter
folgenden Titel herausgegeben worden:

Rimas de *Lupercio*, i del Dotor *Bartolomé Leonardo
de Argensola*, en Zaragoza, enel Hospital
Real i General de nuestra Sennora de Gracia.
1634. 4.

Nic. Antonio sagt von diesen beiden Dichtern,
daß sie in Ansehung des Genies, der Reinigkeit, Zierlichkeit und Stärke der Sprache, und der großen mit
Geschmack verbundenen Gelehrsamkeit ihres gleichen
nicht hätten. Ihre Gedichte enthalten Oden, Lieder,
Sonnette, Tercetos, Redondillas, und einige kleinere
Gedichte, darunter auch einige sehr feine Sinngedichte
sind. In der Satire ahmen sie beide vornämlich den
Horaz nach [f]).

Bartholomé Leonardo de Argensola.

Der jüngere Bruder des vorigen, war Almoseniet
der Kaiserin Maria von Oesterreich, Chorherr bei der
Metropolitankirche zu Zaragoza, und Rector zu Wil-
lahermosa. Er folgte seinem Bruder in dem Amte eines
Geschichtschreibers von Aragonien; und setzte die Jahr-
bücher des Zurita fort. Er starb noch vor 1634. [g].

S 4 Miguel

[f] Nic. Antonio Bibl. Hisp. nov. L. II. p. 58. 59. Velazquez S. 215. Anmerk. t.

[g] Nic. Anton. l. c. L. I. p. 153. Velazquez a. a. O.

Miguel de Cervantes Saavedra.

Das Leben dieses vortreflichen Spaniers hat Don
Gregorio Mayans y Siscar am vollständigsten
beschrieben, und von dessen Schriften sehr weitläufige
Nachrichten gegeben. Diese Lebensbeschreibung ist zuerst der prächtigen Ausgabe vom Don Quixote, die zu
Londen 1731. in groß Quart durch Veranstaltung des
Lords Carteret erschienen ist, vorgesetzt. Sie ist auch
französisch herauskommen. Von den Lebensumständen
des Cervantes weiß man wenig. Mayans setzt seine Geburt ins Jahr 1549. Allein man hat es nachher aus seinem Taufzeugniß besser erfahren, daß er
1547. den 7. October zu Alcala de Henares gebohren worden. Er liebte von seiner zartesten Kindheit an
das lesen, und fast eben so früh zeigte sich bei ihm der
Hang zur Poesie und überhaupt zu den schönen Wissenschaften. Weil er nicht reich genung war, daß er vor
sich hätte leben können, so gieng er nach Rom zum
Cardinal Aquaviva als Kämmerer in Dienste.
Nach einiger Zeit entschloß er sich Soldat zu werden,
welcher Bestimmung er auch die meiste Zeit seines Lebens aufopferte. Er diente unter dem berühmten
Marco Antonio Colona, vermuthlich als Gemeiner. In dem Seetreffen bei Lepanto wurde er an der
linken Hand von einer Flintenkugel verwundet, wovon
er lebenslang gelähmt blieb. Darauf gerieth er in die
Gefangenschaft nach Algier, als er aus Neapolis nach
Spanien auf einer Galeere Philipps II. reiste, worinn

er sechstehalb Jahr seufzen und Geduld lernen muste. Als er nach Spanien zurückkam, schrieb er Komödien und Trauerspiele, doch war er schon vorher als Dichter berühmt. Es scheint, daß er die erste Hälfte seines Lebens bis ohngefähr ins vierzigste Jahr ganz den Waffen, die letztere, kleinere hingegen ganz den Musen gewidmet habe. Im Jahr 1584. erschien der erste Theil seiner Galatea, ein Schäferroman in Prosa und Versen. Sein Hauptwerk ist der Don Quixote. Die ersten zwei Bände, oder wie er es immer nennt, der erste Theil seines Werks erschien unter folgendem Titel:

Vida y Hechos del ingenioso Hidalgo Don Quixote de la Mancha. Primera y segunda Parte, compuesta por *Miguel de Cervantes Saavedra*, y dirigida al Duque de Bejar. En Madrit. Iuan de la Cuesta. 1605. 4.

Der Absatz dieses Werks war so schnell, daß ehe noch die beiden letzten Bände erschienen, (die Lißaboner, Valenzier und Antwerpner Nachdrücke ungerechnet) blos von der Madriter Ausgabe schon 12000 Exemplare verkauft waren. Dabei ließ man den armen Cervantes fast verhungern, und kein einziger von den Höflingen, die dem Don Quixote so manche frohe Stunde zu verdanken hatten, dachte daran, ihm nur eine kleine Pension vom Könige zu verschaffen. Aus der Vorrede erhellt, daß er den ersten Theil im Gefängniß geschrieben habe. Mayans sagt, er habe von Hörensagen, Cervantes sei mit einer Commißion in Mancha gewesen,

S 5

ſen, bei welcher Gelegenheit ihn die Einwohner von
Toboſa gefangen hätten; und aus Erkenntlichkeit dafür habe er dann ſeinen Ritter zum Manchaner, und
ſeine Princeßin zu einer Toboſerin gemacht. Der erſte Theil des Don Quixote fand keinen Beifall in Spanien; daher gab Cervantes eine kleine Schrift heraus: die junge Schlange betitelt. Dieſe kleine
Schrift, die nirgends auch in Spanien nicht mehr zu
haben iſt, ſchien eine Kritik des Don Quixote zu ſeyn,
machte aber im Grunde diejenigen, die ihn verſchrieen
hatten, äußerſt lächerlich. Dieſe Satire wurde allgemein geleſen, und durch dieſe Kleinigkeit erhielt Don
Quixote den Ruf, den ihm nachher ſein eigner innrer
Werth verſchaft hat. Da Cervantes einige Jahre
mit der Herausgabe der beiden letzten Bände zögerte,
gab ein anderer unter dem angenommnen Namen des
Licentiaten Alonſo Fernandez de Avellaneda eine
Fortſetzung des Don Quixote in zwei Theilen unter folgendem Titel heraus:

Segundo Tomo del ingenioſo Hidalgo Don Quixote
de la Mancha, que contiene ſu tercera ſalida,
compueſto por el Licenciado *Alonſo Fernandez
de Avellaneda*, natural de la villa de Tordeſil-
las. Al Alcalde, Regidores i hidalgos de la
noble villa de Argameſilla, patria feliz del Hidalgo Cavallero Don Quixote de la Mancha.
Con licentia. En Tarragona, en caſa del Fe-
lipe Roberto 1614. 8.

Der

Wer dieser verkapte Avellaneda gewesen sei, ist nicht bekannt. Er war aber nicht aus Tordesillas, sondern ein Aragonier, wie ihn Cervantes selbst nennt. So viel erhellt klar aus dieser Fortsetzung, daß er ein heimlicher Feind des Cervantes seyn muste, der sich dadurch, und durch die oft eingestreuten bittern Stellen gegen ihn für eine Beleidigung rächen wollte, die ihm, wie er selbst sagt, in den ersten Theilen des Don Quixote, und in den Novelas Exemplares wiederfahren war. Die Vermuthung es sei ein Geistlicher und ein Mitglied der Inquisition gewesen, den der Herzog von Lerma Philipps III. Premier Minister, der verschiedne Stellen im ersten und zweiten Theile des Don Quixote auf sich gezogen, aus Rache dazu angestellt habe, ist nicht ohne Wahrscheinlichkeit. So viel ist übrigens immer gewiß, es muste ein Großer und Mächtiger im Spiele seyn, den Cervantes fürchten und schonen muste; denn ungeachtet er ihn gewiß kannte, hat er ihn doch nie genannt. Mayans geht aber zu weit, wenn er dieser Fortsetzung alles Verdienst abspricht. Le Sage übersetzte sie 1704. ins französische, und verbesserte sie an vielen Stellen glücklich. Sie ist bei allen Fehlern immer launigt und unterhaltend.

Cervantes ärgerte sich heftig über diese Fortsetzung; mit seiner Galle ward auch zugleich seine Laune wieder rege; kurz, er gab 1616. seine eigne Vollendung des Don Quixote heraus; und wer weiß, ob wir sie ohne diesen Zufall erhalten hätten, da es so kurz vor seinem Ende war.

Ju.

Indeßen ſieht man offenbar an dieſen beiden letzten Theilen, daß Cervantes die Artikel des Avellaneda benutzt, weniger Anachroniſmen und Unwahr-
ſcheinlichkeiten gemacht, nicht ſo viele und ganz fremde
Epiſoden und Novelen eingemiſcht als im zweiten Theile, und überhaupt mehr auf der Huth geweſen iſt als
zuvor *h*).

Eine Fabel iſt es, wenn in einem engliſchen Jour-
nale geſagt wird, daß ſowohl die Hofleute als Kunſtrichter in Portugall behaupteten, Cervantes habe nur den
Druck dieſes Buchs beſorgt, und der eigentliche Verfaßer wäre der König Philipp III. *i*). Zwar hatte Cervantes Muſter vor ſich, die er aber als Genie nachahmte, das heißt, er folgte ihnen nicht ſclaviſch, ſondern blieb ſelbſt Original. Seine Muſter waren Lucian, der die Geſchichtſchreiber ſeiner Zeit wegen ihrer
unglaublichen Erzählungen in ſeinen Büchern von der
wahren Geſchichte auf eben dieſe Art angreift; Pulci,
der in ſeinem Morgante, die Ritterhiſtorien ebenfals
lächerlich macht, und Arioſto, der in ſeinem Orlando vielleicht eben die Abſicht gehabt hat, wiewohl noch
drüber geſtritten wird. Dieſen letztern hatte Cervantes, der in der Italieniſchen Litteratur ſtark war, fleiſ-
ſig geleſen. Man ſieht deutlich, daß er einer ſeiner
Lieb-

---

h) Herrn Bertuchs Vorrede zum 1 und 2ten Theil ſeines
überſetzten Don Quixote.

i) The preſent ſtate of the Republick of Letters, for May
1728. p. 248.

Lieblingsschriftsteller gewesen. Er hat ihn oft angeführt, ihm Gedanken abgeborgt. Die Raserei des Cardenio hat eine große Aehnlichkeit mit des Rolands seiner [k]).

Es war zu den Zeiten Cervantes Spanien mit einer ungeheuren Menge von den abentheuerlichsten Ritterbüchern überschwemmt. In den Zeiten dieser ritterlichen Unwissenheit hielt man sogar Kyrie eleison, Deuteronomion und Paralipomenon für Namen großer und berühmter Heiligen; man mischte Christus und Apollo, Cupido und den heiligen Geist, Maria und Venus zusammen. Die spanische Nation war in diese Possen ganz vernarrt, und in der romantischen Galanterie ersoffen, die den aufgeklärten Griechen und Römern nie bekannt gewesen war. Man glaubte, es wäre Tugend, sich dem Eigensinn einer trotzigen Infantin zu unterwerfen. Diese Tollheit wurde durch die Turniere unterhalten und gepflegt, wo man durch klägliche Sinnbilder sein vor Liebe krankes Herz auf Wappen und Schildern erbärmlich an den Tag legte. Daher entstanden die Ausschweifungen von Liebhabern, die ins Tollhaus gehörten. Einige ließen sich todtschlagen, indem sie den Namen ihrer Princeßin an die Mauer einer belagerten Stadt schrieben; Andre begaben sich in die Gefahr, den Hals zu brechen, indem sie es vor galanter hielten, auf eine Strickleiter bei stockfinstrer Nacht in das Zimmer ihrer eignen Gemahlinn zu klettern, als durch die Thüre hineinzugehn; andre

{He

k) Neue Leipziger Biblioth. Band I. S. 139.

ſtiegen in die Löwengrube, um den Handſchuh einer
Dame mit Lebensgefahr zu holen. Dieſe fantaſtiſche
Denkungsart hat nun Cervantes mit unnachahmlicher
Laune und Geiſtesſtärke an den berühmten Ritter Don
Quixote von Mancha abgemahlt, der alle ritterliche
Narrheiten ſeiner geliebten Dulcinea von Toboſo zu gefallen unternahm; dieſem geſellte er den poßierlichſten
Stallmeiſter auf Gottes Erdboden zu, den je ein irren-
der Ritter gehabt hat, den berühmten Sancho Panſa, der durch ſeine weiſe Narrheit eben ſo ſehr beluſtige,
als ſein Herr durch ſeine närriſche Weisheit. Von dem
Charakter des Don Quixote und des Sancho Panſa
hat Bodmer eine eigne Abhandlung geſchrieben,
worinn er einen ſeiner Freunde zurecht weiſt, der nicht
begreifen konnte, wie ſich Narrheit und Weisheit in
einem einzigen Subject vertragen können [1]). Die
Beſuchung der Irrhäuſer würde ihm deutlich gezeigt haben, daß ein Menſch in einem Punkte ein Narr,
und in allen andern klug ſeyn kann. Die ungemein luſtige Schreibart, deren ſich Cervantes bedient, iſt das
wahre Gepräge des Genies, und unter allen Schreib-
arten gewiß am ſchwerſten zu erreichen. Daher ſagt
er ſelbſt im zweiten Capitel des zweiten Theils durch den
Don Quixote: es iſt keine Schreibart ſchwerer zu erreichen als die luſtige; wer ſie recht treffen und an-
nehm-

[1]) Bodmers Betrachtungen über die poetiſchen Gemählde,
XVIII. Abſchnitt. von dem Charakter des Don Quixote
und Sancho Panſa.

nehmlich scherzen will, der muß überaus verstän-
dig seyn.

Der Hauptendzweck des Cervantes war die Ritterbücher lächerlich zu machen, die seinen Landsleuten den
Kopf verrückten; die wenn sie auch nicht auf ritterliche
Abentheuer wie sein Held auszogen, wider Windmühlen fochten, Balbierbecken für bezauberte Helme, eine
Heerde Schaafe für eine Armee und eine Dienstmagd für
eine verwünschte Princeßin hielten, durch beständiges
lesen solcher Bücher doch eine gleiche Stimmung erhielten, daß sie in allen Zuständen des menschlichen Lebens
Donquixotierten, und über diesem Studio andere nütz-
lichere Beschäftigungen versäumten. Anbei kann man
sein Buch auch als eine allgemeine Satire betrachten;
jeder Stand findet seinen Text sammt der Gloße, die
Don Quixoten im Cabinete, auf dem Katheder, auf
der Kanzel, bei der Armee, im Schusterladen und hinter dem Pfluge sind mit Vermächtnißen reichlich bedacht; jeder kann da in seinen Busen greifen und fühlen, ob er noch Fleisch und Blut habe. Daher eben
der allgemeine Beifall und die lange Dauer dieser Satire. Und doch ist der Ritter Temple der Meinung
gewesen, wie schon im ersten Bande ist gezeigt worden,
daß der Don Quixote bei der spanischen Nation Schaden
angerichtet; indem Cervantes seine Landsleute zwar
von der Grille einer übertriebenen und romanhaften Tapferkeit geheilt; aber sie zugleich zu der entgegengesetzten
Extremität so sehr verleitet haben soll, daß sie in Weich-
lichkeit versunken sind. Auch der berühmte spanische
Schrift-

Schriftsteller Nicolaus Antonio nimmt sich mit vielam Eifer der Ritterbücher an, wenn sie nur nicht durch Zoten die Ehrbarkeit verletzen, und glaubt die Tapferkeit würde durch das Lesen derselben rege gemacht und unterhalten. Man weiß, sagt er, daß der berühmte Ferdinand d'Avalos von Pescaira aus Lesung solcher Schriften die heldenmäßigen Neigungen geschöpft, davon er hernach in den Kriegen, denen er beigewohnt, so herrliche Proben abgelegt. Selbst der Herzog von Alba, so ernsthaft er war, soll die Eroberung des Königreichs Portugall einer jungen Schönheit zu Liebe unternommen haben, in der Hofnung durch seine Tapferkeit den Mangel andrer liebenswürdigen Eigenschaften zu ersetzen.

Cervantes starb 1616. d. 23 April arm und alt an der Wassersucht. Auch hier verlohr er die Heiterkeit seines Geistes nicht. Selbst den Tag drauf, als man ihm schon die letzte Oelung gegeben hatte, schrieb oder dictirte er noch scherzend d. 19. April 1616. die Zuschrift vor seinen Trabajos de Persiles y Sigismunda an den Grafen von Lemos. Der Don Quixote ist unzähligemal aufgelegt, und fast in alle lebende europäische Sprachen übersetzt worden, wovon ich nur hier die deutschen anführen will:

Die Abentheuerliche Geschichte des scharpffinnigen Lehns- und Rittersaßen Junker Harnisches aus Fleckenland; aus dem Spanischen ins Hochteutsche versetzt durch
Pabsch

Pahsch Basteln von der Sohle. Frankfurt
1648: und 1669 12. Der Ueberseßer war ein
Mitglied der Fruchtbringenden Gesellschaft, kam aber
nicht weiter als bis zum 22sten Capitel; die Ueberseßung ist ziemlich treu und gut. Hernach sind beide
Theile ins Deutsche überseßt in der Schweiß herauskommen; worinn aber die Sprache sehr rauh und undeutlich ist.

Des berühmten Ritters Don Quixote von
Mancha lustige und sinnreiche Geschichte
abgefaßt von Miguel Cervantes Saavedra. Zweite Auflage. Leipzig 1753. 8. Diese Ueberseßung ist aus der Französischen des Ar-
nauld gemacht.

Leben und Thaten des weisen Junkers Don
Quixote von Mancha. Neue Ausga-
be, aus der Urschrift des Cervantes, nebst
der Fortsezung des Avellaneda. In sechs
Bänden von Friedrich Just. Bertuch.
Weimar und Leipzig. 1775. 12. Diese schöne
Ueberseßung bedarf meines Lobes nicht.

In Frankreich hat man den Don Quixote bis auf
14 Theile fortgeseßt, die aber mit Cervantes Arbeit in
keine Vergleichung kommen. Das Urtheil des St.
Evremond mag diesen Artikel beschließen. Er sagt
im dritten Theil seiner Werke: Unter allen Büchern
die ich gelesen habe, wollte ich keines lieber geschrieben

Zweiter Theil.　　　T　　　haben

haben als dieſes. Es dient vortreflich, uns in allen
Sachen einen guten Geſchmack beizubringen. Quevedo ſcheint ein ſinnreicher Schriftſteller zu ſeyn; allein ich halte noch einmal ſo viel auf ihn, daß er alle
ſeine Schriften verbrennen wollen, nachdem er den
Don Quixote geleſen.

Im Jahr 1614. gab Cervantes zu Madrit in 8.
heraus ſein

Viage del Parnaſſo

welches eine beißende Satire auf die zu ſeiner Zeit lebenden Dichter iſt, die um ſo viel empfindlicher iſt, da
ſie dem erſten Anſcheine nach Lobſprüche zu enthalten
ſcheint. Cervantes ſchätzte dieſes Gedicht ſelbſt hoch,
und die Erfindung iſt allerdings ſinnreich und witzig,
und man kann es für ein komiſches Heldengedicht anſehn.
Dieſe Reiſe nach dem Parnaß iſt in acht Abſchnitte
getheilt, und eine Nachahmung eines andern Gedichts,
das eben dieſen Titel führt, und von Ceſare Caporali
verfertigt iſt, der auch das Leben des Mäcenas im komiſchen Ton beſungen hat, und den Paßeroni in ſeinem
Cicerone ſo glücklich nachgeahmt hat. Cervantes
entſchließt ſich eine Reiſe nach dem Parnaße zu unter-
nehmen. Er begiebt ſich nach Carthagena, nachdem
er in einem ſehr ſatiriſchen Tone von Madrit Abſchied
genommen. Bei ſeiner Ankunft in Carthagena findet
er den Gott Mercur. Dieſer erzählt ihm, es wären
mehr als 20000 ſchlechte Poeten auf dem Wege nach
dem Parnaße begriffen, welche verſuchen wollten mit
Gewalt

Gewalt hinaufzubringen; deswegen hätte ihn Apollo nach Spanien gesandt, alle gute Dichter dieses Reichs noch dahin zu führen, damit sie ihm wider die schlechten beistehen möchten. Er zeigt dem Cervantes ein Verzeichniß von Dichtern, und befiehlt ihm seine Meinung von einem jeden zu entdecken. Cervantes giebt dem Merkur eine kurze Nachricht von jedem. Unter diesen lobt er den Luis von Gongora, den Herrera, den Juan de Jauregui einen guten Ueberfetzer, den Espinet, und den Luis Velez de Quevara vor andern. Diesem letzten legt er den Namen des Sorgenbanners bei, den er selbst so sehr verdient. Er tadelt auch verschiedne. Mercur läßt darauf die Dichter, die das Verzeichniß enthält, in Wolken auf sein Schiff kommen. Er nimmt ein großes Kornsieb, wirft zu verschiedenen mahlen eine Menge Dichter hinein, und sichtet sie. Die guten gehn durch, und die, deren Verse hart und unharmonisch sind, bleiben oben. Keine Bitte hilft, Mercur wirft diese letztern ins Meer; sie suchen das Ufer zu erreichen, und im schwimmen fluchen sie auf den Apollo und seinen Gesandten, und drohen künftig den Parnaß durch noch schlechtere Gedichte zu entheiligen. Merkur segelt aber ab, ohne ihnen zu antworten. Man langt beim Parnaß an. Apollo führt seine Helden hinauf in einen angenehmen Garten. Der Gott setzt sich an einen erhabnen Ort, und läßt die Dichter gleichfals unter Lorberbäume nach dem Range, den ihnen ihre Verdienste geben, setzen. Cervantes findet keinen Platz; worüber er dem Apollo seinen Ver-

druß

druß bezeigt, und seine Verdienste um die Poesie erzählt; worauf ihm Apollo antwortet. Darauf erschien
eine Reihe schöner Nymphen, worunter aber eine die
andern an Schönheit und Majestät übertraf, welches
die Poesie war; die andern waren die schönen Künste.
Es nähert sich dem Parnaße ein Schiff, worein sich die
schlechten Dichter, die Mercur vorher ins Wasser geworfen hatte, gerettet hatten, welche den Apoll ihre
Dienste in dem bevorstehenden Kriege anbieten. Allein
dieser, dem mit ihrer Hülfe nichts gedient ist, bittet
den Neptun einen Sturm zu erregen. Dieses thut
Neptun; das Schiff der elenden Reimer zerspaltet,
und sie suchen sich durch Schwimmen zu retten. Neptun
sucht mit seinem Dreizack ihr Schwimmen zu hindern.
Weil aber sehr viele darunter waren, die verliebte Lieder
geschrieben hatten, so kommt Venus vom Himmel herab, und bittet den Neptun dieser armen Leute zu schonen. Er schlägt es ihr ab; sie wird hierüber erzürnt
und entzieht diese Unglücklichen der Verfolgungen des
Merkurs durch eine Verwandlung. Das Meer wird
in einem Augenblick mit einer Menge Schläuche bedeckt, worein Venus die Dichter verwandelt hatte;
daher konnten sie nicht untersinken, und wenn Neptun
einen mit seinem Dreizack spießen will, so gleitet er immer ab. Neptun kehrt voller Verdruß in die Tiefen
des Meeres zurück, und Venus triumphirend im Himmel. Apollo redet seine Vertheidiger an, und muntert
sie zur Schlacht auf. Der Schwarm seiner Feinde
läßt sich schon von ferne sehn; alles auf den Parnaß ruft

zu

zu den Waffen. Dieses ist der Inhalt der ersten sechs Capitel. Das siebente beginnt Cervantes mit einer prächtigen Anrufung an die kriegerische Muse. Apollo stellt seine Helden in Schlachtordnung; die Feinde wollen den Parnaß ersteigen; sie führen einen Raben in ihrer Fahne, und die Parthei des Apolls einen Schwan. Es kommt zum Treffen; dieses hat eine große Aehnlichkeit mit dem berühmten Treffen im Pult des Boileau. Man bombardiert sich auf beiden Seiten mit guten und schlechten Schriften. Apollo und seine Parthei siegen. Die Musen und die Dichtkunst, welche sich wegen der Schlacht verborgen gehalten, kommen hervor, und krönen die Ueberwinder mit Blumen und Lorbeerzweigen, und feiern ihren Triumph mit Tänzen. Cervantes kehrt wieder nach Madrit zurück. Was Cervantes sich selbst vor Verdienste um die Poesie zuschreibt, sieht man hier aus seiner Rede an den Apoll, wenn er sagt: Herr, derjenige, der dir treu dienet, und um den heiligen Lorbeer sich bewirbt, wird die meiste Zeit von dem großen Haufen verachtet. Neid und Unwissenheit verfolgen ihn beständig. Ich habe mich bestrebt, die schöne Galatea der Vergeßenheit zu entziehn. Ich bin es, der die nicht ganz häßliche Verwirrungsvolle auf die Bühne gebracht hat, eine Komödie die man Beifallswürdig gefunden, wenn ich dem Gerüchte trauen darf. Ich habe noch mehr Komödien verfertigt, die zu ihrer Zeit vor gut gehalten wurden, und wenig von den Regeln abweichen. Ich habe im Don Quixote dem traurigsten, mißvergnügtesten Herzen ein

T 3   Mittel

Mittel zur Aufheiterung gegeben, das zu allen Zeiten
Wirkung thut. Ich habe in meinen Novellen eine
Bahn geöfnet, auf der die spanische Sprache ihre ganze
Zierlichkeit und ihren Reichthum zeigen kann. Ich
habe sehr viele an Erfindungskraft übertroffen; von
meinem zartesten Alter an habe ich die Poesie geliebet,
und dir immer zu gefallen gesucht. Niemals hat sich
meine Feder zu persönlichen Satiren erniedrigt, deren
Belohnung Unglück und Schande ist. Ich verabscheue
die Schmeichelei, und murre nicht mit erbitterten Geiste
wider das ungünstige Schicksal."

Man hat dem Cervantes wegen dieses Selbstlobs
Vorwürfe gemacht; allein so ein großer Mann konnte
wohl seinen Werth fühlen und von der Güte seiner
Werke sprechen; welches als ein Vorwurf seiner Na-
tion anzusehn ist; die ihn verhungern ließ und tausend
Taugenichtse reichlich ernährte.

Der Reise auf den Parnaß ist noch eine Kleinigkeit
angedruckt; Cervantes sagt, kurz nach seiner Rückkehr habe ihm Apollo folgendes zugesandt:

**Privilegia und Verordnungen die spanischen
Poeten betreffend von Apollo.**

1) Sollen einige unter den Poeten eben so berühmt wegen ihrer Unordnung in der Kleidung, als wegen
ihrer Verse seyn.

2) Wenn ein Poet sagt, daß er arm sei, soll ihm jedermann auf sein Wort glauben.

3) Wenn

3) Wenn ein Poet zu einem seiner Freunde oder Bekannten kommt, und dieser eben bei Tische sitzt, und ihn mit zu essen bittet, der Poet aber versichert und schwört, er habe schon gegessen; so soll sein Freund oder Bekannter ihm nicht glauben, sondern ihn zwingen sich niederzusetzen; denn er kann gewiß überzeugt seyn, daß dem Poeten hierdurch im Grunde keine Gewaltthätigkeit angethan wird.

4) Wenn ein Poet eines seiner Werke einem Großen zueignet, so soll er ja nicht glauben, daß sein Werk hierdurch besser werde.

5) Soll es jedem Poeten frei stehn, mit mir und mit dem, was im Himmel ist, nach Herzens Belieben zu schalten und zu walten. Z. E. er kann die Strahlen, die mein Haupt umkränzen, ungescheut mit den Haaren seiner Geliebten vergleichen. Er kann ihre Augen in zwei Sonnen verwandeln, die dann mit mir drei Sonnen ausmachen werden, und so wird die Welt desto mehr Licht haben. Auch soll es ihm freistehn mit den Sphären und Planeten nach Wohlgefallen umzugehn.

6) Es wird besonders befohlen, daß wenn eine Mutter ein ungezognes Kind hat, welches immer schreit, sie anstatt daßelbe mit dem Knecht Ruprecht zu bedräuen, es mit einem schlechten Poeten und seinen Versen bedräuen soll.

7) Man soll nicht sagen, ein Poet habe einen Fasttag verunheiliget, wenn er sich gleich an demselben die Nägel halb von den Fingern gegessen hat.

T 4   8)

8) Kein Poet soll sich unterstehn, auf öffentlicher
Straße jemanden etwas von seinen Versen vorzu-
lesen ᵐ).

Luis de Gongora y Argote.

Dieser spanische Dichter wurde aus einem adlichen
Geschlechte zu Cordova 1561 gebohren. Er sollte
zu Sclamanca die Rechte studieren, allein er überließ
sich gänzlich seinem Hange zur Dichtkunst. Um sein
Glück zu machen, begab er sich in den geistlichen
Stand; er konnte es aber nicht weiter bringen, als zur
Stelle eines Racionero (Portionarius) bei der Kirche
zu Cordova. Ein eilfjähriger Aufenthalt am Hofe
hatte ihm auch kein größeres Glück verschaft als die
Würde eines Capellan de Honor des Königs, und er
starb 1627. zu Cordova, wohin er sich zurück begeben
hatte. Seine Verehrer halten ihn vor den größten
Dichter, den jemals Spanien hervorgebracht hat.
Allein andre haben ihn für den Verderber des Ge-
schmacks in der spanischen Poesie mit besserm Rechte gehalten, der durch seine affectirte Dunkelheit und übel
angebrachte Gelehrsamkeit unter der dümmern Heerde
der Nachahmer viel Unheil gestiftet. Cervantes giebt
ihm in seiner Reise auf den Parnaß ein prächtiges Lob
in Versen, darin er den Styl des Gongora parodirt;
es ist aber nichts anders als eine beißende Ironie.
Doch ist er in seinen kleinern Jugendgedichten erträgli-
cher

ᵐ) Neue Leipziger Bibliotheck. Band I. S. 110.

cher als in seinen größern, die er im Alter geschrieben
hat *). Einige glauben, Gongora habe sein zeitli-
ches Glück durch seinen Hang zur Satire verscherzt.
Denn er war ein abgesagter Feind aller Schmeichelei,
und gewohnt ein jedes Ding bei seinen Namen zu nennen; er liebte spitzige Worte und machte sich gern auf
Kosten der Narrheit lustig. Er schalt die Laster ohne
Ausnahme vom Hirtenstab an bis zur Krone *). Seine Gedichte kamen zuerst unter dem prahlerischen Titel
heraus:

Delicias del Parnaſo, en que ſe cifran todos los Ro-
    mances liricos, Amoroſos, Burleſcos, Gloſas
    y Decimas Satiricas del regocigo de las Muſas,
    el prodigioſo Don *Luis de Góngora*, en Bar-
    celona, 1634. 12.

Eine vollständigere Ausgabe ist folgende:

Todas las Obras de *Don Luis de Góngora*, en varios
    poemas recogidos por Don *Gonzalo de Ho-
    zes y Cordova*. En Madrid. 1634. 4.

Die Dunkelheit, die in seinen Werken herrscht, und
von seiner überall angebrachten pedantischen Gelehrsamkeit und Anspielungen auf Geschichte und Mythologie, neugemachten und in seltsamen Verstande ge-
brauchten Wörtern entsteht, hat verschiedne Verehrer

               T 5   von

---

s) Nic. Antonio Bibl. Hiſp. nov. L. II. p. 29. Belaz-
    quez S. 249.

t) Scheybe freimüthige Gedanken aus der Historie. Th. I.
    S. 69.

von ihm veranlaßt Auslegungen uͤber ſeine Gedichte zu ſchreiben.

Don Antonio Hurtado de Mendoza.

Er ſtammte aus einem vornehmen Hauſe, und wurde in der Dioͤces von Burgos gebohren. Er ge- hoͤrt unter die guten Dichter, war Comthur des Ritter- ordens von Calatrava, Koͤnigs Phillipps IV. Secretair und Beiſitzer des Inquiſitions Tribunals. Man ſchreibt ihm folgende heftige aber wohlgeſchriebene Satire zu:

Sueño politico, Romance Satyrico contra los dos Privados del Rey D. Phelipe IV. el Conde Du- que y Don Luis de Haro. 12. Ohne Meldung des Jahrs und Druckorts. Andre halten den Don Melchior Fonſeca vor den Verfaßer*).

Don Franciſco de Quevedo Villegas.

Quevedo ein Mann von großem Genie, und vie- ler Gelehrſamkeit, und einer der beſten proſaiſchen und poetiſchen Schriftſteller der ſpaniſchen Nation, ward zu Madrit 1570. gebohren. Er ſtudierte zu Al- cala de Henares die gelehrten Sprachen und Wiſſen- ſchaften, ohne eine zu ſeinem Hauptwerk zu machen, und wiedmete ſich den Geſchaͤften, beſonders unter dem Herzoge von Oßuna. Auf ſeinen Reiſen durch Frank- reich, Italien, Deutſchland und ganz Spanien erwarb

---

*) Dieſe beim Velazquez. S. 433. 549.

er sich viele Weltkenntniß. Er war Ritter des Ordens
von Santjago. Da er die Gefahr des Hoflebens, besonders durch ein dreijähriges Gefängniß hatte kennen
lernen, so wollte er sich nie wieder in die Hofluft begeben, und begnügte sich mit dem Titel eines Secre-
tairs Philipps IV. ohne die Stelle wirklich anzunehmen.
Er war schon ziemlich alt, als ein satirisches Gedicht
von ihm, in welchem er die damalige Regierung mit
sehr vieler Freiheit geschildert, ihm die Ungnade des
Königs und die Verfolgung des ersten Ministers zuzog. Er muste einige Jahre in der Stadt Leon in
einem harten Gefängniße zubringen. Nach seiner Be-
freiung gieng er auf sein Schloß la Torre de Juan
Abad. Er starb 1647. an einem Brustgeschwür mit
der Gelaßenheit eines Christen und Philosophen.
Obras de Don *Francisco de Quevedo Villegas*, en
Brusselas 1660. 4. drei Bände; eben daselbst 1670.
und hernach zu Antwerpen in eben dem Jahre in vier
Bänden, wovon der vierte einige nach seinem Tode her-
ausgekommnen Stücke enthält. Man hat auch eine
zu Madrid 1736. in 6 Quartbänden herausgekommne
Ausgabe. Seine prosaischen Schriften theilt man in
geistliche, historische, politische, moralische, satirische
und scherzhafte ein; worunter die satirischen und scherzhaften den meisten Beifall erhalten haben. Es herrscht
ein feiner Witz und eine vortrefliche Laune darinn.
Auch unter seinen Gedichten befinden sich Satiren.
Er übertrift den Juvenal an scherzhafter Laune aber
auch an Bitterkeit. Lope de Vega nennt ihn aus-
drück-

drücklich ben Juvenal der Spanier. Seine Sueños oder Träume sind am meisten unter uns bekannt. Sie sind ein Werk von originaler Laune, großer Menschen- und Weltkenntniß, beißenden Witz und männlicher Entschloßenheit, Wahrheit zu sagen und Laster zu geißeln, es stecke in welcher Haut es wolle. Sie sind in Frankreich, Italien und Deutschland übersetzt worden. Hans Michael Moscherosch von Wilstätt in der fruchtbringenden Gesellschaft der Träumende genannt, hat sie weitläuftig paraphrasirt, vermehrt und nachgeahmt, unter dem Titel: **Wunderliche und wahrhafte Geschichte Philanders von Sittewald.** Straßburg und Frankfurt. 1645. 48 und 50. Herr Bertuch hat den Traum vom jüngsten Gerichte ins Deutsche übersetzt, auch eben dieses Quevedo Briefe des Ritters von Spahrguth. (Cartas del Cavallero de la Tenaza, oder Briefe des Ritters von der Zange) worinn sich viele heilsame Vorschläge finden, sein Geld zu behalten, und nur in Prosa zu verschwenden. Welches kleinere Werk voll Witz, seiner Satire und Laune ist. Die Sitten, Verhältniße und Gewohnheiten eines großen Theils der Nation und sonderlich der Buhlschwestern von Profeßion und ächten Cavalleros sind darinn nach dem Leben gemahlt [1]).

Don

[1]) Dieze beim Velazquez, S. 226. Bertuchs Magazin der spanischen und portugiesischen Litteratur I. Band. S. 97. und 141.

Don Diego Saavedra.

Ein spanischer Staatsmann, in den letzten zwanzig Jahren des 16ten Jahrhunderts gebohren. Er studierte zu Salamanca, wurde Doctor der Rechte, und widmete sich den öffentlichen Geschäften. Er war spanischer Agent am Römischen Hofe. 1643. wurde er von König Philipp IV. auf den Friedens-Congreß nach Münster geschickt, nachdem er schon die Würde eines Ritters von Santjago, und Beisitzers des obersten Raths von Indien erlangt. 1646 wurde er nach Madrid zurückberufen, und starb 1648. Unter seinen Schriften gehört folgende hieher:

Don Diego de Saavedra Republica literaria, en Alcala, por Maria Fernandez. 1670. 12.

por Don Gregorio Mayans. Madrid. 1735. 8.

Ins Englische übersetzt von L. E. A. B. Lond, 1727. 12.

Die gelehrte Republick durch — Saavedra, nebst Mayans Lobrede auf die Werke des Saavedra, und des Herrn le C * * gelehrten Republick, ins Deutsche übersetzt. Nebst Vorrede und Anmerkungen von Johann Erhardt Kappen. Leipzig 1748. 8.

In dieser gelehrten Republick des Saavedra kommen viele witzige und beißende Satiren auf Gelehrte, ihre Beschäftigungen und Geistesprodukte vor. Ein Bücherrichter bestimmt die verliebten Gedichte zu Haarwickeln fürs Frauenzimmer, Rockenbriefen, Zu-

der

cker- und Roſinentüten; die mediciniſchen Schriften
ſollten in die Flinten aufs Pulver geſtopft werden, und
aus philoſophiſchen ſollte man papierne Blumentöpfe,
Hunde und Katzen verfertigen. Ein Trupp Häſcher
brachte den Julius Cäſar Scaliger mit Handſchellen
und mit einem Knebel im Munde geſchleppt. Hinter
ihm zog das ganze Heer der alten Römiſchen Dichter,
welche faſt alle zerſtümmelt und im Geſichte zerſetzt waren. Einige hatten keine Naſe, andern waren die Augen ausgeſtochen; andre kamen mit eingeſetzten fremden Zähnen und falſchen Haaren; noch andere mit höl-
zernen Armen und Beinen.

Die Kunſtrichter, ſah Saavedra in ſeinem
Traum als Trödler, und welche alte Schuhe und Klei-
der flickten. Die Redner waren Marktſchreier und ver-
kauften allerhand Quinteſſenzen die Leute zu betrügen.
Die Geſchichtſchreiber waren Kupler. Die Dichter
trugen in den Gaſſen zu verkaufen herum Geſichte für
Grillen, Blumenſträußer, Honig- und Butterſchnit-
ten, Mandelkerne und Kinderpuppen. Die Aerzte
waren Schlächter, Todtengräber und Scharfrichter.

Don Juan de Jauregui.

Er ſtammte aus einem vornehmen ablichen Geſchlechte in Biſcaya, ward zu Sevilla am Ende des
16ten Jahrhunderts gebohren; und hatte in der Poeſie
und Mahlerei eine vorzügliche Stärke. In der epiſchen und lyriſchen Poeſie gehört er unter die beſten

Dich-

Dichter Spaniens. Seine dramatischen Stücke fanden keinen Beifall, weil damals Gongora und Quevedo den Ruhm unter sich theilten; dadurch wurde seine Eifersucht so erregt, daß er gegen beide Satiren schrieb. Er starb um das Jahr 1650. zu Madrid. Seine prosaischen Schriften sind meistens satirisch.

Discorso contra el hablar culto y obscuro. En Madrid 1628. ist gegen den Luis de Gongora, der damals durch seine dunkle und affectirte Sprache den Geschmack verderbte.

La Comedia del Retraido. En Madrid 1634. Eine bittre und beißende Schrift gegen ein kleines Werk, das Quevedo unter dem Titel: La Cuna y la sepultura, doctrina para morir, zu Madrid in eben demselben Jahre herausgegeben hatte.

Gegen eben diesen Quevedo hat er noch einige kleinere Satiren geschrieben [*].

Baltazar Gracian.

Ein gelehrter Jesuit und Rector des Jesuiter Collegii zu Tarracona. Er wurde um das Jahr 1603. in der Stadt Calatajud in Aragonien gebohren, und starb 1658. Seine Schriften werden wegen der Reinigkeit der Sprache in Spanien sehr hoch gehalten, und

ob

*) Nic. Antonio Bibl. Hisp. nov. L. L. p. 612. Dize beim Velazquez S. 230.

ob sie gleich von zugespitzten Einfällen, seltsamen Metaphern und hochtrabenden Redensarten wimmeln, so enthalten sie doch viel Gutes und manchen herrlichen Gedanken.

Obras de *Lorenzo Gracian*, divididas en dos Tomos, en el primero contiene el *Criticon*, tratando en la *primera* parte de la Ninnez y juventud, en la segunda de la varonil etad, y en la tercera de la veje; el *Discreto*, el *Politico* Fernando el catholico; en el *segundo* la *Agudeza* y Arte de Ingenio; *Oraculo manual* y Arte de Prudencia; en el fin annadimos el *Comulgatorio* de varias meditaciones de la sagrada comunion per el Baltazar Gracian. En Amberes 1702. 4.

Nicol. Antonio hält wahrscheinlich dafür, daß der Verfasser der Werke, die unter dem Namen des Lorenzo Gracian herausgekommen sind, sein Bruder Balthazar Gracian gewesen ist. Das Criticon des Gracian über die allgemeinen Laster des Menschen, welche ihm in der Jugend, im männlichen und hohen Alter ankleben, enthält bittre und witzige Satiren über die ganze Reihe menschlicher Unvollkommenheiten, und ist in drei Theilen in Form eines Romans abgefaßt. Ich will nur einige Ueberschriften der Capitel auszeichnen, woraus man schon die Absicht des Verfassers deutlich sehen kann: Moralische Anatomirung des Menschen, das wüste Meer des Hofes, der Jahrmarkt

markt der ganzen Welt, der Schauplaß der Ungeheuer,
die ganze Welt im Tollhause, die Wahrheit in Kin-
desnöthen, die entlarvte Welt, u. f. f. Sehr viele gute Sachen in dem Criticon abgerechnet, kann man
doch sicher behaupten, daß Gracian seiner Einbildungskraft oft den Zügel zu weit schießen läßt, und daß sie
mit seinem Verstande davon läuft. Der Profeßor
Adam Ebersti zu Frankfurt hatte die gesammten
Schriften des Gracian ins lateinische übersetzt; auch
wollte Christian Gryphius Rector des Magdaleni-
schen Gymnasii in Breslau das Criticon aus dem Spanischen ins Deutsche übersetzen. Eine französische Uebersetzung des ersten Theils kam 1697. heraus, und
nach derselben 1698. eine deutsche. 1708. kamen alle
drei Theile französisch heraus unter dem Titel:

L'Homme detrompé, ou le Criticon de Balthasar Gra-
     cian traduit de l'Espagnol. Der französische Ue-
bersetzer aber hat nicht alles verstanden und ganze Stellen ausgelassen. Aus dieser Ueberseßung hat Caspar
Gottschling Rector zu Neustadt-Brandenburg eine
deutsche herausgegeben. Halle und Leipzig 1721. 8.
Das Buch ist auch ins Italienische übersetzt worden.

Von Luis de Ulloa.

Ulloa gehört unter die besten Dichter, die sich am
Hofe des Königs Phlipps IV. aufhielten; er hatte ein
großes Talent zum Komischen, schrieb aber auch ernsthafte Gedichte. Er war zu Toro einer Stadt im Kö-

Zweiter Theil.   U   nig-

uigreich Leon aus einem vornehmen Geſchlechte gebohr-
ren. Seine Sonnette wovon die meiſten ſcherzhaft
ſind, werden von den Spaniern am meiſten geſchätzt.
In der Satire ahmte er den Juvenal nach. Er
ſcheint wahrſcheinlich 1674. geſtorben zu ſeyn. Seine
Gedichte hat nach ſeinem Tode ſein Sohn Don Juan
de Ulloa unter folgendem Titel ans Licht geſtellt:

Obras de D. *Luis de Ulloa Pereira* proſas y verſos,
en Madrid. 1674. 4. ').

Don Antonio de Soli's y Ribadeneyra.

Dieſer vortrefliche dramatiſche Dichter, Geſchichtſchreiber und Staatsmann wurde zu Placencia einer
Stadt in Alt Caſtilien 1610. aus einer vornehmen Familie gebohren. Er ſtudierte zu Salamanca die Rechte
und widmete ſich den Weltgeſchäften. König Philipp IV. ernannte ihn zu ſeinem Secretair, und nach
deſſen Tode die Königin Regentin zum erſten Geſchichtſchreiber von Indien. Während dieſes Amtes ſchrieb
er ſeine berühmte Geſchichte von der Eroberung von
Mexico. Im 57 Jahre ſeines Alters entſagte er der
Welt und ließ ſich bei den Jeſulten zum Prieſter wei-
hen; und ſtarb 1686. In ſeinen poetiſchen Werken
befinden ſich viele Satiren, worinn Laune und beißen-
der Witz herrſcht. Sie kamen unter folgendem Titel
heraus:

Varias

*) Herrn Profeſſor Dieze beim Velazquez. S. 224.

Varias Poesias Sagradas y profanas que dexò escri-
tas (aunque no juntas, ni retocadas) Don Antonio de Solis y Ribadeneyra. Resogidas, y
dadas a luz por Don Iuan de Goyeneche. En
Madrid 1692. auch 1716. und 1732. 4. *).

Ildephonsus a Sancto Thoma.

Ein spanischer Dominicaner aus der vornehmen Familie der Quintana, gebohren um das Jahr 1631. welcher
nach und nach bis zu dem Bisthum von Mallaga sich
geschwungen. Er starb 1692. Man hat ihm folgende Satire gegen die Jesuiten zugeschrieben:

Teatro Iesuitico: Apologetico Discurso, con Salu-
dables, y seguras Dottrinas necessarias a los
Principes de la tierra: Escribiale el Dotor
Francesco de la Piedad. En Cuimbra. Guill.
Cendrat. 1654. 4.

Unter allen Satiren, welche wider die Jesuiten erschienen sind, ist dieses die bitterste und schimpflichste;
worinn den Jesuiten die grösten Betrügereien, Sodomiterei und andre abscheuliche Laster Schuld gegeben
werden. Der Bischof von Mallaga, dem man in der
Morale practique des Iesuites vor den Urheber dieser
Satire angab, beklagte sich öffentlich darüber in folgender Schrift:

Catolica Querimonia. Malacae. Typis Matthaei
Hidalgo, Typographi Illustr. ac Rev. Dni mei

Epi-

* Diese beim Velasquez. S. 348.

Epiſcopi. 1686. Er dedicirte ſie dem Pabſt Innocentius XI. und bewies ſeine und des Ordens Unſchuld. Das Teatro Ieſuitico iſt mit gröſter Sorgfalt unterdrückt worden, und gehört daher unter die allerſeltenſten Bücher. Bayer und aus ihm Vogt glauben, man fände es nur ein einziges mal, und zwar in der Bibliothek des Königs in Frankreich, wohin es aus der Tellerſchen Bibliothek gekommen *). Allein De Bure kannte ſieben Exemplare in Paris *); Es wurde ehemals mit 1800 livres bezahlt. Auf den erſten vier Blättern befindet ſich der Titel, die Dedication an den Pabſt Innocentius X. ein Regiſter und die Druckfehler. Der erſte Theil hat 176 Seiten und folgenden Titel:

Reſpueſta a un Papel cuyo Titulo es: Iadreme el Perro, y noime muerda, compueſta per el Dotor Franciſco de la Piedad.

Der zweite Theil fängt mit der Prophezeiung der heiligen Hildegardis wider die Jeſuiten an, und geht von Seite 177 bis 424. wo am Ende dieſe Worte ſtehn:

Impreſſo en el corazon de todos.

Das Buch iſt auf ſchlechtes Papier ſchlecht mit abgenutzten Buchſtaben gedruckt.

Acht-

---

v) Bayeri Memoriae Libror. rar. p. 96. Vogt Catal. libror. rar. p. 364.

w) de Rare Bibliograph. Iurisprudence. p. 76.

Achtzehntes Jahrhundert.

Joseph Franz Jsla.

Wie Cervantes einen unwiderstehlichen Trieb hatte
die ritterlichen Narren zu geißeln, so fühlte der spanische Jesuit Jsla einen innerlichen Ruf die Narren auf
der Kanzel, wo nicht zu bessern, doch zu züchtigen, und
ihre Blöße öffentlich aufzudecken.   In dieser Absicht
schrieb er mit Bewilligung der spanischen Inquisition,
welches zu ihrer Ehre gereicht, ein Buch unter folgendem Titel:

Historia del famoso Predicadòr, Fray Gerundio de
Campazas.   Madrid 1758. 4.

Diesen ersten Theil gab er unter dem erdichteten Namen Francisco Lobòn de Salazar, Pfarrer an der
St. Peterskirche zu Villagarcia heraus.   Alle ver-
nünftige und gelehrte Spanier schenkten ihm von gan-
zem Herzen ihren Beifall.   Diesem ersten Bande
ist auch die Approbation der Inquisition beigedruckt,
die es gern sah, daß die elenden Prediger unter den
Mönchen besonders, die das Publicum mit geistlichem
Unsinn plagten, und bei denen alle Vermahnungen sich
zu bessern nichts fruchteten, recht scharf gezüchtigt wurden.   Kaum war aber der erste Theil erschienen, so
fiengen einige geistliche Orden, und besonders die Dominicaner und Bettelmönche ein greuliches Geschrei
an.   Da sie bei der Inquisition nicht Hülfe suchen
durften, so wendeten sie sich unmittelbar an den König,

und

und zeigten an, daß dadurch alle geistliche Orden in
den Augen des Volks lächerlich würden; und alsdann
würde unfehlbar der Umsturz der ganzen Religion erfolgen. Der König trug dem hohen Rath von Castilien
die Untersuchung des Buchs auf, der es blos um die
Ruhe wieder herzustellen unterdrückte, und die Ausgabe
des zweiten Theils verboth. Es erschienen hierauf verschiedne kleine Streitschriften zu Vertheidigung des Verfaßers in Madrid. Eine sehr gut geschriebne hat die
Aufschrift:

Anatomia del Cuerpo del Fray Gerundio de Cam-
　　pazas, y Apologia de su Alma; worinn gezeigt wird, was Jronie ist, und wie man einen Jroni-
schen Schriftsteller beurtheilen soll. Aber das Verboth
blieb doch, und durch die Einziehung der meisten gedruckten Exemplare wurde das Buch selbst in Madrid
äußerst rar. Wir würden also vermuthlich in Deutschland nichts davon gesehn haben, wenn nicht der Verfaßer den ersten Theil und die Handschrift vom zweiten
einem Fremden (vermuthlich Baretti) anvertraut
hätte, der es mit nach London nahm, und es da ins
Englische übersetzen ließ. Und aus dieser Englischen
hat Herr Bertuch seine wohlgerathne deutsche Uebersetzung verfertigt, die unter dem Titel herauskam:

Geschichte eines berühmten Predigers Bruder
　　Gerundio von Campazas, sonst Gerundio Zotes genannt, in zween Bänden, aus
dem Englischen. Leipzig. 1773. gr. 8.

　　　　　　　　　　　　　　　　Die

Die zweite Auflage 1777. in welcher einzle Ausbrücke verbeßert sind.

Der Held der Geschichte ist der Sohn eines guten ehrlichen Pächters zu Campazas, der immer reisende Brüder und Patres bewirthete, und sich mit seiner Hausehre die Grille in den Kopf setzte die Frucht ihres Leibes auch zu einem Geistlichen zu machen. Der Junge war nicht ohne Kopf, allein er fiel Pedanten und einfältigen Pinseln in die Hände, die sein bißchen Menschenverstand in Narrheit umschufen. Er wurde Pater Preblcador, und predigte das unsinnigste Zeug, wovon herrliche Proben in dem Buche vorkommen. Ohngeachtet wegen ausgekramter Gelehrsamkeit nach spanischer Art und Kunst die lecture etwas langweilig wird, so kann man es doch als eine vortrefliche Abbildung von den Sitten und der Denkungsart spanischer Mönche und gemeiner Leute ansehn, die mit treffendem Witze und ächter Laune geschildert sind *).

XIII.
Portugiesische Satirenschreiber.
Francesco de Saa de Miranda.

Einer der besten Dichter der Portugiesen; er wurde 1495 gebohren, wo er eine Zeitlang als Lehrer der Rechte mit Beifall docirte. Nachdem er Spanien und

U 4   Ita-

*) Baretti Reisen Th. II. S. 40. und die Vorrede zum Gerundio.

Italien durchreist, gab ihm der König Johann III. die Commenthurei Dúas Igrejas vom Orden Christi im Erzbisthum Braga, wo er aber einen mächtigen Feind in einem vornehmen Hofmanne bekam, auf den man eine Stelle in seinem 7ten Schäfergedichte gedeutet hatte, und der sich in heftige Drohungen gegen ihn ausließ. Daher verließ er den Hof und begab sich auf sein Landguth Tapada nahe bei Ponte de Lima, wo er in Ruhe seine Gedichte größtentheils verfertigte. Er starb 1558. In vielen Gedichten von ihm sind sehr beißende satirische Züge gegen einige der vornehmsten Personen am portugiesischen Hofe. Er hat in Portugal zuerst lange Verse verfertigt. Der größte Theil seiner Gedichte ist spanisch; in dem Portugiesischen ist er noch heut zu Tage ein claßischer Schriftsteller.

Obras do Doutor Francisco de Saà de Miranda, novamente impressas com a relaçaõ da sua qualidade e vida. Lisboa. 1614. 4.⁹) Seine Satiren kamen besonders heraus:

Satyras. Porto. 1626. 8.

Luis de Camoëns.

Dieser große Dichter ward zu Lißabon 1524. gebohren, und studierte zu Coimbra. Ein unglücklicher Liebeshandel trieb ihn nach Ceuta in Africa, und in einem Seegefechte verlohr er das rechte Auge. 1553. gieng er mit einer Flotte nach Ostindien. 1555. segelte

9) Diese beim Velazquez. S. 81.

gelte er auf der Flotte des Don Manuel von Vascon-
cellos mit ins rothe Meer, und von da wieder zurück
nach Goa. Während seiner Abwesenheit war nach
dem Tode des Don Pedro Mascarenhas, an dessen
Stelle Don Francisco Baretto Vicekönig von Indien
geworden. Camoens verfertigte bei dieser Gelegenheit ein satirisches Gedicht

Disparates na India
(Die Thorheiten von Indien)

und eine andre Satire in Prosa, in welcher er den neuen
Vicekönig und die vornehmsten Personen in Goa, die
bei seiner Ernennung Feierlichkeiten angestellt hatten,
auf das heftigste und beißendste durchzog. Der Vicekönig, welcher darüber erbittert ward, verbannte den
Camoens nach China. Er muste im Jahr 1556.
nach Macao abgehn. Unterwegens litt er Schiffbruch
und rettete nichts als seine Epopee, die Lusiadas, die
er in der rechten Hand hielt. Zu Macao wurde er
Oberverwalter der Gelder der Verstorbenen und Abwe-
senden. Im Jahr 1561. kehrte er nach Goa zurück.
1569. kam er nach mancherlei Schicksalen wieder nach
Portugall, wo er in der größten Dürftigkeit leben muste,
und starb 1579. Die neuste und vollständigste Ausgabe der sämtlichen Werke des Camoens ist
folgende:

Obras de Luis de Camoëns. Nova Ediçaõ. Tomo I.
II. III. Paris, a custa de Pedro Gendron. Ven-

U 5   dese

deſe em Lisboa, em caſa de Bonardel et Du-
beux. 1759. 12. *).

XIV.

Engliſche Satirenſchreiber.

Daß die Engländer manche Nation an kräftiger
und tiefdringender Satire weit übertreffen, iſt eine bekannte Sache; und es hat theils in der Denkungsart
dieſer Nation, theils in der Staatsverfaßung derſelben
ſeinen hinlänglichen Grund. Le Blanc hat daher
nicht unrecht geurtheilt, wenn er ſagt: In der Satire
ſind die Engländer beswegen ſo weit über die Franzoſen
weg, weil ſie ſich darinn alles für erlaubt halten. Sie
haben große Vortheile, die ihnen in dieſer Schreibart
zu ſtatten kommen. Der Geiſt der Partheilichkeit,
der von ihrer Kindheit an über ſie ſchwebet, die Schwer-
muth ihrer Gemüthsart, die Heftigkeit ihrer Neigungen, und alles treibt ſie zur Satire. Was einem
Franzoſen nur lächerlich vorkommt, das erbittert einen
Engländer. Der Franzoſe ſingt die traurigſten Schickſale in Liederchen her; der Engländer zieht wider Gleichgültige mit Donner und Bliß los. Er meint auch ihre
Satiren thäten mehr Schaden, als die Laſter, auf die
sie

---

z) Dieſe beim Belazquez. S. 526. f.

fie loszögen *). Das letztere kann wohl nicht allgemein wahr seyn.

Zwölftes Jahrhundert.

Johannes Sarisberiensis.

Unter die besten Köpfe in diesem Jahrhunderte, wo Unwissenheit und scholastische Subtilität über die Kenntniße triumphirten, gehört dieser Johannes, welcher von seinem Geburtsort Salisbury den Zunahmen erhalten; denn sein Geschlechtsname war Petitus oder Parvus. Das Jahr seiner Geburt ist unbekannt. Im Jahr 1136. kam er noch sehr jung nach Frankreich, und hörte da die scholastische Philosophie und Theologie bei den berühmtesten Lehrern; er fand aber, wie er selbst in seinem Metalogicus erzählt, keinen Geschmack an dieser losen Speise; und setzte sich durch damals seltne Kenntniße weit über sein Jahrhundert hinaus. Seine Einsichten erwarben ihm große Gönner; unter diesen war Pabst Adrianus IV. mit dem er von einem Teller as, und aus einem Becher trank. Er half den ältesten Prinzen des Königs Heinrichs II. erziehn. Als Thomas Becket Erzbischof von Canterbury 1170. in seiner eignen Kirche getödtet wurde, und dieser Johannes einen Streich, der ihm nach dem Kopf gieng, mit dem Arme auspariren wollte, empfieng er eine solche

*) Lettres de Mr. le Blanc, concernant le Gouvernement, la Politique et les Moeurs des Anglois et des Francois. Tom. II.

che Wunde, daß die Aerzte ein ganzes Jahr an seinem Leben zweifelten. 1172. wurde er Bischof zu Chartres und starb 1180.

Ioannis Saresberiensis Policraticus: Sive de nugis Curialium et vestigiis Philosophorum, libri octo. Lugd. Bat. 1595. 8. Man hat noch mehr Ausgaben.

In diesem Buche werden nicht allein die Sitten der Hofleute, sondern auch der Geistlichen sehr heftig durchgezogen [b]); denn er lebte eine Zeitlang an Heinrichs II. Hofe, und hatte also Gelegenheit die Hofleute kennen zu lernen; und unter Geistlichen hatte er seine meiste Lebenszeit zugebracht. Es kommt in diesem vortreflichen Werke viel merkwürdiges über die Bedienungen, Beschäftigungen, Pflichten, Tugenden und Laster der Welt.

b) Einige Proben daraus: Sedent in Ecclesia Romana Scribae et Pharisaei ponentes onera importibilia in humeros hominum. Pontifex magnus omnibus gravis, ac pene intolerabilis est. Ita debacchantur eius legati, ac si ad ecclesiam flagellandam egressus sit Sathan a facie domini. Nocent saepius et in eo diabolo sunt persimiles. Apud eos judicium nihil est, nisi publica merces. Quaestum omnem reputant pietatem. Iustificant pro muneribus impium, afflictos gravant conscientia. Argento et auro menses ornant et exultant in rebus pessimis. Siquidem peccata populi comedunt, eis vestiuntur, et in eis multipliciter luxuriantur.

Weltleute, vornehmlich der Fürsten und großen Herren vor [c].

Gualterus Mapes.

Mapes blühte um das Ende des zwölften Jahrhunderts, und war einer der gelehrtesten und hellesten Köpfe, dabei sehr lustig und spaßhaft, und vor seine Zeit ein guter lateinischer Dichter. Er war Hofcaplan bei dem Könige Heinrich II. und Chorherr zu Salisbury, im Jahr 1196. Präsentor zu Lincoln, und 1197. Archidiaconus zu Oxford. Er hielt sich in gewissen Angelegenheiten zu Rom auf, und lernte daselbst den Verfall der Geistlichkeit, den Stolz, die Schwelgerei und den Geiz der Cardinäle und Prälaten kennen. Dieses lag ihm Zeitlebens im Sinn und als er nach Hause kam, hörte er nicht auf sie mit den bittersten Satiren zu verfolgen. Er bediente sich aber erdichteter Namen z. E. der Pabst Golias, Joannes de Abbatia, Joannes de Corborio, Gualterus de Hybernia u. f. f. Er hatte auch zu Oxford einen Narren, Spottvogel oder lustigmacher, (Bomolochus) der aber gelehrt war, und auf sein Verlangen sich vor den Urheber der Satiren und scherzhaften Gedichte ausgab, die Mapes verfertigt hatte [d]. Er konnte auch die Verleumdungen

c) Bruckeri historia critica Philosoph. Tom. III. p. 773.

d) Giraldus in Speculo ecclesiae Lib. IV. C. 16. welcher diesen Narren vor den Verfaßer der Gedichte des Mapes hielt, schreibt also von ihm: Parasitus quidam Goliae nomine,

gen und die Beſchimpfungen nicht gleichgültig anſehn,
womit die ungerechte Geiſtlichkeit den König Johann
auf eine gottloſe Weiſe verfolgte.   In ſeinen Satiren
nennt er ihn bisweilen Jupiter oder den Löwen, den
Pabſt Pluto und einen Eſel, und die Prälaten unver-
nünftige Beſtien und Unflath.   Seine ſatiriſchen Gedichte, die nur zum Theil gedruckt ſind, ſind folgende:

1)   Apocalypſis Goliae Pontificis ſuper corrupto
      Ecclefiae ſtatu.

2)   Sermo Goliae Pontificis ad Praelatos impios.

3)   Sermo alius ad Praelatos.

4)   Golias ad ſacerdotes Chriſti.

5)   Praedicatio Goliae.

6)   De his, quae regnant in Romana Curia.

7)   In Romam.

8)   Excommunicatio Goliae.

9)   Planctus ſuper Epiſcopis.

10)   Querela ad Papam, Praelaturas et bona eccle-
      ſiaſtica teneri ab indoctis, avaris et ignavis ven-
      tribus.

                                             11)

nomine, noſtris diebus guloſitate pariter et dicacitate
famoſiſſimus: qui Golias melius, quia gulae et crapulae per omnia deditus, dici potuit: litteratus tamen affatim, ſed nec bene morigeratus, nec diſci-
plinis informatus, in Papam et curiam Romanam
carmina famoſa pluries et plurima tam metrice quam
rhythmice non minus impudenter quam imprudenter evomuit.

11) De mundi miferia. Diese Gedichte stehn in dem Buche, welches Flacius unter dem Titel herausgab: Varia doctorum de corrupto ecclefiae ftatu poemata. Die sechs ersten befinden sich auch in *Wolff.* lection. memorab. Tom. I. p. 430. Leyser hat das 1ote Stück aus einer Handschrift der Universitätsbibliothek zu Leipzig S. 779. richtiger abdrucken lassen als Flacius. Aus der sechsten Satire will ich etwas zur Probe vorlegen, daraus man sehen kann, wie leicht und fliessend die Versification des *Mapes* ist, und wie natürlich er sich ausdrückt:

Roma mundi caput eft, fed nil capit mundum:
Quod pendet a capite totum eft immundum.
Trahit enim vitium primum et fecundum:
Et de fundo redolet, quod eft juxta fundum.

Roma capit fingulos et res fingulorum:
Romanorum curia non eft nifi forum
Ibi funt venalia jura Senatorum,
Et folvit contraria copia nummorum

In hoc confiftorio, fi quis caufam regat
Suam vel alterius, hic inprimis legat:
Nifi det pecuniam, Roma totum negat,
Qui plus dat pecuniae, melius allegat.

Romani capitulum habent in decretis,
Ut petentes audiant manibus repletis.
Dabis aut non dabitur, petunt quando petis,
Qua menfura feminas, eadem tu metis

Munus

Munus et petitio currunt paſſu pari,
Opereris munere, ſi.vis operari.
Tullium nec timeas, ſi velit cauſari:
Munus eloquentia gaudet ſingulari.

Nummis in hac Curia non eſt, qui non vacet:
Crux placet, rotunditas placet, totum placet.
Et cum ita placeat, et Romanis placet,
Vbi nummus loquitur, et lex omnis tacet.

Cum ad Papam veneris, habe pro conſtanti:
Non eſt honus pauperi, ſoli favet danti.
Et ſi munus praeſtitum, non ſit aliquanti.
Reſpondet hic tibi ſic, non eſt mihi tanti.

Papa quaerit, chartula quaerit, bulla quaerit,
Porta quaerit, Cardinal quaerit, curſor quaerit.
Sed ſi dares ovibus, at uni deerit:
Totum mare ſalſum eſt, tota cauſa perit.

Mapes war auch Meiſter in ſcherzhaften Gedichten, dahin gehört:

Carmen Ebrioſorum; welches ſich anfängt:

Tertio capitulo memoro Tabernam; und
Anathema pro pileo; beßen Anfang folgender iſt:

Raptor mei pilei morte moriatur *).

Dreſ

---

*) Balei Catalogus Scriptorum Britanniae. p. 253.

Dreizehntes Jahrhundert.

Nigellus Wireker.

Wireker ein frommer und gelehrter Englischer Mönch und Präcentor zu Canterbury blühte um das Jahr 1200 und lebte unter dem Könige Richard I. und Johannes. Er schrieb ein satirisches Gedicht unter dem Titel

Brunellus oder *Speculum stultorum*,

darinn ein Esel vorgestellt wird, der seines kurzen Schwanzes los seyn und einen längern haben will. Unter diesem Bilde versteht der Verfasser einen Mönch, der mit seinem Stande nicht zufrieden ist, und nach einer Abtei strebt. Das Buch ist dem tyrannischen Bischof von Ely Wilhelm Longshamp dedicirt. Es enthält sehr beißende Satiren wider den Pabst und die ganze Römische Clerisei, besonders die Mönche und Nonnen. Daher wird der Verfasser vom Flacius Illyricus unter die Zeugen der Wahrheit gerechnet, die vom Verfall der Kirche geschrieben haben f).

Nach der Zuschrift in Versen fängt das Gedichte also an:

Auribus immensis quondam donatus Asellus
   Instituit, ut caudam possit habere parem.
Cauda suo capiti quia se conferre nequibat,
   Altius ingemuit de brevitate sua.

Ora-

f) Baleus l. c. p. 245.

Zweiter Theil.   X

Oravit ſuperos, ut quod natura negaſſet,
    Muneribus vellent condecorare novis.
Conſuluit Medicos, quia quod natura vetabat,
    Artis ab officio poſſe purabat eos.

Darauf folgt die Antwort des Arztes Galenus, der ihm räth den alten Schwanz zu behalten, und ihm eine Geſchichte von zwei Kühen erzählt, denen in einer kalten Nacht, da ſie auf einer ſumpfigten Wieſe gelegen, die Schwänze angefroren; wovon die eine ſich aus Ungeduld den Schwanz ausgeriſſen, die andre aber klüger den Sonnenſchein erwartet, und ihren Schwanz erhält. Die Lobrede der Kuh Brunetta auf ihren Schwanz, die ihn behält, iſt ſehr komiſch.

Corporis ergo mei quamvis pars ultima cauda,
    Vtilius tamen hac nil reor eſſe mihi.
Quae quamvis oneri modo ſit, nullique decori,
    Aeſtivo redimit tempore damna ſui.
Vnica cauda mihi plus quam duo cornea praeſtat
    Tempore muſcarum, plusque ſalutis habet. etc.

Nach mancherlei Begebenheiten und erzählten Novellen zieht Brunellus nach Paris und will ein Prälat werden, er bleibt aber ein Eſel, wie er immer war. Er geht alle Orden durch und zeigt ſehr lebhaft ihre Fehler und Gebrechen.

Von den Canonicis Saecularibus ſagt er unter andern:

Hi

Hi sunt, qui faciunt, quidquid petulantia carnis
    Imperat, ut vitiis sit via prona suis.
Totus in errorem mundus praeeuntibus istis
    Ducitur, hi pereunt praecipitesque ruunt.

Von den Nonnen:

Harum sunt quaedam steriles, quaedam parientes,
    Virgineoque tamen nomine cuncta tegunt.
Quas pastoralis baculi tenetur honore,
    Illa quidem melius fertiliusque parit.
Vix etiam quaevis sterilis reperitur in illis,
    Donec ejus aetas talia posse negat.

Von einigen Mönchsorden:

Qui duce Bernhardo gradiuntur, vel Benedicto,
    Aut Augustini sub leviore jugo:
Omnes sunt fures, quicunque charactere sancto
    Signati veniant, magnificentque Deum.

Von Rom:

Si caput a capio, vel dixeris a capiendo,
    Tunc est ipsa caput, omnia namque capit.

Von dem Römischen Hofe:

A summo capitis pariter pedis usque deorsum
    Ad plantam, sanum nil superesse reor.

Es haben einige dem Johann von Salisbury bie-
sen Narrenspiegel des Wirekers irrig zugeschrieben.
Marchand meint, das käme daher, weil dieser Jo-

X 2   hann

hann von Salisbury ein ſpeculum ſtultorum geſchrieben und es dem Wireker dedicirt hätte*). Ich
weiß nicht, wo er dieſe Anecdote herhaben muß, die ich
vor ungegründet halte. Er hat wohl ein ſpeculum ra-
tionis, und ein ander Buch ſuper ſpeculo Nigelli geſchrieben, deren Baleus gedenkt*), die aber noch nicht
gedruckt ſind. Vielleicht iſt es eine Erklärung des Wirekers, etwan ſo wie Keyſerbergers Predigten über Sebaſtian Brants Narrenſchiff. Ohngeachtet man von
Wirekers Brunellus viele Ausgaben hat, ſo iſt das
Buch doch ſelten.

1) Ausgaben ohne Jahrzahl und Druckort.

Incipit epiſtola veteris Vigelli ad Guilhelmum ami-
　　cum ſuum ſecretum continens integumentum
　　ſpeculi ſtultorum ad eundem directi. fol.
　　72 Blätter. Lyſer de poetis medii ævi.
　　p. 751.

Speculum ſtultorum 4. vier und ein halber Bogen.
　　Hambergers Nachrichten Th. IV. S. 306. de
　　Bure Bibliographie. Bell. lettr. Tom. II. p. 229.
　　Bibl. Chriſtii. P. II. p. 29.

Brunellus in ſpeculo ſtultorum. 8. acht Bogen. Ly-
　　ſer. l. c.

2) Ausgaben mit Jahrzahl:

　　　　　　　　　　　　　　　　Colon.

*) Merchand Diction. hiſtor. Gielke. Rem. D.
*) Baleus l. c. p. 212.

Colon. 1471. fol. Fabric. Bibl. lat. med. aet.
h. v.

1478. ohne Druckort. Diese Ausgabe ist noch
nicht gewiß.

Colon. 1499. 4. Fabric. l. c.

Paris 1506. 4. Ioan. Petit. de Bure l. c.

Gripeswici in Anglia 1548. Placcii theatr.
anon. p. 393. Argentor. 1562. ib.

Basil. 1557. fol. 245.

Bei der Praxis jocandi, Francof. 1602. 8. ist auch
der Brunellus befindlich. S. 352 – 503.

Brunellus Vigellii et vetula Ovidii. Wolferb. 1662.
8. aus einer Wolfenbütelischen Handschrift abgedruckt.

Vierzehntes Jahrhundert.
Johann Wiclef.

Wiclef oder Wiclif ist an einem Orte dieses
Namens in dem nördlichen Theile von England gebo-
ren worden. Er studierte zu Oxford und brachte es in der
scholastischen Philosophie und Theologie so weit, daß er
den Doctorhut darinn erhielt, und sie öffentlich lehrte,
bis er endlich Prediger zu Lutterworth in Leicestershire
wurde. Seine Gelehrsamkeit öfnete ihm die Augen;
er sah die Unordnungen, welche in der Kirche vorgien-
gen, ein; besonders mißbilligte er das tyrannische Betragen der Bettelmönche, die so viel Klagen bei recht-
schaffnen Männern gegen sich erregt hatten. Diese fanden

X 3 einen

einen heftigen und gefährlichen Feind an Wiclef, als ſie
noch nicht gehabt hatten, der die Rechte der Univerſität
Oxford gegen ſie vertheidigte, und dabei der Päbſte,
die ihnen ſehr geneigt waren, nicht ſchonte. Er gab
auch dem gemeinen Volk beßern Unterricht in der Religion, als zu dieſen Zeiten zu geſchehen pflegte, und verſchafte ihm Gelegenheit die Bibel in ſeiner Sprache zu
leſen. Alles dieſes brachte die Geiſtlichkeit gegen ihn
auf, und der Erzbiſchof zu Canterbury hielt 1377. eine
Verſammlung der Geiſtlichkeit gegen ihn, gegen welche
ſich aber Wiclef unerſchrocken vertheidigte, und durch
den Beiſtand des Herzogs Johann von Lancaſter
und andrer Großen die ihm zugethan waren, der Gefahr, welche ihm von Seiten der Biſchöfe drohte,
glücklich entgieng. Es wurde aber im Jahr 1382.
ein neuer Synodus zu London gegen ihn gehalten.
Wiclef erſchien aber nicht, weil er von den Nachſtel-
lungen ſeiner Feinde unterrichtet wurde, und fand an
der Univerſität Oxford einen Vertheidiger; ſo daß auch
dieſer Synodus keine weitre Folgen auf ihn hatte, als
daß zwei und zwanzig von ſeinen Lehrſätzen verdammt
wurden. Wiclef verſahe nach wie vor ſein Predigtamt zu Lutterworth, bis er 1387. an einem Schlag-
fluße ſtarb[*]. Im Jahr 1428. wurden auf Befehl
des Pabſts Martins V. ſeine Gebeine ausgegraben und
verbrannt. Wiclef gehört unter die Polygraphen und
ſehr arbeitſamen Männer. Baleus führt allein 238.
Bü-

---

[*] Hambergers Nachrichten Th. IV. S. 617.

Bücher an, die er geschrieben hat, worunter auch einige die scholastische Philosophie betreffen. Aeneas Sylvius erzählt, daß mehr als 200 Bände von seinen Schriften sehr schön abgeschrieben zu Prag auf Befehl des dasigen Erzbischofs verbrannt worden. Seine vier Bücher Dialogen sind unter den gedruckten am bekanntesten. Die meisten aber liegen noch ungedruckt in englischen Bibliotheken, worunter viele sind, in welchen die Mißbräuche der Geistlichen und besonders der Bettelmönche, gegen die sich damals weltliche und geistliche auflehnten, sehr lebhaft dargestellt werden, als

De Papa Romano.
De nequitiis ejusdem.
De fratrum nequitiis.
Contra mendicitatem validam.
De Conversatione Ecclesiasticorum.
De Hypocritarum imposturis.
De Simonia Sacerdotum.
De vita Sacerdotum.
Speculum Cleri per dialogum.
De non saginandis sacerdotibus.
Cogendos sacerdotes ad honestatem.
De ocio in mendicitate.

Wie frei Wiclef die Sitten der Geistlichen zu seiner Zeit schildert, mag man aus folgendem Bruchstücke beurtheilen, welches aus seinem Buche de Hypocrisi genommen ist:

Tanta

Tanta erat hac aetate morum corruptio et peccandi licentia, ut Sacerdotes ac Monachi, praeter violatas virorum conjuges et moniales, virgines quasdam occiderent, concubitum eis denegantes. — Foeminis perſuadebant eorum plures, multo levius eſſe peccatum cum illis coire, quam cum laicis: praeter eorum Sodomiam, quae omnem menſuram exceſſit: interim ſe ſe jactitantes, eas abſolvere poſſe, et pro eorum peccatis reſponſuros eſſe ſemper: in maximis ſceleribus eas nutriebant.   Spoliatis etiam haeredibus veris, ſuos nothos et ſpurios mirum in modum ditabant.   Mulierum complexiones et ſecreta ex libris diſquirebant: docentes cum illis concumbere in abſentiis maritorum, maxime eſſe contra varias aegritudines ſalubre. — Mendicantium ordinum fratres exauditis confeſſionibus, dum viri nobiles eſſent in bellis occupati, negotiatores in negotiis, mercatores in mercibus, ac ruſtici in agris, illorum uxoribus abutebantur, neque a Juvenibus in coenobiis abſtinebant. 'Sub cappis, cucullis et veſtibus ſuis juvenculos traducebant, aliquando etiam capitibus earum raſis.   Ex aliorum vxoribus ſorores et hi faciebant, ut inde filios educerent, et ex ſuo genero fraterculos poſt ſe relinquerent.   Praelati eorum nonnas et viduas occupabant.   Carnem ſic omnes votis oblitis nutriebant in deſideriis [b]).

b) Baleus l. c. p. 450 und 475.

Galfried Chaucer.

Mit diesem großen Dichter fängt sich ein neuer Zeit-
punkt in der engländischen Poesie an. Er reinigte
Sprache und Geschmack in England, wie es Dante
und Petrarca in Italien gethan haben. Er wurde
im Jahr 1328. gebohren, und zwar nach einiger Meinung in London. Seine Gelehrsamkeit erlangte er zu
Cambridge und Orford und seine Weltkenntniß auf den
Reisen, die er nach Frankreich und den Niederlanden
that. Durch den nachmaligen Herzog Johann von
Lancaster, der auch hernach die Schwester von Chaucers Frau, die Lady Swynford heirathete, machte
er sein Glück an dem Hofe Eduards III. und gelangte
von einer Ehrenstelle zur andern. Diese Gnade dauerte unter König Richard II. fort; doch gerieth er hernach in mißliche Umstände, daß er auch gefangen gesetzt wurde. 1389. fieng sein Glück wieder an zu blü-
hen, als der Herzog von Lancaster wieder aus Spanien
zurückkam. Doch hielt er sich vom Hofe entfernt und
lebte in der Stille bis an seinen Tod, welcher 1400.
erfolgte; Andre meinen, er habe noch 1402 gelebt.
In Italien lernte er den Petrarca und Boccaccio
kennen, und da er zugleich die Italienische und Pro-
venzalische Sprache erlernte, so half ihm dieses die bis-
herige steife Rauhigkeit seiner Muttersprache zu verbes-
sern. Er besaß einen lebhaften Geist und blühende
Einbildungskraft und hatte viel gelesen. Allein seine
vornehmsten Quellen waren nicht so wohl die Alten,
als vielmehr die Italienischen und Französischen Dich-

ter. Aus dieſen Quellen ſchöpfte er zwei ſeiner vornehmſten Gedichte

The Knigths Tale; aus dem Boccaz, die von ihm
neue Schönheiten erhielt, und

The Romaunt of the Roſe, den er aus dem franzöſiſchen des Wilhelm von Lorris und des Johann
von Meun überſetzte.

Als ſich ſein Gönner, der Herzog von Lancaſter
der Sache Wiclefs, den die Geiſtlichen vor einen Ketzer hielten, annahm, lenkte ſich Chaucer gleichfals
auf dieſe Seite, bemühte ſich die Stadt London zu reformiren, und gerieth darüber in Gefahr, die ihn bewog, England eine Zeitlang zu verlaſſen; er begab ſich
aber doch heimlich wieder dahin, wurde verrathen, gefangen geſetzt, und kam wider los. Er kehrte die
Schärfe ſeiner Satire mit gutem Erfolg gegen faule
Mönche, unwißende Prieſter, und gegen die Frechheit
derer, die zu den geiſtlichen Gerichten gehörten [1].
Doch war er nicht etwan überhaupt ein Feind der Religion, oder auch nur insbeſondere der Römiſchen Kirche; ſondern es zeigt ſich vielmehr das Gegentheil.
Denn er redet ſehr ehrerbietig von ihren Lehren, und
legt frommen Geiſtlichen große Lobſprüche bei. Die
alſo, welche die Religion durch ihr gottloſes Leben in

Ver-

1) Aliaque plura fecit, in quibus Monachorum ncia,
  miſſantium tam magnam multitudinem, horas non
  intellectas, reliquas, peregrinationes, ac caereuionias
  parum probavit. *Baleus* l. c. p. 526.

Verachtung brachten, waren es, welche Chaucers Geißel empfanden, und nicht überhaupt die Priester der christlichen Lehre. Seine Absicht war nicht, die Geistlichen zu beschimpfen, sondern zu bessern, und in dieser Absicht schrieb und übersetzte er viele Stücke, damit sie deutlich einsehen möchten, wie viel die Religion durch ihr unordentliches Betragen litte. So scheint z. E. Chaucer den Roman von der Rose um die Zeit übersetzt zu haben, da Wiclefs Meinungen empor kamen, weil die geistlichen Orden darinn durchgezogen werden. Leland und andre alte Schriftsteller behaupten, daß Chaucer auch der Verfasser der Erzählung vom Ackermann gewesen, welche die Laster sowohl der weltlichen als der Ordensgeistlichen sehr heftig durchzieht; und die Satire unter dem Titel Johann Upland wird ihm auch mit sehr gutem Grunde zugeschrieben. Es ist zu verwundern, daß da die Bischöfe alle Arten von englischen Büchern, wodurch die Leute Licht und Erkenntniß erlangten, verdammten, sie doch die Werke des Chaucers verschonten, weil sie vermuthlich seine Worte nur für Scherzreden und Possen hielten *). Und auf diese Weise mögen auch die Gedichte des Wicrefers und Mapes durchgewischt seyn.

Robert Longland.

Er war um 1350. ein Weltpriester und Mitglied des Oriel Collegii zu Oxford; ein gelehrter und frommer

*) Balens l. c. Brittische Biographie Th. VII. S. 101. ff.

mer Mann, einer von Wiclefs vornehmsten Anhängern, der das ärgliche Leben der damaligen Geistlichen besonders der Bettelmönche nicht nur einsah, sondern auch in seinen Satiren sehr lebhaft und beißend bestrafte. Seine erste Satire, die er 1369. vollendete, führt den Titel:

The Vision of Pierce Plowmann.

Dieses Gesicht Peter Plowmanns oder des Ackermannes besteht aus einer Reihe verschiedner Gesichte, welche der Dichter selbst gesehn zu haben vorgiebt, wie er einmal nach einem langen Spaziergange nahe an den Malverne Bergen in Worcestershire eingeschlafen war. Es ist eine Satire auf die Laster aller Stände, aber größtentheils auf die verdorbne Lebensart der Geistlichen und die Thorheiten des Aberglaubens. Der Verfasser macht sie mit vieler Laune lächerlich, und zeigt einen großen Reichthum allegorischer Erfindung. Er ahmt nicht nur die Sprache, sondern auch die Dichtungsart der Angelsachsen nach; er verwirft den Reim, und behilft sich mit einer beständigen Alliterazion. Gemeiniglich ist Peter Plowmanns Gesichten ein Gedicht angehängt, welches betitelt ist:

Pierce the Plowmann's Crede

(Peter Plowmanns Credo oder Glauben.) Der Plan desselben ist dieser. Ein unwißender Mann von niedrigem Stande, der sein Pater noster und Ave Maria weiß, will auch gerne den Glauben lernen. Er bittet verschiedne Ordensgeistliche ihn hierinn zu unterrichten.

Zuerst

Zuerst kommt er zu einem Minoriten, dieser räth ihm, sich für den unwissenden Carmelitern zu hüten, deren Fehler er ihm mit hellen Farben schildert, und sagt ihm, er könne allein durch die Minoriten selig werden, er möge den Glauben wissen oder nicht. Er geht darauf zu den Predigermönchen, deren prächtige Klöster er beschreibt; hier findet er einen fetten Ordensbruder, der auf die Augustiner loszieht. Sein Stolz macht ihn bestürzt, und er geht darauf zu den Augustinern, diese schimpfen auf die Minoriten; von ihnen geht er zu den Carmeliten, diese lästern auf die Dominicaner, versprechen ihm aber die Seligkeit für Geld, ohne nach dem Glauben zu fragen. Endlich verläßt er die Mönche, kommt zu einem armen Bauern aufs Land, und erzählt ihm seine Unterredung mit den Mönchen, worauf beide das Gedicht mit einer langen Invective gegen die Mönche beschliessen *).

Sechszehntes Jahrhundert.

Thomas Morus.

Thomas Morus wurde zu London 1480 gebohren, studierte zu Orford und praktizirte hernach als Advocat zu London. Da er aber dieses Lebens überdrüßig wurde, begab er sich vier Jahre in ein Kartheuserkloster, wo er wahrscheinlich den Haß gegen die Ketzer einsog. Endlich verlies er seine Einsamkeit und wiedmete

sich

---

*) Warton's Histor. of Engl. Poetry. Th. II. Abschn. 9.

sich wieder öffentlichen Geschäften, brachte es auch endlich durch seinen Verstand, Gelehrsamkeit und Gerechtigkeitsliebe so weit, daß ihn König Heinrich VIII. im Jahr 1529. zum Großkanzler von England oder Großsiegelbewahrer ernannte. 1532. aber dankte er freiwillig ab, da er seine Einwilligung zu der Reformation in England nicht geben konnte, und begab sich in sein Haus zu Chelsea. Endlich brachte ihn seine unüberwindliche Standhaftigkeit den Eid der Supremacy oder obersten Gewalt des Königs in geistlichen Dingen nicht zu leisten, ums Leben; denn er wurde deswegen den 6ten Jul. 1535. enthauptet. Unter seinen Schriften gehören folgende hieher.

1) De optimo Reipublicae statu, deque nova Insula Vtopia, *Thomae Mori* Libri II. quibus praefiguntur epistolae *Desiderii Erasmi*, *Guil. Budaei*, *Petri Aegidii*, ac in fine adiuncta *Hieronymi Buslidii* epistola. Basil. Ioh. Frohen. 1518. 4. Diese Ausgabe hält Niceron vor die erste *), allein man hat noch eine ältere unter folgendem Titel:

Libellus vero aureus, nec minus salutaris quam festivus de optimo Reipublicae statu, deque nova Insula Vtopia, authore clarissimo viro *Thoma Moro* inclytae civitatis Londinensis cive et Vicecomite cura M. Petri Aegidii Antwerpiensis, et arte Theodorici Martini Alustensis, Typo-

*) Nicerons Nachrichten Th. XXIII. S. 515.

Typographi almae Lovaniensium Academiae
nunc primum accuratissime editus. 1516. 4.
Vierzehn Bogen.

Dieses idealische Staatsystem, welches Morus
entwirft, ist wie alle andere dergleichen erdichtete
Staaten in einigen Stücken schön, in andern aber ver-
werflich, und läßt sich in gegenwärtiger Beschaffenheit
der Menschen und der Dinge in der Welt nicht gebrauchen. Ebenso ein schönes Hirngespinst, wie der Stand der
Natur, welchen Diogenes Cynikus und seine Jünger einführen wollten. Alle dergleichen Schöpfer von Syste-
men nehmen die Menschen nicht, wie sie itzo sind, sondern wie sie seyn sollten; so wie viele der heutigen Pädagogen eben durch dergleichen schöne Hirngespinste uner-
fahrne und unwißende Leute zwar blenden, bei Sach-
kundigen aber Mitleiden erwecken; indem die Erfahrung
leider schon oft gezeigt hat, daß sie zwar einreißen aber
nicht aufbauen können. Und Meister Aristoteles
muthmaßte schon, daß jenes leichter seyn soll, als dieses.
Niceron glaubt, Morus hätte dieses System in einer Art philosophischer Trunkenheit aufgebaut. Das
Buch ist an und vor sich nicht komisch oder satyrisch,
allein es gehört wegen der satirischen Marginalien
hieher, die in diesem Jahrhunderte Mode waren, wie
man aus verschiedenen Büchern von Fischart und andern sehen kann. Diese löwensche Ausgabe hat eben
darinn einen Vorzug vor allen andern, daß sie häufige
Randgloßen hat, welche mehrentheils eine beißende
Ver-

Vergleichung der in der Christenheit üblichen Sitten mit den utopischen enthalten, und selbst in der baselschen Ausgabe nur zum Theil beibehalten, in den meisten übrigen aber gar weggelaßen sind *p*). Diese Schrift des Morus wurde zu seiner Zeit sehr hochgehalten. Erasmus empfielt sie im 18ten Briefe des ersten Buchs nicht nur von Seiten der Laune, sondern auch des Lehrreichen, indem Morus die Fehler eines Staates besonders des Englischen, in vielen Stücken vortreflich gezeigt habe. Das zweite Buch hat er zuerst mit Muse geschrieben; bei dem ersten hingegen ist er etwas eilfertig gewesen; daher bemerkt man einige Ungleichheit der Schreibart. Viele Staatsmänner haben diese Schrift zu ihrem Handbuche gemacht. Unter der Regierung der Königin Elisabeth schrieb der Staatssecretair Smith ein Werk, de Republica Angliae, worinn er die Grundsätze des Morus auf England anwendet; er hat es aber unvollständig hinterlaßen. Einige haben geglaubt, Morus hätte unter dem Namen Utropia wollen England beschreiben, andre, er hätte die Insel Ceylon zum Muster genommen, welches sie aus der Aehnlichkeit gewisser daselbst gebräuchlicher Namen beweisen wollen; allein er beschrieb einen Staat, der nirgends existirte, welches auch der Name Utropia anzeigt, welches eigentlich Nirgendsheim (vom griechischen ὄυδεν) bedeutet. Wilhelm Budeus und

Jo-

p) Baumgartens Nachricht von merkwürdigen Büchern. Th. I. S. 116.

Johann Paludanus haben geglaubt, dieses Utopia
existirte wirklich, und haben gewünscht, die Einwohner
möchten zur christlichen Religion bekehrt werden, welches vermuthlich nur Scherz gewesen. Andre beschul-
digen ihn, er habe dadurch den Indifferentismus in der
Religion ausbreiten wollen. Die fremden Wörter,
die in der Utopia vorkommen, erklärt zum Theil
J. G. Vossius *). Zu Ende des vorigen Jahrhunderts machte der Kaiserliche General Schnebelin
die kurzweilige und moralische Landcharte, welche den
Titel führet, Tabula Vtopiae oder Schlaraffenland ').
Wie sehr dieses Buch ehemals beliebt gewesen, sieht
man aus den vielen Ausgaben desselben, als

Cölln. 1555. 8. Basel 1563. 8. Orford.
1663. 8. Amsterdam. 1629. 24. Cölln. 1639.
24. a mendis vindicata et juxta indicem expur-
gatorium Card. Archiepisc. Toletani correcta.
Diese Ausgabe taugt gar nichts, weil ganze Blätter ausgelaßen sind und fremde Einschaltungen
vorkommen.

Man hat zwei englische Uebersetzungen dieser
Schrift von Ralph Robinson London 1557. und
1639. 8. und Gilbert Burnet 1638. Auch drei
französische Uebersetzungen, nämlich von Bartholo-
mäus Aneau, Paris 1550. 8. Von Samuel
Sor-

*) Vossii Epist. 343. ad Sam. Sorbierium.
') Keßlers Reisen, Band II. S. 910.

Zweiter Theil.

Sorbiere Amsterdam 1643. 12. und von Gueudeville zu Leyden 1715. 12. und Amsterd. 1730. 12. mit Kupfern. Dieser hat die Utopia durch eine burleske Schreibart, die nichts weiter ist, als eine Vermischung von pöbelhaften Ausdrücken von schlechten Scherzen, von kühnen auffallenden Wörtern, und von frostigen geschmacklosen Gedanken, sehr verunstaltet.

Die Italiener haben auch eine Uebersetzung in ihrer Sprache, welche zu Venedig 1548. 8. herauskommen ist *).

Die spanische Uebersetzung hat Niceron und Baumgarten nicht gekannt; und führt folgenden Titel:

Vtopia de Thomas Moro traducida del latin en Castellano, por Geronimo Antonio de Medinilla. Cordova 1637. 8.

Noch hat man drei deutsche Uebersetzungen, wovon die erste unter folgender Aufschrift herausgekommen ist:

De optimo reipublicae statu, Libellus vere aureus. Ordentliche und ausführliche Beschreibung der überaus herrlichen und ganz wunderbarlichen, doch wenigen bishero bekannten Insel *Vtopia*: sampt umbständlicher Erzehlung aller derselben Gelegenheiten, Städten, und der Einwohner des Lands Sitten, Gewohnheiten und Gebräuchen: darinnen gleichsam in einem Muster oder Model eigentlich fürgestellt und angezeigt

*) Nicerons Nachrichten a. a. O.

gezeigt wird, die beste Weis und Art einer löblichen
und wohlbestellten Polices und Regiments: Zumahl
fast kurzweilig und auch nützlich zu lesen und zu betrachten: Erstlich durch den hochgelehrten und weitbe-
rühmten Herrn Thomam Mohrn, des Königreichs
England obersten Cantzler; in lateinischer Sprach an
Tag gegeben: Nun aber mit sonderem Fleiß in unser
deutsche Sprach übergesetzt: durch (hier folgen unbekannte Charactere) Getruckt zu Leipzig, in Verlegung
Henning Großen des Jüngern. 1612. 8. S. 211.
ohne Vorrede und Register.

Im Jahr 1704. ist in Henning Großens Buch-
handlung unter dem Orte Franckfurt am Mayn in 8.
eine neue Auflage dieser Uebersetzung herauskommen.
Die Kupferstiche machen dabei vier Bogen aus.
Baumgarten hält dafür, daß es die alte Auflage sei,
und daß man nur einige Aenderung in der Vorrede und
letzten Bogen unternommen [).

Thomä Mori Beschreibung der wunderlichen Insel
Utopia Halberst. 1704. 8. 1 Alphab. 7 Bogen.
und 3 Bogen Kupfer.

Thomä Mori Utopien, in einer neuen und freien
Uebersetzung von J. B. K. Franck. 1753. 18½
Bogen.

2) Vindicatio Henrici VIII. Regis Angliae, a calu-
mniis Lutheri. Londin. 1533. 4. Morus
versteckte sich unter den Namen Wilhelm Roßeus,

Y 2   unt

[) Baumgarten a. a. O.

um deſto freier gegen Luthern ſchreiben zu können.
Daher iſt dieſe Schrift voll von den gröbſten Unzüglich-
keiten, Zoten und Schimpfreden, die allerdings dem
Charakter des Morus ganz unanſtändig ſind, aber damals Mode waren. Auf der 72ſten Seite z. E. ſtehn
folgende Worte: Dominus Doctor ſtercorarius,
cum ſibi jam prius fæs eſſe ſcripſerit, coronam re-
giam conſpergere et conſpurcare ſtercoribus, anano
nobis fas erit poſterius, huius ſtercorarii linguam ſter-
coratam pronunciare digniſſimam, vt vel mejens
mulæ poſteriora lingat u. ſ. w. Morus mochte
eine Neigung zu dergleichen heftigen Streitſchriften
haben; denn man ſagt auch, daß er Heinrich VIII.
an ſeiner Schrift wider Doctor Luthern habe arbeiten
helfen oder ſie wohl gar ſelbſt verfertigt. Wenigſtens
wurde es ihm nach ſeinem Falle in England vorgeworfen, daß er in dem Buche zu viel Dinge zum Vortheil
des Pabſtes habe ſtehen laſſen, die dem Rechte der engliſchen Krone entgegen wären.

George Buchanan.

Buchanan, der wegen ſeiner poetiſchen Ueberſetzung der Pſalmen Davids ſo berühmt iſt, wurde 1506.
zu Kellerne, einer Pfarre im Herzogthum Lenor in
Schottland gebohren. Er ſtudierte zu Paris, aber
Armuth und Krankheit trieben ihn nach ſeinem Vaterlande zurück. Doch gieng er wieder nach Frankreich,
wo er Profeſſor am Collegio der heiligen Barbara wurde.

de. 1532. kehrte er zum zweitenmal nach Schottland
zurück. Um die Zeit, da er Lehrer bei einem natürli=
chen Sohne Königs Jacobs V. war, welcher nachher
Graf von Muray gewesen, gerieth er auf den Einfall
auf die Francißcanermönche eine stachliche Elegie

Somnium

genannt, zu machen; worinn er erdichtete, daß der
heilige Francißcus ihm in der gewöhnlichen Ordenstracht
erschienen sei, und ihn eingeladen ein Francißcaner zu
werden, daß er ihm aber geantwortet, er schicke sich
nicht dazu; welches ihm denn Gelegenheit giebt, sich
über die schlechten Eigenschaften, die er diesen Mönchen
beilegt, auszulaßen. Einige haben behaupten wollen,
er sei selbst ein Francißcaner gewesen; welches blos er=
dichtet worden, ihn gehäßig zu machen. Die Ursache,
welche ihn zu dieser Schrift bewogen, ist unbekannt.
Nachher aber hat der König von Schottland, der eine
Verschwörung gegen seine Person entdeckt, und glaubte,
daß die Francißcaner darunter steckten, ihm befohlen
wider sie zu schreiben, weil er sich aber vor ihrer Rache
fürchtete, so gebrauchte er zweideutige Ausdrücke, die
er im Nothfall anders deuten konnte. Der König
aber war damit nicht zufrieden, und er mußte mit mehr
Nachdruck schreiben. Daher schrieb er seinen

Francißcanus,

welches eine sehr beißende Satire ist. Nun fiengen
seine Feinde an, und beschuldigten ihn der Ketzerei.
Der Cardinal David Beron Erzbischof zu St. An=
dreas verklagte ihn daher beim Könige, und erhielt Be=

Y 3 fehl

setzt ihn in Verhaft zu nehmen, und obgleich Bucha=
nan entfliehen wollte, so wurde er doch 1539. gefan=
gen genommen. Er entfloh aber durch das Fenster
seiner Kammer, nachdem er die Wache eingeschläfert
hatte, und begab sich nach Engländ. Da er sich aber
auch da nicht sicher glaubte, entfloh er nach Frankreich.
Nach mancherlei Wanderungen kehrte er 1563. nach
Schottland zurück. Fünf Jahr darauf wurde er Lehr=
meister Königs Jacob VI. zu dem ihn die Königin
Maria Stuart brachte, die er hernach undankbarer
Weise mit Schmähschriften verfolgte. Seinen Schü=
ler zog er im Hasse gegen die Franciscaner auf. Wenn er
ihn strafen wollte, kleidete er sich als einen Franciscaner.
Endlich starb er zu Edinburg 1582. Seine hieher
gehörigen Schriften sind folgende:

1) De Maria Scotorum Regina, totaque eius contra
   Regem conjuratione, foedo cum Bothuelio adul-
   terio, nefaria in maritum crudelitate et rabie,
   horrendo insuper et deterrimo ejusdem paricido,
   plena et tragica plane historia. 1571. 8. 128 Seiten. Ist auch ins Französische und Englische übersetzt. Ursprünglich hieß der Titel, Detectio.

2) Nachricht an die Herrn, welche die wahren Ver=
   theidiger des Königs sind. Diese Schrift, welche
   er in seiner Muttersprache schrieb, ist eine heftige
   Satire gegen die Hamiltons, welche damals die
   Häupter der Parthie waren; die sich der Unterneh=
   mung

mungen der Regierung, der Buchanan zugethan
war, widersetzen. Das Ansehn dieses Hauses
machte es, daß die Schrift unterdruckt, und die meisten Exemplare weggenommen wurden.

3) Franciscanus.

4) Fratres fraterrimi, oder die gleichen Brüder, ist eine Sammlung von Epigrammen oder
satirischen Gedichten, an der Zahl 57. die besonders
gegen die Mönche und andre Geistlichen gerichtet
sind. Buchanan legt ihnen diesen Namen bei, um
zu zeigen, daß sie sich alle gleichen.

5) Camaleon, eine Satire auf einen geschickten Mann
der damaligen Zeit, Namens Maitland, der seine
Parthei oft geändert hatte, und es damals mit der
Königin hielt.

6) Satira in Cardinalem Lotharingium 1690. 8.
Eine beißende Satire, die er nach der Pariser Bluthochzeit gemacht. Man findet darinn weder das
Feuer, noch die schöne Versification, die seine übrigen Gedichte auszeichnen. Daher haben einige geglaubt, sie rühre nicht von ihm her; allein Rudi-
mann der seine sämmtlichen Werke herausgegeben,
beweist es, daß es der Verfasser sei, und entschuldigt ihn mit seinem hohen Alter und andern Beschäftigungen, die ihm die Feile nicht erlaubten *).

Y 4.

Georgii

---

*) Mierons Nachrichten Th. VII. S. 284. ff.

Georgii Buchadani Opera, quae exſtant omnia. Lugd. Bat. 1725. 3 Vol. in 4.

Ejusd. Franciscanus et Fratres. Baſil. Thom. Guarinus Nervius. 8. ſive anno. Dabei befinden ſich noch andre Gedichte des Buchanan, Torvebus, Hoſpitalis, Auratus und Utenhovius.

Siebzehntes Jahrhundert.

John Donne.

Ein engliſcher Theologus, gebohren zu London 1574. Seine Mutter ſtammte von dem Kanzler **Thomas Morus.** Nachdem er zu Oxford und Cambridge ſtudiert, trieb er zu London die Rechte. Sein Vater ſoll reformirt geweſen ſeyn, ſeine Mutter aber und Haußlehrer ſuchten ihm die catholiſche Religion beizubringen, die er aber fahren ließ, nachdem er den Bellarminus ganz durchgeleſen. Er that eine Reiſe nach Italien, Spanien und Deutſchland. Der König Jacob I. befahl ihm das Buch Pſeudo martyr zu ſchreiben, welches ihm ſo wohl gefiel, daß er ihn beredte das Predigtamt zu erwählen, welches er auch nach einer Ueberlegung von drei Jahren that; darauf machte er ihn zu ſeinem Hofprediger. 1621. wurde er Dechant bei der Paulskirche zu London, und bald hierauf erhielt er das Vicariat des Herrn Dunſtan ebendaſelbſt, und ſtarb 1631. Durch ſein Buch Biathanatos, worinn er den Selbſtmord in gewiſſen Fällen vertheidigte, und das er zu unterhalten

den befohl, weil er es in seiner Jugend geschrieben, das aber doch nach seinem Tode zu london 1648. 4. herauskam, hat er sich keinen guten Namen gemacht, weil viele Menschen dadurch in England zum Selbstmorde verleitet worden.

1) Donne's Poems. Lond. 1669. 8. auch 1635. 4. ebendaselbst. Diese Gedichte enthalten Gesänge, 6 Satiren, Leichengedichte u. s. f. und werden in England sehr hochgehalten. Umgearbeitet stehn drei von seinen Satiren in Popens Werken. Joh. Brown urtheilt in seinem Versuche über die Satire also von ihm: Damals stand der ungekünstelte Donne zu anständiger Rache auf. Sein Witz war harmonisch, obgleich sein Vers Prose war. Er schrieb mitten in dem Alter der Spitzfündigkeiten und Pedantereien mit ächten Geschmack und mit einer römischen Stärke in den Gedanken. Ohngeachtet seines ordentlichen Talents zur Satire, tadelt man doch an ihm, daß er zu viel Bosheit hatte und oft schmutzig wird. Sonst stehn auch seine Satiren in folgender Sammlung:

Grove, or a Collection of original Poems by Walsh, Donne, Dryden etc. Lond. 1721. 8.

2) *Ignatius his Conclave:* or, his Inthronisation in a late Election in Hell: wherin many things are mingled by way of Satyr. Concerning

Y 5

the

the Diſpoſition of Ieſuites. The Creation of a new Hall, the eſtabliſhing of a Church in the Moone. There is alſo added an Apology for Ieſuites. All dedicated to the two adverſary Angels which are Protectors of the Papall Conſiſtory and of the Colledge of Sorbon. By *Iohn Donne*, Doctor of Divinitie, and late Deane of Saint Pauls. London. 1635. 12.

Dieſe ſehr beißende Satire wider die Jeſuiten und ihren Stifter Ignatius Lojola iſt zuerſt lateiniſch herausgekommen unter dem Titel:

Conclave Ignatii, ſive ejus in nuperis Inferni Comitiis inthroniſatio. Acceſſit et Apologia pro Ieſuitis. Lond. 1653. 8. und 1680. 8. *).

Robert Anton.

Von dieſes Engländers Leben iſt mir nichts bekannt. Er hat eine Schrift unter folgendem Titel herausgegeben:

Philoſophers Satyrs. Lond. 1616. 4. *)

Willhelm Hall.

Hall wurde 1574. zu Aſhby de la Zouch in der Grafſchaft Leiceſter gebohren und ſtudierte die Theologie

w) Nicerons Nachrichten Th. VIII. S. 164. Sincere Neue Sammlung von alten und raren Büchern. S. 37.

x) Catal. Bibl. Bodlej. und Adelungs Gelehrten Lexicon.

gie zu Cambridge. Hierauf wurde er Pfarrer zu Hal-
sted in Suffolk und wegen seiner Gelehrsamkeit schickte
man ihn als Doctor der Theologie auf den Synodum
nach Dordrecht. Endlich wurde er Bischoff zu Nor-
wich. Bei Veränderung der Englischen Regierung
wurde er zweimal in Tower gesetzt und starb 1656.
Er hat viele theologische Schriften verfertigt. Als
Jüngling schrieb er folgendes kleine Werk:

Mundus alter et idem. Sive Terra auftralis antehac
semper incognita; longis itineribus peregrini
Academici nuperrime luftrata. Authore Mercurio Britannico. Sumtibus haeredum Afcanii
de Renialme. Hanoviae per Guil. Antonium.
1607. 12. Seiten 224. nebst 7 Blättern an Vorreden, und Verzeichniß der Capitel, wie auch einer
General-und drei Specialcharten.

Mundus alter et idem etc. acceffit propter affinitatem
materiae *Thomae Campanellae* Civitas folis et
Nova Atlantis *Franc. Baconis*, Bar. de Verula-
mio. Vltrajecti. Io. a Waesberge. 1643. 12.
Ohne Register und Vorrede des Wilhelm
Knight 213 Seiten, nebst vier Landcharten.
Die Civitas folis hat 106 Seiten, und die At-
lantis 96.

Eine deutsche Ueberfetzung ist unter folgendem Titel
herausfommen.

Vropiae Pars II. *Mundus alter et idem.* Die heu-
tige neue alte Welt. Darinnen ausführlich

und

und nach Nothdurft erzählet wird, was die aldt nunmehr bald sechstausendjährige Welt für eine neue Welt gebohren, aus der man gleichsam in einem Spiegel ihrer Mutter und Gebärerin Art, Sitten, Wandel und Gebrauch augenscheinlich mag sehen und erkennen. Allen Liebhabern der Gottseligkeit, Tugenden und Künsten zu beharrlicher Fortsetzung und Continuirung in ihrem löblichen Vorhaben: den Weltkindern aber zu getreuer Warnung von allem Bösen, und den hierinnen fürgebildeten Lastern abzustehen: Erstlich in lateinischer Sprach gestellt durch den edlen und hochgelehrten Herrn Albericum Gentilem in England: Nun aber mit besonderm Fleiß verteutscht, und mit neuen Kupferstichen und Landtafeln gezlert durch (hier folgen unbekannte Charactere) gedruckt zu Leipzig, in Verlegung Henning Großen des Jüngern. Anno 1613. 8. Seiten 232. Nebst 6 Kupfern.

Es haben einige geglaubt, der Verfaßer dieses idealisch satirischen Staates sei Albericus Gentilis, weil es in dem Titel der deutschen Uebersetzung so heißt; und Blaufuß war auch der Meinung, weil es in der lateinischen Ausgabe von 1607. in der Aufschrift des 2ten Capitels im II, Buche stehen soll: Quid Alberico Gentili a Ginaecopolitis factum fuerit ?); Dieses ist auch

y) Blaufuß Beiträge zur Kenntniß seltner Bücher Th. II. S. 328.

auch in der deutschen Uebersetzung zu finden, wo es
Seite 90 heißt: Wie die Weiber zu Frauenheim mit
mit Alberico Gentili sind umbgegangen; allein in der
zweiten lateinischen Ausgabe die ich vor mir habe, steht
nur S. 100. Quid mihi factum a Gynaecopolitis.
Der Name Albericus Gentilis mag nun in das
Buch kommen seyn wie er will, so ist doch der wahre
Verfaßer deßelben Joseph Hall, wie Thomas Hyde,
der es wohl wißen konnte und mußte, ausdrücklich behauptet *). Der Verfaßer schrieb das Buch in seiner
Jugend, da er noch die schönen Wißenschaften liebte,
und ehe er sich auf die Theologie legte; hernach ließ er
es liegen, und sah es als eine Kleinigkeit an. Allein
sein Freund Wilhelm Knight urtheilte anders, und
hielt es des Drucks würdig; ob er gleich dem Hall zu
mißfallen glaubte, der ihm die Handschrift anvertraut
hatte, wie er in der Vorrede zeigt, ohngeachtet er den
Hall eigentlich nicht nennt *). Das Buch ist in vier
Bücher abgetheilt, das erste handelt von der Landschaft
Crapulia oder Schlampampen; welches zwei Provin-
zen in sich begreift, nämlich Pamphagonia oder
Fresch-

a) Catal. Bibl. Bodlejan. p. 319.

*) Verum illius author, mundique ignoti explorator,
qui jam pridem Musis (quarum insignis fuerat cultor)
valedicto, ad Theologiae sacra se contulerat (iisque totus
totus vacat) haec et nonnulla alia sua commenta phi-
lologa luce et laude dignissima, tanquam levia aut
vana aspernatus, nullis precibus induci potuit, vt
permitteret in publicum exire.

Freßland und Poronia oder Sauffland. Das zweite Buch handelt von dem Lande Diſäginta, welches der teutſche Ueberſetzer giebt Mährenland. Das dritte Buch von Moronia oder Narragonien; und das vierte von Lavernia oder dem Diebeslande. Es iſt gar keinem Zweifel unterworfen, daß Hall gewiße Nationen und Länder im Sinn gehabt habe, die er ſatiriſiren wollte; welches er auch nicht undeutlich zu verſtehn giebt; z. E. er ſagt: Pamphagonia ſei faſt eben ſo lang und breit als Britannien und Poronia als Deutſchland, welches Niemand vor ein böſes Zeichen anſehn ſollte. In Artocreopolis oder Paſtetenſtadt, welches die Hauptſtadt in Freßland iſt, wird Niemand aufgenommen, der nicht ein Becker, Koch, Gaſtwirth oder Rathsherr ſei. Je fetter einer wird, je höher ſteigt er; daher bei jeder jährlichen Rathswahl die Bäuche gemeßen werden, und weßen Bauch abgenommen hat, der verliehrt die Rathsherrenſtelle. In den Schulen wird die Eß- Trink- und Trenſchierkunſt gelehrt. In den Kriegen ſtreiten ſie mit Bratſpießen und Fleiſchgabeln. Paracelſus und die Alchymiſten werden wegen ihrer Pedanterei und erdichteten fremden altfränkiſchen Wörtern weidlich verſpottet. Der Pabſt und die Römiſche Religion wird nicht geſchont; z. E. In dem Lande Moronia gehen die Andächtigen baarfuß, küßen Steine und fallen vor ihnen nieder, geben Blei und Pergament um Gold, ſtecken am Mittage Kerzen an, Fleiſch dörfen ſie nicht eßen, aber voll Fiſche mögen ſie ſich pfropfen: etliche halten es vor eine Todtſünde

Gold

ſchriften, worinn er ſich gar nicht auf Wahrheit ein-
ſchränkte. In einem Alter von ein und dreißig Jahren war er ſchon kraftlos. Um dieſe Zeit gelangte er
zu einer Bekanntſchaft mit dem Dr. Burnet, der ihn
beſſere Meinungen von Sitten und Chriſtenthum beibrachte, daß er ſein Leben gänzlich änderte; welches
Burnet in einer eignen Schrift vom Leben und
Tode des Grafen Rocheſter erzählt. Er ſtarb
1680. Johnſon glaubt nicht, daß er alle Gedichte
verfertigt habe, die unter ſeinen Namen erſchienen ſind.
Sein vorzüglichſtes Talent war unſtreitig die Satire,
ob er gleich die mehrſtenmale, wie der Herr Hauptmann
von Blankenburg bemerkt, darin zu einer Perſön-
lichkeit herabſinkt, die ſich ſeine Vorgänger darinn ſel-
ner geſtattet haben: Nicht aus Haß gegen das Laſter
und die Thorheit, ſondern aus Haß und Verachtung
gegen die Menſchen ſelbſt, züchtigte er ſie; *) und ſetzt
ſich dadurch dem Verdacht aus, daß dieſe Laſter und
Thorheiten wohl ſein eignes Werk ſeyn könnten. Unter
ſeinen Satiren ſind noch außer verſchiednen Epigrammen, drei oder vier gegen Karl II. gerichtet, welche
vielleicht die treffendſten ſind; und eine davon zog ihm
ſo gar eine Ungnade von dem Hofe zu. ***) Seine
Nachahmung des Horaz über den Lucilius iſt herrlich
und glücklich. Unter der Regierung Karl II. nahm
　　　　　　　　　　　　　　　　　　　　　　　　dieſe

*) Johnſons Nachrichten von einigen Engliſchen Dichtern
　vom Herrn von Blankenburg überſetzt und mit Anmer-
　kungen begleitet. Th. I. S. 171.

diese Anpaßung alter Gedichte auf die gegenwärtigen
Zeiten, welche seit der Zeit sehr häufig geworden ist,
ihren Anfang; und vielleicht wird man wenige finden,
wo die Parallele beßer beibehalten worden wäre, als in
dieser Satire Rochesters. In seinem Gedichte auf
das Nichts zeigt er die größte poetische Stärke. Um
deßbeßern ist er nicht der erste, welcher diesen unfrucht-
baren Gegenstand, um mit eigner Fruchtbarkeit prahlen zu können, gewählt hat; denn Paßerat hat schon
ein lateinisches Gedicht auf das Nichts gemacht.

Ein andres seiner stärksten Gedichte ist sein Pasquill
auf H. Carr Scroop, der ihn in seinem Gedichte, welches den Titel, Vertheidigung der Satire führt, angegriffen hatte. Seine Satire auf den Menschen verräth meisterhafte Züge und Stärke des Genies; und er
hat gewiß darinn den Boileau übertroffen, der auf
eben diesen Gegenstand vor ihm eine Satire gemacht
hatte; daher ist es ganz falsch, was Johnson sagt:
Von der Satire auf den Menschen kann Rochester
nur auf das Anspruch machen, was übrig bleibt, wenn
Boileaus Antheil davon weggenommen ist [e]. Rochester's, Roscommon's and Dorset's Works. Lond.
1752. 8.

George Villiers, Herzog von Buckingham.

Dieser gute Dichter, den Voltaire nebst deßen
Zeitgenoßen Rochester vor die witzigsten Engländer
hielt,

[e] Ebendas. in Rochesters Leben.

Zweiter Theil.   Z

hielt, wurde im Jahr 1627. zu Wallingfordhouse, in dem Kirchspiele St. Martin in the Fields innerhalb der Freiheit von Westmünster gebohren. In den englischen Unruhen hielt er es mit dem Könige, und muste auch deswegen das Reich verlassen. Nach der Wiederherstellung des Königs wurde er Kammerherr, Geheimenrath und Stallmeister; 1671. Kanzler der Universität Cambridge und Ambassadeur in Frankreich und starb 1687. Er hatte ein großes Talent zur Satire, war aber dabei von den ausschweifendsten Sitten, welches schlecht zusammenpaßt. Eine von seinen besten Satiren ist sein berühmtes Lustspiel

The Rehearsal, die **Wiederholung** oder die **Komödienprobe**,

worinnen er einige von Drydens Schauspielen durchzog und parodierte, als den wilden Liebhaber, die tyrannische Liebe, die Eroberung von Granada, die Heirath nach der Mode und die Liebe im Nonnenkloster. Diese Komödienprobe wurde 1671. das erstemahl aufgeführt, und verschiedenemahl in 4to gedruckt: Man sahe aber aus dem Stücke, das es noch vor Abfluß des Jahrs 1663. angefangen, und vor Ausgang des Jahrs 1664. vollendet worden war; weil es seit der Zeit verschiedenemahl auf Privattheatern gespielt worden, so machten die Acteurs ihre Rollen vollkommen gut, und es war vollkommen fertig um aufgeführt zu werden, ehe noch die Pest 1665. anfieng zu wüthen, welche es damals hinderte und zugleich Gelegenheit gab, es wieder umzuschmel-

zuſchmeljen. In der erſten Geſtalt nannte er ſeinen
Dichter Bilboa, und verſtand darunter Sir Robert
Howard. Allein da viele Schauſpiele in heroiſchen
Verſen herauskamen, und ſie noch mehr Mode wurden,
als Dryden im Jahr 1669. den poetiſchen Lorber erhalten hatte; ſo bewog dieſes dem Herzog anſtatt Bilboa, Bays zu ſetzen. Wie der Herzog den Dryden
parodierte, kann man aus folgender Probe ſehn: z. E.
in der Eroberung von Granada Th. II. S. 46. ſtehet:

> So two Kind turtles, when a ſtorm is nigh,
> Look up, and ſee it gathering in the Sky;
> Each calls his mate to ſhelter in the groves,
> Leaving to murmurs their unfiniſh'd loves:
> Perch'd on Some dropping branch, they ſit alone,
> And coo, and hearken to each other's moan.

> So ſehen zwei freundliche Tauben, wenn ein
> Sturm nahe,
> Auf, und betrachten, wie es ſich am Himmel zuſam-
> menzieht.
> Eine ruft die andre ſich in die Klüfte zu verkriechen,
> Und geben mit Murren ihre unvollzogne Liebe auf.
> Sie ſetzen ſich allein auf einen herabhängenden Aſt,
> Und girren, und hören eine der andern Aechzen.

Rehearſal. S. 18.

> So boar and Sow, when any ſtorm is nigh,
> Smell up, and Smell it gathering in the Sky;

Z 2   Boar

Boar beckon's Sow to trot in chesnut groves,
And there consummate their unfinish' d loves:
Pensive in mud, they wallow all alone
And snore and gruntle to each other's moan.

So ſchnaubt ein Eber und eine Sau, wenn ein Sturm
nahe,
Und riechet, daß er ſich am Himmel zuſammenzieht.
Der Eber winkt der Sau in die Eicheln Höhlen zu
laufen,
Um ihre unvollzogne Liebe zu vollziehn,
Sie wälzen ſich gedankenvoll ganz allein im Koth,
Und ſchnarchen und grunzen einer auf des andern
Aechzen.

Dryden ſtellte ſich zwar, als machte er ſich aus
dieſer Satire nichts; da er in der Zuſchrift der Ueber-
ſetzung des Juvenals und Perſius ſagt: Ich beant-
wortete die Komödienprobe nicht, weil ich wuſte, daß
der Verfaſſer ſich ſelbſt vor Augen gehabt, als er das
Gemälde entworfen, und ſelbſt der Bays in ſeinem
Gaukelſpiel wäre, und weil ich wuſte, daß dieſe Satire
Leute, die beſſer ſind als ich, mehr traf als mich. Al-
lein es iſt unmöglich, daß Dryden über die Stärke
dieſer vortreflichen Satire unempfindlich ſeyn konnte.
Und man wird davon überzeugt, daß er das Beißende
davon gefühlt, da er den Herzog in ſeinem Abſalom und
Ahitophel unter dem Namen Simri aufführte, und ſich
vollkommen an ihm rächte, daß er ihn eine ſo lächerliche
Rolle in der Wiederholung hatte ſpielen laſſen. Die

Zeilen

Zeilen sind sehr bitter, wo dieses geschieht, und doch glaubt man, daß der Herzog den Dryden noch zehnmahl bitter durchgezogen habe.

Dryden, sagt Walpole, ist ein bewundernswürdiges Portrait, aber Bays ein originelles Geschöpf; Dryden satirisirt den Buckingham; dieser aber läßt in seinem Stücke den Dryden über sich selbst satirisiren. Eben dieser merkt als einen Beweis der großen Gegenwart des Geistes an, daß der Herzog, als er ein gewißes Stück von Dryden mit angesehn, wo ein Liebhaber sagt:

Meine Wunde ist groß, eben weil sie so klein ist, ausgerufen habe:

Nun so würde sie zehnmahl größer seyn, wenn es gar keine wäre.

Der Herzog schrieb auch ein Gedicht von einer ziemlichen länge unter dem Titel:

Betrachtungen über Absalom und Ahitophel, und einen Schlüßel zur Komödienprobe.

Es hatte der Herzog außer seltenen Talenten, Vorzügen und Tugenden, auch große Fehler und Schwachheiten, die man oft nur allzustrenge beurtheilte. Im Jahr 1679. kam ein Gedicht unter dem Titel heraus:

Litanei des Herzogs von B.

worinn die größten Fehler und Schwachheiten, die er in seinem Leben begangen, erzählt werden. Sie

Z 3   enthält

enthält verschiedne Anekdoten aus seinem Leben, die sehr wenig bekannt sind; daher will ich etwas davon mittheilen:

Für einen fleischlichen, stolzen, atheistischen Leben,
Für Bewafnung unsrer Lakeien mit Dolch und Pistolen,
Für Ermordung des Mannes und Hurerei mit der
Frauen, [d])
behütt uns lieber Herre Gott.

Für Gesandschaften in dem Charakter eines Kuplers,
Für erneuerten Todtschlag verstorbener Könige durch
ungeheure Verbindungen,
Für Hintergehung der lebenden in Schottland und
Flandern,
b. u. l. H. G.

Für Bekränzung der Baare unsers im Ehbruch er-
zeugten Kindes,
Durch einen schändlichen Diener bei einem großen
Prälaten,
Den wie von fleischlicher Unfläterei losgemacht haben,
b. u. l. H. G.

Jähr

d) Dieses geht auf die Gräfin von Schrewsbury, deren Gemahl der Herzog in einem Duell tödtete. Während des Gefechts soll sie als ein Page verkleidet des Herzogs Pferd gehalten haben, und um seine hierinn bewiesne Tapferkeit zu belohnen, in dem mit ihres Gemahls Blute besudelten Hembde mit ihm zu Bette gegangen seyn.

Jährlich für 20000 Pfund Ländereien zu verkaufen,
Alles zu verthun, ohne daß ein Mensch sagen kann,
wie und wo?
Und dann als ein geheiligter Pair Königreiche zu reformiren,
b. u. s. H. G.

Für boshaften Pasquillen auf Shadwell und
Dryden,
Für Nativitätstellen mit dem gelehrten Dr. Heydon,
Für Wegschleppung alter Thaler aus Antwerpen und
Leyden,
b. u. s. H. G.

Sich immerfort von einerlei liederlichen Leuten hintergehn zu lassen,
Von Aufrührern, Kuplern, Heiligen, Chymisten und
Quakern,
Die uns zu Goldsuchern, und sich zu Goldmachern
machen.
b. u. s. H. G.

Für Verwerfung alles dessen, was wir selber nicht verstehn,
Für Einkaufen zu Dowgate, und Verkaufen am
Strande,
Für Benennung der Straßen nach unserm Namen,
wenn wir das Guth dieses Namens
verkauft haben.
b. u. s. H. G.

Für

Für röbelichen Haß gegen alle, die uns lieben,
Für poßenhafter Nachäffung derer, die über uns sind,
Bis endlich der Herr gezwungen ist uns abzusetzen.
                              b. u. l. H. G.

Für Kriechen vor denen, die wir nicht verachten
                                        können,
In der Hofnung einmahl die Zierde der Bürger zu
                                        werden,
Die uns jetzt mehr gering schätzen, als wir sie ehemals
                              geschätzt haben,
                              b. u. l. H. G.

Unter allen Schriftstellern die des Herzogs Character geschildert haben, ist Pope am unbarmherzigsten
mit ihm umgegangen; seine Satire ist mit Galle gewürzt, und wird von manchen beinahe vor ein Pasquill
gehalten. Daher sagt ein gewißer Schriftsteller:
Burnet hat des Herzogs Portrait mit seinem groben
Meißel ausgehauen, der Graf Hamilton bearbeitete
es mit einer flüchtigen Feinheit, und vollendete das,
was bisher nur ein Entwurf gewesen zu seyn schien.
Dryden traf die Aehnlichkeit nach dem Leben.
Pope vollendete die historische Aehnlichkeit. Allein
so wenig ihn jene in dem Entwurfe verschont haben, so
hat doch dieser Schriftsteller in der Vollendung des Ge-
mähldes sie alle an Unbarmherzigkeit übertroffen.
Wenn dieser außerordentliche Mann, sagt er, in der
Gestalt und Seele des Alcibiades sich eben so wohl,
                                        dem

dem Presbyterianer Jairfar, als dem ausschweifenden
Karl gefallen konnte, wenn er eben so wohl den witzigen König, und seinen feierlichen Kanzler lächerlich
machte; wenn er an dem Untergange seines Vaterlandes, nebst einer Cabale treuloser Minister arbeitete,
und eben so wider alle Grundsätze, deßen gute Sache
durch schlechte Patrioten zu vertheidigen suchte: so mag
man es wohl beklagen, daß mit solchen Talenten gar
keine Tugend verbunden gewesen ist. Allein wenn
Alcibiades ein Chymist wird, wenn er ein wahrhafter
Tropf und ein offenbarer Filz ist, wenn sein Ehrgeiß
nur ein schneller Patriotismus ist, wenn seine schlechtere
Entwürfe die niederträchtigsten Endzwecke haben, so
vertilgt diese Verachtung seiner alle Betrachtung über
seinen Charakter.

Von seinem Tode, redet Pope also:

In eines elenden Gasthofs armseligsten Stube, mit
　　　halb herunterhängendem Strohdecken,
Der Fußboden gepflastert und die Mauern von Leim,
Auf einem einzigen Flockenbette, aber mit Stroh aus-
　　　　　　　　　　gebeßert,
Mit zwirnenen Vorhängen, die niemals glaubten vor-
　　　　　　　　　　gezogen zu werden,
liegt der große Villiers; der Georg und das Hosen-
　　　　band hängen von diesem Bette herab,
Wo abgeschmackt vornehmes Gelb mit häßlichem Roth
　　　　　　　　　　sich vermischt,
Hier liegt der große Villiers! — o wie sehr unähnlich
　　　　　　Z 5　　　　　　　　　Jenem

Jenem Leben voll Vergnügen, und jenem Kopfe voll
Grillen!

Galant und munter in Clivedens prächtigen Alcoven;

In der Sommerlaube der geilen Shrewsbury und
der Liebe;

Oder eben ſo munter in der Rathsverſammlung, in
einem Kreiſe

Nachgedfter Staatsmänner und ihres luſtigen Königs.

Gar keine Gabe zu ſchmeicheln iſt von ſeinem Ueber-
fluſſe zurückgeblieben!

Der weiſe Cutler mochte Sr. Gnaden Schickſal vor-
ausſehn,

Und gab ihm, wie er glaubte, den guten Rath, leben
Sie, wie ich!

Aber Sr. Gnaden antworteten, wie Sie, Sir John?

Das kann ich thun, wenn alles, was ich habe, weg iſt.

Erklär es mir, o Vernunft, erklär es mir, welches
von beiden ſchlimmer iſt,

Dürftigkeit bei einem vollen, oder bei einem leeren
Beutel e).

Mit des Herzogs Tode hat es eigentlich folgende
Beſchaffenheit; als er ſich auf einer Fuchsjagd ein Fieber zugezogen, weil er auf dem kalten Erbreiche geſeſ-
ſen, ſo ſtarb er nach einer dreitägigen Krankheit in eines Vaſallen Hauſe zu Kirkbymoor-ſide auf einem von
ſeinen Gütern; weil er ſich nicht weiter konnte bringen
laſſen, nachdem ihm ein Geiſtlicher das Abendmahl
gereicht

e) Epiſt. 3. to Allen Lord Bathurſt. v. 299.

gereicht hatte, und hinterließ noch weit mehr Güter, als zu Bezahlung seiner Schulden nöthig war.

Die meisten von des Herzogs Arbeiten kamen etliche Jahre nach seinem Tode in zwei Octavbänden heraus. 1704. erschien die zweite Auflage, und 1764. die vierte. Unter denselben ist the Rehearsal sein bestes Stück, woran ihm Sprat, Clifford und Butler sollen geholfen haben. Diese Komödie ist noch um die Mitte dieses Jahrhunderts mit Beifall aufgeführt worden; außer dieser befinden sich darinn zehn kleine burleste und satirische Psalmen, die Seßion der Porten, eine Satire über die Thorheit der jetzt lebenden Menschen, Timon, eine Satire über etliche neue Schauspiele *).

Johann Dryden.

Dryden wurde im Jahr 1631. zu Aldwinele in Northamptonshire gebohren, und fühlte schon früh eine Liebe zu den Satirendichtern, daher übersetzte er die dritte Satire des Persius als eine Donnerstagsübung in englische Verse, da er noch in der Schule zu Westmünster war. 1662. gab er

a Satire on the Dutch,

eine Satire auf die Holländer heraus. 1668. wurde er nach dem Tode des Ritters Wilhelm Davenant zum gekrönten Dichter und Geschichtschreiber Königs Karls II. gemacht. 1679. kam ein Versuch über die Satire

Essay

*) Brittische Biographie Th. X. S. 195. f.

Eſſay on Satire.

ans Licht, der von Dryden und dem Grafen von
Mulgrave gemeinſchaftlich geſchrieben war. Dieſe
Schrift, welche handſchriftlich herumgieng, enthielt einige Anmerkungen über die Herzogin von Portsmouth
und den Grafen von Rocheſter. Weil dieſe nun
bald muthmaßten, daß Dryden der Verfaßer davon
wäre, mietheten ſie drei Leute, welche die Gelegenheit
abpaßten, und unſere Dichter in Wills Coffeehauſe in
Coventgarten d. 16. Dec. Abends um 8 Uhr derbe ab-
prügelten. 1681. ſtellte Dryden ſeinen

Abſalom und Ahitophel

ans Licht. Dieſes Gedicht, welches zuerſt ohne des
Verfaſſers Namen gedruckt worden, iſt eine bittre Satire auf die Urheber und Anführer der Rebellion gegen
Karl II. unter dem Herzog von Monmouth. Dryden ſagt in der Vorrede, er könne viel leichter beißend
als gelinde ſchreiben. Das Gedichte iſt unvollendet,
weil er ſich nicht überwinden konnte, den Abſalom als
unglücklich vorzuſtellen. Man hat davon zwei Ueberſetzungen in lateiniſchen Verſen, die eine von Wilhelm
Coward, einem Arzte. Oxford 1682. 4. und die andre von Franz Atterbury, nachmahligen Biſchof
von Rocheſter. 1682. 4.

Auf Drydens Abſalom wurde eine Antwort gedruckt mit der Aufſchrift: Aſaria und Huſai, ein Gedicht. London 1682. 4. Elkana Settle ſoll es geſchrieben haben.

Den

Den zweiten Theil vom Abſalom ſchrieb Tate auf Drydens Verlangen. Dryden ſchrieb auch ſelbſt beinahe 200 Zeilen davon. In eben dem Jahre gab Dryden ſein

Medal, a Satire againſt ſedition,

Die Gedächtnißmünze, eine Satire gegen den Aufruhr heraus. Dieſes Gedicht ward dadurch veranlaßt, daß man eine Münze auf die Verurtheilung gegen den Grafen von Shaftesbury des Hochverraths wegen geſchlagen hatte. Denn die Geſchwornen hatten in der alten Balley im November 1681. durch Ignoramus ihn losgeſprochen. Die Parthey der Whigs ſtellte darüber große Freudensbezeugungen an mit Glockenläuten, Freudenfeuern u. ſ. f. in allen Gegenden von London. Das Gedicht fängt ſich mit einem ſehr ſatiriſchen Briefe an die Whigs an. Er ſagt z. E. ſpottet meiner, ſo viel ihr könnt, und thut ſolches, um nicht wider die Gewohnheit zu handeln, ohne Witz. — Hat euch Gott nicht mit der Gabe zu reimen geſegnet, ſo bedient euch meiner ſchlechten Grütze, laßt eure Verſe auf meinen Füßen laufen. Und als die äußerſte Zuflucht offenbarer Tölpel, die mit ihrem Verſtande auf das äußerſte gekommen ſind, drehet meine eigne Verſe gegen mich; und wenn ihr an eures eighen Satire ganz und gar verzweifelt, ſo laßt mich ſelbſt von mir ſatiriſch durchgezogen werden. — Das ganze Gedicht iſt eine beißende Satire auf den Grafen von Shaftesbury und die Parthey der Whigs. Elkana na Seele schrieb eine Antwort auf dieses Gedicht: The Medal reversed, die verrufne Münze. London 1681. 4. Nachdem der König Jacob II. die Regierung angetreten hatte, wurde Dryden catholisch, wodurch er sich vielen Spöttereien aussetzte. 1687. gab er heraus

The Hind and Panther,

ein Gedicht, welches aus drei Theilen besteht, und eine Vertheidigung der catholischen Kirche enthält. Es ist ein Gespräch zwischen einer Hündin und einem Panther, welcher die Sache der Englischen Kirche vertheidigt. Diese zwei Thiere stritten mit vieler Gelehrsamkeit über verschiedne Punkte, welche zwischen den beiden Kirchen streitig sind, als die Brodtverwandlung, die Gewalt der Kirche, ihre Untrüglichkeit u. s. f.

Der erste Theil besteht meist aus gemeinen Charakteren und Erzählungen; daher hat er den Schwung eines Heldengedichts und ist erhaben.

Der zweite ist plan und deutlich, weil er die Streitpunkte der Kirche enthält.

Der dritte kommt einem vertrauten Gespräch nahe, und es kommen zwei Episoden oder Fabeln darinn vor, die in den Hauptinnhalt eingewebt sind. In beiden hat er sich der allgemeinen Redensarten, welche die eine Kirche gegen die andre braucht, sie mögen wahr oder falsch seyn, satirisch bedient.

Dieses

Dieses Gedicht wurde sogleich von witzigen Köpfen angegriffen, insbesondre von Karl Montague, nachmahligen Grafen von Halifax, und Matthäus Prior, welche zusammen herausgaben

The Hind and Panther transversed to the Country Mouse and City Mouse. Lond. 1687. 4.

In der Vorrede sagen sie, daß in ihrem kurzweiligen Gedichte nichts als ungeheuer und unnatürlich vorgestellt worden, was nicht von eben der Art in der Urschrift sei.

Weil er katholisch worden, so wurde er unfähig das Amt eines gekrönten Poeten zu führen, daher wurde es ihm abgenommen. Doch gab ihm der Graf Dorset insgeheim seinen Unterhalt. In dieser Stelle folgte ihm Thomas Shadwell, gegen den er seinen Mac Fleck'noe schrieb. Dieses ist eine von den besten und schärfsten Satiren im Englischen. Richard Fleck'noe, der neue Hofpoet war ein sehr schlechter Dichter, oder wie Dryden sich ausdrückt:

In profe and verfe, was own'd, without difpute,
Thro' all the realms of non fenfe, abfolut.

Dryden gieng ganz unbarmherzig mit Shadwell um, indem ihn seine Rache verleitete selbst die Gränzen der Wahrheit zu überschreiten. Es wird im Mac Flecnoe die Göttin der Dummheit eingeführt, welche bei Gelegenheit der Wahl einer schicklichen Person zu ihrem Sohne und Nachfolger also redet: Shadwell
allein

allein von zarter Jugend an reif an Dummheit iſt mein
vollkommnes Ebenbild. Shadwell allein iſt über
alle meine Söhne erhaben, und in der völligſten Dü-
ſternheit beſtätigt. Die übrigen machen doch immer
noch auf einigen ſchwachen Verſtand Anſprüche, aber
Shadwell verirrt ſich niemals bis zur Vernunft.
„Langbaine ſagt von Shadwells Luſtſpiele Epſomwell,
daß es ein vortrefliches Stück ſei, daß es auch Aus-
länder ſo finden.‟ Saint Evremond in ſeinen Verſuchen von den Engliſchen Luſtſpielen, nennt dieſes nebſt
Ben Johnſons Bartholomäusfeier die beiden luſtig-
ſten Stücke der Engländer.

Genie und Phantaſie wurde bei Dryden im Alter
noch lebhafter; in ſeinem 68ſten Jahre machte er noch
die Ode auf den Tag der heiligen Cäcilia, die für eine
von den vollkommenſten in allen Sprachen gehalten
wird. Er ſtarb den 1ſten Mai 1701. und wurde in
der Weſtmünſter Abtei begraben. Der Biſchof
Burnet ſagt von Dryden: Dryden der große Meiſter in der dramatiſchen Kunſt, war ein Ungeheuer in
Unbeſcheidenheit und Unreinigkeiten aller Art. s).

Achtzehntes Jahrhundert.

Thomas Brown.

Ein Engliſcher Dichter, der ums Brod ſchrieb, und
Schullehrer zu Kingſton an der Themſe ward. Sein
Witz

s) Sammlung von Lebensbeſchreibungen aus der Brittiſchen Biographie. Band II. S. 637. ff. Burnet Hiſto-
ry of his own Times. Vol. I.

Wiß und launigte Schreibart verschaften ihm viel Beifall, den aber seine niedrige Sitten und anzüglicher Witz gar sehr verminderten. Er starb 1704. Er schrieb auch Satiren, die nach seinem Tode mit seinen andern Schriften unter dem Titel Works Lond. 1707. in 4. Bänden in 12. herauskamen [k]).

Wilhelm Walsh.

Er wurde 1663. gebohren, studierte 1678. In dem Wodham Collegium und setzte seine Studien zu London und zu Hause fort. Nach Drydens Urtheil war er der beste Kunstrichter der Nation, er war auch Mitglied des Parlaments und ein Hofmann, und Stallmeister der Königin Anna. Im Jahr 1705. fieng er einen Briefwechsel mit Popen an, in dem er Talente zur Dichtkunst entdeckte; Pope hat ihn auch in seiner Dichtkunst sehr gelobt. Er soll 1709. gestorben seyn. Seine Werke sind nicht zahlreich. Aeskulapius oder das Narrenspital erschien nach seinem Tode, welches lebhafte Gemählde hat; es ist auch ins französische 1765. und ins deutsche, Wien 1771. übersetzt worden. Er hat auch den Horaz nachgeahmt. Johnson urtheilt von ihm, daß er mehr elegant als stark ist, und daß er sich selten höher, als bis zur Anmuth erhebt [i]).

Karl

---

k) Cibber's Lives of Engl. Poets. Tom. III. p. 204.

i) Johnsons Nachrichten von Englischen Dichtern. II. Th. S. 369.

Karl Buckhurſt Graf von Dorſet.

Carl Sakville wurde am 24 Jenner 1637. gebohren. Nachdem er von einem Privatlehrer erzogen
worden war, reiſte er nach Italien, und kam kurz vor
Einſetzung der königlichen Familie zurück. Er wurde
bald ein liebling Karls II. übernahm aber kein öffentli-
ches Amt, weil er zu erpicht auf ſchwelgeriſche und aus-
gelaßne Vergnügungen war. Einer von dieſen muth-
willigen Streichen iſt folgender. Sackville, der damals lord Buckhurſt war, trank ſich mit Carl Sedley
und Thomas Ogle, einen Rauſch in einem Wirths-
hauſe, und gieng mit ihnen in dem Erker des Hauſes,
wo ſie ſich in ſehr unanſtändigen Stellungen dem Volke
ſehen ließen. Zuletzt, wie ſie wärmer wurden, zeigte
ſich Sedley ganz nackend, und hielt dem Volke in
einer ſo ruchloſen Sprache eine Rede, daß der öffentliche Unwille erregt wurde; der Pöbel verſuchte die
Thüre aufzuſprengen, und da er zurückgetrieben wurde, jagte er mit Steinen die Thäter ins Haus, und
warf die Fenſter deſſelben ein. Sie wurden dieſes
übeln Betragens wegen angegeben, und Sedley mit
500 Pfund beſtraft. Im Jahr 1665. war der lord
bei der Seeſchlacht mit den Holländern am 3. Junius,
und bald hierauf wurde er Kammerjunker. 1677.
wurde er durch den Tod ſeines Vaters Graf von Dor-
ſer. König Willhelm erklärte ihn am Tage nach ſeiner Thronbeſteigung zum Hofmarſchall. Er ſtarb
1704 zu Bath. Er war ein Mann, deſſen Eleganz
und Beurtheilungskraft allgemein anerkannt waren;
daher

daher sagte Lord Rochester: ich weis nicht, wie es zu-
geht, aber Lord Buckhurst mag ihm, was er will,
er hat niemals Unrecht. Seine Satiren sind kleine
persönliche Schmähschriften, und seine größte Arbeit ist
ein Lied von eilf Stanzen. Dryden sagt von ihm in
seiner dem Grafen zugeeigneten Abhandlung über den
Ursprung und Fortgang der Satire, vielleicht zu schmei-
chelhaft: in ihren Versen ist mehr Salz, als ich noch
in irgend einem neuern Dichter, und sogar in den Alten gefunden; aber sie sind sparsam mit der Galle gewesen, wodurch sie es dahin gebracht haben, allen Le-
sern zu gefallen, und keinen zu beleidigen. Ihre
Schriften sind allenthalben so voll von Redlichkeit, daß
sie, gleich dem Horaz, die Thorheiten der Menschen
darstellen dürfen, ohne die Laster derselben vor Gericht
zu ziehn; und darinn übertreffen sie ihn, daß sie das
Beißende im Ausdrucke hinzufügen, welches unserm
großen Römer sichtlich fehlt.

Prior in der Zueignungsschrift seiner Gedichte an
den Sohn des Grafen, hat folgendes Urtheil von seiner
Satire: Seine Satire ist in der That so scharf, daß er
in ihr sich so zeigt, wie sein großer Freund, der Graf
von Rochester sagt, daß er war The best good man
with the worst natur'd muse, der bestgeartetste Mann
mit der schlimpf geartetsten Muse. Aber auch selbst
hier kann ihm mit Recht der Charakter zugeeignet werden, den Persius von dem besten Schriftsteller in diesem Fache, der jemals lebte, entwirft:

Omne

Omne vafer vitium ridenti Flaccus amico
Tangit, et admissus circum praecordia ludit.

Und der rechtschaffne und feine Mann stach immer vor
den Satiriker so sehr hervor, daß die gezüchtigten Personen nicht wußten, wie sie ihre Rache nehmen sollten,
und genöthigt waren, ehe beschämt, als zornig zu
scheinen [k]).

Miß Manley.

Dieses außerordentliche Frauenzimmer wurde auf
der Insel Hampshire gebohren, wo ihr Vater Roger
Manley Gouverneur war.   Sie zeigte sehr frühzeitig
ein Genie, das weit über ihr Alter und Geschlecht war.
Nachdem ihre Eltern gestorben waren, wurde sie nebst
ihrer jüngsten Schwester der Sorgfalt eines Neffen ihres
Vaters anvertraut, der sie in das Haus einer alten
Muhme brachte, die nichts als Ritterbücher und Ro-
manen las.   Hier lernte sie den Geschmack an roman-
tischer Narrheit, der hernach ihr ganzes Leben verbit-
terte.   Nach dem Tode der alten Muhme heirathete
sie ihr Vetter Manley, aber blos betrüglicher Weise,
denn seine vorige Frau lebte noch.   Nachdem er sie
schwanger nach London gebracht hatte und von aller
Gesellschaft ihrer Anverwandten verborgen gehalten, sie
aber drauf drang den Umgang ihrer Schwester und
Freunde zu genießen, bekannte ihr der Barbar seinen

Be-

Betrug. Endlich verließ er sie gar, und ließ sie mit
ihrem Kinde der Armuth zur Beute. Nach diesen
unglücklichen Zufällen begab sie sich unter den Schutz
der Herzogin von Cleveland, einer Maitreße Königs
Karls II. Als sie hierauf unterschiedne unglückliche
Liebeshändel gehabt hatte, bei denen ihre Ehre sehr
litte, begab sie sich aufs Land ihre Tage in der Einsamkeit zuzubringen; und da schrieb sie, da sie von je her
eine beständige Abneigung gegen das Ministerium von
der Whigparthei hatte, ihre Atalantis, welches ein
satirisch politischer Roman ist, worinn sie unter verdeck-
ten Namen die Charaktere einiger Personen dieser Parthei durchzog. Der Drucker und Verleger dieser
Schrift sollten in Verhaft genommen werden. Dieses
setzte die Verfaßerin in große Verlegenheit. Sie
konnte den Gedanken nicht vertragen, daß unschuldige
Leute ihrentwegen leiden sollten, und sie hielt es für
grausam verborgen zu bleiben. Sie berathschlagte sich
mit ihrem besten Freunde, dem General Tidcomb darüber, der ihr rieth nach Frankreich zu gehn, und ihr
zu dem Ende seine Börse anboth. Diesen Rath ver-
warf sie, und entschloß sich fest, daß um ihrentwillen
Niemand leiden sollte. Sie gab sich also freiwillig als
die Verfaßerinn der Atalantis an. Sie ward verhört, und darauf enge eingeschloßen, und ihr der Gebrauch von Feder, Dinte und Papier verweigert. Sie
ward endlich losgesprochen, und da bald eine gänzliche
Veränderung des Ministeriums erfolgte, so endigte
sich auf einmal alle ihre Furcht über diesen Punkt.

Die

Die gröſten Genies ihrer Zeit gaben ihr Merkmale ih=
rer Achtung.　Sie hat auch dramatische Schriften,
Gedichte, Briefe und Novellen geschrieben.　Sie
ſtarb den 11. Jul. 1724 ¹).　Die Atalantis iſt auch
ins franzöſiſche unter folgenden Titel überſetzt worden:

L'Atalantis de Madame *Manley*, traduit de l'An-
gloiſ.　Contenant les Intrigues politiques et
amoureuſes de la Nobleſſe de cette Ile, et où
l'on decouvre le ſecret des Revolutions arrivées
depuis l'an 1683, juſques à preſent. à la Haye.
1713. 8. Tom. III. und 1714. zwei Bände.
Dieſer franzöſiſchen Ueberſetzung iſt ein Schlüßel
zu den verborgnen Namen beigefügt.　Z. E.
Sigismund II. iſt Carl II.

Daniel von Foe.

Von Foe ein zu ſeiner Zeit berufner Schriftſteller
in politiſchen und poetiſchen Schriften, iſt unter uns
mehr wegen ſeines Robinſon Cruſoe bekannt, den
man anfänglich dem Arbuthnot zuſchrieb.　Er wurde
ein Strumpfhändler, welche Handthierung er aber bald
aufgab, weil ſie viel zu niedrig für ihn war; und hier=
auf einer der kühnſten Schriftſteller, die jemals ein
Jahrhundert hervorgebracht hat.　In dieſer Beſchäf=
tigung nahm er die Parthei gegen das Miniſterium,
und

---

1) Mehr Nachrichten von dem Leben der Manley findet
man in Herrn Prof. Schmits Leſebuch für Frauenzim=
mer I. Th. S. 286.

und verfertigte eine unzählige Menge von kleinen
Schriften. Zuletzt schrieb er sich an den Pranger in
der Schrift, betitelt:

Der kürzeste Weg mit den Nonconformisten.

und sie war besonders gegen die Kirche gerichtet; er
bestieg den Pranger ohne Schaam und unerschrocken,
und schrieb sogar eine Art von Herausfoderung, die er
einen Hymnus auf die Pillory nannte. Er starb in
seinem Hause zu Jsigton 1731. nachdem er beständig
ein gutes Auskommen genoßen, welches ihn selten in die
gewöhnliche Dürftigkeit der feilen Schriftsteller versetzte.
Das Werk, wodurch er am meisten als Dichter berühmt ist, ist

Der wahre gebohrne Engländer,

eine Satire, die durch ein Gedicht veranlaßt wurde,
das die Fremden betitelt ist, und wovon Johann
Tutchin Esq. der Verfaßer war. Es hatte einen er-
staunlichen Abgang, und außerdem, daß er es selbst
neunmal herausgab, wurde es zwölfmal von andern
aufgelegt. Dem Tutchin, der an der Empörung des
Monmouths gegen den König Jacob II. Antheil genommen, und deßwegen eine politische Schrift herausgegeben hatte, wurde das Urtheil gesprochen, durch verschiedne Städte in dem westlichen Theile Englands,
und zwar so scharf gepeitscht zu werden, daß er auch
den König bat, man möchte ihn lieber aufhenken laßen.
Sie sind beide in der Dunciade des Pope in folgenden
Versen verewigt worden:

Aa 4 Ohne

Ohne Ohren stand hoch unverschämt de Foe, und unten Curchin mit entblößten Rücken, der noch von der Geißel roth war "").

Thomas Newcombe.

Er gab 1733. dreizehn Satiren unter dem Titel heraus:

Die Sitten der Zeit,

welche witzig und gut versificirt sind. Allein er erreicht sein Muster den Young nicht, sondern dehnt nur seine Ideen aus.

Johann Arbuthnot.

Ein vortrefflicher Arzt und scharfsinniger witziger Schriftsteller; er wurde zu Arbuthnot in Kincairdinshire, nicht lange nach der Wiederherstellung Königs Karls II. gebohren, und wurde Leibarzt der Königin. Er hatte mit Swift, Pope und Gay einen vertrauten Umgang. Schon 1714. faßte er mit Swift und Pope den Entschluß über den Mißbrauch der menschlichen Gelehrsamkeit aller Art eine Satire zu schreiben, welches nach der Art des Cervantes geschehn sollte. Man war bei dem Tode der Königin auch schon ziemlich weit darinn gekommen; allein dieser unglückliche Zufall verhinderte die weitere Fortsetzung dieses schönen Vorhabens. Er half nebst Popen dem Gay die

""") Popens Dunciade, im zweiten Buche. Brittische Biographie Th. X.

tie Komödie: drei Stunden nach der Heirath, verfertigen, welche 1716. auf den Schauplatz gebracht, aber
bei der ersten Aufführung verworfen wurde. In dem
Prolog zu der Sultanin, den Wilks hielt, wurde darüber folgende Spötterei angebracht:

Dieß waren die Thoren, welche es kühn wagten,
durch einen dreifachen Vortrag ein Possenspiel zu schmieden. Aber sie mögen ihren Antheil mit einander theilen, und statt der Lorbern ihre eigne Narrenkappe
tragen.

Arbuthnot vergalt diesen Scherz durch eine lächerliche Ironie darüber in seiner Schrift, der einzif-
ferte Gulliver betitelt. Er verfertigte auch die Grabschrift auf den schändlichen Obersten Charters, dessen
Pope in seinen Gedichten gedenkt. Er starb 1734
oder 35. Arbuthnot war ein sehr gelehrter Mann,
und hatte das beste Herz. Seine größten Spöttereien
sind die satirischen Züge eines guten Naturels; sie gleichen den Backenstreichen, die im Scherz gegeben werden,
die wohl eine Röthe, aber keinen Schandfleck zurücklas-
sen. Er lacht so jovialisch als ein Diener des Bacchus,
aber er bleibt so nüchtern und gesetzt, als ein Schüler
des Socrates. Er ist selten ernsthaft, ausgenommen
wenn er das Laster angreift, und denn erhebt sich sein
Geist mit einer männlichen Stärke und einem edlen
Unwillen. Seine Werke sind unter folgendem Titel
herausgekommen:

The

The Miſcellaneous Works of the late Dr. Arbuthnot.
Lond. 1751. 12. Zwei Bände.

Der Innhalt des erſten Bandes iſt

1) Ein Verſuch über den Nutzen der mathematiſchen
Gelehrſamkeit.

2) Eine Nachricht von H. Johann Gingſicuts Abhandlung von dem Streite oder Zanke über die
Alten.

3) Eine gelehrte Abhandlung über die Klöſter, ihre
Würde, Alterthum und Vortreflichkeit; nebſt einem
Worte über den Pudding, und vielen andern nützli-
chen Entdeckungen, zum großen Vortheil des Pu-
blici.

4) Der entzifferte Gulliver, oder Anmerkungen über
ein vor kurzem unter dem Titel herausgekommnes
Buch: Reiſen zu verſchiednen entfernten Völkern
der Welt vom Capitain Gulliver, worinn der Dechant, welchem es boshafter Weiſe zugeſchrieben wird,
gerechtfertigt wird nebſt einigen andern wahrſcheinli-
chen Muthmaßungen von dem wahren Verfaſſer.

5) Kritiſche Anmerkungen über des Capitain Gullivers Reiſen vom Dr. Bentley, herausgegeben
aus des Verfaſſers Originalhandſchriften.

6) Eine Nachricht vom Zuſtande der Gelehrſamkeit in
dem Reiche Lilliput, nebſt der Geſchichte und dem
Charakter Bullams des Kaiſers. Beide Kopien
treulich überſetzt aus des Capitain Gullivers allgemeiner Beſchreibung von Lilliput.

7) Der

7) Der politische Quackſalber, oder die politiſchen Brü‐
der, eine Beſchreibung der wunderlichen Zufälle ge‐
genwärtiger Zeiten.

8) Eine Nachricht von der Krankheit und dem Tode
des Dr. Woodward; auch von dem, was ſich
bei der Eröfnung ſeines Körpers zeigte; in einem
Briefe an einen Freund auf dem Lande von Dr.
Technicum.

9) Das Leben und die Begebenheiten des Don Biſ‐
ſo de l'Eſtomac, aus dem ſpaniſchen Original ins
franzöſiſche, und aus dem franzöſiſchen ins engliſche
überſetzt. Nebſt einem Briefe an das Collegium
der Aerzte im Jahr 1719.

10) Die wunderbarſten Wunder, die ſich jemals zur
Verwunderung der brittiſchen Nation geäußert ha‐
ben; das iſt, eine Nachricht von den Reiſen des
Mynherr Veteranus durch die Wälder von Deutſch‐
land, nebſt einer Nachricht von ſeiner Gefangenneh‐
mung des gröſten Ungeheuers, das ſelbiges trägt,
und von deßen Pflegeſohn. (dies iſt eine Anſpielung
auf den wilden Knaben, Namens Peter, den König
George I. aus Hannover mitbrachte, und der Auf‐
ſicht des Dr. Arbuthnot, nebſt einem jährlichen
Gehalt von 400 Pfund übergab.) Dieſem iſt bey‐
gefügt: Viri humani, ſalſi et faeti Guilielmi Suther‐
landi multarum artium et ſcientiarum Doctoris
doctiſſimi Diploma.

11) Das Manifeſt des Lord Peters.

12) Der

12) Der Teufel zu St. James, oder eine vollkommne und wahre Nachricht von der abſcheulichen und blutigen Schlacht zwiſchen Madame Fauſtina und Madame Cuzzoni.

13) Eine Grabſchrift auf einen Jagdhund.

14) Noten und Anmerkungen über die 6 Tage, die vor dem Tode des Ehrwürdigen — vorhergiengen, und viele merkwürdige Stellen enthalten, nebſt einer zu ſeinem Grabmahle beſtimmten Aufſchrift; geſchrieben 1715.

Der Innhalt des zweiten Bandes iſt

1) Die Maſterade, ein Gedicht.

2) Eintracht bei einem Aufruhr, geſchrieben 1733.

3) Die Geſchichte des Johann Bull, III. Theil, welcher viele andre Curioſitäten, und ein glaubwürdiges Verzeichniß wichtiger Urkunden von der ehrbaren und alten Familie der Bulls vom 1ſten Auguſt 1714. bis zum 11ten Jun. 1727. enthält.

4) Ein Supplement zu des Dechants Swifts vermiſchten Schriften, welches enthält

a) Einen Brief an die Studenten beider Univerſitäten wegen der neuen Entdeckungen in der Religion und den Wißenſchaften, und den Haupterfinder derſelben.

b) Einen Verſuch über einen Apotheker.

c) Eine Nachricht von einer erſtaunenswürdigen Erſcheinung am 20ſten October, 1722.

5) Ein

5) Ein Brief an den Ehrwürdigen Dechant Swift, der durch einen Tractat veranlaßt wurde, den er geschrieben haben soll, und der den Titel führt: Eine Dedication an einen großen Mann, die Dedicationen betreffend, worinn unter andern wunderbaren Geheimnißen gezeigt wird, wie der gegenwärtige Zustand der Sachen nach tausend Jahren beschaffen seyn wird. Von einem lustigen Scartekenmacher auf Buttons Coffeehause.

6) Die Versammlung der Bienen; oder eine politische Anmerkung über die Bienen, die zu St. James schwärmen. Nebst einer Prophezeiung über die Gesellschaft aus dem Smyrna Coffeehause, worinn enthalten sind

a) Eine bewundernswürdige Historie von einem Bienenschwarm, aus einem Manuscript im Großhams Collegio, welches der Ritter Johann Mandeville geschrieben haben soll.

b) Eine besondre Beschreibung von Hornißen und Wespen, aus den Werken des berühmten Römischen Satirenschreibers Petronius Arbiter übersetzt.

7) Küße meinen — esch ist keine Verrätherei, oder historische und kritische Dissertation über die Kunst einen Possen zu spielen.

8) Eine Predigt vor dem Wolfe im Market- waß zu Edimburg über die Union 1706 gehalten, während daß das Parlement daselbst über die Vereinigung

der

der beiden Königreiche tractirte, nebſt einer Vorrede von dem Herausgeber, worinn die Vortheile gezeigt werden, welche dem Königreiche Schottland
aus ſeiner Vereinigung mit England erwachſen ſind.

9) Eine Unterſuchung von des Dr. Woodwards Nachricht von der Sündfluth.

Alle dieſe Tractate, ausgenommen der erſte und
letzte, ſind, wenn ſie anders ächt ſind, ſo viele Proben von Arbuthnots Stärke in der Jronie; worauf
man in einer Nachricht, die Swift von ſeinem eignen
Tode geſchrieben haben ſoll, in folgenden Zeilen eine
Anſpielung findet:

Arbuthnot iſt nicht mehr mein Freund, er er-
kühnte ſich nach der Jronie zu ſtreben, welche einzuführ-
ren ich gebohren war, indem ich ſie zuerſt verbeſſerte,
und ihren Nutzen zeigte.

Dieſen zwei Bänden iſt folgende Nachricht vorgeſetzt: der Inhalt dieſer Bände, und dasjenige, was
in Swifts vermiſchten Schriften eingerückt iſt, begreift alle witzige und aufgeweckte Stücke dieſes bewun-
dernswürdigen Schriftſtellers in ſich. „Allein es ſind
einige Tractate mit darunter, die man ohne hinlänglichen Grund dem Arbuthnot zugeſchrieben hat" *).

Gemeinſchaftlich mit Popen verfertigte er die Memoirs of Mart. Scriblerus, Martinus Scriblerus
περι Βαθος und M. Scribleri Virgilium reſtau-
ratum.

In

*) Brittiſche Biographie Th. X. S. 322. ff.

In den neuen Ausgaben seiner vermischten Schriften ist noch hinzugekommen the Freeholders political Catechism, der doch noch ungewiß ist, und γνῶθι σεαυτὸν a poem, welches zuerst in Dodsley's Miscellanies war bekannt gemacht worden.

Nicolaus Amhurst.

Ein englischer Dichter und politischer Schriftsteller in der ersten Hälfte des gegenwärtigen Jahrhunderts; war zu Marden in Kent gebohren, und studierte zu Oxford, wo er aber seines übeln Verhaltens wegen 1722. verwiesen wurde, welches ihn so aufbrachte, daß er folgendes schrieb, worinn er die Universität auf das bitterste angriff.

Oculus Britanniae an heroi-panegyrical Poem, ou the University of Oxford. 1724. 8. und

Terrae filius, or the secret history of the University of Oxford in several Essays. Lond. 1721. 12.

Zwei Bände, die als ein Wochenblatt ausgegeben werden.

Er starb 1742. in großer Armuth. Viele und eine Zeitlang die meisten Stücke im Craftsman schrieb er, wider den Minister Robert Walpole, und wurde auch 1737. wegen eines darinn befindlichen sehr beleidigenden Stücks gefangen gesetzt.

Alexander Pope.

Dieser große Dichter ward den 8. Jun. 1688. zu London gebohren, wo sein Vater ein ansehnlicher Kaufmann

mann

mann war. Seine Eltern, die catholiſch waren, hinterließen ihm kein Vermögen. Weil er von Kindheit an einen ſchwächlichen Körper hatte, ſo ward er in keine öffentliche Schule geſchickt, ſondern man hielt ihm Privatlehrer, und er wurde bald ſein eigner Lehrer. Als er Drydens Schriften und den Homer las, wurde ſeine natürliche Anlage zur Poeſie immer verbeſſert, und er machte ſchon in frühen Jahren herrliche Gedichte; daher wurde er ſo in ſich ſelbſt verliebt, daß er ſich für das größte Genie hielt, das jemahls geweſen war. Man kann ihm dieſen Stolz vergeben, da er ſeine Stärke fühlte. In ſeinem zwölften Jahre machte er ſchon die Ode auf die Einſamkeit, welche die Engländer den beſten Oden des Horaz gleich ſchätzen. Im vierzehnten Jahre gab er einige überſetzte Stücke aus dem Statius und Ovidius heraus, die ſie den Originalen vorziehn. Sein Ruhm war am höchſten geſtiegen, als er die Ilias und Odyße in einer poetiſchen Ueberſetzung herausgab. Ganz England ſubſcribirte dazu, und man ſagt, daß er 200000 Thaler damit gewonnen habe. Aber hier zog ihm auch der Neid eine Menge Feinde auf den Hals.

Addiſon und ſeine Anhänger beſchloßen den Untergang dieſer Ueberſetzung, aber ſie richteten nichts aus. Ein Schwarm kleiner Geiſter griff ſeine Geſchicklichkeit und ſeinen Körper an; man gab vor, er verſtehe nicht griechiſch, weil er häßlich und bucklicht wäre. Man nannte ihn in kritiſchen Schriften einen Eſel, Ungeheuer, Menſchenmörder, Giftmiſcher und

Wer-

Verräther. Aber Pope blieb ihnen nichts schuldig, und bestrafte sie mit den bittersten Satiren, wozu er keine geringe Anlage hatte. Die Hauptsatire gegen seine Feinde war die berühmte Dunciade. Ehe ich aber davon rede, will ich vorher seiner andern Satiren erwähnen, durch die er sich den Ruhm des Englischen Horazes erworben hat. Sein Meisterstück ist der Prolog vor seinen Satiren, oder die Epistel an Dr. Arbuthnot; denn folgen sechs Nachahmungen vom Horaz, und zwei vom Donne; ein Epilog in zwei Gesprächen beschließt. Die Dunciade hat folgende Veranlaßung. Im Jahr 1727. schrieb Pope mit Swift zugleich die bekannte Memoirs of a Parish Clerk, worinn unter mehrern satirischen Ausfällen auf allerley Schriftsteller, unter andern den berühmten Burnet, endlich auch die Art of Sinking in poetry erschien, aus welcher endlich die Dunciade entsprang. Die Absicht dieses berühmten Gedichts, welches eines von Pope's größten und am meisten ausgearbeiteten ist, war, alle Schriftsteller die ihn angefallen hatten, und einige andre, die er für wehrlos hielt, der Vergeßenheit und Verachtung zu übergeben. An der Spitze aller Dunse stellte er zuerst den guten Theobald, den er der Undankbarkeit beschuldigte, deßen eigentliches Verbrechen aber doch blos war, daß er einen beßern Shakspear geliefert hatte, als Pope. Pope, deßen neue Ausgabe 1721. erschien, machte es beßer als seine Vorgänger, er nahm sich des Textes mit kritischem Eifer an, er verglich zuerst alte Handschriften, woran

man zuerſt nie gedacht hatte, und ſtellte daraus viele
Stellen wieder her. Hingegen war er auch zu kühn
im Verwerfen, und ſtrich aus was, ihm mißfiel. Er
erklärte viele Schauspiele für unächt, weil ſie ihm nicht
in Shakſpears Geiſt geſchrieben ſchienen. Theobald
gab zuerſt 1726, eine Probe ſeines vieljährigen Fleißes,
unter dem Titel: Shakſpear reſtored, (der wiederhergeſtellte Shakſpear) heraus. Er kündigte ſich ſchon hierinn als einen Mann an, dem es hauptſächlich um die Lesarten, und die Aufklärung unverſtändlicher Stellen zu
thun ſey, und der die Mittel dazu kenne. Nur die
Angriffe auf Popen hätten wegbleiben ſollen, die ihm
dieſer hernach in der Dunciade ſehr ſchlimm vergolten.
1733. erſchien Theobalds Ausgabe ſelbſt, er wurde gelobt, und ſeine Ausgabe wurde lange Zeit vor die beſte
gehalten. Pope ſpottete zwar über Theobalden,
weil er Beiſpiele von lauter Lesarten gäbe, die kein
Menſch läſe. Allein Warton in ſeinem Verſuche
über Spencers Genie hat darauf ſehr gründlich geantwortet, daß die lächerlichen Bücher, deren ſich Theobald bediente ſeine Lesarten zu beweiſen, grade diejenigen wären, die Shakſpear am meiſten ſtudiert
hätte, und die Pope gar nicht kannte. In der Folge
aber wurde Colley Cibber, dieſer berühmte dramatiſche Dichter und gekrönte Poet, weil er Popen angegriffen hatte, in ſeiner Dunciade zum Oberhaupt der
Dummköpfe erwählt. Cibbers Luſtſpiel der Nonjuror betitelt, welches 1717. aufgeführt wurde, legte
den Grund zu einem Mißverſtändniſſe zwiſchen ihm

und Popen, welches von Zeit zu Zeit größer wurde, und endlich verursachte, daß Cibber zum Helden in der Dunciade gemacht wurde; der Komödienschreiber hatte indessen Ursache genung, wenigstens hierinn über Popen zu triumphiren, den er in einem an ihn gerichteten und 1742. gedruckten Briefe, sehr beißend und mit einer vortreflichen und ihm eignen Laune angriff. Und ob ihn gleich Pope zum Fürsten unter allen Dunsen macht, so war er doch ohne Zweifel ein Mann von großem Genie; allein er war eitel und von sich eingenommen, und hielt sich wahrscheinlicherweise niemals für glücklicher, als wenn er unter Größen war, und Leuten ein Vergnügen machte, die mehr Geld aber weniger Witz hatten, als er. Dem ungeachtet aber hatte er nichts ärgerliches und lasterhaftes in seinem Charakter. Es war also offenbare Ungerechtigkeit, daß man die zwei metallnen Satüen der rasenden und melancholischen Thorheit, die sein Vater ein berühmter Bildhauer an dem Vordergebäude Bedlams verfertigt hatte, seine metallnen gehirnlosen Brüder nannte, und es war große Schwachheit von Popen, daß er ihn anstatt des Theobalds, des eigentlichen Helden, in die Dunciade setzte. Im brittischen Plutarch wird folgende Ursache angeführt, warum Cibber auf den Thron der Dummheit gesetzt worden. Cibber war 1742. gleich Hofpoete worden, und Pope machte ihn daher bei der ersten Dunciade von 1742. zu seinem Helden, weil er einen lächerlichen Streich seiner Jugendjahre offenbart hatte. Pope wäre nämlich von einem

gewis-

gewißen Lord in Gesellschaft des Cibbers in einem Hu-
renhaus listiger Weise gebracht worden; und Cibber
hätte aus bloßem Mitleiden ihn von einer Frauensperson befreit, unter deren Hände er gewesen wäre, und
durch die er sich leicht hätte Schaden thun können.
Diese Sache wurde lustig erzählt, und war in der That
nichts mehr, als eine Beantwortung auf des Vorwurf,
den Pope einige Jahre vorher in dem Briefe an Dr.
Arbuthnot dem Cibber gemacht hatte.

„Und hat nicht Colley noch jetzt seinen Lord und
seine Hure?"

Die wahre Beschaffenheit aber ist diese: Zwischen
beiden war seit langer Zeit ein unversöhnlicher Haß gewesen, der sich zum Unglück für Popen und mit eini-
gem kleinen Beschimpfungen seines Charakters in dem
Schauspielhause angefangen hatte. Er lebte deswegen
seit der Zeit stets mit den Schauspielern in einer Art
von Krieg. Während der Zeit kam Cibber in den
Ruf, verschafte sich viel angesehne Freunde, und erhielt
endlich die Stelle eines Hofpoeten.

Alles dieses sah Pope nicht mit fröhlichen Augen
an, er beschloß, nunmehr sich völlig zu rächen, und ihn
zum Helden in seiner Dunciade zu machen. Pope
war in der Wahl seiner beiden Helden unglücklich.
Seine Ausgabe des Shakespear diente nur dazu,
daß Theobalds Vorzug noch mehr in die Augen fiel,
und Cibber trug den Preiß vor ihm im Drama davon;
Denn Pope war in dieser Dichtungsart nicht glücklich.

Die

Die Dunciade wäre anfänglich bald verlohren gegangen; denn Pope warf sie in Gegenwart Swifts ins Feuer, allein dieser, der ungemeinen Gefallen daran hatte, rettete sie aus den Flammen. Das Gedichte kam auch nur allmählich in Aufnahme, wäre auch vielleicht nie in welche gekommen, wenn die Dunse hätten schweigen können; Denn wen kann es interessiren zu wissen, daß hier und da ein unbekannter Schmierer lebt. Allein ein jeder Mensch ist für sich selbst ein wichtiges Geschöpf, und also in seinen Augen für andre, vertheidigt sich daher als ein solches, und macht eben dadurch die Welt mit den Umständen bekannt, die man erst wissen mußte, um über ihn lachen zu können. Die drollichte Geschichte dieses Krieges, den das Gedicht zwischen ihm und den Dunsen erregte, giebt Pope selbst in der Zuschrift an den Lord Middlesex unter dem Namen Savage. Die Dunciade selbst ist in vier Bücher abgetheilt, wovon das letzte vor das beste gehalten wird. Im ersten Buche krönt die Dummheit einen neuen Dichter, im zweiten stellt sie ihm zu Ehren Wettspiele unter ihren Söhnen an; im dritten hat der neue Dichter eine Vision in die Unterwelt von ehmaligen und künftigen schlechten Dichtern; im vierten giebt die Dummheit öffentliche Audienz.

Die Feinde des Pope, die er in der Dunciade gezüchtigt hatte, rächten sich auf eine grausame Weise an ihm, indem sie eine Nachricht von einem Schlusse ausstreuten, den er bekommen haben sollte. Die

Nachricht ward auf auf allen Gassen der Stadt London herumgetragen und ausgerufen. Der Titel lautete also:

Wahrhafte und merkwürdige Nachricht von dem grausamen und schrecklichen Schillinge, den Meister Alexander Pope, der Poet, bekommen hat, als er in aller Unschuld zu Hom walks, an dem Ufer der Temse spazieren gieng, und auf Verse zum gemeinen Besten sann. Dieser Schilling ist ihm von zween Uebelgesinnten, aus Verdruß und Rache, wegen einiger Liederchen gegeben worden, die dieser Poet ohne böse Absicht auf sie gemacht hatte.

In dieser Nachricht wird gesagt, daß die beiden Uebelgesinnten, nachdem sie den armen Pope bis aufs Blut gepeitscht, ihn kaum hätten laufen lassen, als er sogleich von der Jungfer Blount, einer mitleidigen und dem Poeten sehr nahe wohnenden Person in diesem erbärmlichen Zustande sei erblickt worden; Diese habe sogleich das kleine Männlein in ihre Schürze genommen, habe ihm die Hosen wieder angezogen, ihn an das Ufer des Flusses getragen, und auf ein kleines Schiff gesetzt, um ihn nach ihrer Behausung zu bringen. Die Jungfer Blount war eine sehr artige Engländerin, welche Pope sehr lieb hatte. Diese Begebenheit, sie mag wahr oder falsch seyn, verdroß Popen aufs äußerste. Er begnügte sich nicht damit, daß er eine Nachricht an das Publicum drucken ließ, in welcher

cher er verficherte, daß er an dem in jener Nachricht
bemerkten Tage, nicht aus feinem Haufe gekommen
wäre, fondern er wollte auch in einer neuen Ausgabe
der Dunciade feine Feinde noch fchärfer züchtigen.
Allein Pope ftarb an einer Bruftwafferfucht den 30ften
Mai 1744.

Die Denkwürdigkeiten des Martinus
Scriblerus

enthalten eigentlich nur das erfte Buch von einem
Werke, welches Pope, Swift und Arbuthnot,
die fich unter der Regierung der Königinn Anna zu
verfammeln pflegten, und fich den Scriblerus Club
nannten, in Gemeinfchaft entworfen hatten. Ihre Abficht war, den Mißbrauch der Gelehrfamkeit in dem erdichteten Leben eines Pedanten durchzuziehn. Allein
die Gefellfchaft gieng auseinander, und es wurde nichts
aus der Sache. Der Englifche Kunftrichter Samuel
Johnson urtheilt alfo davon: Wenn man von diefer
Probe, die wahrfcheinlich von Arbuthnot herrührt,
einige Züge von Popen abgerechnet, auf das ganze
fchließen darf, fo ift der Verluft deßelben nicht fonder-
lich zu beklagen; denn die Wahrheiten, die die Verfaßer lächerlich machen, werden fo felten verübt, daß
man fie nicht kennt; auch ift die Satire blos Gelehrten
verftändlich. Er fchaft fich erft Phantome von Abge-
fchmacktheit und denn verfcheucht er fie; er heilt Krankheiten die nie Jemand hatte. Aus diefem Grunde hat
auch das gemeinfchaftliche Werk dreier großer Schrift-

Bb 4   fteller

steller wie die Aufmerksamkeit der Welt sonderlich an
sich gezogen; es wurde wenig gelesen, oder vergeßen,
wenn es gelesen wurde; weil die Erinnerung an daffel-
be Niemanden um ein Haar klüger, beßer oder fröhlicher machte. Viel Originelles hat der Entwurf auch
nicht; im Ganzen hat es etwas vom Don Quixote,
und in einzlen Theilen ist vieles aus der Geschichte des
Mr. Oufle nachgeahmt. Allein mit Erlaubniß des
Herrn Johnsons, der Scriblerus ist lange nicht so
schlecht, als er sich einbildet; die Verirrungen des
menschlichen Geistes, die darinn lächerlich gemacht
werden, sind nicht so selten, solche närrische Originale
finden sich noch heut zu Tage allenthalben, und sind
keinesweges erdichtete Phantome; daher kann dieses
Buch noch jetzt dem Gelehrten zum Spiegel dienen und
ihn beßern. Und das Komische fehlt ihm keinesweges;
der kann freilich nur drüber lachen, den es intereßirt,
und das ist ein nothwendiges Ingrediens des lächerlichen. Muß denn nothwendig eine Satire allgemein
seyn? das war ja die Dunciade auch nicht. Das lächerliche in der Gelehrsamkeit ändert sich mit den Zeiten. Welche lächerliche Scenen hat nicht in unsern
Tagen übertriebne und mißverstandne Pädagogie, und
der in diesem sogenannten erleuchteten Jahrhunderte
überhandnehmende Geist der Schwärmerei hervürge-
bracht?

Die

Die Kunst in der Dichtkunst zu sinken züchtigt die Fehler der neuen Dichter auf eine sehr komische
und nützliche Weise *).

Alexander Pope's Works, with the notes of Mr.
Warburton. Lond. 1752. 8. Voll. IX. 1754.
Voll. X.

Herrn Alexander Pope Esq. sämmtliche Werke mit
Wilh. Warburtons Commentar und Anmerkungen übersetzt. (von Herrn Dusch) Altona
1758 - 1764. 8. fünf Bände.

Des Martinus Scriblerus Leben, Werke und Entdeckungen, eine Satire über die Mißwendung
der Wißenschaften. I. Theil aus dem Englischen
übersetzt von H. L. Ibbeken, K. Preuß. Admi-
ralitäterathe. Duisburg 1783. 8. II. Theil, in
welchem enthalten ist: Martinus Scriblerus
περι βαθυς, oder die Kunst in der Dichtkunst
zu sinken.

Jonathan Swift.

Niemand verstand die Kunst der Ironie beßer als
Swift, und man kann mit Wahrheit behaupten, daß

Bb 5   es

*) Iohnson's Prefaces biographical and critical to the
Works of the english Poets. Sammlung von Lebens-
beschreibungen aus der brittischen Biographie Th. X. in
Eibberts Leben. Brittischer Plutarch Th. VI. in Pope's
Leben. Merkwürdigkeiten zu der Geschichte der Gelehr-
ten II. Th. S. 25. Herr Schmids Biographien der
Dichter Th. II. S. 17.

es ihm hierinn kein Satirenschreiber gleich gethan hat,
daß sich viele nach ihm gebildet haben, daß er sie aber
weit hinter sich gelaßen hat. Dieser originelle Kopf
wurde zu Dublin 1667 gebohren. Er legte sich auf
die Historie und Dichtkunst. Auf der Universität zu
Dublin verachtete er die Logik und Metaphysik, und die
Mathematik und Physik machte er lächerlich; daher
wurde er wegen seiner Ungeschicklichkeit abgewiesen, als
er Baccalaureus werden wollte, und am Ende nur
kümmerlich ex speciali gratia zugelaßen. Dieses un-
rühmliche Zeugniß sahe man zu Oxford als die gröste
Anpreisung an, und da wurde er unbeschauter Dings
straks Baccalaureus. Er wiedmete sich dem geistlichen
Stande, wollte gern in England befördert und Bischof
werden, allein beides schlug ihm fehl; doch erlangte er
1713. die einträgliche Stelle eines Dechanten zu St.
Patric in Dublin, wo er viele politische Schriften verfertigte, die ihm große Liebe bei den Irländern verschaften; denn er hatte überhaupt mehr Neigung zu politischen Sachen als zur Theologie. Man beschuldigt
ihn eines unmäßigen Stolzes und der damit verknüpf-
ten Neigung sich gern schmeicheln zu laßen, wenn es
auch auf Kosten der Wahrheit geschah, eines unanständigen Haßes gegen das menschliche Geschlecht, weil
es ihm nicht immer so gieng, wie er wünschte. Er
liebte sonderlich in seiner Jugend ein herumschweifendes
Leben, reiste gemeiniglich zu Fürsten, und kehrte in den
elendesten Wirthshäusern ein. Er speiste gern mit
Fuhrleuten, Stallknechten und dergleichen Leuten, und
hatte

hatte ein sonderliches Vergnügen an ihren Gesprächen; daher er auch in seinen Schriften wider die Ehrbarkeit verstößt. Fünf Jahr vor seinem Tode verlohr er seinen Verstand und wurde endlich wahnwitzig, ja völlig unsinnig, zuletzt aber ganz dumm, einfältig und sprachlos, und starb endlich zu Dublin 1745. indem er ein ansehnliches Vermögen hinterließ, dessen grösten Theil er zu einem Tollhause bestimmte. Er hatte eine grosse Menge satirischer Schriften verfertigt, die viel Aufsehens erregt haben; es sind ihm aber auch manche untergeschoben worden. Ich will einige davon anführen.

1) Betrachtungen über einen Besenstiel; dadurch soll die Schreibart und das Bezeugen des Robert Boyle lächerlich gemacht werden.

2) Vorstellung wider die Abschaffung des Christenthum. Swift bemüht sich hier die Menschen mit Lachen zur Religion zu bringen, da er wohl wuste, daß wir oft durch Lachen davon abgeleitet werden.

3) Prophezeihungen herausgegeben von Isaac Bickerstaff; gegen den Kalendermacher Partridge; davon ich in einem andern Abschnitte weiter reden werde.

4) Versuch über die Kräfte des Gemüths.

5) Das Putzzimmer der Damen. Diese Schrift beschuldigt man eines allgemeinen Mangels am Feinen und Wohlanständigen.

6) Le

6) Lemuel Gullivers Reiſen zu den entfernteſten
Nationen der Welt.　Sie ſind in vier Theile
getheilt; der erſte enthält die Reiſe nach Lilliput,
der andre nach Brobdingnag, der dritte nach La‐
puta und andern Inſeln, und der vierte und außer‐
ordentlichſte die Reiſe in das Land Houyhnhums.
Es ſollen dieſe Reiſen einen moraliſch politiſchen Ro‐
man vorſtellen.　Die Satire iſt hier ſo giftig, daß
nicht nur alle menſchliche Handlungen, ſondern auch
die menſchliche Natur ſelbſt auf das allerärgſte vor‐
geſtellt wird.　Die Einwohner von Lilliput werden
gleichſam in einem erhabnen geſchliffnen Spiegel vor‐
geſtellt, wodurch ein jedes Ding zu einer verächtli‐
chen Kleinheit gebracht wird; die Einwohner von
Brobdingnag aber werden durch einen Hohlſpiegel
vergrößert und dadurch erſtaunlich häßlich gemacht.
In Lilliput beſchäftigen ſich kleine Inſecten in
menſchlicher Geſtalt mit wichtigen Dingen; und in
Brobdingnag beſchäftigen ſich Ungeheuer von er‐
ſtaunlicher Größe mit Kleinigkeiten.　In der Be‐
ſchreibung von Lilliput ſcheint Swift beſonders auf
England, und in der Beſchreibung von Blefuscu
auf Frankreich zu zielen.　Der dritte Theil dieſer
Reiſen iſt überhaupt wider die Chimiſten, Mathe‐
matiker, die Liebhaber der Mechanik und Projectma‐
cher aller Art geſchrieben.　In dem letzten Theile
dieſer erdichteten Reiſen zu den Houyhnhums
zeigt Swift einen unerträglichen Menſchenhaß,
und leitet ſeine Anmerkungen aus den unrichtigſten

Grund‐

Grundſätzen her. Dieſe Reiſe iſt eine wirkliche Beleidigung des menſchlichen Geſchlechts.

7) **Vollſtändiger und wahrhafter Bericht von der feierlichen Proceßion zum Galgen bei der Execution William Woods.** Der Verfaßer läßt den Wood, der den Irländern wegen ſeiner Halbpfennige ſo verhaßt war, und der durch einen Kloß vorgeſtellt wird, von verſchiednen Künſtlern und Handwerkern nach dem Galgen begleiten, dabei jeder ſeine Rache in der Sprache ſeines Handwerks ausdrückt. Der Koch will ihn röſten, der Buchhändler will ihn zum Ladenhüter machen, der Schneider will ihn biegeln u. ſ. f. Alsdenn folgt die Proceßion, die höchſt lächerlich beſchrieben wird ᵖ).

8) **Beſcheidner Vorſchlag zu verhüten, daß armer Leute Kinder ihren Eltern oder ihrem Vaterlande nicht zur Laſt gereichen, und zu machen, daß ſie dem gemeinen Beſten nützlich werden.** Er ſchlägt vor die Kinder der Bettler zu mäſten, und ſie an Gaſtwirthe oder Standesperſonen zu verkaufen, die ſie könnten braten, in Eßig legen und auf andre Weiſe zum Verſpeiſen geſchickt machen laßen.

9) Uns

ᵖ) Dieſer Wood hatte ein Patent erſchlichen, kleine Münze für Irland zu ſchlagen, die damals fehlte, dieſe ſchlug er aber in ſo ungeheurer Menge, und von ſo ſchlechtem Schrot und Korn, daß die Irländer alle um das Ihrige kommen wären, wenn ſich nicht Swift in dem Briefen eines Tuchhändlers dagegen geſetzt hätte.

9) Unterricht für Bediente. Iſt ein unvollende-
tes Werk, und in einer ſo muntern Art des niedern
Scherzes geſchrieben, daß es vielen Leſern gefallen
muß. Es zeigt die Fehler, Streiche, Lügen und
Bosheiten der Bedienten mit ungemeiner Richtigkeit.

10) Verſe auf den Tod des Dr. Swifts durch
die Leſung einer Grundregel des Rochefou-
cault veranlaßt. Iſt eine höchſt beißende Satire.
In keinem einzigen ſeiner Gedichte iſt mehr Witz
und größere Schärfe anzutreffen.

11) Das Märchen von der Tonne. Dieſe
Schrift hat viel Auffehens gemacht, und iſt eins
von Swifts erſten Werken, und weder ſeine eigne
noch eine andre Feder hat es demſelben jemals an
Witz und Geiſte gleich gethan, wie der Graf von
Orrery urtheilt. Man hat es als eine Verſpot-
tung des Chriſtenthums angeſehn, weil darinn die
Tyranney der Prieſter verſpottet und die ernſthafte
Heuchelei verlacht wird. Es iſt aber vielmehr eine
Satire wider die Irrthümer der römiſchen Kirche,
die langſame Reformation der Lutheraner und den
ungereimten und gezwungenen Eifer der Presbyterianer. Unter Petern iſt der Pabſt, unter Martin
aber Luther verborgen, und in der Vorſtellung Jaks
ſehen wir den Calvinus und ſeine Schüler. Die
Pfeile des Verfaßers ſind hauptſächlich wider Peter
und Jack gerichtet. Dem Martin aber begegnet er
mit mehr Gelindigkeit.

12) Die

12) Die Schlacht der Bücher in der St. James Bibliothek. Ist wider Wotton und Bentley als Feinde der Alten und Vertheidiger der Neuern gerichtet, zur Vertheidigung des William Temple. Die Schlacht, welche von den Alten mit größerer Stärke, wiewohl nicht mit größerer Anzahl geführt wird, endigt sich mit der Niederlage Bentleys und seines Freundes Wotton.

13) Das Fragment, oder die Abhandlung von der mechanischen Wirkung der Seele, ist eine Satire wider die Schwärmerei, und die vorgeblichen Begeisterungen, die gemeinschaftlich mit Thorheit anfangen und mit Laster sich endigen. In diesem Tractat sind die Spöttereien des Verfassers gar zu ausgelassen, viele von seinen Vorstellungen sind eckelhaft, einige sind unanständig, und andre scheinen der Religion zu spotten.

14) Polite Gespräche, worinn das Spielen mit gewißen Redensarten in der Conversation an den Pranger gestellt wird. Die Einleitung dazu ist ein Meisterstück in der ironischen Schreibart.

15) Wahrhafte und eigentliche Beschreibung deßen, was sich letzt verwichnen Dienstag, Mittwoch, Donnerstag und Freitag, während des allgemeinen großen Schreckens in London zugetragen hat. Der Verfasser dichtet, Whiston hätte den jüngsten Tag bei der Annäherung eines Kometen auf einen gewißen Tag vorher

bigt, und beſchreibt höchſt ſatiriſch die Unterneh-
mungen und Gedanken der Leute, die es glaubten.

16) **Das Kirchenthermometer.** Man ſoll auch
die Tugend niemals über die Schranken treiben.

17) **Proceße, ein bodenloſer Abgrund;** oder
die Geſchichte John Bulls. Aus einer Hand-
ſchrifft des berühmten Sir Humphrey Poles-
worth, welche in ſeinem Cabinet gefunden
worden, herausgegeben 1712. Iſt eine Allegorie, darinn unter der Erdichtung eines Proceßes
der Spaniſche Succeßionskrieg beſchrieben wird.

Die erſte Ausgabe von Swifts Werken wurde
zu Dublin in acht Bänden in Octav gedruckt. Die
erſten vier Bände kamen 1735. heraus, worauf der
fünfte und ſechſte noch bei Lebzeiten des Verfaßers folgte; und die zwei letzten ſind nach ſeinem Tode herauskommen. 1755. kam zu London eine Ausgabe in 4to
heraus mit Swifts Leben von John Hawkesworth
in 6 Bänden; 1761. eine Ausgabe in 12 Octavbänden *). Die deutſche Ueberſetzung von Waſer erſchien
unter folgendem Titel:

Satyr

*) Remarks on the Life and Writings of Dr. Jonathan
Swift; in a series of lettres from John Carl of Orrery,
to his ſon, the honourable Hammilton Boyle, Lond.
1752. 8. deutſch Hamburg und Leipzig 1752. Dagegen
ſchrieb Delany Anmerkungen. Darauf erſchien gegen
beide: Eſſay upon the Life, Writings and Character
of Jon. Swift by — Swift. (Swifts Enkel) Lond. 1755.

Samm-

Satirische und ernsthafte Schriften von Dr. Jonathan Swift. Hamburg und Leipzig (Zürich) 1756. ff. In acht Octavbänden.

Lady Maria Wortley Mountague.

Von dieser Lady hat man fünf satirische Stadt Eklogen, die unter dem Titel erschienen sind:

Six Town Eclogues, with Some other Poems. London. 1747. 4. sechs Bogen.

Die Verfaßerin war erstlich eine Freundin und denn eine Feindin Pope's. Pope machte eine sechste dazu, und nennte es eine Schäferwoche; denn die Satiren sind nach den Tagen der Woche eingetheilt. Den Montag führt die Roxana eine Spröde auf, die sich beklagt daß ihr die Princeßin eine andre Dame, in einer Bedienung bei ihrer Hofstaat vorgezogen.

Die zweite Satire auf den Dienstag ist ein Gespräch, welches Silliander und Patch auf den St. Jamea Coffeehause halten. Beide prahlen gar sehr von den Gunstbezeugungen, die sie vom schönen Geschlecht erhalten.

Die dritte Satire auf die Mittwoche, oder das Tete à Tete führt die Dancinda und den Strephon redend ein. Er beklagt sich über seine Ungewißheit in

Ab-

Sammlung von Lebensbeschreibungen aus der brittischen Biographie. VIII. Th. S. 149. Brittischer Plutarch Th. VI. S. 149.

Zweiter Theil. Cc

Absicht auf ihre Empfindungen. Sie stellt ihm seine Unbilligkeit vor, da er bereits Proben von ihrer Gunst erhalten.

Der Donnerstag handelt vom Baßetspiel.

Freitag der Nachtisch.

Die sechste Satire am Sonnabend, heißt die Kinderblattern — Klagen eines Frauenzimmers, die durch die Blattern mit ihrer Schönheit auch alle ihre Herrlichkeit verlohren.

David Mallet.

Er starb 1763. und hat in seinen Werken eine schöne Satire auf die Worte Kritik.

Karl Churchill.

Churchill ist einer von den heftigsten und bittersten Satirenschreibern der Engländer. Seine Satiren sind persönlich, partheilsch, national und voll Bosheit. Er hat eine unvergleichliche Laune und schrieb meistentheils über politische Gegenstände, doch würket er nicht allein gegen die Großen des Staats, sondern auch gegen Schriftsteller. Er hat oft ein burleskes Metrum. Er starb 1764. Seine Satiren sind folgende:

1. Die Nacht, 1760, eine Rechtfertigung seiner nächtlichen Ergötzungen.

2. Die Rosciade, gegen die Komödianten 1762. Dagegen erschienen Antirosciade, Churchilliade, Murphlate, Thespiade, Kellyade.

3. Der

3. Der Geist in vier Büchern, 1763. eine Gespensterhistorie.

4. Weißagung des Hungers, 1763. Satire auf die Schottländer.

5. Rosondo, oder der Staatsgauckler, 1763. Zwei Gesänge. Eine heftige Satire wider einen Lordmayor und seine Anhänger, im Geschmack des Hudibras.

6. Brief an Hogarth, Satire auf diesen Mahler, 1763.

7. Eine Unterredung, 1763. Zur Vertheidigung seiner Satiren.

8. Der Autor, 1763. Eine seiner besten.

9. Der Duellant, 1763. in drei Büchern, gegen Wilkes Feinde.

10. Gotham, in drei Büchern, 1764. Allegorie von einem erdichteten Lande, worunter er England meint.

11. Der Candidat, nämlich zur Stelle im Parlament, 1764.

12. Der Abschied, 1764. Er will sein Vaterland wegen seiner Thorheiten verlassen.

13. Die Zeiten, 1764. ein schwarzes Gemählde.

14. Die Unabhängigkeit, 1764. Ein Dichter sei unabhängiger als ein Lord.

Die vollständigste Ausgabe seiner Werke erschien, London. 1776. 8. in drei Bänden.

Eduard

Eduard Young.

Young, der unter uns durch die vortreflichen
Ebertschen Uebersetzungen bekannt genung ist, wurde
im Jahr 1684. zu Upham in Hampshire gebohren.
Er war Cabinetsprediger der Prinzeßin von Wallis,
und ein Mann von ausgezeichneter Gottesfurcht. Er
starb 1765. Sein Witz war allemahl beißend, und
stets gegen diejenigen gerichtet, welche eine Verachtung
gegen die Religion und den Wohlstand blicken ließen.
Sein Epigramm, das er auf Voltairen, der sich
von ohngefähr in seiner Gesellschaft einfallen ließ, Mil‐
tons allegorische Personification des Todes und der
Sünde lächerlich zu machen, aus dem Stegereif mach‐
te, ist bekannt:

Du bist so witzig, ruchlos und elend,
Du scheinst ein Milton mit seinem Tod und
Sünde zu seyn.

Seine sieben Satiren die Ruhmbegierde oder
allgemeine Leidenschaft werden von einigen als sein
Meisterstück angesehn. Er betrachtet sie als die Trieb‐
feder aller Laster, Fehler und Thorheiten; doch leitet er
manches gezwungen daraus. Er schrieb sie in seinen
ersten Jahren. Wenn sich die Gedrungenheit des
Styls, der glänzende Witz oder die Einfalt des Gegen‐
standes einen sichern Beifall versprechen können, so
darf er ihn mit Recht verlangen. Jetzt werden sie in
England nicht mehr so geachtet. Vielleicht sollte der
Sackenschreiber, wie Swift mit Recht von ihnen
anmerkt,

anmerkt, luſtiger oder ſtrenger geweſen ſeyn.   Man
hat wirklich bemerkt, daß ſie aus Epigrammen beſtehn,
die alle auf eine Materie gemacht ſind, und daß ſie die
Leſer ermüden, ehe er zum Schluße kommt.

Dr. Young's Love of Fame, the univerſal Paſſion, in Seven charaeteriſtical Satires, im erſten Bande ſeiner Werke; und mit Herrn
Eberts Ueberſetzung und Commentar. Braun-
ſchweig, 1771. 8. [r])

Edmund Lloyd.

Er hat in ſeinen Satiren viel lebhaftigkeit, aber
wenig Plan.   Sie heißen 1) Die Macht der Feder. 2. Der Pfarrer. 3. Der Methodiſt. Dieſe drei von 1767.   4. Der Umgang, oder über die
gewöhnlichen geſellſchaftlichen Unterhaltungen. 1768.

Johann Robinſon.

Er zeigte ſich als ein guter Nachahmer des Boileau. 1) 1765. in der Satire; die Beförderung,
oder die Mittel ſein Glück zu machen. 2) 1767. im
Handbuch des Dichters.   Sie ſtehn in ſeinen Poems
of various Kind. 1768.

Thomas Neville.

Er gab 1768. Nachahmungen des Horaz, 1769.
eine Nachahmung der 14ten Satire des Juvenals

und

r) Sammlung von Lebensbeſchreibungen aus der Brittiſchen Biographie. Th. IX. S. 1.

und Perſius heraus, nicht als ob er ihre Manier nach=
ahmte, ſondern weil er ihre Ideen auf neuere Gegen=
ſtände anwendet.

Michael Smith.

Von ihm kam 1772. ein Gedicht in 21. Geſän=
gen heraus unter dem Titel:

Chriſtianity unmasqued; or un avoidable Igno-
rance preferable to corrupt Chriſtianity. Lond.
1772. 8.

Der Verfaſſer bietet im Geiſte der irrenden Ritterſchaft
mit einer hudibraſtiſchen Laune, dem ganzen Heere der
Ungläubigen, Freidenker, Fanatiker und Ketzer Trotz.
Ob die luſtige und leichtfertige Art, mit der er hin und
wieder die gute Sache des wahren Chriſtenthums ver=
theidigt, ihr nicht mehr nachtheilig als vortheilhaft ſeyn
könne, iſt eine andre Frage. *)

Paul Witheab.

Es kommen in ſeinen Werken von 1774. einige
mittelmäßige Satiren vor, als die Sitten der Zeit,
die Staatsdunſt. Er ſtarb 1774.

Samuel Johnſohn.

Er zeigt in ſeinen Satiren Juvenals Geiſt mit Po=
pens Harmonie vereinigt.

1. Lon=

*) Neue Leipzig. Bibl. Band XIII. St. 1. S. 179.

1. London, oder Nachahmung der dritten Satire des Juvenals.

2. Der feine Herr nach der Mode.

3. Die feine Dame.

4. Die Mode.

5. Die Eitelkeit der menschliche Wünsche nach der Zehnten des Juvenal. Man findet sie, außer der ersten, im dritten und vierten Bande der Dodsleiischen Sammlung. Die vierte hat Herr Prof. Schmid im dritten Theil des brittischen Museums übersetzt.¹)

XV.

Französische Satirenschreiber.

Zwölftes Jahrhundert.

Bernardus Morlanensis.

Er war ein Mönch zu Clugny um das Jahr 1130, und wird von einigen für einen Engländer, aber beßer für einen Franzosen aus Morlas gehalten; scheint auch mit dem Bernardus Cluniacensis einerley zu seyn. Er schrieb ein Gedicht von Verachtung der Welt in drei Büchern, in daktyllischen leoninischen Versen, woraus man das Genie der Satire dieser Zeit erkennen kann. Z. E.

O mala Saecula, venditur insula Pontificalis,
Infula venditur, haud reprehenditur emtio talis.

Cc 4   Vendi-

¹) Schmids Anweisung der vornehmsten Bücher in der Dichtkunst. S. 497.

Venditur annulus, hinc lucri Romulus auget et
urget.

Eſt modo mortua, Roma Superflua, quando
reſurget?

Roma ſuperfuit, arida corruit, afflua plena
Clamitat et tacet. erigit et jacet, et dat egena:
Roma dat omnibus omnia, dautibus omnia
Romae

Cum precio: quia juris ibi via, jus perit omne.

Matth. Flacius ließ dieſes Gedicht mit abdrucken in den Poematibus de corrupto Eccleſiae ſtatu.
Baſil. 1557. p. 27.

Bernardi Morlonenſis Libri III. de Contemtu mundi,
carmine rhytmico: nunc primum integre editi
ſtudio Nathan. Chytraei. Brem. 1597. 8. Chy-
träus glaubte irrig, er wäre der erſte Herausgeber. Seine Ausgabe iſt auch nicht ſo richtig
und vollſtändig als die vorhergehende.

Bertrand de Born.

Bertrand de Born Vicomte von Hautefort im
Bißthum Perigueur in Frankreich, ein Held aus der
letzten Hälfte des zwölften Jahrhunderts, und ein
fruchtbarer, aber auch ſonderbarer Provenzaldichter.
Er miſchte ſich in die Händel zwiſchen Richard und Philipp Auguſt, wo er es mit dem erſten hielt, und den
letztern mit Satiren verfolgte, welche viele ſonſt unbekannte Umſtände aus der Geſchichte der damaligen Zeiten

ten enthalten. Er wurde endlich ein Cistercienser, aber dem ungeachtet von dem Dante in der Hölle gesetzt, wo er statt der Laterne seinen abgehauenen Kopf tragen muß. In der Sammlung des Herrn de Sainte Palaie sind noch viele von seinen so wohl satirischen als verliebten Gedichten befindlich, welche eben so heftig, ungestüm und beißend sind, als er selbst war *).

Dreizehntes Jahrhundert.

Helinand.

Ein Cistercienfermönch in der Abtei Froidmont, zu Pron-le-Roi in der Diöces von Beauvais gebohren, war Hermanni eines flandrischen Edelmanns Sohn, ein französischer Dichter, Theologe und Geschichtschreiber. Er starb im Jahr 1223. In seinen Gedichten kommen beißende Satiren auf die Unordnungen seiner Zeit, und besonders des römischen Hofes vor. Z. E.

   Rome est li mail qui tot assomme etc.
   — — Qui fait aux Simonidux voile
   De Cardonal et d'Apostoile. **)

Ee 5 Hugo

*) Histoire de Troubadours, T. L p. 210-250.

**) Anton Loisel in der Ausgabe seiner Gedichte. Baillet Iugemens, T. IV. p. 10,

Hugo von Bercy.

Er lebte unter Philipp August, und wurde zum Spott Guyot von Provins genannt, weil er aus dieser Stadt gebürtig war. Er schrieb

La Bible Guyot,

eine beißende Satire auf alle Stände, besonders das weibliche Geschlecht, die Juristen und Aerzte, welche zu seiner Zeit viel Aufsehens machte. Einige meinen, das Wort Bibel heiße hier weiter nichts als ein Buch, andre aber meinen, sie wäre so genannt worden, weil sie lauter Wahrheiten enthielte. Von den Aerzten sagt er:

Fol est, qui en tel Art se fie!

Und von den Juristen:

Les Loix apprennent tromperie

Und damit keiner böse würde, thut er von sich selbst das Bekenntniß:

Hugues de Bercy qui tant a
Cherché le Siecle çà et là,
Qu'il a vu, que tout n'en vaut rien,
Preche ores de faire le bien x).

Baillet wundert sich, daß er kein gedrucktes Exemplar hat können zu sehn bekommen y); allein diese Bibel ist nie gedruckt worden, sondern befindet sich blos in Handschriften.

Wil-

x) Massuet Histoire de la Poesie françoise.
y) Baillet Iugemens. Tom. IV. p. 11.

Wilhelm de Lorris und Johann de Meun genannt Clopinet.

Wilhelm de Lorris einer von den besten französischen Dichtern des dreizehnten Jahrhunderts hatte sich in eine Dame verliebt, der zu Ehren er den berühmten Roman von der Rose schrieb. Der Tod aber übereilte ihn um das Jahr 1260. daß er ihn nicht zu Ende bringen konnte. Hernach wurde er von Johann de Meun fortgesetzt, welcher von seiner Vaterstadt Meun so genennt wurde, und Clopinel, weil er hinkte. Er war kein Dominicaner oder Doctor der Theologie, wie einige vorgeben, und blühte unter der Regierung Phllipps des Schönen um 1300 und noch 1310. Lengler du Fresnoi in der Ausgabe dieses Romans Amsterdam 1735. meldet in der Vorrede, daß Lorris nur die ersten 4149. Verse gemacht habe; aber in der Note wird es gebeßert und gesagt, daß er bis zu dem 11135. Verse gekommen. Es sollten in diesem Roman wie im Ovid die Mittel angezeigt werden, wie man in der Liebe seinen Zweck erlangen sollte. Dem Verfaßer träumt, als wenn er in einen schönen Garten wäre, worinn eine unvergleichliche Rose seine Blicke an sich zog. Er will sie abbrechen, findet aber große Hinderniße. Er muß eine förmliche Belagerung vornehmen. Er setzt durch Gräben, übersteigt Mauern, erobert Schlößer. Die Einwohner dieses bezauberten Gartens sind entweder wohlthätige Gottheiten als lieben, Mitleben, Freundschigkeit u. s. f. oder böse Gottheiten,

helten, als Gefahr, Verleumbung, Eiferſucht. Endlich nach vielem Widerſtande gelangt der Verfaßer
zum Beſiß der Roſe:

> Ainſi eus la roſe vermeille,
> A tant fut jour, et je m'eveille.

Außer der Galanterie, welche das Hauptwerk dieſes
Romans iſt, kann man ihn auch als eine Satire auf die
damaligen Zeiten anſehn. Wie bitter ſind folgende
Verſe gegen das Frauenzimmer:

> Toutes etez, ſerez ou futes
> De fait ou de voulente putes,
> Et qui tres bien vous chercheroit,
> Putes toutes vous trouveroit.

Die Geiſtlichkeit wird darinn auch nicht geſchont:

> Tel a robe religieuſe;
> Doncque il eſt religieux.
> Cet argument eſt vicieux,
> Et ne vaut une vieille gaine;
> Car l' habit ne fait pas le moine.

Dieſe Spöttereien machten anfänglich in Frankreich
viel Lermen. Mönche, Advocaten und Frauenzimmer
ſchrieen dagegen, und Clopinel durfte ſich nicht ſehen
laßen. Die Damen am Hofe Philipps des Schönen
gaben eine förmliche Apologie gegen ihn heraus, worinn die Gerechtigkeit folgendes Urtheil über ihn ſprach:

> Au regard de Jehann *Clopinel,*
> Qui fiſt le Roman *de la Roſe,*

Le

Le Roy veult que de son chastel
Soit banny, sans faire autre chose.
Et pourtant il faut qu'il dispose
De s'en aller en aultre terre;
Car la court, ainsi que suppose,
Entreprent de lui mener guerre.

Allein dieses Werk gegen den Clopinel that den Damen noch nicht genug; sie zogen die Königinn auf ihre Seite, welche ihm aufpaßen und gefangennehmen und von ihrem Frauenzimmer nackend ausziehen und an eine Säule binden ließ, wo er sollte mit Ruthen gehauen werden. Er bat sich aber vorher noch eine Gnade aus, und als ihm das gewährt wurde, verlangte er, daß die größte Hure unter ihnen ihm den ersten Streich geben möchte. Worauf sie ihn laufen ließen *)

Le Roman de la Rose, ou tout l'art d'amour est enclose. fol. ohne Druckort und Jahrzahl mit Holzschnitten.

Le meme Roman de la Rose. Paris, Gallyot du Pré 1529. 8. mit kleinen Holzschnitten. Par. 1527. ib. 1536. fol. ib. 1538. 8.

Le Roman de la Rose, par Guillaume de Lorris et Iean de Meung, dit Clopinel, avec le Codicile, le Testament et la Remontrance de Nature à l'Alchimiste, nouvelle Edition accompagnee d'une

*) Sorel Biblioth. française. p. 162.

d'une Preface et d'un Gloſſaire des anciens mots.
Amſterd. 1734. 12. Drei Bände. Dieſe
Ausgabe iſt vom Langlet du Fresnoy, und iſt
nach den älteſten Ausgaben gemacht, und nicht
nach des Clement Marots ſeinen, der die
Schreibart moderniſirte.

Supplement au precedent Gloſſaire du Roman de la
Roſe; avec des notes critiques et hiſtoriques,
une Diſſertation ſur les Auteurs de ce Roman,
et des variantes. Dijon. 1737. 12.

Gegen dieſen Roman ſchrieb Gerſon Canzler der
Pariſer Univerſität: Tractatus Magiſtri Ioannis Ger-
ſon contra Romantium de Roſa, qui ad illicitam
Venerem et libidinoſum amorem vtriusque ſtatus
homines quodam libello excitabat; und Martin
Franco Secretair Pabſt Felix V. die Apologie der
Frauenzimmer, unter dem Titel:

Le Champion des Dames, contenant la Defenſe des
Dames contre Mallebouche et ſes Conſors;
compoſé en Rime françoiſe par Martin Franc.
ohne Jahrzahl l'ar. 1530. fol. mit Holzſchnitten.
Es iſt dem Herzog Philipp dem Guten von Burgund bedicirt. Bayle hat die Geſchichte dieſes
Franco und Auszüge aus ſeinem Buche vorgetragen [a].

Wil-

─────────
[a] Bayle Diction. Franc.

Wilhelm de Saint-Amour.

Wilhelm aus Saint-Amour in der Grafschaft Burgund, war Lehrer der Philosophie und Rector der Universität zu Paris. Er wandte sich nachher zur Theologie, und that sich sonderlich in den Streitigkeiten hervor, welche die Universität zu der Zeit mit den Bettelmönchen führte, welche die Theologie lehren wollten, und sich doch weigerten den Gesetzen der Universität zu gehorchen. Wilhelm nahm sich der Sache der Universität am meisten an, muste aber auch dafür leiden. Der Pabst Alexander IV. war für die Mönche, welche Wilhelm in seiner Schrift de periculis novissimorum temporum heftig angriff, und ihre erwählte Armuth mißbilligte. Sie wurde daher auf des Pabsts Befehl verbrannt, und Wilhelm genöthigt Frankreich zu verlaßen. Doch kam er nach des Pabsts Tode wieder zurück, und überschickte 1266. an den Pabst Clemens VI. ein ander Buch von gleichem Schlage zur Censur, welches den Titel führte.

Collectiones catholicae et canonicae contra pericula imminentia Ecclesiae universali per hypocritas, pseudo praedicatores, et penetrantes domos et otiosos et curiosos et gyrovagos.

Der Pabst nahm es nicht viel beßer auf als sein Vorgänger, und antwortete aus Apostelgeschichte 26, 24. Paule, du rasest, die große Weisheit macht dich rasend. Wilhelm starb 1272. Sonsten hat er noch geschrieben:

De

De cafu et articulis, fuper quibus accufatus eft, a fra-
tribus Praedicatoribus.

Quaeftio vnica de valido mendicante.

Tabula de fignis, per quae Pfeudo praedicatores di-
fcerni poffunt a veris.

Seine Werke find unter folgenden Titel herausgekommen:

Guilielmi de Sancto Amore Opera omnia.   Conftan-
tiae (Parifiis) apud Alithophilos. 1632. 4. der
Herausgeber Johann Cordefius hat fich unter
dem Namen Johann Alethophilus verftecft.

Johann de Meun fchreibt in dem Roman von der
Rofe von ihm:

Etre banni de ce royaume
A tort, comme fut maitre Guillaume
De Saint - Amour, qu' hypocrifie
Fit exiler par grande envie.

Bertrand d'Alamanon.

Ein Provenzaldichter aus einer adlichen Familie,
deren Stammhaus jetzt fo Manon heißt, lebte in der
letzten Hälfte des 13ten Jahrhunderts, und befang
eine Zeitlang die Fanette de Gantelmi, eine Tante der
berühmten Laura des Petrarca. Endlich ward er der
Liebe müde, und machte Satiren auf die Fürften. Er
ftarb 1295.

Vier-

Vierzehntes Jahrhundert.

Der Mönch von Montemajor, die Geißel der Troubador genannt.

Dieser Mönch lebte in dem Kloster Montemajor bei Arles in der Provence. Er verließ es aber wider den Willen seiner Anverwandten und Obern noch in eben dem Jahre, in welchem er eingetreten war, und zog an den Höfen der vornehmen Herren in Languedoc und Provence herum, wo er sehr wohl aufgenommen wurde, besonders von denen, welche die Poesie liebten; denn er war selbst ein sehr guter und satirischer Dichter. Da er sein Ansehen zunehmen sah, fieng er an wider die Provenzaldichter seiner Zeitgenoßen, und auch diejenigen, die vor ihm gelebt hatten, zu schreiben. Und damit man ihn nicht vor partheilsch halten sollte, so machte er einen Gesang, in welchem er, nachdem er jedem Poeten sein Theil gegeben hatte, in der letzten Strophe sich selbst tadelte; daß er ein falscher Mönch wäre, daß er aufgehört hätte Gott zu dienen um seinem Bauche und seinen Lüsten zu folgen, und daß er Zeitlebens nicht einen Vers gemacht hätte, der einer Feige werth wäre. Aber Ugo die Sancesario macht viel Wesens aus ihm, und sagt, daß seine Gedichte vortreflich gewesen in Absicht der schönen Gleichniße und Figuren, und daß man ihn unter die vorzüglichsten Dichter rechnen müße. Er behauptet auch, daß in seinen Gedichten eine beständige Jronie herrsche, und daß

Zweiter Theil.   Dd   er

er nur verſtellter Weiſe die beſten Provenzaldichter getadelt, und hingegen diejenigen lobt, die von einem
Dichter nichts weiter als den Namen hatten. Er be-
ſchrieb auch das Leben einiger Tyrannen, die zu ſeiner
Zeit in der Provence herrſchten, welches ihm das Leben
koſtete. Er ſtarb im Jahr 1335. und alle Dichter beſungen ſein Grab, beſonders ein Dichter von Arles mit
Namen Ramondo Romyeu oder Romeo in einem
Klaggeſange in provenzaliſcher Sprache b).

Raoul de Presle.

Er war anfänglich Parlamentsadvocat zu Paris,
wurde hernach Königlicher Rath, Requetenmeiſter und
Geſchichtſchreiber, und blühte in der Mitte des vierzehnten Jahrhunderts. Man ſchreibt ihm folgende
Schrift zu:

Le Songe du Verdier, qui parle de la Diſputation du
Clerc et du Chevalier, et de la puiſſance Eccle-
ſiaſtique et Politique. Par. 1491. fol. und eben
daſelbſt 1501. ſol.

In dieſem in Proſa geſchriebnen Buche vertheidigt
der Verfaßer die Gerechtſame der weltlichen Gerichtsbarkeit gegen die geiſtliche, die damals faſt alle Gewalt
an ſich gerißen hatte. Er kleidete dieſes Werk nach
dem Geſchmack ſeines Zeitalters in ein allegoriſches Gewand. Der Verfaßer ſchläft in einem angenehmen
Baum-

---

b) Creſcimbeni Iſtoria della volgar Poeſia. Vol. II.
Part. I. p. 148.

Baumgarten, und ist im Traum ein Zeuge eines merkwürdigen Disputs, zwischen einem Ritter, der dem
Könige ergeben ist, und einem Gelehrten (Clerc) der
ein mächtiger Anhänger vom Pabst und der geistlichen
Gerichtsbarkeit ist. Dem Ritter gelingt es endlich den
Gelehrten stumm zu machen, und der Verfaßer erwacht.
Goldast hat diese Schrift unter den Namen Philothei oder Johannes Philotheus Achillini abdrucken lassen, der König Karls V. in Frankreich Rath
war, und um 1374 lebte, und auf Befehl des Königs
diese Schrift verfertigt haben soll. La Croix du
Maine und Lancelot glauben vieleicht mit mehrerem
Rechte, daß die lateinische Sprache die Ursprache sei,
und daß es unter dem Titel herauskommen:

Aureus de vtraque potestate temporali scilicet et spi-
    rituali libellus, in hunc vsque diem non visus:
    Somnium Viridarii vulgariter nuncupatus: for-
    mam tenens dialogi inter Clericum et Militem.
    Par. 1516. 4.

Worauf es Goldast unter der Aufschrift:

Philothei Achillini Consiliarii Regii, Somnium Viri-
    darii, de Iurisdictione regia et Sacerdotali, in
seiner Monarchia sacri Romani imperii, aber sehr fehlerhaft abdrucken ließ. Hier wird der Verfaßer das
erstemal Philotheus Achillinus genannt. Allein
Lancelot zeigt in den Memoires de l'Academie de
belles lettres Th. XIII. S. 659. f. daß sich Goldast
geirrt; und da er in der Sylva nuptiali des Ioh. Nevi-

zani Philotheum Achillinum in prooemio Viridariï
angeführt gefunden, des vorigen (nämlich Iob. Philoth.
Achillini, eines Italieniſchen Dichters, der 1538.
geſtorben: Il Viridario in ottava rima. Bologn.
1513. 4. worinn er die vornehmſten Gelehrten und
Künſtler ſeiner Zeit nennt, und ſo ſelten iſt, daß viele
deſſen Daſeyn in Zweifel gezogen) Gedicht Viridario
mit dieſer Schrift verwechſelt; worauf ihm alle Folgende nachgebethet. Doch iſt der wahre Verfaßer davon
nicht bekannt. Bellarmini und Goldaſt halten den
damaligen Staatsminiſter Philipp de Maizieres
dafür. Gabriel Naude hält den Karl de Lou-
viers, Lancelot aber den Raoul de Preſle für den
Verfaßer; welcher letztere nach dem La Croix de
Maine einen Auszug aus dieſem Werke gemacht hat.
Weil die Schrift ſehr ſelten worden, ſo ließ der Advocat Joh. Ludw. Brunet, (der den Jean de Vers
tus vor den Verfaßer hält, der Secretair Philipps des
Schönen geweſen ſchon 1315. und der bei der Verfertigung beinahe hundert Jahr müſte alt geweſen ſeyn)
ſie in ſeinem Traité des Droits et Libertés de l'Egliſe
Gallicane Par. 1731. mit abdrucken. Die Raubſucht
der Päbſte wird in dem Buche mit lebendigen Farben
geſchildert, und es wird dem Pabſte nicht allein die po-
litiſche Gewalt, ſondern auch die Gewalt über die Biſchöfe abgeſprochen. Es enthält gute Grundſätze, aber
mit einfältigen Dingen vermiſcht, die damals Mode
waren, in ſich ᶜ).

Nico-

ᶜ) Adelungs Gelehrten Lexicon. Achillini.

Nicolaus Orem.

Orem war aus Caen in der Normandie gebürtig,
und ein über seine Zeiten gelehrter und verständiger
Mann.   Er brachte die verfallnen Studia wieder in
gutes Aufnehmen, da er das Collegium von Navarra
unter sich hatte; wurde 1360. zum Lehrer des Prinzen
und nachmaligen Königs Karls V. bestellt, und 1377.
zum Bischof von Lisieux ernannt. Er machte auch
eine französische Uebersetzung der Bibel, welche im Jahr
1487. auf Befehl Karls VIII. gedruckt worden, und
die man sonst dem Raoul de Presle zuschreibt. Er
hielt vor dem Pabst Urban VIII. und den Cardinälen
eine sehr nachdrückliche Rede von den in der Kirche eingerißnen Mißbräuchen, welche beim Flacius *) und
Wolff steht *). Besonders merkwürdig ist folgende
Satire, worinn er die Simonie und das große Verderben der damaligen Geistlichen sehr heftig und lebhaft
durchzieht, und welche unter die sogenannten Teufels-
briefe gehört, und den Titel hat:

Epistola de non apostolicis quorundam moribus,
     qui in Apostolorum locum se successisse glo-
     riantur.   Flacius hat diesen Brief 1549. zu
Magdeburg im Kloster der Minorum gefunden und
drucken laßen. Er glaubte, er müste etwan vor 100
Jahren geschrieben seyn. Er fand ihn auch in zwei
andern Codicibus, wo zu dem einen geschrieben war, er

                 Dd 3   wäre

*) Flacius in Catal. Testium veritatis.
*) Wolfii Lectiones memorabiles. Tom. I. p. 648.

wäre 1410. dem Johannes Pabſt Johannes XXIII.
Referendario zu Florenz durch einen Diener dieſes Hof-
manns übergeben worden, der ſich aber bald aus dem
Staub gemacht. Dieſer Johannes war durch Geld
zum Pabſtthum gelangt, indem er die Stimmen der
Cardinäle erkauft, wie Platina meldet. Dieſes mag
dem Orem Gelegenheit gegeben haben, den harten
Brief zu ſchreiben unter dem Namen des Teufels, wo
er dem Pabſt und den Cardinälen die Simonie als des
Teufels erſtgebohrne Tochter vertobt.

Der Anfang lautet alſo: Lucifer, Princeps tene-
brarum, triſtia profundi Acherontis regens imperia,
dux herebi, Rex inferni, Rectorque gehennae: Vni-
verſis Sociis regni noſtri, filiis ſuperbiae, praecipuo
modernae eccleſiae principibus, (de qua noſter ad-
verſarius Ieſus Chriſtus per Prophetam praedixit:
odivi Eccleſiam malignantium) ſalutem, quam vobis
optamus, et noſtris obedire mandatis, ac prout ince-
piſtis legibus parere Sathanae; et noſtri juris praecepta jugiter obſervare. Hierauf wird beſonders gezeigt,
wie die Statthalter Chriſti von dem Beiſpiel Chriſti und
ſeiner Armuth abgewichen, durch Betrügerei und Raubſucht Reichthümer und Länder an ſich geriſſen, und die
weltlichen Fürſten beſonders den Kaiſer durch Eingriffe
in ihre Gerechtſame beleidigt. Vnde merctrices et le-
nonum turbas nutritis, cum quibus equitantes, pom-
patice velut magni principes incediris, aliter quam illi
pauperes Chriſti Sacerdotes Eccleſiae primitivae.
　　　　　　　　　　　　　　　　Vobis

Vobis aedificatis palatia, omni amoenitate et pulchritudine plena spectabiles. Comeditis cibaria et bibitis vina, omni curiositate, delicatione et leccacitate exquisita. Thesauros coadunatis infinitos: non sicut ille, qui dicebat: Aurum et Argentum non est mecum. Vos aurea Secula reparastis. Besonders wird die Simonie, die Verkaufung geistlicher Stellen an Unwürdige, das Verketzern, und die Einmischung in weltliche Händel um die Macht der Fürsten zu schwächen, sehr lebhaft geschildert. Der Schluß ist folgender: Datum apud centrum terrae in nostro palatio tenebroso: praesentibus catervis daemonum propter hoc specialiter vocatorum ad nostrum consistorium dolorosum. Sub nostri terribilis signeti charactere in robur praemissorum. Anno a palatii nostri factione, ac consortum nostrorum substractione, millesimo trecentesimo quinquagesimo primo.

> *Beelzebub* vester specialis amicus
> *Farfarellus. Catabriga* Secretarius f).

Philipp de Maizieres.

Er wurde 1327. in der Diöces von Amiens gebohren, und ward Domherr zu Amiens; that nach sechs Jahren eine Creutzfahrt ins gelobte Land, und nahm unter den Ungläubigen Kriegsdienste um ihre

Sit-

f) Der ganze Brief befindet sich in Flacii Catal. Testium veritatis und in Wolfii lectionibus memorab. T. I. p. 654.

Sitten und Stärke zu erfahren. Ein Jahr darauf
wurde er vom Könige Peter I. zum Canzler in Cyppern
gemacht. Hernach machte ihn Karl V. in Frankreich
zum Staats-Rathe, und übergab ihm die Erziehung
des Dauphins oder nachmaligen Königs Karls VI.
Endlich zog er der Welt überdrüßig in ein Coelestiner
Kloster zu Paris, ohne den Mönchshabit oder die Ge-
lübbe anzunehmen. Karl V. und Karl VI. besuchten
ihn öfters und fragten ihn um Rath. Er schrieb ein
allegorisches Werk unter folgendem Titel:

Le Songe d'un vieil Pelerin addreſſant au blanc
Faulcon, au bec et aux piés dorés, par Philipe
de Maizieres. In einer Handschrift von 1397. [t)]
Dem alten Pilgrim träumt, daß der Befehlshaber
des französischen Schiffs (Karl V.) ihm auftrüge, seinen beiden Kindern Unterricht zu ertheilen; wovon das
eine ein junger weißer Falk mit goldnen Schnabel und
Füßen, (Karl VI.) das andre aber ein weißer Schröter oder Käfer (der Herzog von Orleans) war. Der
Träumer unterrichtet seine Zöglinge, und führt sie endlich zur Königin der Wahrheit, die überall herumreist,
und allenthalben verkannt wird. Diese ertheilt ihnen
vortreffliche Lehren und schildert besonders (oder vielmehr
der Verfaßer, der unter dem Deckmantel der Allegorie
geschützt war) die Unordnungen des päbstlichen Hofs

zu

---

t) Bibliotheque des Roman par Gordon de Pexcel T. II.
p. 335.

zu Avignon und die Mißbräuche der Geistlichkeit mit
sehr lebhaften Farben *).

Funfzehntes Jahrhundert.

Nicolaus de Clemangis.

Eigentlich heißt er de Clamengis, weil er aus
Clamenge im Kirchsprengel von Chalons gebürtig war.
Er erlangte eine damals sehr seltne Zierlichkeit in der
lateinischen Sprache, weil er sie mehr aus den Schriften der alten Römer als von seinen Lehrern erlernte.
Im Jahr 1393. ward er Rector der Pariser Universität, und hernach Secretär am Päbstlichen Hofe zu
Avignon; welches unangenehme Folgen vor ihn hatte,
indem er beschuldigt wurde, daß er Verfaßer der Bulle
wäre, worinn Benedictus den König in Frankreich in
Bann that. Er gieng also nach Genua, wurde aber
endlich von dem Könige in Frankreich begnadigt, und
ward Cantor und Archidiaconus zu Bayour; hernach
war er in dem Navarrischen Collegio bis 1434. Professor; wo er auch starb: das Jahr aber seines Todes ist
ungewiß. Um diese Zeit hat Niemand so frei gegen
den Römischen Hof, das unordentliche Leben der Geistlichen und die in der Kirche eingerißnen Mißbräuche
geschrieben als er. Hauptsächlich gehört unter seinen
Schriften folgende hieher:

Db 5   Nico-

*) Marquis de Paulmy Skize einer Geschichte der fran-
zößischen Litteratur, in der Litteratur und Völkerkunde.
1785. Sept. S. 192.

Nicolaus Clemangis Archidiaconus · Bajocenſ. Doct.
Theol. Pariſ. de corrupto Eccleſiae ſtatu. A.
Moventius. Lectori. Docebit hic te liber, quibus rationibus res eccleſiaſtica creverit et decre-
verit pietas. Flebis, lector, niſi ſaxeus es,
immo potius (quando nihil flendo proficitur)
Deum Opt. Max. precaberis, vt ſuam a nobis
iram avertat, caecas nimirum mentes et pecto-
ra coeca, ſ. l. et a. 34 **Blätter.**

Der Innhalt betrift die Mißbräuche und Ausſchweifungen des damaligen Römiſchen Hofes und der ge-
ſammten Cleriſey, die darinn ſehr nachdrücklich geſchildert werden; beſonders wie ſich die Päbſte durch
Simonie, Expectanzen, Vacanzen, Beneficien u. ſ. f.
bereichert haben; wie die Prieſter in Unzucht leben,
liederlich und unwiſſend ſind, und wie die ganze Römiſche Kirche eine andre Geſtalt habe, als die erſte Chri-
ſtenheit, und eine Reformation höchſt nöthig ſei [i]).
Mehrere Auflagen von ſeinen ganzen und einzeln Werken findet man beim Hamberger [k]). Ich will nur eine
einzige Stelle von den Nonnenklöſtern anführen,
woraus man von der Schärfe ſeiner Satire urtheilen
mag: Nam quid obſecro aliud ſunt hoc tempore
puellarum monaſteria, niſi quaedam, non dico Dei
ſanctuaria, ſed veneris execranda proſtibula, ſed la-
ſcivorum et impudicorum juvenum ad libidines ex-
plen-

i) Baumgarten hall. Biblioth. Band I. S. 422.
k) Hambergers Nachrichten Th. IV. S. 694.

plandas receptacula, vt idem hodie fit puellam vela-
re, quod eſt publice ad ſcortandum exponere.
Daher iſt es kein Wunder, daß ſeine Werke im Index
ſtehn.

Nicolas Barthelemi.

Ein lateiniſcher Dichter von Loches in der Provinz
Touraine gebürtig, lebte im 15 Jahrhundert, und
legte ſich vornehmlich auf die ſchönen Wiſſenſchaften;
ſtudierte aber doch dabei die Rechtsgelehrſamkeit, in
der er zu Orleans Doctor wurde. Sonſt war er ein
Mönch, vermuthlich aus dem Benedictinerorden und
Prior einer Abtei. Außer lateiniſchen Sinngedichten
hat man von ihm folgende Schrift:

Fratris Nicolai Bartholomaei Lochiarum et Fractae
    Vallis Prioris Momiae. 1514. 8. bei Badius.

Ein ſeltnes komiſches Werk, worinn er als ein andrer Momus alle Stände durchzieht [)].

Sechszehntes Jahrhundert.

Robert Gobin.

Von den Lebensumſtänden dieſes Schriftſtellers
iſt mir nichts bekannt. Ich vermuthe aber, daß er
um das Ende des 15ten und den Anfang des 16ten
Jahrhunderts muß geblüht haben. Er hat eine ſehr
ſeltne Satire geſchrieben, welche beſonders gegen den
                                            Römi-

[)] Menagiana T. III. p. 279.

Römiſchen Hof und die Cleriſei gerichtet iſt, und folgenden Titel führet:

Les Loups raviſſants, autrement dit le Doctrinal mo-
    ral: compoſé tant en rime qu'en proſe, par
    Maitre Robert Gobin, Preſtre, Maitre-es-Arts,
    Licentié en Decrets, et Doyen de Creſlienté de
    Laigny ſur Marne, et Advocat en Court d'Egli-
    ſe. Paris, Anton Verard. Sans date. petit in 4.
    gotig.

Germain de Brie. (Germanus Brixius).

Ein in Sprachen wohlerfahrner Canonicus zu Paris, von Auxerre gebürtig. Einige nennen ihn Briße
andre Brice; aber ſein wahrer Name iſt de Brie,
und ſo nennt ihn ſein Zeitgenoße Rabelais [m]): Er
ſtarb nicht wie Baillet ſagt, 1540. oder nach Moreri
1550. ſondern 1538. wie de la Monnoye aus einer
Grabſchrift erweiſt, welche Gilbert Ducher auf ihn
gemacht [n]). Es hatte de Brie im Jahr 1513. ein
Gedicht gemacht unter dem Titel Chordigera, worinn
er in 300 Hexametern ein Seegefechte zwiſchen dem
franzöſiſchen Schiffe la Corbeliere und dem Engliſchen
la Diegente beſchreibt, das in eben dem Jahre vorge-
fallen war. Thomas Morus ein damals noch junger Menſch ſpottete in einigen Sinngedichten über daßelbe. De Brie rächte ſich deswegen durch den Anti-
                                        Morus,

m) Rabelais Oeuvres. Liv. IV. Chap. 21.

n) Menagiana Tom. III. p. 118.

Morus, eine Elegie von ohngefähr 400 Versen, wo
er die Fehler in den Gedichten des Morus auf das
grausamste durchzog. Die erste Ausgabe von 1520.
besorgte er selbst. Das Gedicht befindet sich auch in
den Floribus Epigrammatum des Leodegarius a
Quercu (Jeger du Chene) von 1516. und in Gruters
Sammlung der lateinischen Gedichte von Franzosen.

Bonaventura Des Periers.

Des Periers war Kammerdiener der Margaretha von Valois, Königin von Navarra und Schwester
Franz I. Er war aus Bar-sur-Aube in Champagne
gebürtig, und nicht in Bourgogne, wie La Croix du
Maine, Bayle und Marchand behaupten. Man
weiß von seinem Leben wenig Umstände. Er lebte noch
1539. aber im Jahr 1544. war er schon gestorben,
und hatte sich mit seinem Degen erstochen. Ob es aus
Verdruß geschehen, daß man sein Buch verfolgte, wie
einige vorgeben, ist nicht auszumachen. Dieses Buch
ist betitelt: Cymbalum Mundi, und hat bei seiner
Erscheinung viel Aufsehens gemacht. Er gab es zuerst unter dem Namen des Thomas Du Clevier heraus, und schrieb, es wäre nur eine Uebersetzung aus
dem lateinischen, welches aber nicht wahrscheinlich ist.
Entweder wollte er dem Buche dadurch einen größern
Werth beilegen, oder den Leser glauben machen, daß
es nicht von ihm herstammte. Sobald das Buch herauskam, wurde es so sorgfältig unterdrückt, daß man
von der Originalausgabe nur ein einziges Exemplar
kennt.

kennt. Aus einem Arret des Parlaments vom 7 März
1537. erhellt, daß der König und der Kanzler in dieſem Buche große Mißbrauche und Ketzereien gefunden
hätte; daß man den Buchdrucker Jean Morin deswegen eingezogen hätte. Dieſer muſte alſo den Verfaßer bekennen, und bat in einer Bittſchrift an den
Canzler um ſeine Loslaßung, weil er das Buch aus
Unwiſſenheit des Innhalts gedruckt hätte. Die Sorbonne hat 1538. den 19. Jul. das Buch folgender-
maßen verdammt: Super libro intitulato, *Cymbalum mundi*, miſſo ad Facultatem per Curiam Parlamenti, auditis deliberationibus Magiſtrorum, con-
cluſum fuit quod, quamvis liber ille non contineat
errores expreſſos in fide, tamen quia pernitioſus
eſt, ideo ſupprimendus *). Man glaubte der Verfaßer wollte unter den Allegorien die neuen Meinungen der Reformatoren einführen und beliebt machen.
Henri Etienne iſt der erſte, welcher das Cymbalum
un livre deteſtable nennt, welches er vermuthlich nicht
geſehn hatte, und nur nach dem Ruf urtheilte; und
andre beteten ihm nach. Der Pater Merſenne
nennte es ein atheiſtiſches Buch, und ſchreibt Des
Periers ſuchte in den drei Dialogen zu zeigen, (doch
ſetzt er dazu, ni fallor) daß die Religion keinen Grund
hätte, und daß alles, was man davon ſagte, Poſſen
wären

---

*) In der Sammlung des Mr. d'Argentré Tom. I. P. X.
　　de l'Index. Remarques ſur Bayle. Des Periers.

wären p). Es scheint, daß Mersenne das Buch auch
nicht gesehn, da er nur von drei Dialogen redet, da
ihrer doch viere sind. Die Ausgaben sind folgende:

Cymbalum mundi, en françois, contenant quatre
    Dialogues poetiques fort antiques, joyeux et
    facetieux (sous le nom de Thomas du Clevier),
    avec une lettre à Sonami Pierre Tryocan. Par
    Iean Morin. 1537. 8.

Le meme à Lyon, Benoit Bonyn. 1538. 8.

Le meme, avec une Lettre critique, dans la quelle
    on fait l'Histoire, l'Analyse et l'Apologie de cet
    ouvrage, par Prosper Marchand. Amsterd.
    1711. 12. mit Kupfern.

Le meme. Par Prosper Marchand, Nouvelle Edition,
    revue, corrigée et augmentée de Notes et Re-
    marques, communiquées par plusieurs Savans.
    à Amsterd. et Leipz. 1753. 12. mit Kupfern.

Es befindet sich auch in den gesammelten Werken des
    Des Periers, welche Anton du Moulin nach
    dem Tode des Verfaßers zu Lyon 1544. 8. her-
    ausgab, und der Margaretha von Valois de-
    dicirte.

Das Buch ist eigentlich eine feine Satire, und man
hatte zu der Zeit wenige Schriften, die so angenehm,
rein und mit so vielem Geiste geschrieben waren.

Im

p) Merfenne im Commentar. über das erste Buch Mose
  C. I. v. I. col. 669. Das Blatt, wo diese Stelle steht,
  fehlt fast in allen bekannten Exemplaren, indem es anders
  druckt, und etwas anders hineingesetzt worden ist.

Im erſten Dialogen kommt Merkur vom Him⸗
mel nach Athen um verſchledne Aufträge der Götter
auszurichten, und ein Buch des Jupiters einbinden
zu laßen. Zwei Männer, die ins Wirthshaus zur
weißen Kohle gehn wollen, werden ihn gewahr; ſie
ſtellen ſich aber, als ob ſie ihn nicht kennten, und weil
ſie ein Päckgen bei ihm ſehn, ſo beſchließen ſie es ihm
zu ſtehlen, und meinen, es würde ihnen zu großer Eh⸗
re gereichen, wenn ſie den Urheber aller Diebereien
ſelbſt beſtehlen könnten. Unterdeßen da man Wein
hohlt, entfernt ſich Mercur von ihnen, um in dem
Hauſe etwas zu ſtehlen. Sie machen das Päckgen auf,
und nehmen das darinn liegende Buch heraus, an beſ⸗
ſen Stelle ſie etwas anders legen. Da ſie es eröfnen,
ſehen ſie aus folgendem Titel, daß es das Buch des
Schickſals iſt:

Quae in hoc libro continentur:

Chronica rerum memorabilium, quas Iupiter geſſit,
antequam eſſet ipſe.

Fatorum praeſcriptum: ſive eorum, quae futura ſunt,
certae diſpoſitiones.

Catalogus Heroum Immortalium, qui cum Iove vi⸗
tam victuri ſunt ſempiternam.

Nach ſeiner Zurückkunft trinkt Merkur mit ihnen,
und weil er ſagt, er finde den Wein ſo delicat, als
den Nectar des Jupiters, ſo beſchuldigen ſie ihn der
Gottesläſterung. Mercur, um ſich zu rechtfertigen,
ſagt, er habe von beiden getrunken: worüber ſie noch
auf⸗

aufgebrachter werden, und ihn aus dem Wirthshause
jagen, indem sie drohn, sie wollen ihn einsetzen lassen;
und geben ihm zu verstehn, daß sie ihm haben etwas
stehlen sehn.   Mercur, der glaubte mit einem kleinem
silbernen Bilde ertappt zu werden, bezahlt die Wirthin,
und macht sich fort; beschließt aber die Namen der beiden Athenienser aus dem Buche des Jupiters auszulö-
schen, und droht sie bei dem Charon anzuschwärzen,
daß er sie 3000 Jahre am Ufer des Acherons soll warten lassen.   Die beiden Athenienser sind über seinen
Abzug und über das Buch, welches sie gestohlen haben,
sehr vergnügt, und unterreden sich über die Strafe,
welche wohl Jupiter auf diesen Diebstahl legen werde.

Im zweiten Dialog wird über die Goldmacher
gespottet, die den Stein der Weisen suchen.   Trigabus
erzählt dem Mercur die Beschäftigungen der Weltweisen, seit dem Tage, da er ihnen auf ihr Begehren den
Stein der Weisen gezeigt, und ihn in kleine Stückgen
zerschlagen, und unter den Sand des Theaters geschüt-
tet habe.   Hierauf begiebt er sich unter der Gestalt
eines alten Mannes dahin.   Er unterredet sich mit den
Philosophen über die vorgeblichen Stückgen dieses Steines, den sie glauben gefunden zu haben, und über die
Kräfte, die sie ihm zuschreiben.   Nachdem er über ihre
Leichtgläubigkeit gespottet, so geht er fort, und läßt sie
in ihrer Beschäftigung und ihrem Irrthum.

Im dritten Dialogen kommt Mercur vom Himmel wieder nach Athen; als er gewahr worden, daß

Zweiter Theil.   Ee   man

man ihm das Buch des Schicksals gestohlen hatte,
um es ausrufen zu lassen. Er wundert sich, daß Jupiter die Welt nicht mit Bliß und Donner wegen dieses Raubes bestraft; weil dieser es besser verdiene, als
die Sündfluth, die er zur Zeit des Inkaons schickte;
und weil ihm die zwei Leute nicht allein das Buch gestohlen, sondern auch ein andres an dessen Stelle geleget
hatten, ihn gleichsam zu verspotten, in dem alle seine
Liebeshändel und Jugendstreiche enthalten waren. Als
er den Cupido sah, fragte er ihn, ob er nicht wiße, wo
das Buch des Jupiters hingekommen wäre? dieser
sagt, es hätten daßelbe zwei Athenienser, die daraus
eben so gut weißagten, als ehemals Tiresias. Da
nun Mercur keine Neuigkeit im Himmel bringen konnte, so läßt er ein Pferd reden, welches in Gegenwart
vieler Leute seinem Reuter seine Härte, Geiß und wenige Sorgfalt vorwirft.

Der vierte Dialog ist zwischen zwei Hunden.
Diese Hunde hatten ehemals dem Actäon gehört, und
weil sie dessen Zunge gefreßen hatten, da er von der
Diana war in einen Hirsch verwandelt worden, so hatten sie daher die Gabe zu reden erhalten. Sie unterreden sich von unterschiednen Sachen, und besonders
vom Unterschied des öffentlichen und Privatlebens, und
der närrischen Neugierde der Menschen, um neue und
außerordentliche Dinge zu erfahren.

Man kann das Buch nicht verketzert haben, weil
die alten heidnischen Fabeln von den Göttern darinn
lächerlich gemacht werden, sonst müste man Scarrons
Gigan-

Gigantomachie, wo er die Götter die Sprache der Aepfelweiber reden läßt, Sokets Gastmahl der Götter in seinem Berger extravagant, und die Komödien auf dem Italienischen Theater zu Paris, wo diese Götter äusserst lächerlich gemacht werden, und die Kirchenväter selbst verdammen. Allein man sagt, der Verfaßer habe unter den heidnischen Gottheiten das höchste Wesen und die Religion wollen lächerlich machen. Das glaubt Mersenne; aber das ist unerweislich. Die meisten, die in dem Tone von dem Buche reden, hatten es sicher nicht gelesen. Bayle hatte es auch nicht gesehn, und verdammt ihn nur nach dem Zeugniße anderer, und vergleicht ihn unrecht mit dem Rabelais [q]. Du Verdier läßt ihm Gerechtigkeit widerfahren; denn er hatte das Buch gelesen, und fand kein Gift darinn. Marchand entschuldigt den Verfaßer in seiner Ausgabe durchaus, und er hat recht, daß weder Atheisterei noch Gottlosigkeit in dem Buche zu finden ist. Aber dem ungeachtet scheint es doch, daß er der katholischen Religion manchen Stich versetzt und die Reformation begünstigt; z. E. wo er von acht kleinen Kindern redet, welche die Vestalinnen erstickt haben; dadurch meint er die Nonnen, wie man ihnen dergleichen in vorigen Zeiten oft vorgeworfen hat.

Im zweiten Dialog kommen unter den Namen der sich unterredenden Personen wirkliche Anagrammen vor, und die daselbst angeführten Reden paßen auf wirkliche

Ee 2   Per-

q) Bayle Diction. Des Periers.

Perſonen; z. E. Trigabus ſoll Matth. Garbityus oder Garbitius Profeßor der griechiſchen Sprache zu Tübingen ſeyn. Unter den Philoſophen, die ſich um den Stein der Weiſen ſtreiten, und wo jeder glaubt ihn zu haben, ſind Cubercus, das iſt Bucerus und Rhes culus; dieſen hält De la Monnoye vor Thurelus einen berühmten Sterndeuter zu Dijon; da es doch ſicher Niemand anders als Lutherus iſt; Z. E. Rhes culus ſagt von ſeinem Steine der Weiſen, daß er damit Metalle verwandle, z. E. Gold in Blei (ich wollte ſagen Blei in Gold); ich verwandle auch die Menſchen, fährt er fort, wenn ich ſie nach ihren umgeſchafnen Meinungen, die härter ſind als irgend ein Metall, eine ganz andre Lebensart annehmen laße. Denn die ſich vorher nicht unterſtunden die Veſtalinnen anzuſehn, die bringe ich dazu, daß ſie jetzt bei ihnen ſchlafen. (Luther heirathete ſelbſt eine Nonne, und ſeinem Beiſpiele folgten mehr Geiſtliche, welche die katholiſche Religion verlaſſen hatten) die ſich böhmiſch kleideten, die bringe ich jetzt dazu, daß ſie ſich türkiſch kleiden. (Die Lutheraner und Reformirten hatten viele Lehrſätze mit den böhmiſchen Hußiten gemein, und die Hußiten haben in ihren Kriegen viele Grauſamkeiten auf gut türkiſch ausgeübt.) Die vorher ritten, die laße ich jetzt zu Fuße gehen; die vorher gewohnt waren zu geben, die zwinge ich zu betteln. (Die Geiſtlichen haben durch die Reformation vieles von ihrer Macht und Reichthümern verlohren.)

Das Wort Drarig wird in einer Note beim Marchand durch Girard erklärt; und hinzugeſetzt,

(Seite

(Seite 175) aber man weiß nicht, ob es Carl Girard
sei, der über den Plutus des Aristophanes commentirt
hat, oder Jean Girard de Dijon, ein schlechter lateinischer Poet zu der damaligen Zeit. „Allein wie paſ-
ſen dieſe Leute hieher? Ich glaube unter dieſem Namen
iſt kein andrer verborgen als Erasmus von Rotterdam, der damals eine ſo anſehnliche Rolle ſpielte.
Denn er hieß eigentlich nach ſeines Vaters Namen
Gerardus Gerardi. Den Vornahmen Gerard
oder Gebhard, lieblich, angenehm, überſetzte er in
den lateiniſchen Deſiderius und den Zunamen in das
Griechiſche Erasmus. (von ἐρᾰω, ich liebe) Drarig weiſt dem Rhetulus auch ein Stück von dem
Steine der Weiſen, und glaubt es ſei beßer als ſeines,
allein Rhetulus ſchlägt es ihm aus der Hand, daß es
verlohren geht; wodurch Drarig ſehr aufgebracht wird,
und ſagt: dadurch hätte er alle ſeine Bemühungen ſeit
dreißig Jahren verlohren. Cubercus (Bucerus)
giebt dem Rhetulus die Lehre, man müſte ſich durch
die Beſitzung des Steines nicht laßen hochmüthig machen, ſondern einander wie Brüder lieben. Der Titel
Cymbalum mundi ſcheint anzuzeigen, daß der Verfaſſer den Zweck hatte, über das Lächerliche in den Meinungen der Menſchen zu ſpotten, und zu beweiſen, daß
das, was man insgemein glaubt, nichts mehr als der
Klang einer Schelle ſei.

Der Verfaßer der Anmerkungen über Baylens
Wörterbuch glaubt, daß Des Periers nicht allein die
chriſtliche Religion, ſondern auch die Gottheit wollen

lächer-

lächerlich machen. Denn im erſten Dialogen meint er,
daß unter dem Buche des Jupiters die heilige Schrift
zu verſtehn ſei. Im zweiten Dialogen glaubt er, unter dem Mercur ſei Chriſtus gemeint '); welches aber
nicht erweislich iſt ').

Franz Rabelais.

Wenn je ein Schriftſteller ein Talent zum Komiſchen hatte, ſo hatte es Rabelais. Und dieſes Talent
iſt ſo ſelten, daß man eher hundert gute Schriftſteller
im Ernſthaften, als einen einzigen tauglichen im Komiſchen findet.   Rabelais wurde zu Chinon, einer
Stadt in Touraine 1483 gebohren.   Er wurde erſtlich ein Franciscaner, allein die klöſterliche Unwiſſenheit, und die monachaliſche Verachtung aller Wiſſenſchaften wollte ihm nicht behagen; daher lief er alle
Wiſſenſchaften ſelbſt durch, und erlernte nebſt der lateiniſchen und griechiſchen, auch die italieniſche, ſpaniſche,
deutſche, hebräiſche und arabiſche Sprache. Natür-
licherweiſe fiengen die Mönche, die nur ihres Gleichen
leiden können, und die daher Buchanan fratres fra-
terrimos nennt, ihn zu verfolgen an. Dieſer Verfolgungen müde hielt er beim Römiſchen Hofe um ein
Verſetzungs Breve in einen andern Orden an.   Die
da ſagen, er habe den Orden aus liebe zu Ausſchweifungen verlaſſen, ſagen etwas, was ſchon oft iſt geſagt,
aber nicht bewieſen worden. Pabſt Clemens VII. er-
laub-

r) Remarques ſur Dictionn. de Bayle. Des Periers.

s) Marchands Ausgabe des Cymbalum.

laubte ihm, nach seinem Verlangen in den Orden der
Benedictiner zu treten, und ins Kloster Mallezais in
Poitou gehn zu dürfen; allein auch hier konnte er seinen Trieb zu Wissenschaften besonders in der Arzneykunst nicht befriedigen; daher verließ er das Kloster
eigenmächtig, vertauschte den Mönchshabit mit der
Kleidung eines weltlichen Priesters, und zog nach
Montpellier, um sich dem Studio der Arzneykunst völlig zu überlassen, wo er endlich Doctor wurde. Von
der Zeit an lehrte und übte er die Medicin zu Montpellier und Lyon mit vielem Glücke und Ruhm. Er
wurde von der medicinischen Facultät zu Montpellier
nach Paris geschickt, um die Privilegien eines Parti-
culär Collegii, welches das Collegium von Gironne
heißt, wiederherzustellen, welches er auch bewirkte.
Weil er sich nun dadurch und auch sonst um die Akademie sehr verdient gemacht hatte, so entstand die Gewohnheit, daß die medicinischen Candidaten, bei Vertheidigung ihrer Inaugural Disputation und ihrer Do-
ctorpromotion, den Rock des Rabelais anziehn müssen, den er der Akademie zurückgelassen hatte. Der
Rock war aus Scharlach, in Gestalt eines Chorrocks,
mit einem runden Kragen, auf dem die Buchstaben
F. R. C. (Franciscus Rabelaesius Chinonensis) gestickt
waren. Im Jahr 1534. nahm ihn der Bischof von
Paris Johann du Bellay als Leibarzt mit nach Rom;
allein er kam noch dieses Jahr nach Lyon zurück. Im
Jahr 1535. war er wieder in Rom, wo er dem Pabst
eine Bittschrift überreichte, und ihm darinn um Erlaub-

niß

niß hat, in ein andres Benedictinerkloster zu gehn, um die Medicin auszuüben, welches ihm auch erlaubt wurde. Hierauf gab ihm der Cardinal Du Bellay eine Stelle in der Abtei des heiligen Maurus; und da diese säcularisirt wurde, so wurde er nach seinem Wunsche aus einem Benedictiner Mönche ein weltlicher Canonicus. 1545. gab ihm der Cardinal sein Gönner die Pfarre zu Meudon, die er mit vielem Eifer und Erbauung bis an seinen Tod bekleidete *). Endlich sollte er die große Pfarre Saint Paul zu Paris erhalten; er starb aber 1553. da er sie in Besitz nehmen sollte, und wurde auf dem Kirchhof dieser Pfarre begraben. Die närrische Histörchen, welche man vom Rabelais erzählt, besonders der Spaß von: Domino, und andre Spöttereien desselben bei seinem Tode sind alle erdichtet, und seine Zeitgenossen wissen nichts davon.

Das Werk des Rabelais hat seinem Verfaßer lob gebracht aber auch Tadel zugezogen. Das Fehlerhafte in demselben trägt die Brandmahle seiner Zeit und der damaligen Sitten. Es ist eine monstreuse Mischung von einer Menge vortreflicher Sachen, die fein ausgedacht und mit einer reißenden Naivetät ausgedruckt sind; und von einer eben so großen Anzahl andrer Sachen, von denen man mit La Bruyere sagen kann, daß sie blos die Ergötzungen des niedrigen Pöbels seyn können; häufige Unflätereien, Mißbrauch vieler Schriftstellen, alberne und kindische Nebenerzählun-

*) Nicerons Nachrichten Th. XXIII. im Leben des Rabelais.

lungen; schlechte Harmonie zwischen den Theilen, die
das Ganze ausmachen; die wunderliche Gesellschaft ungeheurer Riesen mit Menschen von gemeiner Größe,
die Rabelais zusammen leben und in einerlei Häusern
wohnen läßt. Voltairen wollte der Rabelais gar
nicht gefallen, daher sagt er: man müße ihn auf einige Seiten einschränken. Vielleicht hatte er nur einige
Seiten darinn gelesen. Es ist nicht zu leugnen, es finden sich im Gargantua und Pantagruel unzählige Possen und grobe Zoten; und wer wird diese entschuldigen?
Die Grobheit seines Zeitalters und nicht sein verdorb-
nes Herz sind Schuld daran. Er lebte in einem Zeitalter, wo man sogar in den Theaterstücken, die zu Er-
weckung der Andacht des Volks bestimmt waren, die
daher allezeit einen heiligen Gegenstand hatten, und in
denen selbst Priester Christum und die Apostel vorstell-
ten, die unkeuschesten Reden und die gröbsten Zoten
mit einmischte; in einem Zeitalter, wo die Prediger auf
der Kanzel umständliche Beschreibungen und Ausdrücke brauchten, die zu unsrer Zeit selbst solchen Zuhörern,
die am wenigsten zu Scrupeln geneigt sind, die
Schaamröthe ins Gesicht jagen würden; wie man aus
den Predigten des Menot, Barlette, Meillard und
andrer sieht, in welchen über dieses das wenigste von dem
enthalten ist, was sie würklich geprediget haben; in einem
Zeitalter, wo die Gewohnheit und Fertigkeit, alle
Dinge ohne Umstände grade zu bei ihrem Namen zu
nennen, und von den kitzlichsten und delikatesten Dingen
ohne alle Umschweife zu reden, machte, daß Reden

und

und Ausdrücke, wider die ſich heut zu Tage unſre ganze Schaamhaftigkeit empört, dem Zuhörer nicht einmal auffallend waren, und von ihm ganz ruhig ange-
hört wurden.   In einem Zeitalter endlich, wo die
Sinnen zu grob, um durch etwas geiſtreiches und feines gerührt zu werden, recht handgreiflich und ſtark,
durch luſtige Schwänke oder vielmehr Zoten, die ihnen
bekannt und geläufig, und aus welchen ſie Vergnügen
zu ſchöpfen im Stande waren, frappirt werden ſollten.
Daher hat auch Rabelais die Perſonen, die er in ſeinem Werke aufſtellt, eben ſo handeln und reden laſſen,
wie man damals allgemein handelte und redete.   Folglich ſah man ſein Werk zu ſeiner Zeit mit ganz andern
Augen an, als man nachher gethan hat, da der Geſchmack ſich verfeinerte und die Sitten ihre Rauhigkeit
verlohren.   Daher hatte auch der Cardinal Chatillon
gar kein Bedenken, ſich das Buch vom Rabelais dediciren zu laſſen; denn er hatte die Abſicht den Kranken
und Betrübten ein Mittel zu verſchaffen, ſich die Zeit
zu vertreiben, und ſich bei ihrem Uebel zu zerſtreuen.
Da das Werk voll Gelehrſamkeit, Geiſt, Witz und
luſtiger Einfälle iſt, ſo darf man ſich gar nicht wundern, daß es von Kennern und großen Leuten jederzeit
iſt geſchätzt worden.   Niemand lehrt uns beſſer die
Denkungsart, den Witz, die Gelehrſamkeit und die
Sitten ſeiner Zeit, als er.   Der Cardinal du Bellay
ließ alle, die das Buch nicht geleſen hatten, mit ſeinen
Bedienten ſpeiſen. Thuanus nennt das Buch, in-
genioſiſſimum opus, in quo omnium hominum or-
dines

dines deridendos propinavit. Pasquier sagt: Rabelais hatte mehr Verstand und Gelehrsamkeit, als alle, die zu seiner Zeit französisch schrieben [v]. Scävola de Sainte Marthe urtheilt: facetias Rabelaesii esse eiusmodi, vt lectorem quemlibet eruditum capiant, et incredibili quadam voluptate perfundant. Bayle sagt von ihm: c'est un auteur boufon, mais pourtant plein d'esprit et meme tres instructif [w]. Boileau nennt ihn, la raison habillée en masque. La Fontaine hielt ihn vor das vollkommenste Muster der erzählenden Schreibart. Van Dale meinte, die Kleinigkeiten und Narrenspossen des Rabelais überträfen oft die allerernsthaftesten Reden andrer Leute [x]. Er war auch Rousseaus Liebling, der ihn le gentil Maitre françois nennte, und Sterne war so verliebt in ihn, daß er allem Umgange mit seinen Freunden gute Nacht sagte, ja sein Amt vernachläßigte, um eine neue Auflage von seinen Werken durchzulesen. Ein berühmter Dichter zu seiner Zeit Hugo Salel verspricht dem Rabelais so gar das Paradies, weil er die Geschichte des Gargantua und Pantagruels geschrieben.

Or persevere, et si n'en a merite

En ces bas lieux: l'auras en haut domaine.

Die fünf Bücher, woraus der Roman des Rabelais besteht, sind nicht auf einmal, sondern nach und nach her-

v) Pasquier Recherches de la France. Liv. IV. Chap. 33.

w) Bayle Lettres. p. 879.

x) Le Clerc Bibl. choisie. Tom. XXII. p. 42.

herauskommen. Als Originalausgaben kann man folgende anſehn:

Gargantua. La vie ineſtimable du grand Gargantua, pere de Pantagruel, jadis compoſée par l'abſtraꝛteur deQuinteſſence. Livre plein de Pantagruelisme. Lyon. Franc. Iuſte. 1535. 16. Enthält das erſte Buch in 56 Capiteln. Niceron hält dieſes für die allererſte Ausgabe. Rabelais nennt ſich einen Abzieher der Quinteſſenz, welches theils ſeinen Stand als Arzt, theils ſeine Satiren anzeigen kann.

Im Jahr 1542. erſchienen drei Ausgaben der zwei erſten Bücher, unter folgenden Aufſchriften:

La vie tres horrifique du grand Gargantua, pere de Pantagruel, jadis compoſée par M. *Alcofribas,* abſtracteur de Quinteſſence. Livre plein de Pantagrueliſme. Lyon, Franc. Iuſte 1542. 24. Das erſte Buch iſt in 58. Capitel getheilt, welche Eintheilung hernach beſtändig geblieben. Das zweite aus 34 Capiteln, hat folgende Aufſchrift: *Pantagruel* roi des Dipſodes reſtitué à ſon naturel, avec ſes faits et prouefſes epouvantables, compoſé par feu M. Alcofribas, abſtracteur de Quinteſſence. Hierauf kommt ein Anhang mit folgender Aufſchrift: *Pantagrueline Prognoſtication* certaine, veritable et infaillible, pour l'an perpetuel, nouvellement compoſée au profit et adviſement de gens etourdis et muſards de nature, par Maitre Alcofribas

Ar-

Architriclin dudit Pantagruel; Du nombre d'or
son *dicitur*. Ie n'en trouve cette année quelque calculation que j'en aye fait. Paſſons ou-
tre. *Verte folium*. Dieſe Ausgabe hat kleine
Holzſtiche, die aber eben keine groſſe Beziehung
auf die Materie haben, ſo wie in allen Büchern
der damaligen Zeit, die mit Figuren geziert ſind.

Die zweite hatte folgenden Titel: Grandes annales ou
chroniques tres veritables des geſtes merveilleux du grand Gargantua, et Pantagruel ſon
fils, Roi des Dipſodes, enchroniquez par feu
Maitre Alcofribas, abſtracteur de Quinteſſence.
1542. 12.   Man findet hier die erſten zwei
Bücher.

Die dritte Auflage iſt von dem berühmten Stephan
Dolet. Dieſe wird für die beſte gehalten. Da
ſie Niceron nicht geſehn hat, auch den Titel
nicht anführt, ſo will ich ihn hier beifügen: –

Pantagruel Roy des Dipſodes, reſtitué a ſon naturel:
avec ſes faictz et proueſſes eſpouvantables:
compoſées par feu Mr. Alcofribas, abſtracteur
de Quinteſſence.   Plus, les merveilleuſes navi-
gations du Diſciple de Pantagruel, dict Pauur-
ge. à Lyon, chez Etienne Dolet. 1542. 16.
Dieſer erſte Theil welcher ſchönen Druck hat, mit
Holzſchnitten, hat 350 Seiten.   Hernach folge:

La plaiſante et joyeuſe Hiſtoyre du grand Geant
Gargantua.   Prochainement reveuë et de beau-
coup

coup augmentée par l'Auteur mesme. à Lyon,
chez Etienne Dolet. 1542. 16. hat 283. Seiten.
Diese Ausgabe ist selbst in Frankreich äußerst selten.   Vor dem Titel dieses letztern ist ein Blatt,
dessen erste Seite leer ist; aber auf der andern ist eine
kleine Vignette, um diese herum steht: Scabra dolo;
und unten: DOLET. Preserve moy, o Seigneur,
des calumnies des hommes.   Durch diese Ausgabe
der zwei ersten Bücher des Rabelais hatte Dolet die
Doctores der Sorbonne sehr wider sich aufgebracht,
weil er der Sorbonne allerhand spöttische Namen giebt,
die er selbst erdacht hatte.   Die Sorbonnisten waren
auch Dolets ärgste Feinde, und hatten ihn schon längst
mit Galgen und Scheiterhaufen gedroht, wie er in seiner zweiten Hölle sagt; wo er zwar nur von seinen Feinden redet, worunter aber die Sorbonnisten zu verstehn
sind.

Der Name Alcofribas, den sich hier Rabelais
giebt; ist aus dem Anagramm Alcofribas Nasier
entstanden, worinn der Name François Rabelais
steckt.

1546. erschienen zwei Ausgaben des dritten Buchs
des Pantagruel, eine von Paris, mit einem Privilegio
Franz I. das von Paris den 19ten Sept. 1545. darin
ist; und die andre von Toulouse, beide vom Jahr 1546.
in 16.[y]). Rabelais giebt sich hier zuerst den Namen
eines

_____

y) De la Monnoye in den Menagiana. Th. I. S. 81.

eines Caloyer des Isles Hieres. Caloyer ist eigentlich ein griechischer Mönch nach der Regel des heiligen Basilius. Die Türken aber legen diesen Namen allen Mönchen bei. Die Hierischen Inseln liegen an der Küste von Provence; sie haben ihren Namen von der ihnen gegenüber liegenden Stadt Hieres, in deren Hafen die Pilgrimme, die ins gelobte Land giengen, sich vor Zeiten zu Schiffe begaben; woraus sich die Anspielung des Rabelais erklären läßt. 1547. erschienen die drei ersten Bücher zu Lyon bei Pierre de Tours in 16. ohne Jahrzahl. Hier kommt zuerst der Dizain oder das Gedicht von 10 Zeilen vor an den Geist der Königin von Navarra.

In eben dem Jahre kam eine Ausgabe zu Valence in zwei Bänden in 16 heraus, welche die drei ersten Bücher, und einen Theil des vierten enthält. Es ist blos der Anfang des vierten Buchs, und enthält 11 Capitel, die von denen in andern Ausgaben ganz verschieden sind, indem sie nur der Entwurf zu diesen waren; der Vorbericht ist auch ganz anders als sonst; daher wird diese Ausgabe sehr gesucht, ob sie gleich auf schlecht Papier gedruckt, und mit elenden Holzschnitten versehen ist; sie ist aber selten.

Le quatrieme volume des faits et dits du bon Pantagruel, composé par M. François Rabelais, docteur en medecine Par. Fezandat. 1552. 16. Das Zueignungsschreiben an den Cardinal von Chatillon ist von Paris d. 28. Jan. 1552. datiret, das

das ist, von eben dem Tage, da der Abbruck des
Buchs fertig worden. Das 4te Buch ist hier
ganz anders, als in der Ausgabe von Valence,
und ist in 67 Capitel getheilt, wie in allen folgenden Ausgaben. Man hat noch eine Ausgabe
von 1552. 8. Bei Fezandat; wovon Niceron sagt:
man hat nie etwas prächtigeres, in Absicht der Schönheit und Sauberkeit des Drucks gesehn.

1562. L'Isle Sónante par M. François Rabelais, qui
n'a point encore eté imprimée, ni mise en lu-
miere, en la quelle est continuée la navigation
faite par Pantagruel, Panurge et autres ses officiers. 1562. 8. Dieses ist der Anfang des fünften Buchs, und bestehe aus 16 Capiteln, von denen
das letzte von den Apôdevven handelt; ein Name,
mit welchen Rabelais die Bedienten bei der Rechnungskammer anzeigen wollte, als welche nicht nöthig
hatten studiert zu haben und graduirte Personen zu seyn.
In den gemeinen Ausgaben ist dieses Capitel unschicklich nach dem sechsten gesetzt, und in andern gar ausgelassen; die also statt 48 nur 47 Capitel haben.

Das fünfte Buch erschien in 47. Capiteln zuerst
1564. 16.

Johann Martin gab das fünfte Buch zu Lyon
1567. heraus, und fügte folgende Stücke hinzu: La
Prognostication Pantagrueline; l'epitre du Limousin;
den Huitain oder das Gedicht von 8 Zeilen, welches
sich anfängt: Pour indeguer etc. la chresme philo-
sophale

ſophale, und das Diſtichon des Rabelais: Vita Liace,
ſiris etc. Dieſe Stücke erſchienen damals zum erſten-
mahle, und ſind nachher nicht wieder getrennt worden.

1584. Les Oeuvres de M, François Rabelais contenant cinq livres de la vie, faits et dits heroï-
ques de Gargantua et de ſon fils Pantagruel.
Plus la Prognoſtication Pantagrueline etc. et
deux autres epitres à deux vieilles de differentes moeurs. Lyon. Iean. Martin. 1584. 16.
Zwei Bände. Dieſes iſt die vollſtändigſte Ausgabe unter den bisher erſchienenen. Die beiden Briefe
an zwei alte Weiber erſchienen hier zum erſtenmahl,
ob ſie gleich nicht von Rabelais ſind *).

Unter den neuen Auflagen ſind folgende, merkwürdig.

Oeuvres de M. Fr. Rabelais; avec les Remarques
hiſtoriques et critiques de MM. Iacob de Duchat et Bernard de la Monnoye. Amſterdam,
Desbordes 1711. 6 Vol. in 8. dabei befindet ſich
le vrai Portrait de Rabelais, la carte du Chinonois,
le deſſein de la cave peinté, et les differentes vuës
de la Diviniere, metairie de l'auteur. Man hat davon noch einige Ausgaben, als Paris 1732. 12. in
6 Bänden.

Les

---

*) Beim Niceron kommen noch mehr alte Ausgaben vor,
und er hat ſie auch nicht alle gekannt.

Les meines Oeuvres de Rabelais; avec les Remarques
precedentes, et celles de l'Edition Angloiſe;
ornés des figures en taille douce, gravées par
Bernard Picart. Amſterd. Bernard. 1741. 3 Vol.
in 4. Dieſe Ausgabe wird als die beſte angeſehn. Le Duchat hat die Reinigkeit des Texts
wieder hergeſtellt, und die veralteten Wörter und Redensarten erklärt. Seine Anmerkungen ſind meiſtentheils grammaticaliſch; der hiſtoriſchen ſind auch
wenig.

Le Rabelais moderne, ou les Oeuvres de Maitre François Rabelais, Docteur en Medicine, miſes
à la portée de la plupart des Lecteurs, avec
des Eclairciſſemens hiſtoriques pour l'Intelligence des Allegories contenuës dans le Gargantua
et dans le Pantagruel. à Amſterdam (Paris)
Bernard. 1752. 8 Vol. in 12. Vom Abt
Marſy.

Du meme Livre l'Extrait. (par l'Abbé Perau) Par.
1552. 3 Vol. in 12.

Einige ziehen dieſen moderniſirten Rabelais des
Marſy allen andern Ausgaben vor. Er hat erſtlich
die Schwierigkeiten in der alten Sprache des Buchs
aufzuklären, und denn die darinn enthaltnen Allegorien
zu erläutern geſucht. Schon zu Rabelais Zeiten kam
eine Erklärung hinter dem vierten Buche heraus, unter
dem Titel: Briefve Declaration d'aucunes dictions ob-
ſcures contenues en ce dit livre: anno 1553. Man
ſchreibt

schreibt diese Bemerkungen gemeiniglich dem Rabelais
selbst zu; es sind aber nur 50 Wörter erklärt. Hernach ist dieser kleine Commentar ansehnlich vermehrt
worden, und der ungenannte Verfaßer dieser Zusäße
hat ihm den Titel gegeben: Alphabet de l'Auteur François. Ob es gleich erst um den Anfang dieses Jahrhunderts herauskommen, so ist es doch alt, und nach
der Schreibart zu urtheilen, muß der Autor von Rabelais Zeiten nicht weit entfernt seyn. Dieser Commentar enthält viele vortrefliche Anmerkungen nicht allein
über das vierte Buch, sondern auch über das ganze
Werk. Marsy hat manche nicht so wohl dunkle, als
rohe und barbarische Ausdrücke weggelaßen, ohne etwas wesentliches zu ändern, sondern nur um den Text
deutlicher zu machen. Und wenn dieses geschehen ist,
so hat er untern den alten Text beygefügt. Das Werk
des Rabelais ist auch in die Englische und deutsche
Sprache übersetzt worden. Eine englische Ueberseßung
des ersten Buchs ist zu London 1653. 8. herauskommen; und das ganze Werk unter folgenden Titel:

The whole Works of Rabelais, done out of French
    by Thomas Urchard, Peter Motteux and
    others. Lond. 1708. 8. Zwei Bände.

Le Motteur hat eine Vorrede und sehr artige Anmerkungen beigefügt, worinn er sich zu zeigen bemüht,
daß Rabelais die Geschichte seiner Zeit unter seiner wi-
ßigen Erdichtung und unter fremden Namen vorgestellt
habe; allein seine Erklärungen sind mehr wißig als

                  grün-

gründlich. Man hat auch davon eine franzöſiſche Ueberſetzung unter folgendem Titel:

Remarques de Pierre le Motteux ſur Rabelais, tra-
duites librement de l'Anglois par C.D.M. (Ce-
ſar de Miſſy, Miniſtre de l'Egliſe Françoiſe à
Londres) et accompagnées de diverſes obſervations du Traducteur. à Londres 1740. 4.

Die deutſche Ueberſetzung von Fiſchart hat Niceron
auch gekannt, aber bei ihrer Erwähnung allerhand Un-
richtigkeiten begangen, welche in der deutſchen Ueberſetzung des Niceron nicht ſind gerügt worden. In
dem Artikel Fiſchart werde ich weitläufiger davon reden. Herr Bibliothekar Reichard hat zwar eine neue
deutſche Ueberſetzung des Rabelais verſprochen, aber
ſein Verſprechen noch nicht erfüllt; vermuthlich wegen
mancher vorkommenden Bedenklichkeiten und nicht gemeinen Schwürigkeiten.

Daß Rabelais Buch ein ſatiriſches Werk ſei,
giebt jedermann zu, ob es aber allgemeine oder perſönliche Satire enthalte, darüber iſt man nicht einig. Einige ſehen es als ein allegoriſches Werk an, indem der
Verfaſſer unter fremden Namen und Erdichtungen eine ſatiriſche Geſchichte der vornehmſten Perſonen ſeiner
Zeit geliefert habe; dieſes behaupten vorzüglich Le
Motteux und Marſy, die auch die Allegorien erklärt
haben: allein Niceron iſt nicht der Meinung. Er
glaubt vielmehr, daß man in dem Rabelais gar keinen
zuſammenhängenden Plan ſuchen müſte, daß die Satire,

tire, die in demselben herrscht, nicht so wohl Personen
als Sachen beträfe, das ist, daß er das Lächerliche seines Jahrhunderts überhaupt mahlt, und nicht die besondern Fehler gewisser Personen. Er selbst sagt dieses
im Vorbericht des ersten Buchs, indem er über die
spottet, die Allegorien und Anspielungen in seinem Werke suchen würden. Allein dieses that er wohl, um sich
sicher zu stellen; denn da er über so viele Stände satirisirt hat, so mag er auch viele Züge aus dem Leben und
Charakter der damals lebenden Personen gezeichnet haben. Dieses ist immer von einsichtigen Leuten geglaubt
worden. De Thou bezeugt es auch, indem er sagt:
Rabelais hat unter fremden Namen die meisten Stände der Menschen und des Königreichs vorgestellt, und
auf den Schauplatz geführt.

Ueber die Auslegung der im Rabelais vorkommenden Allegorien sind Le Duchat, Le Motteux und
der Abt Marsy nicht immer einig. Le Motteux
scheint den wahren Sinn am wenigsten getroffen zu haben. Er glaubt Grandgousier sei Jean d'Albert
König von Navarra; Gargantua sei Henri d'Albert Johannes Sohn; Pantagruel sei Anton von
Vendome Heinrichs Verfolger; Bruder Jean des
Entommeures sei Odet de Chatillon der Cardinal; Panurge sei der berühmte Jean de Monluc,
Bischof zu Valence u. s. f. De la Monnoye, Le
Duchat und Marsy haben mehr Wahrscheinlichkeit
ihrer Deutung vor sich. Denn die Tradition von die-

ſen Anekdoten hat ſich bis jetzt erhalten, entweder weil
Rabelais ſich bei ſeinen Lebzeiten darüber erklärt hat,
oder weil er ſeine Originale ſo deutlich gemahlt hatte,
daß man ſie nicht verkennen konnte. Eben ſo ſagt eine
alte Tradition, daß unter Grandgouſier Ludwig XII.
zu verſtehn ſei, und unter Gargantua Franz I.
Man will dieſes aus allerhand Aehnlichkeiten erweiſen,
beſonders wo er in ſeiner Jugend als ein unbeſonnener,
muthwilliger Knabe geſchildert wird. Z. E. daß er in
ſeinen drei erſten Jahren die drei Wiſſenſchaften, eßen,
trinken und ſchlafen gelernt, daß er aus der Schüßel
aße, woraus die Hunde ſeines Vaters zu freßen pflegten, deren Ohren er zerbiß, ſich aber wieder von ihnen
die Naſe zerkratzen ließe. So vertraut gieng Franz I.
in ſeiner Jugend mit den jungen Hofleuten um, welches
ein Erfolg ſeiner ſchlechten Erziehung war. Als Gargantua (1 Buch, Cap. 16. 17.) nach Paris reiſte, ſo
fand er, weil er ein Rieſe war, daß die große Glocke der
Kirche Notre Dame eine gute Schelle am Halſe ſeiner
Stutte abgeben würde, und wollte ſie daher wegneh-
men. Alle Commentatoren finden unter dem Bilde
dieſer Stutte die Herzogin von Eſtampes, Maitreſſe
Franz I. Er hatte ihr ein koſtbares Halsgeſchmeide
von Perlen und Diamanten gekauft; um das zu bezahlen, wollte er eine Taxe auf die Einwohner von Paris
legen, und da die Pariſer Schwürigkeiten machten,
drohte er die Glocken der Kirche Notre Dame wegzu-
nehmen. Das Alphabet françois beſtätigt dieſes ausdrücklich.

brücklich *). Die komische Rede des Dr. Janotus
(Cap. 18. 19.) stellt den Rednerstyl dieser Zeit vor.
Unter dem kleinen Kriege zwischen den Aschtuchenver-
käufern aus dem Lande des Gargantua, und den Asch-
tuchenverkäufern zu lernai, deren König sich Picros
chole nennt, soll der große Krieg Ludwigs XII. mit
Ferdinand dem Katholischen, und Franz I. mit Karl V.
vorgestellt seyn, welches höchst unwahrscheinlich ist.

In der Abtei von Theleme, (Cap. 58.) die Gargantua stiftete, fand man eine alte Tafel von Erz bei
dem Grunde liegen, die groß Unglück zu verkündigen
schien. Hier sind die ersten und vornehmsten Verse
von Melin de Saint-Gelais, einem berümten
Dichter des 16 Jahrhunderts gemacht. Er hatte diese
Art von Prophezeiung mehr als zwanzig Jahr vor dem
Anfange des französischen Religionskrieges geschrieben,
der 1560. ausbrach, und ohne Zauberei vorauszusehn
war. Rabelais copirte sie gleich nach der Erscheinung.
Hiermit beschließt der Verfasser die Geschichte des Gargantua.

Ff 4   Mit

*) Tout le monde sait, que cette jument est Madame
d'Estampes Maitresse du Roy, qui est la meme qui fit
abattre les forets de Beausse, à la quelle le Roy vou-
lut donner un collier de perles, et faire quelques le-
vées sur les Parisiens, lesquels ne vouloient point
paier: enforte que le Roy et Madame d'Estampes aussi,
les menaça de vendre les cloches de Nostre-Dame
pour achepter son collier.

Mit dem zweiten Buche fängt die Geschichte des Pantagruels an. Die sonderbarste Rolle im Rabelais spielt Panurge. Die Ausleger glauben, es habe sich Rabelais unter diesem Bilde selbst geschildert. Seine Unterredung mit dem Pantagruel, den er in vielerlei Sprachen antwortet, ist sehr komisch, auch die Erzählung seiner Reisen, besonders wie er in der Türkei bald wäre gebraten, und mit einer Brühe, womit man die Kaninchen zurichtet, gefreßen worden. Man hatte ihn schon gespickt und an den Spieß gesteckt, als er wahrnahm, daß der Koch, der ihn an einem großen Feuer beständig umdrehte, eingeschlafen war. Er warf einen Brand auf den Kopf desselben, wovon er gleich starb. Der Brand zündete das Stroh an, und die Reiser das Haus. Panurge schlüpft vom Spieß ab, und bedient sich desselben als einer Lanze, und der Bratpfanne als eines Schildes. In dieser Rüstung bringt er durch den Haufen der Türken. Das Wasser, womit man das Haus bespritzte, erfrischte den halbgebratenen Panurge, und gab ihm Kraft zu entwischen. Indem er das Land durchstrich, muste er vieles von Hunden leiden, die durch den Geruch des gebratnen Fleisches und des Specks herbeigelockt, ihn immer freßen wollten. Damals war es, sagte Panurge, daß ich mich sehr für Zahnschmerzen fürchtete. Was redest du von Zahnschmerzen, antwortete man ihm. Das muste wohl damals deine geringste Besorgniß seyn. Freilich, erwiederte er, ich rede aber nicht von meinen Zähnen; sondern von den Zähnen der Hunde und der

Tür-

Türken, die mich fressen wollten. Wißt ihr nicht, daß
uns die Zähne niemals mehr weh thun, als wenn die
Hunde uns in die Lenden beißen.

Der Krieg der Dipsoden gegen die Stadt der Amau‐
roten (Cap. 17‐19) soll eine Satire seyn auf den Krieg
in Flandern, den Franz I. und Heinrich II. mit Karl V.
von 1535‐1542. führten. Die Dipsoden sind die Nie‐
derländer, und die Stadt der Amauroten ist Marseille,
die der Kaiserliche General Anton de Leva zwar belagerte,
aber nicht einnahm. In dem Heer des Pantagruel be‐
fand sich ein Philosoph Namens Epistemon, der den
Pantagruel hatte mit erziehen helfen. Es wurde ihm
in einer Schlacht der Kopf abgehauen, aber Panurge
nähte ihm den Kopf wieder an, und machte ihn leben‐
dig. Er erzählt darauf, daß er aus der Hölle käme,
und was er da gesehn; da spielten diejenigen, welche
auf Erden die gröste Rolle gespielt hätten, die niedrig‐
ste und umgekehrt. Alexander der große war ein
Schuhflicker, der Römer Fabius muste Pater noster
an einander reihen, (weil er ein Zauberer war) Artus
und die Ritter der Tafelrunde, waren Schiffleute auf
den Höllenflüßen, die alle auf einer Bank faßen, und
vor jede Ueberfahrt, wenn sich die Teufel nach Art der
Gondolier mit Schifferstechen belustigten, einen Nasen‐
stüber zur Belohnung erhielten. Nero war ein Gauk‐
ler, der um einen Pfennig sang; (weil er sich nicht schäm‐
te öffentlich auf dem Theater zu singen) Gottfried von
Bouillon ein Rosenkranzmacher und Bilderverkäufer.

Ff 5　　　　　Der

Der Pabſt Julius II. trug kleine Paſteten zum Ver-
kauf herum; (weil er damals den Franzoſen ſehr verhaßt war, und gegen Ludwig XII. Krieg führte) die
vier Haimanns Kinder waren Marktſchreier, weil
ihre Geſchichte ſehr lügenhaft iſt.   Die ehemals armen
Philoſophen ſpielten in der Hölle des Rabelais die
Rolle großer Herren.   Diogenes war in Purpur gekleidet, und trug einen Scepter in der rechten Hand, prü-
gelte auch den Alexander derbe aus, der ihm ſeine Schuhe nicht recht geflickt hatte.   Epiktet war galant franzöſiſch gekleidet, trunk und tanzte unter einer Sommerlaube mit artigen Damen.   Cyrus bat ihn um einen Pfennig um ſich einige Zwiebeln zum Abendeſſen zu kaufen.
Epiktet warf ihm einen Thaler zu, und ſagte: Schur-
ke, ſei ein ehrlicher Mann; aber des Nachts beſtahlen
ihn Alexander, Darius und andre Könige.   Der Advocat Pathelin war Schatzmeiſter beim Rhadaman-
tus.   Er verlangte bisweilen Paſteten vom Pabſt Julius II. aß ſie mit Appetit, tadelte ſie aber nachher und
bezahlte ihn ſtatt baarer Münze mit Stockſchlägen.

Dergleichen ſatiriſche Legenden von der Hölle
kamen damals oft vor.   Man weiß was Dante in dieſer Abſicht in ſeiner Komödie gethan.   Vieleicht ſchöpf-
ten ſie die Ideen aus der Hölle des Virgils.   Schreckliche Legenden von der Hölle waren im 13ten
Jahrhundert ſehr gemein.

Der Poet Rominagrobis (B. III. Cap. 21.) iſt
der franzöſiſche Dichter Guillaume Cretin, der unter

ter Karl VIII. Ludwig XII. und Franz I. lebte und Cantor bei der heiligen Capelle zu Paris war, der viele sogenannte vers equivoqués und sehr schlecht machte; weßwegen sich Rabelais über ihn aufhält, da ihn Panurge befragte, ob er sich verheirathen sollte oder nicht, und er ihm in dergleichen Versen antwortete:

Prenez la, ne la prenez pas u. s. w. *).

Herr Trippa, den Panurge wegen seiner Heirath auch um Rath fragt, ist Cornelius Agrippa. Der Arzt Rondibilis ist Rabelais Lehrer zu Montpellier; Guillaume Rondelet Canzler daselbst.

Die Insel Chicanous ist das Sinnbild der Gerichtspersonen, aber nur der niedern Beamten, als der Häscher, denn er sagt, daß das große Commerz in diesem Lande in Stockprügeln und Fußtritten auf den Hintern bestünde, und daß ein Chicanous nur in dem Verhältniß reich sei, als er viel ausgezahlt habe. Das gründet sich auf die Gewohnheit, daß der französische Adel auf ihren Schlößern die Gerichtsdiener todt prügeln ließ, die Schulden einfoderten.

Die Inseln Tohu und Bohu, wo der Riese Bringue Narille Windmühlen verschluckte, und an einer Unverdaulichkeit der darinn befindlichen eisernen Materialien starb; ist eine Anspielung auf die Finanzbedienten, die die Auflage auf das Getreide und Eisen eincaßierten.

Das

*) Pasquier Recherches de la France. Liv. IV. Chap. 33.

Das Eiland Tapinois, in dem Careme pres'
nant regiert, geht auf die Faſtenzeit, iſt aber dunkel,
weil Rabelais nicht gerne vor einen Ketzer wollte gehalten werden. Dahin gehört auch die Inſel, welche von
Blutwürſten bewohnt wurde, wider die Pantagruel
einen Krieg führte. Alle Anführer der Blutwürſte
ſind Köche, wovon hier eine lange Liſte ſteht, ſo wie
uns Homer eine ähnliche, von den griechiſchen Feld-
herren vor Troja giebt. Die Würſte verlohren die
Schlacht, und wurden ſodann theils auf den Roſt gelegt, theils an Spieße geſteckt. Frater Johannes war
ſo barbariſch ſie ganz roh zu freßen.

Die Einwohner der Inſel Ruach (wahrſcheinlich
das deutſche Wort Rauch) leben vom Winde. Hier
wird der Hof geſchildert, wo alles Eitelkeit iſt. Die
vornehmſten eßen parfumirte Winde, die zarten Perſonen, und die nach der Diät leben, ſpeiſen Zugwinde.

Die Inſel Papefigues handelt vom Pabſt und
der Römiſchen Kirche. Pantagruel erkannte, daß der
Zweck aller Geſetze hier wäre, das Geld aus andern
ländern nach Rom zu ziehn.

In einer See dabei hörten ſie gefrohrne Worte
aufthauen, als wären es Stimmen von Männern,
Weibern, Kindern und Pferden; ſie fiengen einige auf
und erwärmten ſie zwiſchen den Händen, da ſie die
Schalle hörten. Es ſcheint, daß Rabelais dieſe Erdichtung aus Balthaſar de Chatillon ſeinem Hofmanne im zweiten Buche genommen, wo er von luſtigen

gen lügen handelt, und erzählt, daß ein Kaufmann
von Lucca der Zobelfelle in Moscau kaufen wollen, be-
richtet, daß als er an das Ufer des gefrohrnen Flußes
Borysthenes gekommen, er den Rußen auf der andern
Seite des Flußes vergebens zugeruffen, und auch ihre
Worte nicht vernommen hätte. Seine Begleiter einige Polen hätten ihn versichert, daß die Worte auf der
Hälfte des Weges gefrohren. Daher machten sie auf
der Mitte des Flußes ein großes Feuer, durch deßen
Hülfe die Worte aufthauten und verständlich würden*).
Das vierte Buch des Rabelais ist noch bei seinen
Lebzeiten gedruckt worden, doch fand man noch das
fünfte, in welchen man hofte die große Streitfrage
des Panurge entscheiden zu sehn, ob er heirathen sollte
oder nicht.

Die klingende Insel ist eine Satire auf die Kle-
risei. Der Beherrscher heißt Papegaut, unter sich
hat er die Cardingaut und Evegaut, die aus den
Clergaut erwählt werden. Er sagt, diese Leute pflanz-
ten sich nicht fort durch die Vermischung der Geschlech-
ter, sondern nur wie die Bienschwärme, die aus dem
Körper eines Stiers herausgehn.

Die Insel Caßade enthält viele Seltenheiten, welches Reliquien sind. In einer Insel regierte Grippes
minaud, das Oberhaupt der Katzen; darunter werden die Präsidenten und Magistratspersonen verstanden.

Die

*) Menagiana Tom. III. p. 447.

Die Apedeften hatten Pfoten mit großen Haaken, wodurch sie alles von denen an sich zogen, die sich nicht widersetzten. Darunter soll die Rechnungskammer gemeint seyn.

Die Insel Quinte, die zum Königreiche Quints essence gehörte, dessen Königin Erelechie hieß, die alle Uebel mit Worten heilte, wovon man nichts verstund. Diese Königin ernährte sich blos von sonderbaren Ideen, die man ihr ganz verdaut auftischte. Dieses ist eine Satire auf die Aristotelische Philosophie.

Das Land Lanternien soll das Land der Wissenschaften und der Studien bedeuten, und die Lanterner die Gelehrten und andre kluge Leute.

Die Geschichte ist nicht geendigt. Die Zurückschiffung von dem Orakel der göttlichen Bouteille wird nicht gemeldet *).

Das fünfte Buch wird von einigen dem Rabelais abgesprochen, allein Niceron hat deutlich gezeigt, daß ihre Gründe unstatthaft sind *). Man findet darinn eben den Witz, eben die Denkungsart und eben die Schreibart als in den vorigen Büchern.

Die Prognostication Pantagrueline, die dem zweiten Buche angehängt ist, ist eine lustige und witzige Satire, welche aber Rabelais nicht erfunden hat, sondern

*) Einen sehr guten Auszug aus dem Rabelais findet man in der Litteratur und Völkerkunde, im 3ten Bande.
*) Nicerons Nachrichten Th. XXIII. S. 335.

dern deutschen Ursprungs ist, wie in der Folge dieser Abhandlung wird gezeigt werden.

Der Brief des Limosiners ist eine Satire auf
die buntscheckigte halb lateinische und halb französische
Sprache in solchen Schriften, die man für Meisterstücke
der Schreibart hält; sein Titel ist folgender:

Epitre du Limosin de Pantagruel, grand Excoriateur
de la langue Latiale, envoyée à un sien ami-
cissime resident en l'inclyte et famosissime vr-
he de Lugdune.

Die beiden Briefe an zwei alte Weiber von
verschiednem Charakter, welche in Versen abgefaßt
sind, haben nicht den Rabelais zum Verfaßer, deßen
Werken sie zum erstenmale im Jahre 1584. sind beigefügt worden. Sie sind von Frantz Habert d'Ißou-
dun; und finden sich nebst andern Poesien von seiner
Arbeit, hinter seinen Sermons Satiriques du senten-
tieux poëte Horace, interpretés en rime françoise.
Par. 1551. Erst 1551. wirkte der Generalprocura-
tor Bourdin, obgleich Rabelais Schriften mit königlichen Privilegio gedruckt waren, und den de Thou als
einen Andächtler beschreibt, einen Parlamentsschluß gegen den Pantagruel aus; allein Rabelais blieb verschont, und sein Werk wurde immer gelesen und verkauft. Es sind noch einige Schriften zur Nachahmung, oder Fortsetzung und Ergänzung dieses Romans
des Rabelais verfertigt worden, die zum Theil von Un-
erfahrnen in der Litteratur bisweilen vor Werke des Rabelais sind gehalten worden: als

1) Le

1) Le Disciple de Pantagruel, ou le voyage et navigation, que fit Panurge aux isles inconnuës et
etrangeres, de plusieurs choses merveilleuses et
difficiles à croire, qu'il dit avoir vuës, Paris sanot.
16. ohne Jahrzahl, mit Holzschnitten. Desgleichen unter dem Titel: le voyage et navigation aux
isles inconnuës, contenant choses merveilleuses
et difficiles à croire, toutes fort joyeuses et recrea-
tives. Lyon, Rigaud et Saugrin. 1556. 16. 127
Seiten. Diese Schrift ist mit der vorigen einerlei,
nur daß man den Namen Panurge in Bringues
narille verwandelt hat, daß man einige Verse im
30 Capitel weggelaßen, und anstatt des 32 und letzten Capitels 5 neue angehängt. Desgleichen unter
der Aufschrift:

La navigation du compagnon à la bouteille,
avec le discours des arts et des Sciences de Maitre
Hambrelin Par. Micart. 1576. 16. Diese Rede
des Hambrelin ist in elenben Versen abgefaßt, in
der er erzählt, was er alles machen kann. Desgleichen unter dem Titel: La navigation du compagnon à la bouteille, avec les prouesses du merveilleux géant Bringuenarilles. Troyes. 16. desglei-
gen unter folgendem: Le Voyage et navigation des
isles et terres heureuses, fortunées et inconnuës:
par *Bringuenarille*, cousin germain de *Fesse-Pin-
te*, choses merveilleuses, de nouveau revû, contenant corrigé et augmenté par A. D. C. Rouen
1578. 16. 88. ES.

2). Le

2) Le nouveau *Panurge* avec sa navigation en l'isle imaginaire, son rajeunissement en icelle, et le voyage, que fit son esprit en l'autre monde. Rochelle. Gaillard. 12.

3) Le Songes drolatiques de *Pantagruel*, ou sont contenuës plusieurs figures, de l'invention de M. Rabelais, et dernier Oeuvre d' icelui pour la recreation de bons esprits. Par. 1565. 8. In diesem sehr seltnem Werke kommen nichts als groteske Bilder vor, mit einer Vorrede, In der man behauptet, diese Erfindungen wären vom Rabelais, welches aber höchst unwahrscheinlich ist. Es sind originelle Figuren in Holz geschnitten, an der Zahl hundert und zwanzig. Viele behaupten, daß diese Figuren, bei denen sich weiter keine Erklärung befindet, dem berühmten Callot zum Modell gedient haben, als er seine bekannten grotessen Figuren, vor deren Erfinder er gehalten wird, in Kupferstichen herausgab [f].

4) Mythistoire Barragouyne de *Fanfreluche et Gaudichon*, trouvée depuis n'a gueres, d'un exemplaire écrit à la main: de la valeur de dix atomes, pour la recreation de tous bons Fanfreluchistes. Auteur A. B. C. D. et le reste jusqu'au 9. Lyon. Dieppi, (Pidier) 1574. 16. in 17 Capiteln mit Figuren, die mit dem Inhalt in keinem Zusammenhange stehn. Es ist dieses eine elende Arbeit des Wilhelm des Autels. 5) Le

[f] De Bure Bibliographie. Belles Lettres. T. II. p. 33.

Zweiter Theil. Gg

5) Le tres - eloquent *Pandarnaſſas*, fils du vaillant
Galimaſſaë, qui fut transporté en *Faerie* par Obe-
ron, lequel y fit de belles vaillances, puis fut
amené à Paris par ſon pere Galimaſſaë, là ou il
tint concluſions publiques, et du Triomphe, qui
lui fut fait aprés ſes diſputations. Lyon. Arnoullet
8. Iſt eine elende Nachahmung bes Gargantua.

6) Rabelais reſuſcité, recitant les faicts et comporte-
mens admirables du tres valeureux *Grangoſier*, Roi
de Place vuide, traduit du Grec Africain en François par *Thibaut le Nattier*, clerc au lieu de Bar-
ges en Baſſigny. Par. 1614. 12. ſchlecht.

7) Rabelais reſuſcité, par *Horry*. Rouen. 1611,
12. f).

Noch verdient folgendes ſeltſames Buch in dieſem
Artikel eine Anzeige.

Iugemens et nouvelles Obſervations ſur les Oeuvres
Grecques, Latines, Toſcanes et Françoiſes de
Maitre François Rabelais, Docteur en Medicine, ou *le veritable Rabelais reformé;* avec la
carte du Chinonois pour l'intelligence de quelques endroits du Roman de cet Auteur, ſes
Medailles, celle de l'Auteur du jugement et des
obſervations, et celle du Medicin de *Chaudray*,
auquel cet ouvrage eſt dedie par un Medecin
ſon

g) Bibliotheque des Romans par Gordon de Percel
Tom. II. p. 256. 257. Mercens Nachrichten Th. XXIII.
S. 330.

ſon contemporain et ſon Admirateur. à Paris,
d'Houry. 1697. 12. Der Verfaſſer dieſes
Buchs iſt Jean Bernier, Arzt zu Paris, der die An-
timenagiana geſchrieben hat. Es iſt in einem ſonder-
baren Geſchmack geſchrieben, und voll lächerlicher Dinge. Bernier war noch klug genug, daß er ſeinen Namen nicht beifügte. Der Titel Rabelais reformé zielt
vermuthlich auf ein Buch gleiches Namens vom Pater
Garaße. Chaudray war ein Marktſchreier, in den
ganz Paris und die umliegend Gegend um das Ende
des 17ten Jahrhunderts vernarrt war. Bernier
nennt ſich in dem Buche Saint Honoré, ſowohl im
Privilegio als in folgenden Verſen:

> Comme Aſtrée eut ſon Honoré   (d'Vrſé)
> Pour defenſeur, *ſaint Honoré*
> Defend de blame et vitupere
> Ce qui le merite, en bon pere,
> En bon Confrere et bon François
> Au Roman du Maitre François
> Contre tous les esprits bourgeois.

Clement Marot.

Marot, der zu ſeiner Zeit der Poet der Fürſten und
der Fürſt unter den Poeten genennet wurde, hätte vielleicht dieſen Namen verdient, wenn er durch die gelehrten
Sprachen unterſtützt, die ſchönen Wiſſenſchaften recht
hätte nutzen können. Er wurde im Jahr 1495. zu
Cahors gebohren, und war in ſeiner Jugend Page bei

Gg 2   der

der Princeßin Margaretha, Gemahlin des Herzogs
von Alenson, und Schwester Franz I. Dieser König
machte ihn hernach zu seinem Kammerdiener. In der
Schlacht bei Pavia wurde er verwundet und gefangen.
Als er nach Frankreich zurückkam, wurde er des lutherthums wegen verdächtig ins Gefängniß geworfen.
Er schrieb zwar an seinen Verfolger Bouchard, Präsidenten des Gerichtshofs in Religionssachen, daß er
kein Lutheraner, sondern ein Katholik sei

>   — — Point ne suis Lutheriste
> Ne Zuinglien et moins Anabaptiste:
> Je suis de Dieu par son fils Iesus Christ;

aber er richtete nichts aus, nur brachte man ihn aus
dem stinkenden Gefängniße des Chatelet in ein gesün-
deres zu Chartres. Hier verbeßerte er den Roman
der Rose und schrieb eine Satire auf die Richter und
sein voriges Gefängniß, die Hölle betitelt. Als
Franz I. aus seiner Gefangenschaft zurückkam, wurde
er auch losgelaßen. Allein die Sorbonnisten verfolg-
ten ihn beständig, besonders da er einen Gefangnen aus
den Händen der Gerichtsdiener befreit hatte. Er entfloh also nach Ferrara, da er in Frankreich nicht sicher
wär, weil man ihn vor einen Lutheraner hielt. Doch
Franz I. der seine Talente liebte, rufte ihn wieder zurück. Er fieng nun an die Psalmen in französische Verse
zu übersetzen, welche der ganze Hof sang. Allein die
Sorbonne brachte es beim König dahin, daß sie als ketzerisch verbothen wurden; darauf entfloh Marot 1543.

nach Genf. Er hatte nur 50 Psalmen übersetzt, und
die fehlenden Hundert übersetzte Beza. Unter Karl IX.
wurden diese Psalmen in Frankreich öffentlich von der
Sorbonne gebilligt, und sogar in Spanien ge-
sungen. Man hat ein Mährlein ersonnen, als wäre
Marot zu Genf zum Tode verurtheilt worden, weil
er mit seiner Wirthin Ehebruch getrieben; welche
Strafe auf Calvins Vermittelung in den Staupbesen
verwandelt worden. Er verließ Genf blos auf Bitten
einiger Freunde, die ihn nach Turin zu kommen nöthig-
ten, wo er aber 1544. starb [h]). Sonst hatte er auch
noch mancherlei Streitigkeiten mit zwei schlechten Poeten Sagon und La Hueterie, die, als er noch in
Gnaden bei Franz I. stand, seine Verehrer waren, sich
aber wider ihn erklärten, als ihn die Ketzermacherei
aus Frankreich vertrieb. Die beiden Poeten, die gern
seinen Ruhm auf sich bringen wollten, wendeten alles
an, seine Zurückkunft nach Frankreich zu verhindern;
daher schmähten sie ihn in ihren Antimarotischen
Briefen; worauf Marot in einer scherzhaften Schrift
die Schmarozer betitelt, antwortete. Die zwei
Poeten auch nicht faul, gaben dagegen heraus: Das
große Geschlechtsregister der Schmarozer,
verfertigt von einem jungen Poëten auf dem
Lande. Hierauf erschienen Satiren in mancherlei Ge-
stalten, in Rondeaux, Triolets, Sinngedichten u. s. f.
Die Andächtler stunden den beiden schlechten Poeten bei;

Gg 3   end-

h) Bayle Diction. Marot.

endlich aber wurde zwischen beiden Partheien Friede gestiftet; worauf ein witziger Kopf folgende Schrift verfertigte: Ehrengelach auf den Frieden zwischen
Clement Marot, Franz Sagon, Schmarozer,
Hueterie und andern von dieser Bande. [i].

Stephan Dolet.

Er wurde um das Jahr 1509. zu Orleans gebohr-
en aus einer guten Familie. Einige haben vorgegeben, er wäre ein natürlicher Sohn Franz I. gewesen,
ob er gleich niemals dafür erkannt worden. Bayle
und Niceron aber glauben es nicht, theils weil es
kein guter Schriftsteller meldet, theils wegen des Alters Franz I. der 1494. gebohren worden. Es wird
aber doch in den Patiniana [k] behauptet, und auch von
de Bure [l]; wo auch das Frauenzimmer aus Orleans
mit Namen genennt wird, nämlich Cureau; die Franz
des ersten Geliebte und Dolets Mutter gewesen;
Franz I. aber hatte ihn niemals als seinen Sohn erkennen wollen, weil dieses Frauenzimmer zur Zeit der Geburt des Dolet einen verdächtigen Umgang mit einem
von seinen Hofleuten gehabt hätte. Daraus will man
auch den Stolz des Dolets herleiten, den er in seinem
Leben und Schriften gezeigt hat. Er studirte zu Paris, Padua und Venedig die schönen Wissenschaften,
und

i) Israil Merkwürdigkeiten zur Geschichte der Gelehrten.
Th. I. S. 94.

k) Patiniana. p. 22. Edit. parif.

l) De Bure Bibliographie. Bell. Lettr. T. I. p. 67.

und besonders die Wohlredenheit. Hierauf begab er
sich nach Toulouse die Rechtsgelehrsamkeit zu erlernen.
Es hatten sich die Studenten daselbst in gewiße Lands-
mannschaften getheilt, deren jede ihren Vorsteher und
ihren Redner hatte, der die Rechte seiner Landsmannschaft vertheidigen, und zu gewißen Zeiten eine öffentliche Rede halten muste. Dolet wurde damals von
der Landsmannschaft der Franzosen zu ihren Vorsteher
erwählt; und da der Magistrat zu Toulouse die Rechte
der Landsmannschaft angegriffen und sie untersagt hatte,
und er Besitz von seinem Vorsteheramte nahm, so hielt
er seine erste Rede, worinn er die Franzosen lobte, und
die Toulouser wegen ihrer Unwissenheit und Dummheit verachtete. Nach Endigung dieser Rede
stand ein Tolosaner, Namens Peter Pinache Vorsteher der Landsmannschaft von Aquitaine auf, und widerlegte ihn mit großer Heftigkeit; welches Dolet selbst
in einem Briefe an Jacob Berdingus erzählt *).
In der folgenden Zeit hielt Dolet eine noch viel weit-
läufigere Rede, die ihm aber viele Verdrüßlichkeiten
erweckte; ja er kam gar ins Gefängniß, worinn er
einen Monath blieb, und hernach in eben dem Jahre
1533. aus Toulouse verwiesen wurde. Seine zwei zu
Toulouse gehaltnen Reden, welche sehr selten sind, kamen unter dem Titel heraus:

Stephani Doleti Orationes duæ in Tholofam. Ejus-
    dem Epiſtolarum Lib. II. Ejusdem Carminum
    Lib. II. Ad eundem Epiſtolarum Amicorum
                 Gg 4   Liber,

*) Dolet lib. I. Epiſtol. p. 100.

Libor. 8. ohne Anzeige des Jahrs und
Druckorts.

Dolet gieng hierauf nach Lyon, um seine Reden
und andre Werke herauszugeben, und hierauf 1534.
nach Paris, wo er neue Schriften herausgab. 1536.
gieng er wieder nach Lyon, muste es aber 1537. verlassen; weil er einen Menschen, der ihn angefallen, umgebracht hatte; darauf triste er nach Paris, wo er Ver-
zeihung vom Könige erhielt. Jean Voulté aus
Rheims in der Dedication des dritten Buchs seiner
Sinngedichte, nennt den Menschen, den Dolet getödtet hatte, einen Meuchelmörder, (sicarius) und
sagt, Dolet hätte es blos aus Nothwehre gethan.
Alsdenn wurde er Buchdrucker zu Lyon; denn die erste
Schrift, die aus seiner Druckerei ans Licht trat, ist
vom Jahr 1538. nämlich die vier Bücher seiner Gedichte. Er nahm ein unglückliches Ende, denn er
wurde 1546. d. 3 August auf dem Platze Maubert zu
Paris erdroßelt und verbrannt. Es sind noch viele
Umstände von seinem Leben unbekannt; daher darf man
sich nicht wundern, daß die Schriftsteller einander wi-
dersprechen. Bayle weiß nur, daß er zweimal ist im
Gefängniß gewesen, und so widersprechend sind auch
die Nachrichten von den Ursachen seines schmähligen
Todes. Calvin, Bayle und de la Monnoye behaupten, er wäre wegen der Atheisterei verbrannt worden *); und Amelot de la Houßaie, weil er die Un-
sterb.

*) Calvinus in Tract. de Scandalis p. 90. Tracta-
　　　　　　　　　　　　　　　　　　　　　　　tuum

ſterblichkeit der Seele geleugnet *); und dieſes behauptete auch der berühmte Johannes Matthias Geſner, welcher glaubt, er hätte keine andre Unſterblichkeit
gekannt, als des Ruhms *); Allein es iſt ganz ſicher,
daß er blos deswegen iſt verbrannt worden, weil man
ihn vor einen Lutheraner hielt; denn obgleich Schells-
horn ſchreibt, es hätte es noch Niemand erwieſen,
daß er wäre ein Lutheraner geweſen; im Gegentheil
hätte er ſich als Luthers und ſeiner Religion Feind erwieſen *); ſo kommt dieſes doch blos daher, weil ſeine
Geſchichte noch nicht aufgeklärt genug iſt. Damals
wurden viele Menſchen verbrannt, weil ſie Freunde der
lutheriſchen Religion waren: und die Dummköpfe und
Ketzermacher wollten die Einfältigen bereden, ein
Lutheraner und Atheiſt wäre einerlei. Außer ſeinen andern Gefangenſchaften iſt Dolet allein viermal im Ge-

Gg 5 ſäng-

tuum Theologicorum. Bayle Diction. Dolet. De
la Monnoye in des Baillet jugemens. Tom. IV. p. 65.
not. 17.

o) Memoires hiſtoriques Tom. II. p. 233.

p) Geſner war dem Dolet nicht günſtig; er nennt ihn
hominem vanum, ineptum, impotentis animi, affe-
ctatorem ethniciſmi. Er glaubt mit Baylen, daß er
nicht wegen des Lutherthums wäre verbrannt worden;
in einem Auffatze von ihm über den Dolet in der ham-
burgiſchen vermiſchten Bibliothek II. Band. Es ſcheint,
daß damals Geſner den Dolet und ſeine Geſchichte aus
einem falſchen Geſichtspunkte anſah.

q) Schellhorn Amoenit. hiſtor. liter. Band I. S. 899.

fängniß gewesen, weil man ihn vor einen heimlichen Lutheraner hielt.

1) Zu Toulouse 1535, wo er von dem Oberrichter Dammartin des Lutherthums wegen angeklagt, und durch die Straßen der Stadt geführt wurde; wie er selbst in seiner satirischen Ode auf diesen Richter es bekennt. Darauf gieng er und Marot, der auch der Religion wegen verbannt war, nach Italien. Dieses bezeugt Jean Douré in einem seiner Sinngedichte im vierten Buche, wo die Stadt Lyon die Verbannung dieser zwei Männer beklagt. In einem Sinngedichte des ersten Buchs betitelt do Doleto, Brixio, Macrino, hatte der Dichter schon gesagt:

Hunc Genabum atque Liger, Charitesque novemque

Sorores

Et *Stephanum* expulsum Gallia tota dolet.

Aus dem Zeugniße dieses Zeitgenoßen des Dolets, sieht man doch, daß Dolet nicht der verächtliche Mann in Frankreich war, wie einige glauben; sondern daß er im Gegentheil allgemein beliebt war.

2) Die zweite Gefangennehmung des Dolets geschah zu Lyon 1542. auch wegen des Lutherthums. Diese Gefangenschaft, die nur 4 oder 5 Monathe dauerte, nennt er son premier Eufer; vermuthlich aus Nachahmung des Marots, der auch aus Verdacht der Ketzerei im Jahr 1525. gefangen gesetzt wurde, und

‒ und diese Gefangenschaft unter dem Titel der Hölle beschrieb; woher man nachher in Frankreich jedes Gefängniß die Hölle des Marots nannte.

3) Das Drittemal wurde er zu Lyon 1543. im Januar auch wegen des Lutherthums eingesetzt; dieses nennt er seine zweite Hölle, wie aus einem von ihm herausgegebnen seltnen Buche unter folgendem Titel erhellt.

Le Second Enfer d'Estienne Dolet, natif d'Orleans, qui sont certaines poesies, faictes par luy mesme sur la justification de son second emprisonnement. à Troyes, chez Nicole Paris. 1544. 12. Eigentlich zu Lyon in seiner eignen Druckerei. In der Vorrede an seine Freunde sagt er, daß er le premier Enfer nicht gemacht hätte, ob sie gleich unter seinem Namen herumgienge. Er sagt, man wäre so sehr wider ihn aufgebracht, weil er etliche Bücher der heiligen Schrift in der Uebersetzung drucken lassen, und einige andere Schriften, die man vor ketzerisch hielte. Aus dieser zweiten Hölle sieht man, daß er zweimal zu Lyon und einmal zu Paris im Gefängniß gewesen, außer seinem Arrest zu Toulouse und vor dem letztern in Paris, denn er selbst schreibt also:

> Et me depite en moi - meme trop plus
> Que quand je fus à l'autre foi reclus
> Tant aux prisons de Paris qu'à Lyon.

Er hätte dieses also das vierte Gefängniß nennen können; allein er nennte es die zweite Hölle in Absicht auf

Lyon,

lyon, wo er wohnte, und wo er nun das zweitemal gefangen saß.

4) Endlich wurde er im Julius 1546. zum letztenmal
in Paris wegen des Lutherthums eingesetzt; oder wie
es damals hieß wegen der neuen Meinungen, die
man auch dem Des Periers und Marot schuld
gab; und sein Proceß gieng sehr hurtig; denn er
wurde den dritten August erdroßelt und verbrannt.
Die Fabel ist bekannt, daß er noch bei seiner Hinrichtung, weil jedermann seinen Tod bedauert, soll den
Vers hergesagt haben:·

Non dolet ipse Dolet, sed pia turba dolet;

worauf der ihn begleitende Geistliche oder der Criminal-
richter soll geantwortet haben:

Non pia turba dolet, sed dolet ipse Dolet [r]).

Niceron sagt, man wiße die Ursache seiner Hinrichtung nicht recht, doch glaubt er, daß er sich durch
seine beißende Schreibart, und dadurch, daß er nicht
viel vertragen können, sich viele Feinde gemacht, die
die Freimüthigkeit übel nahmen, womit er sich in Religionssachen ausdrückte; doch meint er, er wäre als ein
Ketzer, oder vielmehr als ein Gottesleugner verbrannt
worden.   Dieses ist ganz unrichtig; es hatte sich Dolet schon längst vorher die Sorbonnisten zu Feinden gemacht

r) Ioly Remarques Critiques sur le Dictionnaire de Bayle. Dolet.

s) Nicerons Nachrichten. Th. XV. S. 376.

macht, da er feine Ausgabe des Rabelais drukte, wie
ich vorher in dem Artikel Rabelais gezeigt habe; da
her roch er den Sorbonnisten schon lange nach dem
Scheiterhaufen, und sie drohten ihm mit Galgen und
Feuer. Er hatte sich durch seine Satiren auf die
Mönche schon vielen Haß zugezogen; wovon man aus
folgendem Sinngedichte urtheilen mag:

Ad Nicolaum Fabricium Valesium.

De Cucullatis.

Incurvicervicum Cucullatorum habet
Grex id subinde in ore, se esse mortuum
Mundo; tamen edit eximie pecus, bibit
Non pessime, stertit sepultum crapula,
Operam veneri dat, et voluptatum assecla
Est omnium. Id ne est mortuum esse mundo?
Aliter interpretare. Mortui sunt hercule
Mundo Cucullati, quod iners terrae sunt onus,
Ad rem utiles nullam, nisi ad scelus et vitium [1].

Hierzu kam noch, daß er die Katholischen Geistlichen unter den Namen des Heldenthums suchte lächerlich zu machen, da er sich nicht traute sie zu nennen;
eben so wie Des Periers in dem Cymbalo mundi;
dieses legte man so aus, als wolle er die Religion überhaupt, oder die christliche insbesondere verspotten. Daher brauchte man die gröste Bosheit; ja Spitzbube-
reien gegen ihn, um ihn zu stürzen; Z. E. Man
packte

[1] Delit Carmina p. 27.

packte ganze Ballen verbothner Bücher zusammen, als schickte sie Dolet nach Genf, und schrieb seinen Namen Dolet darauf; welches doch niemals von einem Buchführer geschieht, der etwas wegschickt; um ihn wegen der Ketzerei in Verdacht zu bringen *). Sonst ist nicht zu leugnen, daß der Stolz seinen Charakter mag verunziert haben; daher zog er sich auch Feinde genug auf den Hals. Unter diese gehörte besonders Franciscus Floridus ein Italiener, der, weil ihm Dolet einige Fehler in der Gelehrsamkeit vorwarf, ihn in seinen Libris III. subcisivorum (Bonon. 1539. 4.) und in einem Büchlein Adversus Doleti Columnias (Rom. 1541. 4.) die größten Verbrechen vorwarf, und die Obrigkeiten auffoderte, denselben zu bestrafen; worauf ihm Dolet de imitatione Ciceroniana sehr heftig antwortete. Johann Angelus Odonus hat ihn auch in einem Briefe vom 29 Oct. 1535. aus Straßburg sehr häßlich geschildert. Er sagt, „man darf ihn nur sehn, so erblickt man sogleich an ihm einen Thoren, Narren, Unsinnigen, Wüthenden, Rasenden, Großsprecher, Unverschämten, Lügner, Liederlichen, Bösewicht, Zänker, Gottlosen; einen Schriftsteller ohne Gott, Gewißen und alle Religion; und man siehet dieses alles so deutlich an ihm, daß weder Metall noch Leinwand das Bild eines Ungeheuers, so deutlich ausgedrückt haben, als sein Gesicht." Niceron urtheilt von ihm, es war alles bei ihm übertrieben, einige erhob er

bis

---

*) Hamburg. vermischte Biblioth. Band III. S. 597.

bis in den Himmel, andre riß er aus Unbarmherzigkeit nieder: er griff beständig andre an, und ward beständig angegriffen; er war über sein Alter gelehrt, aber stolz und verachtete andre.

Barthelemy Aneau.

Dieser Aneau oder Annulus aus Bourges gebürtig, war Professor der Beredsamkeit im Collegio zu Lyon. Nachdem er aber in Verdacht kam, daß er es mit den Protestanten hielt, nahm er ein unglückliches Ende. Denn als bei einer den 1sten Jun. 1565. gehaltnen Procession aus dem Collegio, worinn er wohnte, ein Stein auf den Geistlichen geworfen wurde, der die Monstranze trug, drang das Volk hinein, und brachte ihn als den vermeintlichen Urheber elendiglich ums Leben.

Man hat von ihm folgende sehr seltne Satire:

Lyon Marchand. Satire françoise sur la Comparaison de Paris, Rohan, Lyon, Orleans et sur les choses memorables depuis l'an 1524. Soubz allegories et enigmes, par personnaiges mystiques; jouée au College de la Trinité à Lyon, en 1541. Lyon, Pierre de Tours 1542. 16.

Dieses Stück enthält unter einem allegorischen Gewande die vornehmsten Begebenheiten, die sich in Europa vom Jahr 1524 bis 1540. zugetragen haben, z. E. die Gefangenschaft Franz I. den Tod seines Sohns, des Dauphins, der von seinem Arzte vergiftet worden, die

die Religionsveränderung in England u. f. f. und sie
endigt sich mit einem Streite, der sich zwischen den
Städten Paris, Lyon und Orleans erhebt. Die Wahrheit giebt endlich der Stadt Lyon den Vorzug. Man
kennt nur ein einziges Exemplar von diesem Büchlein,
welches sich in der Bibliothek des Herzogs de la Valliere befand.

Johannes Calvinus.

Dieser große Gottesgelehrte und Glaubensverbesse-
rer, der unstreitig unter die größten Köpfe des 16ten
Jahrhunderts gehört, wurde 1509. zu Noyon in Pic-
cardie gebohren. Er wurde Professor der Theologie
und Prediger zu Genf; bekleidete auch einige Zeit hernach eben dieses Amt zu Straßburg, bis er wieder nach
Genf berufen wurde, wo er 1564. starb. Da sein Leben bekannt genug ist, und Bayle einen langen Artikel von ihm hat, will ich nicht weitläufiger seyn. Er
gehört unter die Polygraphen; da seine Werke zu Amsterdam in 9 Follanten sind gedruckt worden. Ich bemerke hier blos ein sehr satirisches Buch von ihm, welches folgenden Titel führt:

Traité des Reliques par Iehan Calvin, ou Advertisse-
ment tres utile du grand profit, qui reviendroit
à la Chrestienté, s'il se faisoit Inventaire de
touts les corps saints et Reliques, qui sont tant
en Italie qu'en France, en Allemagne, Espai-
gne et autres Royaumes et Pays. Geneve, Iehan Girard. 1543. 8.

Diese

Diese Schrift ist 1548. von Nicol. Gallastus ins lateinische, und von Jacob Eysenberg einem Prediger zu Wittenberg ins deutsche übersetzt worden. Die deutsche Uebersetzung hat diesen Titel:

Der heilig Brotkorb der h. Römischen Requien, oder würdigen Heiligthums precken: das ist Iohannis Calvini nothwendige Vermanung von der Papisten Heiligthum: Daraus zu sehen, was damit für Abgötterey und Betrug getrieben worden, dem christlichen leser zu gute verdeutscht. Christlingen bey Ursino Gutwino. 1583. 8. 86 Blätter ohne Vorrede und Register.

Hinter der Vorrede steht ein deutsches Gedicht, welches also betitelt ist: Heiligthums Späng Jesurwalt Pickhart, zu Beschlagung gegenwärtigs Heiligthumskästlins oder Brotkobs, der merklichen Heiligthums Partickel. Das Ende davon lautet also:

Darumb fahr hin du Heilthumbs Arch,
Bis man nachschick den Requiem Sarg,
Darinn die liebe Meß erhaben
Im ewigen Fegfeur wird begraben.
Ach da behüt S. Grill und Grix,
Und beschütz die heilig Heilthumbs Büchs.

Dieses Gedicht ist von Johann Fischart, der sich unter dem Namen Jesuwalt Pickhart mehr als einmahl versteckt hat. Es kommen in diesem Traktat eine Menge seltsamer und lustiger Anekdoten von Reli-

Zweiter Theil.   Hh   quien

quien vor, die den Liebhaber sehr unterhalten können.
Z. E. Man hätte zu Genf auf dem großen Altar ein
Stück vom Gehirn Petri gehabt; nachdem man aber
zur Zeit der Reformation den Kasten eröfnet, hätte
man einen Bimsenstein darinn gefunden, womit man
die Füße im Bade reibt. Er sagt auch zu Genf zeigte
man des Esels Schwanz, worauf der Herr Christus
geritten. Zu Aachen trüge man das Hembe der Jungfrau Maria in der Procession auf einer Stange herum;
dazu setzt er: Und wenn gleich die Jungfrau Maria
aus dem Riesengeschlechte gewesen wäre, so hätte sie
doch kaum ein solch lang Hembe getragen. Damit sie
aber ihrer Procession ein größer Ansehn machen, tragen
sie auch darneben des lieben Josephs Hosen um, die
einem jungen Kinde oder Zwerglein sein gerecht
wären. "

Conrad Badius.

Ein Sohn des berühmten Buchdruckers Jodocus
Badius war aus Paris gebürtig. Er war ein Buchdrucker und Schriftsteller, machte auch französische
Verse, und begab sich von Paris nach Geneve, wo er
eine Buchdruckerei errichtete. Er übersetzte des Alberus Alcoran der Franciscaner ins französische,
und fügte einen zweiten Theil mit sehr satirischen Marginalien dazu; wovon wir in dem Artikel Alberus
weitläufiger handeln wollen.

Hu

Hubert Languet.

Ein Politicus gebohren 1518. zu Witeaur in Bourgogne, wo sein Vater Gouverneur war. Er wurde bei dem Churfürst August zu Sachsen Rath, der ihn auch zu Verschickungen brauchte. 1577. hielt er um seine Erlaßung an; und begleitete den Pfalzgrafen Johann Casimir nach Flandern; hierauf trat er bei dem Prinzen von Oranien in Dienste, und starb zu Antwerpen 1581. Er war ein großer Verehrer Philipp Melanchthon, und reiste aus Begierde ihn kennen zu lernen, nach Wittenberg, nachdem er ein Buch von ihm in Italien gelesen hatte. Man schreibt ihm folgendes Buch zu:

Stephani Iunii Bruti Vindiciae contra Tyrannos,
    sive de Principis in Populum, Populique in Principem legitima potestate. Edimburgi 1579. 8.

Dieses Buch machte anfänglich im bürgerlichen und gelehrten Staate wegen seiner gefährlichen Grundsätze viel Lermen, und wurde dem Beza, Mornäus, Hottoman und andern beilegt. Aus der Leichenrede, welche Theodor Tronchin, Profeßor der Theologie zu Genf dem gelehrten Prediger daselbst Simon Goulart gehalten, und welche 1628. gedruckt worden, erhellt, daß Goulart von dem Könige Heinrich III. um den Namen des Verfaßers ist gefragt worden, den er aber nicht eher als nach Languets Tode entdecken wollen, weil er ihm sein Wort gegeben, das Geheimniß nicht eher zu offenbaren. Das Buch ist eigentlich zu Basel bei Thomas Guarin gedruckt, dem es Du Ples

sie Mornai übergab, nachdem er nach Languets Tode Herr von den Handschriften worden; folglich ist der
Druckort Edinburg und die Jahrzahl 1579. falsch;
weil Languet erst 1581 gestorben. Es enthält unter
andern den gottlosen Satz, daß man einen Tyrannen
tödten könne. Bayle hat eine große Abhandlung über
den Verfaßer dieses Buchs geschrieben, die seinem kritischen Wörterbuche besonders beigefügt ist.

Gabriel Bounin.

Erster Advocat im Parlament zu Paris in der letzten Hälfte des 16ten Jahrhunderts, hernach königlicher Rath und Maitre des Requetes, schrieb

Satyre au Roy contre les Republicains, avec l'Ale-
Ctriomachie ou joutte des Coqus. Par. 1586 8.

Hieronymus Bolsec.

Man würde vom Herostratus nichts wißen, wenn
er nicht den Tempel der Diana angezündet, und Bolsec würde ewig vergeßen seyn, wenn er nicht durch
grobe Verleumdungen und Lästerungen bekannt wäre.
Er war ein Carmeliter zu Paris, der die Mönchskutte
ablegte, weil er in der Bartholomäuskirche zu frei gepredigt hatte, und deswegen nach Ferrara zu der Herzogin Renata von Frankreich entfloß, bei der alle Vertheidiger der damals so genannten neuen Meinungen, das ist, des Lutherthums willkommen waren.
Er gieng hierauf als Arzt nach Genf, und griff Calvins
lehre

lehre von der Gnadenwahl an, indem er ihn beschuldigte, daß Gott dadurch zum Urheber der Sünde gemacht würde. Weil er auch das gemeine Volk aufzu-
wiegeln suchte, so wurde er 1551. aus dem Gebiethe
der Republick als ein Aufwiegler und Pelagianer bei
Strafe des Staupenschlags verbannt. Auch aus dem
Canton Bern wurde er wegen angezettelter Unruhen verjagt. Er kehrte nach Frankreich zurück
und wollte gern ein reformirter Prediger werden;
da ihm aber dieses nicht gelung, wendete er sich wieder
zur katholischen Religion und ließ sich zu Autun nieder
und hernach zu Lyon; im Jahr 1585. war er nicht
mehr am Leben. Er hat zwei Schriften voller satirischer und schmähsüchtiger Angriffe gegen den Calvin
und Beza herausgegeben; welches selbst die Meinung
unparteiischer Katholicken ist; nämlich.

Histoire de la Vie, Moeurs, Actes, Doctrine, Con-
 stance et Mort de Iean Calvin, jadis Ministre
 de Geneve par Hierome Bossec Theologien,
 Medecin et Historien à Lyon. 1577. 8. ā Cologne. 1580. ā Lyon. 1664. 8.

Eine lateinische Uebersetzung, deren Verfaßer ein
Schottländer und Sorbonnist Jacob Laingäus ist,
erschien unter folgenden Titel:

Hieronimi Bolseci Historia de Iohannis Calvini, magni quondam Genevensium Ministri, Vita, moribus, rebus gestis, studiis ac denique morte:
 ad Reverendissimum Archiepiscopum et Comi-

ringium Commerciensem, L. V. D. accessit ejusdem *de vita Bezae Cento*; itemque *de Haereticis ac Religione poematia.* Ecclesiastici XI.
ante mortem non laudes hominem quenquam.
Ingolstadii. David Sartorius. 1584. 8. 1589. 8.

In dieser Streitschrift wird nichts geringeres behauptet, als daß Beza ein Sodomit, Ehebrecher,
Mörder, Dieb und Betrüger gewesen, seine Schriften wären voller Poßen, und alle Calvinisten wären
Atheisten. Der armselige Buchdrucker, oder wer sonst
unter seiner Larve verborgen ist, nennt den Beza in der
Vorrede hominem perditissimum, und schreibt unter
andern also: Si cui mirum forte videri potest, quod
haec historia, *vivente adhuc bestia*, in lucem exierit,
illud eo consilio factum esse intelligat, vt ipsi Bezae
liberum sit, ea flagitia ac scelera, quae plurima et
gravissima, sine dubio adhuc occulta sunt, in hanc
narrationem conferre, vt eo mortuo, nihil desidere-
tur eorum, quae ad istius historiae corpus integrum
pertinebunt e). Bolsec war wider den Beza so aufgebracht, weil dieser sehr heftig wider ihn geschrieben
hatte, um den Calvin wider ihn zu vertheidigen.

Pierre Ronsard.

Ronsard wurde 1524. zu Poißoniere gebohren,
war Prior zu Cosme les Tours und Croixval, und wird
noch in Frankreich der Fürst unter den Poeten bis auf
den

e) Sinceri Thesaurus Bibliothecalis. T. I. p. 114.

den Malherbe genannt. Seine Gedichte wurden damals bewundert, daher beneidete ihn der alte Dichter Saint-Gelais und suchte seinen Ruhm auf eine sonderbare Art zu unterdrücken. Heinrich II. bekam Lust seine Gedichte zu lesen, er wollte aber zuvor das Urtheil des Saint-Gelais vernehmen. Dieser las dem Könige ein Gedicht vom Ronsard so verstümmelt und in einem ganz falschen Tone vor, daß er alle Lust zum Ronsard verlohr. Dieser schrieb darauf eine beißende Satire wider einen Verleumder des Ronsard; worinn alle Verfluchungen und Verwünschungen erschöpft sind. Saint-Gelais versöhnte sich aber wieder mit ihm, wodurch Ronsard so entwafnet wurde, daß er gar ein Lobgedicht auf ihn machte. Sonst hatte er noch mancherlei Streitigkeiten mit Joachim du Bellay, Rabelais und Philibert de Lorme, Abt zu Turi, den er durch eine Satire la Trouelle crossée lächerlich machte. Von seinem Streit mit einigen protestantischen Gottesgelehrten handelt Bayle [a]. Er war ein großer Verfolger der Hugonotten und von liederlichen Sitten, und starb 1585. Claud. Binet. hat sein Leben besonders beschrieben. Seine Werke sind oft herauskommen, als zu Paris 1623. in zwei Follanten.

a) Bayle Diction. Ronsard.

Nicolas (Virole) Froumentau.

Dieſen Schriftſteller hat Le Duchat [b]) folgende Satire zugeſchrieben:

Le Cabinet du Roy de France, dans le quel il y a trois
perles precieuſes d'ineſtimable valeur: par le
moyen des quelles ſa Majeſté s'en va le premier Monarque du monde, et ſes ſujets du tout
ſoulagez par N. D. C. 1581. 8.

Dieſe ſehr lebhafte Satire enthält eine Beſchreibung
von Frankreich unter Heinrich III. die drei Perlen, wovon er redet ſind die drei Stände des Reichs. S. 4.
ſteht ein Beweis, daß die Einkünfte der franzöſiſchen
Geiſtlichkeit über hundert Millionen Thaler betragen.
Das Buch iſt in Frankreich bald unterdrückt und confiſcirt worden, weil viele Geheimniße des Reichs darinn
offenbart wurden.   Von den Lebensumſtänden des
Froumentau iſt mir nichts bekannt. De la Monnoye ſchreibt es dem Nicol. Barnaud zu: [c]).

Franz Hottomann.

Hottomann war einer von den gelehrteſten
Rechtsgelehrten, des 16ten Jahrhunderts. Er wurde
zu Paris 1524. gebohren, wo ſeine aus Schleſien
ſtammende Familie ſeit einiger Zeit blühte, und wo
ſein Vater Parlamentsrath war.   Weil er an den Chi-
canen

---

b) Le Duchat in ſeinen Anmerkungen zur Confeſſion de
Sancy. Ch. III. p. 375.

c) Baillet Iugemens. Tom. V. p. 163.

wenn der juriſtiſchen Praxis keinen Gefallen hatte, ſo
legte er ſich auf die ſchönen Wiſſenſchaften und das Römiſche Recht. Er nahm die reformirte Religion an,
und mußte ſich deswegen 1547. nach Lyon begeben;
wurde hierauf zum Profeßor der ſchönen Wiſſenſchaften
nach Lauſanne; und von da nach zwei Jahren 1561.
nach Straßburg zum Profeßor der Rechte berufen; hierauf an den Hof des Königs von Navarra gezogen,
und allda zum Maitre des Requetes gemacht, lehrte ſodann die Rechte zu Valenze und Bourges. Nach der
Pariſer Bluthochzeit gieng er nach Genf, und ſtarb
1590. zu Baſel. Er ſchrieb unter andern:

Franco-Gallia, ſive Tractatus iſagogicus de regimi-
ne Regum Galliae et de jure ſucceßionis. Genev. 1573. 8.

Dieſes iſt die erſte Ausgabe; hernach iſt es unter
verſchiedenen Titeln herauskommen. Er ſucht darinn
zu beweiſen, daß das Königreich Frankreich nicht erb-
lich ſei, ſondern daß es ehmals ein Wahlreich geweſen;
daß die Reichsſtände und das Volk, denen die Wahl
zukomme, auch die Könige wieder abſetzen können; auch
ſollte das weibliche Geſchlecht von der Königlichen
Würde ausgeſchloßen ſeyn. Bayle glaubt, Hottomann wäre damals wider ſein Vaterland aufgebracht
geweſen; daher hätte er auch der Ligue zu Ausſchlieſ-
ſung Heinrichs IV. ſtarke Waffen in die Hände gegeben.
Denn nach ſeiner Meinung hatten die Katholiken das
Recht, den Herzog von Guiſe zum Nachtheil der Prinzen von Geblüte zum Könige zu erwählen. Es hatte
Anton

Anton Matharel ein Advocat des Raths dagegen
folgende Schrift herausgegeben:

Ad Francifci Hotomanni Franco - Galliam Refponfio,
in qua agitur de initio Regni Frauciae, fucceffi-
one Regum, publicis negotiis et politia. Prae-
fixum eft judicium Papirii Maffoni de libello
Hotomanni. Par. 1575. 8.

Hotomann ſchrieb dagegen folgende Schriften in
macaroniſcher ſcherzhafter Schreibart:

Matagonis de Matagonibus, Decretorum Baccalau-
rei, Monitoriale adverfus Italo - Galliam five
Antifrancogalliam Antonii Matharelli Alverno-
geni. Proverb. 26. Refponde ftulto fecundum fuam ftultitiam. 1575. 8. von 65 Seiten.
Man hat noch mehr Auflagen von 1578. und 1584.
in 8. aber keine in 12. wie Vogt meint.

Strigilis Papirii Maffoni, five Remediale charitati-
vum, contra rabiofam Frenefin Papirii Maffoni, Iefuitae excucullati per *Matagonidem de
Matagonibus*, baccalaureum formatum in iure
canonico, et in medicina, fi voluiffet. Ex
lib. Pap. Maffoni contra Hottomannum p. 10.
Hypocauftum Germanorum eft hara porcorum
egregie forbientium. 1575. 8. von 32 Seiten.
Beide Schriften ſind höchſt ſelten.

Auch folgende Schriften ſind von Hottomann.

Papae

Papae Sixti V. Fulmen brutum in Henricum Regem
     Navarrae et Henricum Borbonium Principem
     Condaeum vibratum, cuius multiplex nullitas
     ex protestatione patet. 1585. 8. 1586. 1602.
     1603. 8. Dieses ist ein ganz ernsthaftes Werk,
wo Hottomann die Bulle widerlegt, die Pabst Sixtus V. wider den König von Navarra, und den Prinzen von Conde herausgab. Daher ist es ein lächerlicher Irrthum, in den Thuanus in Absicht dieses
Buchs gefallen ist; von dem er also schreibt: Postea
et in censuram illam scripsit Franciscus Hottomannus
I. C. joculari isto stilo, libroque Brutum Fulmen ti-
tulum fecit, quo et de B. Francisci et B. Dominici
vita et moribus veteres historiae, ab obsolete devotis
viris scriptae ridicule discutiuntur; wovon doch in
dem Buche selbst gar nichts vorkommt *).

De furoribus Gallicis, horrenda et indigna Amirallii
     Castillionei, Nobilium atque illustrium viro-
     rum caede, scelerata ac inaudita piorum strage,
     passim edita, per complures Galliae civitates,
     sine ullo discrimine generis, sexus, aetatis, et
     conditionis hominum, vera et simplex narratio
     ab Ernesto Varamundo Frisio. Edimburg.
     1573. 4. 135 Seiten. Lond 1573. 8. Lugd.
     Bat. 1619. Amstel 1641. 8. Dieses Buch hat
man sonst dem Beza und Hubert Languet fälschlich
zugeeignet. D'Aubigne hält ihn auch vor den Verfasser des Buchs

                                                    D,

*) Thuanus Lib. LXXXII. p. 83. aufs Jahr 1585.

De Regno vulvarum [*].

Folgendes Sinngedicht iſt 1561. darüber herum‐
gegangen, weil damals ein großer Theil der Staaten
von Europa durch Frauensperſonen regiert, oder doch
wenigſtens verwaltet worden.

Vulva regit Scotos, 1) haeres tenet illa Britannos, 2)
    Flandros et Batavos nunc notha vulva regit. 3)
Vulva regit populos, quos ſignat Gallia portu, 4)
    Et fortes Gallos Itala vulva regit. 5)
His furiam furiis, vulvam conjungite vulvis,
    Sic natura capax omnia regna capit.
Ad Medicem 6) artem incertam Gallia ſaucia tendit, 7)
    Non uti Medicis eſt Medicina tibi.
Non credas Medicis, vena qui ſanguinis hauſtæ,
    Conantur vires debilitare tuas.
Vt Regi, matrique ſuae ſis fida Deoque,
    Vtere conſilio, Gallia docta, meo,
Et pacem tu inter proceres non ponito bellum
    Hoſpita 8) lis Artus rodit agitque tuos.

1) Maria Stuart. 2) Eliſabeth Königin von
England. 3) Margaretha die natürliche Tochter Kai‐
ſer Karls V. Herzogin zu Parma. 4) Katharina von
Oeſterreich, die Schweſter Karls V. Wittwe Johan‐
nes III. Königs von Portugal und Regentin unter wäh‐
render Minderjährigkeit ihres Sohnes Sebaſtian.
5) Katharina von Medicis. 6) Medicam. 7) tendis‐
8) Ein Wortſpiel auf den Namen des Kanzlers von
                               l'Hoſ‐

*) D'Aubigne Confeſſion de Sancy. L. I. Ch. 3.

l'Hospital, dem Katharina von Medicis vornehmlich wegen der Regierung verbunden war *f*). Wenigstens bezeigt des Hottomanns Franco-Gallia, daß er es nicht gebilligt, wenn sich Frauenspersonen in die Regierung mischen *g*).

Theodor von Beza.

Beza, eine der vornehmsten Stützen der reformirten Kirche, stammte aus einem ablichen Geschlechte, und wurde 1519. zu Vezelai in Bourgogne gebohren. 1528. schickte man ihn nach Orleans zu dem M. Melchior Wolmar, der ihn in den schönen Wissenschaften unterrichtete, und ihm die ersten Grundsätze der protestantischen Religion beibrachte, 1539. war er schon licentiatus Juris, und hatte sich nach Paris begeben. Eine Krankheit bewog ihn sich öffentlich zur reformirten Religion zu bekennen; da er denn Profeßor der griechischen Sprache von Lausanne, und hernach Prediger zu Genf wurde. Er hielt es treulich mit Calvino, und wohnte unterschiednen Synodis und Conciliis bei, und starb 1605. Er hat eine große Menge Schriften verfertigt, wovon wir nur die satirischen bemerken, als wozu er große Neigung hatte; daher sagt Bayle, er hat den Katholiken und Lutheranern gezeigt, daß er Zähne und Nägel hatte, sich zu vertheidigen, wenn er ange-

f) Le Laboureur Add. aux Mem. de Castelnau. Tom. I. p. 773.

g). Bayle Diction. Hottomann. Nicerons Nachrichten. Tom. IX.

angegriffen wurde. Die Hauptſchrift, worinn ſich
ſeine ſatiriſche und komiſche Laune am meiſten zeigt, iſt
folgende:

Epiſtola Magiſtri *Benedicti Paſſavantii* Reſponſiva
    ad commiſſionem ſibi datam a Venerabili
    D. *Petro Lyſeto* nuper Curiae Pariſienſis Prae-
    ſidente, nunc vero Abbate ſancti Victoris pro-
    pe muros. Adjunctis quibusdam Pertinentiis 8.
Ohne Benennung des Druckorts und Jahrs,
von 104 Seiten. Dieſer Brief, der äußerſt komiſch und ſatiriſch iſt, iſt in dem Styl der Epiſtolarum
obſcurorum virorum abgefaßt, und in ſeiner Art ein
Meiſterſtück vom burlesken Ton. Die Veranlaßung
dazu war folgende: Pierre Lizet Präſident des
Parlaments zu Paris verfolgte die Reformirten
auf das heftigſte. Aber 1550. muſte er ſein Amt
fahren laſſen, weil der Cardinal von Lothringen mit
ihm in Streit gerathen war. Weil er nun arm war,
ſo gab man ihm aus Mitleiden die Abtei zu St. Victor.
Ob er nun gleich in der Theologie ein ſchlechter Held
war, ſo unterſtund er ſich doch gegen die Proteſtanten
polemiſche Bücher zu ſchreiben; welches ihn bei den
Katholiken verächtlich und bei den Proteſtanten lächerlich machte. Dieſe Schriften erſchienen unter dem
Titel:

Petri Lizeti Arverni Montigenae, vtroque jure con-
    ſulti, primi Praeſidis in ſupremo Regio Franco-
    rum Conſiſtorio, Abbatisque Commendatarii S.
                             Victo-

Victoris adversus Pseudo-Evangelicam haeresin libri seu Commentarii novem duobus excusi voluminibus. Lutet. 1551. 4.

Beza, der damals etwan zwei und dreißig Jahr alt war, hielt diese Bücher einer ernsthaften Wiberlegung nicht würdig, sondern schrieb diesen lustigen Brief, in welchem Magister Paßavant, der von dem Abt Liser nach Genf gesendet worden, um von dem Nachricht einzuziehn, was man dort von seinem Werke spräche, ihm von diesem Auftrage Nachricht giebt. Simler der Verkürzer und Fortsetzer von Gesners Bibliothek bemerkt, daß dieses Buch 1554. herauskommen *); es ist unstreitig zu Genf gedruckt. Naudé glaubt, daß dieser Brief das schönste Stück im macaronischen Styl ist *). Dieser Paßavant sagt dem Lizer im Vertrauen, daß die Reformierten in Genf wüßten, daß er die Franzosen in einem solchen Grade hätte, daß sie ihm weder Haare noch Bart gelaßen; daß er dort vor ein dummes Thier gehalten würde, welches doch Wunder thäte, und zwar deswegen, daß ob er gleich nicht gar so groß als ein Elephant wäre, er doch große Werke zur Welt brächte, welches wahre Gebirge von Unwissenheit und lächerlichen Wesen wären. Diese Satire wurde

h) Simler in Bibl. Gesneri. p. 95. Benedicti Passavantii Epistola de libro Petri Liseti Curiae Parisiorum nuper Praesidentis, anno D. 1554. 8. Est nomen fictum.

f) Naudé Mascurat. p. 230. In der zweiten Ausgabe.

wurde nachgedruckt 1568. ohne Namen des Orts und
des Buchdruckers, und 1584. wo auf dem Titel ſteht:
Lutrivianus apud Vlyſſes Viſc. Sie ſteht auch in
der Sammlung. von burlesken Schriften, welche Johann Hotromann 1593. 8. Williorbani herausgab, und wovon die erſte den Titel führt: Gerardi Buſdragi Lectura super canône de Conſecr. Diſt. III. de
Aqua benedicta. Weil der berühmte Beza den Brief
verfertigt hat, ſo lohnt es ſich der Mühe ein Paar Stellen daraus anzuführen:

S. 17. kommt folgender Ausfall auf die rauhe
Schreibart des Liſet vor: Nam etiam (notate bene
Domine nuper Praeſidens) dicitur, quod Papa Iulius
modernus, quamvis non plus ſciat de Latino, quam
vnus miles, et ſit melior Canoniſta, quam Theolo-
giſta, quum audiviſſet vnam partem veſtri libri, te-
nuit tam parvum numerum, vt juſſerit portari ad
ſuam latrinam, id eſt, ad ſedem foraminatam, quam
dicunt trufatores eſſe beati Petri: vbi ipſe Papa cacat,
non in qualitate Dei ſuper terram, ſed in qualitate
humanitatis ſuae cacaturientis: et ibi cum voluiſſet
ſemel ſuas nates abſtergere cum illa, reperit veſtrum
ſtilum tam durum, quod ſibi decorticavit totam ſedem apoſtolicam, et dixit fricando ſibi nates, in ve-
ritate erat montigena, tam erat durus et aſper; ſed
ne hoc vos nimium faſtidiat, ego credo, quod ſit
vna burda.“ Henri Eſtienne macht in ſeiner Apologie

logie pour Herodote einen Gebrauch von dieser Stelle [k]).

S. 26. steht eine sehr komische Beschreibung von einem W—b, der dem Präsidenten Lizer entfuhr: Nam ego putabam videre, quod vestra nunc Abbatia canebat missam, et inter dicendum per omnia, vos bombinastis altissime et canorissime, per accidens, et statim Vngribaldus, qui erat haereticus, et nescio vnde venerat tam cito, dixit, miraculum, miraculum, Dominus nuper Praesidens loquitur etiam per ostium de retro. Tutemet mentiris, ego dixi, quia aliud est bombinare quam loqui, et quid tum si bombinavit? hoc non impedit consecrationem, immo hoc

Jl 2   posset

[k] Apologie pour Herodote. Part. I. Chap. 17. p. 369. (à la Haye. 1735.) Et pour parler en termes non ambigus, de notre tems s'est trouvé dedans Paris Président, qui a voulu estendre ses droits jusque là, de demander à une damoiselle honnorable, qu'elle lui presta son devant, à la charge qu'il lui presteroit audience. Ie me garderai bien de nommer ce Président: mais je ne ferai pas conscience de dire que ce fut celui, qu'on vit depuis metamorphozé en abbé: et qui estant constitué en cette dignité, composa un certain Livre contre les Lutheriens, lequel il dedia au Pape: mais son style se trouva si dur, que le Pape en ayant par cas fortuit porté un feuillet à ses affaires, s'en escorcha tout le sainct Siege Apostolique. Bref, c'est celui du quel le nez fut enchassé en plusieurs beaux epitaphes, en attendant que le Pape (qui etoit lors bien empesché) eut loisir de la canoniser.

poſſet fieri ad bonam intentionem, quod bombus ſer-
viret de thurificatione. Et ita iſle haereticus manſit
totus coufuſus, vnde ego ſurrexi mane totus laetus,
et feci duos bombos in jure canonico et Incivili (eine
Zweideutigkeit) pro iſtis haereticis, dicens, Dominus
nuper Praeſidens canonavit, id eſt, bombinavit inter
canendum miſſam; id eſt, eſt Doctor in jure Canonico, et dabit tantos canones contra iſtos haereticos,
quod bene impediet eos approximare de ſancto ſa-
cramento.

Die beigefügten Pertinentiae ſind zwei burleſke
franzöſiſche Gedichte, das eine hat dieſe Ueberſchrift:

Complainte de Meſſire Pierre Liſet ſur le trepas de
    feu ſon Nez; und das andre

A la Memoire du feu Nez d'un Meſſire Pierre.

In der Ausgabe von 1584. ſteht noch folgendes
Gedicht:

Epitaphe de Meſſire Pierre Liſet preux et vaillant
    Champion.

    Hercules desconfit jadis
    Serpens, Geants et autres beſtes,
    Roland, Olivier, Amadis
    Firent voler lances et teſtes.
    Mais n'en desplaiſe à leurs conqueſtes,
    Liſet tout ſot et ignorant
    A plus faict que le demourant
    Des preux de nation quelconques,

                                          Cur

　　　　Car il feit mourir en mourant
　　　　La plus grande beste qui fut onques [1]

Garaße behauptet, Beza habe sich in einer Schrift
ben Namen Francopin auf eine lächerliche Weise beigelegt, da er ein Büchlein in macaronischer Schreibart
gegen den Doctor von Saintes geschrieben, welches
sich so anfängt: Tu scis bene de sufficiente, Domine Magister noster, post habere bibitum quatuor bo-
nas fides de vestro vino Sorbonico in dejunando
theologaliter. Er eignet ihm auch ein Buch unter
diesem Titel zu: Paralleles de Henri II. avec Pilate [m]).

Eine Satire wider den Cochläus hat Beza unter
folgendem Titel herausgegeben:

　Anatomia Cochlaei ad Conradum Gesnerum.

　　Ferner werden ihm noch folgende Schriften beigelegt.

1) Le Reveil-matin des François et de leurs voisins,
　composé en forme de dialogue, par Eusebe Phi-
　ladelphe, Cosmopolite. Edimburg. 1574. 8.

2) La Comedie du Pape malade, à la quelle ses re-
　grets et Complaintes sont au vif representés, et
　les entreprises et machinations qu'il fait avec Satan
　et ses suppots pour maintenir son siege, sont des-
　　　　　Ji 3　　　　　　　cou-

_____

1) Sallengre Memoires de la Litterature. T. I. p. 321.

m) Garasse Doctrine curieuse, p. 1012. und 1022. Bayle
　Diction. Beze.

couverts par Thrasibule Phœnice. 1584. 16. von
77 Seiten, ohne Anzeigung des Druckorts. (Zu
Genf bei Jean Durant) In der Bibliothek des
Herzogs De la Vallere befand sich diese Originalausgabe.

3) Histoire de la Mappemonde Papistique, en laquelle est declaré tout ce qui est contenu et pour-
traict en la grande Table ou Carte de la Mappemonde, composée par Frandigelpho Escorche -
Messes. à Luce nouvelle, par Brisaud Chasse - Dia-
bles. 1567. 4.

Dieses ist eine sehr lebhafte und beißende Satire gegen den Römischen Hof und die Ceremonien der Römischen Kirche. Das Buch hat 190 Seiten, ohne
vier Blätter, welche den Titel, die Vorrede und eine
Abhandlung enthalten über das Entstehen des Buches.
Es ist von großer Seltenheit. Vom dem Inhalt desselben wird man sich aus folgender Beschreibung Johann Fischarts einen Begriff machen können:

> Warlich sollte Paulus diese gezeichnete Heerde und
> mancherlei Kuppeln sehn, (Er redet von den vielen Orden
> in der Römischen Kirche) er wird meinen, er käme in
> eine neue Welt, wiewohl er sonst weit gewandert ist gewe-
> sen; Ja er würde meinen, er wäre in des M. Escorche-
> Messes Mappemonde Papistique, und sähe daselbst das
> Mare hypocritarum, den Traumberg, den Raubwald,
> das Mandragorathal, das Bergwerk der Reliquien,
> die Städt von allerlei Stiften, die Felsen der Ärger-
> niß,

niß, die Wildmusen der Einsiedel, die Jacobostraße der Pilger, die Verdienstzölle, die Vogelhäuser der Barfüßerspatzen, und Predigerschwalmen, das Meßgebiet, die ganze Eimänelfestung, den Heckelberg (Hecla) des Fegefeuers, sammt dem Poltergeisterfee")

In der Bibliothek des Herzogs de la Valliere befand sich ein Buch im größten Atlas Folio, welches auch den Titel führte:

Mappemonde Papistique.

Dieses ist noch viel seltner als das vorhergehende. Es ist mit seltsamen Holzschnitten versehn, ohne Anzeige des Druckorts und Jahrs; doch scheint es zu eben der Zeit gedruckt zu seyn als das vorige, und zu ihm zu gehören. Das ganze Werk ist in zwei Theile getheilt, wovon der erste, der aus zwölf Blättern besteht, die den Druck wie die Kupferstiche nur auf der einen Seite haben, einen Discours in Prosa enthält, mit der Ueberschrift:

L'origine et commencement de ceste Mappemonde nouvelle Papistique, et comment elle a esté trouvée.

Der zweite Theil besteht aus 16 numerirten Figuren; und es scheint, daß dieses Werk nicht zu einem Buche, sondern zu einer großen Carte dieses allegorischen

Jl 4

schen

(*) Bienenkorb des heyligen Römischen Imenschwarms (Christlingen 1580. 8.) Blatt 29. b. diese Stelle findet sich nicht im holländischen Original, sondern ist von Fischart hinzugefügt worden.

schen Landes des Pabstthums bestimmt war, um auf Leinwand aufgeleimt und zusammengefügt zu werden. Daher ist der Titel in einer fortgehenden Linie auf den ersten vier Blättern mit sehr großen Buchstaben also getheilt.

Erstes Blatt: MAPPE — MO
Zweites Blatt: NDE NOVV
Drittes Blatt: ELLE PAPIST
Viertes Blatt: IQVE. [*]

Sonst hat man fast unter dem nähmlichen Titel noch ein anderes auch sehr seltnes Buch, dessen Verfasser nicht genennet wird:

La Mappe Romaine, contenant cinq Traités, savoir
1) la Fournaise. 2) l'Edom Romain. 3) l'Oiseleur Romain. 4) la Conception Romaine. 5) la Rejouïssance de l'Eglise. Geneve, de la Ceriza. 1623. 8.

Henri Estienne.

Dieser berühmte Buchdrucker, welcher zu seiner Zeit fast die größte Wissenschaft in der griechischen und lateinischen Sprache besaß, und viel gelehrte Schriften, besonders die griechische Schriftsteller herausgab, wurde zu Paris 1528 gebohren. Er hielt sich auch einige Zeit in Deutschland auf, und genoß von Ulrich Fuggern viel gutes, nennt sich auch in der Ausgabe des Herodots seinen Buchdrucker; schmählte aber sonst immer auf die Deutschen; und gieng wieder zurück nach Frank-

*) De Bure Bibliographie. Theologie p. 394.

Frankreich, und starb in größter Armuth 1598. im Spital zu Lyon.

Es hatte dieser gelehrte Buchdrucker den Herodot mit großen Kosten drucken laßen. Seine Feinde, besonders die Mönche, die ihn haßten, weil er ein Anhänger der neuen Meinungen war, breiteten allenthalben aus, der Herodot wäre ein unnützes Buch voller Fabeln. Stephanus um sich zu rächen, und seinen Herodot vom Untergange zu retten, schrieb die berühmte Apologie des Herodots in zwei Theilen. Im ersten behauptet er, daß man die Erzählungen des Herodots nicht vor Fabeln ansehen darf, weil sie nicht wahrscheinlich genug sind; und zeigt, daß in den neuern Zeiten Dinge geschehn, die noch viel unwahrscheinlicher und dennoch wirklich sind. Ferner wollte man dem Herodot auch deswegen nicht glauben, weil man sich nicht einbilden konnte, daß Menschen jemals so ungeschliffen und roh gewesen, als sie Herodot beschreibt. Also zeigt Stephanus, daß im 15ten und 16ten Jahrhundert Dinge geschehn, welche noch unglaublicher sind, als die, welche beim Herodot vorkommen. Mönche und Päbste werden hier greulich mitgenommen, daher es kein Wunder ist, daß sich eine Verfolgung gegen ihn erhob, die ihn nöthigte die Flucht zu ergreifen. Tollius erzählt, daß er eben im Bildniß zu Paris wäre verbrannt worden, als er über die Gebürge von Auvergne gereist, und daß er deswegen gesagt*): es hätte ihn niemals mehr

Ji 5 gefro-

g) Tollius in Append. ad P. Valerian. de Infelicit. Litterat. p. 76.

gefroren, als da er wäre verbrannt worden. Allein dieses Vorgeben ist ganz unwahrscheinlich; da er
hernach wieder nach Frankreich kam, und sich lange
in Paris aufhielt; welches er sonst nicht würde gethan
haben, wenn er nicht seiner Sicherheit wäre gewiß gewesen. Almelovecn im Leben der Stephane glaubt,
daß es vielmehr auf seinen Vater Robert Stephan
gienge, der wirklich im Bildniß wäre verbrannt worden, weil er das Buch Specimen novarum Glossarum
ordinariarum. 1554. fol. drucken lassen. Die erste
Ausgabe dieses Buches erschien unter dem Titel:
Introduction ou Traité de la Conformité des Mer-
veilles anciennes avec les modernes. Ou
Traité preparatif à l'Apologie pour Herodote.
l'an 1566. au Mois de Novembre. 8. 572 Seiten. Der Druckort ist nicht genannt; man weiß
es aber, daß es Genf ist. Diese Ausgabe ist sehr
schön, sowohl in Ansehung des Drucks, als des Pa-
piers, der sehr klein und sauber, und nach des Le Duchat Urtheil der beste ist. Man hat in allem 13 Ausgaben; die zweite ist auch 1566. im November herausgekommen, und hat zwei Register, wovon das eine
die Capitel, das andre die merkwürdigsten Sachen anzeigt. Die 13te ist von 1735. und vom Le Duchat
im Haag in drei Bänden in klein Octav mit Anmerkungen herausgegeben worden. Dieses ist das letzte Werk,
welches dieser Gelehrte, der noch in eben dem Jahre gestorben ist, herausgab. Diese Ausgabe ist die vollständigste, weil sie auch die Zusätze enthält, die sich nur

in

in einigen Ausgaben befinden, und in andern ausgelaſ-
ſen ſind; wovon in dem Vorbericht weitläufig gehandelt wird. Ich weiß nicht wo Göße die Anekdote her
hat, daß ſich Stephanus mit der Zeit dieſes Buchs
ſelbſt geſchämt, und ſich über die beklagt, die es mit
ihren Zuſätzen verderbt haben. Man muß auch, ſagt
er, dem Genfer Conſiſtorio zum Lobe nachſagen, daß
es nicht erlauben wollen alles zu drucken, was Stephanus und ſeines gleichen hineingeſetzt haben *).
Sallengre hat den Unterſchied aller Auflagen deutlich beſchrieben '). Die vielen Auflagen zeigen wenigſtens an, daß das Buch ſtark geſucht worden. Es
enthält eine Menge luſtiger und höchſt lächerlicher Hiſtorien, auch Auszüge aus komiſchen Predigten.
Niceron meint, die meiſten Hiſtörchen darinn wären
falſch und erdichtet '); das würde wohl noch einen Beweis fodern. Viele hatten ſich zu des Stephanus
Zeiten ſelbſt zugetragen; und von andern war er nicht
gar weit entfernt. Und wer die geheime Geſchichte dieſer Zeiten kennt, würde leicht noch ein ſolches Buch wie
die Apologie des Herodots zuſammenſchreiben können;
und zwar aus Schriftſtellern, die Augenzeugen der damaligen verderbten Sitten waren. Doch behaupte ich
darum nicht, daß alle Hiſtörchen in der Apologie den
Stem-

*) Göße Merkwürdigkeiten der Königl. Bibliothek zu
Dreßden. Th. I. S. 300.

') Sallengre Memoires de Litterature. T. I. p. 38 — 52.

') Nicerons Nachrichten Th. XX. S. 12. ff.

Stempel der Wahrheit haben; aber doch ſind ſie ein treffendes Gemählde der Sitten dieſer Zeit. Sonſt tadelt man an dem Buche mit Recht die verworne Schreibart, und die beſtändigen Wiederholungen von einerlei Sache.

Man hat noch eine lateiniſche Apologie des Herodots, die auch Stephan geſchrieben hat, die man aber mit der franzöſiſchen nicht verwechſeln muß, als welche ein ganz andres Werk iſt. Sie befindet ſich bei Stephans Ausgabe des Herodots von 1566. Er hat darinn auch ſchon angefangen die Italieniſchen Sitten und Gebräuche durchzuziehn, und nahm ſich vor das, was er in der lateiniſchen Apologie für den Herodot geſagt hatte, nur etwas weitläuftiger auszuführen; allein ſein ſatiriſches Genie entfernte ſich ſehr weit von dieſem Vorhaben, und er bediente ſich der Gelegenheit ſich über die Katholiken luſtig zu machen. Dieſe lateiniſche Apologie befindet ſich auch bei des Thomas Gale Ausgabe des Herodots, London, 1679. fol.

Dem Stephanus wird auch folgende Schrift zugeeignet, die in ein und eben demſelben Jahre, nämlich 1575. zweimal lateiniſch und einmahl franzöſiſch herauskam.

Diſcours merveilleux de la Vie, actions et déporte‑
　　mens de la Reine Catherine de Medicis, mere
　　de François II. Charles IX. Henri III. Rois de
　　France, declarant tous les moyens quelle a ob‑
　　tenus pour uſurper le Gouvernement et ruiner
　　le Royaume. (Par. 1575. 8.)

　　　　　　　　　　　　　　　　　　　Catha‑

Catharinae Mediceae Reginae matris, vitae, actio-
rum et consiliorum, quibus vniuersam Regni
Gallici statum turbare censita est, stupenda ea-
que vera narratio. 1575. 8. 116 Seiten.

Legenda Sanctae Catharinae Mediceae Reginae matris, vitae, actorum et consiliorum etc. 1575.
8. (Paris) Und in eben dem Jahre ein Nachdruck
in Deutschland, ohne Benennung des Orts von
105 Seiten. Diese sehr beißende Satire wird von
den meisten dem Henri Etienne zugeschrieben; Guido
Patin aber versichert, daß sie vom Beza sei, und
noch andre vom Johann de Serres. Sie wurde
auch dem dritten Theil der Denkwürdigkeiten Carls IX.
(Middelburg. 1578. 8.) und der Sammlung der
Schriften, die zur Geschichte Heinrichs III. dienen,
beigefügt. Es ist sonderbar, daß sie in Frankreich nicht
ist unterdrückt worden. Die Königin, die erst 1589.
gestorben, als sie dieselbe las, sagte sie, es ist viel Wahres darinn; wenn man sich an mich gewendet hätte, so
würde man noch viel merkwürdigere Dinge erfahren
haben. Baumgarten zweifelt, ob Stephan der
Verfaßer sei, weil die Schrift so schlechtes Latein hat,
und mehr, wenn er sich auch hätte verstellen wollen,
so hätte er nicht so elendes Latein schreiben können;
überdieses war Stephan in gedachtem Jahre außer
Frankreich; er glaubt eher, daß er die Urschrift im Französischen gemacht, die ein andrer eher ins Latein hätte
über-

verſetzen können [)]. Die Veranlaßung derſelben
iſt die angemaßte Reichsverwaltung dieſer Königin nach Karls IX. Tode, vor der Ankunft Heinrichs II.
aus Polen, welche man damals in Frankreich vor ungewiß oder doch weit entfernt gehalten zu haben ſcheint;
daher ſich der Verfaßer, der ſich für ein Glied der Römiſchen Kirche ausgiebt, ſeine Landsleute zu überreden
ſucht, dieſe Reichsverwaltung, die lange dauern könnte,
gedachter Königin, die ſich derſelben unrechtmäßiger-
weiſe angemaßt habe, nicht zu laſſen. Sie wird zu
dem Ende als die eigentliche, wo nicht einzige, doch
wenigſtens vornehmſte Quelle und Anſtifterin alles Un-
heils vorgeſtellt, welches Frankreich in den drei letzten
Regierungen, ſonderlich unter Karl IX. betroffen. Die
vornehmſten Hauptbegebenheiten, die in Frankreich vor-
gegangen, ſind aus andrer Zeitgenoſſen Zeugnißen erweislich. Was im Anfange aber von dem Hauſe der
Medicis, und dieſer Fürſtin Kindheit gemeldet wird,
iſt mit vielen bis zur Unwahrſcheinlichkeit übertriebnen
Erdichtungen angefüllt. Den Beſchluß macht eine
ſehr ausführliche Vergleichung derſelben mit der berüchtigten Brunehild.

Pierre de Bourdeille Herr von Brantome.

Dieſer Hofmann, welcher bei den Königen Karl IX.
und Heinrich III. Kammerjunker und bei deren Bruder

Her-

---

s) Baumgartens Nachrichten von merkwürdigen Büchern.
Th. XI. S. 118.

Herkules Franciscus Herzog von Alençon Kammerherr war, nachdem er viele Länder bereist hatte, starb 1614. im 78sten Jahre seines Alters. Er führte den Namen Brantome, von einer Abtei, die er wirklich besessen, und gehört hieher wegen seiner Vies de Dames galantes de son tems, welche in zwei Theilen herausgekommen sind. Man kann sie als eine der gröbsten Satiren auf die Damen seiner Zeit unter den Regierungen Heinrichs II. Karls IX. und Heinrichs III. ansehn, wo er die unzüchtigsten Geheimnisse aufdeckt, und so reichhaltig an einer Menge der ärgsten und häßlichsten Zoten ist, daß man sich nicht genug wundern kann, wie ein zu seiner Zeit geachteter galanter Hofmann solch Zeug in die Welt schreiben konnte, welches man zu unsrer Zeit kaum dem liederlichsten Taugenichts vergeben würde. Die ganzen Werke des Brantome sind 1730. in 15. Duodezbänden im Haag herausgekommen.

Etienne Pasquier.

Pasquier war Generaladvocat in der Rechenkammer zu Paris, wo er 1528 gebohren war. Wegen seiner Gelehrsamkeit, Geschichtswissenheit, Beredsamkeit und Poesie, wurde er zu seiner Zeit allgemein geschätzt, und seine Schriften werden noch gesucht. Er starb 1615. Bei dem Streit der Universität zu Paris mit den Jesuiten, der zweihundert Jahre gedauert hat, vertheidigte er die Rechte der Universität mit großer Geschicklichkeit und allgemeinem Beifall. Er machte den Schluß, daß die Jesuiten der Universität nicht allein

nicht

nicht einverleibt werden konnten, ſondern daß ſie auch
aus Frankreich verbannt und ausgerottet werden ſollten.
Die Jeſuiten blieben ihm aber auch nichts ſchuldig,
und nennten ihn einen Lügner, er ſagte aber: ich will
mich ſcheeren laſſen, wenn ich eine Unwahrheit ſage.
Der plumpe und kurzweilige Pater Garaße antwortete
ihm hierauf: ſie ſollen geſchoren werden, und ich will
ſelbſt der Balbier ſeyn. Er nennt den Paſquier einen
Narren von Natur, einen doppelt verſohlten Narren,
einen zweimal gefärbten Narren, einen carmoiſinfärbti-
gen Narren, einen Narren in allen Arten der Narrheit, einen Narren par becquare, einen Narren par
bemolo, einen Narren à la plus haute gamme [v], Er
ſchrieb gegen die Jeſuiten folgendes Buch:

Le Catechiſme des Ieſuites, ou Examen de leur Doctrine, par Eſtienne Paſquier. Villefranche,
Grenier. 1602. 8.

Jean Boucher.

Boucher aus Paris gebürtig, ſtellte in einer Perſon einen Doctor der Sorbonne, Pfarrer zu St. Be-
nediet und einen Rebellen vor. Die Ligue hatte an ihm
den hitzigſten Vertheidiger mit dem Munde und der
Feder. Ihre erſte Verſammlung 1585. wurde in ſeiner Wohnung gehalten. Er ließ 1587. in ſeiner
Kirche die Sturmglocke läuten, predigte und ſchrieb
wider

v) Irail Merkwürdigkeiten zur Geſchichte der Gelehrten.
Th. III. S. 199.

wider den König Heinrich III. auf das schimpflichste. Er soll ein Mitschuldiger bei der abscheulichen That Jacob Clemens gewesen seyn, und gab 9 Predigten gegen Heinrich IV. heraus, ob er sich gleich zur Katholischen Religion bekannt hatte, indem er vorgab, seine Bekehrung wäre lauter Verstellung und die Absolution ungültig; diese Predigten wurden gleich des andern Tages nach dem Einzuge Heinrich IV. zu Paris durch den Scharfrichter verbrannt. Boucher begab sich darauf mit der spanischen Besatzung, die den 22 März 1594. aus Paris zog nach den spanischen Niederlanden, wo er ein Canonicat zu Tournay erhielt, und endlich als Archidiaconus des Dom Capitels daselbst 1646. starb. Heut zu Tage würde er gewiß an den lichten Galgen gehangen worden seyn. Die aufrührischen Schriften dieses saubern Doctors der Sorbonne sind folgende.

1) Ioannis Boucher de justa Henrici Tertii Abdicatione e Francorum Regno Libri IV. Paris. Nic. Nivelle 1589. 8.

Dieses ist die gröbste Satire, oder vielmehr Pasquill, welches wider Heinrich III. erschienen ist. Zu ihnen kam 1591. ein Nachdruck davon heraus, von dem Le Long behauptet, daß er mit 12 Capiteln vermehrt wäre *); welches aber ungegründet ist.

2) Lettre de l'Evesque du Mans, avec la Reponse à elle faite par un Docteur en Theologie, en laquelle

w) Le Long Bibliotheque Historique de la France. p. 419.

Zweiter Theil. Kk

laquelle eſt repondu ã ces deux doutes: Si l'on
peut ſuivre en ſureté le Roi de Navarre, et le
reconnoitre pour Roi? et ſi l'Acte de Frere Iacques Clement doit etre approuvé en conſcience,
et s'il eſt louable ou non? Paris 1589. 8.
Man glaubt insgemein, daß der Biſchof von Mans
Claude d'Angennes hieß, und daß der Doctor der
Theologie der berüchtigte Boucher iſt, weil ſie ſeinem
Styl ganz ähnlich iſt.

3) Sermons de la Simulée Converſion et Nullité de
la pretendue Abſolution de Henry de Bourbon, Prince de Bearn, à S. Denys en France le
25. Iuillet 1593. prononcés en l'Egliſe de S.
Merry, à Paris, par Maiſtre Iean Boucher. Paris. Guill. Chaudiere, R. Nivelle, et R. Thi-
erry. 1594. 8. Dieſes iſt die Originalausgabe,
bis zu Paris iſt verbrannt worden. Dabei iſt die Bil-
ligungsſchrift der Gottesgelehrten zu Paris. Da
Boucher in Flandern erfuhr, daß ſeine Schandpre-
digten zu Paris wären verbrannt worden, ſo ließ er ſie
von neuen abdrucken; weil er außer Stande war, ſich
durch etwas löbliches zu vereinigen. Bayle führt
dieſe zweite Auflage an.[a]).

4) Apologie pour Iehan Chaſtel, Pariſien, executé
à mort, et pour les Peres et Eſcolliers de la So-
ciété de Ieſus, bannis du Royaüme de France,
contre l'Arret de Parlament donné contre eux
à Paris

---

a) Bayle Diction. Boucher. Rem. E.

à Paris le 29. Decembre 1594, par François de
Verone. 1595. 8. ohne Anzeige des Druckerts.
Dieses Buch ist 1610. nachgedruckt, und endlich ins
lateinische übersetzt, und 1611. gedruckt worden. Man
hat auch dem Cardinal Bellarminus diese Apologie
zugeschrieben. Bayle macht es sehr wahrscheinlich,
daß Boucher der Verfaßer ist. Sie ist sehr künstlich
und mit vieler Scheinheiligkeit geschrieben. Sie ist in
fünf Theile abgetheilt und es soll darinn bewiesen werden, daß die That des Chastel gerecht und heldenmäs-
sig gewesen, und daß das Urtheil wider ihn und die Jesuiten ungerecht sei.

Die Verfaßer der Satyre Menippée.

Diese sinnreiche und nützliche Satire, welche zur
Zeit der Ligue gegen das Ende des 16ten Jahrhunderts
viel Lermen machte, und anfänglich fast verschlun-
gen wurde, indem sie Liguisten und Nichtliguisten mit
gleich großer Begierde lasen, entdeckt den wahren Geist
der Ligue, welche nichts weniger als die Religion an-
gieng, wie sich der einfältige Pöbel überredete, sondern
eine besondre Intrigue des Hauses Lothringen gegen das
Königliche französische Haus war. Sie ist das Werk
einiger von den besten Köpfen unter den damaligen schönen Geistern in Frankreich; und man kann mit Wahrheit behaupten, daß sie Heinrich IV. eben so viel Vortheil verschaft als die Schlacht bei Ivri, oder als But-
lers Hudibras Karl II. Könige von England. Das

Kk 2　　　　Werk

Werk beſteht erſtlich aus dem Catholicon d'Eſpagne, welches 1593. erſchien, und denn aus dem Abrege des Etats de la Ligue. Beides zuſammen hat den Titel Satyre Menippée. Das Catholicon hat nur einen einzigen Verfaßer, namlich Pierre le Roi Canonicus zu Rouen und Caplan des Cardinals von Bourbon. Spanien, welches zur Zeit der Ligue nichts weniger als eine allgemeine Monarchie im Sinne hatte, brauchte zu ſeinem Catholicon oder allgemeinem Hülfsmittel die Franzoſen in ſein Intereße zu ziehn, den Vorwand des Religionseifers; allein da die Franzoſen nicht ſo dumm waren, daß ſie ſeine wahre Abſicht nicht hätten merken ſollen, ſo wurde es genöthigt, ſie durch Geld zu gewinnen, welches in den Ohren der Liguiſten beßer klang als der gottſelige Eifer, und dieſes Zaubermittel nennt eben der Verfaßer Catholicon d'Eſpagne. Er ſagt; dieſes Zaubermittel wäre zuerſt zu Toledo verfertigt worden, welche Stadt zu der Zeit, da die Mauren und Araber Spanien inne hatten, vor das Vaterland und die Schule der Zauberei gehalten wurde; wie ſchon Rabelais von dem Reverend Pere en Diable Picatris, Recteur de la Faculté Diabolique de Tolete redet y). An dem Abregé des Etats haben mehrere gearbeitet, als Johann Paßerat, der 1534. zu Troyes in Champagne gebohren wurde, die Stelle des Ramus, nachdem er 1572. in der Pariſer Bluthochzeit ermor-

y) Rabelais Oeuvres. L. III. Ch. 23. Vom Picatris kommt auch ein Artikel im Marchand. Diction. vor.

ermordet worden, als Königlicher Profeſſor der Beredſamkeit erhielt, und 1602. ſtarb; Ferner Nicolas
Rapin, der 1609. geſtorben iſt. Dieſe beiden, welche gute Dichter waren, machten die darinn vorkommenden Verſe. Eben dieſer Rapin hat auch die Rede
des Erzbiſchofs von Lyon, und des pedantiſchen Doctors
Roſe, nachmaligen Biſchofs von Senlis verfertigt.
Gillot Parlamentsrath in Paris, von dem man eine
lateiniſche Lobſchrift auf den Calvin hat, war der Verfaſſer der Rede des Cardinallegaten Philipp de Se-
ga. In dem Zimmer, wo dieſe Satire iſt gemacht
worden, wurde der franzöſiſche Dichter Boileau De-
ſpreaux und ſein Bruder gebohren ⁎). Florent
Chretien verfertigte die Rede des Cardinals von Pel-
vé; Pierre Pithou machte die Rede des Aubray,
welche die beſte unter allen iſt. Gilles Durant Parlamentsadvocat zu Paris iſt Verfaſſer des ſo angenehmen als ſinnreichen Scherzes:

Regres funebres ſur les trepas de ſon ane, à ſa
Commere.

welches man als ein Meiſterſtück des burlesken und poſſierlichen Stils anſieht.

Die erſte Ausgabe dieſer Satire iſt 1594. herauskommen, worauf in eben dieſem Jahre noch drei andre
folgten. Eine Menge andrer Ausgaben übergehe ich,
und bemerke nur die, welche Le Duchat mit ſeinen Anmerkungen und Kupfern herausgegeben hat:

Kk 3 Satyre

⁎) In dem Commentar über Boileaus zehnte Satire.
Vers 255.

Satyre Menippée de la vertu du Catholicon d'Eſpagne, et de la Tenue des Etats de Paris, à la
quelle eſt ajouté un Diſcours ſur l'Interpretation
du mot de Higuiero del Inferno, et qui en eſt
l'auteur, Plus le Regret ſur la mort de l'Aſne
Ligueur d'une Damoiſelle, qui mourut pendant le Siege de Paris. Derniere Edition divi-
ſée en trois Tomes, enrichie de Figures en taille
douce, augmentée de nouvelles Remarques et
de pluſieurs pieces, qui ſervent à prouver et à
eclaircir les endroits les plus difficiles. à Ratisbone, 1726. 8.

Joſeph Juſtus Scaliger.

Scaliger einer von den gröſten Gelehrten des 16.
Jahrhunderts, und ein Sohn des Julius Cäſar
Scaliger, wurde 1540. zu Agen in Guienne gebohren. Er war ein frühzeitiger Kopf, und lernte die griechiſche und hebräiſche Sprache ohne Lehrmeiſter, ſoll
auch den Homer in 24 Tagen und alle griechiſche Poeten in 4 Monathe durchleſen und verſtanden haben;
welches einer Fabel ſehr ähnlich ſieht. Im 22. Jahr
ſeines Alters trat er zur reformirten Religion, und
war 16 Jahr lang Profeſſor Honorarius zu Leiden, wo
er auch 1609. geſtorben. Er verſtellte ſeinen Charakter, unmäßigen Stolz und grobe Kritiken. Weil ihn
ſeine Schmeichler das Meiſterſtück der Natur und den
Abgrund der Gelehrſamkeit nennten, ſo glaubte er es
würklich zu ſeyn. Er gab durch folgende Schrift das
Signal

Signal zu einem heftigen Kampfe, den Scioppius ein rüstiger Mann in den Feldzügen der groben Bauern Kritik sich unterfieng mit ihm anzutreten:

Iosephi Scaligeri, Iul. Cael. Fil. Epistola de vetustate et splendore Gentis Scaligerae, et Iul. Cael. Scaligeri Vita. Iul. Cael. Scaligeri Oratio in luctu filioli Audecti. Item Testimonia de Gente Scaligera et Iul. Cael. Scaligero. Lugd. Bat. 1594. 4. 123 Seiten.

Janus Dousa gab diese Sammlung heraus. Als Scioppius diese Schrift zu Gesicht bekam, behauptete er, daß er 499 Lügen darinn entdeckt habe, und schrieb zu Widerlegung dieses Buchs seinen Scaliger Hypobolimaeus. Scaliger antwortete hurtig auf die Lästerungen des Scioppius, und vergalt Schimpfwörter mit Schimpfwörtern in folgendem Buche:

Confutatio stultissimae Burdonum fabulae, auctore I. R. (Iano Rutgersio) Lugd. Bat. 1608. 12.

Diese Schrift des Scaligers befindet sich auch bei einer Satire des Heinsius Hercules tuam fidem, die unter dem Titel erschien:

Satirae duae, Hercules tuam fidem, sive Munsterus Hypobolimaeus: quarto jam editus ac emendatior, et Virgula divina. Cum brevioribus annotatiunculis, quibus nonnulla in rudiorum gra-

tiam

tiam illuſtrantur. Acceſſit his accurata Burdonum fabulae confutatio. Lugd. Bat. 1609. 12.
455 Seiten ohne die Vorrede und die Zeugniße des
Scioppius von Joſeph Scaliger vor dieſer Streitigkeit.
Seite 137-158. befindet ſich

Vita et Parentes Gaſp. Schoppii, a germano quodam
Contubernali ejus conſcripta.

Da Scioppius die Geburt des Scaligers angegriffen hatte, welcher vorgab, er ſtamme von den alten
Fürſten von Verona, ſo wollte ihm Scaliger nicht
die Ehre erweiſen ihm ſelbſt zu antworten, und ver-
ſteckte ſich hinter den Namen des Janus Rutgerſius,
eines jungen Menſchen, der damals die Rechte zu Leh-
ben ſtubierte. Unterdeßen haben viele Gelehrte fälſchlich geglaubt, Rutgerſius wäre der Verfaßer dieſer
Schrift, die aber wirklich vom Scaliger herrührt.
Doch war Scioppius nicht der erſte, welcher Scaligers Adel angriff, wie manche ſich eingebildet haben;
ſondern das hatten ſchon vor ihm Anton Riccoboni
Profeſſor der Beredſamkeit zu Padua und Melchior
Guillandinus ein Medicus aus Königsberg in Preuſ-
ſen, der über den botaniſchen Garten zu Padua geſetzt
war, gethan, welches Scaliger ſelbſt zugeſteht *). In
dem Leben des Scioppius, welches vom Scipio
Gentilis herrühren ſoll, wie man aus einem Briefe des
Scaligers muthmaßt b), werden abſcheuliche Dinge
vom

---

*) In confutatione fabulae Burdonum, p. 169. ſqq.

b) In Epiſtolis Scaligeri Gudianis, p. 356.

vom Scioppius und seiner Familie erzählt. Der Vater des Scioppius soll ein Todtengräber gewesen seyn, der als er einst im Winter, da das Erdreich gefrohren war, ein Grab gemacht hatte, und die Leiche zu lang war, ihr die Beine abschnitt, um sie ins Grab zu bringen. Hernach soll er ein Markthelfer, Herumträger, Soldat, Müller und endlich ein Bierbrauer gewesen seyn. Seine Frau und Tochter sollen liederliche Metzen und öffentliche Huren gewesen seyn. Scioppius soll sich gerühmt haben, er sei eines Fränkischen Edelmanns Namens Münsters Hurensohn. Daß Scaliger aus Verdruß über den Scaliger Hypobolimaeus gestorben, ist eine Fabel; denn er starb erst zwei Jahre hernach. Scioppius hat sich dessen zwar gerühmt, welches er aber aus Stolz that, um sich besto furchtbarer zu machen.

Einen andern Streit hatte Scaliger mit dem David Paräus Professor der Theologie zu Heidelberg; denn als dieser an des Scaligers chronologischen Rechnungen unterschiednes aussetzte; so schrieb Scaliger aus bitterer Rachsucht gegen denselben:

Elenchus utriusque Orationis Chronologicae Davidis Paraei. Lugd. Bat. 1607. 4.

Er geht darinn auf eine so verdächtliche Weise mit den Paräus um, daß dieser, der den groben Stolz des Scaligers der närrischen Hochachtung der Kritik zuschrieb, einst zu seinem Sohne sagte, daß ohne Zweifel der Teufel der Urheber der Kritik sei, und doch hat

Kk 5   sich

ſich Scaliger ſelbſt in der zweiten Auflage ſeines Tra-
ctats de Emendatione temporum oft corrigirt, und
manchmal ſo ſchlecht, daß man deutlich einſiehet, daß
er von vielen Dingen eine ſehr verworrne Kenntniß
hatte.

Die Scaligerana enthalten auch einen guten
Theil Gift und Galle, welche deutliche Zeugen von dem
unbändigen Stolze, der Selbſtſucht und groben Kritik
des Scaligers ſind.   Gegen die Deutſchen raiſonnirt er
wie ein Bauer, und ſchimpft die gröſten Gelehrten als
ein Gaßenbube.   Man ſieht daraus, wie das Alter
nicht vor Thorheit, ſo auch die Gelehrſamkeit nicht vor
Grobheit ſchützt.

Johann Hottomann, Herr von Villiers.

Johann Hottomann war ein Sohn des berühmten Franz Hottomann und Agent Heinrichs IV. in
der Schweiß.   René Choppin aus Angers, Parlamentsadvocat zu Paris, war ein Anhänger der Ligue,
und ſchrieb wider den König und das Parlament eine
aufrühriſche Schrift, welche hernach durch den Scharfrichter verbrannt worden, und folgenden Titel hatte:

Oratio gratulatoria de Pontificio Gregorii XIII. ad
    Gallos diplomate Senatus - conſulti Parienſis
        a Criticorum notis vindicato. Paris, 1591. 4.

Dagegen verfertigte Hottomann folgende burleſke
Schrift im Stil der Epiſtolarum obſcurorum virorum:

Anti-

Antichoppinus, immo potius Epiſtola congratulato-
ria M. Nicodemi de *Turlupinis* ad M. Renatum
Choppinum de Choppinis, ſanctae Vnionis
Hiſpan-italo-gallicae Advocatum incompara-
biliſſimum in ſuprema Curia Parlamenti Pariſius. data Turonis d. 27. Aug. 1592. anno
a Liga nata VII et ſecundum alios XV. calculo
Gregoriano. 1592. 4. Die zweite Ausgabe dieſer Schrift iſt gedruckt Carnuti, 1592. 8. und die dritte
iſt in folgender Sammlung von burleſken Satiren, die
auch dieſer jüngere Hottomann herausgegeben hat,
befindlich:

Ger. Buſdragi Lectura ſuper Canoné de confecr. Diſt.
III. de Aqua benedicta; Nicod. Turlupini Antichoppinus; M. Benedict. Paſſaventii Epiſtola
reſponſiva ad Commiſſionem ſibi datam a vene-
rabili Dom. Petro Lyſeto etc. Matagonis de
Matagonibus Monitoriale adverſus Italo-Gal-
liam etc. et Strigilis Papirii Maſſoni. Williot-
bani 1593. 8.

Dieſer Choppin war beſonders in der Syllogi-
ſtick ſehr ſtark, denn er machte folgenden Schluß in ſeiner Glückwünſchungsrede: bei dem Satze: Chriſtus
hat Petro die Gewalt ertheilt Sünde zu vergeben,
ſchloß er: Alſo hat der Pabſt Gregorius XIV. die Macht
den König Heinrich von ſeinem Thron zu ſtoſſen, und
das Königreich Frankreich dem zur Beute zu laſſen, der

ſich deſſelben zuerſt bemächtigt ᶜ). Und um ſeinen
Satz zu beweiſen, hatte er noch die Narrheit unter andern lächerlichen Dingen folgenden Vers aus dem Virgil anzuführen.

Tu regere Imperio pópulos, Romane, memento.

Ein treflidjes Argument vor die Macht des Pabſts
aus dem Virgil! In dem Antichoppinus wird der
Nahme Choppin a choppinando vel bibendo zum
Scherz hergeleitet, und der Verfaßer ſagt: quia, ſi
choppinificentiſſimus Magiſter Choppinus choppinando non choppinaret choppinaliter de choppina
choppinabili, profecto dictus Choppinus non mere-
retur choppinificum nomen Choppinatoris, quod ei
inditum eſt a choppinatione. Dergleichen Witz war
damals bei den pedantiſchen Rednern gebräuchlich,
worüber ſchon Rabelais in der berühmten Rede des
Meiſter Janotus de Bragmardo geſpottet, der an
den Gargantua geſchickt wurde, die großen Glocken der
Kirche Notre Dame zu Paris, die Gargantua weggenommen hatte, um ſie ſeiner Stutte als Schellen anzu-
hängen, wieder zu holen. Dieſer Janotus ſagt unter
andern in ſeiner Rede: Ego ſic argumentor: omnis
clocha clochabilis in clocherio clochando, clocham
clochativo, clochare facit clochabiliter clochantes.
Pariſius habet clochas. Ergo gluc. ᵈ). Daß dieſe
Satire

c) Gratulat. p. 11. et p. 59. 60.
d) Rabelais L. I. Ch. 19.

Satire von Johann Hottomann ist verfertigt worden,
darf man nicht zweifeln.   Er redet in einer Stelle sehr
günstig von seines Vaters Franco - Gallia: Ego bene
amavi bonum illum Franco - Gallistam, dum viveret,
et adhuc volo memoriam ejus honorare, quia fuit magnus Iurista in suo tempore, et patriae suae amantissi-
mus*). Uebrigens ist die Herrschaft Villiers durch den
Nahmen Williorban in der Sammlung angezeigt, wobei sich auch zwei Schriften von seinem Vater finden.
Und in seinem Traité de la Charge de l'Ambassadeur,
sagt er gegen einen gewißen Collazon, der diesen Tractat angegriffen hatte, er wolle ihm den Kopf mit der
Lauge des Paßavant und Turlupin waschen, welche
schon seit zehn Jahren fertig wäre*).

Guillaume de Reboul.

Reboul aus Nimes gebürtig, wurde von den Reformirten wegen seines üblen Lebens aus ihrer Kirche
gestoßen, und trat hernach zur katholischen Religion;
wo er nach Art der Apostaten sich rächen wollte, und
eine Menge Satiren mit faden Scherzen und Verleumdungen angefüllt gegen die Reformirten schrieb.
Da er als Secretair des Marschalls Herzogs von
                                                    Bou-

---

e) S. 64. in der Ausgabe zu Chartres, und S. 55. in der
   Sammlung.

f) Traité de la Charge de l'Ambassadeur (In der dritten
   Auflage Düßeldorf 1613.) S. 260. Baillet Iugemens.
   Tom. VI. p. 149. Satire Menippée Tom. II. p. 220.
   (Ratisbone. 1726.)

Bouillon seine Gelber übel verwaltet hatte, gieng er
der Strafe zu entweichen nach Avignon und Rom, wo
der Cardinal Baronius sein Protector war. Da er
aber diesen durch den Tod verlohr, und einen gewißen
Kirchendienst nicht erhielt, auf den er hofte, wollte er
sich durch Satiren an den Pabst selbst rächen, der ihn
aber zu Rom den 25. September 1611. enthaupten ließ.
Die Satiren gegen die Reformirten sind folgende:

1) Salmonée 1596. ist besonders gerichtet gegen Jean
de Jalgueiroles, einen Prediger zu Nimes, der
hauptsächlich an seiner Verstoßung Schuld war. Er
sand in deßen Namen das Anagram Enragé fils
d'Eole. Er spottet darinn über seine Verbannung
durch das Consistorium zu Nimes, und vergleicht sie
mit der Unternehmung des Salmoneus, eines
Sohns des Aeolus; der, als er einst den Blitz des
Jupiters nachahmen wollte, aber nichts als Rauch
und Geräusch hervorbrachte, vom Jupiter zu Bestrafung seiner Verwegenheit in die Hölle gestoßen
wurde. Zu einer Probe von seinem Witz mag folgendes dienen. Er stellt unter andern einen Prediger auf der Kanzel vor, der Niemand zum Zuhörer hat, als seine Frau, und läßt sie folgende Stellen aus den Psalmen singen. Der Mann singt im
tiefsten Baß:

Le suis au Butor semblable
De la Terre inhabitable.

Die

Die Frau antwortet im Discant:

> Et moi comme la Chouette
> Ie fais au bois ma retraite.

Da der Prediger Falgueicoles diese Satire beant-
wortete, so gab Reboul heraus.

2) Second Salmonée; welche Schrift noch gröber als
die erste, und gegen alle Prediger in languedoc gerichtet war. Beide Salmonées sind hernach zusammengedruckt worden zu Lyon 1597. 12. und zu Ar-
ras 1600. 12.

3) La Cabale des Reformez, tirée nouvellement du
Puits de Democrite par I. D. C. Montpellier,
chez le Libertin, Inprimeur de la Sainte Reformation. 1597. 8.

4) La Satire Menippée du Synode, ou des Actes de
la Sainte Reformation à Montpellier. 1599. und
1600. 12. In dem Catalogo librorum Ioannis
de Witt nepotis p. 179. hat man diese Satire aus
einem lächerlichen Irrthum unter die Concilia
gesetzt.

5) Le Schisme etc.

Von seinen Satiren gegen Jacob I. in England
und gegen den Pabst sind die Titel und Ausgaben nicht
bekannt s).

Sieb=

_____

s) Marchand, Diction. Reboul.

Siebzehntes Jahrhundert.

Bernard de Bluet d'Arberes Comte de Permißion.

Dieſer Comte de Permißion ſoll eine Perſon ſeyn, die um den Anfang des 17ten Jahrhunderts am franzöſiſchen Hofe geweſen ſeyn ſoll. Was dieſer Name eigentlich bedeutet, iſt noch nicht ausgemacht. D'Aubigne gedenkt dieſer Perſon, und Le Duchat hat etwas zur Erläuterung davon geſagt [h]). Marchand meint, er könnte Reviſor der Bücher geweſen ſeyn, die kein Privilegium, ſondern nur eine Permißion zum Drucken erfodern [i]). Es giebt unter dieſem Namen, wie Marchand ſagt, ein kleines, aber ſehr ſeltnes Buch, welches nur wenige kennen. Bayer im Gegentheil, der das Buch geſehen hat, nennt es ein ſehr dickes Buch [k]). Und ich glaube letzterer hat Recht. Der Titel des Buchs lautet vollſtändig alſo:

L'Intitulation et Recueil de toutes les Oeuvres de Bernard de Bluet d'Arberes, Comte de Permiſſion, Chevalier des Ligues des XIII. Canton Suiſſes; et le dit Comte de Permiſſion vous avertit, qui ne ſait ny lire ny ecrire, et n'ya jamais apris; mais par l'Inſpiration de Dieu et Conduite des Anges

h) Confeſſion. de Sancy. Liv. II. Chap. 8. p. 484.

i) Marchand Diction. Comte de Permiſſion.

k) Beyeri Memoriae Libror. rar. pag. 49.

Anges, et pour la bonté et miſericorde et Dieu;
et le tout ſera dedié à hault et puiſſant Henry
de Bourbon, Roi de France, grand Empereur
Theodóſe, premier Fils de l'Egliſe, Monarque
des Gaules, le Premier du Monde, par la grace,
bonté et miſericorde de Dieu, le premier jour
de Mai l'an 1600. 12.

Dieſes iſt eins von den ſeltſamſten Büchern, die jemals ſind gedruckt worden. Bayle kannte blos den
Titel davon. Es iſt eigentlich eine Art von einem Catalogus erdichteter und eingebildeter Bücher, und beſteht
aus 103 einzlen und abgeſonderten Stücken. Auf jedem iſt 1) eine Figur im Holzſchnitt, die bald ein Portrait, bald etwas anders vorſtellt. 2) ein Titel von einem Buche. 3) eine Dedication an eine vornehme
Perſon. 4) die Anzahl der Blätter des Buchs, wovon auf dieſem Blatte der Titel ſteht; die Anzahl der
Exemplare, die davon gedruckt worden, und die Anzahl
derjenigen, die der Herausgeber damals noch beſaß.
5) Darunter eine Figur in Geſtalt des untern Theils
einer Lampe, womit ſich jedes Blatt endigt. Z. E. auf
den 25ſten Stück ſteht folgendes: Le vingt-cinquieme
Livre des ſentences et preſages, compoſé par Bernard
de Bluet d'Arheres, Comte de Penniſſion, et a eſté
imprimé à Paris, par ſon Commandement, le tren-
ſieme jour de May mil ſix cent deux, et a eſté dedié
à hault et puiſſant Seigneur Henry Duc de Meyne,
Accroiſſement de la Ste. Foy et Religion Catholique,

Roy de Fermeté; le quel Livre contient ſix fuilles,
et en a eſté imprimé deux mille; ils ont tous eſté don-
nez, et il n'y en a plus que deux do reſte. Vor bie-
ſem Titel ſteht die Figur des Herzens Jeſu, mit zwei
Paßionsinſtrumenten und dieſen Worten: La Paſſion
de Ieſus Chriſt; mit noch einer andern Figur, die das
Bruſtbild einer Manns- und Frauensperſon vorſtellen.
In der Vorrede ſagt der Verfaßer, er habe 2000
Reichsthaler auf dieſe Bücher verwendet; er könne weder leſen, noch ſchreiben, und habe nicht ſtudiert.

In Frankreich hat man lange über den Sinn dieſes
ſeltſamen Buchs geſtritten; was eigentlich die Emble-
men, Räßel und Schwärmereien deßelben wohl bedeuten könnten. Einige ſahen es vor Weißagungen künf-
tiger Begebenheiten an; andre fanden darinn das Geheimniß des Steins der Weiſen; wie denn nie ein Narr
ſo dumm war, der nicht einen andern fand, der ihn für
klug hielt. Der Verfaßer der Anmerkungen über Baylens Briefe glaubt, es wäre eine ſehr froſtige Satire
auf verſchiedne Perſonen an dem Hofe und zur Zeit
Heinrichs IV. [1]). Und ſo findet man auch den Titel in
dem Catalogus der Bibliothek des Mr. C. (Cloche)
die 1708 zu Paris verkauft wurde:

Le Comte de Permiſſion, ou XLII. Portraits Satiri-
    ques et Allegoriques, de differentes Perſonnes
    de la Cour et du Tems de Henry IV. en forme
    de titres de Livres, avec fig. 1603. 12.

                       Sechs

[1]) Lettres de Bäyle. Lettr. 137.

Gewiß ist es, daß viele Spöttereien auf den Marschall von Biron darinn stehn, auf den damaligen Herzog von Savoyen, auf Zamet, der an verschiednen
Stellen Seigneur d'une Million d'or genennt wird,
gegen den Herzog von Mayenne, wie man aus dem
obigen Titel sehen kann, der unstreitig satirisch ist.
Einige Figuren sind sehr schmutzig, z. E. auf dem 75sten
Titel, wie ein nacktes Frauenzimmer ganz mit geflügel-
ten Priapen umgeben abgebildet ist. Der Verfaßer
dieses Buchs war eigentlich ein Schwärmer und Narr,
und gab vor, was er schriebe, wäre ihm vom heiligen
Geist eingegeben. Er hat in sein närrisches Buch die
Königin, alle Prinze, Prinzeßinnen und Damen gebracht, die er kannte, mit sehr spaßhaften und treffen-
den Etymologien ihrer Namen, und das Buch wurde
auf seine Unkosten gedruckt, welches mit eine Ursache
seiner Seltenheit ist. Er war eigentlich ein Stellma-
cher seiner Profeßion, und diente bei der Artillerie des
Herzogs von Savoyen [m]). Er theilte die einzeln Stücke auf den Gaßen und in den Häusern an Personen
aus, die ihm etwas Geld dafür gaben; wie er dieses
selbst in einigen Stücken bekennt, wo er nicht nur die
Personen mit Namen nennt, sondern auch anzeigt, wie
viel er von ihnen Geld bekommen hat; z. E. in den 61
Stück, wobei sich ein Supplement von vier Seiten befindet, welches sich anfängt; Les Liberalitez que j'ai
reçues. Auf dem Titelblatt ist das Bildniß eines Tod-

Ll 2   ten-

m) P. de l'Estoile Lournal de Henry IV. T. I. p. 259.

tenkopfs, und bei der Anzeige des ersten Buchs d'oraison das Bildniß des Verfaßers. Das 76 · 90 Stück haben in allen Exemplaren gefehlt, welche de Bure gesehen hat; daher geben einige vor, diese funfzehn Stücke wären in quarto gedruckt worden. Auch die sechs letzten Stücke, nämlich 98 · 103. fehlen fast in allen Exemplaren, und sind die allerseltensten. Das vollständigste Exemplar, ob es gleich auch nicht alle Stücke enthielt, befand sich in der Bibliothek des Herzogs de la Valliere zu Paris, und bestand aus drei Duodezbänden *). Beyer giebt das Exemplar, welches er gesehn hat, vor vollständig aus, weil der Titel mit dem Priapen dabei gewesen, allein man darf seinen Nachrichten nicht immer trauen. Wenn das Buch vollständig ist, sagt Osmont, gilt es in Paris 100 livres °); allein es hat noch Niemand ein vollständiges gesehen. Es ist nach und nach von 1601 · 1603. herauskommen. Sonst hat man von dem nämlichen Verfaßer noch folgendes:

Le Tombeau et Testament de Feu Bernard de Bluet d'Arberes, Comte de Permission, dedié à l'ombre du Prince de Mandon par ceux de la vieille Academie, en rime françoise. Paris. Toussaint Boutillier. 1606. 8.

Osmont schreibt, dieses wäre das 104 Stück des vorigen Buches, welches oft fehlte; allein de Bure meint,

*) De Bure Bibliographie. Bell. Lettr. T. II. p. 237.
°) Osmont. Diction. Typograph.

meint, es gäbe kein solches 104tes Stück, sondern dieses Testament, welches 24 Seiten hat, würde nur ten
Werken des Verfaßers angehängt.

Oraisous qui ont eté données à Bernard de Bluet
d'Arberes, Comte de Permission.

Artus Thomas.

Thomas lebte unter der Regierung Heinrichs III.
und Heinrichs IV. Man schreibt ihm folgende Satire zu:

L'Isle des Hermaphrodites nouvellement descou-
verte, avec les Moeurs, Loix, Coustumes et
Ordonnances des Habitans d'icelle 8. Ohne Anzeigung des Jahrs und Druckorts.

In dieser sehr lebhaften allegorischen Satire wer-
ben die Ausschweifungen Heinrichs III. und seiner weibischen Günstlinge abgemahlt. Sie ist sehr gut und
mit vielen Witz geschrieben, und fängt mit folgenden
Versen an:

Le Monde est un bouffon, l'homme une Comedie
L'un porte la Marotte, et l'autre est la folie.

Man weiß nicht genau, wenn das Buch herauskom-
men ist. In einer neuen Auflage steht das Jahr 1612.
Allein es soll schon 1605. herauskommen seyn. Aus einer
Stelle des Buchs erhellt, daß es zu Heinrichs IV. Zei-
ten, nach dem Frieden zu Vervins herauskommen ist.
Es wurde zuerst vor einen ungeheuern Preis verkauft,

und Heinrich IV. ließ es ſich vorleſen, und ob er es gleich ſehr frei geſchrieben fand, verboth er doch nach den Urheber zu forſchen; denn, ſagte er, ich mache mir ein Gewiſſen einen Menſchen zu kränken, der die Wahrheit geſagt hat. Sorel vermuthet, der Cardinal Du Perron hätte es in ſeiner Jugend geſchrieben *p*). Man giebt auch den Etienne Tabourot als Verfaſſer an; allein der konnte nicht ſo gut ſchreiben, und gab ſich meiſtentheils mit gelehrten Spielwerken ab. In dieſem Jahrhunderte kam dieſe Satire unter folgender Aufſchrift heraus:

Deſcription de l'Isle des Hermaphrodites, nouvellement decouverte, contenant les Moeurs, les Coutumes et les Ordonnances des hahitans de cette Isle, comme auſſi le Diſcours de *Iacophile à Limne*, avec quelques autres Pieces courieuſes. Pour ſervir de ſupplement au Iournal de Henry III. à Cologne (Brüſſel) 1724. 8.

In dem Vorbericht an den Leſer wird das Buch dem Artus Thomas zugeſchrieben. Doch glauben einge, er hätte das Buch wegen ſeiner pedantiſchen Gelehrſamkeit nicht ſchreiben können, wie man aus ſeinem Commentar über das Leben des Apollonius von Thyana ſehen könnte *q*). Der angehängte Diſcours de Iacophile iſt eine Allegorie unter dem Bilde einer Reiſe nach Oſtindien; und iſt lange ſo gut nicht geſchrieben,

p) Sorel Biblioth. françoiſe. p. 171.

q) Marchand. Artic. Hermaphrodites.

ben, indem sie von pedantischer Gelehrsamkeit strotzt:
Z. E. S. 27. kommt die Erzählung von zwei Aesopen
zu Rom vor, und daß der Sohn ein Fest gegeben, wo
man vor 2 bis 300,000 Thaler Perlen aß.

Mathurin Regnier.

Regnier wurde zu Chartres 1574. gebohren.
Er erwählte den geistlichen Stand, führte aber deswegen kein tugendhaftes, sondern ein sehr liederliches Leben, welches seine Tage gar sehr verkürzte, daß er von
seinem dreißigsten Jahre an, die Schwachheiten des
Alters empfand, wie er selbst berichtet. Zu Chartres
ist die Sage, daß er sehr zeitig eine Neigung zu Sta-
chelschriften blicken laßen, und daß die Verse, die er auf
verschiedne einzle Personen gemacht, seinen Vater mehr
als einmal genöthigt hätten, ihn deshalb zu züchtigen;
wobei er ihm anbefohlen nichts mehr zu schreiben,
oder doch wenigstens so etwas auszuarbeiten, das andre
nicht beleidige. Aus seinen Gedichten erhellt, daß er
zweimal nach Rom gereist; das erstemal im Jahr 1593.
mit dem Cardinal Franz De Joyeuse, Erzbischof von
Toulouse, in deßen Dienste er sich begeben; das andre-
mal 1601 mit Philipp De Berhune, der als Abge-
sandter dahin gieng; und an diesen richtete er seine
sechste Satire, die er während seines Aufenthalts in
Rom verfertigte. Im Jahr 1604. erhielt er ein dem
Pabst heimgefallnes Canonicat an der Stiftskirche zu
Chartres; nachdem er bewiesen, daß derjenige, an welchen diese Stelle abgetreten worden, den Tod des letz-

tern

tern Besitzers 14 Tage geheim gehalten, um Zeit zu
haben, diese Abtretung zu Rom bestätigen zu lassen;
während welcher Zeit man in das Bette desselben ein
Scheit Holz gelegt, und dasselbe anstatt des Körpers,
den man vorher heimlich begraben lassen, zur Erden be-
stattet. Regnier starb zu Rouen 1613. Garasse
sagt, er hätte sich selbst folgende Grabschrift gemacht:

> J'ai vecu sans nul pensement
> Me laissant aller doucement
> A la bonne loy naturelle:
> Et si m'etonne fort pourquoy
> La Mort osa songer à moy,
> Qui ne songeay jamais en elle ').

Doch ist es gewiß, daß er hernach sein Leben und
seine Schreibart geändert; welches aus seinen geistlichen Gedichten erhellt, wovon das erste zehn Jahre vor
seinem Tode verfertigt worden. Regnier verstand unter den Franzosen zuerst die Kunst der Satire, und
wählte sich zu Mustern den Juvenal und Persius.
Boileau sagt von ihm:

De ces Maitres savans disciple ingenieux
Regnier seul parmi nous formé sur leurs modelles
Dans son vieux stile encore a de graces nouvelles.
Hebreux! si ses discours, craint du chaste lecteur
Ne se sentoient des lieux ou frequentoit l'auteur;
Et si du son hardi de ses rimes ciniques
Il n'allarmoit souvent les oreilles pudiques.

Bois

') Garasse Recherche des Recherches. p. 648.

Boileau zielt hier vornämlich auf die 11te Satire des Regnier, wo er einen liederlichen Ort beschreibt. Man kann zwar seine cynische Schreibart nicht entschuldigen, doch muß man ihn nicht nach dem Geschmack unsrer Zeiten beurtheilen. Zu seiner Zeit waren grobe Zoten, wie De Valincour in der Lobrede auf den Boileau sagt, ein nothwendiges Stück des Scherzes einer Satire. Die Scudery hat ihn im achten Theile ihrer Clelie sehr richtig geschildert: Die Muse Calliope, sagt sie, erschien dem Hesiodus im Traum, der auf dem Helikon eingeschlafen war, und machte ihm die vornehmsten Dichter der Zukunft bekannt. In Absicht des Regnier sagte sie zu ihm: Siehe diesen schmutzigen und übelgekleideten Menschen. Er wird Regnier heißen, und wird sich viel Ehre erwerben. Er wird zuerst in französischer Sprache Satiren schreiben; und ob er gleich einigen seiner berühmten Vorgänger nachahmen wird, so wird man ihn doch zu seiner Zeit selbst als ein Original ansehn. Was er gut machen wird, das wird vortreflich seyn; und was er schlechters machen wird, wird doch allemal eine angenehme Schärfe haben. Die Laster wird er abmahlen, wie sie sind, und die lasterhaften wird er sehr kurzweilig beschreiben. Er wird sich endlich unter den Dichtern seiner Zeit einen eignen Weg bahnen, auf welchem diejenigen, die ihm folgen wollen, sich oft verirren werden.

Regnier ist nicht immer original, sondern er hat oft Stellen aus alten lateinischen und italienischen

Schrift-

Schriftstellern abgeschrieben und übersetzt, die sich zu seiner Materie schickten; ja er hat ganze Stücke von den Italienern entlehnt. Die 13te Satire oder la Macette ist fast ganz aus der 8ten Elegie des ersten Buchs der Liebeshändel des Ovids übersetzt; die 4te Satire ist eine Copie der vierten Elegie des zweiten Buchs, die 8te Satire ist eine Nachahmung der 9ten Satire des Horaz im ersten Buche, die 6te ist eine Copie der zwei Capitoll des Mauro in disonor dell' onore. Die Beschreibung eines Pedanten in der 10ten Satire ist eine bloße Uebersetzung des Caporali [r]).

Man hat eine große Menge von Ausgaben der Gedichte des Regnier. Die erste kam zu Paris 1608. 4. heraus, und enthält nur 10 Satiren; die zu Lyon 1617. 12. ist vollständiger. Eine sehr schöne Pariser Ausgabe bei Guil. de Lugnes in 12. enthält 19 Satiren. Die prächtigste ist 1729. zu London in 4. mit einigen unbeträchtlichen Anmerkungen des Broßette herausgekommen [s]).

Anton Fusi.

Fusi war Protonotarius Apostolicus, Doctor der Sorbonne, Prediger und Beichtvater der Königlichen Familie und Pfarrer der Parochialkirchen St. Barthelemy, S. Loup und S. Gilles zu Paris. Weil er
aber

---

r) Baillet Iugemens Tom. IV. p. 164. not. 4. Anti-Baillet. P. I. Ch. 75.

s) Nicerons Nachrichten. Th. X. S. 1. ff.

aber ein Feind der Jesuiten war, und sie niemals auf seiner Kanzel wollte predigen lassen, so wurde er abgesetzt und verbannt. Er begab sich hierauf um das Jahr 1616. nach Genf, wo er die protestantische Religion annahm. Er schrieb unter andern:

Le *Mastigophore*, ou Precurseur du Zodiaque, auquel par maniere apologetique, sont brisées les brides à veaux de Maistre Iuvain Solanicque, Penitent repenti, Seigneur de Mordrect et d'Amplademus, en partie du coté de la Mouë, traduict du latin en françois par Maitre Victor Grevé, Geographe microcosmique. 1609. 8. p. 330.

Diese persönliche Satire, welche bald unterdrückt worden, ist gegen einen Jesuiten Vivien gerichtet. Just leugnete es, daß er sie verfertigt hätte; allein Naude, der ein guter Bücherkenner war, schreibt sie ihm ausdrücklich zu [v]).

Henri de Sponde.

De Sponde wurde 1568. zu Mauleon in Gascogne gebohren, und trat 1595. zur catholischen Religion. 1626. wurde er Bischof zu Pamiers und verfolgte die Reformirten heftig. Er starb 1643.

De la Monnoye schreibt ihm folgendes Buch zu [w]):

Le

[v] Mascuret. S. 317.

[w] Menagiana, Tom. IV. p. 411.

Le Magot Genevois decouvert ẻs Arrests du Synode national des Ministres Reformez tenu
à Privas l'an 1612. Vous les connoitrez par
leurs fruits. 1613. 8. ohne Anzeigung des
Druckorts, von 98 Seiten; welche aber nicht nume-
rirt sind. Es ist eine Satire auf die Synode zu
Privas, die den Satiren des Reboul ähnlich ist.
Chamier wird hier beständig ventripotent genennt,
Du Moulin heißt der Sohn eines rebellischen Cölesti-
nermönchs zu Amiens. Man hat auch ein lateinisches
Buch unter dem Titel: Simius Genevensis. Colon.
1614. 8. welches vermuthlich eine Uebersetzung des
französischen ist *).

Johann Barclai.

Johann Barclai 1582. zu Ponta Mousson gebohren, zeigte schon in frühen Jahren einen so schönen
Geist, daß die Jesuiten sich alle Mühe gaben ihn in
ihren Orden zu ziehn, welches aber sein Vater vereitelte,
indem er zum Könige Jacob reiste, der seit kurzem zu
der Englischen Krone gelangt war. Bei diesem hatte
er sich in große Gunst gesetzt, wegen eines Gedichtes,
das er auf seine Krönung verfertigt hatte. Er sollte
anfangs ein Rechtsgelehrter werden, er erwählte aber
dafür das Studium der schönen Wissenschaften. Er
starb zu Rom im Jahr 1621. Unter seinen Schriften
gehören hieher:

Euphor-

*) Marchand Diction. Artic. Barclaii. Rem. L.

Euphormionis Lustini Satyricon.

In dieser Satire werden zwar die Laster der Menschen überhaupt, aber doch besonders die Ausschweifungen der Hofleute, und vorzüglich der Hof Heinrich IV. und die Staatsverwaltung seines Ministers Sulli durchgezogen. Sie besteht eigentlich aus zwei Theilen, und nicht aus fünfen, wie einige vorgeben, und wie es auch auf dem Titel einiger Ausgaben steht. Der erste Theil kam mit einer Zuschrift an den König Jacob I. zu London 1603. 12. heraus; und der zweite Theil mit dem ersten Paris 1605. 12. Darauf folgten eine Menge andrer Auflagen. Bei einigen ist ein Schlüßel, in welchen die Personen und Sachen entdeckt sind, die der Verfaßer hat verstecken wollen. Die beste Ausgabe ist zu Leiden 1637. 12. bei Elzevir herausgekommen. Man hat auch zwei Auflagen cum notis variorum, Leiden 1667. und 1669. 8. in zwei Bänden. Diese Schrift ist auch zweimal ins Französische übersetzt worden, erstlich von dem Parlamentsadvocat Nau Paris 1626. 8. und von Johann Berault 1640. 8. Grotius hatte eine große Vorstellung von Barklais Latinität; denn er machte unter sein Bildniß, das Peiresc der Argenis vorsetzen ließ, folgende Verse:

Gente Calidonius, Gallus natalibus, hic est
   Romam romano qui docet ore loqui.

Andre aber urtheilen richtiger, daß sein Latein hart, und mit vielen neuen aus der französischen Sprache angenommnen Worten und Redensarten angefüllt sei. Diese Fehler findet man auch in der Argenis. Im

Euphor-

Euphormion ist Gelehrsamkeit und nachdrückliche Bestrafung der Laster seiner Zeit; die Erfindung aber ist eben nicht die sinnreichste und angenehmste. Die Stücke, die gemeiniglich dieser Satire angehänget werden, sind folgende:

1) Apologia Euphormionis. Lond. 1610. 12. Diese macht bei den meisten Ausgaben den dritten Theil des Euphormions aus. Diese Apologie des Euphormions ward von Barklai gemacht, weil man ihn deswegen angegriffen hatte. Denn es kam zu Paris 1620. Censura Euphormionis heraus; wovon ein Schottländer Seton, der Verfaßer seyn soll. Joseph Scaliger schrieb im 311. seiner Briefe an Carl Labbe, er könne nicht sechs Blätter im Euphormion lesen. Und in den Scaligerana Secunda sagt er: Es ist ein Pendant zu Angers, der eine Satire geschrieben hat, welche anfänglich etwas zu seyn scheint, aber wenn man sie beim Lichte besieht, durchaus nichts werth ist.

2) Icon Animorum. Lond. 1614. 12. Macht den vierten Theil aus.

3) Aletophili Veritatis lacrimae. Dieses ist die Arbeit des Claud. Barthol. Morisot, Parlamentsadvocats zu Dijon, der 1661. gestorben, und ein großer Verehrer und Nachahmer des Barklai war. Es ist eine heftige aber nicht sonderliche Satire gegen die Jesuiten, welche aber bald bei dem Parlamente zu Dijon den Befehl auswürkten, daß sie

den

den 4ten Jul. 1624. durch die Hand des Henkers verbrannt wurde. Allein der Verfaßer ließ sie kurze Zeit darauf unter dem Namen Gabriel a Stupen wieder drucken. Frankreich wurde unter dem Bilde eines alten Weibes vorgestellt, welches durch Krankheiten und Alter ganz entkräftet ist; und vor welches unterschiedne Aerzte allerhand Arzneien zurecht machen. Die Geschichte des Königs Eufranis und seines Günstlings Spanlos aus des Beroalde de Verville Voyage des Princes fortunez übersetzte Morisot ins lateinische, veränderte blos die Namen, und schaltete sie in seine Thränen der Wahrheit ein ⁰); welche gemeiniglich den fünften Theil des Euphormions ausmachen.

Ferner schrieb Barclai die berühmte Argenis, einen politisch-satirischen Roman, der einen geheimen Verstand hat. Der Verfaßer, der ein Zeuge von den Greueln der Ligue war, und dem der dadurch in Frankreich verursachte Schaden tief zu Herzen gieng, unternahm dieses Werk, um das gemeine Volk aus dem Irthum zu reißen, als welches allezeit aufgelegt ist, sich vor die zu erklären, die unter dem Deckmantel der Religion oder des gemeinen Besten, die Ruhe ihres Vaterlandes ihrer Rache, oder ihrem Stolze aufopfern. Weil er aber glaubte, er möchte sich bei denen verhaßt machen, die er unterrichten wollte, so versteckte er sein Vorhaben unter der Decke einer sinnreichen Erdichtung, die mit außerordentlichen Begebenheiten und Liebeshistorien

y) Menagiana Tom. IV. p. 24 und p. 428.

storien vermischt ist. Die erste Ausgabe der Argenis erschien zu Paris 1621. 8. welche Peiresc besorgt hat. Auf diese folgten noch viel andre; als Leiden 1627. mit einem Schlüßel und Anmerkungen verschiedner Verfasser. Man hat zwei französische Uebersetzungen, eine Italienische, Spanische, Holländische und Deutsche von Martin Opitz (Breslau 1626. 8.) auch drei Englische; woraus der große Beifall dieses Romans erhellt, der aber itzt wenig mehr gelesen wird. Es giebt auch eine Fortsetzung derselben vom Herrn von Mouschemberg in französischer Sprache; die den zweiten und britten Theil ausmacht. Paris 1638. 8. mit schönen Kupfern. Eine neue französische Uebersetzung vom Abt Joße, Canonicus zu Chartres kam zu Chartres 1732. 12. in drei Bänden heraus. Joße glaubt, Barclai wäre das unter den Romanschreibern, was Tacitus unter den Geschichtschreibern wäre. Der Cardinal Richelieu hat die Argenis wegen der schönen politischen Grundsätze sehr geschätzt, und fleißig gelesen; und Leibnitz starb indem er in der Argenis las s).

Johann Goulu.

Goulu wurde zu Paris 1576. gebohren, und war ein Sohn des Nic. Goulu Profeßor der griechischen Sprache zu Paris, dem er auch in seinem Amte nachfolgen sollte, welches er aber seinem jüngern Bruder
· Hiero-

---

s) Bayle Diction. Item Barclai. Nicerons Nachrichten. Th. XIII. S. 179. 184.

Hieronymus überließ, weil er bereits unter die Anzahl
der Advocaten aufgenommen war.   Weil er aber in
der ersten Sache, die er vertheidigen wollte, vor Gerichte stecken blieb, so wurde er 1604. ein weiß Bar-
füßermönch, in welchem Orden er bis zum Amte
eines Generals stieg.   Er starb 1629.   Der berühmte
Balzac zog damals den Haß der Mönche durch eine
einzige Stelle in seinen Schriften auf sich, indem er
schrieb: Es giebt bisweilen schlechte Mönche, die in der
Kirche eben das sind, was die Ratten und andre schlechte
Thiere in der Arche waren.   Ein Mönch Andreas
von Saint Denis wollte dem Balzac auch eins verse-
tzen, und schrieb:

Vergleichung der Beredsamkeit des Balzacs
mit der Beredsamkeit der größten Männer
der vergangnen und gegenwärtigen Zeit.

Diese Satire, die reichlich mit Schimpfwörtern angefüllt war, gieng nur in der Handschrift herum, und
Balzac wollte verzweifeln, als er sie zu Gesichte bekam.   Der Abt Ogier gab eine nachdrückliche Vertheidigung des Balzacs heraus.   Goulu, welcher
glaubte, an Gelehrsamkeit nicht seines gleichen zu haben, gab darauf folgende Schrift heraus:

Briefe des Phyllarchus an den Aristus.

Er nennte sich Phyllarchus oder Blätter Prinz, weil
er General der Feuillans war.   Diese Briefe erschienen 1627. und man hat nie etwas gröbers und und un-

Zweiter Theil.   Mm   ver-

verschämters gesehn. Er nennt den Balzac einen Ignoranten und Ausschreiber, einen infamen Kerl, Epikur, Nero, Sardanapal und einen teuflischen Atheisten. Goulu fand Beifall, weil man den Balzac theils haßte, theils beneidete, und eine Menge von parnaßischem Geschmeiß folgte dem stolzen Mönch nach den Balzac zu lästern. Der tapfre General hetzte die Damen auf, sie sollten dem Balzac die Augen auskratzen, oder ihn nackend peitschen, wie den Johann de Meun. Er schickte seine Anhänger auf allen Bierbänken aus den Balzac zu lästern; dadurch wurden alle Mönche auf den Balzac aufgebracht. Der Prior Ogier und la Motte=Aignon allein hielten es mit ihm, und vertheidigten ihn gegen den Goulu. Sie zeigten, daß Goulu ein Trunckenbold wäre, der Tag und Nacht aus einem Glase sof, das größer wäre, als Nestors Becher, daß er ein Vielfraß wäre, der auch an Festtagen Fleisch äße. Balzac zeigte sich bei diesem seinen als einen bescheidnen Mann, welches ihm die Gunst aller vernünftigen Leute erwarb. Der Tod des Goulu machte dem Zank ein Ende; worauf Andreas sein Unrecht erkannte, und den Balzac um Vergebung bat, die ihm auch dieser als ein Christ wiederfahren ließ und sein bester Freund wurde *).

Theodor Agrippa d'Aubigné.

D'Aubigné gebohren 1550. auf dem Schloß S. Maury in Xaintonge, gehört unter die frühzeitigen

Köpfe,

*) Bayle Diction. Jean Goulu.

Köpfe, denn er überseßte schon im achten Jahre seines
Alters den Krito des Plato aus dem Griechischen ins
Französische. Seine sonderbaren Schicksale erzählte
er selbst in seiner Lebensbeschreibung. Er war einige
mal ein Günstling Heinrichs IV. er konnte sich aber in
seiner Gnade nicht erhalten, weil er dem Könige oft zu
frei die Wahrheit sagte, und beständig klagte, daß er
nicht nach Verdienst belohnt würde, da er doch dem
Könige das Leben gerettet hätte, und daß ihm andre
unverdiente Leute vorgezogen würden. Der König
machte ihn zum Gouverneur von Niort und Maillezais,
und in dessen leßtern Jahren ward er Viceabmiral in
Poitou und Saintonge. Nach dem Tode des Königs
ließ er seine allgemeine Geschichte drucken, die aber
zu Paris den 2ten Januar 1620. durch den Henker
verbrannt wurde, weil sie allzu satirisch geschrieben war,
und wahre und falsche Fehler des Staats und der Könige Karls IX. Heinrichs III. und IV. ohne Schonung
durchzog. Daher begab er sich 1620. nach Genf, wo
er als ein Vertheidiger der Sache der Reformirten mit
großen Ehrenbezeugungen aufgenommen wurde. Er
starb 1630.

D'Aubigné, der von Natur eine Anlage zur Satire hatte, hat zwei merkwürdige Satiren geschrieben.

1) *La Confession catholique du Sieur de Sancy;* welche
hauptsächlich den Cardinal Du Perron betrift, den
er beständig Monsieur la Convertisseur nennt, und
Nicolas de Harlai, der mehr unter dem Namen

de Sancy bekannt iſt, und dreizehnmal Geſandter geweſen war.　Man ſollte ſich wundern, warum d'Aubigné den Sancy in der Confeßion ſo grauſam ſatiriſirt hat, deßen de Thou doch an vielen Orten mit
Hochachtung gedenkt; allein d'Aubigné hat das Buch
zu der Zeit geſchrieben, da es ſchien, daß der König
ſeine Verdienſte würde unbelohnt laßen, und ſeine ganze Gunſt dem Sancy ſchenken, der nur eine blinde
Gefälligkeit gegen gewiße Neigungen des Königs hatte.
Dieſe Satire befindet ſich am Ende des Journals Heinrichs III. in allen Auflagen, die man ſeit 1663. gemacht hat.　Man findet darinn unter ſatiriſchen Zügen
eine Menge ſehr merkwürdiger Sachen die franzöſiſche
Geſchichte betreffend.　Sie iſt mit ſehr lehrreichen Anmerkungen von Le Duchat verſehn in den Ausgaben
von 1693. und 1699. welche letztere ſehr vermehrt iſt.

2) *Les Avantures du Baron de Foeneſte.* Man
glaubt insgemein hierunter wäre der Herzog von
Eſpernon zu verſtehn.　Allein dieſes Vorgeben
hat keinen Grund; denn der Charakter des Föneſte iſt
dem Charakter des Herzogs ganz unähnlich.　Er war
nicht ſo niederträchtig und ſo ein Poltron, ſondern was
er ſich einmal vorgenommen hatte, das führte er mit
großer Standhaftigkeit aus.　Es iſt glaublicher, daß
er die Laſter und Ausſchweifungen an dem Hofe Heinrichs III. und Heinrichs IV. hat ſchildern wollen.　Es
kommen in denſelben ſehr luſtige und burleſke Erzählungen vor,　daher halten manche Leute viel darauf.

Es

Es ist dreimal gedruckt worden. Die erste Auflage enthält nur drei Bücher, und kam heraus a Maille. 1618. 12. bei Jean Moußat, und die beiden andern au desert, aux depens de l'auteur, das ist zu Genf 1630 und 1640. 8. Die beiden letzten Ausgaben enthalten vier Bücher, nämlich die drei ersten Bücher vermehrt und verbeßert, und ein neues viertes Buch. Die zweite Ausgabe ist die beste; denn die dritte ist voller Druckfehler. Eine neue Auflage hat Le Duchat veranstaltet.

Les Avantures du Baron de Foenelle, par Theodore Agrippa d'Aubigné, Edition nouvelle, augmentée de plusieurs Remarques historiques, de l'Histoire Secrete de l'Auteur ecrite par lui meme, et de la Bibliotheque de Me. Guillaume, enrichie de Notes par Mr ** à Cologne chez les Heritiers de Pierre Marteau. 1729. 8. Zwei Bände. Bei dieser Ausgabe befinden sich noch folgende seltne Stücke angehängt:

1) Inventaire des Livres trouvez en la Bibliotheque de M. Guillaume, mit dazu gehörigen Anmerkungen, wovon wir in der Folge reden wollen.

2) Les Commandemens de Me. Guillaume, mit Anmerkungen.

3) Reponse de Maitre Guillaume au Soldat françois, faite en la presence du Roy Henry IV. à Fontainebleau. 1605. mit Anmerkungen.

4) Con-

4) Confeſſion generale de Meſſieurs les Pilliers de la Sainte Vnion à la Sainteté du Legat, ſur les ſept pechez morteli; mit Anmerkungen.

Von der Unzufriedenheit und dem bittern Unwillen des Aubigné über die Unerkenntlichkeit Heinrichs IV. deren Grund oder Ungrund ich hier nicht unterſuchen mag, finden ſich noch Spuren genug. Als ihm Heinrich unterſchiedne Verrichtungen aufgetragen hatte, und ihm zur Belohnung nichts weiter als ſein Portrait ſchenkte, ſchrieb er dieſe vier Zeilen darunter:

Ce Prince eſt d'etrange nature
Ie ne ſais qui diable l'a fait:
Il recompenſe en peinture
Ceux qui le ſervent en effet.

Auch hieng er folgendes Sonnet dem Hunde des Königs an den Hals, den er nicht mehr leiden mochte, oder fortgejagt hatte:

Sire, votre Citron, qui couchoit autrefois
Sur votre Lit ſacré, couche or ce ſur la dure.
C'eſt ce fidel Chien, qui apprit de Nature
A faire des amis et des traitres les choix.
C'eſt lui qui les brigands effraioit de ſa voix,
Des dents les meurtriers. D'ou vient donc qu'il
endure
La falm, le froid, les coups, les dedains et l'injure,
Payement couſtumier du ſervice des Rois?
Sa fierté, ſa beauté, ſa jeuneſſe agreable
Le fit cherir de vous; mais il fut redoutable

A vo

A vos fiers ennemis par sa dexterité.

Courtisans, qui jettez vos des daigneuses vües
Sur ce Chien delaissé, mort de faim par les ruës
Attendez ce loyer de la fidelité. b).

Unterdeßen war Aubigné nicht der einzige, der sich
über die Undankbarkeit des Königs beklagte; man hat
sie ihm mehr als einmal vorgeworfen; besonders in einer kleinen sehr seltnen Schrift, die man damals der
Herzogin von Rohan, der Mutter des Herzogs, der
seinen Namen unter Ludwig XIII. so berühmt gemacht
hat, zuschrieb. Diese Schrift führt den Titel,

Apologie pour le Roy Henry quatre envers ceux,
qui le blament de ce qui gratifie plus ses ennemis, que ses serviteurs.

Man findet sie fast beständig bei dem Iournal de
Henry III. und glaubt, sie ist 1596. geschrieben c).
Allein man kann zu Heinrichs Vertheidigung noch immer fragen, stand es auch beständig in seinen Kräften,
seine Diener zu belohnen, wie sie es verlangten; hatten sie auch so große Verdienste um den König, als sie
sich einbildeten; muste nicht der König aus Gründen,
die sie nicht einsahen, die belohnen, denen sie die Belohnung nicht gönnten?

Franz Garaße.

Dieser lustige, streitsüchtige und seltsame Mann
wurde 1585. zu Angouleme gebohren. Im Jahr

Mm 4 1600.

b) Confeßion de Sancy. p. 154. 563.
c) Marchand Diction. Aubigné.

1600. trat er in den Jeſuiterorden, und war ein beſſerer Prediger als Schriftſteller. Die letzte That ſeines Lebens verdient vielen Ruhm. Er bat ſeine Obern um Erlaubniß den mit der Peſt Behafteten in dem Spital zu Poitiers beizuſtehn; dieſe erlangte er, und ſtarb daran 1631. Unter ſeine ſatiriſchen Schriften, wozu er große Neigung hatte, gehören folgende:

1) La Doctrine curieuſe de beaux Eſprits de ce temps, ou pretendus tels, contenant pluſieurs Maximes, pernicieuſes à l'etat, a la Religion et aux bonnes moeurs, combattuë et renverſée par le P. François Garaſſus de la Compagnie de Ieſus. à Paris. Chappelet. 1624. 1035 Seiten.

Garaße, dem es nicht an Witz und Beleſenheit fehlte, erreichte den Zweck nicht, den er ſich durch dieſes Buch zu erreichen vorgeſetzt hatte, nämlich die Freigeiſter zu überzeugen und zu beſtreiten; denn man urtheilte, ſobald es herauskam, daß es eher diente die Atheiſterei zu befördern. Daher widerlegte es der Prior Ogier noch in eben dem Jahre in dem Iugement et Cenſure du livre de la Doctrine curieuſe de Fr. Garaſſu; und zeigte, daß ſich der Mann beſſer zu einem ſatiriſchen Poeten, Poßenreißer und Pickelhäring ſchickte. - Er nennt das Buch ein Cloak der Gottloſigkeit, einen zuſammengeraften Haufen von Poßen und luſtigen Schwänken, und eine boßhafte und läſterliche Satire wider unzählige ehrliche und wohlverdiente Leute. Darauf ſchrieb Garaße eine Apologie ſeines Buches und

und verſöhnte ſich mit dem Ogier. Dergleichen Phidelhdrings Poßen hatte Garaße auch in ſeine Somme theologique gemiſcht, worüber er mit dem Abt zu St. Cyran im Streit gerieth, der ihm in einer beſondern dagegen gerichteten Schrift unzählige Fehler und falſche Citationen, unerträgliche Prahlerei und Poßen vorwarf, die er unter geiſtliche Dinge gemiſcht hatte.

2) La Recherche des Recherches, et autres Oeuvres de Mr. Eſtienne Paſquier, pour la defenſe de nos Rois, contre les outrages, Calomnies et autres impertinences du dit Auteur. à Paris. 1622. 8. 985 Seiten.

Iſt wider die Recherches des Paſquier geſchrieben, worinn er ihm mit der gröſten Grobheit begegnet, und tauſend Poßen einmiſcht. Allein die Söhne des Paſquier rächten ſich ſehr grauſam an ihm, in der Schrift: Defenſe pour Eſtienne Paſquier contre les Impoſtures et Calomnies de Fr. Garaſſe, à Paris, 1624. 8.

3) Le Rabelais Reformé par les Miniſtres et nommement par Pierre du Moulin, Miniſtre de Charenton, pour Reponſe aux bouffonneries inſerées en ſon livre de la Vocation des Miniſtres. à Lyon. 1620. 12.

Er zieht in dieſem Buche ſatiriſch auf verſchiedne reformirte Prediger, und beſonders den Du Moulin los, den er beſchuldigt, daß er des Rabelais Nachahmer, und ein wiederauferſtandner Rabelais ſey. Das konnte

der

der Mann thun, den selbst Geistliche aus seiner Kirche vor ärger als den Rabelais hielten. Placcius, der das Buch nicht gesehen hatte, und blos nach dem Titel urtheilte, glaubte, es wäre ein castrirter Rabelais, aus dem man die Unflätereien ausgemerzt hatte *). Dergleichen comische Vergehungen finden sich in der Litterargeschichte die Menge.

4) Andreae Schioppii, Casparis Fratris, Elixir Calvinisticum, seu Lapis Philosophiae reformatae, a Calvino Genevae primum effossus, dein ab Isaaeo Casaubono Londini politus, cum testamentario Anti - Cotonis codice nuper invento. In Ponte Charentonio. (Antverpiae) 1615. 8.

Unter diesen falschen Namen hatte sich Garasse versteckt.

5) Andreae Schioppii, Casparis Fratris Horoscopus Anti - Cotonis, eiusque Germanorum Martillerii et Hardivillerii vita, mors, Cenotaphium, apotheosis. Antverp. 1614. 4. Ingolstad. 1616. 4.

Diese Schrift des Garasse ist gerichtet a) wider den Anti - Coton eine Satire auf die Jesuiten. b) Wider Plaidoyé de Pierre de la Marteliere Avocat en Parlament, pour le Recteur de l'Vniversité de Paris, contre les Iesuites en 1611. à Par. 1612. 8. c) wider Petri Hardivillerii Actio pro Academia Parisienli, adver-

*) Bayle Diction. Garasse. Placcii Theatrum. Anonymorum Cap. XIV, num. 463. p. 111.

verſus Presbyteros et Scholaſticos, Collegii Claro-
montani, habita in Senatu Pariſienſi anno 1611. Par.
1612. 8.

6) Le Banquet des Sages dreſſé ou logis et aux deſ-
pens de Mr. Louis Servin, auquel eſt porté jugement tant de ſes humeurs, que de ſes plaidoyers,
pour ſervir d'Avantgouſt à l'Inventaire de quatre
mille groſſieres ignorances, et fautes notables y
remarquées. Par le Sieur Charles de l'Eſpinoeil,
Gentilhomme Picard, 1617. 8. 63 Seiten. Dieſe
ſehr komiſche Satire, oder vielmehr Schmähſchrift iſt
gegen den Generaladvocat Servin gerichtet, der die
Rechte der Pariſer Univerſität gegen die Eingriffe der
Jeſuiten mit großen Muth und Geſchicklichkeit vertheidigt hat. Sie iſt ſehr ſelten, weil ſie gleich anfänglich
iſt unterdrückt worden. Servin will bei dieſem Gaſtmahl ſeine Freunde bewirthen,

> Il a toujours depuis tenu
> Maiſon ouverte à tous cotés,
> Et ſi n'eut oncq' de revenu,
> Deux rouges Doubles bien comptés.
> Et afin que vous ne douriez
> De ce que je vous en raporte
> Croyez qu'il fut de telle ſorte,
> Et ſa maiſon ſi mal couverte,
> Qu'elle n'a fenetre ni porte,
> Ne tient-il pas maiſon ouverte?

Man

Man darf sich nicht wundern, woher Servin so viel Mährlein von Jesuiten weiß; er erhielt sie von M. Gillot Parlamentsrath, der ein dickes Buch davon gesammelt hat — Bei diesem Gastmahl kommen vier Schüßeln vor, welches Servins vier Bände gerichtlicher Reden sind, wo er wie die Wirthe in Italien d'ogai cosa aufträgt; denn er hat hinein gethan volucres coeli, das ist sein Stolz und seine Windbeutelei, pisces maris, seine Verwirrungen ohne Beurtheilungskraft, und pecora campi, seine grobe Unwißenheit, und gewöhnliche Grobheit. Es kommt auch ein lächerliches Verzeichniß von dem Hausrath des Servin vor, z. E. das Fernglas des Galiläus, womit er bis in den Pallast des Pabsts und die Collegia der Jesuiter sehen kann. Das Glas ist ein wenig trübe, daher sieht er oft eine Mücke vor einen Elephanten an, und eine Laterne vor einen Menschen. Darunter war geschrieben, Mysterium. Ein Amboß mit vier Hammern, um neue Histörchen und Mährlein wider die Jesuiten zu schmieden. — Die Weisen, die bei dieser Mahlzeit hungrig blieben, kehrten mit Unwillen in ihre Wohnung zurück, entschloßen nie wieder zu kommen).

Faverau.

Faverau war Rath bei der Steuerkammer, ein sehr ehrlicher Mann, aber großer Feind des Cardinals Richelieu. Man schreibt ihm folgende Schrift zu.

Le

) Ioli Remarques sur Bayle. Garaffe.

Le Gouvernement prefent, ou Eloge de fon Eminence; piece de mille vers, et appellée par cette
raifon, la Miliade. 8. 66 Seiten ohne Druckort
und Jahrzahl.

Es ift eine fehr heftige Satire gegen den Cardinal
Richelieu und feine Anhänger, welche fehr felten ift,
indem fie bald ift unterdruckt worden. Am Ende ftehtt
Imprimé à Envers. Andre haben fie dem Herrn von
Eftelan, einem Sohne des Marfchalls von S. Lue
zugefchrieben.

Lucas Janffe.

Janffe ein franzöfifcher Geiftlicher zu Rouen wird
als Verfaffer folgender Satiren angegeben:

La Meffe trouvée dans l'Ecriture. 1646. 8. 32 Seiten. à Ville Franche 1647. 1652. 1658. 1678.
8. Ohngeachtet der vielen Auflagen, ift das
Werkchen doch fehr felten.

Es hatte Franz Veron ein vormahliger Jefuiter,
und damaliger Doctor und Profeffor der Theologie,
auch Königlicher Prediger und Pfarrer zu Charenton
eine neue franzöfifche Ueberfetzung des Neuen Tefta-
ments zu Paris 1646. drucken laßen. Es war eigentlich blos eine Revifion der Ueberfetzung des Nicolas
de Leufe, der auch de Frazinis heißt, die 1550. zu
löwen in Folio herauskam, und bekannter ift unter dem
Namen der Ueberfetzung der Doctoren von löwen;
wiewohl auch diefe blos die Bibl des Jaques le Fes

vre

vre d'Etaples (Faber ſtapulenſis) die die erſte und
beſte franzöſiſche Ueberſetzung iſt, revidirt haben. Dieſer Veron hatte Apoſtelgeſchichte XIII. 2. die Worte
λειτουργόντων αυτῶν τῷ κυρίω, ſie warteten dem Gottesdienſt ab, alſo überſetzt: Eux diſans la MESSE au
Seigneur; und das Wort Meße noch mit großen
Buchſtaben drucken laſſen. Ueber dieſe Ueberſetzung
wollte ſich nun Janſſe luſtig machen, und braucht freilich bei einer ernſthaften Sache ſolche komiſche Ausdrücke, die der Gegenparthei muſten anſtößig ſeyn, z E.
Le Marquis Purgatoire, le Comte Merite et le Vicomte
Franc-Arbitre tous Officiers chez Mere ſaincte Egliſe
Romaine. - Car ce Marquis Purgatoire et le grand
Maitre Cuiſinier de toute la Hierarchie, ayant la
Charge de faire bouillir la Marmite. Le Comte Merite c'eſt le grand Threſorier de l'Egliſe catholique.
Car il eſt le Depoſitaire de ces richeſſes, par les quelles elle pretend achepter le Royaume des Cieux. Et
ce Vicomte Franc-Arbitre c'eſt le Factotum de toute
cette illuſtre maiſon. (S. 28.) Andre haben dem
David Derodon dieſe Satire zugeſchrieben, aber
Marchand legt ſie dem Janſſe bei f); und meint,
wenn Veron aufſtehen ſollte, ſo könnte er eben ſo wohl
dem Charles de Cene, der eine neue franzöſiſche Ueberſetzung, oder vielmehr Reviſion der Bibel herausgegeben,

f) Marchand Diction. Fevre und de Fraxinis. Götze
Merkwürdigkeiten der Königlichen Bibliothek zu Dreßden. Band I. S. 526. Beyeri Memoriae Libror. rar.
p. 271. wo aber, allerhand Fehler vorkommen.

geben, vorwerfen, daß er das Abendmahl der Reformirten in seine Bibel geschoben, da er das Wort ist im Grundterte, auf eine ganz neue Art durch *representa* überseßt hat.

Man hat auch eine Englische Ueberseßung davon unter dem Titel:

A Conference betwen Pope Clement the X. (Innocent the X.) and a noted Cardinal, concerning the late Difcovery of the Maff in holy fcripture. Lond. 1704. 12.

Die Satirenschreiber gegen den Montmaur.

Man wird kaum noch ein Beispiel in der Litterargeschichte finden, daß sich eine ganze Menge gelehrter Leute, worunter selbst einige vom ersten Range waren, gegen einen andern Gelehrten mit Fleiß verbunden um ihn lächerlich zu machen, als den berühmten Feldzug des ganzen französischen Parnaßes gegen den gelehrten Parasiten Montmaur. Peter Montmaur war der Sohn eines Bauern, und wurde 1576. zu Betaille einem Dorfe in Nieder limoufin zwischen Tulle und Brive gebohren. Im 12ten Jahre seines Alters kam er nach Bourdeaur, wo er bei den Jesuiten studierte, und aus Armuth den Kindern die Bücher in die Schule trug. Die Jesuiten, welche ein außerordentliches Gedächtniß an ihn bemerkten, nahmen ihn in ihre Gesellschaft auf, und schickten ihn nach Rom, wo er drei Jahre die Grammatik mit Beifall lehrte. Sie ent-

Ließen ihn aber wegen seiner schwächlichen Gesundheit wieder aus ihrem Orden; andre sagen, sie hätten ihn fortgejagt, weil er die Unterschrift des Provinzials nachgemacht, und falsche Empfehlungsschreiben verfertigt. Hierauf gieng er nach Avignon, wo er einen Marktschreier abgab, und viel Geld verdiente; aber auch da muste er nebst andern Fremden fort, und begab sich nach Paris, wo er sich auf die Rechte legte und ein Advocat wurde, aber seine Rechnung dabei nicht fand. Da er wahrnahm, daß der Cardinal Richelieu viel auf die Poeten hielt, legte er sich auf die Poesie, allein er verfertigte meistentheils Anagrammata und allerhand Spielwerke, die ihm gar sonderlich behagten. Als 1623. Hieronymus Goulu seine Stelle als Königlicher Profeßor der Griechischen Sprache niederlegte; kam er in deßen Amt, indem er eine Summe Geld bezahlte. Dieses Amt bekleidete er 25 Jahr, und starb 1648. den 7ten September. Montmaur war nicht der schlechte Mann, wie ihn seine Feinde abgeschildert haben. Er war im Gegentheil ein schöner Geist von großen Talenten, der die griechische und lateinische Sprache aus dem Grunde verstand und in den Alterthümern sehr geübt war. Sein Fehler war, daß er alte und neue Gelehrte auf das boshafteste durchzog, daß er einen Schmarotzer bei vornehmen Leuten abgab, die er mit seinen lustigen Einfällen unterhielt, um Theil an ihrer Tafel zu nehmen, welches er gar nicht nöthig gehabt hätte; denn er hatte 5000 Livres Einkommen, die ihn aber ein filziger Geiz hinderte anzugreifen. Daher

hir, sagte er, meine Herren gebt ihr nur Essen und
Wein, ich werde das Saltz dazu geben. Weil er an
dem höchsten Orte, zu Paris im Collegio von Boncour
wohnten, so sagten die Spötter; er hätte sich mit Fleiß
diesen Ort erwählt, um den Rauch aus den Küchen zu
Paris, als seinen Palorstern desto besser zu sehen. Wegen seines großen Gedächtnisses, seiner schlagtigen Zunge,
und spöttischen Anspielungen auf die anwesenden Gelehrten, verstummten diese gemeiniglich in seiner Gegenwart; welches eine von den vornehmsten Ursachen
des Hasses war, womit sie ihn belegten; weil sie nun
mit ihrer Zunge nichts wider ihn vermochten, so rächten sie sich an ihm durch die Feder.

Der erste, welcher den Streit gegen Montmaur
anhub, war Balzac der folgendes wider ihn schrieb:
Indignatio in Theonem Ludimagistrum Ex-Iesuitam,
Laudatorem ineptissimum eminentissimi Cardinalis Veletae. 1619. welches aber 1621. heissen soll.

Er schrieb auch einen Brief in lateinischen Versen an
den Bois Robert, worinn er ihn bittet den Montmaur anzugreiffen; Auf den Balzac folgte Jeramus
und auf diesen erst Menage im Angriffe. Folglich ist
nicht Menage der erste, der auf dem Kampfplatze erschien, wie Bayle behauptet. Die Satiren, welche
nach und nach auf den Montmaur erschienen, sind
folgende.

1) Macrini Parasitogrammatici Ἄμφεχ ad Celsum.
τι ἐστι Ἄμφεχ: ὑπομνησις βιωτικη. Quid est dies?

Zweiter Theil.   An   Com-

Commonitio ad victum quaerendum ſecundus
Philoſophus. Dieſes lateiniſche Gedicht iſt von
Carl Jeramus Parlamentsadvocat zu Paris. Er
war aus Boulogne, und ſtarb um 1633 oder 1634.
Das Gedicht beſteht aus vier Theilen, enthält gute
Gedanken, und iſt gut verſificirt aber ſehr boshaft ge-
ſchrieben. Demſelben iſt ein Echo und einige Sinnge-
dichte von eben dem Jeramus angehängt.

2) Vita Gargilii Mamurrae Paraſitopaedagogi ſcri-
ptore Marco Licinio. Menage verfertigte dieſe
Satire im Jahr 1636. da er erſt 20 Jahr alt war,
als ſein erſtes ſchriftſtelleriſches Product. Die Jronie
herrſcht durch und durch in demſelben, und es iſt ein
Meiſterſtück in ſeiner Art. Es iſt ein Kupferſtich dabei, wo ein Menſch in einem Keßel ſteckt, und vielen
verſammelten Köchen die Kochkunſt lehrt, mit der
Ueberſchrift aus dem Virgil: Illa ſe jactet in aula.

3) Gargilii Macronis Paraſitoſophiſtae Metamor-
phoſis. Dieſes ſchöne lateiniſche Gedicht iſt vom
Menage; in demſelben wird Montmaur in einen Papagei verwandelt.

4) Petri Monmauri, Graecarum Literarum Profeſ-
ſoris Regii, Opera in duos Tomos diviſa, quorum alter ſolutam Orationem, alter verſus comple-
ctitur, iterum edita et notis nunc primum illuſtrata
a Quinto Januario Frontone, juxta Exemplar Lute-
ciae 1643. 4.

Der

Wer sollte sich aus diesem pompösen Titel einbilden, daß die ganzen Werke des Montmaur nur 7 bis 8 Seiten ausmachten. Und doch ist es nicht anders; die prosaischen stehn auf 5 Seiten, und die poetischen machen kaum drei aus. Der Herausgeber oder Commentator dieser wichtigen Werke ist der berühmte Adrian de Valois. Er nennt sich Quintus, weil er der fünfte unter seinen Brüdern war, Januarius, weil er in diesem Monat gebohren wurde, und Fronto, weil er eine breite Stirne hatte. Benoit le Cours machte einst einen ernsthaften Commentar, über ein blos spaßhaftes Werk, nämlich über die Arrets d'Amour des Martial d'Auvergne; aber Valois thut grade das Gegentheil, er macht einen lustigen Commentar über die ernsthaften Schriften des Montmaur. König, der überhaupt an Fehlern sehr wohlhabend ist, hat einen lustigen Fehler begangen, indem er wirklich durch den Titel betrogen, sich einbildete, des Montmaurs Werke wären in zwei Bänden herausgekommen f). Es befindet sich bei dieser Satire noch einige niedliche Gedichte des Valois.

5) Antici Secundi G. Orbilius Musea, sive Bellum Parasiticum. Diese Satire stammt von dem berühmten Johann Franz Sarrasin, Intendant bei dem Prinzen von Conti. Orbilius oder

M 2

f) Koenig Bibliotheca vetus et nova, p. 547. Petrus Mommorius varia exaravit. Opera ejus in 2 Tomos divisa prodierunt Lutetiae anno 1643.

Orbilius oder Montmaur will mit einer angewöhnten Armee von Schmarotzern den Parnaß verwüsten, dessen Bewohner die Dichter ihn von allen köstbaren Mahlzeiten verjagt hatten; aber bei Erblickung des Hungers entflohen sie alle, und Montmaur wurde gehangen.

6) Moinmori Parasitosycophantosophistae Ατοχο-τρατπ:9εωσις, Paris. 8. oder die Verwandlung des Montmaur in einen Kochtopf. Der Verfasser dieser sehr seltnen Schrift, die eine mittelmäßige Nachahmung der Satire des Seneca auf den Kaiser Claudius ist, ist unbekannt. Der Innhalt ist folgender. Montmaur gieng wie gewöhnlich zu einem vornehmen Herrn um bei ihm zu Mittage zu speisen. Als er in die Küche kam, gukte er in einen großen Kochtopf, fiel hinein, und wurde mit dem Rauche gen Himmel getrieben, wo er den Jupiter, Saturn und Merkur antraf, und den Jupiter bat, ihm eine Stelle im Himmel zu vergönnen. Nachdem sich die Götter versammelt hatten, sich darüber zu berathschlagen, sagte Mercur, man sollte ihn in die Hölle dem Tantalus gegen über stellen, doch sollte er nicht Wasser sondern Wein vor sich haben, und neben ihm sollten eine Menge von Schinken und Würsten hängen, um seinen Hunger zu reizen. Neptun sprach, weil er das Wasser allezeit gehaßt hätte, so sollte man ihm einen Trichter ins Maul stecken, und er sollte unter der Tonne der Danaiden liegen, und das ganze Wasser saufen, was sie in die Tonne gößen.

goßen: Bacchus bewilligte ihm als seinen treuen Verehrer einen Platz im Himmel u. s. f.

7) Metamorphosis Parasiti in Caballum. Der Verfaßer dieses lateinischen Gedichts, welches mehr als
200 Verse enthält, ist Abraham Remi, Königlicher Profeßor der Beredsamkeit zu Paris, der 1646.
gestorben ist. Sein rechter Name war Ravaud.
Es wird hier Montmaur in sein Pferd, und sein Pferd
in den Montmaur verwandelt. Die Verse sind schön,
leicht und voll Feuer.

8) Montmori Rhetoris de Auctorum Satira et Ianito-
rum fuste conquerentis umbra. Man kennt den
Verfaßer dieses kleinen Gedichtes nicht. Der Schatten
des Montmaur beklagt sich über die Satiren seiner
Feinde, die Stockschläge, die er von den Pförtnern erhalten, und daß man ihn von guten Tafeln verbannt
hätte.

9) Iulii Pomponii Dolabellae in Pamphagum Dipno-
sophistam. Dieses kurze lateinische Gedicht ist von
Johann Sirmond einem Mitgliede der französischen
Akademie. Er war aus Rion in Auvergne gebürtig
und ein Neffe des Pater Sirmond, welcher Beichtvater Ludwigs XIII. war.

10) Basilii Storgae in Brutidium Epigramma. Der
Verfaßer ist nicht bekannt.

11) Marci Natalis in Suillium Cupiennionem ad Sex-
tum Epigrammata. Baillet sagt, man wüßte
nicht

nicht gewiß, ob der Verfasser dieser Sinngedichte
Abraham Remy oder Johann Sirmond wäre.

12) Iani Ursini Mantuani Elegia in Porcium Latro-
nem. Diese Elegie ist sehr sinnreich, aber ihr Urheber unbekannt.

13) Horatii Gentilis Perusini de Mamurio Dictatore
Epigrammata. Man kennt den Verfasser nicht.

14) Naenia in funere Parasiti Recodiani decantata.
Dieser Todtengesang ist in gereimter Prosa abgefaßt,
und ist denen ähnlich, die man in den katholischen
Kirchen bei den Todten Messen singt. z. E.

> Inflar Aetnae guttur vrit,
> Et palatum femper prurit,
> Et prae fame venter furit.
>
> Luflrat menfas vefpa bipes,
> Et deglutit cuncta copes,
> Aft contacta foedat dapes.
>
> In nullo ponit difcrimen,
> Seu fit olus, feu fit fumen,
> Quo faginetur abdomen.
>
> Omne quod in coelo vivit,
> Terra, vel aqua nutrivit,
> Hic in ventre fepelivit.

Die folgenden Satiren auf den Montmaur sind
in französischer Sprache abgefaßt:

15) To-

15) Testament de Goulu, das ist Montmaurs in
burlesken Versen von Sarrasin.

16) Requete de Petrus Montmaur, Profeſſeur du
Roi en Langue hellenique à Noſſeigneurs de Parlament. Man glaubt, dieſes burleske ſchöne Gedicht, das mehr als 300 Verse enthält, iſt vom
Menage.

17) L'Antigomor. Es wird hier in 73 Sonneten,
Sinngedichten, Rondeaux u. ſ. f. bewiesen, daß
Montmaur ein ſchmäſſüchtiger Schmaroßer geve-
ſen. Der Verfaßer iſt Charles Dion von Da-
libray aus Paris, der ſich mit nichts als mit der Poeſie beſchäftigte,

18) Metamorphoſe de Gomor en Marmite; von eben
dem Verfaßer.

19) Le Barbon. Paris 1648. 8. Dieſes Werk iſt
vom Balzac und noch mehrmal aufgelegt. Dieſes
Gemählde eines Pedanten gehört nicht unter Balzacs
beſte Schriften; es iſt zum Spaß zu ernſthaft geſchrieben. Doch nennt Furetiere den Barbon le vrai Pro-
totype de Pedanterie, und Bayle ſagt, daß das lächerliche der Pedanterei in demſelben lebhaft und glücklich ausgedruckt iſt.

20) Le Paraſite Mormon, Hiſtoire Comique. Par.
1650. 8. Der Abt de la Mothe le Vayer,
ein Sohn des berühmten Pyrrhoniers iſt Verfaßer
davon.

Alle dieſe Satiren auf den Montmaur hat der
Herr von Sallengre mit groſſer Mühe, und beſonders durch Hülfe des de la Monnoye geſammelt, da
ſie ſehr ſelten waren, und in der Geſchichte des Peter
von Montmaur abdrucken laſſen; nebſt noch einigen
andern Stücken auf denſelben, als vom Scarron,
Heinſius u. ſ. f.

Wie verhielt ſich der Montmaur in dieſem
greulichen Creußzuge, der auf ſeine Perſon von einer
ganzen Menge auserleſner Kämpfer gerichtet war? Er
ſchwieg ſtille. Seine Freunde riethen ihm, ſeine wi-
ßigen Einfälle, womit er ſonſt ſeine Feinde zu Boden
gedonnert hatte, drucken zu laſſen. Allein er liebte die
Ruhe zu ſehr, und begnügte ſich über dieſe Bagatelle
zu lachen und ſie zu verachten. Und hieran that er,
was ein weiſer Mann bei ſolchen Gelegenheiten zu thun
pflegt. Er konnte ſeine Feinde nicht mehr ärgern, als
daß er ſie keiner Antwort würdigte; eingedenk jener
klug ausgeſprochnen Weisheit des Tacitus: Convicia
ſpreta exoleſcunt, ſi iraſcare, agnita videntur.
Auch dieſes Stillſchweigen konnten ſeine Feinde nicht
leiden. Sie machten auf ſeine Unempfindlichkeit folgende Deviſe; nämlich ſie bildeten einen Eſel ab, der
bis an den Bauch in Diſteln ſtand, mit der Ueberſchrift:
Pungant dum ſaturent. Seine Spötter giengen noch
weiter, als die Satire gehen ſoll; ſie beſchuldigten ihn
des Mordes und der Sodomiterei, Verbrechen, die in
das Gebiete des Criminalrichters und nicht des Satirikers gehören. Der Präſident Couſin und der Pater
Papa-

Vavasseur haben diese Satiren gegen den Montmaur sehr stark gemißbilligt [1]. Es sind noch mehr Satiren auf den Montmaur verfertigt worden, als Sallengre gesammelt; weil sie ihm vermutlich nicht bekannt gewesen, z. E. die Verwandlung des Montmaur in einen Wolf. Weil er ein großes Gedächtniß und wenig Beurtheilungskraft hatte, machte man folgende Grabschrift auf ihn:

Sous ce te casaque noire
Repose bien doucement
Montmaur d'heureuse memoire
Attendant le jugement.

Allein der Einfall war von einer ältern römischen Grabschrift geborgt: Hic jacet vir beatae memoriae, expectans judicium.

Gabriel Naudé.

Naudé wurde im Jahr 1600 zu Paris gebohren, und war in litterarischen Sachen ein sehr erfahrner Mann, daher er auch verschiednen Bibliotheken vorgesetzt worden z. E. bei dem Parlamentspräsidenten de Mesmes, bei den Cardinälen Bagni und Barberini in Rom, bei dem Cardinal Mazarin in Paris, der ihn auch zum Canonico zu Verdun, und zum Prior zu Artige in Limousin machte; und endlich bei der Königin Christina in Stockholm. Als er aus Schweden in sein Vaterland zurückreiste, verfiel er in ein hitziges

Nn 5 Fie-

[1] Bayle Diction. Montmaur. Vigneul Merville Mélanges d'Hist. et de Litterat. Tom. I. p. 85. Sallengre Histoire de Pierre de Montmaur.

Fieber und starb 1653. zu Abbeville. Unter seinen vielen Schriften befindet sich auch folgende satirische, welche fast gar nicht bekannt und sehr selten ist:

Bibliotheca mystica Ludovici Servini. 1626. 4. welche einen satirischen Catalogus von Büchern enthält; z. E. S. 6. kommt vor:

Secundus Fusii Mastigophorus, in quo disquiritur, num Sanguis menstruatae mulieris potentior sit adversus incendium, quam disquisitiones magicae Delrii, aut notationes curiosae et secreta magica P. Francisci, aut denique omnis Pantarba Cabalae Iesuiticae. Gehennae apud Fulgentium Pyrorum sub signo Caniculae.

Durch diesen Titel wird eine Stelle in dem Mastigophoro des Fusi, der oben vorkommen ist, verspottet; in welchem eine abergläubische Gewohnheit vertheidigt wird, daß man mit einem Tuche, welches mit der Zeit einer Frauensperson befleckt ist, das Feuer in einem Schornsteine löschen könnte.

Charles Hersent.

Hersent aus Paris gebürtig war Priester, Doctor der Sorbonne und Kanzler der Kirche zu Meß. Er hielt sich einige Zeit bei den Patribus Oratorii zu Paris auf, die ihn aber fortschaffen musten, weil er mit allzugroßer Heftigkeit gegen das Mönchsleben predigte. Als er in Rom war, verfiel er in den Verdacht des Jansenismus, daher muste er nach Frankreich zurück.

rückgehn, wo er 1660. auf dem Schloße zu largone in
Bretagne starb. Er ist der Verfaßer folgender Schrift:
Optati Galli de cavendo schismate liber paraeneticus
ad Ill. et Reverendiss. Ecclesiae Gallicanae Pri-
mates, Archiepiscopos, Episcopos, Libellus paraeneticus. Lugduni (Paris) 1646. 8. 39 Seiten.
Unter allen Schmähschriften und Satiren, welche
auf den Cardinal Richelieu gemacht worden, ist diese
die giftigste, denn sie hat nichts weniger zur Absicht,
als den Cardinal bei der ganzen Welt verhaßt zu machen. Sie ist zu der Zeit verfertigt, als der Cardinal
dem Römischen Hof, mit dem er vorher einige Verdrüßlichkeiten gehabt hatte, mit der Furcht beunruhigen
wollte, daß sich Frankreich vom Pabste trennen, und
ihn zum Patriarchen machen wollte. Er hatte schon
viele Bischöfe gewonnen, deren schriftliche Einwilligung in dieses Vorhaben er in Händen hatte. Der
Päbstliche Hof war allerdings in Furcht, man möchte
dieses vor ihn schreckliche Project ausführen, daher
schrieb Hersent ihm zum Besten diese Satire, welche
sehr beißend und lebhaft ist. Der Cardinal, der darinn sehr mitgenommen und das Kind des Verderbens
(Filius perditionis,) genennt wird, war aufs äußerste
darauf entrüstet, und ließ die genauste Nachforschung
anstellen, den Urheber zu entdecken. Da aber der
Cardinal nicht glaubte, daß ein Pariser so verwegen
gegen ihn schreiben könnte, so suchte er allenthalben nach
dem Verfaßer, nur nicht in Paris; und so blieb er ihm
verborgen. Denn er glaubte ihn zu Lyon zu finden,

wo

wo dergleichen Schriften mehr gedruckt worden, und
ließ sich den Titel der Schrift betrügen. Weil er nun
den Urheber nicht erforschen konnte, so trug er es einigen
Gelehrten auf diese Satire zu widerlegen, welches auch
geschahe.

Die Satire selbst wurde durch einen Parlamentsschluß vom 23 März 1640. zu Paris durch den Henker verbrannt, und der Cardinal ließ alle Exemplare
aufkaufen und vertilgen; daher sie äußerst selten ist.
Doch hat man einen Nachdruck davon.

Zacharias Lisieux.

Ein Capuziner von Lisieux in der Normandie, wovon er auch den Namen bekommen. Er gieng als
Mißionarius nach England, wo er auch zwanzig Jahre geblieben, und starb 1661. den 1ten November,
79 Jahr alt. Er schrieb unter dem Namen Firmia-
nus drei Satiren, worinn er die Schreibart des Petronius weit besser nachgeahmt als Barklai. Es werden
darinn die Sitten der Franzosen zu seiner Zeit, die bürgerlichen Unruhen, die Räubereien der Pächter, die
Freigeisterei, der Stolz des Cardinals Richelieu und
andre Verderbniße seiner Zeit sehr frei und bitter durchgezogen.

1) Saeculi Genius. Petro Firmiano authore. Paris.
1643. 12.

2) Petri Firmiani Gyges Gallus. Par. 1659. 12.

3) Somnia. 1659. 12.

Man

Man hat auch Ausgaben, wo alle drei Satiren zusammengedruckt sind; als Paris 1671. 12. und anderswo.

Marc Anton von Gerard, Herr von Saint Amand.

Ein französischer Dichter gebohren zu Rouen 1594. brachte die meiste Zeit auf Reisen zu; wie er denn auch in Africa und America gewesen. Er wurde 1649. Kammerjunker bei der Königin Maria Louisa in Pohlen. Den Rest seiner Tage brachte er zu Paris zu, wo er ein Mitglied der französischen Akademie war, und 1661. starb. Er führte ein liederliches Leben und liebte den Trunk, daher er in beständigem Mangel lebte, der ihn aber endlich zur Beßerung führte. Seine Werke sind zu Paris 1637-1649. in drei Quartanten herauskommen. Unter seinen Gedichten gehört Rome ridicule hieher; von welchem Desmarets urtheilte, daß es mehr werth wäre, als alle Satiren des Boileau zusammen. Vom dem Geiste dieses Gedichtes, wird man aus folgender Probe urtheilen können, wo er von der Sündentaxe der Apostolischen Kanzlei also redet:

Lubin venant ici de Bresce
Fut prié par Frere Zenon,
D'en apporter grace en son nom
Pour avoir sanglé son Anesse:
Lubin le fit, et de retour,

Eh bien, dit l'autre, en mon amour
As - tu fait quelque tripotage?
Oui, repond il, et sans gloser,
Pour peu de Iules davantage
Ont t'eut permis de l'epouser.

Paul Thomas Herr von Girac.

Man würde vielleicht von Girac gar nichts wißen, wenn er nicht durch einen Streit mit Costar über die Schriften des Voiture bekannt wäre. Voiturens Werke waren bei seinen Lebzeiten und nach seinem Tode durchgängig in Frankreich beliebt, und man glaubte damals, es könne Niemand beßer schreiben. Girac widerlegte in einer lateinischen Kritik über Voiturens Werke dieses Vorurtheil. Costar schrieb dagegen eine Apologie des Voiture mit vieler Hitze und lustigen Einfällen, welche sehr wohl aufgenommen wurde, und ihm eine Besoldung von 500 Thalern verschafte. Girac antwortete wieder, hatte aber nicht gleiches Glück, wie er doch hofte. Costar griff alsdenn den Girac in einer Satire heftig an, worauf Girac in seiner großen Replique alle Laster der Costars auf das schimpflichste aufdeckte, und ihm einen Ignoranten, Buben und Galgendieb nennt. Und Costar war ein Priester, der Spiel, Wein und Frauenzimmer liebte, dazu der Sohn eines armen Huthmachers und einer Wäscherin, welches Girac alles zu seinem Nachtheil nutzte. Costar bath die Obrigkeit um die Unterdrückung dieser Schrift, die es auch that, und beiden Theilen ein

Still-

Stillschweigen auflegte; welches Bayle in der gelehrten Republik vor unrechtmäßig hielt [i].

Peter Jarrige.

Jarrige gebürtig von Tulle in Limousin, war einer von den berühmtesten Predigern der Jesuiten; der aber den Orden verlaßen, weil er die Aemter nicht erlangen konnte, deren er sich würdig hielt, und 1647. die catholische Religion zu Rochelle abgeschworen hat. Nach seiner Ankunft zu Leiden predigte er vor einer ansehnlichen Versammlung von den Ursachen seiner Bekehrung, und die Staaten von Holland gaben ihm ein Jahrgeld. Die Jesuiten ließen ihn hierauf von dem Richter zu Rochelle verdammen, daß er sollte gefangen verbrannt werden. Jarrige rächte sich an ihnen durch folgendes Buch:

Les Iesuites mis fur l'Echaffaud pour plufieurs crimes capitaux commis par eux, dans la Province de Guyenne; avec la reponse aux calomnies de Iacques Beaufes, par Pierre Iarrige 1649. 12.

Man hat von diesem Buche auch eine lateinische Uebersetzung.

Iesuita in ferali pegmate ob nefanda crimina in Provincia Guienna perpetrata a Petro Iarrigio, antea ejusdem societatis viro, quarti Voti Religiofo et Concionatore conftitutus, e Gallico latinitate donatus, cum judicio generali de hoc ordine. Lugd. Bat. 1665. 12.

Er

i) Bayle Diction. Paul Thomas.

Er dedicirte dieſe Schrift den Generalſtaaten, und bezeugte vor Gott und der ganzen Welt, daß er nichts als Wahrheit rede, nichts, als was er ſelbſt in der Provinz Gulenue von den Jeſuiten geſehn und gehört hätte. Dieſe Schrift iſt in 13 Capiteln abgetheilt, und es wird darinn gehandelt, von den Schandthaten der Jeſuiten gegen Regenten, von ihren Verfälſchungen, Ermordung weggelegter Kinder, von ihrer Unzucht in den Schulklaßen, Viſitationen, in Kirchen, Privathäuſern, auf Reiſen und in Nonnenklöſtern, Verfälſchung der Münze, Grauſamkeit und Undankbarkeit. Dem Pater Beaufes antwortete er beſonders, der ihn in der Schrift, Les Impietez et Sacrileges de Pierre Iarrige abſcheulich geläſtert hatte. Unterdeßen brachte ihn doch der Jeſuit Ponthelier, der damals im Haag im Gefolge eines Abgeſandten war, durch allerhand Verſprechungen wieder in die Römiſche Kirche zurück. Jarrige reiſte 1650. von ſelben nach Antwerpen, und gieng zu den Jeſuiten, wo er ſeinen Widerruf eiligſt herausgab, und ſich ſelbſt vor den größten Betrüger erklärte, und vorgab, daß alles erlogen ſei, was er den Jeſuiten Schuld gegeben. Er begab ſich aber nicht wieder in den Orden, ſondern ward Canonicus Saecularis, und ſtarb zu Tulle 1617. und weil er aus Schaam ſich nicht viel ſehen ließ, ſo hat man ausgeſprengt, die Jeſuiten hätten ihn vermauert [1].

Der

[1] Bayls Diction. Iarrige.

Der Abt de Montfaucon de Villars.

Dieser Abt de Villars kam aus Toulouse nach Paris, um sein Glück durch Predigen zu machen. Hier erlangte er wegen seines aufgeweckten Kopfs viele vornehme Freunde, und wurde in den besten Gesellschaften zugelaßen. Bei dieser Gelegenheit schrieb er ein scherzhaftes Buch, der Graf Gabalis betitelt. Die fünf Dialogen, woraus es besteht, entstanden aus den lustigen Gesellschaften, die der Abt am Thore Richelieu mit einer Versammlung von witzigen und komischen Köpfen, wie er, hielt. Als dieses Buch zum Vorschein kam, wurde es durchgehends als etwas unschuldiges und zeitkürzendes gelesen. Hernach aber zu einer Zeit, da einige Schwärmer sein darinn vorgetragnes Geistersystem als Wahrheit annahmen, hielt man das Buch vor gefährlich. Dem Abt wurde die Kanzel verbothen, und sein Buch confiscirt. Man wusste damals nicht, ob der Verfaßer blos ironisch oder im Ernste geschrieben hatte. Allein als der unglückliche Abt von Paris nach Lyon reisen wollte, wurde er unterwegens 1673. ohngefähr in seinem 35sten Jahre durch einen Pistolenschuß von Straßenräubern getödtet. Die Lacher bei einer so ernsthaften Sache gaben vor, daß ihn die Gnomen und Sylphen unter der Gestalt der Straßenräuber zur Strafe, daß er die Geheimniße der Cabbala entdeckt, umgebracht hätten. Ein Verbrechen, das diese eifersüchtigen Geister nicht ver-

Zweiter Theil.　　　Do

vergeben könnten, wie der Abt ſelbſt in ſeinem Buche geſagt hatte [1].

Le Comte de Gabalis, ou Entretiens ſur les Sciences ſecretes. Quod tanto impendio abſconditur, etiam ſolummodo demonſtrare deſtruere eſt. Tertull. à Amſterd. Iaques le jeune. 1671. 12. 228 Seiten. Nach der Pariſer Ausgabe abgedruckt. Im erſten Geſpräche, welches nur ein Eingang zu den übrigen iſt, ſagt der Abt, er hätte immer geglaubt, die ſogenannten geheimen Wißenſchaften wären nichts als Poßen; um dahinter zu kommen, hätte er ſich geſtellt, als wenn er ein großer Liebhaber davon wäre, wodurch er eine Bekanntſchaft mit vielen Verehrern derſelben erlangt, und beſonders mit einem deutſchen Herrn, der ſeine Güter an den Polniſchen Gränzen hätte, und darinn ein Adept ſei. Dieſer wäre nach Paris kommen, und hätte ihm alle Geheimniße der Cabbala entdeckt; und dieſer iſt der Graf Gabalis. Die Entdeckungen deßelben kommen nun in den vier nachfolgenden Geſprächen vor. Das ganze Geheimniß beſteht darinn. Es ſind alle vier Elemente mit unzähligen unſichtbaren Creaturen angefüllt, welche viel edler als die ſichtbaren ſind. Sie wären von beiderlei Geſchlecht. Adam ſei durch den Sündenfall des Umgangs mit denſelben beraubt worden; aber durch die geheime Wißenſchaft könne der Menſch wieder dazu gelangen, ja ihnen gar gebieten. Die in dem Waſſer le-

[1] Vigneul Marville Melanges. Tom. I. p. 278.

lebten, hießen Endievs und ihre Weiber Nymphen;
die in der Luft Sylphen und Sylphiden, die im
Feuer Salamander, und die in der Erde Gnomen.
Ihrer Natur nach wären sie sterblich, aber durch die
Verheirathung mit einem Menschen würden sie unsterb-
lich, und dieses wäre die Ursache, warum sie die Verheirathung mit dem Menschen so begierig suchten. Es
ist zu verwundern, wie man in Frankreich hat glauben
können, daß Villars im Ernst diese Meinung behauptet, da das Buch selbst doch das Gegentheil lehrt.
Villars läßt den Gabalis zwar reden, er giebt ihm
aber in keinem Stücke recht, sondern spottet seiner
durchgängig, und stellt ihn als einen gelehrten Thoren
und Phantasten vor. Seine Absicht war also offenbar, die Cabbalisterei, Schwärmerei und Geistersehe-
rei zu verspotten. Vermuthlich verdammte man sein
Buch deswegen, weil er nebenher auch über die Macht
des Teufels und der Zauberei spottet, welches damals
in Frankreich orthodoxe Glaubensartikel waren. Er
sagt am Ende des Buchs ganz deutlich, daß er über
Narren spotten, durch die beständige Jronie Nutzen
schaffen wolle, und gar nicht die Absicht habe, unter
der komischen Larve solche Possen einzuführen; und doch
verdammte man ihn. So hell sehen die Ketzermacher!
Wo jedermann Licht und Klarheit findet, da tappen sie
in chaotischer Finsterniß. Pope hat sein System der
Sylphen und Sylphiden im Lockenraube aus dem Villars entlehnt; und so auch Zachariä und Dusch unter den Deutschen. Man hat auch zwei Fortsetzungen

von dem Buche, die ihm aber an Witz und Einbildung nicht gleich kommen. Sie haben dieſen Titel:

Nouveaux Entretiens ſur les Sciences ſecretes, ou le Comte de Gabalis renouvellé. à Cologne 1684. 8.

Man hat auch eine Amſterdammer Ausgabe davon, unter dem Titel:

La Suite du Comte de Gabalis, ou nouveaux Entretiens ſur les Sciences ſecretes touchant la nouvelle Philoſophie. Ouvrage poſthume. à Amſterd. Pierre Mortier. 8. ohne Jahrzahl. SS. 150.

In dieſer Fortſetzung ſind ſieben Geſpräche enthalten.

Les Genies aſſiſtans et Gnomes irreconciliables. Amſterd. 1715. 12. und à la Haye 1718. 12.

Man glaubt Villars habe ſeine Ideen aus des Goldmachers, Marktſchreiers und Schwärmers Joſeph Franz Borri aus Malland Schriften genommen, der von der Inquiſition zu Rom zu einer ewigen Gefangenſchaft auf der Engelsburg verdammt worden, und 1695. daſelbſt geſtorben iſt. Dieſe Schrift des Borri führt den Titel:

La Chiave del Gabinetto del Cavaliere Gioſeppe Franceſco Borri, col ſavor della quale ſi vedeno varie lettere Scientifiche, Chimiche e curioſe, e Iſtruzioni politiche: aggiunta vna relatione della ſua vita. Colonia, Martello. 1681.

12. die zweite Ausgabe. Es enthält zehn Briefe, wovon die zwei ersten von Koppenhagen im Jahr 1666. geschrieben sind, welche dem wesentlichen Innhalte nach, wie Bayle sagt, nichts anders sind, als was der Abt von Villars in seinem Grafen Gabalis 1670 herausgegeben hat *). Dagegegen aber scheint zu streiten, daß die erste Ausgabe des Gabalis 1670. erschien, und die erste Ausgabe von Borris Werk erst 1680.

Carl Sorel.

Carl Sorel Herr von Souvigny wurde zu Paris 1599. gebohren. 1635. wurde er zum Königlichen Geschichtschreiber ernannt; und starb 1674. Unter seinen vielen Schriften gehört hieher:

Le Berger extravagant, ou, parmi des fantaisies amoureuses on voit les impertinences des Romans et de la Poesie. Par. 1628. 8. Drei Bände. 1633. drei Bände. Rouen. 1639. zwei Bände. Par. 1653. Eben diese Schrift ist auch unter folgendem Titel herausgekommen:

L'Anti-Roman, ou l'Histoire du Berger Lysis, accompagnée de remarques par Iean de Lande. Par. 1633. 8. Zwei Bände und 1653. Rouen. 1639. Es ist eine Art von Kritik gegen die Asträa des Herrn von Urfe, wo gutes und schlechtes unter einander gemischt ist, die aber der Asträa nicht geschadet hat. Doch wir wollen Sorels Urtheil da-

Do 3   von

*) Bayle Diction. Borri Rem. H.

von ſelbſt mittheilen. Dieſes Buch, ſagt er, wurde in
der Abſicht geſchrieben um die Ausſchweifungen gewiſ-
ſer Modebücher und ihrer Liebhaber vorzuſtellen. Es
iſt das dritte und viertemal unter dem Titel des Anti-
Roman gedruckt worden, weil es eigentlich eine komiſche und ſatiriſche Geſchichte iſt, wo alle Narrheiten
der Romane und poetiſchen Fabeln gezüchtigt worden.
Es wird darinn ein Menſch beſchrieben, der zum Narren
worden iſt, weil er Romane und Gedichte geleſen hat;
und der nach Art der Arkadiſchen Schäfer auch ein ſolcher Schäfer wird. Dieſer Anti-Roman iſt nicht allein gegen die Romane gemacht, die ſchön geſchrieben
worden, ſondern auch gegen diejenigen, welche noch
ſollen geſchrieben werden *).

Bertrand de la Coſte.

Dieſer ſeltſame Kopf, ein franzöſiſcher Ingenieur
von Paris, diente unter den Franzoſen, Polen, Ruſſen
und Dänen, und hat faſt ganz Europa durchſtrichen.
Er war auch bei dem Churfürſt Friedrich Wilhelm zu
Brandenburg Artillerie Oberſter, und lebte, nachdem
er aus deßen Dienſten entlaßen worden, bereits 1663.
als ein Privatmann zu Hamburg, und zwar viele Jahre in großer Armuth. Da er endlich dieſes Lebens
überbrüßig war, ſo begab er ſich nach Amſterdamm,
wo er auch bald nach 1676. geſtorben. Er war ein
großer Anhänger der Bonrignon, aus deren Schriften er nach ſeiner Ausſage viel göttliches gelernt hätte.
Sie

*) Sorel Biblioth. Franz. p. 399. ſqq.

Sie hielt sich 1676. fünf Monathe heimlich bei ihm in Hamburg auf. Allein diese Freundschaft artete bald in Feindschaft aus, und er verfolgte sie mündlich und schriftlich, und verklagte sie bei dem Consistorio; ja er hetzte den Pöbel auf, der ihr Thüre und Fenster einschlug. Er both der Academie der Wissenschaften in Paris die Maschine des Archimedes an, wie er sie nannte; da sie aber dieselbige nicht billigte, so schrieb er einige Bücher, die bald sollen angeführt werden, sich zu rächen und über ihre Mitglieder zu sattrisiren. Mit dieser Maschine wollte er vermittelst eines dünnen Faden 2000 Pfund in die Höhe heben. Er hat das Experiment in Gegenwart des Churfürsten von Brandenburg 1674. gemacht; und erhielt deswegen ein Zeugniß, welches der Churfürst selbst den 12 Mai 1674. zu Potsdam unterschrieben hatte, worinn er bezeugt, daß er den Versuch in Gegenwart vieler andern vornehmen Personen angesehn und richtig befunden habe. Er rühmte sich auch, daß er das Perpetuum Mobile, die Quadratur des Cirkels und andre schwere Dinge in der Mathematik erfunden, ob er gleich niemals studiert, sondern nichts als die Elementa des Euklides in französischer Sprache gelesen habe. Allein es ist nicht glaublich, daß er es in der Mathematik weit gebracht habe, denn in seinen Werken legt er der Pariser Akademie Aufgaben als unauflöslich vor, die ein Anfänger in der Geometrie auflösen kann, und von schwerern redet er so, daß man sieht, er habe sie nicht verstanden. Seine Schriften sind folgende:

Do 4　　　1) Le

1) Le Reveil matin fait par Mr. Bertrand pour reveiller les pretendus ſavauts Matematiciens de l'Academie Royales de Paris etc. à Hambourg imprimó par Bertrand, Libraire ordinaire de l'Academie de Bertrand, ou il ſe vend. 1674. avec Privilege de Bertrand. In ſeiner Akademie, die er blos erdichtet, heißt jedermann Bertrand: Monſieur Bertrand, Herr Bertrand, Milord Bertrand, Signor Bertrand, Moſci Panie Bertrand, O ſoubari Bertrand, Dominus Bertrand, Segner Don Bertrand, Bahal Bertrand, Duran Bertrand, Kirle Bertrand, Atanal Bertrand, Bertrand Cuiſinier, Bertrand Marmiton Suiße, Bertrand Sommelier, Bertrand laveuſe D'ecuelles, Bertrand Blanchißeuse u. ſ. ſ.

2) Ne trompés plus perſonne, on ſuite du Reveil matin des pretendus ſavants Matematiciens de l'Academie Royale de Paris; ou les curieux trouveront, de quoi ſe divertir et s'inſtruire. à Hambourg etc. 1675.

3) Le Monde deſabuſé, ou la Demonſtration des deus Lignes moyennes proportionelles par Bertrand de la Coſte Colonel d'Artillerie au ſervice de la Republique de Hambourg. à Hamb. 1675.

4) Ce n'eſt pas la Mort aux Rats ny aux Souris, mais c'eſt la Mort des Matematiciens de Paris, et la Deſmonſtration de la Triſection de tous Triangles par bertrand de la Coſte. à Hamb. 1676.

Der

Hier kommen unter andern Sinngedichte auf einige Mitglieder der Pariser Akademie vor, die sehr erbaulich sind; Z. E.

L'Epitaphe des Pseudo-Mathematiciens de Paris.

Cy gisent des Mathematiciens
Pourvus de Rentes et de Biens,
Quoiqu'ils ne firent jamais rien,
Que faire des vols, furts et larcins,
Et rober à autruy le sien.
Lucifer avec ses Lutins
Voyant venir ces Happeloupins,
Bien venus, dit il, mes Arlequins,
C'est donc vous qui faites tant les fins
Avec vos quatre mots de Latin,
Vous faites les Mathematiciens,
Qui n'estes que des Grammairiens etc.

L'Epitaphe de feu Mr. de Carthvi.

Cy gist le bon Caricavi,
Qui dicit pater peccavi,
Le Bien d'autruy furavi,
Ex Mathematiques erravi,
En mes brayettes cacavi.

Sur feu Mr. de Niguet.

Cy gist ou Niguet ou Nigaud,
Alias Badin et Badaut,
Ce Mathematicien si beau
Avoit de l'esprit, comme un veau.

Sur

Sur feu Mſr. de Roberval.

Cy giſt ce ſat Roberval
Qui croit qu'on ne trouve ſon egal,
Quoiqu'il ne ſoit qu'un Animal
à longues oreilles, ou Bucephal.

5) La Demonſtration de la Quadrature du Cercle.
Qui eſt unique Couronne et principal ſujet de toutes les Mathematiques. Par la quelle on fait voir
la Particule dont Archimedes fait mention. Laquelle tant de bons eſprits et ſages Philoſophes ont
cherché, ſans la pouvoir trouver depuis de centai-
nes d'années avant la Nativité de Ieſus Chriſt. Et
par même Moyen on fait voir la Ligne de la Rou-
lette, laquelle perſonne n'a jamais trouvée: à faute d'avoir eu deſcouvert la Quadrature du Cercle,
par Bertrand de la Coſte. 1677. *).

François Eudes de Mezeray.

Dieſer franzöſiſche Geſchichtſchreiber war 1610. zu
Rye bei Argentan in der Nieder Normandie gebohren,
ſtudierte die Schulwiſſenſchaften zu Caen, und wurde
hernach Kriegscommiſſarius zu Paris, welches Amt er
aber aufgab, nachdem er einigen Feldzügen beigewohnt
hatte. Als er hierauf zu Paris lebte, verwechſelte er
ſeinen Geſchlechtsnamen Eudes mit dem von Meze-
ray, welches der Name eines Dörfleins bei ſeinem Ge-
burts-

*) Freytag apparatus. Tom. II. p. 1426. Catalogue
raiſonné de la Librairie d'Etienne de Bourdeaux.

hatte war, um seine niedrige Geburt zu verstecken.
Weil er von Natur faul war, wollte er keine Lebensart
erwählen, die Thätigkeit erfoderte, sondern faßte den
Vorsatz ein Schriftsteller zu werden. Seine natürliche
Neigung zur Satire, verleitete ihn einen Versuch darinn zu machen. Die Unruhen, welche damals das Königliche Ministerium in Bewegung setzen, gaben ihm
hinlänglichen Stoff dazu, die Umstände der Zeit, welche
aller Strenge des Ministers ungeachtet, alles vertragen
konnten, die heftige Neigung der Franzosen zu dieser
Art Schriften, und die Menge derselben die er drucken
ließ, verschaften ihm in weniger als drei Jahren eine
ansehnliche Summe Geldes. Nachdem er also Ueberfluß erlangt hatte, ließ er die Satire auf eine Zeitlang
liegen, und legte sich auf Dinge, die ihm sicherer Ehre
verschaffen konnten. Daher faßte er in einem Alter von
26 oder 27. Jahren den Vorsatz die französische Geschichte zu schreiben. Als es der Cardinal Richelieu
erfuhr, schenkte er ihm 200 Thaler, und nachdem er
seine Geschichte geendigt hatte, gab ihm der König eine
Pension von 4000 livres. Nun verfiel er wieder auf
die Satire, wozu ihm die Umstände der damaligen
Zeit Gelegenheit verschaften, die er nicht versäumte.
Larroque, der sein Leben beschrieben, versichert, daß
er der Verfaßer der kleinen Schriften sei, die im Jahr
1662. wider die Regierung unter dem Namen San-
bricourt herauskommen, welches ein Anagramma seines Namens ist, einige Buchstaben ausgenommen.
Nach der Zeit machte er einen kurzen Auszug seiner
Ge-

Geſchichte von Frankreich; weil er aber verſchiedne verwegne Stellen einfließen laſſen, die dem Miniſter Colbert nicht gfielen, ſo wurde ihm die Hälfte ſeines Jahrgeldes entzogen; und weil er hernach aus Unwillen ſchlechte Reden ausſtieß, ſo verlohr er es gänzlich. Seinen Bruder den Pater Eudes beredete er in einer Predigt vor der Königlichen Frau Mutter auf die Regierung und die Auflagen loszuziehn. Er ſelbſt verkroch ſich unter der Predigt in einem Winkel der Kirche, und lachte als ein Kobolt über die Verwegenheit ſeines Bruders, der den vermaledeiten Blutigeln, die über die Alpen nach Frankreich gekommen, die Hölle drohte, und verwies es ihm noch, daß er nicht ſcharf genung geprediget hätte. Aber die Königin vergab es der Einfalt des Paters. Seine Scherze und Spöttereien waren mit allzuſcharfen Salze gewürzt, und er ſuchte dieſelben als Werkzeuge ſeiner Rache und ſeines Unwillens zu gebrauchen.

Die kleine Schriften, die von ihm im Jahr 1652. unter dem Namen Sandricourt herauskamen, ſind folgende:

1) Le Complot ou Entretien Burlesque ſur l'Arreſt du 29. Dec. 1651. contenant les principaux Chefs d'accuſation propoſez par la France contre le Miniſtere du Cardinal Mazarin par Sandricourt. Par. 1652. 4.

2) Le politique Lutin porteur des Ordonnances, ou les Viſions d'Alechromance ſur les Maladies de l'Etat. Par. 1652. 4.

3) L'A-

3) L'Accouchée Espagnole, avec le Caquet des Politiques, ou le Frere et la Suite du politique Lutin fur les Maladies de l'Etat. Par, 1652. 4. (11

4) Reponfe pour fon Alteffe Royale, à la Lettre du Cardinal Mazarin, fur fon retour en France. 4.

5) La Defcente du Politique Lutin aux Limbes fur l'Enfance et les Maladies de l'Etat. 4.

6) Les Preparatifs de la Defcente du Cardinal Mazarin aux Enfers, avec les Entretiens des Dieux Sóuterrains, touchant et contre les Maximes fuppofées veritables du Gouvernement de la France. 4. Diefes Werk ift nach dem Urtheil des Verfaffers eines von den erheblichften und nützlichften, die er bis dahin ans Licht geftellt hatte.

7) La France en travail fans pouvoir accoucher faute de fage femme. 4.

8) Le Cenfeur du Tems et du Monde, portant en main la Clef promife du Politique Lutin. Das ift der erfte von den vier Theilen, aus welchen diefes ganze Werk beftehet.

9) Pafquin et Marforio fur les Intrigues d'Etat. 4.

10) Seconde Partie du Cenfeur du Tems et du Monde, portant en main la Clef promife du Politique Lutin, et rapportant les difcours des quatre Heros dans les Champs Elifées, touchant les trois Cardinaux accufez, l'Education des Princes, la Confederation du Prince du Condé avec les Efpagnols,

et l'ordonnance de Charles le Sage fur la Majorité
des Rois 4.

11) Reponfe fur la Thefe touchée en la feconde Partie du Cenfeur du Tems et du Monde, à favoir
que les Regeaces des Royaumes ne doivent jamais etre deferées aux Reines Meres, ni aux Princes du fang, et l'Examen de la Piece intitulée:
Le Cenfeur cenfuré. 4.

12) Reponfe pour Meffieurs les Princes, au libelle
feditieux intitulé: l'Efprit de Paix femé dans les
ruës de Paris, la nuit du 25. Luin 1652. Piece
Academique. 4.

13) La Troifieme Partie du Cenfeur du Tems du
Monde, portant en main la Clef, et donnant
l'ouverture de toutes les fictions, equivoques,
laconifmes, ordonnances et vifions contenuës
dans le Politique Lutin fur le Gouvernement des
Etats et affaires prefentes 4. (2

14) La Quatrieme et derniere Partie du Cenfeur du
Tems et du Monde, portant en main la Clef, et
decouvrant toutes les fictions, equivoques, laconifmes et Baremes contenuës es quatre pieces in-
titulées: l'accouchée Efpagnole, la defcente aux
Limbes, les preparatif etc. et la France en travail 4.

15) Les fentimens de la France et de plus deliez politiques fur l'Eloignement du Cardinal Mazarin
et la Conduite de Mr. le Prince. 4.

                                               16)

16) L'Ombre de Mancini, sa Condemnation et sa Depolition contre le Cardinal Mazarin. La Marche de ce dernier, sa Contenance, ses Deffeins et ses Passions differentes. 4. Ist eine Fortsetzung der vorigen Schrift.

17) Songes et Repoules d'Hydromante sur les dangers, inevitables et les Miseres toutes certaines de l'Etat, depuis la personne du Monarque jusqu' à celle de l'Artisan, en cas que la Paix civile soit plus long tems differée, que le Cardinal Mazarin retourne en France, et qu'on abuse plus long tems de la parole et de la Puissance Roiale. 4. Dieses ist der dritte Theil von den Sentimens de la France.

18) Les Cordeliers de l'Etat, ou la Ruine des Mazarins, Anti-Mazarins et Amphibies occasionée par les rages de nos guerres intestines. Das ist der vierte Theil der Sentimens de la France.

19) Le Marechal des Logis logeant le Roy et toute sa Cour par les rues et principaux quartiers de Paris, eu consequence de la pretendue Amnestie. 4.

20) Les treshumbles Remontrances des trois Etats, presentées à sa Majesté pour la Convocation des Etats generaux.

Mit dieser Schrift haben Sandricourt Abschied. In allen diesen Schriften überhaupt wird ein seltsamer   Disci-

Mischmasch von lustigen Einfällen, von niedrigen und
kriechenden Poßen, von Quodlibets, von Gaßensprich-
wörtern, zuweilen auch von Witz und Gelehrsamkeit,
doch mit beständiger Mischung von Ausschweifungen
angetroffen. Dieses war die Schreibart, welche dem
Pöbel gefiel, und den Abgang solcher Schriften beförderte. Der Verfaßer der Lebensbeschreibung des Me-
zeray hat uns die Titel verschiedenen satirischen Stücke
allhie liefern wollen, die er theils während der Minderjährigkeit Ludwigs XIV. theils wider den Cardinal von
Richelieu verfertigt hat; unter dem Vorwand,[*] daß
man diese Schriften aus Ehrfurcht gegen die Personen,
welche darinn angegriffen worden, vergeßen müße.
Ich zweifle aber sehr, sagt Niceron, daß Jedermann
diese Bedenklichkeit und Ursache genehm halten
werde.[*]

Gilles Menage.

Menage gebohren 1613 zu Angers legte sich
von Jugend an auf die schönen Wissenschaften, und wurde anfänglich Parlamentsadvocat zu Paris. Als er
aber mehr Neigung zur Theologie empfand, wurde er
Decanus zu St. Petri in seiner Vaterstadt. Er that
sich in der Kritik und Dichtkunst rühmlich hervor, und
hielt alle Mittwochen eine gelehrte Versammlung in seinem Hause, war auch bei der Königin Christina in
Schweden sehr beliebt. Er starb 1692. Von seinen
Satiren gegen Peter von Montmaur ist schon oben
gedacht
worden.

[*] Nicerons Nachrichten. Band V. S. 179. ff.

gehandelt worden. Als die französische Akademie eine
große Menge von Wörtern aus der französischen
Sprache ausmärzte, machte er eine burleske Satira
Requete des Dictionnaires betitelt, die in ihrer Art
ein Meisterstück ist; worinn sich die französischen Wör-
terbücher über den Verlust beschweren, den sie dadurch
leiden müßten. Man hat fälschlich vorgegeben, daß
er deswegen keine Stelle in der französischen Akademie
erhalten hatte *). Es hat sich Niemand darüber beschwert, als der Abt von Boisrobert, den er darinn
wegen der Päderastie angegriffen hatte; die Stelle ist
folgende:

De combien de mots masculins
A - t - on fait de mots feminins.
Tous vos Puristes font la figue
A quiconque dit un intrigue;
Ils veulent malgré la Raison,
Qu'on dise aujourdhui la poison,
Vne Epitaphe, une Epigramme
Vne navire, vne Anagramme

— — —

Et le delicat Serizai
Est chaque mot feminizé,
Sans respect ni d'Analogie,
Ni d'aucune Etymologie,
Pour condescendre au doux Habert;
Sans que l'Abbé de *Boisrobert*

Ce

*) Anti-Baillet. Chap. 82.

Ce premier Chansonnier de France
Favori de son Eminence,
Cet admirable Patelin
Aimant le genre Masculin,
S'opposa de tout son courage
A cet efféminé langage.

Jean de La Bruyere.

De La Bruyere wurde 1644. in einem nahe bei
Dourdan gelegnen Dorfe gebohren. Er kaufte die
Stelle eines Schatzmeisters von Frankreich zu Caen;
allein kurz darauf beförderte ihn Boßuet Bischof zu
Meaux, zu dem Herzoge von Bourbon, ihn die Geschichte zu lehren, bei dem er hernach beständig als ein
Gelehrter lebte. Sein Buch von den Gemüthsarten
der Menschen verschafte ihm eine Stelle in der französischen Akademie. Er starb 1696.

Les Caracteres de Theophraste, traduits du Grec,
avec les Caracteres ou les Moeurs de ce Siecle.
Par. 1687. 12.

Man hat eine große Anzahl von Ausgaben mit Ver-
mehrungen. Die beste ist die, welche gleich nach des
Verfaßers Tode herauskam. Er schreibt kurz und
nachdrücklich, hat aber manchmal das Natürliche ver-
absäumt. Dieses Buch hatte anfänglich einen erstaun-
lichen Abgang, welches man aus den vielen Ausgaben
sieht, die schleunig auf einander folgten. Es wird aber
jetzt nicht mehr so stark gesucht, welches der Abt d'Olis

der Bosheit des menschlichen Herzens zum Theil
zuschreibt. So lange man, sagt er, die Bilder leben-
der Leute in diesem Buche zu finden glaubte, hat man
sich darum gerißen, um sich das klägliche Vergnügen zu
verschaffen, welches aus Satiren auf einzle Personen
entsteht; so wie aber diese Leute nach und nach ver-
schwanden, hörte es auf seines Inhalts wegen zu gefallen. De La Bruyere gieng alle Tage in den Laden
des Buchhändlers Michallet, und spaßte oft mit seiner kleinen Tochter. Einst zog er sein Manuscript aus
der Tasche und sagte zum Buchhändler: Ich schenke
Ihnen mein Werk, der Vortheil davon soll zu einer
Morgengabe Ihrer Tochter dienen. Michallet nahm
es an, und verdiente mit den verschiednen Ausgaben wenigstens 100,000 livres. Es hatte La Bruyere nicht
allein Bewunderer, sondern auch harte Beurtheiler,
als in der Person des angeblichen Vigneul Marville,
der ihn an vielen Stellen tadelt r). Man hat auch in
vielen, sonderlich auswärtigen Ausgaben einen Schlüs-
sel beigefügt, worinn die Namen derjenigen genennt
werden, von welchen La Bruyere hat reden wollen.
Nach der ersten Ausgabe wurde die Welt mit vielen
dergleichen Schilderungen überschwemmt, weil es aber
bloße Nachahmungen des La Bruyere waren, so
wurden sie bald vergeßen. Die beste ist folgende:

Suite des caracteres de Theophraste et des Moeurs
de ce Siecle. Par. 1700. 12. Sie rühren

r) Vigneul Marville Melanges. Tom. I. p. 342.

von einem Advocaten von Rouen her, Namens
Alsaume [1]).

Edmund Bourſault.

Bourſault ein franzöſiſcher Dichter, gebohren
zu Mußy-l'Eveque, einer kleinen Stadt in Burgund
1638. Er ſtarb als Steuereinnehmer zu Montluçon
im Jahr 1701. Außer andern Schriften verfertigte
er ein Luſtſpiel in einer Handlung, betitelt,

La Satyre des Satyres.

Es hatte Boileau in ſeiner 7ten Satire den
Bourſault, um ſeinen Freund Moliere an ihm zu
rächen, den er angegriffen hatte, alſo angeſtochen:

Faut-il d'un froid Rimeur depeindre la Manie?
Mes vers, comme un torrent, coulent ſur le papier;
Ie rencontre à la fois Perrin et Pelletier,
Bardou, Mauroy, Bourſault, Colletet, Titreville,
Et pour un, que ſe veux, j'en trouve plus de mille.

Das Stück des Bourſault ſollte eben geſpielt
werden, als Boileau das Verboth erhielt, daß es
nicht ſollte vorgeſtellt werden. Doch erhielt Bourſault die Erlaubniß es drucken zu laßen; er machte
eine ſehr lebhafte Vorrede dazu von der verwegnen Freiheit geſchickte und angeſehne Leute auf Boileaus Art
namentlich anzugreiffen. Boileau ſagte nachher öfters, Bourſault wäre der einzige, den er bereute angegriffen zu haben, und daß dieſe Vorrede unter allen
Schriften wider ſeine Satiren die ſcharfſinnigſte ſei.

Als

---

[1]) Nicerons Nachrichten. Band XV. S. 164. ff.

Als hernach Boileau 1685. die Bäder zu Bourbon
wegen des Verlusts seiner Stimme gebrauchte, und
Bonrsault erfuhr, daß er Geldmangel hätte, both er
ihm seine Dienste an und überreichte ihm einen Beutel
mit 200 Louisd'or. Darauf versöhnten sie sich, und
Boileau nahm den Namen Boursault aus seinen
Satiren in der folgenden Ausgabe heraus, und machte
diese Aenderung

Bonne corse, Pradon, Colletet, Titreville. *).

Nicolas Boileau Despreaux.

Dieser berühmte französische Dichter wurde 1636.
zu Paris in dem Zimmer gebohren, in welchem Gillot
das Catholicon d'Espagne verfertigt hatte, wie schon
oben ist angezeiget worden. Als er im Collegio zu Har-
court studierte, muste er sich den Stein schneiden lassen;
wiewohl er doch noch viele Beschwerlichkeiten davon in
der Zukunft leiden muste; woher einige seine Abneigung
vom Frauenzimmer herleiten wollen. Andre sagen,
er wäre in seiner Jugend von einem Auerhahne an einem geheimen Orte so übel zugerichtet worden, daß er
dadurch zum Ehestande untüchtig geworden, und weil
die Jesuiten diese Art von Hünern zuerst aus Indien
nach Europa gebracht hätten, so wäre daher sein Haß
gegen diesen Orden entstanden. Er las so viele Romane, daß ihn seine Vorgesetzten oft mit Gewalt davon
losreißen musten; welches aber seinen Verstand durch

*) Nicerons Nachrichten. Band XI S.63.

die Menge von närriſchen und heterokoſmiſchen Begriffen nicht verderbte, ſondern ihm vielmehr lebhafte Züge
wider das Lächerliche an die Hand gab.　Der König,
welcher Vergnügen an ſeinen Gedichten fand, ließ ihm
eine jährliche Penſion von 2000 Livres reichen,　und
1684. wurde er ein Mitglied der Königlichen franzöſiſchen Akademien.　Weil Frankreich damals mit einer
Menge ſchlechter Dichter überſchwemmt war, hielt er es
für ſeine Pflicht Satiren gegen ſie zu ſchreiben, wodurch
er ſich großen Ruhm, aber auch Haß und Unwillen der
ſchlechten Dichter zuzog.　Auch trieb ihn die Liebe zur
Tugend an das Laſter zu züchtigen.　Daher wurden
ſeine erſten Satiren ſehr wohl aufgenommen.　Des Regnier ſeine hatten zwar einen allgemeinen Beifall, und
ſelbſt Boileau hielt einige davon vor vortreflich; doch
kamen ſie den Satiren des Boileau an Anmuth und
Harmonie der Reime und reiner Schreibart nicht bei.

　　Die erſte Satire wurde 1660. ausgearbeitet.
Er beſchreibt darinn die Klagen und die Flucht eines
Dichters, der, weil er nicht mehr in Paris leben kann,
anderswo ein glücklicher Schickſal ſuche.　Es iſt eine
Nachahmung der dritten Satire des Juvenals, in
welcher er gleichfals die Flucht eines Weltweiſen beſchreibt, der Rom verläßt wegen der abſcheulichen daſelbſt herrſchenden Laſter.　Juvenal hatte auch die Unruhen dieſer Stadt beſchrieben; Boileau that es ebenfals von Paris; er ſah aber, daß ſich dieſe Beſchreibung
von ſeinem Zwecke zu weit entfernte, und daß ſie eine

doppelte Materie ausmachte; daher ließ er sie aus derselben weg, und machte eine besondre Satire daraus, welches die 6te ist.

Die sechste Satire über die Unruhen zu Paris wurde also von der ersten getrennt, und zu eben der Zeit verfertigt. De la Monnoye hat sie in griechische Verse überseßt ᵛ).

Die siebente wurde zu Ende des Jahrs 1663. gemacht. Der Verfaßer berathschlagt sich mit seiner Muse, ob er fortfahren soll Satiren zu schreiben, und beschließt troß den Beschwerlichkeiten seinem Genie zu folgen.

Die zweite wurde 1664. ausgearbeitet. Der Innhalt derselben ist die Schwürigkeit den Reim zu finden, und ihn mit dem Verstande zu vereinigen.

Die vierte trat gleich hernach in eben dem Jahre ans Licht. Sie ist an den Abt Le Nayer gerichtet, und beweist durch Beispiele, daß alle Menschen Narren sind, und daß nichts destoweniger ein jeder glaubt, daß er ganz allein klug sei.

Die dritte ist vom Jahr 1665, und enthält die Erzählung von einem Gastmahle, welches ein Mensch von einem falschen und ausschweifenden Geschmacke gegeben hat; der sich aber doch rühmt, daß er auf die Verbeßerung eines guten Tractaments bedacht sei.

Pp 4

ᵛ) Steht im vierten Theile der Menagiana, S. 359. (Amsterd, 1716. 12.)

Horaz in seiner 8ten Satire des zweiten Buchs, und Regnier in der 10ten Satire haben schon eben dergleichen Beschreibungen gemacht.

Die fünfte ist auch vom Jahr 1665. Sie zeiget, daß der wahre Adel in der Tugend bestehe, ohne auf die Geburt zu sehn. Juvenal hat eben diese Materie in seiner 8ten Satire, und Seneca im 44sten Briefe abgehandelt.

Diese sieben Satiren wurden 1666. zu Paris in Duodez unter des Verfassers Aufsicht zusammen gedruckt. Sie erregten auf dem Parnaße einen großen Tumult; die darinn angegriffnen Dichter wurden lächerlich gemacht, und andere höhere Schriftsteller fürchteten sich, und mißbilligten es, daß er sich die Freiheit genommen, die Personen mit Namen zu nennen. Dieses bewog ihn

Die neunte Satire zu schreiben, die er an seinen Geist richtete, und worinn er unter dem Vorwande seine eignen Fehler zu beurtheilen, sich von allen Beschuldigungen, die ihm seine Feinde aufbürdeten, befreiet und sie sehr beschämt. Diese Satire ist die schönste unter allen, und worinn am meisten Kunst, Erfindung und Artigkeit herrscht. Er schrieb sie 1667. ließ sie aber erst im folgenden Jahre drucken; nachdem er zuvor die

achte Satire vom Menschen herausgegeben. Diese ist nach dem Geschmack des Persius, und stellt einen verdrüßlichen Philosophen vor, den die Laster der

Men-

Menschen unerträglich sind. Sie fand außerordentlichen Beifall, und der König lobte sie oft. Der Abt Cotin und andre wollten seine Satiren verdächtlich machen, indem sie ihm fremde und schlechte Satiren zuschrieben, als hätte er sie gemacht.

Die zehnte Satire wider das Frauenzimmer gab er 1694. heraus. Sie wurde scharf beurtheilt, besonders von Perrault, der eine Apologie des Frauenzimmers schrieb. Boileau antwortete selbst darauf in seinem zehnten Briefe, der mit vieler Kunst geschrieben ist, und vor den er eine solche Zuneigung hatte, daß er ihn gemeiniglich sein liebstes Kind nennte. Der Stof dazu ist aus dem zweiten Briefe des Horaz im zweiten Buche genommen.

Die eilfte Satire handelt von der wahren und falschen Ehre, und ist bei Gelegenheit eines Processes 1698. verfertigt.

An den Jesuiten hatte Boileau beständige Feinde, die er hier und da, und besonders in einer Epistel von der Liebe Gottes angegriffen, die wider ihre Lehrsätze von der recht heilsamen Buße gerichtet war. Endlich schrieb er die zwölfte Satire vom Zweideutigen 1705. wider sie. Er brachte mit der Verfertigung derselben eilf Monathe, und mit der Verbeßerung drei Jahre zu. Er wollte sie kurz vor seinem Tode in einer neuen Auflage seiner Werke mit abdrucken lassen, hatte auch schon deswegen ein Königliches Privilegium erhalten, welches aber auf Anstiften der Jesuiten, und besonders des

Pater

Pater Tellier widerrufen wurde. Doch kam ſie nach
ſeinem Tode in der neuen Auflage ſeiner Werke zum
Vorſchein. Es endigt ſich dieſe Satire mit einer ſehr
beißenden Anzüglichkeit gegen die Journaliſten von Trevoux, die ihm in ihrem Journal, im Monath September 1703. ſehr übel begegnet hatten.

Es zeigte Boileau in ſeinen Gedichten keine große
Einbildungskraft, und ſcheint vielmehr etwas trocken
zu ſeyn, und es iſt ihm oft begegnet, daß er einerlei
Gedanken wiederholen muſte. Was ihm aber an Einbildungskraft abgieng, das erſetzte er durch Ordnung
und Richtigkeit ſeiner Gedanken, durch die Reinigkeit
der Schreibart, und durch die Schönheit der Wendung
und des Ausdrucks. Er hatte die Gewohnheit den
zweiten Vers eines Reimes jederzeit vor dem erſten zu
machen, und er ſah dieſe Uebung als eins der gröſten
Geheimniße der Dichtkunſt an, das den Verſen mehr
Verſtand und Stärke gäbe.

Er machte ſich durch ſeine Satiren viele Feinde.
Der Abt Cotin war der erſte, der ihn angriff, weil
Boileau in der dritten Satire über die kleine Anzahl
der Zuhörer in ſeinen Predigten geſpottet hatte. Daher machte er eine boshafte Satire auf ihn, worinn er
es ihm als ein großes Laſter vorwirft, daß er dem Ho-
raß und Juvenal nachgeahmt hat. Jacob Mignot,
ein Paſtetenbecker ſchlug ſich zur Parthei des Cotin,
und ließ ſie auf ſeine Unkoſten drucken, und wickelte
ſein Gebacknes darein, um ſie bekannt zu machen;

weil

weil nun von der Zeit an jedermann von ihm wollte
Gebacknes haben, erwarb er dadurch vieles. Cotin
gab noch ein Werk in Profa heraus:

La Critique desinterellée fur les Satires du tems.
1666. 8. worinn er dem Boileau auf eine grobe Weife vorwarf, daß er weder Gott, noch Glauben,
noch Gefetz kenne. Er zog auch den Moliere in den
Streit; diefer aber machte ihn in der Komödie der gelehrten Frauen unter dem Namen Tricotin, den er
hernach in Trißotin verwandelte, lächerlich. Der
poetifchen wider Boileau verfertigten Stücke ift eine
unendliche Zahl. Von den Satiren des Boileau hat
man viele Ausgaben; die letzte, welche der Verfaßer
felbft beforgte, trat 1701. 4. ans Licht.

Sonft find noch einige fatirifche Kleinigkeiten vorhanden, an denen Boileau wenigftens Antheil gehabt
hat; als

1) Arret burlefque, donné en la Grand' Chambre
du Parnalle, en faveur des Maitres-es-Arts,
Medecins et Profelleurs de l'Univerfité de Sta-
gire, au Pais des Chimeres, pour le maintien
de la doctrine d'Ariftote.

Diefes Arret wurde 1674. verfertigt, und man
ließ es auf ein einzles Blatt drucken. Die Gelegenheit hierzu war folgende. Die Univerfidt zu Paris wollte dem Parlament eine Bittfchrift überreichen,
wodurch fie zu verhindern fuchte, daß man die Carte-
fanl.

ſianiſche Philoſophie nicht lehren ſollte. Man redete
ſelbſt mit dem erſten Präſidenten Lamoignon, der
einſt zum Boileau ſagte, daß er würde ein dieſer Bittſchrift gemäßes Arret geben müßen. Boileau verfertigte darauf dieſes luſtige Arret mit Hülfe des Berirter
und Racine. Dongois ein Neffe des Verfaſſers und
Greffier bei der Oberkammer hatte gleichfalls Antheil
daran, vornehmlich in Anſehung der Schreibart und
juriſtiſchen Ausdrücke, die er beſſer als ſie verſtand.
Einige Zeit hernach als Dongois ſeine Sachen, die
er einige Tage ſich hatte häufen laſſen, dem erſten Präſidenten zur Unterzeichnung brachte, legte er dieſes luſtige Arret bei, um den Herrn von Lamoignon zu
hintergehn, und es mit den andern von ihm unterzeich-
nen zu laſſen. Er wurde es aber gewahr, und ſtellte
ſich, als wollte er es dem Dongois an den Kopf werfen,
und ſagte: andre her, wieder ein Streich vom Despres
auf. Er las es mit vielem Vergnügen, lachte oft
mit dem Verfaßer darüber, und geſtand, dieſes luſtige Arret hätte ihn abgehalten, ein ernſthaftes auszufer-
tigen, das ein allgemeines Gelächter würde verurſacht
haben. Die Bittſchrift der Univerſität aber kam nicht
zum Vorſchein.

a) Chapellain decoiffé, ou Parodie de quelques Sce-
　　nes du Cid ſur Chapellain, Caſſaigne et la Ser-
　　re. Dieſes Stück wurde 1664. bei einer Mahl-
　　zeit gemacht, die Furetiere dem Boileau und Raci-
　　ne gab, welche dazu etwas beitrugen. Furetiere
　　　　　　　　　　　　　　　　　nahm

nahm den Hauptantheil daran, und man muß ihn als
den einzigen und wahren Verfaßer davon ansehn, wie
er es selbst gestand.

3) Les Heros de Roman, Dialogue à la maniere de
Lucien. Boileau stellt darinn das lächerliche
der Romane sehr sinnreich vor.

Die Ausgabe der Schriften des Boileau mit dem
Commentar des Broßette Advocat zu Lyon, welche
zu Genf 1716. in zwei Quartanten heraus kam, übertraf alle vorhergehende. Vom Jahr 1730. hat man
zwei Ausgaben in Folio und Quarto mit Kupfern von
Picard zu Amsterdam *).

Gabriel Daniel.

Der Pater Daniel, der unter dem Namen des
französischen Geschichtschreibers bekannter ist als des
Satirikers, wurde 1649. zu Rouen gebohren, begab
sich im 18ten Jahre seines Alters unter die Jesuiten,
und lehrte an verschiednen Orten die schönen Wissenschaften, Philosophie und Theologie mit vielen Ruhme.
Er starb 1728. zu Paris. Er schrieb gegen das Lehr-
gebäude des Cartesius ein Buch, aus welchem man
zu seiner Zeit nicht mit Unrecht viel gemacht hat, wo
er auf eine angenehme und satirische Weise gegen die
Säße dieses Philosophen sehr scharffinnige Anmerkungen gemacht hat.

Voja-

*) Nicerons Nachrichten Th. XXII. S. 140. ff.

Vojage du Moude de Deſcartes. à Paris 1691. 8.

Ohne die Vorrede und den Innhalt 308 Seiten. Dieſe Schrift iſt auch ins Engliſche und Italieniſche überſetzt, auch bei einer neuen Auflage mit den Nouvelles Difficultés touchant la Connoiſſance des betes von ihm vermehrt worden. Die ſeltſame Meinung des Carteſius, daß die Thiere bloße Maſchinen ſind, iſt darinn ſehr gut widerlegt worden, da Daniel zeigt, daß man auf dieſe Weiſe eben ſo gut den Menſchen die Seele abſprechen könne; ob er gleich ſonſt über die Natur der Seele ſelbſt wenig Erläuterung giebt. Bayle macht dabei die auf die Erfahrung gegründete ſehr heilſame Anmerkung, daß es ſcheine, als wenn Gott, welcher die Einſichten den Menſchen mittheilt, als ein allgemeiner Vater aller Secten handle, und nicht zugeben wolle, daß eine Secte völlig über die andre triumphiren, und ſie gänzlich ſtürzen könne. Eine überwältigte, in Unordnung gebrachte Secte, die nicht weiter kann, findet faſt allezeit Mittel ſich wieder aufzuhelfen, ſo bald ſie von der vertheidigenden Parthei verlaßen wird. Das Gefecht der Secten iſt allezeit demjenigen gleich, welches die Trojaner und und Griechen in der Nacht hielten, da Troja eingenommen ward.

— Nec ſoli poenas dant ſanguine Teucri:
Quondam etiam victis redit in praecordia virtus,
Victoresque cadunt Danai *).

Sie

*) Virgil Aeneid II. p. 366.

Sie überwunden einander wechselweise, nachdem
sie das Pariren in den Angriff verwandeln. Kaum
hat der Cartesianer der Scholastiker Meinung wegen
der Seele der Thiere zu Grunde gerichtet, so erfährt er,
daß man ihm mit seinen eignen Waffen schlagen, und
zeigen kann, daß er zu viel bewiesen [y]. Dieses muß
der Pater Daniel selbst an einem andern Orte bekennen, wenn er sagt: die Peripatetiker haben freilich
auch ihre Schwürigkeiten aufzulösen; allein wenn sie
auch noch viel größer wären, als sie sind, so muß man
sich so lange, als die Cartesianer uns weder etwas beßers
noch verständlichers zu sagen haben werden, daran halten, und über diesen besondern Punkt so urtheilen, wie
ein großer Staatsminister vor 25 Jahren über die ganze Philosophie geurtheilt hat. Man rieth ihm, seinen
ältesten Sohn nicht die alte Philosophie lernen zu lassen,
weil, sagte man, in dieser Philosophie nichts als Narrenspossen und Albernheiten wären. Man hat mir
auch gesagt, antwortete er, daß viel Alfanzereien und
Hirngespinste in der neuen wären: also, fuhr er fort,
alte Thorheit, neue Thorheit! ich glaube, daß man,
da man die Wahl hat, die alte der neuen vorziehen
muß [z].

Franz Gacon.

Gacon ein französischer Dichter wurde 1667. zu
Lyon gebohren, und nachdem er bei den Patribus

Dra-

y) Bayle Diction. Rorarius. Rem. G.
z) Suite du Voïage du Monde. p. 105.

Oratorii studirt hatte, Clerc in der Capelle des Herzogs von Orleans, welche Stelle er aber aus Liebe zur Freiheit bald niederlegte. Durch seine Satiren erweckte er sich viele Feinde, wie ihm denn auch die französische Akademie, als sie ihm 1717. den Preiß in der Poesie zutheilte, nicht erlaubte, daß er sich öffentlich gegen sie bedankte, weil er zuvor fast alle ihre Mitglieder durchgezogen hatte. Im Jahr 1723. wurde er Prior von Notre Dame de Baillon, nicht weit von Beaumont sur Oise, wo er 1739. gestorben. Er nennte sich le Poete sans fard, weil er ungeschminkt und freimüthig jeden die Wahrheit sagen wollte.

Le Poete sans fard, ou Discours Satiriques en vers. à Cologne (Lyon) 1696. 12. Die zweite Ausgabe ist unter folgendem Titel:

Le Poete sans fard; contenant Satyres, Epitres, Epigrammes sur toutes sortes de sujets. à Libreville (Rouen) chez Paul Disantvray, à l'Enseigne du Miroir, qui ne flate point. 1698. 12. und endlich wieder unter dem ersten Titel Brüssel 1701. 12.

In diesem Buche hat er den berühmten Bischof Boßuet und andre sehr mitgenommen, daher das Buch zu Paris verbothen und er selbst in Verhaft genommen worden: Er gehört aber nicht unter die guten französischen Satirenschreiber. Als Secretair des sogenannten Regiments de la Calotte, hat er auch viele scherzhafte

hafte Urtheils vor die Personen, so in daßelbe aufgenommen worden, verfertigt *).

Achtzehntes Jahrhundert.
Laurent Bordelon.

Der Abt Bordelon blühte um den Anfang dieses
Jahrhunderts, und gab folgende satirische Schriften
heraus:

1) L'Histoire des Imaginations extravagantes de M.
Oufle, causées par la lecture des Livres qui
traitent de la Magie, du Grimoire, des Demo-
niaques, des Sorciers, Loupgarous, Incubes,
Succubes et du Sabat, des Fées, Ogres, Esprits folets, Genies, Phantomes et autres reve-
nans etc. par l'Abbé Bordelon, avec figures.
Paris, Pierre Prault. 1710. 2 Vol. 12. und
1712. 12. Eine neue Ausgabe ist zu Paris
1754. 8. in fünf Theilen herausgekommen. Dieses Buch ist auch ins Deutsche übersetzt worden, unter
folgendem Titel:

Historie, oder wunderliche Erzählung der seltsamen Einbildungen, welche Monsieur
Oulie aus Lesung solcher Bücher bekommen, welche von der Zauberei u. s. w.
handeln. Durchgehends mit vielen curieusen
Noten versehen, worinn alle Stellen in den Büchern,
welche solche seltsame Einbildung verursacht haben, oder
wider

a) Niceron Memoires Tom. XXXVIII. p. 233.

wider dieselbe dienen können, getreulich angezeigt, und in zwei Theilen abgehandelt sind. Aus dem französischen übersetzt. Danzig. 1712. ohne Vorreden und Register 564 Seiten. In diesem Buche wird aller Glauben an die Astrologie, Gespenster und Zauberei als eine Einbildung der Narren vorgestellt; daher verwundert sich Thomasius, daß man damals das Buch in Frankreich so frei durchschlüpfen laßen, da man über seine Disputation von dem laster der Zauberei so viel lermen angefangen *). Der Name Oufle ist das Anagramma von le Fou.

2) Dialogues des Vivans par l'Abbé Bordelon. 1717. 12. Dieses Buch ist selten, weil es bald Anfangs ist unterdrückt worden, indem sich viele Personen darüber beklagten, daß sie darinn mit Namen genennt und redend eingeführt worden.

Johann Baptista Roußeau.

Roußeau wegen seiner Stärke in der Ode der französische Pindar genannt, wurde zu Paris 1669. gebohren. Der Charakter dieses Dichters als Mensch erscheint in einem sehr nachtheiligen lichte, wenn man seinen Neid, Rachgier und Eifersucht betrachtet. Er soll sich sogar seines Vaters geschämt haben, um seine niedrige Herkunft zu verbergen; daher machte man ein kleines Gedicht im Ton eines Gaßenliedes auf ihn, welches man mit einem Kupferstich begleitete:

Or

*) In der Vorrede zu Websters Untersuchung der Hexerei. S. 28.

Or ecoutés petits et grands,
L'Histoire d'un ingrat enfant,
Fils d'un Cordonnier, honnette homme,
Et vous allés entendre comme.
Le Diable pour punition,
Le prit en sa possession.

Er hatte sich durch seine Sinngedichte, die er das Gloria Patri seiner Psalmen nennte, schon eine Menge ansehnlicher Feinde gemacht, die er darinn sehr beißend durchgezogen hatte. Ihre Anzahl wurde noch durch die bekannten Couplets vermehrt, die man ihm Schuld gab; ob es nun gleich noch nicht ausgemacht ist, daß er sie alle verfertigt hat, so hat er sich doch zu den fünf ersten verstanden. Die Sache würde auch nicht so arg vor ihn geworden seyn, wenn er sie blos von sich abgelehnt, und sie nicht durch einen ordentlichen Proceß dem Joseph Saurin hätte aufhängen wollen. Dieser Saurin, der nicht mit dem berühmten Prediger Jacob Saurin zu verwechseln ist, verließ Frankreich zwei Jahr vor der Widerrufung des Edicts von Nantes, und wurde Prediger in der Schweiz. Er gieng aber wieder nach Frankreich zurück, und wurde katholisch. Saurin behielt in dem Processe recht, und Rousseau wurde durch einen Parlamentsschluß 1712. auf Zeitlebens aus Frankreich verbannt. Er gieng also nach Brüssel, wo er viele Gnade vom Prinzen Eugenius genoß, der ihn auch mit nach Wien nahm; aber auch seine Gnade wieder verlohr, da er den bekannten Grafen von Bonneval in

Qq 2   seiner

seiner Gegenwart zu sehr vertheidigte. Im Jahr 1717. wollte ihn der Regent Herzog von Orleans wieder nach Paris kommen laßen, allein Rousseau kam nicht, weil man seinen verlohrnen Proceß gegen Saurin nicht von neuem untersuchen wollte. Der Herzog von Aremberg, der sich meistentheils zu Brüßel aufhielt, gab ihm eine Pension von 1500 livres. 1738. gieng er unter dem Namen Richer nach Paris, blieb aber nur drei Monathe daselbst, weil er die Umstände vor sich nicht günstig fand. Dieser unglückliche Dichter starb 1741. zu Brüßel, und bekennte noch bei seinem Tode, daß er nicht Verfaßer der Couplets wäre, die sein ganzes Leben vergiftet hätten. Der berüchtigte Boindin Königlicher Procurator und Schaßmeister, der 1752. starb, hinterließ nach seinem Tode eine Schrift, worinn Rousseaus Unschuld behauptet, und Saurin vor den Verfaßer der Couplets angegeben und bewiesen wird, daß seine Feinde ihn durch die Andichtung derselben um eine Stelle in der Akademie bringen wollen, und daß sie dieselben mit Fleiß in der Melodie und dem Styl gemacht hatten als die, womit Rousseau als ein junger Mensch im Jahr 1700. einige Personen durchgezogen hatte. Allein Voltaire vertheidigte den Saurin öffentlich in einer Schrift unter dem Titel: Refutation d'un ecrit anonyme contre la Memoire de feu Mr. Ioseph Saurin. Wie weit er Recht hat, kann man nicht ausmachen, da er ein offenbarer Feind von Rousseau gewesen ist s).

Johann

s) Merkwürdigk. zur Gesch. d. Gelehrten. Th. II. S. 27. ff.

Johann Baptista Joseph Villart de Grecourt.

Man würde von den Gedichten des Grecourt niemals etwas im Druck gesehn haben, wenn es auf ihn ankommen wäre. Denn ob er gleich der fruchtbarste Dichter seiner Zeit war, so war er doch zugleich der sorgloseste, der von seinen Gedichten oft weder Original noch Copie besaß, wenn nicht einer seiner Freunde seine Geistesprodukte aufbewahrt hätte; der sie auch nicht eher dem Publico mittheilte, als bis schon ein guter Theil derselben verstümmelt und fehlerhaft erschienen war. Grecourt wurde um das Jahr 1683. zu Tours gebohren. Weil er der jüngste unter seinen Geschwistern war, so bestimmte man ihn sehr zeitig zum geistlichen Stande. 1697. erhielt er ein Canonicat bei der Hauptkirche des heiligen Martinus zu Tours. Er verließ die Kanzel bei guter Zeit, und wiedmete sich seinem lustigen Temperament gemäß den Gesellschaften, wo Vergnügen und Freude herrschte. Sein fruchtbarer und erfinderischer Geist verschafte ihm zu Paris Beifall und Hochachtung genug in den ansehnlichsten Familien; besonders war der Marschall Herzog von Estrées sein Beschützer und Freund. Er starb zu Tours den 2ten April 1743. Unter seinen Gedichten verdient hier die trefliche Satire wider die Bulle Unigenitus bemerkt zu werden, der er den Titel Philotanus gab. Sie hat den Namen von einem Teufel Philotanus genannt, welches ohngefehr so viel als Päderast heißt. Diesen Teufel sand Grecourt einst

unter

unter einem Baume ſchlafen., und nöthigte ihn durch
die Gewalt des Weihwaßers ihm das Geheimniß dieſer berüchtigten Bulle Unigenitus zu offenbaren, die
Clemens XI. im Jahr 1713. gegen die Anmerkungen
des berühmten Paſchaſius Quesnel über das neue
Teſtament, die er 1671. drucken ließ, auf Anſtiften
der Jeſuiten und Anhalten Ludwigs XIV. herausgegeben hatte, und in welchen 101. von den Sätzen des
Quesnels verdammt und die päbſtliche Untrüglichkeit
feſtgeſetzt wurden. Philotanus erzählt ihm weitläufig, wie die ganze Hölle über die Anmerkungen des
Quesnels in Aufruhr gerathen, weil ſie gemerkt, daß
ſie nun nicht mehr ſo viel Zugang haben würde, wenn
die Menſchen ihr Leben nach denſelben einrichteten.
Daher habe er Philotanus, der ſchon ehemals in der
Perſon des Ravaillac Heinrich IV. ermordet, Ludwig XIV. und den Pabſt beredet wider Quesneln lo-
zubrechen; folglich ſtammte dieſe Bulle urſprünglich
aus der Hölle. Die Geheimniſſe der Jeſuiten werden
in dieſer Satire zugleich auf das heftigſte durchgezogen.
In der Auflage von Grecourts Gedichten von 1747.
zu Lauſanne und Genf befindet ſich auch eine lateiniſche Ueberſetzung in Verſen davon, welche nicht
ſchlecht iſt.

Oeuvres completes de Grecourt à Luxembourg.
1780. 12. Vier Theile.

Wilhelm Hyacinth Bougeant.

Dieser gelehrte Jesuit, der unter uns mehr durch seine Histoire du Traité de Westphalie, die auch ins deutsche übersetzt worden, bekannt ist, als durch seine Satiren, wurde 1690. zu Quimper gebohren, trat 1716. in den Orden, und nachdem er einige Zeit die schönen Wissenschaften zu Caen und Nevers gelehrt hätte, nach Paris in das Collegium Ludwigs des Großen kam, wo er seine übrige Lebenszeit zubrachte, außer daß er wegen einiger allzufreien Ausdrücke in seinem Amusement philosophique sur le langage des betes auf eine kurze Zeit nach la Fleche verwiesen wurde, starb 1743. zu Paris. Er schrieb folgende Satiren:

1) Voiage merveilleux du Prince Fanfaredin dans la Romancie. Par. 1735. 12. Diese Schrift ist gegen die Romane gerichtet.

2) Drei Lustspiele in Prosa, welches eigentlich Satiren auf die Jansenisten sind.

La Femme Docteur ou la Theologie en Quenouille Amsterd. 1731. 8. Zehn und ½ Bogen.

Weil es den Jesuiten gelungen, daß der französische Hof sammt den Hofbischöfen ihre Parthei völlig genommen, so suchte Bougeant die Jansenisten durch Komödien lächerlich zu machen, die mit Erlaubniß des Hofes öffentlich zu Paris vorgestellt wurden; worunter diese die vornehmste ist, in welcher vier Frauen vorgestellt werden, die in Glaubenssachen klüger seyn wollen als die Biſchöfe und Theologen. Dieſe Komödie iſt eine offenbare Nachahmung des Tartuffe, wodurch die Jeſulten ihren Feinden das Widerlegungsrecht ſpielten. Die 50 Advocaten, welche ſich der Conſtitution widerſetzt, werden häßlich mitgenommen. In dieſer Satire herrſcht die wahre komiſche Laune, die man ſo ſelten in Komödien findet.

Le Saint denichê. à la Haye. 1732. 8. Dieſe Komödie, welche zu Paris aufgeführt worden, hat auch den Titel: Banqueroute des Marchands des Miracles; und iſt gegen die vorgeblichen Wunder des Abts Paris gerichtet. Es ſoll ein Krüpel ſein hölzernes Bein auf des Paris Grab gelegt haben, daß es zu Fleiſch würde. In der Vorrede wird erzählt, daß die Famme Docteur in einem Jahre mehr als 25 mal aufgeführt, und dadurch viele Janſeniſten bekehrt worden.

Les Quakers françois ou les nouveaux Trembleurs.

Peter Franciſcus Guyot Desfontaines.

Der Abt Desfontaines der Sohn eines Parlamentsraths in Rouen, wurde daſelbſt 1685. gebohren. Im Jahr 1700. trat er in den Orden der Jeſuiten, und verließ ihn wieder nach 15 Jahren, da er ſchon Prediger war, welches ſeine Obern für einen Verluſt anſahen. Das Journal von Trevoux wurde ihm mit gutem Erfolg aufgetrogen. Bei ſeinem Eintriet in die Welt erhielt er die Pfarre Thorigny in der Normandie; er legte aber auch dieſes Amt nieder und begab ſich nach Paris,

Paris, wohin er 1724. gerufen wurde, um an dem Iournal des Savans zu arbeiten. Im Jahr 1735. erhielt er ein Königliches Privilegium zu den Obſervations ſur les ecrits modernes, wovon er alle Wochen einen Bogen herausgab. Dieſe Schrift fand Beifall, weil ſie mit Spöttereien und Scherz gewürzt war. Er erlangte zuerſt Voltairens Freundſchaft, verlohr ſie aber bald wieder durch ſeine Betrachtung über das Trauerſpiel deſſelben der Tod des Cäſars, und eine in ſeinen Blättern angebrachte Spötterel. Nachher machte er ſich beſtändig in ſeinen Kritiken über die Schriften des Voltaire luſtig, der ihn auch in dem Diſcourſe über den Neid, in dem Briefe an den Präſidenten Henault und in einigen andern kleinen Stücken gar nicht ſchonte. Desfontaines wurde im Jahr 1725. zu Bicetre wegen eines gewißen ſchändlichen Verbrechens gefangen geſetzt, und ſollte verbrannt werden; allein auf Bitten des Voltaire, der ſich deswegen an die Marquiſe de Prié wandte, wurde er in Freiheit geſetzt. Als ein gewißer Abt Makarti, dem Voltaire eine anſehnliche Summe Geldes abgeborgt hatte, und damit nach Conſtantinopel gieng, ein Türke zu werden, ſagte Voltaire: Makarti, iſt nur bis an den Boſporus gegangen, aber Desfontaines iſt gar bis zum Todten Meere (lac de Sodome) entflohen *). Dieſes Verbrechen aber wird in der Voltairomanie gänzlich geleugnet, und dargethan, daß ihm

Qq 5. die

---

*) Commentaire hiſtorique ſur les Oeuvres de l'Auteur de la Henriade. p. 9, 10.

die Gefangenſchaft zu Bicetre auf keine Weiſe zum
Nachtheil gereicht, und daß ihn der Polizeirichter ſelbſt
in einem Briefe an den Abt Bignon vertheidige, und
bereut, daß er ſich habe hintergehn laſſen, das Inſtru-
ment einer niederträchtigen Rache zu ſeyn, ehe er die
Sitten des Desfontaines gekannt hätte.

Voltaire hatte gegen das Journal des Desfontaines folgende Schrift herausgegeben:

Le Preſervatif ou Critique des Obſervations ſur les
    Ecrits modernes, worinn dem Abt viele grobe
Fehler gezeugt werden, die er in ſeiner Beurtheilung
der Schriftſteller begangen hatte. Dagegen ſchrieb der
Abt

La Voltairomanie. Lettre d'un jeune Avocat en for-
    me de memoire, en Reponſe au Libelle du Sr.
    Voltaire, intitulé le Preſervatif. In dieſer
Schrift wird Voltaire greulich herumgenommen, und
unter dem häßlichen Bilde eines offenbaren Betrügers
vorgeſtellt. Voltaire leugnete, daß er der Verfaſſer
des Preſervatifs wäre, weil man die Schrift nicht vor
recht gründlich erkennen wollte; allein man hatte Briefe von ihm in Händen, wo gewiſſe Urtheile, die in dem
Preſervatif ſtehn, von Wort zu Wort enthalten ſind.
Eben ſo hat Desfontaines geleugnet, daß er der Verfaſſer der Voltairomanie ſei; denn vor dem Polizeige-
richte ſchrieb er eigenhändig folgende Worte: Ich würde mich vor einen ehrloſen Menſchen halten, wenn ich
den geringſten Theil an dieſem infamen Pasquille hätte.
                                    Dieſe

Diese beiden Schmähschriften hätten die traurigsten Folgen haben können; es wurden darüber gerichtliche Klagen angebracht, und es schien, als ob die Geschichte der Couplets des Roußeau wieder erneuert werden sollte; allein die Sache wurde unterdrückt ᵉ). Auch folgende Sammlung von Satiren und Schmähschriften gegen den Voltaire wird dem Abt Desfontaines zugeschrieben:

Volrariana ou Eloges Amphigouriques de Fr. Marie Arrouet Sr. de Voltaire, Gentilhomme ordinaire, Conseiller du Roi en ses conseils, Historiographe de France &c. &c. &c. &c. &c. discutés et decidés pour sa Reception à l'Academie françoise. à Paris. cIɔCCCCCCCXXXXVIII. 8. SS. 559. ohne Zuschrift und Innhalt.

Der größte Theil der in dieser Sammlung vorkommenden Stücke soll von dem Saint Hyacinthe gesammelt und von einem Freunde dem Herausgeber mitgetheilt worden seyn ᶠ). Es enthält dieselbe eine Menge von Satiren in Prosa und in Versen gegen Voltairen, in welchen sein Charakter sehr häßlich geschildert ist; unter andern das Preservatif des Voltaire und die Voltairomanie, einige Gedichte des Roußeau, Aufsätze von Buchhändlern gegen Voltairen, eine Kritik seiner Henriade, Sinngedichte, Couplets, Brevets bei seiner Aufnahme unter das Regiment der Calotte, Oden,

ᵉ) Merkwürdigkeiten zur Geschichte der Gelehrten Th. II. S. 66.

ᶠ) Volrariana. p. 256.

Oben, Anagrammen u. ſ. f. Sonſt hat Desfontaines noch geſchrieben:

Dictionnaire Neologique. Par. 1726. worinn die Prologen in der franzöſiſchen Sprache durchgezogen werden. Es ſind in Holland davon noch einige vermehrte Ausgaben herauskommen, deren Zuſätze aber von fremder Hand herrühren; daher erkannte der Abt nur zwei Pariſer Ausgaben von 1726. vor die ſeinigen. Er ſtarb endlich zu Paris 1745. Folgende kurze aber beißende Grabſchrift hat man auf ihn gemacht:

Hic jacet autorum terror ſimul ac puerorum.

Themiſeuil de Saint Hyacinthe.

Wer kennt nicht den berühmten Matanaſius, der die pedantiſchen Commentatoren ſo treflich empfohlen hat! Saint Hyacinthe, der eigentlich De Beſſoire hieß und aus Troyes gebürtig war, ſein Vaterland Frankreich verlaſſen hatte und in Holland lebte, wo er ſich den Wiſſenſchaften wiedmete, iſt von einigen vor einen Sohn des Boßuets Biſchofs zu Meaux und der Mademoiſelle Desvieux de Mauleon gehalten worden, die insgeheim mit dem Biſchof ſoll verheirathet geweſen ſeyn, und der auch ein kleines Landgut Mauleon fünf Meilen von Paris kaufte, wovon ſie den Namen annahm, und ein hohes Alter erreichte f). Die Wahrheit dieſer Sache kann ich weder beweiſen noch widerlegen. Saint Hyacinthe hat ſich vorzüglich durch

f) Merkwürdigkeiten zur Geſchichte der Gelehrten. Th. I. S. 348.

durch folgende Schrift einen nicht unansehnlichen Rang
unter den Satirikern erworben.

Le Chef d'oeuvre d'un Inconnu. Poeme heurese-
ment decouvert et mis au jour avec des Remarques savantes et recherchées par Mr. le Docteur
Chrisostome Matanasius. à la Haye. 1714. 8.
Dieses ist die erste Ausgabe.

Die siebente Ausgabe erschien unter folgendem Titel:
Le Chef d'Oeuvre d'un Inconnu; Poeme heurese-
ment decouvert et mis au jour, avec des Remarques savantes et recherchées. Par Mr. le
Docteur Chrisostome Matanasius. On trouve
de plus une Dissertation sur Homere et sur Cha-
pelain; deux lettres sur des Antiques; la Preface de Cervantes sur l'Histoire de Don Quixotte
de la Manche, la Deification d'Aristarchus Masso et plusieurs autres choses non moins agrea-
bles qu'instructives. Septieme edition, revuë,
corrigée, augmentée et diminuée. Infelix eorum ignorantia, qui ea damnant, quae non in-
telligunt. Lib. Inc. §. 1. Artic. XV. S. D. L. R. G.
à la Haye Anno Ae. V. 1744. Ab instauratio-
ne litterarum decimo octavo. 2 Tomes in
octavo.

Diese Schrift züchtigt die Wuth der Ausleger griechischer und lateinischer Scribenten, die im vorigen
Jahrhunderte als eine ansteckende Seuche herrschte,
nach Würden und Standesgebühr. Es wurden damals

mals alle Schriften, gute und schlechte auf eine unerträgliche und pedantische Art commentiert. Eine allenthalben übel angebrachte Gelehrsamkeit, mit unnützen Anmerkungen verbrämt und vollgepfropft, die zur Erklärung des wahren Verstandes nichts beitrugen, sondern eine an sich klare Sache nur dunkler machten, herrschte bei diesen geschmacklosen Commentatoren durchgängig; die auf dergleichen litterarischen Plunder stolz die armen Laien neben sich verachten; die keine Weisheit darinn finden konnten, wenn sie sie auch mit der Laterne des Diogenes suchten. Diese Commentarsucht hatte vorzüglich die holländischen Kritiker und besonders den Peter Burmann befallen, gegen welche diese Schrift eigentlich gerichtet ist. Man hat mit Fleiß ein schlechtes französisches Liedchen zum Text gewählt, dessen erste Strophe also lautet:

> L'autre jour Colin malade
> Dedans son Lit,
> D'une grosse Maladie
> Pensant mourir
> De trop songer à ses Amours
> Ne peut dormir;
> Il veut tenir celle qu'il aime
> Toute la nuit.

Es herrscht durch und durch eine meisterhafte Ironie, und alle Kunstgriffe der gestriegelten Commentatoren werden höchst lächerlich parodiert. Vor dem Commentar selbst scheinen die nöthigen Approbationen

nen des Guardians im Kloster Eselsberg, einiger Herm
latten der Theologie, hebräische, griechische, lateinische
französische, englische und holländische: sehr komische
Acclamationen, die den Metanasius bis an den Himmel erheben, lustige Vorreden, ein Verzeichniß der
Bücher und Manuscripte von denen in dem Buche geredet wird, ein Verzeichniß von Teufeln und heidnischen Gottheiten, von Nationen und Gesellschaften,
von Namen der gelobten Autoren, Halbgötter und He-
roen, von Zeugnißen der Gelehrten in Journalen u. s. f.
Das Buch wurde auch bald anfänglich mit dem größten
Beifall aufgenommen, und da man den wahren Verfaßer nicht kannte, wurde es dem Fontenelle, de
Crousaz, de la Monnoye, und von Voltairen
dem Sallengre zugeschrieben; woraus man schon von
seinem Werthe urtheilen kann. Ich habe durchgängig
den Irrthum auch bei sehr vorzüglichen Literatoren bemerkt, daß sie vorgeben, Saint Hyacinth wäre
nicht der einzige Verfaßer dieses kritischen Commentars, sondern es hätten zugleich mehr ansehnliche Gelehrte daran gearbeitet; und zwar besonders diejenigen,
die zugleich mit dem Saint Hyacinthe an dem Journal litteraire, welches eines von den besten in seiner
Art ist, gearbeitet haben, als 's Gravesande, Marchand, von Effen, Sallengre, Alexander u. s. f.
Allein Saint Hyacinthe hat in einem Briefe an Voltairen, worinn er sich sehr über ihn beschwert, daß er
auszubreiten suchte, als wäre Sallengre der Verfaß-
fer des Commentars, sich öffentlich erklärt, daß er be-

sag-

sagten Commentar ganz allein verfertigt habe [4]). Der ganze Irrthum rührt sicher daher, daß diesem Commentar am Ende Remarques nouvelles oder Notae variorum beigefügt sind; und diese rühren von den Gelehrten her, die mit an den Journal litteraire gearbeitet haben, und wovon sich jeder einen eignen Namen gegeben hat, z. E. Asiaticus, Pagniobes, Tabulati u. s. f. Ich kenne unter diesen Namen nur einen einzigen in Ansehung seiner Bedeutung; nämlich Irisius ist 's Gravesande; der diesen Namen deswegen wählte, weil er sich auf die Algebra legte, wo der Buchstabe ꞓ gemeiniglich die unbekannte Größe anzeigt.

Das angehängte Stück La Deification du Docteur Aristarchus Masso hat auch den Saint Hyacinthe zum Verfaßer, und mißfiel Voltairen außerordentlich, vermuthlich wegen der darinn vorkommenden Stockschläge, die ein französischer Poet von einem Officier Beauregard von eben dieser Nation erhält. Denn er fällte im sechsten Theile seiner Werke folgendes Urtheil davon: c'est une infame Brochure digne de la plus vile canaille, et faite sans doute par un de ces mauvais François qui vont dans les pais etrangers deshonorer leur patrie et les belles lettres. Ich habe schon sonst angemerkt, daß Voltaire gewohnt war

war

---

[4]) Dieser Brief des Saint Hyacinthe steht im zweiten Theile des vierzigsten Bandes Biblioth. françoise; wie auch in den Voltariana p. 247.

war seine Feinde die Canaille der Litteratur zu nennen; man darf sich daher nicht wundern, daß Saint
Hyacinthe, der sein Vaterland und die Wissenschaften niemals entehrt hatte, mit diesem Titel von ihm ist
beehrt worden, weil er glaubte, daß er ihn in dem Aris-
starchus Masso wegen der Stockschläge angestochen
hätte; daher hat er sich auch in dem eben angeführten
Briefe sehr bitter gegen ihn vertheidigt. Er selbst erklärt diese Vergötterung blos vor eine Erdichtung, worinn die Fehler einiger Gelehrten lächerlich gemacht werden. Andre unpartheiische Gelehrte haben erklärt, daß
in diesem Stücke weit mehr komische Laune, Kunst und
Gelehrsamkeit enthalten wären, als in dem Commentar des Matanasius selbst. Der Officier Beaures-
gard erklärte in der Vergötterung dem geprügelten
Poeten zum Abschied, daß wenn auch der Lorbeer des
Parnaßes die Dichter vor dem Donner schützte, er sie
doch nicht vor Stockschlägen schützte. Saint Hyacinth
glaubte selbst, daß Voltaire deßwegen so auf ihn ge-
schimpft hätte; und schrieb in einem Briefe, daß man
wegen gewißer Vorfälle, die Voltairen begegnet wären, seit der Zeit die spanischen Röhre pflegte Voltaire
zu nennen, und das Prügeln mit einem Stocke Vol-
tairisiren; er habe selbst ein Sinngedichte gesehn,
welches sich so angefangen:

> Pour une Epigramme indiscrete,
> On voltairisoit un Poete. &c.

Zweiter Theil. Rr Er

Er glaubt, Voltaire wäre der Monomaur seines Jahrhunderts gewesen, und man hätte vor ein lateinisches Werk zu schreiben, unter dem Titel Gargi-
lius Mamurra redivivus ⁹). Noch will ich bemerken,
daß Menke seine zwei Reden von der Charlatanerie der
Gelehrten dem unvergleichlichen Mäcanaflus, Fürsten
der Gelehrten und der Zeit Oberzuchtmeistern der sämtlichen Wortforschergesellschaft dediciret hat.

Julien Offray de La Mettrie.

Von diesem berüchtigten Freigeiste, den einige
Leute aus Kurzsichtigkeit einen Philosophen nennten,
weil er ein unbändiger Räisonneur war, sind mir zwei
Satiren bekannt:

1) Ouvrage de Penelope, ou Machiavel en Medecine; par Aletejus Demetrius (de la Mettrie) Hol-
lande 1748. 12. Tomes 3. Diese Schrift ist eine
seltne Satire gegen die Aerzte. Man muß aber den
Schlüßel dazu haben, worinn die wahre Namen der
hier gemeldeten Aerzte stehn.

2) Les Charlatans demasqués, ou Pluton vengeur
de la Societé de Medecine. Paris (Holland)
1762. 8.

Der Charakter dieses Mannes war Liederlichkeit
im höchsten Grade, und man hat den weisen und tu-
gend-

---

⁹) Dieser Brief des Saint Hyacinth ist geschrieben zu Go-
necken bei Orsba, den 10 Oct. 1745.

genßhaften Epikur niemals mehr beschimpft, als wenn
man den Arzt La Mettrie vor seinen Nachfolger hielt;
er war Epicuri de grege porcus. Dieses hat niemand
deutlicher gezeigt als sein landsmann der gelehrte Marquis d'Argens, der ihn sehr wohl kannte. Dieser
Mensch, sagt er, schrieb in den Anfällen seiner Thorheit viele Schriften zusammen, worinn alle gute Sitten,
alle Ehrlichkeit und Redlichkeit über den Haufen geworfen wurden. Wem grauset nicht, wenn er folgende abscheuliche Gesinnungen liest? „Du, der du insgemein unglücklich genannt wirst, und der Du es auch
wirklich in Absicht der übrigen Menschen bist, Du
kannst dem ohngeachtet für dich selbst in Dritten eignen Augen ruhig und vergnügt seyn. Du hast weiter
nichts nöthig, als die Gewissensbisse, entweder durch
Nachdenken, wenn dasselbe bei Dir Stärke genug hat,
oder noch sicherer, durch die weit kräftigern entgegen
gesetzten Gewohnheiten zu ersticken. Wärest Du groß
geworden ohne die Begriffe, die jetzt den Grund Deiner Gewissensbisse abgeben, gelernt zu haben: so würdest Du nicht nöthig haben, diese Feinde Deiner Ruhe
zu bestreiten. Dieses ist aber noch nicht genung, Du
must noch überdem eine eben so große Verachtung gegen
das leben beweisen, als gegen alle Urtheile Deiner Ne-
benmenschen. Und bist Du so weit gekommen, so behaupte ich, daß Du in Wahrheit glücklich seyn wirst,
wenn Du auch ein Vatermörder wärest, wenn Du auch
Blutschande und Sodomiterei ausübtest, wenn Du
auch ein Spißbube und Straßenräuber wärest, wenn

man Dich auch in der Welt für den verruchteſten Bö-
ſewicht hielte, und wenn Du auch mit dem gröſten
Recht von allen ehrlichen Leuten verflucht zu werden
verbienteſt *). Dieſer Narr im eigentlichſten Verſtande, hatte die Gewohnheit alle ſeine Einfälle, wenn ſie
auch noch ſo ungeräumt waren, zu Papiere zu bringen,
und andern als Wahrheit zu verkaufen. So bildete er
ſich einmal ein, er wolle dem ganzen Europa beweiſen,
daß der berühmte, fromme und gelehrte Haller ein
Gottesleugner ſei. Er ſchmiedete eine Geſchichte, wie
er mit demſelben in einem Hurenhauſe zuſammenkom-
men, und wie dieſer ihn daſelbſt verſichert, er glaube
keinen Gott *). La Mettrie bezeugte gegen die Deutſchen allenthalben Verachtung, und doch ſagt der Marquis d'Argens von ihm: Das konnte ein Menſch thun,
der der elendeſte Stümper war, der gar keine Beleſenheit hatte, deßen ganze Gelehrſamkeit in etlichen Verſen aus Komödien und Tragödien beſtand. Er ſchrieb
franzöſiſch wie ein Beſeßner, und wuſte kaum ſo viel Latein, daß er die mediciniſchen Schriften verſtand; von
allen Sprachen wuſte er gar nichts; inſonderheit war
ihm das Deutſche völlig unbekannt. Man kann ſagen,
daß ihm dieſe unſinnige Verachtung der Deutſchen das
Leben gekoſtet. Er hatte eins zu viel Paſteten gegeßen,
und

k) La Mettrie Diſcours ſur le bonheur pour ſervir de
Preface au Traité de la Vie heureuſe de Seneque.
p. 133.

l) Le petit homme à longue queue. p. 42.

und sich damit den Magen verdorben. Als man ihm nun rieth durch ein Brechmittel die unverdaulichen Speisen, die ihm ein Fieber verursachten, fortzuschaffen, so wollte er es nicht thun, sondern sagte: ich will diese Unverdaulichkeit durch das Aderlassen heben, und dadurch die Meinungen der deutschen Aerzte widerlegen; er ließ zur Ader und starb in drei Tagen in der Behausung des französischen Gesandten. Seine Lebhaftigkeit war manchmal ganz ausschweifend; er warf sodann seine Peruke auf die Erde, zog sich fast nackend aus, und setzte sich so mitten unter die übrige Gesellschaft[n]). Er unterstund sich sogar den gottlosen Satz zu behaupten, daß es erlaubt sei einen König zu tödten[m]).

Franz Maria Arrouet de Voltaire.

Herr von Voltaire hatte eine solche Neigung zur Satire, daß man fast keine Schrift von ihm finden wird, in welcher nicht Spuren seines satirischen Geistes vorkommen sollten. Allein, wie er über alles satirisirt hat, so hat auch alles wieder über ihn satirisirt. Dessfontaines und Freron nahmen es hauptsächlich mit ihm auf, und sie wurden nicht ungern, sondern mit großem Beifall gelesen. Ein gedruckter Bogen des letztern, und er schrieb wöchentlich einen, wurde von dem Verleger mit 15 louis d'or bezahlt. Doch von diesen bel-

---

[n]) De la Mettrie Discours sur le bonheur. p. 136.

[m]) Marquis d'Argens in seinen Anmerkungen über den Ocellus Lucanus. S. 352. ff.

heildurigen Satiren iſt hier nicht die Rede. Unter ſeinen Gedichten kommen viele Satiren vor, als le pau-
vre Diable; le Ruſſe à Paris; la vie de Paris et Ver-
ſailles; la Tactique; les Syſtemes et les Cabales, in
dem erſten Gedichte ſpottet er über die Syſteme des
Thomas Aquinas, Duns Scotus, Carteſius,
Leibniz, Spinoza, Malebranche und Maus-
pertuis; das andre iſt eine perſönliche Satire gegen
Clement. Will man das Mährchen von Orleans auch
unter die Satiren rechnen, ſo hab ich nichts dagegen;
ich werde aber an einem andern Orte davon reden.
Den Candide kann man als ein Pasquill auf die göttliche Vorſehung und die beſte Welt anſehn, und als
ein Roman, der bei gewißen Claßen von Leſern viel
Unheil ſtiften kann. Es iſt ſonderbar, daß Voltaire,
ſo lange er unter Katholiken lebte, welche die beſte Welt
verwarfen, dieſelbe aufs eifrigſte vertheidigte, und alle
diejenigen Dummköpfe ſchalt, die ſie leugneten; als er
aber unter den Proteſtanten in Deutſchland war, gab
er die Welt vor ein Kloak voll Unflaths und eine Verſammlung von Schurken aus, weil jene den Optimiſ-
mus vertheidigten. Es war ſeit jeher ein geheimer
Kunſtgriff des menſchlichen Herzens ſich mit Singula-
ritäten zu brüſten, um den Ruhm zu haben anders
zu denken als der gemeine Haufe. Wenn man die
Wiſſenſchaften als die Quelle des menſchlichen Werder-
bens angeſehn hätte, ſo würde ſie Rouſſeau, der ſie
ſo ſehr liebte, gewiß vertheidigt haben; da man aber

nach

nach der gemeinen Meinung das Gegentheil behaupten, so konnte er, der nach Ruhm jagte, nicht anders thun als sie verachten, und alle Stärke seiner Beredsamkeit anwenden, um zu zeigen, es wäre besser auf Vieren zu kriechen, und seinen Hunger unter einem Eichbaum zu stillen, als seinen Verstand auf eine der Menschheit ganz unnatürliche Weise zu cultiviren.

Die Satire, welche Voltaire gegen den Berlinischen Präsidenten von Maupertuis schrieb, unter dem Titel:

Diatribe des Doctors Akakia, Päbstlichen Leibarztes; Decret der Inquisition, und Bericht der Profeßoren zu Rom wegen eines vorgeblichen Präsidenten,

hatte unglückliche Folgen vor ihn. Die Gelegenheit dazu war folgende. Der Herr von Maupertuis trug in seiner Cosmologie das Principium minimæ actionis als den Hauptgrundsatz der ganzen Naturlehre vor, und gab sich für den ersten Erfinder dieses Satzes aus. Der Profeßor König im Haag ließ im Jahr 1752. in die leipziger Acta eruditorum eine Abhandlung setzen, in der er nicht nur verschiednes gegen diesen Grundsatz erinnerte, sondern auch einen Auszug aus einem Briefe des Herrn von Leibnitz an den Profeßor Hermann in Basel einrückte, worinn ersterer mit ausdrücklichen Worten dieses Grundsatzes gedenkt. Maupertuis verlangte hierauf das Original dieses Briefes zu sehn,

wel-

welches König nicht vorzeigen konnte, sondern sagte, er hätte nur eine Abschrift von dem Briefe von dem vor drei Jahren zu Bern enthaupteten Henzy erhalten. Weil man nun das Original dieses Briefes nach allen angestellten Requisitionen nicht finden konnte, so schloß Maupertuis, der Brief wäre von Königen erdichtet worden. Die berlinische Akademie gab dem Herrn von Maupertuis recht. Voltaire war Königs alter Freund, und ob ihm gleich der König von Preußen befohlen hatte, in diesem Streite neutral zu bleiben, so that er es doch nicht, und schrieb den Doctor Akakia; worüber er von Berlin weg muste, und diese Satire wurde in Berlin an drei Plätzen durch die Hand des Scharfrichters verbrannt. Diese Satire wurde anfänglich mit unglaublicher Begierde gelesen. In Paris wurden in einem Tage 5000 und in Leipzig in einer Woche 500 Exemplare verkauft. Der Doctor Akakia hält sich besonders über gewiße Einfälle auf, welche Maupertuis in seinen Werken, Briefen und der philosophischen Venus geäußert hatte, nämlich, daß es Sterne gäbe, die wie Mühlsteine gebildet sind, daß ein Komet kommen werde, der uns den Mond stehlen, und seine Angriffe sogar bis auf die Sonne erstrecken würde, daß ganz goldne und diamantne Kometen auf unsre Erde fallen würden, daß sich die Kinder in Mutterleibe durch die anziehende Kraft bildeten, das linke Auge zöge den rechten Fuß an sich, dem Zufalle und den wilden Völkern habe man die einzigen Specifica zu

verdanken, und die Aerzte hätten kein einziges erfunden,
die Aerzte sollten lauter Quacksalber werden und die
Theorie fahren lassen, man sollte einen Kranken mit
Pech überziehn, oder ihm die Haut mit Nadeln
durchstechen, der beste Arzt wäre derjenige, der die
Vernunft am wenigsten zu Rathe ziehe; das reife
Alter sei nicht das starke männliche Alter, sondern
der Tod: Er spottet ferner über die algebraische
Demonstration der Existenz Gottes, über den Vorschlag, das Gehirn einiger Riesen eilf Fuß in die
Länge, und mit Haaren bewachsner Menschen, die
einen Schwanz tragen, zu untersuchen, um die Natur des menschlichen Verstandes zu erforschen; daß
man unter dem Nordpole grade ausschiffen, und ein
Loch bis in den Mittelpunkt der Erde graben könne;
weil man wenigstens ganz Deutschland ausgraben müß-
ste, um die gehörige Oefnung zu diesem Loche zu machen, welches dem Gleichgewichte von Europa einen
merklichen Nachtheil zuziehen würde u. s. f.

Von dieser Streitigkeit findet man weitere Nachrichten in folgenden Schriften:

1) Sammlung aller Streitschriften, die neulich über
das vorgebliche Gesetz der Natur, von der kleinsten
Kraft in den Wirkungen der Körper, zwischen den
Herrn Präsidenten von Maupertuis zu Berlin,
Hr. Prof. König in Holland u. a. m. gewechselt
worden. Unpartheilsch ins Deutsche übersetzt.

Maxima de Minimo nascitur historia! 1753. 8.
SS. 164.

2) Maupertuisiana. à Hamb. (Holland) 1753. 8.
Ist eine französische Sammlung aller oder doch der
meisten Schriften, die in diesem Streite in Holland
ans Licht getreten. Auf dem Titel steht ein Kupfer,
das Don Quixotens Streit mit den Windmühlen
vorstellt. Hier kommen auch unterschiedne satirische
Stücke vor, als Friedenstractat, der zwischen dem
Herrn von Maupertuis und dem Prof. König
geschloßen worden. Es ist hier alles gegen den
Maupertuis gerichtet.

In dem Micromegas beschreibt Voltaire die
Reise eines Bewohners des Sirius nach dem Saturn
und von da auf unsern Ameisenhaufen. Dieser Micromegas war acht geographische Meilen hoch, und seine
Nase nach Proportion 6333. französische Schuhe lang.
Er schrieb ein Buch von den Insecten, welches der
Mufti seines Landes als ketzerisch angab, worauf er
auf 800 Jahre vom Hofe verbannt wurde. Er entschloß sich hierauf eine Reise auf die Planeten zu thun.
Als er auf dem Saturn ankam, wunderte er sich, daß
seine Bewohner nur Zwerge waren, ohngefähr tausend
französische Ruthen hoch, und nur 72 Sinne hatten.
Nachdem er mit dem Secretair der Akademie auf dem
Saturn Bekanntschaft gemacht hatte, so entschließen
sich beide eine philosophische Reise auf die andern Planeten

nesen zu thun; und kamen endlich von Mond zu Mond
und Planet zu Planet im Jahr 1737. den 5ten Julius
auf dem mitternächtlichen Ufer des Baltischen Meeres unsrer Erdkugel an; sie giengen in 36 Stunden um
die ganze Kugel herum; denn ein Schritt des Bewohners des Sirius war ohngefehr 30000 französische
Schuhe lang, und das mittelländische Meer benetzte
ihm kaum die Fersen. Nach allen möglichen Untersuchungen konnten sie doch nicht entdecken, ob die Erde
bewohnt wäre oder nicht, weil ihre Geschöpfe so klein
waren, daß sie dieselben mit bloßen Augen nicht entdecken konnten. Zum Glück zerriß dem Sirier sein Dia-
mantnes Halsband, wovon die grösten Diamanten
400 Pfund und die kleinsten 50 schwer waren; als sie
der Saturnite aufsammelte, entdeckte er, daß man sie
als Mikroskope brauchen konnte; er sah sich etwas im
Baltischen Meere bewegen, welches ein Wallfisch war,
hob ihn mit dem kleinen Finger geschickt auf den Nagel
seines Daumens, und wies ihn dem Sirier, welcher
über die Kleinheit der Erdbewohner erstaunend lachen
muste, und der Saturnite schloß, die Erde wäre von
lauter Wallfischen bewohnt. Unterdeßen sahen sie mit
Hülfe des Mikroskops noch etwas auf dem baltischen
Meere schwimmen, welches so groß als der Wallfisch
war; und dieses war das Schiff, worauf die Meßkünst-
ler vom Polarzirkel zurückkamen, die daselbst ihre
Ausmeßungen angestellt hatten. Mikromegas hob es
mit zwei Fingern sachte auf seinen Nagel, aus Furcht

es zu zerdrücken. Ferner wird ſehr komiſch beſchrieben, wie Mikromegas und der Saturnite erkannten, daß in dieſem Schiffe Menſchen waren, und wie ſie ſich mit ihnen über allerhand philoſophiſche Materien unterredeten, worinn viele Spöttereien über die Kurzſichtigkeit der Philoſophen, beſonders in Abſicht der Natur der menſchlichen Seele vorkommen. Der Einwohner des Sirius beſchenkte ſie beim Abſchiede mit einem philoſophiſchen Buche, welches er ſelbſt gemacht hatte, und woraus ſie vieles lernen ſollten. Sie überreichten es auch hernach der Akademie der Wiſſenſchaften zu Paris, und als es der Secretair eröfnete, fand er — nichts.

Dieſes ſind die vornehmſten Satiren des Herrn von Voltaire; einige andre, worinn er beſonders die heilige Schrift angegriffen, übergehe ich. Er wurde 1694 gebohren und ſtarb 1778 zu Paris.

Charles Palißot de Montenoy.

Dieſer Schriftſteller iſt Verfaſſer folgender Satire:

La Dunciade, ou la Guerre des Sots; Poeme, a Chelſea. 1764. (neue Ausgabe 1772).

· Dieſe neue Dunciade oder der Narrenkrieg iſt in fünffüßigen Verſen geſchrieben, und beſteht aus drei Geſängen. Der Verfaſſer macht ſich über alle damals lebende witzige Köpfe in Frankreich und ihre innerlichen Kriege luſtig, nennt ſie mit Namen, und die Anſpie-

lun-

lungen werden sogar in Anmerkungen erklärt. Er ist
oft parthelisch, sehr beißend, nicht leer an poetischen
Schönheiten, aber doch unter Popen. Folgende sind
ausgenommen, Voltaire, Montesquieu, Buffon,
d'Alembert und der Bürger von Genf. Diejenigen, welche er unter der Fahne der Dummheit der
Vernunft den Krieg ankündigen läßt, sind folgende,
Freron, Marmontel, Diderot, Trublet, Coyer,
Doret, d'Arnaud, le Franc, Bastide u. s. f.
auch die witzigen Damen werden nicht vergeßen. Den
ersten Gesang betitelt er, La Lorgnette; durch ein
Fernglas von dem Zauberer Merlin sieht er von Ar-
genteuil seinem Aufenthalte alles der Wahrheit nach,
was in Paris vorgeht. Im zweiten Gesange Le Bou-
clier, wird das Schild beschrieben, womit sich die
Dummheit beschützt; welches eine Nachahmung des
Homerischen Schildes ist. Im dritten le Sislet werden die Dunse durch ein Pfeifgen, auf dem Apollo
bläst, in ein solches Schrecken gejagt, daß sie in den Abgrund fallen. Der Beschluß lautet also:

Messieurs les Sots, nous voilà quitte à quitte,
Chacun de nous a le lot qu'il merite.
Dans vos ecrits vous m'avés outragé;
J'en suis content: ma gloire est votre ouvrage.
Par son siflet Apollon m'a vengé
Et les regrets seront votre partage [*].

Mer.

[*] Leipziger neue Bibliothek der schönen Wissenschaften
Th. I. S. 110.

Wittenberg,

Mit Christianischen Schriften gedruckt.